U0938262

JPC
HK

## 汪暉

1959 年生，江蘇揚州人。曾就學於揚州師範學院中文系、中國社會科學院研究生院，現為清華大學文科資深教授，研究領域為中國思想史、中國現代文學和社會理論等。

〔修訂本〕

# 反抗絕望

魯迅及其文學世界

汪暉

**責任編輯**　王　穎
**書籍設計**　吳冠曼
**書籍排版**　楊　錄

**書　　名**　**反抗絕望：魯迅及其文學世界（修訂本）**
**著　　者**　汪　暉
**出　　版**　三聯書店（香港）有限公司
香港北角英皇道 499 號北角工業大廈 20 樓
Joint Publishing (H.K.) Co., Ltd.
20/F., North Point Industrial Building,
499 King's Road, North Point, Hong Kong
**香港發行**　香港聯合書刊物流有限公司
香港新界荃灣德士古道 220-248 號 16 樓
**印　　刷**　美雅印刷製本有限公司
香港九龍觀塘榮業街 6 號 4 樓 A 室
**版　　次**　2024 年 11 月香港第 1 版第 1 次印刷
**規　　格**　特 16 開（152 mm × 228 mm）448 面
**國際書號**　ISBN 978-962-04-5430-1

Published & Printed in Hong Kong, China

本書原由生活·讀書·新知三聯書店以書名《反抗絕望：魯迅及其文學世界（修訂本）》出版，經由原出版者授權本公司在中國港澳台地區出版發行本書繁體字版。

# 目　錄

# 初版題辭

一個緊張的身體千百次地重複一個動作：搬動巨石，滾動它並把它推向山頂，但巨石在到達頂峰的瞬間又向著下面的世界滾去 —— 他於是又向山下走去。（加繆：《西西弗的神話》）

另一個困頓倔強、眼光陰沉的過客永恆地走著通往墳墓的道路；他孤身一人，獨自承載著精神的創傷和肉體的痛苦；他無法停息，因為無窮無盡的前面有聲音在催促他，叫喚他，使他息不下。（魯迅：《過客》）

這種無休止地"走"向無盡苦難的歷程震撼著我的心靈：那沉重的旅程不是由希望支撐，主人公完全洞悉自己無可逃遁的痛苦和劫難，但恰恰是這種對"絕望"的洞悉和反抗使他們成為自己命運的主人。

西西弗與過客永遠行進，在絕望的反抗中創造了生命的意義。

"我只得走，我還是走好罷……"

一個無法拒斥的聲音在荒原曠野中遊蕩，那沉重的喘息像是來自永恆的沉默的宇宙，又好像來自人的深不可測的心底！

1988 年 3 月 29 日夜記

# 初版序

## 一個應該大寫的文學主體——魯迅

唐弢

已經是整整半個世紀的事情了。1939年1月11日，《魯迅風》週刊（後改半月刊）在上海創刊，編者於頭一年年底之前，就約我寫篇關於魯迅的文章。那時我對魯迅雜文有興趣，大致想了一下，倉促未能成篇。編者就將提綱拿去發表。提綱分兩個部分，第一部分剖析思想內容，計五點；第二部分專談藝術形式，計四點。其中第一部分的第五點裏有一段話是這樣說的：

> ……我想，魯迅是由嵇康的憤世，尼采的超人，配合著進化論，進而至於階級革命論的。他讀了許多中國的史書和子書，讀了更多的辯證法和其他的社會科學書，他並不搬弄這些名詞，卻加以活的應用。所以，即使是在最簡短的文章、最平凡的問題裏，也可以見到他的正確的和進步的見解。

我在這裏提到尼采。人們從這段短短的話裏可以看出：我認為魯迅對尼采的看法前後是有變化的。但我確實覺得他的進化論裏有嵇康和尼采的思想因素，至於這因素起過怎樣的作用，以及他相信階級革命論以後是否還存在著這個因素，我沒有說，因為這只是一個提綱，我還來不及仔細分析。但是，這個簡單的提法已和巴人說的“初期的魯迅是以尼采思想為血肉”並舉，被指為“把尼采主義和魯迅的初期思想放到平行的地位”，並以我為重點著手批判了。當時文壇的氣氛如此。而執筆者又是我熟識的朋友，我因此保持沉默，沒有做任何聲辯或解釋。幾十年過去了。直到 1980 年 3 月，樂黛雲同志在《北京大學學報》上發表《尼采與中國現代文學》一文，重引我上述那段話的前半句，正面肯定，這才使我長長地透了一口氣。不過我想，既然如此，我倒反而應當說說個人對這個問題的意見，在讀者面前，自己解剖一下自己了。

感謝汪暉給我以這樣的機會。

說實在話，我當時的不予置答，還因為自己讀西方 20 世紀正在興起的思潮 —— 包括尼采的著作很少，不敢信口開河。就以尼采本人而言，雖然魯迅之前已有王國維，魯迅之後又有郭沫若、茅盾為文介紹；《民鐸雜誌》還出過“尼采號”；《查拉圖斯特拉如是說》（梵澄譯為《蘇魯支語錄》）已有兩種譯本，《朝霞》《看哪，這人》相繼出版（《快樂的知識》譯本是這年 10 月才問世的）。然而，學術界普遍流行的卻是勃倫蒂涅爾的批判的見解，等到 1941 年他的《尼采哲學與法西斯主義》從日文轉譯過來：尼采哲學等於法西斯主義，尼采是法西斯的預言者和代言人等等，也就成為定論，壓倒所有不同的意見。沒有一個人說明他的著作 —— 特別是《強力意志》經過他妹妹的篡改，加上“戰國策派”配合中國當時的政治宣傳，歐亞兩地，遙相呼應，尼采受到左右夾攻，確實已經無話可說，我自然也只好保持緘默了。

不過我仍然認為魯迅的進化論思想帶有尼采的影響，而且這個影響是積極的，至少在當時是這樣。長期以來否定魯迅思想受有尼采的影響，或者只將它看作一種消極因素，都是教條主義的，是背離於事實的令人遺憾的錯誤。

下面是我彼時一點淺薄的個人的理解。

首先，我認為研究任何思想現象都不應離開具體的時代條件和生活環境，只有放到一定歷史範圍內進行仔細的分析，方能得出比較近乎實際的結論。魯迅，如他自己所說，他是因為“絕望於孔夫子和他的之徒”，這才到日本留學的。在 1894 年中日戰爭到 1904 年日俄戰爭一段時間裏，西方思潮猶如狂浪一般湧入這個東方國家，後來被認為 20 世紀新思潮鼻祖、當時自稱“我的時代還沒有到來”的尼采，在日本學術界掀起一陣旋風，這股“尼采熱”的旋風在魯迅抵達日本的 1902 年達到高潮，齋藤信策、登張竹風等先後為文介紹。有人認為高爾基的流浪小說也有尼采的影響，高爾基卻說他從未讀過尼采的作品，倒是一個警察的談話在這方面啟發了他。可見時代的風氣如此。記得“五四”以後，我們這群在中國生長身受過封建壓迫的青年，聽到尼采呼喊“上帝死了！”“重新估價一切！”還覺得耳目一新，精神百倍，一個個聞風而起。難怪 20 世紀初期在日本尋求真理的青年魯迅，把尼采看作 19 世紀文明的批判人，“掊物質而張靈明，任個人而排眾數”，藉“超人”學說闡明自己的主張，認為重要的是“立人”，“人立而後凡事舉”，“沙聚之邦，由是轉為人國”。不言而喻，尼采的學說鼓舞了魯迅的理想，這就絕不是偶然的事情。

其次，我認為影響不過是部分因素，不能理解為依樣葫蘆，全盤照搬，甚至將兩者畫上等號，而只是採取前人精華，經過消化，使其為我所用的意思。魯迅說過：“這些採取，並非斷片的古董的雜陳，恰如吃用牛羊，棄去蹄毛，留其精華，以滋養及發達新的生體，決不因此就會‘類乎’牛羊的。”決不因此“類乎”牛羊，我覺得這一點說得很好。而且從清末到民國初年，藉他人酒杯的風氣十分流行。前於魯迅的，如嚴復譯赫胥黎（T. H. Huxley）的《進化論與倫理學》為《天演論》，根據物競天擇的原理，更多地宣揚他自己對於當時社會的意見；後於魯迅的，如胡適寫《易卜生主義》，也是隱去易卜生（H. Ibsen）勇於挑戰的思想和鋒芒畢露的批判，著重地強調他的"救出自己"。那麼，魯迅為祖國和民族著想，藉"重新估價一切"反對封建主義，用進化觀點寄希望於將來的人，借題發揮，也就同樣是可以理解的了。

第三，我認為魯迅主要是將尼采作為一個詩人或者文學家來介紹的。這個觀點始自勃蘭兌斯。魯迅不僅在《摩羅詩力說》裏提到這位丹麥文學評論家，對他表示好感，還有材料證明，魯迅讀過勃蘭兌斯的《尼采》，而後者正是從這個角度肯定尼采的語言和文體的。勃蘭兌斯說："《查拉圖斯特拉如是說》的確是一本好書。它以朗誦詩的形式表達了尼采的全部基本思想。"儘管詩和哲學有許多相通的地方，但詩人和哲學家卻是完全不同的兩種人。詩人可以說這樣的話，又說那樣的話，而人們對哲學家的要求卻嚴格得多。所以尼采說："對我們哲學家來說，最大的樂事莫過於被錯認為是藝術家了。"有趣的是：他"被錯認"了，而且錯認的恰恰是他引為知己的"如此優秀的歐洲人"勃蘭兌斯。也許這真是一件"樂事"：人們讚美他就因為他是詩人，富於想象的一個憧憬未來的詩人。許多人這樣認為，魯迅也並不例外。

以上是我當時一些粗淺的認識。魯迅愛好尼采有許多客觀條件，從個人氣質說，從內在的心理狀態說，我以為也同樣存在著可以接受尼采某些思想的稟賦。魯迅始終是一個現實主義者，但他耽於沉思，重視創造，有豐富的想象力，他的現實主義裏含有浪漫主義的成分。想象力，馬克思認為這是一種促進人類發展的偉大的天賦，人類幼年時期已經創造出了不用文字記載的神話、傳奇和傳說的文學，反過來，這種文學又給人類以強大的影響和啟迪。童年魯迅讀過兩本書：《山海經》和《二十四孝圖》。他愛《山海經》裏的神話：九頭蛇，人面獸，渾身通紅、載歌載舞、肥胖得像袋子一樣的帝江，被割了頭依舊視死如歸、以乳代目、以臍代口、揮舞著斧頭和盾牌與天帝爭神的刑天。這些都使他鼓舞，使他興奮，使他覺得新鮮和充滿希望。而對《二十四孝圖》所反映的封建秩序和宗法觀念，卻又討厭其背情悖理，表示深惡痛絕。這是少年魯迅最初的選擇。他又酷愛屈原，曾對許壽裳說："《離騷》是一篇自敘和託諷的傑作，《天問》是中國神話和傳說的淵藪。"他在《漢文學史綱要》裏說，這部書"放言遐想，稱古帝，懷神山，呼龍虯，思姝女，申紓其心，自明無罪，因以諷諫"。他喜歡主觀抒發、獨具隻眼的文體。因此欽佩"痛哭叛徒"的蔡邕，讚揚敢用今典的曹操，稱頌憤世嫉俗、"非湯武而薄周孔"的嵇康，欣賞嘔心瀝血、善寫奇譎放誕詩句的李賀。魯迅一生獨立思考，不為現有成規所囿，都和這種從小養成的個人氣質有關，在日本留學時對尼采表示好感，在我看來，也就是不言而喻的事情了。

不過倘說魯迅對尼采的看法前後沒有變化，只是服膺，並無意見，那也不符合事實。1935 年，他在論述自己的小說《狂人日記》的時候，說這個短篇意在揭露家族制度和禮教的弊害，"卻比果戈理的憂憤深廣，也不如尼采的超人的渺茫"。我以為這個論斷是公正的。大約 9 個月前，在所作《拿來主義》一文裏，他還曾說："尼采就自詡過他是太陽，光熱無窮，只是給予，不想取得。然而尼采究竟不是太陽，他發了瘋。"這仍然是客觀陳述，但比起早期的評價來，卻不能不說是有了一點微詞，有了一點變化了。

無視於這種變化是不對的，過分強調這種變化也可能背離事實。有人認為魯迅稱頌尼采僅僅是早歲的事。近讀胡頌平記錄的胡適晚年談話，其中有這樣一條，康有為有一次對胡適說："我的東西都是 26 歲以前寫的，卓如（梁啟超）以後繼續有進步，我不如他。"其實梁啟超辦《時務報》，發表重要政見，也都在 30 歲以前。青春是充滿活力的。一個人到了中年以後，思想逐漸成熟（在特殊條件下也可能逐漸退化），經過生活的鑄冶和主觀的探索，選擇更為精到，對早歲的思想有所修正、有所補充、有所發展，這是很自然的事。我並不想在這裏宣傳先入為主或者別的什麼哲學思想，但我認為，將馬克思《1844年經濟學—哲學手稿》和他的整個學說分割開來，似乎這是他早歲一部無足輕重的著作，那是十分可笑的。與此相似，不承認魯迅思想前後曾有發展是不對的，但是，如果說魯迅思想發展以後，從此一乾二淨，再沒有尼采的任何影響，在我看來，也同樣是一件可笑的事情。

尼采藉希臘神話裏的日神阿波羅和酒神狄奧尼索斯說明藝術，這是他提出的兩個象徵性的概念。據他解釋，前者是外在的形式，像夢幻一樣給現實世界籠上一層美的面紗，後者是內向的心靈，在醉態中揭開這層面紗以顯示人的非理性的本能，尼采似乎更強調酒神精神——也即非理性、無意識在創作中的作用。魯迅在實踐中看到這一點。不過，無論是夢或醉，兩者都直面人生，這和主張為人生的藝術的魯迅是合拍的，至於尼采對社會的批評和對"超人"的期待，也很容易被當時正在主張"立人"的魯迅所接受。雖然魯迅後來批判了"超人"，他的為人生的藝術也有了更具體的內容，但是發揮主體作用，在客觀描述中滲透著主觀意識，卻又始終貫穿於魯迅的一生，甚至連非理性、無意識的描寫，也時而可在他的作品中發現，以表示一種特殊的心理狀態，使我們驚異，使我們歡喜，使我們感到事物的複雜性，有時也使我們恍然憬悟。

譬如說吧，《明天》裏寫單四嫂子終於死了兒子以後，獨自坐在床沿上："她定一定神，四面一看，更覺得坐立不得，屋子不但太靜，而且也太大了，東西也太空了。太大的屋子四面包圍著她，太空的東西四面壓著她，叫她喘氣不得。"《高老夫子》裏寫高爾礎第一天在賢良女校上歷史課，聽到學生們"嘻嘻"的竊笑聲，往講台下一看，先是半屋子眼睛，驟然一閃，又變成半屋子蓬蓬鬆鬆的頭髮，"他連忙收回眼光，再不敢離開教科書，不得已時，就抬起眼來看看屋頂。屋頂是白而轉黃的洋灰，中央還起了一道正圓形的棱線；可是這圓圈又生動了，忽然擴大，忽然縮小，使他的眼睛有些昏花”。屋頂上固定的圓圈是不會“忽然擴大，忽然縮小”的，“太大的屋子”也不會“包圍”人，“太空的東西”也不會“壓著”人的，這些都是幻覺，是事物在幻覺世界裏的變形。單四嫂子因為悲痛，高老夫子則出於疑惶，這種心理狀態的描繪是符合於生活的真實的，屢見於魯迅的小說。最突出的例子當推汪暉已經論述的阿 Q 被綁赴刑場途中喊出“過了 20 年又是一個……”之後的關於眼睛的描寫：

> 阿 Q 於是再看那些喝彩的人們。
>
> 這剎那中，他的思想又彷彿旋風似的在腦裏一迴旋了。四年之前，他曾在山腳下遇見一隻餓狼，永是不近不遠的跟定他，要吃他的肉。他那時嚇得幾乎要死，幸而手裏有一柄斫柴刀，才得仗這壯了膽，支持到未莊；可是永遠記得那狼眼睛，又兇又怯，閃閃的像兩顆鬼火，似乎遠遠的來穿透了他的皮肉。而這回他又看見從來沒有見過的更可怕的眼睛了，又鈍又鋒利，不但已經咀嚼了他的話，並且還要咀嚼他皮肉以外的東西，永是不遠不近的跟他走。
>
> 這些眼睛們似乎連成一氣，已經在那裏咬他的靈魂。

一位翻譯了《阿 Q 正傳》的捷克漢學家曾對我說，她認為這種描寫不是現實主義的方法，農民阿 Q 不可能有這樣的感情，這樣的想頭。乍一聽來，她的話有若干道理，這段描寫的確是不現實的，非理性的。不過我們知道，魯迅的現實主義是活的，發展著的，他的現實主義裏不僅有浪漫主義的成分，還常用象徵手法。他在談到諷刺時說明自己遵循的現實主義的原則：“不必是曾有的實事，但必須是會有的實情。”這是作為主體的作家魯迅為他自己規定的原則，幾乎所有他的作品都能用這條原則去衡量，去解釋；但當人物一旦在作品裏活了起來，成為一個有血有肉的生命的時候，主體的能動性也就從作家身上轉移到人物身上，一切都得按照人物的性格行動，按照生活的規律辦事，作家只能聽命於他的人物，跟著他走，自己反而轉到被動的地位，甚至是無意識的地位了。魯迅在談到阿Q居然要做革命黨的時候，說：“中國倘不革命，阿Q便不做，既然革命，就會做的。”談到阿Q“大團圓”的時候，又說，他已經“漸漸向死路上走”，作家已經無法挽救他，即使編輯不同意，也不過“多活幾星期”而已。當有人錯誤地以為《出關》裏的老子是作家自況的時候，魯迅說：“我想，這大約一定因為我的漫畫化還不足夠的緣故了，然而如果更將他的鼻子塗白，是不只‘這篇小說的意義，就要無形地削弱’而已的，所以也只好這樣子。”只好這樣子，是因為主體已經由作家身上轉到人物身上，主動變成被動，作家在他的人物面前實在是無能為力了。單四嫂子因為悲痛而覺得太大的屋子圍著她，太空的東西壓著她；高老夫子由於疑惶而覺得屋頂的圓圈忽而擴大，忽而縮小；阿Q在臨刑之前的一剎那中，想起了餓狼的眼睛，覺得四周人們的眼睛也像餓狼的眼睛一樣在咬他的靈魂，咀嚼著他的肉體。這些都是對特定環境下一種變形的心理狀態的描寫。我以為這描寫是真實的，它以非理性補充了理性，以無意識補充了主觀能動性。生活是千變萬化的，它豐富了現實主義，這是現實主義在新的形勢下一個重要的發展。

魯迅在談到自己小說的時候，曾經說：“我也並沒有要將小說抬進‘文苑’裏的意思，不過想利用他的力量，來改良社會。”又說：“說到‘為什麼’做小說罷，我仍抱著十多年前的‘啟蒙主義’，以為必須是‘為人生’，而且要改良這人生。”從這點出發，魯迅重視理性主義，希望通過小說創作為近代中國的社會變革提供一個理性主義的思想體系，這完全可以理解，也已經為許多研究工作者所承認。但是，作為20世紀中國現代文學的奠基人、新文化運動掣旗前進的闖將，他又不可能不對正在興起的西方現代思潮表示關切和認同。薩特在《存在與虛無》中，第一個提到的便是尼采，雅斯培、海德格爾、弗洛伊德、加繆乃至托馬斯·曼、茨威格、里爾克、蕭伯納、紀德、馬爾羅、卡夫卡等人，沒有一個不承認尼采是20世紀新思潮的鼻祖，那麼，魯迅酷愛尼采，在充滿著理性描寫的現實主義小說中，合理地吸入一些非理性的心理繪狀，在我看來，恰恰標誌著魯迅的氣質，標誌著他永遠前進的思想特點，標誌著他對20世紀新思潮的一種可貴的精神聯繫。

有人說，尼采對魯迅的影響僅僅限於早期，特別是小說，對後期的雜文卻什麼影子也沒有了。誠然，我已經說過，魯迅對尼采的看法前後有過變化，他在雜文中，從啟蒙主義的直接議論出發，比較強調理性原則，這一點也完全可以理解。但要說什麼影子也沒有，卻不是實事求是的態度，不過他咀嚼得更細，消化得更透，思考得更為周詳和縝密，那倒是實在的。例如對自由，對反抗，對命運，對悲劇，對偶像崇拜，對由蟲豸到人的路，莫不從尼采的思想出發而表示了更精闢的見解。且不說《現代史》《夜頌》《詩和預言》《秋夜紀遊》等文，始終保持著《野草》文體的特點，和《查拉圖斯特拉如是說》十分相似，便是收在《偽自由書》《准風月談》《花邊文學》和三本《且介亭雜文》裏的短文以及《雜感》《碎話》《寸鐵》《掂斤簸兩》之類，短感隨想，手記偶錄，也和《朝霞》《快樂的知識》等沒有多大區別。當然，這是僅就文體而言的，不過作為像尼采或者魯迅那樣著名的文體家，對文明批評和社會批評所採取的形式，卻仍然是值得注意的問題。

我以為更重要的是：和同時代人相比，魯迅的雜文有一個顯著的特點，從《新青年》上的"隨感錄"直到《且介亭雜文末編》裏最後一篇文章，始終貫穿著一條詩的感情的線索，無論短到三言兩語如《小雜感》《自言自語》，長到萬言或者萬言以上的《病後雜談》《“題未定”草》等等，都在字裏行間隱約地跳動著這條詩的感情的線索，即使是談政治、論時事的文章吧，讀起來也使人覺得妙趣橫生、詩意盎然。魯迅的一篇篇雜文實際上是一首首詩作，這是其他雜文家所無法比擬的。我於是想起了尼采。魯迅又曾說過：“我的雜文，所寫的常是一鼻，一嘴，一毛，但合起來，已幾乎是或一形象的全體，不加什麼原也過得去的了。但畫上一條尾巴，卻見得更加完全。”從這個意義上說，魯迅雜文又當得一部史詩，因為它反映了中國近代社會發展的歷史面貌，雖說近代，但他對中外文化，古今社會，一一談及，其涉獵的範圍之廣、之大，比之號稱無所不談的哲學家尼采，有過之而無不及。記得1930年代末就有人說過：魯迅在雜文裏愛用“我以為”這個詞，確實是這樣，加上同義的“我想”“在我看來”之類的用語，這種強烈的主體意識形成魯迅雜文的獨特的風格，迥異於他同時代人的雜文，多少有點和尼采相近。

汪暉已就魯迅的精神結構和《吶喊》《彷徨》的關係做了研究，他以當今世界文藝批評觀點進行剖析，視角較新，思想層次較高，且時有精闢的見解。雖然有些論點不太成熟，又因寫得匆促，表達也有不夠清楚之處。不過例如對“中間物”心理狀態的分析，感性經驗與理性認識的關係，自由意識發展與小說的演變，以及藝術風格和美學特徵的論述，一直延伸到尼采以後代表20世紀現代思潮的許多思想家，發前人之所未發，我完全支持他的研究和探索。儘管自知十分淺薄，我向來只顧走自己的路，認定了，一步一個腳印，既不願苟同別人的意見，也不強求別人附和我。我以為只要持之有故，言之成理，不妨各執一辭，這才有利於自由討論，有利於活躍思路，使學術研究得以進步和發展。汪暉從事學術生活剛剛開始。當魯迅研究日益冷落，許多人紛紛改行去從事別的工作的時候，汪暉卻表示了他對魯迅的感情，他對我說："愈讀魯迅文章，愈覺得他深刻。魯迅的作品真是個開掘不盡的思想寶藏。"

我很願意從一個二十幾歲青年的嘴裏聽到這樣的話，並且希望他在魯迅研究方面繼續努力，繼續做出貢獻。至於自己，老不長進，一個世紀我已活了四分之三，世界新思潮日新月異，我卻還在喋喋不休地談著 50 年前的事情，難怪一個中年朋友在別人面前批評我說："讓老頭兒去殉葬吧！"

朋友，你說對了。這正是我的精神！如果我的藝術研究方法——包括魯迅研究方法的確陳舊，而又必須有人為之殉葬的話，我將毫不猶豫，從靈魂到肉體赤裸裸一絲不掛地去為它殉葬，而將一塊乾淨的白地留給後人。我向來只是陳述自己的觀點，卻不勉強別人跟我走。"高山仰止"，說實在話，這一點倒是向魯迅學來的。魯迅從來不說"你應該這樣做""你應該那樣做"，而只是講些"我以為""我想""在我看來"等等代表個人見解、充滿主體意識的言論。有趣的是：根據魯迅所談中外文化、古今社會的多種言論——幾百萬言作為客體存在的偉大豐富的著作，再繩以"我以為""我想""在我看來"等主體詞語，在我們面前，終於形象清晰地顯現或者反射出一個令人崇敬的、應該大寫的主體——人！

這個人就是魯迅。

1988 年 5 月 2 日

# 第二版自序

《反抗絕望》一書寫於1986至1987年間，1988年4月作為我的博士論文通過答辯，隨即交給出版社，原定在1989年出版，但出版的事一再拖延。直到1990年，台灣久大文化股份有限公司出版了該書的繁體字版，次年作為"文化：中國與世界"叢書之一由上海人民出版社出版，印數不多。在過去的十年裏，這本書似乎還時時有人記起，也有朋友來信索要，但書店裏早已售罄，而我手頭已經沒有存書。因此，當孫郁先生、王吉勝先生建議修訂再版時，我欣然答應了。

魯迅研究是我個人學術生涯的起點，這一點至今對我仍很重要。在1982至1988年間，作為一名碩士研究生和博士研究生，我一直把主要精力放在研究魯迅及其相關問題上。我在閱讀魯迅著作時獲得的印象與各種流行的說法大相徑庭，也與我自己早已接受的一些前提相去甚遠，卻找不到理論的解釋。無數個夜晚和早晨，月亮升起，太陽落下，我苦苦地沉思，耗去了許多年的時間。我想，我是把許多事情想到那個文字構築的世界裏面去了。一個死去的靈魂在青草地下發現了死火，因此急切地把它揣在懷中期待著復活，生命卻一寸寸地死去。從70年代末到80年代末，我的內心就像明暗之間的黃昏，彷徨於無地的過客，那是在魯迅世界覆蓋下的生活。我有時覺得我正處在一個激情時代的背面：激情在湧動著，似乎要沖決，卻被無情的地表壓抑，像無常一般在夜氣中奔波。

1988 年之後，我的研究工作從現代文學、魯迅研究轉向了晚清至現代時期的思想史，但我在魯迅研究中碰到的那些問題換了個方式又回到我的研究視野之中，幾乎成為我的思想史研究的一些背景式的問題。1995 至 1996 年間，我應一家出版社的要求編輯自選集，特意將我有關章太炎研究的最新成果與很多年前有關魯迅的寫作放在一起，因為這兩篇長文在主題和內容上有著內在的聯繫。我常常驚訝地發現，十年來，讀了許多書，聽了無數的演講，走訪了許多地方，但我對現代中國思想的思考經常會回到我自己的起點。這讓我感到惶惑，也有些奇怪的感覺。那是一個將要離我而去的影子麼？

1997 年夏天，王曉明兄來香港（我那時正在香港做一年的訪問研究），我們徹夜長談，他問及我的一些思想變化，我後來給他回信說：

> 你提及魯迅思想的這一方面，我是完全同意的。你知道我對魯迅的研究與別人有所不同，是因為我的起點是他在 1907—1908 年間的思想，特別是他與施蒂納、尼采以及他們在文學上的代表的關係。儘管我自己對於這一思想線索的理解仍然是極為簡單的，但魯迅以及他的老師章太炎對現代性的那種悖論式的態度一直是我思考的問題之一。這是一條把個體與集體（民族、階級等等）以獨特的方式組織在一起的途徑，它的內在的矛盾也從不同的方向上構成了對於古典自由主義和傳統社會主義的雙重批判。魯迅一生與兩種不同的革命之間的那種近乎糾纏的關係，在我看來，部分地是和他的思想的這種特殊取向有關的。如果有機會，我也許會重新寫一點有關魯迅的文章。我在近幾年把問題集中在

現代性這一複雜問題上，從學術的方式上說，也有一些變化，但就思想本身而言，也仍然是有脈絡可尋的。我覺得魯迅始終可以作為一個衡量現代思想變化的特殊坐標。這倒不是說他的思想如何高超，而是說他的思想的那種複雜性能夠為我們從不同的方向觀察現代問題提供線索。

這裏談到的魯迅1907—1908年前後的思想，以及他對現代性的悖論態度，也是這本著作的中心內容之一。最近這些年，我開始把上述問題歸納為"現代性的悖論"，而那時，我卻總是在想為這一悖論式的結構給出一個更為合理的、邏輯一貫的解釋，雖然心裏仍然困惑不已，這就是魯迅思想對我的影響。

我對這些問題的最初思考可以追溯到1983年完成的碩士論文。在那篇論文中，我側重探討了魯迅的思想、文學與施蒂納、尼采、阿爾志跋綏夫的關係，分析他為什麼在尋求變革、倡導科學、主張人道主義、支持共和革命和民族主義的同時，卻對法國大革命及其自由平等原則深表懷疑，對工業革命的後果進行嚴厲的批判，對集體性持否定態度，對國家、社會、普遍主義倫理和利他主義原則給予堅決否定，為什麼這樣一位偉大的思想人物卻熱衷於尼采式的超人、拜倫式的英雄、施蒂納式的唯一者，為什麼這個進化論者卻認為歷史不過是偏至或輪迴的過程，為什麼他的以"為人生"和"改造國民性"為宗旨的文學創作，卻充滿了"安特萊夫式的陰冷"和對於現實世界的決絕，為什麼這位現實主義的小說家卻寫出了《野草》這樣的近於存在主義的作品？1983年，我還太年輕，知識積累和個人經驗都不足以對這些問題做出清晰的回答，而我的周圍似乎也沒有能夠幫助我回答這些問題的人。那是一個啟蒙的時代，一個為現代化的激情所鼓蕩的時代，魯迅的這些思想是讓人難以理解的。但它們一直在困擾著我，以至在我跟隨唐弢先生攻讀博士學位的時候，我又一次回到這些問題上來。有一次，唐先生認真地跟我說，你是文學系的研究生，可你的論文倒像哲學系和歷史系的學生寫的。我這才在論文的後半部分轉向文學問題。

重寫魯迅的願望從未消失，但似乎一時還沒有可能。藉著重版此書的機會，我重新通讀了全書，卻沒有時間做更多的增訂，也不能對書中許多粗疏之處加以修改。除了個別字句的改動之外，我刪去了原書的第四章，僅將其中一節編入第三章，因為有關文學部分的分析原先就有些不夠精練。此外，我把 1996 年發表於《天涯》雜誌的文章《"死火"重溫》* 作為本書的導論，因為這篇文章簡要地概述了我對魯迅的理解，其中有些內容是這本書中沒有的。我還把發表於《文學評論》1988 年第 8 期的文章《魯迅研究的歷史批判》作為附錄放在書後，以供讀者參考。在我寫完這本書之後，這是我僅有的兩篇談論魯迅和魯迅研究的文章。

最後，我還是要再次表達對我的導師唐弢先生的感激，他曾經仔細地審讀全書，寫了多達二十幾頁的修改意見。他還為這本書寫了序言，如果我記得不錯的話，這幾乎是他生前為別人的著作撰寫的最後的序言。這本書在台灣面世的時候，他已經長臥病榻，不再能夠閱讀。我們躲不過造化的擺弄，但生命中的感情和思考卻頑強地抗拒著。也許人的一生都在回答那些從一開始就在困擾著你的問題，那是我們自己選擇的命運。

1998 年 10 月於北京

---

* 請見本書附錄一。——編者

# 韓文版自序

如果一本書也有自己的命運的話，這本書的命運可謂跌宕起伏。這是我的博士論文，完成於 1988 年的春天。那一年，中國正處於巨變的前夕，文化界非常活躍。在完成答辯後，這本書很快列入“文化：中國與世界”叢書的一種預定於 1989 年出版。但之後我與這本預定出版的書失去了聯繫。1990 年，遠在台灣的一家出版社寄來了五本樣書，我頗感意外。一年之後，上海人民出版社出版了這本書的第一個大陸版本，此後這本書在魯迅研究中常被提及，被視為“新時期”魯迅研究的代表作品之一，那時我的研究興趣已經轉向了中國思想史。在初版出版 10 年之後，河北教育出版社和三聯書店分別於 2000 年和 2008 年出版了兩個版本，由於其時我已不再從事魯迅研究，故除了少量文字的改動外，並未對書稿進行修訂。由宋寅在先生翻譯出版的韓文版是這部著作的第五個版本，也是這本書的第一個譯本。

我寫這本書的時候還是一個 20 多歲的青年，而魯迅分明說過，30 歲以前的人不大容易讀懂他的書。2008 年三聯書店計劃重版這本書時，我多少有些猶豫 —— 倒不是“悔其少作”，而是伴隨著閱歷的增長，我對魯迅也開始有了新的理解，很希望有朝一日能夠寫出一點新的東西來。事實上，就在 2007 年，我應邀為中國文化論壇主辦的通識教育課程講解魯迅的文本，讓我在多年之後以教學的方式重拾魯迅研究。但這本書還是重版了。重讀“少作”，在字裏行間回憶沉浸在魯迅的思想和文學世界中的青春歲月，閱讀過程的痛苦和歡欣，寫作過程中的點點滴滴，竟如此清晰地呈現在眼前。從大學時代到博士研究生階段，有多少日子傾注在閱讀魯迅及相關的著作之中已經無從算起，這部“少作”凝聚的情感比我的其他著作應該更多的吧。

2010 年，在這本書出版 20 年之後，中國的媒體突然掀起一陣攻擊這部著作的風潮。從 1990 年代的中期開始，圍繞我發表的一些見解，媒體攻擊幾乎從未停息，但這一次是以揑造和扭曲的方式攻擊這部著作“抄襲”。這是當代中國媒體史上的奇觀，其規模為三十年來中國文化思想界所僅見：大大小小的人物紛紛擾擾，粉墨登場。圍剿這本書的目的很明確：通過詆毀作者的名譽，終止他對當代中國問題的發言，而這場詆毀運動的理由，除了蓄意的揑造和扭曲之外，便是利用 1980 年代與當今時代學術規範及註釋風格上的差異和少數技術性的失誤。這場詆毀運動未能得逞，卻使得這部出版於 1990 年的著作再度引起人們的注意，這實在是一種意外。

2010 年夏末，宋寅在先生來信表示，希望將《反抗絕望：魯迅及其文學世界》一書譯為韓文。宋先生的提議恰好出現在媒體鬥爭的風口浪尖，顯然來自他對事實與局勢的判斷，我很欣慰。2013 年夏天，我兩度訪問首爾，先是參加為紀念朝鮮半島停戰六十週年而舉辦的國際學術討論會，後是出席“共產主義假設”論壇，終於有機會與前來會場的宋寅在先生會面。他告訴我：《反抗絕望》一書已經翻譯完畢，現在就等我的韓文版序言了。這畢竟是二十多年前的著作，我曾經有過修訂的計劃，但考慮到這本書已經有自己的“歷史”，這次也沒有對全書進行修訂，只是更正了個別筆誤，糾正了第二版出版時由於編輯分段造成的註釋與段落分離的情況，同時也將出版時被出版社刪去的參考書目中的個別條目作為註釋插入書中。如今這本書終於與韓國的讀者見面，我又可以通過它與未知的朋友們談論魯迅，心裏多少有點孩子氣的快意。

《反抗絕望》一書脫胎於 1984 年的碩士論文《魯迅與個人無政府主義》。那篇論文分上下篇，分別探討了魯迅早期思想與德國哲學家施蒂納（Max Stirner，1806—1856）及歐洲無政府主義的關係，以及魯迅的文學創作與俄國無政府主義作家阿爾志跋綏夫（Михаил Петрович Арцыбашев，1878—1927）的關係。這篇論文的根據之一便是魯迅在《兩地書》手稿中所說的他的思想“或者是‘人道主義’與‘個人的無治主義’的兩種思想的消長起伏罷”（《魯迅手稿全集·書信第一冊》第 177 頁）這句話。在正式出版的《兩地書》中，這句話中的“個人的無治主義”亦即個人無政府主義被修改為“個人主義”。在 1980 年代，已經有學者重新探討魯迅與尼采的關係，卻幾乎沒有人以個人無政府主義為線索探索魯迅思想和文學的特點。在《反抗絕望》一書中，探討的領域大大地拓寬了，但早期研究的線索也還依稀可見。2012 年和 2013 年，我分別出版了兩本以魯迅文本講解為中心的小冊子，一本是《聲之善惡》，通過對魯迅早期的文本《破惡聲論》和《〈吶喊〉自序》的細讀，接近魯迅思想和文學的核心；另一本是《阿 Q 生命中的六個瞬間》，通過對《阿 Q 正傳》的詮釋，重新思考魯迅對待革命的態度。我有時也很好奇：為什麼在時隔這麼多年後，我會重新回到魯迅、回到我年輕時曾如此之深地沉浸其中的思想和文學世界中來呢？

魯迅希望自己的著作“速朽”。這部二十多年前的著作本該被人遺忘了，卻頑強地面對風雨，讓它的作者不知所措。或許，對我而言，這至少是青春的痕跡吧，但對於其他人而言到底有什麼意義，我是有些茫然的。但書自有自己的命運。這部年輕時代的著作如今也算有了閱歷，竟然穿越語言的障礙，展現在韓國讀者面前。作為作者，能夠將年輕時摸索現代中國的那個偉大魂靈的心靈記錄貢獻於與當年的我同樣年輕的韓國朋友的面前，我感到幸運。為此我深深地感謝宋寅在先生的翻譯和出版社為出版此書而做的努力。

2014 年 1 月 15 日

# 修訂本自序

書有自己的命運，熱鬧一時後歸於沉寂，或如石子落於水面，在微弱的漣漪之後淪沒，是大多數作品面世後的命運。偶有經得歲月侵蝕、老而彌堅者，能夠被人們一再重新發現，終於成為所謂經典。

但事情總有例外，這本一再重版的小書便是例證。當然，野草也並不屑於冒充喬木的。

《反抗絕望》前後多個版本，時間跨度在三十年以上，幾度喧騰於眾口，幼稚如初而未能速朽，別有原因。1988 年初脫稿打印成冊，幾乎在答辯的同時就交給了"文化：中國與世界"編委會，但時運不濟，隔年之後，編委會風流雲散，編輯稿不知所終。1990 年，有傳言繁體字版在海外出版，輾轉周折，幾本樣書終於來到身邊。1991 年，音訊全無之際，簡體字版在上海悄然問世。這兩個版本經歷了怎樣的周折才得以誕生，只有這本小書自己知道。越十年，河北教育出版社於 2000 年先後推出了兩種封面設計的新版本；2008 年，三聯書店印行了第一個精裝本。2010 年，在多年沉寂之後，這本書忽然置身暴風之眼，風雨雷電環之如野獸奔突，消散如水銀瀉地。2014 年，伴隨韓文本的出版，它又在另一個陌生的語言世界探尋自己的命運。如今在距離初版三十二年之後，這本已經頗有些履歷的書再度整裝出發，走自己未完的路。

若給這本小書做傳，它的行狀大致如此。

對於作者，以青春之書“獻於友與仇，人與獸，愛者與不愛者之間作證”，除了敝帚自珍，也有別的因由。《反抗絕望》自誕生之日起，一路風雨，竟至飄搖，卻無畏前行，便有了自己的“友與仇，人與獸，愛者與不愛者”，也就有了“言歸正傳”的資格。如此說來，書竟然同人一樣，也會成長，如同裸身行路的過客，在不同的季節筋骨見長，獲得自己的名號、衣裝和故事。從旁觀之，其命運正與標題所示相合，“嚶其鳴矣，求其友聲”之思慮少，一路掠過各路攻訐的姿態多，以後是否還會在陌生的人群中創造自己的“友與仇”，或終於如石子落入深淵，幸運地淪沒，全未可知。

書與作者之間，也會演出“影的告別”，但究竟誰是影子，有待時間的見證。關於這本書的孕育和形成、骨骼和血肉、弱點和力量，我自然是清楚的，但三十多年前它在海內外的兩度誕生，其情其狀如何，我並不了然；至於那些不辭辛勞，為它而在暗夜或微明中上演的奔波與籌劃、明槍與暗箭，其情其狀又如何，我已近乎漠然。“朋友，時候近了”，“要別你而沉沒在黑暗裏了”。在校訂這一版的清樣時，腦際偶爾迴旋這樣的句子。

為了三十多年如影隨形的風雨兼程，為了讓無聊者“覺得乾枯到失了生趣”，更為了它的再度遠行，我得做點什麼，至少不該辜負編者和付出心力愛護它的朋友的期盼。一、除了少數文字上的修訂和刪除《魯迅研究的歷史批判》一文之外，這一版的內容和結構與此前的版本沒有區別，只是把初版本被出版者刪去的參考書目附於書後，略做編輯和增補，並將其中兩三條目補入正文註釋；二、校訂原稿中的引文，儘可能將原先轉引的譯文替換為晚出的標準譯本（如商務印書館版本的施蒂納《唯一者及其所有物》全譯本）中的譯文或按照原文另譯，以便讀者查證；三、校訂了原版中的一些訛誤和錯漏。如今，魯迅研究領域新人輩出，成果斐然，這本小書不復為年輕行者，但我知道，無論前面是黑夜還是黎明，它只是大踏步地向前去，為後來者，也為自己，留下一點足跡，至於其他，是在所不計的。

對於作者，這也如死火重溫，在綻放中體會無盡的青春。

2022 年 4 月

初版導論

# 探索複雜性

魯迅是一個戰士，一個思想者，一個文學家，同時又是一個活生生的尋路人。他的一生充滿了矛盾與惶惑，他的內心愛恨交織。當我們從啟蒙主義的立場觀察他時，我們看到了洋溢在他的著作中的深刻的人道精神、科學理性和“立人”思想；當我們從政治解放的立場觀察他時，我們發現了他對辛亥革命、十月革命、北伐戰爭和各種社會解放運動的關心，發現了他對中國社會的等級制度、階級壓迫及社會不公的憤怒和深刻剖析；當我們從 20 世紀現代文化思潮的演變來剖析他的文化哲學、人生哲學和藝術觀念時，我們驚訝地看到他對生命哲學、存在哲學先驅的那種準確的預見和自覺的認同；當我們從 20 世紀中國文化變革的角度來認識他的先驅位置時，我們痛苦地發現在這場變革中他個人又經歷了怎樣的掙扎與反抗。他的精神結構中充滿了悖論：他否定了希望，但也否定了絕望；他相信歷史的進步，又相信歷史的“循環”；他獻身於民族的解放，又詛咒這樣的民族的滅亡；他無情地否定了舊生活，又無情地否定了舊生活的批判者 —— 自我。魯迅以他全部的人格承擔了 20 世紀中國面臨的無比複雜的問題，他以自身的複雜性證明了中國和世界的當代困境和抉擇的艱難。

魯迅的深刻之處在於，他代表了所處時代的理想，卻又表達了對於這種理想的困惑。換言之，他沒有試圖用簡單化的方式解決他所面臨的一切問題，相反，面對複雜的世界，他努力使自己也變得“複雜”起來：既從世界，也從中國，既從民族，也從個人，既從理論，也從經驗，既從歷史，也從未來把握這廣闊、深邃、變動的世界。正由於此，他在中國思想革命和政治革命的過程中成為新文化的代表，同時又超越了思想革命、政治革命的具體目標；他在民族文化的變革中成為真正的“民族魂”，卻又體驗到許多只有作為個體才能面對的深刻的衝突。他樂觀又悲觀，興奮又痛苦。“我只得走，我還是走好罷……”〔1〕，於是他從一種惶惑走向另一種惶惑，從一種矛盾走向另一種矛盾，從一種痛苦走向另一種痛苦：生活與世界的複雜性，把握世界的內在矛盾性，心靈深處的絕望和虛無，遠遠逝去的不可捉摸的青春，無常女吊的神秘的魅力。所有這一切都沒有銷蝕他追求真理的勇氣，相反，有些卻成為鼓舞他“反抗絕望”的動力。你聽聽那久久縈迴於“過客”耳際的遙遠又無處不在的呼喚吧，魯迅又怎能不帶著他的孤獨、他的衝突、他的憧憬、他的虛無義無反顧地向前“走”呢？矛盾、衝突、悖逆之論沒有被簡單地拋棄，卻培養了他以複雜的眼光打量和體驗世界的能力。他用複雜的、矛盾的、悖論式的方式把握了複雜的、矛盾的、悖論的世界，達到了極其深刻的境地。

魯迅不是以寧靜的學者，甚至也不是以單純的戰士的身份，而是以他的全部活生生的靈魂來從事他的探討。他的人格融化在他的世界裏，因而他的世界也不再是寧靜的、單純的，而是體現了他的主觀精神結構的複雜性、矛盾性和悖論性。我們將會看到，這種複雜性、矛

〔1〕 魯迅：《過客》，《魯迅全集》第2卷，第199頁。

盾性和悖論性不僅屬於魯迅個人，而且屬於20世紀的世界與中國及其相互間的複雜關係，屬於魯迅那“在”而“不屬於”兩個社會的“中間物”地位。更為重要的是，魯迅自己對自身的這種矛盾性、複雜性和悖論式的精神結構有著深刻的內省與自知，他洞悉自我的分裂與矛盾就像洞悉世界的複雜與混亂一樣：冷峻而深刻。對自我分裂的理解在理性上形成了一種在自知基礎上建立起來的“歷史中間物”意識，這種意識通過把自己“還原”為歷史進程中的一個普通的過渡性人物，從而建立起一種把握和感受世界的獨特方式。“中間物”標示的不是調和、折中，而是並存與鬥爭：傳統與現代，東方與西方，歷史與價值，經驗與判斷，啟蒙與超越啟蒙。

因此，毫不奇怪，本書對魯迅及其小說的分析並不試圖尋找某種“統一性”，也不試圖以作家的一種意圖、一重任務去把握魯迅和他的藝術世界。恰恰相反，對於魯迅主觀精神結構的矛盾性的理解，促使我把這種矛盾性作為理解魯迅世界的一把鑰匙。本書對魯迅小說的研究共分三個部分。

第一部分“歷史的‘中間物’”，試圖通過對“中間物”的剖析，從創作主體複雜的文化心理結構及其在小說中的體現這一角度，來認識魯迅小說的精神特點。在我看來，“中間物”這個概念標示的不僅僅是魯迅個人客觀的歷史地位，而且是一種深刻的自我意識，一種從未脫離自身具體感受的把握世界的方式或世界觀。“中間物”意識的確立是以承認自身的矛盾性、悖論性和過渡性為前提的，它迫使魯迅擺脫一切幻覺，回到自身真實的歷史性中去。當魯迅以這樣一種獨特而複雜的眼光打量這個世界時，他的藝術世界的精神特徵、情感方式、風格特點以至語言，都表現了一種複雜、矛盾的特點，而這一切又無不聯繫著創作主體複雜的主觀精神結構。

在思想的層面，人們習慣於認為魯迅啟蒙主義的基本特點或主要內涵是人道主義、個性主義和進化論。但我以為重要的是魯迅並不是直接從 18 世紀啟蒙學者那裏，也不是從 19 世紀理性哲學中汲取他的思想源泉，相反，他主要是從 19 世紀末葉的現代思潮、中國傳統（如魏晉風度）和民間文化中尋找思想材料，並在中國的現實中使它們轉化為一種理性啟蒙主義。魯迅把個人的獨立性或個體性問題置於思考的中心，他的人道理想、個性原則和歷史發展觀就有著與一般所說的人道主義、個性主義、進化論不同的思想文化背景。因此，魯迅小說的啟蒙主義內容是從他的那種獨特的個體性原則發展而來的，並糾纏著個人的體驗。

第二部分"'反抗絕望'的人生哲學"，主要從魯迅人生哲學與現代人本主義思潮的內在關聯著眼，分析魯迅小說的理性啟蒙主義構架內對個體生存的探討以及個體面對"絕望"的態度。從這一部分可以看出，魯迅的深刻之處和超越其他同代作家的地方，不僅僅在於他對社會生活的認識深度，更在於他對作為個體的知識者的生存態度的嚴峻思考。如果說人道主義、個性主義和進化論表現了那個時代普遍的意識趨向，那麼魯迅把只有個體才能充分體現的衝突，如死亡、孤獨、絕望、不安、惶惑、有罪感、恐懼，同他對社會文化問題的探索緊密地結合在一起，達到了同代人很難企及的對個體生存的深刻把握。他那"反抗絕望"的人生哲學所提供的已經不是一般的意識形態，而是面對"絕望"的生存態度。這種人生哲學不同於西方的存在哲學，但在思維方式上卻有著內在的精神聯繫。魯迅文學世界的"現代"色彩與此並非毫無關係。我無意把魯迅描寫成基爾凱廓爾、尼采、安德列耶夫等非理性主義者的後繼者，但他們之間確然存在的關係卻說明了魯迅對現代問題的敏感與認同。

第三部分是對魯迅小說敘事原則和敘事方法的研究，其中核心的問題是魯迅如何把主體精神結構及其內在矛盾性與真實的、客觀的社會生活描繪融合在一起。由於對魯迅精神結構的內在矛盾性有所理解，因此，我對魯迅敘事形式的分析並不是“純”形式的分析，在我看來，形式本身體現著主體對世界和自我及其相互關係的理解，如果主體的精神結構呈現著內在分裂，那麼就一定存在著反映或體現這種分裂的形式，如果說主體對世界的把握方式發生著變化，那麼反映這種變化的形式也必然是變化的形式。因此，我對魯迅小說敘事形式以及經由這種形式看到的對內容的理解，緊密地聯繫著我對魯迅精神結構的理解。因此，本書主要是對魯迅精神結構及其與文學關係的探討，而不是單純的形式研究。

不同時代、經歷、觀點的人們對魯迅的理解呈現了不同的魯迅形象和魯迅世界，而魯迅自身的複雜性更提供了對他進行多重認識的可能性。按照現代解釋學的觀點，一代人不僅與上代人在理解自身的方式上有差異，而且一代人對上一代人的理解與上一代人對自身的理解的方式也有差異。由於任何一代人自我理解的中心因素即是其歷史地位的畫像，所以隨後的歷史變化便會極大地改變這一形象。老一輩人的希望、恐懼和模糊的憧憬，新一輩人可用知識和事實的認識來替代。〔1〕因此，毋庸諱言，我們看魯迅就和瞿秋白、毛澤東看的不完全相同，但我們當然是有了瞿秋白、毛澤東之後才對魯迅產生了一些新的看法的。伽達默爾的解釋學堅持認為文本的效應（Wirkung）是其含義的重要成分，因為這種效應隨時代的不同而不同，所以說它有著歷史和傳統。“真正的歷史對象根本不是一個客體，而是自身和他者的統

〔1〕［美］D. C. 霍埃著，關金義譯，《批評的循環》，遼寧人民出版社，1987 年，第 51—52 頁。

一，是一種關係。在這關係中同時存在著歷史的真實和歷史理解的真實。一種正當的釋義學必須在理解本身中顯示歷史的有效性。因此我就把所需要的這樣一種歷史叫作'效果歷史'，理解本質上是一種效能歷史的關係。"[1]對於我們來說，魯迅研究的歷史或者說魯迅意義的發現史仍然起作用，因為我們自己對魯迅的理解就是從這個歷史產生出來並受制於它的。在這個意義上說，無論是我對魯迅精神結構的理解，還是從這個角度對魯迅小說的理解，都是在前人對魯迅的闡釋的影響下進行的。但我想說的是，任何人對魯迅的理解都受著自己的時代、價值觀、知識結構的限制，因此在一個時期被視為當然結論的觀點並不就是結論。對於魯迅這樣一個複雜的歷史人物來說，從政治革命、思想革命，或是文化批判、文學史等角度進行闡釋無疑會多少揭示一點他的歷史意義，但都沒有窮盡他的意義。我試圖從更為廣闊的文化、歷史背景上展示魯迅的複雜性，但我深知這種複雜性還遠未完全呈現出來。研究者研究歷史並不是在歷史之外研究，而是在歷史之內、在自己獨特的"視界"中研究，因此，無論是前人還是我們都不可能擺脫"理解"的歷史性。同時，理解不是一次性的事件，而是一個不斷變化的過程，正是在理解的歷史性的變遷中，人們不斷地深化和豐富自己的理解。

既然意義的發現是一個無限的過程，那麼魯迅的形象和意義也必然不斷地隨著時代而發生變化。我們反對那種有意的歪曲和誤解，卻無法迴避當今時代的價值和標準對我們的影響，這一點對先於我們的研究者是同樣有效的。因此，不能用傳統的觀念作為"客觀性"的依

---

〔1〕［德］伽達默爾：《真理與方法》，轉引自張汝倫：《意義的探究》，遼寧人民出版社，1986年，第190頁。

據來判斷後來的研究者，同樣也不能要求研究者和魯迅理解自身一樣地去理解他的時代和他的世界，因為只要我們承認魯迅是在特定的歷史“視界”中理解他的對象，那麼同一邏輯也將證明我們無法擺脫自己的“視界”而直接進入他的“視界”—— 人的存在總是歷史性的存在。因此，“回到魯迅那裏去！”的口號對於那些有礙於“理解”的歪曲和必須摒棄的偏見不失為一種針砭，但不是一種歷史的表述。事實證明，這個口號並沒有真正幫助研究者“回到”魯迅那兒去，倒是在“客觀性”的名義下形成了屬於特定研究者的魯迅形象和魯迅世界。正由於此，我努力使自己的理解符合魯迅的實際，努力從那個時代的廣闊背景上歷史地理解魯迅的意義，但這裏講的實際並不意味著我必須而且能夠去除一切理解的前判斷和前結構，以“客觀地”掌握研究對象。承認自己理解的魯迅形象和魯迅世界的歷史性和時間性，正是真正的歷史主義態度。相反，以是否與傳統觀念相接近作為衡量研究成果的“客觀性”的依據，恰恰是反歷史的。

我們尋找活的魯迅，尋找對於當代有著深刻啟示意義的魯迅。我們發現了魯迅的複雜性，也發現了時代的複雜性。我們力求真實地理解魯迅，但我們深知因而也並不諱言我們對魯迅的理解有著自身的歷史性。

這不也是一種“歷史中間物”意識嗎？

# 第一編

# 思想的悖論：個人與民族、進化與輪迴

## 引言

# 思想的悖論

魯迅是中國近現代史上最深刻也最複雜的思想家和文學家。他在自己所處時代的政治活動中一以貫之的激烈而堅韌的態度，使他始終居於中國民族民主革命的前列。從接受進化學說，提倡科學，到建構以"立人"為核心的啟蒙學說，並投身於清末民初的革命鬥爭；從倡導民主科學，批判國粹，支持學生運動，到奔赴北伐策源地，評介並接受馬克思主義理論，從事左翼革命文學的建設：魯迅的每一次思想變化總是伴隨著中國政治革命的歷史性發展，這中間儘管充滿著艱辛和痛苦，畢竟又是一個異常清晰的歷程。但值得注意的是，魯迅精神歷程的這種"清晰"的線索背後，卻交織著異常複雜甚至相互矛盾的思想。這位深刻的思想巨人以他獨有的敏銳感受著自己的內在矛盾，那種精神痛楚銳利得有如承受酷刑的肉體的感覺。他頻頻使用"掙扎"、從"沉重的東西"中"衝出"等意象，使人感覺到魯迅是以他的全部身心經歷著內心深處的思想風暴。

正如列文森把梁啟超的思想視為關押自己的牢籠一樣，魯迅的精神世界也是一種宛如蛛網的織體，它同樣是由許多他不得不信仰的"必不可免的矛盾、互不相容的思想交織而成的"[1]。不同的地方在於，魯迅對自身的矛盾有著更為深刻的內省與自知，卻不得不同時信奉這些相互矛盾的思想，從而長久地處於精神的矛盾和緊張之中；他追求人的主體性和普遍解放，卻相信現代哲學對人的生存狀況的深切憂慮；他倡導科學、民主、理性，卻高揚著施蒂納、尼采等對科學、民主、理性持非議態度的思想家的旗幟；他相信進化論，相信歷史的規律性、目的性和永恆的發展，以及這種發展與人的解放的內在聯繫，卻又在中國歷史的延續中看到了近乎永恆的輪迴。面對中國歷史與現實的政治、文化秩序，他毫無畏懼地舉起投槍，面對自己的個人生活，他卻無法擺脫舊的道德倫理的糾纏。於是，他不斷地向人們昭示著希望，鼓舞人們否定舊生活、開闢新生活的勇氣，同時又頻頻地談論著絕望、死亡、墳墓和孤獨。把魯迅說成悲觀主義者或虛無主義者，雖然不無根據，卻構成了對魯迅精神結構的重大誤解；同樣，把魯迅簡單地說成樂觀主義者，顯然不能理解魯迅世界的複雜性和深刻性。個性主義、個人主義、人道主義或民主主義都只能從一個方面呈現魯迅的精神特點，卻又無法再現魯迅矛盾的精神結構。一個顯著的例子就是被稱為偉大的民主主義者的魯迅，恰恰又發表過激烈抨擊西方民主政治和法國大革命及其自由平等原則的言論。

尋找魯迅精神結構的歷史起點並不是困難的事，他那外觀"清晰"的思想發展線索已告訴人們：探求中國社會和民族自身的解放道路乃是魯迅思想的出發點和內驅力。但是，倘若你試圖進一步尋找魯迅精神結構的統一的邏輯起點，你會感到深深的困惑：至少在本書涉及的

〔1〕 Joseph R. Levenson, *Liang Ch'i-ch'ao and the Mind of Modern China*, Cambridge, MA.: Harvard University Press, 1959, p. vii.

時間範圍內，魯迅精神結構始終並行存在著相互矛盾、相互交織、相互滲透的思想線索，它們消長起伏，卻遠未趨於“同一”。用感情與理智、歷史與價值的二分模式也許能夠說明像梁啟超這樣相對“單純”的思想家，卻難以解釋魯迅。魯迅的矛盾不僅僅存在於這兩個領域之間，而且存在於其中任何一個領域的內部。魯迅的矛盾思想往往有著各自的邏輯起點，並沿著各自的思維邏輯向前延伸，構成相對獨立的體系。例如，從總體上說，魯迅的雜文與《野草》在思維方式和思維內容上形成了各不相同的思想體系，它們在許多方面相互滲透，卻有著不同的邏輯起點和文化心理背景。魯迅雜文所蘊含的豐富的社會歷史哲學與《野草》所體現的深刻的人生哲學在外在形態和內在運思方面的差別，恰恰構成了魯迅精神結構的複雜與豐富：矛盾的雙方各自包含著自身的真理性，關於中國人及其社會改造的現實思考與關於個體存在的形上思考相互滲透又各有分工。思維邏輯的一致性已經打破，但對於魯迅來說，其間仍然存在著某種“個人同一性”。對他而言，個體生存與社會解放始終是以人的主體性的建立和人的解放為根本目的。從更廣泛的意義上說，這兩個方面均隸屬於魯迅關於人及其社會性的理解，從而形成了深刻的社會文化批判同複雜的個體生命體驗交織起來的獨特的思想體系。

對於這樣一個複雜的精神結構，對於這個精神結構中長期並存的相互矛盾、相互滲透的思維內容，有些研究者試圖突出一方、弱化或貶低另一方，從而把複雜的精神結構理解為單一、有序的發展過程，特別是把《野草》所體現的深沉的人生思考視為短暫的思想苦悶的表現，卻不去探討這種人生思考的普遍意義及其深刻的歷史文化淵源。事實上，只要舉出尼采、基爾凱郭爾、陀思妥耶夫斯基這三位開創20世紀現代文化潮流的人物，考察一下他們與魯迅的精神聯繫，我們便不難理解魯迅這個 20 世紀文化巨人的精神中所包蘊的深沉的人生悲涼與孤獨感，便不難理解魯迅極其現實的社會批判中浸淫著的“掙扎”意味。《野草》真實地表現了“彷徨”時期魯迅的特有心態，但它所呈示的獨特的思維方式卻在 20 世紀初年已獲得了它的哲學啟示。《野草》所體現出的作家特異的個性氣質和思維方式對於魯迅而言是一種持久的存在，而其含蘊的思想情感內容則又鮮明地標示著魯迅對“現代”的認同及其疑慮。

魯迅的複雜性和矛盾性恰恰說明了魯迅精神的獨特性。這種獨特性不是來自個人的標新立異，而是來自面臨中國現實問題時的世界性的現代眼光，來自魯迅對“現代”的敏銳感受和力圖以此為基礎建構自己的思想體系的努力，來自一個介於傳統與現代、東方與西方之間的過渡性人物的歷史抉擇。基於這樣一種理解，我從兩個層面描述魯迅的精神結構：第一個層面研究魯迅自覺的理論建構，這種理論建構為魯迅日後的發展提供了怎樣的文化和思維的背景；第二個層面研究魯迅在東西文化交匯的特殊文化氛圍中的“中間的”歷史地位和由此所規定的個體的文化心理特徵，這種文化心理特徵對於魯迅來說在許多方面是一種先定的或非自覺達成的存在，但在魯迅的精神發展過程，尤其是在他對自身的深刻自省中，愈益呈現出重要意義。

第一章

# 個人、自我及其對啟蒙主義歷史觀的否定與確認（1903—1924）

## 第一節　個人觀念及其對現代歷史的懷疑

魯迅批判思想的建構過程及其內在矛盾深刻地體現了這個精神戰士所面臨的歷史衝突：20 世紀初中國社會的首要任務是摧毀清朝專制政治和倫理體系，建立資產階級民主共和國和新的社會倫理秩序，進而贏得民族的獨立與發展；與此相應，以自由、平等和民主為中心內容的理性精神和啟蒙主義構成了中國近代革命的主要思想基礎。但另一方面，西方資產階級的一些敏感的思想家已經從自身社會的歷史發展中感受到深刻的危機，他們對資產階級青年時代的一切理想持深刻的懷疑態度。從施蒂納、叔本華、尼采、基爾凱廓爾以至柏格森等人，他們通過對自身所處的社會和他們的理論前輩的理性主義哲學體系的批判，以個人為中心建立了他們非理性主義的思想體系。魯迅思想的特點就在於，一方面，它必須為近代中國的社會變革提供理性主義的思想資源，另一方面，魯迅對現代思想的敏感與認同，必然使得他的思想呈現出不同於 18 世紀西方啟蒙主義的精神特點：魯迅必須把啟蒙運動的理性原則同起源於近代理性主義信念破滅的思想體系融為一體。

近代哲學之父笛卡兒的唯理論哲學是法國啟蒙哲學的重要來源，盧梭則是啟蒙哲學最具影響的人物。啟蒙學者把他們的“天賦”觀念和“理性”原則直接運用於社會歷史領域，認為人類社會受到天賦的理性原則——“公平”“正義”“平等”“自由”等所主宰，社會發展的歷史就是理性原則展現的歷史，一切違反這些原則的現象，最終將被歷史拋棄。這種“天賦人權”觀念構成了康有為、梁啟超、鄒容等人的社會哲學的理論基礎。例如湯爾和就說：

> 歐洲專制大行之世，人人苦之，厭之，而為舊宗教舊思想舊學說所束縛，奄奄而不敢一逞。盧君（盧梭）以天仙化人之筆舌，衝亙古之羅網，驚人生之睡夢，於是天下之人，手舞足蹈，起而為十九周轟轟烈烈之大事業。[1]

康有為的“大同”理想是這一理性原則的實現，鄒容的《革命軍》迴蕩著“各人不可奪之權利皆由天授”“男女一律平等，無上下貴賤之分”的鏗鏘之聲；法國大革命及其自由平等原則，美國革命及其民主制度，為中國的新生階級提供了政治上和文化上的依據。與這樣一種動蕩而又充滿幻想的時代相應，“中國近代先進哲學思想的主要的或基本的總趨勢和特點，卻是辯證觀念的豐富，是對科學和理性的尊重和信任，是對自然和社會的客觀規律的努力地尋求和解說，是對以程朱

〔1〕湯爾和：《歐洲大哲學家盧氏斯賓氏之界說》，《新世界學報》第 1 號，光緒二十八年八月初一，第 98 頁。

理學為核心的封建主義正統的唯心主義的對抗和鬥爭，是對黑暗現實要求改變的進步精神和樂觀態度……”[1]。

但是，魯迅的態度卻要複雜得多。他把個人的自由意志與資本主義政治制度及其自由平等原則對立起來，認為後者與君主專制一樣對個人、個性形成了束縛。魯迅承認資本主義民主制度及其自由平等原則取代“以一意孤臨萬民”“驅民納諸水火”的專制制度具有歷史必然性和進步意義，承認法國大革命後，“教力墮地，思想自由”，科學技術勃然興起，創造了“直傲睨前此二千餘年”的物質文明。[2]但魯迅還是提出了“眾庶果足以極是非之端也耶？”“物質果足盡人生之本也耶？”的疑問，並給予了否定的回答。在魯迅看來，“文明無不根舊跡而演來，亦以矯往事而生偏至”，資本主義民主制度正是這樣一種為施蒂納、尼采等“新神思宗”所批判的偏至之物。如果將這種“遷流偏至之物”“橫取而施之中國則非也”。[3]因此，魯迅激烈反對“眾治”“大群”，認為這種所謂民主制度將“滅人之自我”，而“人喪其我矣，誰則呼之興起？”。他與施蒂納、尼采一樣，把“眾制”看得比君主制度還要殘酷：

> 故民中之有獨夫，昉於今日，以獨制眾者古，而眾或反離，以眾虐獨者今，而不許其抵拒，眾昌言自由，而自由之蕉萃孤虛實莫甚焉。[4]
>
> 古之臨民者，一獨夫也；由今之道，且頓變而為千萬無賴之

---

〔1〕 李澤厚：《中國近代思想史論》，人民出版社，1979年，第126頁。

〔2〕 魯迅：《文化偏至論》，《魯迅全集》第1卷，第48、46頁。

〔3〕 同上書，第47頁。

〔4〕 魯迅：《破惡聲論》，《魯迅全集》第8卷，第26頁。

尤，民不堪命矣，於興國究何與焉。[1]

在魯迅看來，如果以這種"皈依於眾志"而犧牲個人的方法去救國，無異於重病之人不去尋醫求藥，而是荒唐地乞靈於不可知之力，到巫醫門下禱告。

對於法國大革命及其自由平等原則的評價，反映了魯迅對個人主義權利派和個人主義力量派的不同態度，而其內在批判尺度或出發點仍然是"我"或獨特的生命個體。個人主義乍看起來是一致的，實際上它分為各種流派，其中特別突出的有兩派：權利派和力量派。前一派的前提是，一切人生來都是兄弟，他們完全一樣和平等，所以他們有完全同樣的根據來利用周圍的一切福利，而且每一個人都應當尊重任何別一個個人的這種要求。這正是法國啟蒙學者的"天賦人權"觀念和理性原則。後一派恰好相反，它否定人類一致的前提以及由此產生的結果。它否定作為一定的類的成員的個人是平等的假設，而認為這些個人作為單個的人是不平等的。所以，它承認每一個個人都有根據自己力量的大小來擴展自己活動範圍和滿足自己需要的權利。這後一種觀點正好說明施蒂納、尼采等人思想方式的特點。與鄒容、孫中山等人強調"各人不可奪之權利皆由天授""凡為國人，男女一律平等，無上下貴賤之分"的"權利派"觀點形成對比，魯迅恰恰重視施蒂納"自由之得以力，而力即在乎個人，亦即資財，亦即權利"[2]的觀點，恰恰讚賞拜倫"一劍之力，即其權利，國家之法度，社會之道德，視之蔑如"[3]的精神，恰恰稱頌尼采"希望所寄，惟在大士天才；而以

〔1〕 魯迅：《文化偏至論》，《魯迅全集》第1卷，第47頁。
〔2〕 同上書，第52頁。
〔3〕 魯迅：《摩羅詩力說》，《魯迅全集》第1卷，第77頁。

愚民為本位，則惡之不殊蛇蠍"[1]的態度。

正由於此，魯迅對法國大革命的自由平等原則予以否定性的評價，他說：

> 革命於是見於英，繼起於美，復次則大起於法朗西，掃蕩門第，平一尊卑，政治之權，主以百姓，平等自由之念，社會民主之思，瀰漫於人心。流風至今，則凡社會政治經濟上一切權利，義必悉公諸眾人，而風俗習慣道德宗教趣味好尚言語暨其他為作，俱欲去上下賢不肖之閒，以大歸乎無差別。同是者是，獨是者非，以多數臨天下而暴獨特者，實十九世紀大潮之一派，且曼衍入今而未有既者也。[2]

魯迅認為，法國大革命導致了對個人價值的截然相反的觀念：它摧毀舊的習俗和信仰，喚起了人類的尊嚴，促使人們追求個體（"我"）的價值，"其自覺之精神，自一轉而之極端之主我"[3]；另一方面，自由平等觀念孕育了"社會民主之傾向"，使天下人人一致，蕩無高卑。兩相比較，魯迅肯定前者，否定後者；因為後者蔑視和滅絕人的個性，必將導致文化精神趨於固陋，頽波日逝，纖屑無存。而所謂平等原則不過是犧牲少數明哲之士以低就凡庸的多數，勢必引起社會退步。

魯迅對民主政治和自由平等原則的否定是以"我"的名義做出的，個體、個性構成了內在原則，與此相應，魯迅對現代物質文明的批判是以個體的主觀精神自由為出發點的，個體的意志和主觀性被上升到

---

〔1〕 魯迅：《文化偏至論》，《魯迅全集》第 1 卷，第 53 頁。
〔2〕 同上書，第 53 頁。
〔3〕 同上書，第 51 頁。

世界本體的位置並成為批判準則。在魯迅看來，正如民主政治與自由平等原則起源於人在社會關係中對自己的自由本質的追求一樣，物質文明的創造起源於人在與自然的關係中對自己的自由本質的追求；但恰恰是這種對自由的追求構成了更為深刻的本質的異化。

> 遞夫十九世紀後葉，而其弊果益昭，諸凡事物，無不質化，靈明日以虧蝕，旨趣流於平庸，人惟客觀之物質世界是趨，而主觀之內面精神，乃捨置不之一省。重其外，放其內，取其質，遺其神，林林眾生，物慾來蔽，社會憔悴，進步以停，於是一切詐偽罪惡，蔑弗乘之而萌，使性靈之光，愈益就於黯淡：十九世紀文明一面之通弊，蓋如此矣。〔1〕

魯迅對“主觀主義”的理解包含兩層含義：第一層是在主體與客體的關係中以主體的意志作為衡量準則，從而把個體（獨特的“我”）的主觀世界作為面對現實世界及其現存的秩序、習慣及倫理體系的至高標準，“以是之故，則思慮動作，咸離外物，獨往來於自心之天地，確信在是，滿足亦在是，謂之漸自省其內曜之成果可也”〔2〕。第二層是在精神與物質的關係中以精神作為本體，從而把精神作為人真正的自由本性而與物質文明的發展分離並對立起來。

魯迅以“我”的名義對政治制度、精神原則和物質文明的批判，在思維方式上體現了一種深刻的懷疑主義精神。從這種“懷疑”在中國現實中的實際內容來看，它類似於 18 世紀啟蒙學者對天主教神學和

---

〔1〕 魯迅：《文化偏至論》，《魯迅全集》第 1 卷，第 54 頁。
〔2〕 同上書，第 55 頁。

封建專制制度的批判。“懷疑”精神可以說是整個歐洲認識史中一種根深柢固的傳統。中世紀晚期，法國哲學家阿伯拉爾（1079—1142）開創了運用懷疑的武器指向宗教神學的先河。蒙田、笛卡兒、培根等都以懷疑精神聞名於世。特別是笛卡兒，他建立了“我思故我在”的理性懷疑論的認識論，把人的理性作為衡量一切事物的標準；除了思維理性的實在性以外，其他的一切存在，包括宗教神學所說的上帝，都是可以懷疑的。“18 世紀法國思想家正是通過‘懷疑一切’的思維方式建立自己的思想體系：除了個人的理性之外，不承認任何外界的權威；除了天賦的人權之外，不承認任何其他的權利；除了個性的自由之外，不承認任何束縛的合理性。表現在歷史哲學上，便是天賦理性的發展；表現在政治哲學上，便是個人權利的運用；表現在道德哲學上，便是個性自由的準則。”〔1〕這樣一種深刻的懷疑主義必然會引起從事近代啟蒙和反對封建專制的政治鬥爭的中國資產階級的共鳴。

懷疑主義是近代中國思想的重要源泉之一。戊戌變法時期，嚴復在介紹英國經驗主義認識論的同時，在其譯作《天演論》的按語中對笛卡兒及其懷疑論哲學做了細緻的介紹，並分析了經驗主義懷疑論對於批判宗教迷信和形而上學、推動近代科學和知識發展的重要作用：“此特嘉爾積意成我之說所由生也”，“夫只此意驗之符，則形氣之學貴矣。此所以自特嘉爾以來，格物致知之事興，而古所云心性之學微也”。〔2〕此後，梁啟超把培根和笛卡兒稱為“近世之聖人”，在《近世文明初祖二大家之學說》一文中，他認為：

〔1〕 黎紅雷：《中法啟蒙哲學之比較》，《哲學研究》1987 年第 5 期，第 65—72 頁。

〔2〕 嚴復：《天演論》，商務印書館，1981 年，第 71 頁。

> 培氏笛氏之學派雖殊，至其所以大有功於世界者，則惟一而已，曰破學界之奴性是也……培氏之意，以為無論大聖鴻哲誰某之所說，苟非驗諸實物而有徵者，當弗肎從也。笛氏之意，以為無論大聖鴻哲誰某之所說，苟非反諸本心而悉安者，當不敢信也。

正是以培、笛二氏為理論背景，以“摧毀千古之迷夢”為目的，梁啟超倡導“自由獨立不傍門戶不拾唾餘”的精神[1]，在《新民說·論自由》中他大聲疾呼：

> 我有耳目，我物我格，我有心思，我理我窮，高高山頂立，深深海底行，其於古人也，吾時而師之，時而友之，時而敵之，無容心焉，以公理為衡而已。自由何如也！[2]

從這種懷疑論哲學和現實需要出發，啟蒙思想家極力尊崇科學：“所貴乎科學者，闡明奇奧精確之理，以顯妙能敏捷之用，以之研究，則增人智識，發達思想，以之實行，則省時省力，奏奇妙功”[3]，“自二百年來科學時代之思想與事物，實世界古今之大變動”[4]，以至“道德仁義，不合乎名數質力者為懸想；以名數質力理董之者是為科學”[5]。倫理領

〔1〕梁啟超：《近世文明初祖二大家之學說》，《飲冰室合集》文集第五冊之十三，中華書局，1936 年，第 13 頁。

〔2〕梁啟超：《新民說·論自由》，《飲冰室合集》專集第三冊，中華書局，1936 年，第 48 頁。

〔3〕民：《金錢》，《新世紀》第 3、4 期，1907 年 7 月 6、13 日。見張枬、王忍之編：《辛亥革命前十年間時論選集》第二卷下，生活·讀書·新知三聯書店，1977 年，第 988 頁。

〔4〕燃（吳稚暉）：《書〈神州日報〉〈東學西漸〉篇後》，《新世紀》，第 101—103 期。見張枬、王忍之編：《辛亥革命前十年間時論選集》第三卷，生活·讀書·新知三聯書店，1978 年，第 476 頁。

〔5〕同上。

域中“君臣父子夫妻”的不平等關係與現代平等觀念的區別，被視為“宗教迷信”與“科學真理”的對立，“科學”作為現代理性主義的體現成為現代啟蒙思想的重要理論武器。

魯迅思想與上述懷疑主義思潮存在著歷史的聯繫，但在資源和取向上有重要差別。在寫作《文化偏至論》之前，魯迅曾把他的精力大量地傾注在“科學”問題上，而其政治哲學則明顯地流露出民主共和制度的傾向。“猶譚人類史者，昌言專制立憲共和，為政體進化之公例；然專制方嚴，一血刃而驟列於共和者，寧不能得之歷史間哉。”〔1〕1898 年，魯迅進入洋務派創辦的江南水師學堂，隨後又轉入陸師學堂附設的礦務鐵路學堂。1903 年，他在日本先後介紹了居里夫人新發現的鐳，研究中國的地質和礦產，1907 年，魯迅寫作的《人之歷史》和《科學史教篇》更明確地體現了魯迅以“科學”進行啟蒙的意願。

> 觀於今之世，不瞿然者幾何人哉？自然之力，既聽命於人間，發縱指揮，如使其馬，束以器械而用之；交通貿遷，利於前時，雖高山大川，無足沮核；饑癘之害減；教育之功全；較以百祀前之社會，改革蓋無烈於是也。孰先驅是，孰偕行是？察其外狀，雖不易於犁然，而實則多緣科學之進步。〔2〕

魯迅相信，社會的改革，人類的幸福，端賴科學的發展，而“興兵振業”等事對於科學而言，不過是“枝葉之求”。他特別推重培根和笛卡兒，認為“嘗屹然扇尊疑之大潮，信真理之有在”的笛卡兒奠定了“近

---

〔1〕 魯迅：《中國地質略論》，《魯迅全集》第 8 卷，第 9 頁。

〔2〕 魯迅：《科學史教篇》，《魯迅全集》第 1 卷，第 25 頁。

世哲學之基”。[1]同時，由對《天演論》的沉醉（1898），到對“人之歷史”全面系統的譯介，“物競天擇”“適者生存”的民族啟蒙意識逐步地發展為一種以科學理性為基礎的歷史發展觀念。對科學的信仰和對人類歷史紛然有序的進化觀，使魯迅建立了對人性與社會的樂觀主義信念。科學與民主作為現代理性主義的核心內容，作為封建蒙昧主義的對立物，成為五四時代魯迅的“文明批評”與“社會批評”的基本價值尺度。

但是，當魯迅以“我”的名義對民主政治、自由平等原則與物質文明提出抗議的時候，在思維內容上，他的“懷疑主義”已經遠離了18世紀啟蒙主義，毋寧是對啟蒙理性主義的反思。實際上，即使在《科學史教篇》中，魯迅也對科學理性的功能持冷靜態度：“蓋使舉世惟知識之崇，人生必大歸於枯寂，……故人群所當希冀要求者，不惟奈端（牛頓）已也，亦希詩人如狹斯丕爾（莎士比亞）……”[2]魯迅文化哲學的構建浸染著深刻的“現代主義的反現代”色彩，在許多方面構成對理性主義哲學的嚴峻挑戰。如果說在《科學史教篇》等文中，理性主義、科學主義和樂觀主義使得魯迅對完美人性的達致持信任態度，那麼在《文化偏至論》中，他已對“知感兩性，圓滿無間”的“具足調協”之“全人”持悲觀看法；如果說前者為人的理智能力導致人日益發展其對自然環境的支配而精神振奮，那麼後者則為科學發展所構成的對人的支配而憂心忡忡；如果說前者把顯示理性力量的科學技術發展的過程，視為理所當然的紛然有序的社會進步過程，那麼後者則把這一過程視為“文化偏至”的結果和歷史的否定過程中的一個階

〔1〕 魯迅：《科學史教篇》，《魯迅全集》第1卷，第31頁。
〔2〕 同上書，第35頁。

段；如果說啟蒙主義的“這種‘自由的人性’和對它的‘承認’不過是承認利己的市民個人，承認構成這種個人的生活內容，即構成現代市民生活內容的那些精神因素的不可抑制的運動”[1]，那麼後者對自由個性的追求不僅包含著反對封建專制秩序和宗教神學的內容，而且意味著對資本主義政治制度和公認價值的失望和否定。在魯迅的文化哲學體系中，潛在地存在著一種對人的存在的悲劇性感覺，一種力圖從各種物質和精神的支配下擺脫出來的掙扎感，一種尋找人的真正歸宿的激情。

魯迅把人的主觀結構作為他廣泛的社會歷史批判的唯一根據，從而以人的主觀意識為基礎設計他的民族解放和社會解放的藍圖。魯迅不遺餘力地關心人的生存境況和命運，尋找人異化的原因與人類的出路。居於他意識中心的，不是政治與經濟的變革，而是人主體性的建立及其與人類解放的關係，因此，可以說這是一種建立在主體性思想基礎上的批判理論。

魯迅的批判理論有著雙重的歷史基礎：首先，它是面對中國封建政治傳統與文化傳統的淪落而做出的歷史選擇。不同於主張實業救國的洋務派，也不同於實行政治革命的革命派，魯迅的選擇是人的解放：

> 是故將生存兩間，角逐列國是務，其首在立人，人立而後凡事舉；若其道術，乃必尊個性而張精神。[2]
>
> 外之既不後於世界之思潮，內之仍弗失固有之血脈，取今復古，別立新宗，人生意義，致之深邃，則國人之自覺至，個性

〔1〕［德］馬克思、恩格斯：《神聖家族》，《馬克思恩格斯全集》第2卷，人民出版社，1957年，第145頁。

〔2〕魯迅：《文化偏至論》，《魯迅全集》第1卷，第58頁。

張，沙聚之邦，由是轉為人國。人國既建，乃始雄厲無前，屹然獨見於天下，更何有於膚淺凡庸之事物哉？[1]

魯迅認為，個體人從世界擺脫出來並佔有世界，不能僅僅依靠政治制度的變遷，因為民主制度從它的集體性來看是同個體人的本性相違背的。

魯迅把"人各有己""朕歸於我"[2]這樣一種個人的精神反叛看作"群之大覺""中國亦以立"的最佳途徑，正是在這樣的思想線索導引下，魯迅提出了"人國"的概念。有人竭力論證"人國"就是資產階級民主共和國，這顯然是一種用心良好的附會。因為，第一，魯迅把資產階級民主政治視為壓抑人的個性的一種"壓制尤烈於暴君"的專制，而他設想的"人國"卻依賴於"個性張"；第二，魯迅把"個性張"視為通達"人國"的途徑，說明"人國"的建立不是政治革命的結果，也不是一種國家形式或政治制度的建立，而是一種伴隨所有人的自由解放而自然產生的聯合體，即"人＋人＋人＋等等"這樣一種自由人的聯盟。普列漢諾夫在分析施蒂納的"唯一者聯盟"時的分析與此相近[3]，魯迅的"人國"是對中國專制制度及其傳統觀念和資產階級民主政治及其公認價值的雙重否定。

歷史的辯證法就在於，魯迅試圖用"個性張"來最堅決最徹底地批判資本主義民主制度及其自由平等原則，並據此構建他的理想社

〔1〕 魯迅：《文化偏至論》，《魯迅全集》第1卷，第57頁。

〔2〕 魯迅：《破惡聲論》，《魯迅全集》第8卷，第24頁。

〔3〕 我在《魯迅前期思想與施蒂納》（《魯迅研究》第12輯）一文中曾對此做過分析，參見［俄］普列漢諾夫著，王蔭庭譯，《無政府主義和社會主義》，生活·讀書·新知三聯書店，1980年，第35頁。

會，而“個性張”這一手段恰好是啟發民眾的覺悟、反對專制傳統、建立資產階級民主制度的必要口號和措施。這樣，“立人”“人立而後凡事舉”“尊個性而張精神”等來自對 19 世紀西方政治經濟文明的否定的思想，恰恰構成了對“本尚物質而疾天才”“重殺之以物質而囿之以多數，個人之性，剝奪無餘”[1]的中國專制傳統及其現代變種的否定，從而成為一種與其邏輯起點恰成相對的資產階級啟蒙主義思想。從現實的層面著眼，“立人”的啟蒙意義與《科學史教篇》《人之歷史》所代表的近代理性精神雖然一則科學，一則人文，卻具有共同的歷史意義；但從理論層面著眼，“立人”思想已經遠遠超越了啟蒙思想，與《科學史教篇》等文的近代理性精神有著完全相異的邏輯出發點。

這就涉及魯迅批判思想的第二重歷史基礎：現代思想對於現代性自身的懷疑。伴隨西方資產階級文明從政治制度、物質文明到精神文化的危機，西方哲學內部也發生了相應的“轉向”：在基爾凱廓爾、尼采等人看來，“以存在及其規律為研究對象的理性主義哲學體系，由於把人的生活需要置於無足輕重的地位，由於不研究個人生活的最重要尺度，而無法為個人在複雜的世界上確定目標”。理性主義哲學，尤其是“黑格爾哲學，建立了解釋一切事物的體系卻完全忘卻了每個個人自有其主觀性”。哲學應當“個性地、僅僅為了自己而從個別的東西出發，去獲得一些對於自己的貧乏和需要、對自己的局限性的洞識，以便認識解救辦法和慰藉”。[2]這樣，人的存在的根本問題被置於哲學思考的中心，並成為哲學的基本問題之一和哲學研究的出發點，從而理論不再是抽象地討論世界的本原、認識的本質和人的本性等形而上問

---

〔1〕魯迅：《文化偏至論》，《魯迅全集》第 1 卷，第 57 頁。

〔2〕［德］尼采：《作為教育家的叔本華》，梁錫江譯，《道德的譜系》，華東師範大學出版社，2015 年，第 267 頁。

題，不再是通過科學的認識論、通過理性去認識世界、探索世界的本原，而與個人，個人的感情、情緒、體驗產生緊密聯繫，並進而指導人生。哲學的任務並不在於確定客觀世界的存在及其規律，而是要揭示和闡釋存在的意義；它應當著力研究的，不是客觀的科學領域，而是純主觀性，應當從這種主觀性中找到人的自由的、創造性的活動和人的真正存在的基礎和原則，並通過它們探求一切其他種類的存在的意義和作用，這種純主觀性是產生一切客觀性的基礎。這樣，笛卡兒的"我思故我在"的理性精神便被轉換為"我在故我思"，即把主觀意志和情緒體驗當作出發點，用它去對抗笛卡兒的出發點——具有理性思維意義的"我思"。[1]

值得注意的是，魯迅非常敏銳地覺察到尼采、基爾凱廓爾等人"以改革而胎，反抗為本"[2]的哲學體系在傳統哲學與現代哲學的轉換過程中的地位，並以此為出發點，批評以黑格爾為代表的理性主義哲學體系"移客觀之大世界於主觀之中"的認識論，批評以盧梭、沙弗斯伯利、席勒為代表的浪漫主義和古典主義把人的感性納入理性之中以求"知見情操，兩皆調整"的和諧人格，並且意味深長地預言：基爾凱廓爾、尼采"其說出世，和者日多，於是思潮為之更張，騖外者漸轉而趣內，淵思冥想之風作，自省抒情之意蘇，去現實物質與自然之樊，以就其本有心靈之域；知精神現象實人類生活之極顛，非發揮其輝光，於人生為無當；而張大個人之人格，又人生之第一義也"[3]。魯迅相信，這一起源於康德、費希特、黑格爾學說的新潮流，"受感化於其時現實之精神，已而更立新形，起以抗前時之現實"，他斷言：

---

〔1〕以上參見徐崇溫主編：《存在主義哲學》，中國社會科學出版社，1986年，第8—9頁。

〔2〕魯迅：《文化偏至論》，《魯迅全集》第1卷，第56頁。

〔3〕同上書，第55頁。

> 若夫影響，則眇眇來世，臆測殊難，特知此派之興，決非突見而靡人心，亦不至突滅而歸烏有，據地極固，函義甚深。以是為二十世紀文化始基，雖云早計，然其為將來新思想之朕兆，亦新生活之先驅，則按諸史實所昭垂，可不俟繁言而解者已。[1]

魯迅的上述判斷發表於 1908 年，即使在歐洲，基爾凱廓爾這位丹麥哲學家也剛剛受到一般人的重視，《基爾凱廓爾全集》德譯本直至 1909 年才開始出版。[2]

魯迅對“新神思宗”的深刻認同與日本思想界對尼采和基爾凱廓爾的介紹有關。從 1899 年（明治三十二年）起，吉田靜致、長谷川天溪和登張竹風等人已開始介紹尼采。[3]其中高山樗牛認為，尼采是一個反抗 19 世紀文明的思想家，他擯棄歷史主義和科學主義，對抗民主主義和社會主義潮流，力圖保護個人的人格價值和自由的純粹個人主義。在尼采筆下，個體的模範人物是天才和超人。樗牛稱讚尼采“以預言家之眼”抓住了新方法，強調“神怪奇矯的個人主義”是必要的。[4]魯迅的尼采觀顯然與樗牛極為相近。1906 年（明治三十九年），金子馬治在《早稻田文學》（9 月號）發表《基爾凱廓爾的人生觀》一文，把基爾凱廓爾與叔本華、尼采相比較，抓住了“怎樣才能以真正的人生活”和“主觀的傾向——超越尋常限度的極端主觀的傾向”這

---

〔1〕 魯迅：《文化偏至論》，《魯迅全集》第 1 卷，第 50—51 頁。

〔2〕 徐崇溫主編：《存在主義哲學》，中國社會科學出版社，1986 年，第 643 頁。

〔3〕 長谷川天溪：《尼采的哲學》，見《早稻田學報》，明治三十二年 8—11 月號。登張竹風：《論德國之最近文學》，見《帝國文學》，明治三十五年 5—7 月號。桑木嚴翼：《尼采氏倫理學一斑》，明治三十五年 11 月。見徐崇溫主編：《存在主義哲學》，第 641—642 頁。

〔4〕 參見徐崇溫主編：《存在主義哲學》，中國社會科學出版社，1986 年，第 642 頁。

兩個重要方面；上田敏則通過研究易卜生了解基爾凱廓爾。[1]這些思路顯然為魯迅所接受。

值得注意的是，當時日本哲學界正處於唯心主義哲學向新康德主義認識論和黑格爾哲學的方向深化的階段，基爾凱廓爾、尼采等人的哲學思想作為一種微不足道的異端，並未引起日本哲學界的重視。而魯迅卻以他對世界潮流的敏鋭感受，發現了這兩位改變現代思維方式並啟發了當代西方哲學的現代思想家 —— 這難道是偶然的嗎？西方現代哲學先驅極大地影響了魯迅思考問題的方法：把個人、個人的主觀性、自由本質、反叛與選擇置於思考的中心，從而魯迅在他的批判思想形成伊始，就成為一位真正屬於資產階級世紀的"批判"思想家。

## 第二節　個性、天才、自我與偏至的歷史觀，哲學的浪漫主義

自由的個人，擺脱了一切人為桎梏的個人，在魯迅的文化哲學中被大膽地提到了非凡的高度。對它來說，既沒有塵世的權威，也沒有天堂的權威；它以自己的自由意志剝奪他們兩者僅僅由於對人類精神的奴役才佔有的皇位。由這真正存在的孤獨個體出發，一切道德、法律、宗教、國家、觀念體系、現行秩序、習慣、義務、眾意……都被作為"我""己""自性""主觀"的對立物而遭到否定，這樣一個"思想行為，必以己為中樞，亦以己為終極：即立我性為絕對之自由者"[2]包含四個層面的意義：

---

〔1〕《易卜生》，《早稻田文學》1906 年 7 月號。見徐崇溫：《存在主義哲學》，第 643 頁。
〔2〕 魯迅：《文化偏至論》，《魯迅全集》第 1 卷，第 52 頁。

第一，他是真實的、具體的人而非普遍的人，是個別的個體人，是由於其獨特性而有別於其他自我的我——“此我”。“此我”的自由本質表現為主體的“選擇”，這種選擇拒絕一切觀念、義務或國家、社會意識的支配，從而充分“發揮自性”，“惟此自性，即造物主”[1]，因此，人的自由首先在於選擇和拒絕的自由。

這種關於“個體人”的思想部分地來源於尼采、基爾凱郭爾，主要來自青年黑格爾派的最後一個代表、個人無政府主義理論先驅施蒂納。恩格斯說過：“施蒂納，現代無政府主義的先知（巴枯寧從他那裏抄襲了好多東西），他用他至上的‘唯一者’壓倒了至上的‘自我意識’。”[2]施蒂納的“唯一者”是超脫一切的、不受任何約束的、絕對自由的主體。施蒂納反對黑格爾、鮑威爾兄弟、費爾巴哈等人將“理念”“自我意識”和關於“人”的抽象概念凌駕於人之上，聲稱“我那裏的一切都是獨一無二的。而只有作為這個獨一無二的自我，我把一切都歸我自己所有”[3]。在他看來，“唯一者”是世界的核心、萬物的尺度、真理的標準：

> 我的事業不是神的事業，不是人的事業，也不是真、善、正義和自由等等，而僅僅只是我自己的事，我的事業並非是普通的，而是唯一的，就如同我是唯一的那樣。[4]

---

〔1〕魯迅：《文化偏至論》，《魯迅全集》第1卷，第52頁。

〔2〕[德] 恩格斯：《路德維希·費爾巴哈和德國古典哲學的終結》，《馬克思恩格斯選集》第4卷，人民出版社，1972年，第217頁。

〔3〕[德] 麥克斯·施蒂納著，金海民譯，《唯一者及其所有物》，商務印書館，1989年，第402頁。

〔4〕同上書，第5頁。

由此，施蒂納得出了他的個人無政府主義結論：一切從上帝、國家、自然、人、神權、人權、人民、選舉等等給予我的權利，“都是他人的權利，一種我既不能給予自己又不能從自己處取出的權利”[1]。國家權力的存在來自我對自身的不尊重，隨著我對自身力量的意識的確立，國家等外來權力便自然歸於烏有。

> 既然神和人類不外乎只將它們的事業置於自己的基礎上，那麼，我也就同樣將我的事業置於我自己的基礎上。同神一樣，一切其他事物對我皆無，我的一切就是我，我就是唯一者。
>
> 我（並非）是空洞無物意義上的無，而是創造性的無，是我自己作為創造者從這裏面創造一切的那種無。[2]
>
> 我自己就是我的事業，而我既不善，也不惡。兩者對我都毫無意義。[3]
>
> 我是我的權力的所有者。如果我知道我自己是唯一者，那麼而後我就是所有者。在唯一者那裏，甚至所有者也回到他的創造性的無之中去，他就是從這創造性的無之中誕生的。每一在我之上的更高本質，不管它是神、是人都削弱我的唯一性的感情，而且只有這種意識的太陽之前方才黯然失色……我把無當作自己的事業的基礎。[4]

---

〔1〕［德］麥克斯·施蒂納著，金海民譯，《唯一者及其所有物》，商務印書館，1989 年，第 205 頁。

〔2〕同上書，第 5 頁。

〔3〕同上。

〔4〕同上書，第 408 頁。

施蒂納強調主權的“我”、獨特的“自性”和擺脫任何束縛的“己”的觀點和思維方法給魯迅以深刻啟發。魯迅激烈抨擊“以眾虐獨”“滅裂個性”“滅人之自我”，認為人必須“自別異”“獨具我見”“朕歸於我”“人各有己”“不和眾囂”“不隨風波”……[1]這與施蒂納堅決反對將人歸入其他“類”的成員，要求人是“唯一者”[2]，在基本精神上是一致的。魯迅指出：

> 聚今人之所張主，理而察之，假名之曰類，則其為類之大較二：一曰汝其為國民，一曰汝其為世界人。前者懾以不如是則亡中國，後者懾以不如是則畔文明。尋其立意，雖都無條貫主的，而皆滅人之自我，使之混然不敢自別異，泯於大群，如掩諸色以晦黑……二類所言，雖或若反，特其滅裂個性也大同。[3]

魯迅從個體性原則出發，不僅對“破迷信”“崇侵略”“盡義務”和“同文字”“有文明”“尚齊一”的時髦言論予以抨擊掃蕩，而且把他曾尊為“本柢”的“科學”“進化”這些科學理性也視為非“根本”性的“柯葉”。[4]這裏作為意識中心的，不是理性啟蒙主義的一般的、普遍的、抽象的理性人，而是“此我”，是人的獨自性，是充滿感性的、活生生的獨特個體。在這一視野中，魯迅揭示了“現代性”對人的獨特性的扼殺：民族主義和世界主義都是扼殺這種獨特性和獨自性的途徑。

---

〔1〕魯迅：《破惡聲論》，《魯迅全集》第 8 卷，第 28、27、26、27 頁。

〔2〕［德］麥克斯·施蒂納，金海民譯，《唯一者及其所有物》，商務印書館，1989 年，第 196 頁。

〔3〕魯迅：《破惡聲論》，《魯迅全集》第 8 卷，第 28 頁。

〔4〕同上書，第 28、29 頁。

第二，這種對於獨立自在的個人的捍衛，在很多場合不僅導致關於一般個人而且導致關於特別的天才、卓越的個人的思想。“主我揚己而尊天才”似乎構成了個體學說合乎邏輯的延展。

> 故是非不可公於眾，公之則果不誠；政事不可公於眾，公之則治不郅。惟超人出，世乃太平。苟不能然，則在英哲。[1]
>
> 故今之所貴所望，在有不和眾囂，獨具我見之士洞矚幽隱，評騭文明，弗與妄惑者同其是非，惟向所信是詣，舉世譽之而不加勸，舉世毀之而不加沮……[2]
>
> 惟此亦不大眾之祈，而屬望止一二士，立之為極，俾眾瞻觀，則人亦庶乎免淪沒；望雖小陋，顧亦留獨弦於槁梧，仰孤星於秋昊也。[3]

這種把庸眾與天才加以對立的思路顯然來自尼采、易卜生。尼采也像施蒂納一樣呼喚人“你要成為你自己”[4]，“成為你所是的那種人吧”[5]，但是，尼采迅速地將這種關於“自我”的學說與優秀個人，尤其是超人相聯繫：“我使命的恢弘與同時代人的渺小成鮮明對照”，“因為我是如此如此的一個人，可別把我同他人混為一談！”[6]從邏輯上說，尼采的“這個富有創意、有意志、作評價的‘我’，乃是事物的

---

〔1〕 魯迅：《文化偏至論》，《魯迅全集》第 1 卷，第 53 頁。
〔2〕 魯迅：《破惡聲論》，《魯迅全集》第 8 卷，第 27 頁。
〔3〕 同上書，第 25 頁。
〔4〕 [德] 尼采著，黃明嘉譯，《快樂的科學》，華東師範大學出版社，2007 年，第 260 頁。
〔5〕 [德] 尼采著，黃明嘉、婁林譯，《扎拉圖斯特拉如是說》，華東師範大學出版社，2009 年，第 389 頁。
〔6〕 [德] 尼采著，張念東、凌素心譯，《權力意志 —— 重估一切價值的嘗試》，商務印書館，1991 年，第 4 頁。

標尺和價值"[1]，因而這個自我就其本性而言是反對英雄崇拜的，關於這一點尼采曾反覆申辯過。然而，超人理想與對"末人"的蔑視恰恰又構成了一種新的人的理想，這也就形成了與施蒂納的個體性原則的區別。

魯迅的"個人觀"包含兩個不同層次，這在思維方式上與施蒂納和尼采的上述區別有關，但對此做系統的研究甚至對於哲學史專家來說也是極其困難的事。然而，這個問題涉及魯迅早期思想的基本構成，顯然已無法迴避。[2]從形式上和外表上看，施蒂納和尼采有許多共同之處。僅從文風上看，就可以發現，有許多用語、詞語和比喻都是相同的，甚至使人有理由設想為直接的抄襲。當然，外形上的相似是次要的，有時由於思想境遇的相同完全可以導致各各使用相同的詞句。更為重要的是兩個作家的共同精神。他們兩個人都激烈反對現行事物，尖銳批評被習慣和歷史神聖化了的公認價值。兩個人都反對當代瑣碎的、流行的道德，兩個人都反對現存的社會制度和國家制度。他們都賦予主權的、獨立的"我"以重大意義，把"愛自己""永遠做你們所意欲的"作為"愛人"的前提[3]；他們都強調意志作用，認為意志是"解放者"，"各種有機功能都可以歸結到一種根本意志"。[4]因此，從哈特曼的《倫理學》、庫諾・費舍的《現代哲學史》直至路舍澤的《施蒂納的個人主義哲學》都深信"施蒂納的'唯一者'是查拉圖斯特拉

〔1〕［德］尼采著，黃明嘉、婁林譯，《扎拉圖斯特拉如是說》，華東師範大學出版社，2009年，第65頁。

〔2〕我在《魯迅前期的思想、創作與阿爾志跋綏夫》一文中對此曾有過扼要的分析。參見《中國社會科學院研究生院學報》1986年第5期。

〔3〕［德］尼采著，高寒譯，《札拉圖斯特拉如是說》，文通書局，1949年，第203頁。

〔4〕洪謙主編：《西方現代資產階級哲學論著選集》，商務印書館，1982年，第17頁。

的‘超人’原型”。[1]這也就無怪乎魯迅把尼采視為施蒂納所開創的“新神思宗”的“至雄傑者”了。

但事實上，這兩位哲學家之間還存在很大差別；這種差別導致魯迅在接觸他們的作品時採取不同的接受和理解方式。首先，誠如羅素說的，“尼采雖然是個教授，卻是文藝性的哲學家，不算學院哲學家”[2]，因而他“沒在專門哲學家中間，卻在有文學和文藝修養的人們中間起了很大影響”。[3]他用輝煌的格言和形象的詩句表達他的哲學見解，顯得神秘隱晦，多變的思想方法和邏輯上的矛盾必須靠總的情緒的一致性來消除。因此，人們很難用明確的方式來把握他的哲學內容。與尼采相比，施蒂納大膽的文風並沒有影響其學說的系統性和邏輯上的統一性，在《唯一者及其所有物》中，施蒂納採用黑格爾辯證的和三段式的形式，系統地論述了他的“我”“唯一者”“利己主義者”及其對宗教、道德、法律和國家、私有財產和社會經濟制度、未來理想的看法。正由於此，魯迅對施蒂納的介紹遠不像對尼采、易卜生諸人的評介那樣限於總的情緒和個別觀點的發揮，而形成了完整的體系。魯迅對“己”“我”“自性”“主觀”的論述，對國家制度、平等原則、觀念世界、道德義務的否定，對力量與權利的看法，在他對施蒂納的介紹中都有明確的表述。魯迅對“個性張”的具體方式——“人各有己”“朕歸於我”以及由此而達到的“人國”理想的設想，顯然也受到施蒂納的思想啟發。可以說，施蒂納確定的概念和邏輯方式，

---

〔1〕參見［俄］庫爾欽斯基《施蒂納及其無政府主義哲學》（馬恩列斯著作研究會編輯出版部，1982 年）中的相關論述。

〔2〕［英］羅素著，馬元德譯，《西方哲學史》（下卷），商務印書館，1976 年，第 311、319 頁。

〔3〕同上。

使魯迅對“新神思宗”的總體精神的理解系統化、具體化了，這對於形成魯迅批判思想的內在完整性顯然是有幫助的。然而，正是由於尼采的詩人哲學家的特點，正是由於尼采哲學的象徵性、情緒性和某種程度的不確定性，使得魯迅能夠不斷根據自己的人生經驗而賦予新的內容，因此，魯迅終其一生都保留著對尼采的興趣，那種深刻的孤獨感、人生悲劇感和大破壞、大憤激、大憎惡、大輕蔑的情緒方式，久久地縈繞在魯迅的靈魂深處，使人彷彿聽到了尼采遙遠的回聲。從這方面說，尼采的影響遠遠超過了施蒂納和其他人。

其次，施蒂納、尼采都是“平等”的敵人，都堅決捍衛“個人”及其權利，但他們理想的“個人”及其達到這種“個人”的方式卻有重大差別。尼采為自己創造人上人的、“超人”的價值，力圖創造一種現實中不存在的“超人”的理想。

> 我教你們以超人。人是要被超越的一種東西。
>
> 猿猴對於人類是什麼？一種可笑或一種羞恥之物。人對於超人也是如此：一種可笑，或一種羞恥之物。[1]

這個“超人”既是對“人”的否定，又是“人”的生物進化的頂點。這個出發前提與尼采否定進化的“永遠還原”或“永遠輪迴”理論顯然存在矛盾，但這一矛盾恰好說明“超人”本身只是一種超越現實、無法實現的理想，一種具有非凡意志的精神貴族或英雄夢想。所以魯迅在《破惡聲論》中說：

---

〔1〕［德］尼采著，高寒譯，《札拉圖斯特拉如是說》，文通書局，1949 年，第 5 頁。

至尼佉氏，則刺取達爾文進化之說，掊擊景教，別說超人。雖云據科學為根，而宗教與幻想之臭味不脫，則其張主，特為易信仰，而非滅信仰昭然矣。[1]

施蒂納也把自由的個人提到非凡的高度，但他的“唯一者”並不存在於未來，而就在你身邊。實現“唯一者”並不需要漫長的進化，只要拋棄、擺脫一切觀念、原則、義務、道德即“怪影”，從而獲得“自性”即“我”就行：

成為一個人並不等於完成人的理想，而是表現自己、個人。需要成為我的任務的並非是我如何實現普遍人性的東西，而是我如何滿足我自己。我是我的類。[2]

尼采的理想在天上，他的目光注視著九霄雲外的與“超人”相適應的新生活。施蒂納則徘徊在地上，他只想在完全可以達到的範圍內改變我們塵世生活的現存條件。可見“唯一者”與尼采、拜倫、易卜生的理想都不一樣，它始終不是英雄、貴族、優秀人物，而只是擺脫任何觀念的“我”。

魯迅的“個人觀”無論是早期還是五四時期，始終包含著兩方面內容：其一，強調每一個個體的獨特性，“人各有己”“朕歸於我”[3]，

---

〔1〕 魯迅：《破惡聲論》，《魯迅全集》第 8 卷，第 31 頁。

〔2〕［德］麥克斯·施蒂納著，金海民譯，《唯一者及其所有物》，商務印書館，1989 年，第 196 頁。

〔3〕 魯迅：《破惡聲論》，《魯迅全集》第 8 卷，第 26 頁。

“發展各各的個性”[1]，從而由此引申出他的“人國”理想。這裏所說的“己”“我”“個性”是現實的、普遍存在的可能性，即“眾”中的每一個人都可以而且應當獲得並發揮“自性”。這一思想實際上構成了魯迅改造“國民性”思想的內在理論依據。

其二，強調優秀人物的“獨異”“自大”，呼喚“精神界之戰士”“明哲之士”“英哲”“一二士”“知者”等與庸眾處於對立狀態的傑出人物。在這個思維線路上，先覺個體與“眾”在精神上存在著不可逾越的鴻溝，這一理論的發展構成對“民主”“平等”的政治哲學的否定。在以後的歲月中，這種與尼采哲學的內在關聯儘管逐漸消泯了它在政治哲學與社會哲學方面的意義，但對魯迅個性氣質中的那種卓爾不群、敢於持異、不阿世媚俗，以及持久的內心孤獨都有深刻的影響。

第三，“此我”“自性”真正關注的是精神個體、主觀思想者，而不是在物質環境中生活的感性的具體的人。“人各有己”“朕歸於我”，實質上是要求人成為一種具有深刻自我意識能力的獨特個體，因此，這裏的“己”和“我”主要是一種自己領會自己、自己意識到自身存在的主觀心理體驗，是主觀思想者所直接體驗和感受到的整個不同於他者的精神狀態。這樣，對個體性的尊重也就是對主觀性的尊重，個體的獨立性原則也就是主觀的真理性原則。從政治倫理角度看，這種“以自有之主觀世界為至高之標準”的主觀性原則超越了客觀的善惡判斷，因為“惟發揮個性，為至高之道德，而顧瞻他事，胥無益焉”[2]，道德法則作為群體多數的產物與人的個體性原則在本性上無法相容。

這種“視主觀之心靈界，當較客觀之物質界為尤尊”的思想實際

---

〔1〕 魯迅：《兩地書·四》，《魯迅全集》第 11 卷，第 20 頁。

〔2〕 魯迅：《文化偏至論》，《魯迅全集》第 1 卷，第 52 頁。

上已超越倫理層次，而具有本體論意義。

> 意者文化常進於幽深，人心不安於固定，二十世紀之文明，當必沉邃莊嚴，至與十九世紀之文明異趣。新生一作，虛偽道消，內部之生活，其將愈深且強歟？精神生活之光耀，將愈興起而發揚歟？成然以覺，出客觀夢幻之世界，而主觀與自覺之生活，將由是而益張歟？內部之生活強，則人生之意義亦愈邃，個人尊嚴之旨趣亦愈明，二十世紀之新精神，殆將立狂風怒浪之間，恃意力以闢生路者也。[1]

魯迅區分了個體存在的兩種方式，其一是與"客觀夢幻之世界"渾然一體，作為客體中的一個客體而存在；另一種則是從客觀世界中分離出來進入"主觀與自覺之生活"，成為一個具有獨立意志的主體。魯迅接受了叔本華"意力為世界之本體"[2]的觀點，但顯然沒有像後者那樣把意志看作一種不能遏止而又必須否定放棄從而使世界歸於"無"的盲目力量，相反，主觀意志恰恰是使生命進於深邃的自由境界的內在動力，是使人"思慮動作，咸離外物，獨往來於自心之天地"的根本依據。魯迅把處於"主觀與自覺"狀態的個體（自由意志）視為唯一真實的、有意義的存在，實際上也就是把人的精神狀態的重要性提到了首位，這就是所謂"去現實物質與自然之樊，以就其本有心靈之域；知精神現象實人類生活之極顛，非發揮其輝光，於人生為無當；而張大個人之人格，又人生之第一義也"。[3]

---

〔1〕 魯迅：《文化偏至論》，《魯迅全集》第1卷，第56—57頁。
〔2〕 同上書，第56頁。
〔3〕 同上書，第55頁。

既然個體的主觀與自覺狀態是一種擺脫了客觀世界的存在，因此，個體的精神發展就不是在主客關係中展開，而是在個體與自身的關係中展開，或者說，獨特的個體也就是一種自己對自己的關係。這樣，“主觀與自覺”狀態的形成或“此我”“自性”的確立，不是依靠人的理性認識而是依據人的主觀心理體驗，因為“認識”一詞表達的是主客體之間的同一關係，魯迅和“新神思宗”批判的物質文明正來自人對自然的理性認識與利用，而個體性原則和主觀性原則意味著對客觀物質世界的擺脫，真理不是一種客觀的存在，而是人的主觀性本身。這就使得魯迅關於獨特個體的思想與現代非理性主義哲學發生了內在關聯。“自省其內曜”“反省於內面者深”“內省諸己，豁然貫通”〔1〕：所有這一切使人得以“人各有己”“朕歸於我”的精神條件，不是人對客觀世界的科學把握，而是人的神秘的精神活動。

當魯迅把這種神秘的“人之內曜”〔2〕提高到至尊地位時，他必然把包括宗教信仰在內的非理性精神活動也納入他的思想體系中，因為宗教信仰也是一種超越客觀“物質之生活”的“形上之需求”。〔3〕《破惡聲論》把宗教視為“向上之民，欲離是有限相對之現世，以趣無限絕對之至上者也”〔4〕，讚美中國“以普崇萬物為文化本根”，“顧瞻百昌，審諦萬物，若無不有靈覺妙義焉”。〔5〕在魯迅看來，中國四千年前的宗教信仰與現代非理性主義者（“今世冥通神閟之士”）有著共同的歸宿〔6〕，從這樣的理論邏輯出發，魯迅對他所崇奉的科學理性的認識能力

---

〔1〕 魯迅：《文化偏至論》，《魯迅全集》第1卷，第56頁。

〔2〕 魯迅：《破惡聲論》，《魯迅全集》第8卷，第27頁。

〔3〕 同上書，第29頁。

〔4〕 同上。

〔5〕 同上書，第29—30頁。

〔6〕 同上書，第30頁。

表示深刻懷疑，認為科學“不思事理神閟變化”[1]，並進而援引海克爾的“一元論宗教”，把“科學”“理性”納入宗教信仰的非理性範疇。[2]

由此，第四，我們達到了對自由個體的超越性的理解。魯迅把“此我”視為一種自由的存在，但是自由的個人感到有某種並非他自身的東西，那就是超越，就是“形上之需求”，就是信仰。人只有面對並確立了這樣一種超越的領域（“確固之崇信”“作始之性質”），人才真正面對著無數的選擇、自由和可能性。這樣一種對信仰的追求實際上構成了個體人不斷超越自我的連續運動，如同尼采的超人哲學所體現的那種超越與信仰的關係一樣。[3]

對自我的超越包含了兩層含義，即向未來的超越和向世界的超越，這兩個方面將構成由個體人組成的歷史運動。超越自我的運動使得“咸離外物”的“此我”獲得了自身的歷史性和與世界的聯繫。

> 蓋惟聲發自心，朕歸於我，而人始自有己；人各有己，而群之大覺近矣。[4]
>
> 發國人之內曜，人各有己，不隨風波，而中國亦以立。[5]

“人各有己”，按照個體的主觀性原則而言，乃是“獨往來於自心天地”，從而擺脫與客體的關係，獲得對於自身的關係，但其結果卻是“群之大覺”“中國亦以立”——個體通過對自我的超越而走向非己的客

---

〔1〕 魯迅：《破惡聲論》，《魯迅全集》第 8 卷，第 30 頁。

〔2〕 同上。

〔3〕 魯迅：《文化偏至論》，《魯迅全集》第 1 卷，第 50 頁。

〔4〕 魯迅：《破惡聲論》，《魯迅全集》第 8 卷，第 26 頁。

〔5〕 同上書，第 27 頁。

體和他者。

從上述四個方面，我們可以更清楚地看到獨特的、主權的個體乃是魯迅文化哲學的核心主題。這個自由個體是選擇、自由、唯一者、生命意志、主觀真理，最後它藉助於從有限狀態對無限絕對的追求而獲得超越，並歸於客體和他者。這樣一個完整的思想體系建立在由施蒂納的唯一者、叔本華的生命意志、尼采的超人、基爾凱廓爾的孤獨個體所構成的理論背景之上，而就最後兩個層面而言，基爾凱廓爾的影響尤為重要：

> 如尼佉、伊勃生諸人，皆據其所信，力抗時俗，示主觀傾向之極致；而契開迦爾（作者註：即基爾凱廓爾）則謂真理準則，獨在主觀，惟主觀性，即為真理，至凡有道德行為，亦可弗問客觀之結果若何，而一任主觀之善惡為判斷焉。[1]

基爾凱廓爾把"孤獨個體"看作世界上的唯一實在，把存在於個體內心中的東西——主觀心理體驗看作人的真正存在和哲學的出發點。在《致死的疾病》一書中，他給"孤獨個體"定義道：

> 人是精神。但什麼是精神？精神是自我。但什麼是自我？自我是一個將自己與自己聯繫起來的關係，或者說，自我處於這樣一種關係，在其中自我與其自身發生了關係；自我不是關係，而是將自我與其自身關聯起來而構成的事實。人是無限與有限、短暫與永恆、自由與必然性的綜合體，簡言之，自我是一個綜合

〔1〕魯迅：《文化偏至論》，《魯迅全集》第1卷，第55頁。

體。一個綜合體即兩種要素間的關係。就此而言，人還不是一個自我。[1]

孤獨的非理性的主觀心理體驗構成了“孤獨個體”的真正本質。與這個只與自身發生關係的個體相比，“公眾是許多人，比所有人加起來還要多，但它是一個無法被檢查的物體，它甚至也無法被代表，因為它是一個抽象。無論如何，當時代成為反思的和冷漠的，並摧毀一切具體的東西，公眾就成為一切事物或被設想為包括一切事物，這在此顯示個人如何被拋回其自身”[2]。“因此，真理不可能從外部引入個體，而是從始至終內在於個體”，“在蘇格拉底看來，每一個體是其自身的中心，全部世界以他為中心，因為他的自我知識是一種上帝的知識……每一個人必須理解他自己，並通過這一理解解釋擁有同等的人性和自尊的每個個體”。[3]所以基爾凱廓爾斷言，“主觀性即真理。憑藉存在於永恆和本質的真理與存在的個體的關係，悖論出現了”。“現在永恆的、本質的真理不是在其身後，而是在其前方，通過其存在或曾經存在，由此，如果個體不曾存在地或在其存在中掌握真理，也就決不能掌握真理。”在這個意義上，“主觀性、內在性是真理”[4]。這樣，他的哲學與德國哲學的區別就是：“它將不是從虛無，或無假設，或通過中介解釋一切事物開始；恰恰相反，它始於這樣一個假設，即在天地之間存在著許多哲學家從未解釋過的事物。”“這是一種理解存在著無法理解的事物的人類理解的責任……悖論不是一個退讓，而是一個

〔1〕 *A. Kierkegaard Anthology*, ed. by Robert Bretall, Princeton University Press, 1973, p. 340.

〔2〕 Ibid., p. 265.

〔3〕 Ibid., pp. 155, 156.

〔4〕 Ibid., pp. 218, 219.

範疇，一種本體論定義，它表達著存在著的認知精神與永恆真理之間的關係。”〔1〕儘管魯迅對宗教哲學、上帝與真理的關係不可能有什麼興趣，但基爾凱廓爾對主觀真理、唯一者（the Unique）的主觀心理體驗、個體的自由選擇，以及個體與眾、與客觀世界的關係等問題的沉思，對於魯迅的批判思想有著深刻的啟發，尤其是在由主觀出發重估一切價值和人的形上需求即超越等方面，思維方式上的內在關聯是隱然可見的。

魯迅把人的個體性與主觀性置於他的社會歷史思考的中心，從而形成了他的“文化偏至”的歷史辯證法。這種歷史辯證法與他在別的場合表述的進化史觀構成內在矛盾，在思維內容上既與理性主義哲學，特別是黑格爾的歷史辯證法相接近，又深深地浸染了現代人本主義哲學關於“個體人”的思考。理性原則和“啟蒙精神”所要求的就是把自然界和人類變為對抗著的主體—客體的關係，所謂歷史的“進步”就是指人類征服和掌握自然的過程；在社會歷史領域，人類由宗教專制到君主專制，直至現代民主社會，顯示了人類在與自身的關係中不斷擺脫必然性而走向“自由”的“進步”歷程。這兩個方面形成了一種樂觀的、肯定的歷史辯證法。在黑格爾那裏，歷史是絕對精神沿著通往自由的道路的前進運動，即自由意識的進步和必然性實現的進步；在馬克思那裏，伴隨生產力的發展不斷使人類征服自然的能力增強，人類社會逐步從自然的必然性中擺脫出來，並在廢除私有制和僱傭勞動的過程中，達到共產主義的“自由王國”。魯迅在《科學史教篇》中所表述的關於歷史發展與人類征服自然能力的關係，對於“世界不直進，常曲折如螺旋，大波小波，起伏萬狀，進退久之而達水

〔1〕 *A. Kierkegaard Anthology*, ed. by Robert Bretall, Princeton University Press, 1973, p. 153.

裔……”[1]的辯證觀點，顯示了魯迅的理性主義原則和客觀辯證法。

但是，當魯迅把個體性原則引入他的歷史觀之後，他對歷史進步的理解同時也就成了對歷史“偏至”的理解，因為從個體人的角度看，征服自然、統治自然、摧毀舊秩序、建立新秩序的“進步”過程，恰恰又無條件地犧牲了每個具體的個人，導致對人的新的奴役和支配：

> 今所成就，無一不繩前時之遺跡，則文明必日有其遷流，又或抗往代之大潮，則文明亦不能無偏至。[2]

這種“文化偏至”的歷史辯證法由於引入了個體人的自由問題，從而與所謂“進化史觀”形成了內在矛盾。從表面看，魯迅關於“文化偏至”的否定辯證法在邏輯形式上與馬克思沿用過的“否定之否定”的辯證史觀相似，馬克思說：

> 一切發展，不管其內容如何，都可以看作一系列不同的發展階段，它們以一個否定另一個的方式彼此聯繫著。比方說，人民在自己的發展中從君主專制過渡到君主立憲，就是否定自己從前的政治存在。任何領域的發展不可能不否定自己從前的存在形式。而用道德的語言來講，否定就是背棄。[3]

但是，魯迅的“文化偏至觀”與馬克思歷史觀點的區別仍是清晰

〔1〕魯迅：《科學史教篇》，《魯迅全集》第1卷，第28頁。
〔2〕魯迅：《文化偏至論》，《魯迅全集》第1卷，第47頁。
〔3〕［德］馬克思：《道德化的批判和批判化的道德》，《馬克思恩格斯選集》第1卷，人民出版社，1972年，第169頁。

的：第一，馬克思考察了文明史的物質基礎，從而把歷史的進步同人對自然的掌握能力相聯繫，而魯迅是從人的自由意志考察政治制度和物質文明的演進，從宗教專制到世俗專制，從民主專制到物質專制，歷史過程的發展起源於人的自由要求，但“進步”換來的仍然是讓普遍的東西 —— 無論是宗教，是君主，是民主，還是觀念，是物質 —— 奴役和支配單一的、具體的東西 —— 人的存在和意義被外在的力量所吞沒；因此，第二，儘管魯迅與理性主義者一樣把歷史看作人力圖揚棄自身與自然、自身與自身關係的必然性的過程，但是魯迅的文化變遷理論卻否定這個發展過程的後來階段提供了比先前階段更多的自由。他甚至認為，以“啟蒙精神”為標誌的理性原則帶來了人的內在分裂或精神的萎靡衰退，科學技術和民主政治最終消滅了人的個體存在，因而新的秩序和文明甚至比以前的君主制度更嚴重地構成了對人的束縛和奴役，人類要求從神話鐐銬中解放出來的理性原則最後也成了一種神話。人類力圖在其中肯定自己的文明是通過人類的自我壓抑和自我否定實現的。這就像霍克海默說的：“啟蒙精神在技術工具方面的發展，是一個失卻人性的過程所伴隨著的。這樣，進步就威脅著要取消它被假定為要實現的目標 —— 人的思想。”〔1〕

文化的“偏至”運動起源於人的自由要求，卻沒有達到對這種自由要求的肯定，而是必然地走向人類自由願望的對立面。由此可見，“偏至”的文化所以是“偏至”的，是就其與人的自我意識發展的關係或人的主體性關係而言的。按照“偏至”的邏輯，歷史總是由否定走向否定，“人國”作為一種“文化偏至”的否定結果只能是一種價值理想，而難以構成一種未來的實體：它反對和否定一切壓抑或“物

〔1〕 徐崇溫：《法蘭克福學派述評》，生活 · 讀書 · 新知三聯書店，1980 年，第 51 頁。

化”個人的社會秩序、文化形態和思想觀念。但是，魯迅恰恰又把“人國”作為一種未來的社會文化形式來表述，也即把人的自由和人的主體性建立作為歷史發展的終極目標，從而那種具有非理性色彩的文化觀最終被限定在理性主義的框架內，歷史成為一種向既定目標前進的過程，文化的“偏至”運動是人類擺脫必然性的歷史代價。在魯迅的反進化論的歷史文化描述與他的設定理想之間存在著難以彌合的邏輯悖論，但恰恰是這種悖論說明了他的文化哲學的二重性：現代思潮與理性啟蒙主義的複雜組合。

魯迅以施蒂納、叔本華、尼采、基爾凱郭爾為理論背景，提出了關於人的個體性、主觀性和超越性的理論，並把這種理論沿用於歷史領域形成獨特的“文化偏至”的否定辯證法。魯迅思想的否定性、毀滅性的批判力量與這種思維邏輯存在著深刻聯繫，對人的悲劇性歷史處境的理解也在此找到了依據；但與此同時，把人的個體性、主觀性和超越性當作人類解放的啟明星，又必然使得這種關於人類悲劇性發展的理論染上了深深的浪漫主義色彩。朗格這樣描述浪漫主義的特點：

> 力求把生活和思想恢復到其原先的、自然的統一之中，而這種統一是被啟蒙運動給分離了的。啟蒙運動所做過的是分化和限制，浪漫主義所要做的是聯繫和結合……浪漫主義是靠主觀的東西而存在的，但它把主觀的東西從個人的擴到社會的，從而產生出主觀的普遍意義……浪漫主義的基本特徵之一就是對無限的一種渴望。它從來不無保留地接受現在，它永遠在尋求另外的東西，而且永遠在發現有某種更好的東西。我們可以說浪漫主義者只有當他體驗到他渴望成為不同於現在的他的時候，當他充滿渴望之情的時候，才變成真正的浪漫主義者。……他們所期待於宗教的是把人從

有限的生命提高到無限的生命。[1]

而所有這一切是“和啟蒙運動時期的人們不一樣”的。

由此我們又發現了魯迅的文化哲學與他的藝術選擇的內在關聯：魯迅追慕“接天然之宮，冥契萬有，與之靈會，道其能道”的“古民神思”[2]，抨擊“要在不攖人心；以不攖人心故，則必先自致槁木之心，立無為之治”的“平和”而抑制人性的中國傳統[3]，推崇卡萊爾、尼采、拜倫、易卜生、雪萊等“無不函剛健抗拒破壞挑戰之聲”的“摩羅詩人”[4]——追求人的超越性，強調人的個體獨立性和由此出發對現實秩序的破壞性：文化哲學的內在尺度構成了魯迅浪漫主義文學思想的根本依據。否定老子，批評屈原，對“人生之閟機”的非理性啟悟[5]，反對“詩與道德合”的觀念，上抗天帝、下壓眾生的獨立人格，“人生不可知，社會不可恃，則對天物之不偽，遂寄之無限之溫情”的心態[6]，“如狂濤如厲風，舉一切偽飾陋習，悉與蕩滌，瞻顧前後，素所不知”的無畏追求[7]，……魯迅的浪漫主義精神與其說是文學性的，不如說是哲學性的，那種對惡、對否定力量、對統一的自然的熱情淵源於他的人的個體性原則及由此產生的文化歷史觀，洋溢其間的是對個體生命力量的崇拜和對否定與壓抑個體生命的一切外在法則的反叛。

羅素從哲學史的角度說：“浪漫主義觀點所以打動人心的理由，隱

〔1〕［美］保羅·亨利·朗格著，張洪島譯，《19 世紀西方音樂文化史》，人民音樂出版社，1982 年，第 5—7 頁。
〔2〕魯迅：《摩羅詩力說》，《魯迅全集》第 1 卷，第 65 頁。
〔3〕同上書，第 69 頁。
〔4〕同上書，第 75 頁。
〔5〕同上書，第 74 頁。
〔6〕同上書，第 88 頁。
〔7〕同上書，第 84 頁。

伏在人性和人類環境的極深處”，那便是對群居生活中人的孤獨的反抗。[1]“神秘主義者與神合為一體，在冥想造物主時感覺自己免除了對同儕的義務”，而浪漫主義者“感覺自己並不是與神合一，而就是神。所謂真理和義務，代表我們對事情和對同類的服從，對於成了神的人來講不復存在；對於旁人，真理就是他所斷定的，義務就是他所命令的”。[2]這種浪漫主義與“孤獨個體”之間的內在聯繫正是魯迅的批判思想及其藝術選擇的特徵。

另一方面，魯迅對復仇與反抗詩人的呼喚包含著深刻的民族主義精神，那種為弱小民族的自由解放而奮鬥的文學必然在中國民族革命的氛圍中引起共振，但這種現實功利目的並不構成對上述論斷的否定。正如羅素指出的：

> 民族原則是同一種“哲學”的推廣，拜倫是它的一個主要倡導者。一個民族被假定成一個民族，是共同祖先的後嗣，共有某種“血緣意識”，馬志尼經常責備英國人沒給拜倫以正當的評價，他把民族設想成具有一個神秘的個性，而將其他浪漫主義者在英雄人物身上尋求的無政府式的偉大歸給了民族。[3]

正是如此。對於魯迅來說，個人的自由與民族的自由是作為一種“同一”的要求出現的。這也說明了魯迅的文化哲學在特定歷史氛圍中的民族主義色彩。

值得注意的是，五四時期的魯迅在創作方法上日益趨向現實主

〔1〕［英］羅素著，馬元德譯，《西方哲學史》（下卷），第 221 頁。
〔2〕同上。
〔3〕同上書，第 223 頁。

義，但那種對人的自由解放、人的生命力量的關注並未消逝，只是浪漫的色彩變成了對遭受壓抑困頓的生存狀況的深沉觀察。1924 年，魯迅在寫作《彷徨》《野草》的同時，翻譯了廚川白村的《苦悶的象徵》，該書根據柏格森的生命哲學，把進行不息的生命力作為人類生活的根本，認為"生命力受了壓抑而生的苦惱乃是文藝的根柢"，"苦悶的象徵"表達的正是早期文化哲學的內在精神，只不過這種精神是以"苦悶的"、否定性的形態表現出來，這自然與 20 年代魯迅的思想狀況有著內在的聯繫。"非有天馬行空似的大精神即無大藝術的產生。但中國現在的精神又何其萎靡錮蔽呢？"〔1〕這與《文化偏至論》《摩羅詩力說》的內在精神不是遙相呼應麼？柏格森作為尼采、叔本華的後裔深刻影響了廚川，而後者又引發了魯迅的共鳴，對於這一現象背後廣闊的世界性文化背景，我們是不能視而不見的。這一事實引申的邏輯結論便是：我們同樣必須把魯迅的文學創作置於這一不可忽視的文化背景下考察。

## 第三節　個人觀念的社會政治意義
## ——反現代的個人如何被置入現代歷史？

顯然，在魯迅文化哲學的構架內，個體性和主觀性原則的邏輯發展已形成了對魯迅篤信的科學理性精神和進化論歷史觀的深刻悖逆。但是，在不同的場合，魯迅對悖逆的雙方均深信不疑。由此，我們明顯地發現魯迅思想體系中內蘊著源自完全相異的思想淵源的思維線

---

〔1〕 魯迅：《〈苦悶的象徵〉引言》，《魯迅全集》第 10 卷，第 257 頁。

索，並在各自的邏輯推動下發展出尖銳矛盾的結論。

然而，對立的思維邏輯並沒有導致魯迅尖銳的心理緊張，恰恰相反，由於魯迅始終以解決現實問題作為他的理論思考的歷史前提，因此，對思辨內容的實用的或現實的理解，使得相異的思想觀點在"同一的"現實需要中獲得緩解。追究中國近代思想家的儼然"同一"的邏輯體系常常是勞而無功的，他們在不同的場合，甚至同一場合信奉著完全不同的思想，但是，他們紛然的理論見解背後又確實存在著某種思維方法和心理的"同一性"：中國知識分子頑強的"實用理性"和感時憂國的內在激情。梁啟超如此[1]，魯迅的方式有所不同，但也不例外。因此，對於研究像魯迅這樣的實踐型思想家來說，分析其思想體系的實踐內容至少和研究它的思維內容同樣重要。

從這個角度說，以個體性或主體性為核心的魯迅文化哲學建構的實踐意義與產生這一文化哲學的現代理論背景之間，必然存在著深刻區別。

第一，魯迅的批判思想在思維內容上首先是對西方現代民主政治、精神原則和物質文明的批判否定，而其實踐內容卻是對"製造""商估""立憲""國會"等中國現實政治主張的批判否定。"異化"的危機感在這裏恰恰又呈現了對洋務派、改良派和某些革命派人物的社會政治主張的機械性質的批判，即認為這些主張"重其外，放其內"，"惟客觀之物質世界是趨，而主觀之內面精神，乃捨置不之一省"[2]，從而忽視了改造世界的主體——人的決定作用。當魯迅把民族革命和社會解放的實踐任務作為自己理論推理的前提時，對人的主體

---

〔1〕 Joseph R. Levenson, *Liang Ch'i ch'ao and the Mind of Modern China*, Cambridge, MA.: Harvard University Press, 1959, p. 4.

〔2〕 魯迅：《文化偏至論》，《魯迅全集》第 1 卷，第 54 頁。

性的強調就必然包含著“環境的改變和人的活動的一致”的“革命的實踐內容”。[1]魯迅把“己”“我”“自性”與“群之大覺”“中國亦以立”相聯繫，正說明他強調的獨特的個人並不是抽象的思辨概念，而是作為社會變革主體的人：魯迅強調的“己”和“我”已經不是自私自利的“唯一者”或充滿絕望恐懼的“孤獨個體”，而是充滿社會責任感和自覺精神的“己”和“我”。

第二，正是這樣一種緊迫的現實需求，使得魯迅不得不或多或少地離開原有的理論思維體系，把思辨的概念作現實的理解。在他那裏，國家不再是抽象的觀念，而是現實人的創造物，是清朝專制政府；“群”不再是抽象、普遍的群體，而是由於專制體系而喪失了對自我利益的要求的人民；“觀念世界”不再是作為獨立存在物的自我意識、絕對精神、自由、道德……而是導致“靡然合趣”“萬喙同鳴”的“寂寞之境”的現實人的思想方法，是“同是者是，獨是者非”的獨斷政治和文化傳統；他要求的人的自由也不再是抽象的人的自由，而是和特定時代的中國人民擺脫專制和異族侵略的現實行動密切相關的人的自由；他用“己”“我”的獨立性對抗“道德”“義務”，其現實內容恰恰是對以“克己復禮”為其特徵，以“虛其心，實其腹，弱其志，常使民無知無慾”為其內容的倫理體系的無情否定……

第三，魯迅的個體性原則源自現代思潮對於傳統理性主義哲學的批判，但在現實性上恰恰又與後者一樣起到了確立資本主義新關係的作用。18 世紀法國唯物主義者愛爾維修斷言，社會發展的“奧妙的原因”就是利益和自私，提出一套利己必須利他的合理利己主義理論，

---

〔1〕［德］馬克思：《關於費爾巴哈的提綱》，《馬克思恩格斯選集》第 1 卷，人民出版社，1956 年，第 16、17 頁。

從而揭去了披在封建剝削上的各種虛偽裝飾。馬克思指出，在封建社會，從理論上宣佈"利己"的原則，"是一個大膽的公開的進步，這是一種啟蒙，它揭示了披在封建剝削上面的政治、宗法、宗教和閒逸的外衣的世俗意義，這些外衣符合當時的剝削形式，而君主專制理論家們特別把它系統化了"[1]。中國近代資產階級直接繼承了18世紀啟蒙主義的理論傳統，梁啟超理直氣壯地宣佈：

> 為我也，利己也，私也，中國古義以為惡德者也。是果惡德乎？曰：惡是何言！天下道德法律，未有不自利己而立者也。
>
> 蓋西國政治之基礎在於民權，而民權之鞏固由於國民競爭權利寸步不肯稍讓，即以人人不拔一毫之心，以自利者利天下……[2]

魯迅的出發點與梁啟超完全不同，他在主觀上始終不是把肯定"以己為中樞，亦以己為終極"視為確立資本主義新關係的宣傳，但在客觀上是適應了這一潮流的。

第四，魯迅像其他民主主義者一樣，給"個體"或"己""我"注入了"人道"的內容，把人的主體性與人的解放相聯繫，從而把它改變為一種嶄新的倫理觀。這裏以施蒂納為例。施蒂納力證利己主義是人類一切存在的起點和終點、主要動機和最終目的，因此在某種情況下他又

---

〔1〕［德］馬克思、恩格斯：《德意志意識形態》，《馬克思恩格斯全集》第3卷，人民出版社，1970年，第479頁。

〔2〕任公（梁啟超）：《十種德行相反相成義》，《清議報》第82冊，光緒二十七年五月初一。引自張枬、王忍之編：《辛亥革命前十年間時論選集》第一卷上，生活·讀書·新知三聯書店，1977年，第13—14頁。

引入一些利他主義因素，比如他甚至把犧牲生命、幸福、自由也看作利己主義。正是這樣一些內容引起了人們的誤解。1844 年恩格斯在“受該書直接印象的很大影響”下〔1〕，就曾企圖把施蒂納的利己主義適用於社會生活而為共產主義服務〔2〕，因而引起馬克思的批評；俄國革命民主主義者別林斯基甚至認為施蒂納揭示了利己主義“新的品質和使它獲得普遍尊敬的新的權利，從而把這個詞變成能為人類指明道路的燈塔”，“包含著一切道德結論的可能性”。〔3〕魯迅一方面主張“凡有危邦，咸與扶起”的利他主義原則，另一方面又倡導“以己為中樞，亦以己為終極”的利己主義原則，實際上是企圖用利他的、人道的內容去改造利己主義，使之成為一種適合於“人國”的嶄新的道德法則。魯迅力求把“個人”“絕義務”與“害人利己”相區別〔4〕，這種邏輯上的不一致恰好體現了一種與恩格斯、別林斯基相似的心理願望：把人民利益和個人利益，社會責任和個人自由，理性要求和個人志趣，客觀需要和人的主動精神融為一體，把民族、社會，甚至整個人類的事業視為自己的事業，從而把人的主體性、個體人的解放與人類前景聯繫起來。

這樣一種嶄新的倫理觀，把道德從宗教和唯心主義的高空移到了現實人的利益中，因而包含著“歷史唯物主義的萌芽”。正由於此，這種“自他兩利”〔5〕的道德觀也就成為批判封建道德的有力武器。於 1918 年寫下的《我之節烈觀》一文，就是依據這種嶄新的道德觀，否定了

---

〔1〕［德］恩格斯：《恩格斯致馬克思 1845 年 1 月 20 日》，《馬克思恩格斯全集》第 27 卷，人民出版社，1972 年，第 16 頁。

〔2〕［德］恩格斯：《恩格斯致馬克思 1844 年 11 月 19 日》，同上書，第 12—13 頁。

〔3〕［俄］巴·瓦·安年柯夫：《文學回憶錄》，引自庫爾欽斯基《施蒂納及其無政府主義哲學》，第 29 頁附註。

〔4〕魯迅：《文化偏至論》，《魯迅全集》第 1 卷，第 52 頁。

〔5〕魯迅：《我之節烈觀》，《魯迅全集》第 1 卷，第 124 頁。

“既不利人，又不利己”的封建節烈觀，魯迅呼喚道：“要自己和別人，都純潔聰明勇猛向上。要除去虛偽的臉譜。要除去世上害己害人的昏迷和強暴”，“要人類都受正當的幸福”。[1]

這是一個極耐玩味的現象：魯迅的文化哲學與現代人本主義思潮有著內在、緊密的關聯，那些非理性主義的哲學先驅深刻地影響了魯迅思考人生與世界的獨特方式和內容。但是，中國現實社會的落後狀況與中國知識分子特有的“實用理性”，使得這一思想體系沒有像柏格森、海德格爾、雅斯貝爾斯、梅洛·龐蒂、薩特和加繆那樣，充分發展出一整套關於“存在”和生命的深邃的非理性思考，恰恰相反，這一體系在實踐過程中逐步地與 18 世紀以來的理性啟蒙傳統相趨近，引申出一整套關於改造民族靈魂的理性主義思想體系，思維邏輯上的內在矛盾在歷史的演進中變得不那麼重要。非理性的思想家被納入了理性的歷史，非理性主義的思維邏輯與《科學史教篇》的科學理性精神獲得了某種“同一”的歷史意義。

正由於此，魯迅積極地投入了“五四”反封建文化運動，而這個運動標舉的正是“民主”與“科學”這兩面理性主義旗幟。1919 年 1 月《新青年》第 6 卷第 1 號發表《本志罪案之答辯書》，回答了整個封建勢力對新思想的群起圍攻，對這個時期中《新青年》的宣傳做了一個實際上的總結：

> 追本溯源，本志同仁本來無罪，只因為擁護那德莫克拉西（Democracy）和賽因斯（Science）兩位先生，才犯了這幾條滔天的大罪。要擁護那德先生，便不得不反對孔教、禮法、貞節、

〔1〕 魯迅：《我之節烈觀》，《魯迅全集》第 1 卷，第 130 頁。

舊倫理、舊政治；要擁護那賽先生便不得不反對那舊藝術、舊宗教；要擁護那德先生又要擁護那賽先生，便不得不反對國粹和舊文學。[1]

收在《墳》《熱風》中的雜文，以魯迅深刻的經驗使得新文化運動的批判達到了空前的深度，但在內容和價值尺度上又與"民主""科學"的理性精神大體一致。人道主義、進化論、個性解放構成了魯迅以"竭力啟發明白的理性"[2]為目的的啟蒙主義思想體系的主要內容。施蒂納、尼采、易卜生與盧梭、托爾斯泰一道被納入批判封建傳統的"軌道破壞者"的範疇[3]，"觀人、省己""內心有理想的光"[4]"個人的自大"[5]——這些與早期個體性和主觀性原則相似的語言表達的已完全是啟蒙主義的理性內容。

所有這一切表明："現代性"和"啟蒙"是一個自己批判自己的傳統，但在歷史過程中，它總是習慣於把它的自我批判強制地納入自己的總體問題之中。

## 第四節　孤獨個體、死亡、罪的自覺與對絕望的反抗

然而，理論傳統始終是不可忽視的力量。當魯迅從社會歷史進

〔1〕 陳獨秀：《本志罪案之答辯書》，《新青年》第6卷第1號，1919年1月15日，第10頁。
〔2〕 魯迅：《雜憶》，《魯迅全集》第1卷，第238頁。
〔3〕 魯迅：《再論雷峰塔的倒掉》，《魯迅全集》第1卷，第202頁。
〔4〕 同上書，第204頁。
〔5〕 魯迅：《隨感錄・三十八》，《魯迅全集》第1卷，第327頁。

程、從“類”的進化的角度展開其社會文明批判時，對人類無窮的未來，對人類認識和掌握世界的能力，以及人類歷史的自然更替，他從未抹殺過樂觀的信念與美好的希望。[1]但魯迅文化哲學的一個根本性的起點又是對生命個體的思考。當魯迅把個體作為一種獨立的真實存在抽象出來思考個體生命的意義時，他就無法擺脫人生的悲涼、死亡賦予生命的有限性、生命旅程的孤獨感和惶惑、深刻的無處躲藏的危機感和絕望。面對有限的因而也是悲觀的人生的反抗，通過獨特的選擇而賦予生命以意義，這一切只有作為生命個體才能體驗到的衝突，深深地顫動了現代人的心靈。

就魯迅來說，對於個體生命的形上體驗始終沒有被“純化”為一種抽象的心理現象，而總是伴隨著對中國社會令人絕望的生存狀態的沉思，伴隨著在現代文化與傳統文化、西方文化與東方文化的衝突之中尋找歸宿的“文化危機感”。正是由於對個體生命的形上體驗與現實生活內在關聯，魯迅獨特的人生哲學才顯示出如此深邃的境界。以《野草》為代表的人生哲學體系與現代主義的反現代氛圍有著內在的呼應，與魯迅早年即已形成的主體論哲學的內在思維邏輯存在深刻的聯繫。

魯迅人生哲學的一系列範疇，如希望與絕望、生與死、反抗與選擇、內心分裂與孤獨，在思維邏輯方面都淵源於他的主體論哲學關於人的價值、人的自由、人的異化的思考。把魯迅的思想體系規定為關於“人”或“立人”的思想體系的觀點，已逐漸為人接受。但是，魯

---

〔1〕魯迅：《隨感錄·三十八》，《魯迅全集》第1卷，第327頁。另外魯迅《熱風·生命的路》（《魯迅全集》第1卷，第386頁）、《熱風·無題》（《魯迅全集》第1卷，第405—406頁）、《吶喊·自序》（《魯迅全集》第1卷，第437—443頁）、《墳·我們現在怎樣做父親》（《魯迅全集》第1卷，第134—149頁）以及《180820致許壽裳》（《魯迅全集》第11卷，第365—368頁）等文可作參考。

迅關於“人”的思想又表現為兩種相異的思路。其一是從理性主義傳統出發，把人的發展與進化學說相聯繫，追求人類共同的價值目標，共同的人道主義理想，從而以此為標準觀察現實秩序的非人道性質，引申出深厚的同情、平等的要求、渴望人的溝通等一系列主題。這是以“類”為出發點的“人”的思想。另一方面，魯迅關於“人”的學說中更有特點的是他對個體性的重視。從個體性出發，魯迅把人的獨自性、差異性作為人的價值準則，不屑於為人類提供某種統一的生活意義和價值標準，從而把賦予何種意義和選擇何種價值的任務交給每個人自己去解決，把啟發個人承擔這一任務的自覺性[1]、喚起個人的主觀性和自覺作為自己的文化哲學的根本任務。

這一思想明顯受到施蒂納的“唯一者”和尼采價值重估學說的影響，個體人對意義與價值的選擇意味著對現行的普遍人生準則的否定——在中國，首先是對儒學體系及其制度基礎的否定。個體性、獨自性作為人的最高價值準則，實際上也就意味著人在本質上是自由的存在，是不受束縛的主體。但是，人的實際生存狀況恰恰是一種喪失了個體性和自由本質的“異化”的存在。所謂“人各有己”“朕歸於我”其實也就是對這一“異化”狀態的思考：首先，它假定存在著不變的本質——“己”或“我”，作為其肯定性的前提；其次，它假定人是自我分裂的，個體人會離開自己的本質而變成異己的存在者，“人各有己”“朕歸於我”就是從這一假設產生的；再次，由於人的存在離開自己的本質，因而必須揚棄這種“異化”重新佔有自己的本質（即“人各有己”“朕歸於我”）。未來社會（“人國”）作為否定之否定項，被視為現實存在與真正本質的統一。這種統一不是統一於某種共同的價

〔1〕 參見徐崇溫主編：《存在主義哲學》，第107頁。

值理想，而是統一於人的個體性或獨自性的建立，因此也即統一於“不統一”。

這是關於“個體人”的肯定性推衍。但是，還存在關於“個體人”的否定性推衍：現實的個體存在是一種與自身分裂、失去了自己的主觀性與自由的“異化物”，是一種在觀念體系、群體社會中的淪落個體，是一種面臨個體生命有限性（死亡）威脅的悲劇性存在；同時，當人擺脫了一切精神偶像而成為獨特個體時，他的自由並不能引導他走向浪漫的世界，相反，他將為自己的自由而付出痛苦的代價。這是加繆對於尼采“上帝死了”的理解：自從人不再相信上帝的存在，也不再相信人可以長生不老的時刻起，“他就要為他生活著的一切負責，為生於痛苦並注定為生活而受苦的一切負責”。該由他，由他自己去建立秩序和制定律條。於是，被上帝棄絕的人的時代開始了，人開始不遺餘力要證明自己無罪，開始了無端的憂傷，“最痛苦的，最令人心碎的問題，內心常思考的是：何處我才能感到得其所呢？”〔1〕

正由於此，基爾凱廓爾、海德格爾等人對“孤獨個體”或“在”的探討中，充滿了恐怖、厭煩、憂鬱、絕望、畏懼和死亡等一系列關於不安寧的精神狀態的體驗概念。他們認為，在日常的世俗生活中，由於失去個性，人往往意識不到自己的存在。只有通過這些激烈苦悶的意識上的震動，人才意識到了“自我”，才體驗到了自己的存在。恐怖、厭煩、憂鬱、孤獨、絕望、畏懼與死亡等“孤獨個體”的存在狀態是“存在”最真實的表現，是原生的實在，是人生最基本的內容，也是他們的哲學研究內容。這樣，基爾凱廓爾就把哲學從研究萬物的

〔1〕［法］加繆著，中國社會科學院外國文學研究所、《文藝理論譯叢》編輯委員會編，《尼采和虛無主義》，《文藝理論譯叢》（3），中國文聯出版公司，1985年，第424—425頁。

存在轉向了研究人的存在，從研究外部世界轉向了研究內心世界，即研究人的純粹意識及其活動。既然孤獨個體在創造自己的過程中，在不可重複的存在狀態中，始終瀕於絕望，面臨死亡，因此，悲觀主義是從尼采、基爾凱廓爾到海德格爾、雅斯貝爾斯，直至薩特、加繆的哲學基調 —— 雖然他們之中的某些人，如尼采，竭力否認這一點。

這在思維邏輯上與《吶喊 · 自序》《娜拉走後怎樣》關於"鐵屋子""昏睡"[1]和喚醒靈魂目睹"自己的腐爛的屍骸"[2]等想法有相似處。魯迅像尼采、基爾凱廓爾等人一樣，把個人、個人的主觀性、自由本質、反叛與選擇置於思考的中心，把擺脫精神偶像和超越一切道德法律束縛作為孤獨個體的特徵。但如果將魯迅的理解與加繆對尼采的闡述加以比較的話，明顯的區別便是加繆對人的自由和存在意義的思考充滿了令人心碎的痛苦和荒謬感，而魯迅此時卻更強調"剛毅不撓，雖遇外物而不移""排斥萬難，黽勉上徵"的堅強意志 —— 魯迅對人的關注服從著他對中國社會解放的思考，而《野草》時期經歷了多次失望後的"絕望"心態此時還遠未出現。這樣，對個體的關注和對個體超越性的理解就給魯迅的文化哲學帶來昂奮的浪漫主義色調，而個體存在的悲劇性甚至荒誕性的主觀精神結構本身，並沒有構成他的主體論哲學的主要思維內容。

但是，只要把目光稍稍移向魯迅的藝術選擇及其體現出的個人精神體驗，便會發現譯於此時，並對他的日後創作產生巨大影響的安德列耶夫（和迦爾洵）的小說，便能體會到這位俄國的悲觀主義和非理性主義小說家與他所推崇的現代哲學先驅的內在關係。安德列耶夫對

〔1〕 魯迅：《吶喊 · 自序》，《魯迅全集》第 1 卷，第 441 頁。

〔2〕 魯迅：《娜拉走後怎樣》，《魯迅全集》第 1 卷，第 167 頁。

"人生之謎""死亡之謎"和個體生存的恐怖、孤獨、憂鬱、厭悶、畏懼的追究深深地吸引了魯迅，並在他的小說中留下了著名的"安特萊夫（L. Andreev）式的陰冷"。[1]充溢在小說《謾》和《默》中的，是一種對人的生存狀況的孤獨而荒誕的神秘心理體驗。孤獨的個人墜落於無窮無盡的欺騙與謊言之中，"謾"構成了對孤獨個體的無處不在的威脅，當《謾》的瘋狂的主人公殺死女友之後，他終於發現，"謾"並未因此而消失，而是宇宙之中無孔不入的存在：

> 嗟夫，惟是亦謾，其他獨幽暗耳。劫波與無窮之空虛，欠申於斯，而誠不在此，誠無所在也。顧謾仍永存，謾實不死。大氣阿屯，無不含謾。當吾一吸，則嗚而疾入，斯裂吾胸。嗟乎，特人耳，而欲求誠，抑何愚矣！傷哉！援我！咄，援我來！[2]

《默》所表達的，是更為完整的人與宇宙的荒誕性。生命、城市與宇宙固執地沉浸在不可思議的沉默之中。伊格納季神甫追究的並不是道德問題，而是形而上學問題：生命的意義與自殺。這是一個"重大的、對他至關緊要的，他每晚都在冥思苦想的問題：薇拉為什麼要死呢？"。回答只有一種：永恆的沉默。站在墓場的沉默的寂靜裏，伊格納季不能想象：

> 就在這草的下面，離他兩俄尺的地方，躺著薇拉。這麼短的距離竟是不可企及的，它給心靈帶來惶惑不安和奇怪的困擾。伊

〔1〕魯迅：《〈中國新文學大系〉小說二集序》，《魯迅全集》第6卷，第247頁。

〔2〕魯迅：《域外小說集．謾》，《魯迅譯文集》第1卷，人民文學出版社，1958年，第159頁。

> 格納季神甫經常思念的，似乎永遠消逝在無限的幽暗深淵的那個女子就在這裏，在他身旁……她竟然不在人間，而且再也不會出現了，這是難以理解的……[1]

生命與死亡的這種遙遠而又接近的狀態正是荒誕，它把人拋入漫無邊際的沉默之中。人一旦意識到這種荒誕的沉默，便會在恐懼與不安中，感覺到整個宇宙都被這引起隆隆回聲的沉默震撼得戰慄、抖動起來，在這令人膽寒的海洋上彷彿掀起了一場狂風暴雨。

然而，人也正是在沉默的壓抑中"渾身顫抖著，用犀利、急切的目光向四面張望，緩慢地站起來。他長時間痛苦地掙扎著挺直腰板，使顫抖的身軀保持一種高傲的姿態"，在絕望的沉默驅趕下走那孤獨的人生道路。[2]小說對死亡奧秘進行執著而痛苦的探索，然而始終不得其解。這在被魯迅稱為"安特萊夫的代表作"[3]——《人的一生》中明確地表達出來：

> 他（孤獨個體）一降生便具有人的形體和名字，在各方面都跟已經生活在世間的其他人一樣。而且他們的殘酷命運將成為他的命運，他的殘酷命運也將成為所有人的命運。他情不自禁地為時間所誘惑，要確定不移地走過人生的全部梯階，從底層到頂端，又從頂端到底層。限於視力，他永遠不會看見他那猶豫不決的腳所要踏上的下一級梯階；限於知識，他永遠不會知道，未來的一

---

〔1〕［俄］Л. 安德列耶夫著，魯民譯，《沉默》，《安德列耶夫小說戲劇選》，外國文學出版社，1984 年，第 42 頁。

〔2〕同上書，第 43 頁。

〔3〕魯迅：《250217 致李霽野》，《魯迅全集》第 11 卷，第 458 頁。

> 天，未來的一小時甚至一分鐘會帶給他什麼。他在盲目無知的狀態中為種種預感所苦，被希望和恐懼攪得激動不安，將要順從地走完那鐵定的循環。[1]

在安德列耶夫的世界裏，“我”，“即大家稱之為他的人”[2]，是人的一切心理體驗，是注定要同死亡結緣的人生的永恆的伴隨人。1925 年，魯迅在談論安德列耶夫的劇本《往星中》時分析說：安德列耶夫“全然是一個絕望厭世的作家。他那思想的根柢是：一，人生是可怕的（對於人生的悲觀）；二，理性是虛妄的（對於思想的悲觀）；三，黑暗是有大威力的（對於道德的悲觀）”[3]。魯迅的準確概括，並不像有人理解的那樣僅僅是對安德列耶夫的否定性判斷，相反，這種理解中包含了對安德列耶夫的人生體驗的某種認同，這一點在他給李霽野、許欽文的信中表達得很清楚。[4]

對安德列耶夫人生哲學的闡釋當然不能代替魯迅人生哲學的闡釋，說魯迅對安德列耶夫的人生經驗有“某種認同”並不意味著二者趨於同一。問題僅在於安德列耶夫從人的主觀感受和心理體驗出發，對人的處境做出一種抽象的思辨，他所表現的人的生存狀態的孤獨、恐懼、荒誕、絕望等範疇恰恰和尼采、基爾凱廓爾的哲學精神相一致。這些範疇由於不符合早期魯迅的現實需要而沒有直接進入他的理論表述，但他對安德列耶夫的持久熱情正說明它們在魯迅精神深處的

---

〔1〕［俄］Л. 安德列耶夫著，魯民譯，《人的一生》，《安德列耶夫小說戲劇選》，第 448 頁。

〔2〕同上書，第 449 頁。

〔3〕魯迅：《250930 致許欽文》，《魯迅全集》第 11 卷，第 516 頁。

〔4〕參見魯迅：《250217 致李霽野》《250930 致許欽文》，《魯迅全集》第 11 卷，第 458、516 頁。

重要意義。這從另一個方面證實了魯迅關於個體生存的思索所達到的深度及其深遠影響。安德列耶夫把個體生存的荒誕的形上體驗與沙皇俄國社會中人的客觀生存境遇相交織，那種本體化的孤獨、煩悶、沉默、恐懼、絕望和不可思議的死亡環繞個體生存，又折射著黑暗時代的陰影。因此，魯迅認為："安特萊夫的創作裏，又都包含著嚴肅的現實性以及深刻和纖細，使象徵印象主義與寫實主義相調和。俄國作家中，沒有一個人能夠如他的創作一般，消融了內面世界與外面表現之差，而現出靈肉一致的境地。他的著作是雖然很有象徵印象氣息，而仍然不失其現實性的。"〔1〕

區別仍然是明顯的：當安德列耶夫沿著"死亡—永恆—偉大的神秘"這一軸心展開他對個體生存的思考時，孤獨、煩悶、絕望等現實心理體驗由於本體化而成為毋容拒絕的生存狀態，因而，個體的生存態度便不再有什麼意義。魯迅則始終是在現實的戰鬥中撫摸自己靈魂的孤獨，從而把現實的不能接受的黑暗與個體生存的悲觀交織起來，"覺得'黑暗與虛無'乃是'實有'，卻偏要向這些作絕望的抗戰"。〔2〕"絕望"是真實的，對"絕望"的反抗作為一種生存態度賦予了孤獨、荒誕的個體以意義。因此，構成魯迅人生哲學特點的，不是"絕望"，而是對"絕望"的反抗，這種"反抗"不是對"希望"的肯定，而是個體的自由選擇〔3〕—— 因此，我們重新發現了魯迅的人生哲學與他的文化哲學之間的邏輯一致性：個體是價值的創造者，它將賦予"黑暗與虛無"的人生與世界以意義。

---

〔1〕魯迅：《黯淡的煙靄裏・譯者記》，《魯迅譯文集》第 1 卷，第 331—332 頁。

〔2〕魯迅：《兩地書・四》，《魯迅全集》第 11 卷，第 20—21 頁。

〔3〕參見本書第四章第一節"《野草》的人生哲學"。

野薊經了幾乎致命的摧折，還要開一朵小花，……草木在旱乾的沙漠中間，拚命伸長他的根，吸取深地中的水泉，來造成碧綠的林莽，自然是為了自己的"生"的，然而使疲勞枯渴的旅人，一見就怡然覺得遇到了暫時息肩之所，這是如何的可以感激，而且可以悲哀的事？

我愛這些流血和隱痛的魂靈，因為他使我覺得是在人間，是在人間活著。〔1〕

魯迅對寂寞鳴動於風沙鴻洞中的沉鐘懷著異樣的敏感，對那流血、粗暴、隱痛的靈魂懷著特殊的愛戀——魯迅正是在人生的掙扎、奮鬥、困擾、死亡的威脅、悲劇性狀態中體會到了生命的存在和意義，深沉地把握了"此在"：

我常覺到一種輕微的緊張，宛然目睹了"死"的襲來，但同時也深切地感著"生"的存在。〔2〕

魯迅在生命的悲劇性體驗中感到的首先不是抽象的荒誕感，而是極其殘酷的生存狀態，是在恐懼、緊張、死亡之中表達"生"的意志。不是希望，不是幻想喚起了魯迅的生存意識，而是絕望，是流血，是隱痛，是死亡，是恐懼……喚起了魯迅對生命的自覺——這不是一種並未脫離中國現實的"悲劇人生觀"麼？這不是"反抗絕望"的人生哲學的一種曲折表達麼？這不同於尼采，不同於安德列耶夫，也不同於

〔1〕 魯迅：《一覺》，《魯迅全集》第2卷，第229頁。
〔2〕 同上書，第228頁。

加繆……但那種完全不同於傳統的生命體驗方式，不也說明一種隱然的聯繫麼？[1]

個體性原則意味著一切外在於“我”的法則的毀滅。施蒂納說：“每一在我之上的更高本質，不管它是神、是人都削弱我的唯一性的感情，而且只有在這種意識的太陽之前方才黯然失色。”“我”替代上帝而成為那個“易逝的、難免一死的創造者”。[2]尼采更簡潔地宣佈：“上帝死了！……我們自己是否必須變成上帝，以便與這偉大的業績相稱？”[3]卡拉瑪佐夫問道：“如果沒有上帝，一個人豈非什麼事都可以做？”當施蒂納大膽宣稱“我把無當作自己事業的基礎”[4]時，他沒有意識到失去了偶像的世界成了偶然的世界，個體的自由使人面對著荒誕的、絕望的世界；不再有期待，不再有寄託，每個人都必須獨自承擔起存在的責任：

> 自我性（selbstheit）的特點事實上就是人總是與是他所是的東西分離，而這種分離是由他所不是的存在的無限廣度造成的。他從世界的另一面對其自身標明他自己，並且他又從這地平線向自身望去以回復他內在的存在：人是“一個遙遠的存在”（un être des lointains）……因此，當人的實在在虛無中確立起來以把握世界的偶然性時，世界的偶然性就向人的實在顯現出來。
>
> 因此這就是從各方面包圍了存在、同時又從存在中被驅逐出

〔1〕參見拙作《論〈野草〉的人生哲學》，《福建論壇》1987 年第 3 期。

〔2〕［德］麥克斯・施蒂納著，金海民譯，《唯一者及其所有物》，商務印書館，1989 年，第 408 頁。

〔3〕［德］尼采著，黃明嘉譯，《快樂的科學》，華東師範大學出版社，2009 年，第 21 頁。

〔4〕［德］麥克斯・施蒂納著，金海民譯，《唯一者及其所有物》，商務印書館，1989 年，第 408 頁。

來的虛無；正是虛無表現為使世界獲得一個輪廓的東西。[1]

獨自面對著死亡的個體深刻地體驗到了存在的荒誕。緊跟在尼采、基爾凱廓爾背後的西方現代哲學和文學，從雅斯貝爾斯、海德格爾到薩特、加繆，從陀思妥耶夫斯基到卡夫卡，正是在"上帝死了"或者說把個體（"我"）建立在"無"上的前提下，構思他們面對痛苦人生的哲學，描繪人"被拋入世界"的荒誕感。

非基督教的中國文化氛圍中不可能出現這種抽象的關於個體生存的哲學思考，魯迅的個體性原則始終與中國實際的文化背景和社會生活緊相聯繫。但是，當魯迅掃除一切舊偶像、舊禮教、舊習慣、舊風俗的時候，當魯迅把人作為一種擺脫一切傳統規範的個體的時候，他同樣感到了一種自己面對自己的深刻痛苦。一方面，從舊的根深蒂固的法則中喚起人們的自覺宛若"叫起靈魂來目睹他自己的腐爛的屍骸"[2]，使人備感痛苦，"人生最苦痛的是夢醒了無路可以走。做夢的人是幸福的"。[3] 他以李賀為例，說明上帝的存在減輕了人的生存重負和痛苦，這固然是對現實黑暗的無情抨擊，同時也表達了覺醒個體面臨的困惑 —— 擺脫了舊的規範的個人成了自由的人，正因為如此，他必須由自己來承擔自己的責任，這是幸福，還是悲哀呢？ —— 尤其在連改造一個火爐也要流血的中國；另一方面，當個體成為自己的法則之後，他就必須自己面對自己，自己判斷自己，而不能把自己交給外在的"絕對者"—— 無論是上帝，還是道德禮法。

---

〔1〕［法］薩特著，陳宣良等譯，《存在與虛無》，生活．讀書．新知三聯書店，1987 年，第 47 頁。

〔2〕魯迅：《娜拉走後怎樣》，《魯迅全集》第 1 卷，第 167 頁。

〔3〕同上書，第 166 頁。

因此，魯迅幾乎像加繆一樣震驚於陀思妥耶夫斯基的“在人中間發現人”：

> 凡是人的靈魂的偉大的審問者，同時也一定是偉大的犯人。審問者在堂上舉劾著他的惡，犯人在階下陳述他自己的善，審問者在靈魂中揭發污穢，犯人在所揭發的污穢中闡明那埋藏的光耀。這樣，就顯示出靈魂的深。
>
> 在甚深的靈魂中，無所謂“殘酷”，更無所謂慈悲；但將這靈魂顯示於人的，是“在高的意義上的寫實主義者”。[1]

魯迅與加繆不約而同地注意到陀氏的“審問者”與“犯人”的雙重身份，但魯迅並沒有像後者那樣由此去推斷基里洛夫的邏輯自殺，他對現世的執著使他對那種抽象的推論不感興趣。

然而，雙重身份的自覺只有在擺脫了絕對者（上帝或禮）的個體身上才能發現，因為他就是他的絕對者。在魯迅對陀氏的闡述中，我們發現了一種把自己當作道德法則進行審判的“罪”的自覺。這種以“自審”為其特徵的精神現象貫穿魯迅的一生，又是其人生哲學的重要內容。審判者不再是上帝或外在的道德法則，而是個體自身：

> …… 有一遊魂，化為長蛇，口有毒牙。不以嚙人，自嚙其身，終以殞顛。……
>
> …… 離開！……[2]

〔1〕 魯迅：《〈窮人〉小引》，《魯迅全集》第 7 卷，第 106 頁。
〔2〕 魯迅：《墓碣文》，《魯迅全集》第 2 卷，第 207 頁。

我自己總覺得我的靈魂裏有毒氣和鬼氣，我極憎惡他，想除去他，而不能。我雖然竭力遮蔽著，總還恐怕傳染給別人……[1]

但有時也想：報復，誰來裁判，怎能公平呢？便又立刻自答：自己裁判，自己執行；既沒有上帝來主持，人便不妨以目償頭，也不妨以頭償目。[2]

個體的自覺在這裏轉化為“罪”的自覺，從而開啟了魯迅精神中深刻的“自審”傳統。當然，對於魯迅來說，“罪”的自覺並不僅僅是抽象思維的結果，而且包容著深刻的社會文化內容。對於自己與自己所批判的傳統的歷史聯繫的嚴峻自省，後面還將詳細談到。

由人的個體性、主觀性、自由本質、選擇與否定、超越性，發展到對孤獨個體的孤獨、憂鬱、絕望、反抗、“向死而在”、有罪感的感受與體驗，這一思維路線以個體生存為出發點，其文化理論背景則是施蒂納、叔本華、尼采、基爾凱廓爾、安德列耶夫、迦爾洵、陀思妥耶夫斯基、廚川白村。由科學理性、進化學說、民主共和到德賽二先生、文明批評、社會批評，直至經濟制度、無階級社會，這一思維線索以社會群體、以“類”及其與自然的關係為出發點，其文化理論背景則是培根、笛卡兒、達爾文、啟蒙哲學、馬克思主義。儘管這兩個方面在魯迅反傳統的社會實踐中曾經獲得相似的實踐意義，但在魯迅自身的精神結構中卻形成了一種悖論式的存在。當魯迅以科學理性的啟蒙觀點寫下《我之節烈觀》《我們現在怎樣做父親》《論睜了眼看》和一系列“隨感錄”的時候，他那洋溢著進化的、樂觀的理性精神的

〔1〕 魯迅：《240924 致李秉中》，《魯迅全集》第 11 卷，第 452 頁。
〔2〕 魯迅：《雜憶》，《魯迅全集》第 1 卷，第 236 頁。

文學卻被命名為“墳”——“逝去，逝去，一切一切，和光陰一同早逝去，在逝去，要逝去了。——不過如此”〔1〕，“我只很確切地知道一個終點，就是：墳”〔2〕。

在這裏，魯迅僅僅把這些雜文看作走向死亡、終將從人間消失的個體生命的餘痕，因此這些作品也即是孤獨人生旅程的一種生命形式。然而，如果個體生存只有這樣一個絕望的、無可挽回的歸宿，這一切又有何意義呢？於是：

> 今夜周圍是這麼寂靜。……電燈自然是輝煌著，但不知怎地忽有淡淡的哀愁來襲擊我的心，我似乎有些後悔印行我的雜文了。我很奇怪我的後悔……〔3〕

在《華蓋集·題記》中，他又寫道：

> 現在是一年的盡頭的深夜，深得這夜將盡了，我的生命，至少一部分的生命，已經耗費在寫這些無聊的東西中，而我所獲得的，乃是我自己靈魂的荒涼和粗糙。但是我並不懼憚這些，也不想遮蓋這些，而且實在有些愛他們了，因為這是我輾轉而生活於風沙中的瘢痕。〔4〕

墳墓是人的生命、人的靈魂的永恆不滅的形式，它表明了魯迅對生命的留

---

〔1〕魯迅：《寫在〈墳〉後面》，《魯迅全集》第1卷，第299頁。
〔2〕同上書，第300頁。
〔3〕同上書，第298頁。
〔4〕魯迅：《華蓋集·題記》，《魯迅全集》第3卷，第4—5頁。

戀。然而，墳墓是個體生命終結的標誌，它表明人“向死而在”。

魯迅尋求著“從此到那”的路，卻不再把希望留給未來。從類出發，魯迅相信“生命不怕死，在死的面前笑著跳著，跨過了滅亡的人們向前進”。“人類總不會寂寞，因為生命是進步的，是樂天的”[1]；從個體出發，生命的逝去是無可替代的，是絕對終結性的，生命的意義問題將被尖銳地提出來。正是在後一層意義上，魯迅“在思想回歸自身的某一點上，把自己的作品樹立為一種有限的、終會死亡的而又是反抗的思想的鮮明象徵”。[2]因此，魯迅的創作是對中國社會的呼籲，又是賦予其生命一種形式。深刻的理性批判與樂觀理想同時表現著個體生命的深刻的無效性。於是，魯迅的創造過程是一種對於“絕望”的反抗：

> 他藐視神明，仇恨死亡，對生活充滿激情，這必然使它受到難以用言語盡述的非人折磨：他以自己的整個身心致力於一種沒有效果的事業。而這是為了對大地的無限熱愛必須付出的代價。[3]

應當說明，魯迅對於“沒有效果的事業”的感覺曾多次出現，這不僅是就個體生存而言，而且也是指自己的文明批評和社會批評在社會效果上是無效的，例如：“我先前的攻擊社會，其實也是無聊的。社會沒有知道我在攻擊，倘一知道，我早已死無葬身之所了……”[4]

---

〔1〕 魯迅：《六十六　生命的路》，《魯迅全集》第 1 卷，第 386 頁。

〔2〕 [法] 加繆著，杜小真譯，《西西弗的神話》，生活．讀書．新知三聯書店，1987 年，第 152 頁。

〔3〕 同上書，第 157 頁。

〔4〕 魯迅：《答有恆先生》，《魯迅全集》第 3 卷，第 477 頁。

魯迅對個體生命荒誕的形上感受，對個體生存意義的探求就這樣與他對社會解放、民族解放的探求合為一體，對個體存在的非理性體驗就這樣與他對人類命運的理性認識相互滲透，深沉的恐懼、孤獨、絕望、惶惑引導他超越自身，到現實中找尋並否定造成人的悲劇處境的根源，而這種“找尋”本身便是對個體生命形式的自由選擇，便是對個體生存的“絕望”的反抗。魯迅的人生哲學與他的社會思想一樣，從不同的方面把魯迅引向了他所生存的世界。對於個體來說，這是一種不思未來的創造和反抗，它賦予荒誕的個體生命和世界以意義。

理性與非理性，生命與死亡，希望與絕望，悲觀與樂觀，所有這一切在魯迅的世界裏構成了一種深刻的悖論關係，他相信前者，也相信後者，而雙方各有其理論出發點並相互衝突。這裏只有一個並不完全“同一”的統一點：反抗 —— 對社會生活狀態和對個體生存狀態的激烈反抗！魯迅由此成為中國現代歷史上最勇猛、悲壯的反封建戰士，同時也成為中國現代文化史上的一個對傳統與現代同時質疑的思想家和文學家。

第二章

# 自我的困境與思想的悖論

## ——“在”而“不屬於”兩個社會（1920—1936）

和他的社會思想一樣，魯迅的心理和情感領域也是一種悖論式的存在。這種內在緊張來源於魯迅作為一個現代知識分子在兩種文明之間特殊的“中間”地位，以及個人的特殊際遇。湯因比曾經描述這種特殊的知識分子境遇，他說：

> 這一個聯絡官階級具有雜交品種的天生不幸，因為他們天生就是不屬於他們父母的任何一方面，他們不但是“在”而“不屬於”一個社會，而且還“在”而“不屬於”兩個社會。〔1〕

魯迅不幸正隸屬於這“聯絡官階級”；而更其不幸的是，魯迅雖然“不屬於”其中任何一種文明或社會，無論是傳統中國還是現代西方，但他恰恰又無法擺脫與這兩者之間的內在關聯。因此，他既反傳統，又

〔1〕［英］湯因比著，曹未風譯，《歷史研究》（中），上海人民出版社，1986 年，第 192—193 頁。

在傳統之中；他既倡導西方的價值，又對西方的野心保持警惕。

> 知識分子受他們本民族的憎厭，因為這一階級的存在就是他們的恥辱，而另一方面他們千辛萬苦學了那些國家的風俗習慣，那些國家也給不了他們多大榮譽。[1]

因為他們要完成的民族解放任務是和這些西方國家的利益直接對立的。

從這個意義上說，魯迅作為現代知識者是天然的孤獨者和反叛者：孤獨與反叛構成了魯迅基本的文化 / 心理特徵 —— 這種特徵來自雙重的“在”而“不屬於”的社會文化關係。然而，也正是這種“在”而“不屬於”的生存狀態構成了魯迅文化心理上的創造性欲求：對所“在”的雙重文化社會體系進行革命性改造，從而在孤獨與反叛的基礎上形成自己獨創性的思想。從這個意義上說，“不屬於”這個被動性的概念可以替換為主動性的“超越”概念：魯迅“在”而“超越”了雙重的社會文化體系。但是，人的抱負（“超越”性）與人的局限（“在”）之間的差距仍然形成了魯迅心理上的內在矛盾和困境。這種內在矛盾與困境集中體現在三組相互關聯的問題上，每一組問題在魯迅的內心深處都形成了悖論關係：對矛盾的雙方同時肯定，又同時懷疑。這三組問題是：傳統與反傳統，歷史與價值，感性經驗與理性觀念。

---

〔1〕［英］湯因比著，曹未風譯，《歷史研究》（中），上海人民出版社，1986 年，第 192—193 頁。

## 第一節　反傳統與尋求現代認同的困境
## ——批判主題與自知主題的形成

在近代中國快速變遷的情境中，傳統文化模式不再配合，古老的法則不再適用，舊有的標準不合時宜，過去的慾望得不到滿足，經由童年經驗形成的那種文化認同感深刻地動搖了，而個人仍然需要在這樣的困境中尋得人生道路。當魯迅告別故鄉，"走異路，逃異地"〔1〕時，他實際上正在向他的童年經驗，向傳統的文化模式和生活模式告別。新的文化認知開始了，格致、物理、天演…… 面對急劇變遷的世界和生活方式，魯迅不得不在認知上有一次複雜的重組，讓自己重新構思新的世界觀，構思應付世界的新的策略以及應當遵循的新的道路，而這一切是和民族面臨困境時正在進行的文化調整相一致的。因此，20 世紀中國文化衝突儘管不得不以中西文化撞擊為其基本形態，但根本性的問題還不在對西方文化的態度，而在對自身文化傳統的態度，其焦點就在：究竟哪一種價值處於現代歷史的中心。

正由於此，由民族生存危機引發的 20 世紀中國知識分子的文化認同危機，在表現形態上呈現為激烈的反傳統主義和頑固的國粹主義，而"反傳統"作為一種思考中國問題的獨特方式，對幾代中國知識分子的精神結構都產生了巨大的影響。從思維模式的角度看，"反傳統"對於由"五四"到 1970 或 1980 年代的中國思想史來說，似乎形成了一種強烈的歷史潮流和恆定的思維定式。西方有些學者因此認為：

> 20 世紀中國思想史的最顯著特徵之一，是對中國傳統文化遺

〔1〕 魯迅：《吶喊 · 自序》，《魯迅全集》第 1 卷，第 437 頁。

產堅決地全盤否定的態度的出現與持續……這兩次文化革命的特點，都是要對傳統觀念和傳統價值採取疾惡如仇、全盤否定的立場。而且這兩次革命的產生，都是基於一種相同的預設，即：如果要進行意義深遠的政治和社會改革，基本前提是要先使人的價值和人的精神整體地改變。如果實現這樣的革命，就必須進一步徹底摒棄中國過去的傳統主流。[1]

這種分析從變動不居、紛紜複雜的歷史過程中找到了某種恆定不變的"同一性"——不是具體的歷史內容而是深層的思維模式，因而為人們提供了研究中國知識分子心態和中國文化特徵的某種途徑。

但是，這絕不意味著，20 世紀中國知識分子的思想始終束縛在一個問題上，沉溺於同一的問題之中。不是的。正如列文森所說：

每一個觀念隨時間而變化，不是因為其肯定性內容發生變化，而是因為其未能與時俱進。一個觀念只能在其與當代其他觀念的關係中才能被把握。每一次肯定本身都包含著對其他事物的否定。一個人的信念是在眾多選項中的選擇，而其他選項也與時而變。[2]

不同時代及其個別思想家的一個又一個"相同"觀點或思維模式，恰好揭示出這些問題演變的秘密。對於歷史學家來說，對歷史"同一性"的過分偏好常常是導致判斷失誤的思維方式根源。在我看來，"反傳

〔1〕［美］林毓生著，穆善培譯，《中國意識的危機》，貴州人民出版社，1986 年，第 2—3 頁。
〔2〕Joseph R. Levenson, *Liang Ch'i ch'ao and the Mind of Modern China*, Cambridge, MA. Harvard University Press, 1959, p. 7.

統”作為近現代中國的持久命題正好隱藏著中國歷史變遷的深刻內容。

“反傳統”實際上是對過去文化的一種否定性的強勢的理解方式，一種以“新”為特徵的價值體系。從啟蒙運動以來，傳統常常同“成見”“權威”一道作為理性的對立物而只具有否定的意義。“五四”反傳統主義的特點在於對傳統文化的整體的理解方式，這涉及兩種理論預設：“第一，必須把過去的社會—文化—政治秩序視為一個整體；第二，這種社會—文化—政治秩序必須作為一個整體而予以否定。”〔1〕形成這一“整體觀”的思維模式的原因曾是許多學者關心的論題，概括言之，主要有三個方面：

首先，中國文化的價值重估是以西方文明入侵、西方現代社會對於中國社會的歷史性優勢為背景的，因此現代西方社會的價值體系和制度方式成為衡量中國文化的參照系；魯迅及其同伴不是對中國文化的形成過程進行分析，而是從中國文化的整體功能來考察中國社會現實落後的原因，考察這一文化傳統對現實進程和現實人的實際心理狀態的影響。所以，他們是從社會發展的現實結果和經典文化的實際效果這兩方面，尋找傳統文化與現代生活的不適應性。王富仁《對古老文化傳統的現代化調整》一文認為，魯迅的思考方法是“由果溯因”，注重的是“整體功能”。他的分析是符合當時魯迅及其同伴的歷史實際的。

在中國文化史上，本土文化與外來文化的相互滲透、衝突、吸納、排拒由來已久，但“把中國文化或東方文化與西方文化作為對立著的兩大文明體系來進行比較、分析、評判、論辯，卻是近代的事”。

---

〔1〕［美］本傑明·史華慈：《序》，載［美］林毓生著，穆善培譯，《中國意識的危機》，貴州人民出版社，1986年，第2頁。

無論是傳入的印度佛教文化、阿拉伯文化，還是明末清初的“西學東漸”，都沒有構成兩種性質的文化的整體性對立，沒有因此而引起中國社會和文化的大震動、大變革，“總之，當時並沒有形成用一種文化取代另一種文化，以改變國家民族命運的嚴重局面”。〔1〕“東方文化”“西方文化”的說法並不準確，任何一種文化傳統都包含著複雜的、多層次的內涵，又經歷著歷史的變遷。因此，真正深入的文化理論應當堅持對文化的分析性態度，這在當時也有人做過論述。例如常乃悳說：

> 就是從有史以來，除過埃及加爾底亞不算，沒有一個時代是二元對峙的文明……沒有一個靜的文明與動的文明對抗的時期……一般所謂東洋文明和西洋文明之異點，實在就是古代文明和現代文明的特點。不過西洋文明已從古代進入現代，而東洋文明還正在遲遲不進的時候，所以就覺得東洋的空氣是如此，西洋的空氣是如彼，其實在幾百年以前歐洲的所謂思想界，何嘗也不是頑固、遲頓、萎縮、狡詐，諸習並存。〔2〕

常的理論引入了時間性與歷史性的內容，但他在沒有建立起對文化關係的歷史分析的情況下，簡單地把東／西關係看作一種時間關係。

在五四激烈的文化鬥爭中，無論是五四以前討論兩大文明的對立，還是五四以後討論中西文化能否“調和”，鬥爭的雙方都把“二元對峙”作為一種基本的預設。“東西洋民族不同，而根本思想亦各成一

〔1〕參見陳崧編：《五四前後東西文化問題論戰文選》，中國社會科學出版社，1985年，第2—3頁。

〔2〕常乃悳：《東方文明與西方文明》，《國民》第2卷第3號，1920年10月1日。引自陳崧編：《五四前後東西文化問題論戰文選》，第271—273頁。

系，若南北之不相並，水火之不相容也。”[1]在《新青年》與《東方雜誌》的大論戰中，雙方都把兩種文明的異質性作為論戰前提，因此，論辯的方式也是整體對比式的。[2]

五四以後對於“新舊調和論”的討論實質上是“中體西用”觀的又一次抬頭而引發的。章士釗等人的“調和”理論既沒有簡單地讚美舊文化，也沒有簡單地否定新文化，“逐漸改善，新舊相銜”[3]的“調和論”確實觸及了一個具有相當理論深度而又為當時思想界未能認識清楚的大問題。對於這一“中體西用論”的興起，新文化運動者從新與舊的異質性、不調和性和文化發展必然經歷的“質變”等方面給予反擊，陳獨秀等人力圖把文化的延續性看作一種“自然現象”，而非“思想文化本身上新舊比較的實質”[4]，從而把中西對峙轉化為新舊對峙。

新文化陣營以進步的時間觀念為依託，批判“調和論”的保守、復古的取向，但在理論上沒有建立起對文化的歷史分析，其關鍵在於沒有深入理解文化傳統的延續性，不承認新舊文化存在繼承關係，從而把傳統文化作為應當完全摒棄的封建文化——“反傳統”在當時起到了重大的啟蒙作用，卻也為後來的文化討論留下複雜的問題。

對於魯迅等人來說，“反傳統”的意識趨向與他們對傳統的體認之間的內在矛盾，不僅是一個理論問題，而且也將造成自身的心理分裂。一方面，魯迅、胡適、周作人、劉半農、錢玄同對中國傳統文化

---

〔1〕陳獨秀：《東西民族根本思想之差異》，《青年雜誌》第 1 卷第 4 號，1915 年 12 月 15 日，第 1 頁。

〔2〕參見《敬告青年》（《青年雜誌》第 1 卷第 1 號，第 1—6 頁）、《東西民族根本思想之差異》（《青年雜誌》第 1 卷第 4 號，第 1—4 頁）和《靜的文明與動的文明》（《東方雜誌》第 13 卷第 10 號，第 1—8 頁），等等。

〔3〕章行嚴：《新時代之青年》，《東方雜誌》第 16 卷第 11 號，1919 年 11 月，第 162 頁。

〔4〕陳獨秀：《隨感錄（七十一）：調和論與舊道德》，《新青年》第 7 卷第 1 號，1919 年 12 月，第 116 頁。

進行了深入的、卓有成效的研究與總結，例如魯迅的《中國小說史略》，胡適的《中國章回小說考證》和《中國哲學史大綱》，錢玄同、劉半農的古代音韻和古代語言研究等。魯迅在創作過程中也不由自主地想到中國的舊戲和傳統的意境，從而在實踐上體現了對傳統的可分性理解，即認為中國傳統文化並非等同於封建文化，其中包含著肯定性因素，存在著“延續”的可能性和必然性；但另一方面，在思維方式上，在總體的價值體系方面，他們對傳統持否定性的整體觀，其原因就在於他們認為中國傳統的政治、文化、軍事、制度……已經形成了一個不可分割的整體，而這個整體的現實功能相對於西方社會文化體系而言是否定性的，並導致了中國的落後。

> 所謂中國的文明者，其實不過是安排給闊人享用的人肉的筵宴。所謂中國者，其實不過是安排這人肉的筵宴的廚房。[1]
>
> 任憑你愛排場的學者們怎樣鋪張，修史時候設些什麼“漢族發祥時代”“漢族發達時代”“漢族中興時代”的好題目，好意誠然是可感的，但措辭太繞彎子了。有更其直捷了當的說法在這裏——一，想做奴隸而不得的時代；二，暫時做穩了奴隸的時代。[2]

因此，魯迅在這“不但使外國人陶醉，也早使中國一切人們無不陶醉而且至於含笑”的文明中看到的不是這個文明的個別方面的誘人之處，而是“吃人”的整體功能。[3]

---

〔1〕 魯迅：《燈下漫筆》，《魯迅全集》第 1 卷，第 228 頁。
〔2〕 同上書，第 225 頁。
〔3〕 同上書，第 229 頁。

魯迅把傳統的歷時意義轉化在一種共時的空間狀態中，他的許多分析也都是把“過程”或“歷史”作為一種環繞現實人的狀態來看待的。這樣，他的否定鋒芒便指向“一切傳統思想和手法”。[1]實際上，對於魯迅來說，“反傳統”的內在動力還不是對某種價值信仰的追求，而是一種更為深沉也更為基本的危機感——生存危機：

> 保存我們，的確是第一義。只要問他有無保存我們的力量，不管他是否國粹。[2]
>
> 現在許多人有大恐懼；我也有大恐懼。許多人所怕的，是“中國人”這名目要消滅；我所怕的，是中國人要從“世界人”中擠出。[3]
>
> 倘使不改現狀，反能興旺，能得真實自由的幸福生活，那就是做野蠻也很好。[4]

把“現實生存”與傳統文化相聯繫，並以生存的危機來表達對傳統文化的否定，也即以人與民族的危機狀態這個“果”回溯傳統文化之“因”，其結果便是在思想方式上將“傳統”作為一種有礙生存的整體結構而予以否定。魯迅在指出“不論中外，誠然都有偶像。但外國是破壞偶像的人多；那影響所及，便成功了宗教改革，法國革命”的背景下，甚至認為“與其崇拜孔丘關羽，還不如崇拜達爾文易卜生；與

〔1〕 魯迅：《論睜了眼看》，《魯迅全集》第1卷，第255頁。
〔2〕 魯迅：《隨感錄．三十五》，《魯迅全集》第1卷，第322頁。
〔3〕 魯迅：《隨感錄．三十六》，《魯迅全集》第1卷，第323頁。
〔4〕 魯迅：《隨感錄．三十八》，《魯迅全集》第1卷，第330頁。

其犧牲於瘟將軍五道神，還不如犧牲於 Apollo”。[1]在《老調子已經唱完》中，他也從現實結果上承認西方現代文化對於中國古代文化的整體優勢。

其次，五四反傳統主義以“西學”（西方資本主義文化）反“中學”（中國封建傳統文化），在思維內容上直接承續了譚嗣同對封建綱常的沉痛攻擊，嚴復關於中西文化尖銳對比的精闢分析，以及梁啟超大力提倡的“新民”學說[2]，但形成對中國傳統文化的整體性理解的更為重要的原因，還是中國近代社會變革的歷史過程對於中國先進知識分子的啟示。陳獨秀說：“自西洋文明輸入吾國，最初促吾人之覺悟者為學術，相形見絀，舉國所知矣；其次為政治，年來政象所證明，已有不克守缺抱殘之勢，繼今以往，國人所懷疑莫決者，當為倫理問題。此而不能覺悟，則前之所謂覺悟者非徹底之覺悟，蓋猶在惝恍迷離之境。”[3]

從 19 世紀 40 年代起，魏源在他的《海國圖志》中就提出了“以夷制夷”和“師夷長技以制夷”兩大主張。儘管對西方長技的內容的認識還完全停留在武器和“養兵練兵之法”的狹隘範圍內，但“竊其所長，奪其所恃”的“師長”主張一直是以後許多先進人士為挽救中國、抵抗侵略而尋求真理的思想方向。[4]從洋務派的“船堅炮利”“中體西用”，到馮桂芬等人要求“博採西學”，努力學習資本主義工藝科學的“格致至理”和史地語文知識，從龔自珍、魏源、馮桂芬對內政外交軍事文化的改革要求，到康有為、梁啟超等資產階級改良派的“託

〔1〕 魯迅：《隨感錄．四十六》，《魯迅全集》第 1 卷，第 348—349 頁。
〔2〕 參見李澤厚：《中國現代思想史論》，東方出版社，1987 年，第 8 頁。
〔3〕 陳獨秀：《吾人最後之覺悟》，《青年雜誌》第 1 卷第 6 號，1916 年 2 月，第 4 頁。
〔4〕 李澤厚：《中國現代思想史論》，東方出版社，1987 年，第 57 頁。

古改制”“君主立憲”，總之，由認識和要求學習西方資本主義經濟制度進到認識和要求學習西方資本主義政治制度，由要求發展民族工商業進到要求有一套政治法律制度來保證它的發展，這種思維的邏輯發展的必然過程正反映著歷史發展的必然過程，“任務本身，只有當它所能藉以得到解決的那些物質條件已經存在或至少是已在形成過程中的時候，才會發生的”[1]。

如果說龔自珍、魏源、馮桂芬還多少停留於“修身齊家治國平天下”的傳統圈子內打轉，王韜、馬建忠、薛福成、鄭觀應、陳熾實行資產階級代議制的政治學術還帶著極端狹隘的地主資產階級自由派的階級特徵[2]，上述資產階級改良派為了維護地主商人的權利而害怕和反對任何較徹底的資產階級民主，如宋育仁《採風記》:“舉國聽於議院，勢太偏重愈趨愈遠，遂有廢國法均貧富之黨起於後。”[3]鄭觀應《盛世危言》:“君主者，權偏於上，民主者，權偏於下，君民共主者，權得其平。”[4]那麼康、梁、譚、嚴等後期改良派開始產生了一整套的資產階級性質的社會政治理論和哲學觀點作為變法思想的鞏固的理論基礎，顯示了對“傳統”更為徹底的批判和對西方社會文化更為徹底的肯定。[5]

與曾經留洋的早期改良派不一樣，這些“傳統”的更加堅決的反叛者只是讀了一些“新學”著作而未出過洋的人（康、梁出洋是變法

---

〔1〕 馬克思:《政治經濟學批判序言》,《馬克思恩格斯選集》第 2 卷，人民出版社，1972 年，第 83 頁。

〔2〕 參見李澤厚:《中國近代思想史論》，東方出版社，1987 年，第 57、74 頁。

〔3〕 宋育仁:《泰西各國採風記》，岳麓書社，2016 年，第 26 頁。（清代原版字跡漫漶不清，此處引文用 2016 年的簡體字重排本代替。）

〔4〕 鄭觀應:《盛世危言．議院下》,《鄭觀應集》（上冊），上海人民出版社，1982 年，第 316 頁。

〔5〕 參見李澤厚:《中國近代思想史論》，東方出版社，1987 年，第 57、74 頁。

失敗後的事），因此他們的改革激情首先起源於對現實與傳統的否定態度。然而，正如他們在政治上對封建統治者的妥協態度一樣，他們的"革命性"理論也裝在今文經學、公羊三世說、大同空想、仁等傳統外衣中。五四反傳統主義所包含的各種內容在辛亥革命前後的理論宣傳與實踐中已基本具備，然而，鄒容、孫中山所宣傳的民主、自由、平等、獨立等觀念，並沒有徹底戰勝傳統的意識形態。"當時真正深入人心起了實際作用的，倒只有陳天華宣傳的為富強、為救國而革命的道理，加上章太炎竭力宣揚的反滿光復，這二者共同構成當時整個革命思潮主要的和突出的部分，人們一般都只是把打倒滿清皇帝、推翻清朝政府和在形式上建立共和政體，作為革命的主要甚至唯一的目標。"[1]應當指出的是，實際上鄒容的《革命軍》較陳天華的《猛回頭》等影響大，但鄒容的學說中較為完整的資產階級啟蒙思想並沒有因此而深入人心，民族主義的浪潮沖淡了啟蒙主題。

因此，從梁啟超到孫中山都沒有在思想方法上形成"反傳統"的整體觀，而採取了一種傳統"中庸"的思維方式。梁啟超說："偏取其一，未有能立者也。有衝突則必有調和，衝突者調和之先驅也。善調和者，斯為偉大國民。"[2]孫中山由於"於聖賢六經之旨……則無時不往復於胸中"[3]，因而主張"取歐美之民主以為模範，同時仍取數千年舊有文化而融貫之"[4]；蔡元培後來明確指出三民主義與中庸之道的關係，他說：

---

〔1〕李澤厚：《中國近代思想史論》，東方出版社，1987 年，第 305 頁。

〔2〕梁啟超：《釋新民之義》，《壬寅新民叢報彙編》，第 4 頁。

〔3〕孫中山：《上李鴻章書》（1894 年 6 月），《孫中山全集》第 1 集，中華書局，1981 年，第 16 頁。

〔4〕孫中山：《在歐洲的演說》（1911 年 11 月中下旬），同上書，第 560 頁。

> 三民主義雖多有新義，為往昔儒者所未見到，但也是以中庸之道為標準。例如，孫氏的民族主義，既謀本民族的獨立，又謀各民族的平等，是為國家主義與世界主義的折中；民權主義，人民有權而政府有能，是為人民與政府權能的折中；民生主義，一方面以平均地權，節制資本，防資本家的專橫，又一方面行種種社會政策，以解除勞動者的困難，這是勞資間的中庸之道。其他還有：國粹與歐化的折中，集權與分權的折中，等等。[1]

這時期魯迅也持“外之既不後於世界之思潮，內之仍弗失固有之血脈，取今復古，別立新宗”[2]的主張。這種“綜合的”或“中庸的”思維模式與五四反傳統主義的整體觀之間的差別是明顯的，但這差別的形成卻不是純粹思維邏輯的演進，而是現實社會的發展促成了人們對傳統的態度變化。

“《新青年》的開始出版正是在袁世凱極力鞏固其賣國統治，準備扮演帝制醜劇，日本帝國主義對中國的侵略日益深入，中國的民族危機極為深重的時候。辛亥革命在人們心裏燃起的短暫的虛妄的希望已經幻滅了，建立了四年的‘中華民國’不僅沒有真正走上富強之道，連‘民國’的招牌都有岌岌不可保之勢。”於是，《新青年》的第一個結論是：“辛亥革命並沒有在中國建立起民主政治，還需要大張旗鼓地

〔1〕 蔡元培：《中華民族與中庸之道》（1930年11月20日），《蔡元培哲學論著》，河北人民出版社，1985年，第397頁。關於近代思想史的“中庸”思維方式，參見黎紅雷的《中法啟蒙哲學之比較》（《哲學研究》1987年第5期，第65—72頁）一文第4節。

〔2〕 魯迅：《文化偏至論》，《魯迅全集》第1卷，第57頁。

宣傳資產階級民主思想，爭取實現名副其實的民主共和國。”[1]這種政治性結論直接引導了“五四”知識者對思想文化的重視。袁世凱稱帝前便已在提倡祭天祀孔，以便從思想體系上為帝制作張本；《新青年》在袁世凱稱帝時發表的文章中也便開始具體地反對儒家的“三綱”和“忠、孝、節”等奴隸道德。[2]1916 年秋，保皇黨康有為上書黎元洪、段祺瑞，主張定孔教為“國教”，列入“憲法”，《新青年》便陸續發表了許多文章，從反對康有為擴大到對整個封建倫理道德的批判。[3]這一方面是因為這個復古逆流確與帝制復辟的陰謀有密切的關係，而更重要的是，當時進步的思想界有一種比較普遍的認識，即認為要想在中國實現民主政治，便必須有一個思想革命，或者如當時所說的“國民性”改造[4]，從而斷言“倫理之覺悟為最後之覺悟”[5]。從“中體西用”到“託古改制”，從政治革命到文化批判，“傳統”的各個層面至此被想象為一種具有必然聯繫的整體而遭到徹底的否定，其標誌便是普遍皇權與社會文化傳統的內在關聯得到深刻的揭示，而“中庸”的思想模式，“折中”“公允”的生活態度被激烈的、否定性的、整體觀的思維模式所代替。[6]

第三，五四反傳統主義把改變民族精神作為中心問題，對“傳統”

---

〔1〕《五四時期期刊介紹》第一集上冊《新青年：“新青年”與反封建的新文化運動》，中共中央馬克思、恩格斯、列寧、斯大林著作編譯局研究室編，生活·讀書·新知三聯書店，1978 年，第 1 頁。

〔2〕陳獨秀：《一九一六年》，《青年雜誌》第 1 卷第 5 號，1916 年正月號。

〔3〕參見陳獨秀《新青年》2 卷 2 號《駁康有為致總統總理書》，2 卷 3 號《憲法與孔教》，2 卷 4 號《孔子之道與現代生活》《袁世凱復活》，2 卷 5 號《再論孔教問題》，4 卷 3 號《駁康有為共和平議》，4 卷 6 號《尊孔與復辟》諸文。

〔4〕同上。

〔5〕陳獨秀：《吾人最後之覺悟》，《青年雜誌》第 1 卷第 6 號，1916 年 2 月，第 4 頁。

〔6〕魯迅對“中庸”的批判可參見邱存平《關於魯迅對中庸思想的批判》，《魯迅研究動態》1987 年第 10 期。

的反叛首先表現為對儒學的否定。“由於儒學是一個系統的社會倫理學，它強調社會義務，強調國家和家庭的禮法，並注重對傳統禮儀和習俗的觀察，因此，它無疑比道家更適宜於為皇帝治下的臣民提供思維的框架。在漫長的歲月裏，儒學實際上成為一種普遍的權威力量”，儒家著作被制度化為人們 —— 尤其是追求功名者的必讀經典。換言之，“儒學不僅成為中國傳統社會的保護傘，而且為帝王的統治提供了較為滿意的道德世界觀”。[1]儒學的官方哲學化過程，也是中國文化倫理體系與政治體系日趨一體化的過程。作為一種以文化危機為前提的文化的哲學，儒學確實重視思想文化的優先性，“在孔子眼裏，中國社會所需要的改革首先是道德改革。社會的和諧與穩定（無論是家庭還是群體），取決於組成這個動蕩社會的每個個體的道德素質”。[2]這種思維方法直接地“引導出對家庭紐帶及家庭義務優先性的強調，這不僅反映出家庭在農業化的中國生活中的地位，而且孔子的理想國家的構想不過是一個大寫的家庭”[3]，從而個人與社會的關係被深刻地倫理化了。

這是否意味著，當五四反傳統主義者把實際政治鬥爭看成不是根本之圖[4]，而把文化倫理批判即思想革命置於首位時，他們在思維模式上又回到了傳統？

這裏至少有兩個問題值得注意。其一，五四反傳統主義作為近代思想發展的一個階段，是在近代社會變革一次次失敗的基礎上產生的，

---

〔1〕［英］F. C. 科普勒斯東著，李小兵譯，《漫議儒、釋、道 —— 中國哲學的特點》，《國外社會科學》1987 年第 7 期，第 58 頁。

〔2〕同上書，第 56 頁。

〔3〕同上。

〔4〕《青年雜誌》第 1 卷第 1 號通信欄第 2 頁，答王庸工信：“批評時政非其旨也。”

它體現了對洋務運動、戊戌變法、辛亥革命的經驗總結，思想革命的前提是科學技術、政治體制變革的充分必要性，而這個革命的直接政治背景（袁世凱稱帝）表明了它的政治性含義。

其二，中國社會倫理秩序與政治秩序的高度一體化過程，實際上不僅使政治倫理化、社會結構倫理化，同時也使倫理道德體系政治化、制度化、實體化。如果說在孔子那裏把個體的道德素質作為社會穩定和諧的前提還只是一種思維模式，那麼五四反傳統主義者面對的恰恰是一種政治與倫理文化相一致的現實社會結構。因此，對文化倫理體系的批判和否定同時包含了對社會政治結構的批判和否定。這就又回到了前文所說的，魯迅及其同伴的文化批判是一種整體功能批判，也即從這種文化對於維護等級制度、形成奴隸道德的現實結果著眼的。[1]所謂"整體性反傳統"實際上就是從功能角度做出的判斷。既然強調的不是傳統文化本身，而是傳統文化的否定性現實功能，那麼這種"反傳統主義"就不會排斥其他變革手段。[2]

最後，我想特別指出，魯迅把改造"國民性"提高到根本性的位置，這與他的文化哲學，尤其是與個體性原則有著緊密的關聯。就其預設的"己"或"我"的肯定性前提而言，個體性原則是建立在"無"之上的，即人的自性是和一切外在力量相對立的，從觀念體系、習慣道德、義務法律到國家、社會、群體，都將作為籠罩於個人之上，並使之迷失於"大群"的幻影而遭到否定。而這種保持了精神的獨立性與自由的個體恰恰是"群之大覺""中國亦以立"的前提。這種思維邏輯不是來自中國的固有傳統，而是來自西方近代哲學，這裏的個體及

〔1〕參見《墳．燈下漫筆》《墳．春末閒談》《集外集拾遺．老調子已經唱完》《且介亭雜文二集．在現代中國的孔夫子》等文。

〔2〕"改革最快的還是火與劍"，引自魯迅：《兩地書．十》，《魯迅全集》第 11 卷，第 40 頁。

其獨立性對於舊有群體秩序和文化傳統而言，始終是一個否定性的或惡的力量，而在儒學體系中，個人的道德素質則是和整體的倫理秩序相一致的"善"的力量。

功能分析、由果溯因、啟蒙需要、現實發展、主體論哲學形成了魯迅激烈的反傳統傾向，舊有的社會—政治秩序、倫理—文化體系、心理—行為方式，以至語言文字都作為一種導致中國落後的"傳統"或"舊軌道"而遭到批判否定。但是，這種明確的、決絕的反傳統精神趨向恰恰使魯迅陷入了邏輯上的悖論和實際上的兩難困境，而對這種邏輯悖論和兩難處境的自省，必然打破文化心理上的統一與平衡。"反傳統"所呈示的主體與傳統的對抗關係由此轉化為人與其自身心理上的關係，它將涉及人的顯示或隱示的行為與精神文化或心理事實的關係。

這是一種歷史與邏輯的悖論。"反傳統"一詞所表達的含義不僅是一種主觀態度，而且是一種理解世界、理解歷史、理解文化的特殊方式。對於魯迅等新文化創造者來說，"反傳統"是他們存在的基本模式，而不僅僅是主體理解或認識客體的一種一般的意識活動，因為在新舊交替中，他們就是作為舊的或傳統的對立物而出現於歷史舞台的。然而，如果承認傳統有其基於特定歷史和社會處境的歷史結構，傳統文化及其創造者總是一定地處於一個世界，總有其不容忽視的歷史性，那麼從中得出的邏輯結論是：傳統的批判者也是以自己的方式處於一定的世界上，他的歷史特殊性和歷史局限性也是無法消除的。[1]這正如伽達默爾指出的，"歷史性是人類存在的基本事實，無論是理解者還是文本，都內在地嵌於歷史性中，真正的理解不是去克服歷史的局限，而是去正

〔1〕參見張汝倫：《意義的探究》，遼寧人民出版社，1986年，第175—176頁。

確地評價和適應這一歷史性。我們總是以一種特殊的方式在世，有特殊的家庭和社會的視界，有一個有著悠久歷史、先於我們存在的語言，這一切構成了我們無法擺脫的傳統，我們必然要在傳統中理解，理解的也是我們傳統的一部分。理解的歷史性具體體現為傳統對理解的制約作用”[1]。

因此，現代釋義學的下述結論恰好構成“反傳統”的存在模式的悖論：“構成我們存在的與其說是我們的判斷，不如說是我們的前見。”[2]在伽達默爾看來，啟蒙運動在強調理性的絕對地位時，忘了理性必須在具體的歷史條件下實現自己，因而也無法看到自己也有成見，自己也要接受權威——理性的權威。啟蒙運動在強調理性的絕對權威時，沒有看到理性只有在傳統中才能起作用。[3]傳統的確是不管我們願意不願意就先於我們，而且是我們不得不接受的東西，是我們存在和理解的基本條件。因此，不僅我們始終處於傳統中，而且傳統始終是我們的一部分。是傳統把理解者和理解對象不可分割地聯繫在一起。理解者不可能走出傳統之外，以一個純粹主體的身份理解對象。理解並不是主觀意識的認識行為，它先於認識行為，它是此在的存在模式。

五四新文化運動賦予科學與民主的理性精神以至高無上的地位，並在這一絕對權威下對“傳統”進行價值重估，其實際內容是指專制統治和禮教對人們的精神控制，從而為歷史的變革與發展做出了不可磨滅的功績。但是，當這一運動形成了人們心理上的“反傳統”趨向時，恰恰又使人們陷入了邏輯上的悖論：“反傳統”作為一種對世界或

---

〔1〕張汝倫：《意義的探究》，遼寧人民出版社，1986 年，第 175—176 頁。
〔2〕［德］伽達默爾著，洪漢鼎譯，《詮釋學 II：真理與方法》，商務印書館，2011 年，第 279 頁。
〔3〕張汝倫：《意義的探究》，遼寧人民出版社，1986 年，第 179—180 頁。

傳統的理解方式就在傳統之中，因而在邏輯上是不成立的。

魯迅的深刻之處就在於：他在“反傳統”的過程中同時洞悉了自身的歷史性，即自己是站在傳統之中“反傳統”。但是，這種對理解的歷史性的洞悉並沒有像伽達默爾那樣直接引申出對“傳統”“成見”的本質價值的辯護，相反，對“傳統”的否定性的價值判斷導致了對自身的否定性的價值判斷，因此，自我否定恰恰構成了魯迅“反傳統”的基本前提。

魯迅用“自我否定”來解決“反傳統”與主體的傳統性之間的悖論關係，從而使“反傳統”最深刻的體現，或者說，與“傳統”決裂的最終極標誌，不是他犀利的社會文明批評，而是他的自我審判，更確切地說，是對自身與無法擺脫、割捨不開的傳統之間的聯繫的自省與否定。因此，愈對傳統進行尖銳、徹底的剖析與反叛，也就愈對自我進行痛楚的、毫不留情的解剖與否定：

> 別人我不論，若是自己，則曾經看過許多舊書，是的確的，為了教書，至今也還在看。因此耳濡目染，影響到所做的白話上，常不免流露出他的字句，體格來。但自己卻正苦於背了這些古老的鬼魂，擺脫不開，時常感到一種使人氣悶的沉重。就是思想上，也何嘗不中些莊周、韓非的毒，時而很隨便，時而很峻急……[1]
>
> 但我對人說話時，卻總揀擇那光明些的說出，然而偶不留意，就露出閻王並不反對，而“小鬼”反不樂聞的話來。……就

〔1〕 魯迅：《寫在〈墳〉後面》，《魯迅全集》第1卷，第301頁。

因為我的思想太黑暗……[1]

我自己總覺得我的靈魂裏有毒氣和鬼氣，我極憎惡他，想除去他，而不能……[2]

這樣，在魯迅的精神中便構成了悖論式的趨向，即以新的、現代的眼光觀察傳統文化與現實秩序，又把自己放入傳統文化與現實秩序的範疇加以分析，從而魯迅世界形成了兩大悖論式的主題：批判主題與自知主題。

把自我納入否定對象之中加以否定：這就是魯迅"反傳統"思想最徹底的體現。對於個體來說，這種深刻自知無疑賦予自身巨大的精神痛楚，沒有強大的精神力量是難以將自身作為否定性前提的。自知主題標示著魯迅"反傳統"的激烈程度，同時又引申出"罪"與"絕望"這兩大精神特點。"罪惡感"來自魯迅對自我與傳統的關係的自省：既然中國的歷史傳統是"吃人"，中國的文明是食人者的廚房，那麼自我作為一位無法擺脫傳統的反叛者，同時也就成為"吃人者"的同謀，於是——

我發現了自己是一個……是什麼呢？我一時定不出名目來。我曾經說過：中國歷來是排著吃人的筵宴，有吃的，有被吃的。被吃的也曾吃人，正吃的也會被吃。但我現在發見了，我自己也幫助著排筵宴。……中國的筵席上有一種"醉蝦"，蝦越鮮活，吃的人便越高興，越暢快。我就是做這醉蝦的幫手……[3]

---

〔1〕魯迅：《兩地書·二四》，《魯迅全集》第 11 卷，第 81 頁。

〔2〕魯迅：《240924 致李秉中》，《魯迅全集》第 11 卷，第 453 頁。

〔3〕魯迅：《答有恆先生》，《魯迅全集》第 3 卷，第 454 頁。

這裏當然包含了憤激之意，但這種思維邏輯卻是從《狂人日記》即已發端的。“罪”的自覺是一種殘酷的真實感，它把自我從傳統之外納入傳統之內，從而也就把“反傳統”的社會活動納入自身的精神歷程，並使之具有了“贖罪”的意義：傳統的罪惡也是“我”的罪惡，對傳統的批判和否定也是對“我”的批判與否定。換言之，只有對自我進行無情的審判，才能表達對新的價值理想、新的世界與未來的忠誠。當魯迅把自身與未來的關係做了這樣的理解時，他對自身的個體存在就不抱希望，從而對於個體來說，他的全部奮鬥與努力永遠是一種“絕望的抗戰”，因此他對自身的命運不能不持悲觀的看法：

> 至於“還要反抗”，倒是真的，但我知道這“所以反抗之故”，與小鬼截然不同。你的反抗，是為了希望光明的到來罷？我想，一定是如此的。但我的反抗，卻不過是與黑暗搗亂……[1]

“與黑暗搗亂”和“絕望的抗戰”是魯迅人生哲學的核心內容，同時也是他的“反傳統”主義最深刻的體現。只有當我們理解了魯迅對自身的“絕望”來源於自身與傳統的聯繫，理解了魯迅對傳統的否定性判斷來源於對民族新生的期望，我們才能理解魯迅關於個體的悲劇人生觀為什麼沒有把他引向虛無哲學，而是以“反抗”為核心、以“絕望”為出發點，建構了他的人生哲學。對於魯迅來說，“反傳統”已經是一種內在的需要，一種“贖罪”的活動，因為他已經把自己與傳統相聯繫，並判定“傳統”是有“罪”的，只有贖清了“傳統”的“罪惡”，才能贖清自己的“罪惡”——對於置身於“傳統”中的個體來說，這是

---

〔1〕 魯迅：《兩地書 · 二四》，《魯迅全集》第 11 卷，第 80—81 頁。

一個無望卻又是不得不為的努力。

但是，自知主題與社會批判主題同屬“反傳統”的啟蒙運動，因而個體悲觀主義是作為理性啟蒙主義的必要補充而出現的。魯迅把“改造國民性”作為他的反傳統主義的核心內容，實際上也就意味著人的解放的可能性；而魯迅思維過程中人的改造與社會改造的密切關聯，正說明魯迅對民族與社會改造的內在的樂觀——雖然他也時時表露著失望與憤激。當魯迅把自己作為傳統的人格化身而加以否定的時候，不正是說存在著真正屬於未來的人麼？不正是期望伴隨自我的毀滅而誕生一種全新的世界麼？從這個意義上說，魯迅的自我否定和由此產生的悲劇人生觀恰恰建立在理性主義和樂觀主義之上，因為個體的悲劇命運不過是歷史發展的一種必要的代價，自我毀滅的意識恰恰隱含了社會“進步”的內容。於是，在魯迅談論著“絕望”“虛無”“黑暗”“墳墓”的時候，他又會說到“希望”，說到“人道主義終當勝利”，從而，個體的悲觀與社會群體的樂觀以一種悖論的方式存在於他的世界裏，“絕望的”鬥士從廣闊的、無限的生活領域汲取著永不枯竭的“反抗”的力量。但與眾不同的是，他對社會與人類發展的理性主義信念，並沒有妨礙他對個體命運的悲劇性的深沉把握。

這樣，由傳統與反傳統所構成的歷史和文化的悖論形成了魯迅社會思想和文化心理中的個體與群體、悲觀與樂觀、絕望與希望的悖論式的並存結構。而在思維邏輯上，這兩個方面又與他的主體論哲學的理性主義與非理性主義的悖論結構遙相吻合。

## 第二節　重新詮釋“歷史／價值”的二分法
## ——創建民族國家的歷史願望為什麼表現為民族自我批判的現代工程？

列文森曾這樣論述近代中國知識分子的角色：“梁啟超的著述是對另一文化的技術、制度、價值和態度進行移植、置換和修訂的過程記錄。存在著進行這種文化涵化的四個條件：變更需求、變更榜樣、變更手段、變革的合理性。”[1]與梁啟超等人不同，魯迅的這種以民族文化改造為根本目的的文化引入主要是以否定性的方式進行的，即是以抨擊與批判傳統文化的方式進行，而不是以系統的介紹方式引入。正是經由魯迅及其同伴的努力，西方現代文化的一些基本價值觀念以各種不同的方式逐步改變了傳統文化的內部結構，從而在根本上影響了中國現代文化思想的歷史發展。

按照列文森的觀點，“每個人對歷史有一種情感性的承擔，同時又對價值有一種智性的承諾，而每個人也都會力求平衡二者。在一個穩定的社會，其成員基於普遍原則選擇其所繼承的獨特文化”。對於 19 世紀中國近現代知識分子來說，歷史與價值的這種內在統一性被無情地撕裂：由於看到其他文化的價值，在理智上與自己的文化傳統產生疏離；但受到歷史的牽制，在感情上仍然與中國傳統相聯繫。[2]歷史與價值的悖論關係最深刻地體現為：他們對西方思想和價值的追求以深厚的民族主義與愛國主義為基礎，而後者則主要起源於對西方入侵與掠奪的憎恨。這就形成了如本傑明・史華慈所指出的近代中國知識分

〔1〕 Joseph R. Levenson, *Liang Ch'i chao and the Mind of Modern China*, Cambridge, MA.: Harvard University Press, 1959, p. 34.

〔2〕 Ibid., p. 1.

子所處的一種思想狀態，即民族主義與那種對於傳統價值的真實和內在的信仰的分離：“對保存和發展那個作為民族的社會實體的承諾優先於對所有其他價值和信仰的承諾，所有價值和信仰只能在與這一最終目的的關聯中加以評判，而不是相反，準確地說，民族主義就已經在場。”〔1〕

但是，列文森提出的“歷史—價值”“感情—理智”的二分模式實際上是把中國近代文化發展簡單地理解為中西之爭，這種二分法也明顯地建立在西方中心論的現代性敘事之上。失敗的現實命運迫使中國人以“西方”作為自身的參照系，重新評估自身與現代生活的關係和在世界文化體系中的地位。這樣，中國近代文化意識的變遷也就包含了雙重意義：民族文化的現代抉擇過程呈現為兩種不同體系的文化意識相互關聯、相互作用的活動，兩種不同體系的文化意識的相互關聯、相互作用的活動實質上又是民族文化演進的內部運動。如果不理解中國近代文化運動過程的這種雙重意義，就勢必陷入“民族化”與“西方化”的簡單論爭，就勢必把“五四”開創的新文化傳統納入“非民族文化”的範疇。這種思維模式實際上是把民族文化看成一種靜態的、“純粹的”文化，而看不到文化也如世界一般是一些動的關係，是一個過程，一個運動著、變化著、具有未完結的可能性的存在，是尚未終結的過去和可能出現的未來之間的不斷分化的中介。這樣一種被理解為過程的文化，包含著傳統、現在與未來 —— 許許多多可能實現的未來的特殊關係。

從這種觀點來看，歷史與價值的衝突，以及由此導致的感情與理

〔1〕 Benjamin Schwartz, *In Search of Wealth and Power*, *Yen Fu and the West*, Cambridge, MA.: Harvard University Press, 1964, p. 19.

智的矛盾，就不僅僅是中國傳統與西方價值的分裂，而且更是民族文化變遷與發展的內在變動過程。價值理想作為民族文化與未來的一種獨特聯繫方式，一種現實民族文化的超越性形態不斷地構成對過去與現在的文化形態的批判和揚棄。在資本主義的全球性擴張之中，任何民族文化的變革都被強制性地納入所謂“現代性”的邏輯之中。

魯迅說過，他“正因為絕望於孔夫子和他的之徒，所以到日本”[1]去尋找別樣的東西，這顯然意味著魯迅是絕望於中國的傳統而去尋找西方的價值理想。但是，這種對西方價值理想的追求卻又基於一種更為強烈、更為根本的拯救民族的獻身精神。“靈台無計逃神矢，風雨如磐暗故園；寄意寒星荃不察，我以我血薦軒轅”（《自題小像》）。反帝民族主義追求的是與西方社會的平等和自身的獨立性，而這種平等與獨立性需要通過向西方學習才能獲取。也就是說，它需要以現實的精神承認兩種文明的不平等狀態。民族的獨立與平等意識和對西方文化的認同構成了一種內在的精神壓力。當魯迅意識到這一點時，他必然會以各種方式來緩解這種心理上的緊張：在這一過程中，魯迅不斷地修正自己的思想以適應這一內在的需要。從日本時期到五四時期，魯迅對待西方價值與中國傳統的態度發生了深刻的、不容忽視的變化，但這種變化過程中卻始終存在著一種“個人同一性”：在歷史與價值之間的徘徊與抉擇。[2]

追求民族的獨立與平等的意識深藏於魯迅日本時期的文化理論中。這就形成了他在接受西方社會的價值觀以改造和批判中國文化傳

〔1〕 魯迅：《在現代中國的孔夫子》，《魯迅全集》第 6 卷，第 326 頁。

〔2〕 個人同一性（personal identity）的概念源自懷特海（Alfred North Whitehead）對柏拉圖的相關論述的闡述和發展。Joseph R. Levenson, *Liang Ch'i ch'ao and the Mind of Modern China*, pp. 4-5.

統過程中耐人尋味的思維特點：

第一，魯迅把民族、國家與文化區別開來，在承認西方現代文明優越性的前提下接受科學、理性、進化、個人等價值觀，從而對中國的文化傳統予以掊擊掃蕩；但在精神歸趨上又忠於民族（而不是文化），堅守著民族的平等與獨立的原則。[1]這種思維方法上的雙重性使得魯迅拋棄了價值體系的邏輯一致性，而在對民族自身的關係和對民族與西方關係的不同方面，對同一價值原則做不同的解釋。例如，關於"物競天擇""適者生存"的原則。在對民族自身的關係中，魯迅強調了"進化"的必然性，為他的傳統變革提供理論上的依據。"進化"觀念實際上把西方現代文化作為一種先進的價值體系和現實狀態，從而也為他引入西方文化的實踐找到了充足的理由。"科學"的發展、"共和"的建立、理性的時代……是作為人類演化過程的較高階段，作為中國文明必然的未來趨向而出現在魯迅和其他中國近代思想家的文化理論中的。

"進化"觀念在面對民族自身的傳統時延伸出兩種思想：其一，中國的文化傳統和中國的政治傳統以"不攖人心"和復古為特徵，從而與"進化"的史實相違背：

> 吾中國愛智之士，獨不與西方同，心神所注，遼遠在於唐虞……其說照之人類進化史實，事正背馳。[2]
>
> 老子書五千語，要在不攖人心；以不攖人心故，則必先自致槁木之心，立無為之治；以無為之為化社會，而世即於太平。[3]

---

〔1〕 Joseph R. Levenson, *Liang Ch'i ch'ao and the Mind of Modern China*, pp. 4-5.

〔2〕 魯迅：《摩羅詩力說》，《魯迅全集》第 1 卷，第 69 頁。

〔3〕 同上。

中國之治，理想在不攖……[1]

然奈何星氣既凝，人類既出而後，無時無物，不稟殺機，進化或可停，而生物不能返本。使拂逆其前徵，勢即入於苓落，世界之內，實例至多，一覽古國，悉其信證。若誠能漸致人間，使歸於禽蟲卉木原生物，復由漸即於無情，則宇宙自大，有情已去，一切虛無，寧非至淨。而不幸進化如飛矢，非墮落不止，非著物不止，祈逆飛而歸弦，為理勢所無有。此人世所以可悲，而摩羅宗之為至偉也。人得是力，乃以發生，乃以曼衍，乃以上徵，乃至於人所能至之極點。[2]

這樣，"進化"觀念同時暗含了傳統落後與西方"進步"的觀念，現實的變革要求與"進化"觀念的內在邏輯獲得了統一。

其二，"進化"觀念內含的"物競天擇""適者生存"的"天演公例"是一種絕對的自然與歷史的準則，因此，缺乏內在衝力的"平和"的民族傳統必然導致文明的衰落。這一思想一方面構成了對中國政治傳統、文化傳統和民族心理特點的否定[3]，另一方面也就以歷史發展的自然法則來激勵中國人為"自強保種"而打破"平和""不爭""實利""惡進取"[4]的歷史狀態：

況吾中國，亦為孤兒，人得而撻楚魚肉之；而此孤兒，復昏昧乏識，不知其家之田宅貨，凡得幾許。盜據其室，持以贈盜，

[1] 魯迅：《摩羅詩力說》，《魯迅全集》第1卷，第70頁。
[2] 同上書，第69—70頁。
[3] 同上書，第68頁。
[4] 同上書，第69—70頁。

為主人者，漠不加察，得殘羹冷炙，輒大感歎曰：“若衣食我，若衣食我。”而獨於兄弟行，則爭錙銖，較毫末，刀杖尋仇，以自相殺。嗚呼，現象如是，雖弱水四環，鎖戶孤立，猶將汰於天行，以日退化，為猿鳥蜃藻，以至非生物。況當強種鱗鱗，蔓我四周，伸手如箕，垂涎成雨，造圖列說，奔走相議，非左操刃右握算，吾不知將何以生活也。[1]

問題在於，用“汰於天行”的危機激勵人們接受現代西方的科學、文化，同時也就把民族競爭殺伐的現實變成了一種合乎自然法則的現實，對文化傳統的否定恰恰引申出民族的自我否定——這當然是魯迅的民族主義立場無法接受的邏輯。於是，魯迅在處理中國文化傳統的變革、中國傳統文化與現代西方文化的關係時，引入了“進化”觀念，而在中國民族和國家與西方民族和國家的關係中，他把“物競天擇”“適者生存”的“自然法則”替換為“道德法則”，以道德的觀念對“愛國主義”或“民族主義”加以限定，從而把“進化”觀念及其內含的“生存競爭”學說與他對民族平等、獨立的追求統一起來，這種“統一”不是指“邏輯一致性”，而是心理上的平衡。

在《破惡聲論》中，魯迅無情地批判了“執進化留良之言，攻小弱以逞慾”[2]的“獸性愛國之士”和“奴子性”，他確實試圖從“進化”的邏輯中找到自己的批判依據，即認為“嗜殺戮侵略之事”乃是人類“自蟲蛆虎豹猿狖以至今日，古性伏中，時復顯露”[3]，從而把現代人類社會的侵略殺伐視為人類進化的不完善或原始遺存的表現。但

〔1〕魯迅：《中國地質略論》，《魯迅全集》第 8 卷，第 5—6 頁。
〔2〕魯迅：《破惡聲論》，《魯迅全集》第 8 卷，第 35 頁。
〔3〕同上書，第 33 頁。

從“適者生存”的普遍法則著眼，這種辯護在邏輯上仍然不能成立。真正構成對這種現實狀態的理論批判的，是另一種法則，那就是道德的法則，魯迅用“惡喋血，惡殺人，不忍別離，安於勞作”的“人之性”來對抗“進化留良之言”[1]，呼喚人們像貝姆之輔匈牙利，拜倫之助希臘，“為自繇張其元氣，顛仆壓制，去諸兩間，凡有危邦，咸與扶掖，先起友國，次及其他，令人間世，自繇具足”[2]。

這是一個複雜的、悖論式的現象：魯迅把“生存競爭”的“進化”學說引入了社會生活領域，但也正是他，同時又把它逐出社會生活領域。有人根據前者而判定魯迅是社會達爾文主義者，也有人根據後者而認為魯迅根本沒有形成社會“進化觀”。但人們似乎都沒有從中國歷史的兩難困境、魯迅的雙重歷史任務和由此形成的歷史與價值衝突的角度來把握魯迅的內在矛盾，沒有從這種理論邏輯上的悖論現象背後尋找形成這種邏輯悖論的文化心理，從而也就無法把握這一現象的內在的“個人同一性”。

第二，在魯迅的敘事中，中國的悲劇命運不是來自傳統文化的斷裂，不是來自對經典著作權威的抵制，而正是來自中國的文化傳統，因此，變革首先是對自身歷史文化的變革。[3]但是，既然作為民族智慧的中國文化又是這個民族得以生存發展所積累下來的內在因素和文明，那麼追求民族的平等與獨立也就不能不對自身的歷史傳統有所肯

---

〔1〕魯迅：《破惡聲論》，《魯迅全集》第 8 卷，第 35 頁。

〔2〕同上書，第 36 頁。

〔3〕列文森曾這樣描述梁啟超：“中國的災難並非來自對中國文化精神的背叛，或對經典權威的任意抵制；而是來自對其權威性的堅持。必須從各種‘偽經’‘真經’中解放出來，從過去的一切死亡之手的控制中解放出來。”Joseph R. Levenson, *Liang Ch'i ch'ao and the Mind of Modern China*, pp. 92-93. 魯迅並沒有集中討論那些經典本身，也從未將精力集中於經書之辨偽，他的矛頭所向毋寧是日常生活世界本身及其習俗中的傳統和習慣，即所謂祖傳老例。

定。變革自身傳統的外來的價值理想必須在自身的歷史中找到某種契合點，同時，對西方價值的認可和推崇必須是對西方文明的一種有目的的選擇，而不能導致西方文明對中國歷史文化的整體性優勢——總之，歷史與價值的衝突必須被視為暫時性現象，不能構成兩種文明的不平等關係。

由於這樣一種內在的文化／心理需要，魯迅在接受西方價值和批判中國傳統的過程中形成了兩種分析方式：其一，他將歐洲的生機與歐洲的危機進行比較，從而不是簡單地把歐洲的生機與中國的危機加以比較。他把歐洲歷史視為一個接一個的“偏至”的社會形態，把他所推崇的“新神思宗”視為對歐洲“偏至”的一種校正和改革，於是，當“改革”不再僅僅被解釋為適合於中國時，中國就不再是一種唯一需要變革的落後文明，而是人類各種文明中的一個平等的文明，因而也就能坦然地承受吸納變革的思想。同時，既然歐洲文明並不等於先進的文明，先進的價值是對現存歐洲文明的反叛，那麼，中國也就能夠在與歐洲平等的前提下接受這些來自西方的價值。這也就是以文化發展形式的類似（變革作為文化發展的普遍形式既適合於中國也適合於西方）來緩解由歷史與價值的衝突造成的心理緊張。[1]

其二，文化發展形式的類似尚不足以對魯迅所肯定的現代西方的價值形態給予充分的肯定，於是，他又在對自身文化傳統的分析中尋找文化價值之類似。“吾廣漠美麗最可愛之中國兮！而實世界之天府，文明之鼻祖也。”[2]中國古代文明有著獨立的價值，只是在特定的時期

〔1〕在這一方面，我們也不妨比較一下列文森筆下的梁啟超與魯迅的同與異。Joseph R. Levenson, *Liang Ch'i ch'ao and the Mind of Modern China*, pp. 41-42.

〔2〕魯迅：《中國地質略論》，《魯迅全集》第 8 卷，第 5 頁。

內迷失了自身[1]，因此，由於接受西方價值而"破迷信""崇侵略""盡義務""同文字""棄祖國""尚齊一"[2]，從而把價值與歷史對立起來的觀點是無法接受的。在一篇未完的論文裏，魯迅把中國原始宗教與海克爾以科學與宗教結盟的"一元論宗教"相提並論，把在"理性的宮殿"裏供奉的真善美三位一體的女神和尼采的超人學說，與中國的人文傳統共同作為適合於現代文化發展的價值形態。

> 顧吾中國，則夙以普崇萬物為文化本根，敬天禮地，實與法式，發育張大，整然不紊。覆載為之首，而次及於萬匯，凡一切睿知義理與邦國家族之制，無不據是為始基焉。……顧瞻百昌，審諦萬物，若無不有靈覺妙義焉，此即詩歌也，即美妙也，今世冥通神之士之所歸也，而中國已於四千載前有之矣；斥此謂之迷，則正信為物將奈何矣。[3]

魯迅堅持認為如果"借口科學，懷疑於中國古然之神龍者，按其由來，實在拾外人之餘唾"[4]，民族的凝聚力是悍然不可動搖的。在魯迅看來，"科學"作為一種價值形態是歐洲文明的特定階段的產物，它並不代表最先進的文化並造成了"偏至"的後果，因此，對這一具體觀念的貶低不應妨礙對西方價值的接受。於是，魯迅把歐洲思想文藝的發達同神話的

---

〔1〕"夫中國之立於亞洲也，文明先進，……及今日雖雕苓，而猶與西歐對立，此其幸也。顧使往昔以來，不事閉關，能與世界大勢相接，思想為作，日趣於新，則今日方卓立宇內，無所愧遜於他邦，榮光儼然，可無蒼黃變革之事，又從可知爾……"魯迅：《摩羅詩力說》，《魯迅全集》第 1 卷，第 99 頁。

〔2〕魯迅：《破惡聲論》，《魯迅全集》第 8 卷，第 28 頁。

〔3〕同上書，第 29—30 頁。

〔4〕同上書，第 32 頁。

關係與中國的古代宗教迷信做文化價值的類比，把“國勢”強弱與文化價值區別開來，既接受西方的價值，又尊重自身的歷史，並力圖在民族共同的價值基礎上選擇西方的價值。

列文森認為“對過去的自豪感與對過去的拒絕在邏輯上不能並存，卻是梁啟超早期民族主義必然的成分”；他將這一困境描述為以下兩者的矛盾，即“抽象而言的歷史與價值的邏輯衝突與在實踐中、歷史上必然同時堅守兩者”[1]。這同樣也是魯迅的困境，但他的處理方式與梁啟超十分不同。細緻地觀察可以發現，魯迅在對待西方價值的態度上不斷地出現相互矛盾的思想。例如，魯迅深刻地批評“言非同西方之理弗道，事非合西方之術弗行，掊擊舊物，惟恐不力”的“維新”人物[2]，並責問說：“第不知彼所謂文明者，將已立準則，慎施去取，指善美而可行諸中國之文明乎，抑成事舊章，咸棄捐不顧，獨指西方文化而為言乎？”[3]但實際上當他批評別人唯新是務之時，他也以西方文化之至新者作為解決中國問題的最佳藥方，並把從《詩經》、老子、屈原到中國政治和一般社會的精神傳統視為否定的或無法引導中國前進的文化傳統。魯迅對當時各派主張的批判有其深刻的文化哲學和政治選擇的背景，但他把中國改革道路問題納入“取今復古”的範疇內考慮，正說明他深深地關心著歷史與價值的衝突，並努力獲取兩者的平衡。當我們看到科學、進化這類價值觀念在中國傳統文化面前遭到懷疑，我們便立刻理解了這種衝突的嚴重性，理解了民族的平等觀念、生存需求和文化傳統對於魯迅強大的制約力量。這是一種來自魯迅內

〔1〕 Joseph R. Levenson, *Liang Ch'i ch'ao and the Mind of Modern China*, Cambridge, MA.: Harvard University Press, 1959, pp. 135, 136.

〔2〕 魯迅：《文化偏至論》，《魯迅全集》第 1 卷，第 45 頁。

〔3〕 同上書，第 47 頁。

心的力量。

這種矛盾不是偶然的現象，而是魯迅所處的歷史環境造成的。誠如列文森所言，對於一個思想家來說，他對世界的認識方式是一個不穩定的描述，一個假定的“終極”認識，一旦客觀內容變動，潛在的矛盾將促使思想家改變自己的認識。五四運動對於魯迅而言具有不言而喻的重大意義，它不僅改變了魯迅的生活方式，而且改變了他思考問題的方式。第一次世界大戰極度動搖了西方人對自己傳統價值的信任感，許多中國人也因此“擺脫”了“歷史—價值”的衝突：西方的物質進步引起了道德的衰敗，中國文化的精神傳統無須向西方低首致意了，“西方物質—中國精神”的二分法為人們找到了平衡內心的虛幻模式，而袁世凱與日本簽訂的“二十一條”也大大地激發了民族主義情緒。

然而，魯迅似乎沒有從這兩大社會背景中尋找民族“平等”或文化“平等”的依據。按照《文化偏至論》的邏輯他本來是會這樣尋找的。從辛亥革命、二次革命、張勳復辟、袁世凱稱帝等一系列中國社會政治變遷過程中，魯迅對中國傳統失望至極，改造“國民性”的艱苦前景，也使他對民族的未來持悲觀的看法，這一切，使他在理智上擺脫“歷史—價值”的衝突而全身心地獻身於他的價值理想——即便這種價值理想的實現意味著民族的滅亡：

> 歷觀國內無一佳象，而僕則思想頗變遷，毫不悲觀。蓋國之觀念，其愚亦與省界相類。若以人類為著眼點，則中國若改良，固足為人類進步之驗（以如此國而尚能改良故）；若其滅亡，亦是人類向上之驗，緣如此國人竟不能生存，正是人類進步之故也。大約將來人道主義終當勝利，中國雖不改進，欲為奴隸，而他人

更不欲用奴隸；則雖渴想請安，亦是不得主顧。止能侘傺而死。如是數代，則請安磕頭之癮漸淡，終必難免於進步矣。此僕之所為樂也。[1]

以"人類"的眼光來代替"民族"的眼光，內心裏深藏的仍然是"民族"的命運。但是，"人類"眼光的建立實際上也意味著魯迅不再以對"民族"平等的內在要求來限定"價值"的普遍性。科學、民主、進化、個人，作為民族傳統的對立物，作為無可懷疑的價值形態，出現在魯迅的社會文明批評之中。

近來所謂新思潮者，在外國已是普遍之理，一入中國，便大嚇人；提倡者思想不徹底，言行不一致，故每每發生流弊，而新思潮之本身，固不任其咎也。

要之，中國一切舊物，無論如何，定必崩潰；倘能採用新說，助其變遷，則改革較有秩序，其禍必不如天然崩潰之烈。而社會守舊，新黨又行不顧言，一盤散沙，不法粘連，將來除無可收拾外，殆無他道也。

今之論者，又懼俄國思潮傳染中國，足以肇亂，此亦似是而非之談，亂則有之，傳染思潮則未必。中國人無感染性，他國思潮，甚難移植；將來之亂，亦仍是中國式之亂，非俄國式之亂也。而中國式之亂，能否較善於他式，則非淺見之所能測矣。

要而言之，舊狀無以維持，殆無可疑；而其轉變也，既非官吏所希望之現狀，亦非新學家所鼓吹之新式：但有　塌胡塗

〔1〕 魯迅：《180820 致許壽裳》，《魯迅全集》第 11 卷，第 366 頁。

而已。[1]

與五四時期的“國粹家”不同的是，魯迅不是以“西方物質—中國精神”的二分法來解決“歷史—價值”的衝突，而是以對“歷史”的否定強固了價值的邏輯一致性。但是，如果由此認為魯迅就此避開了“民族”或“歷史”問題，那就是莫大的誤解。問題的關鍵恰恰在於，魯迅思考問題的方式是否定性的，即不是通過對歷史的肯定來建立民族的信心，而是通過對歷史的否定來重建自己的文明。對於中國而言，“價值”追求已是一種“生存”需要，在“生存”危機之下，中國無須為維護虛假的“自尊”去重新“發現”傳統的價值，無須為尋求心理上的平衡去用“歷史”限定“價值”的適用範圍。在“生存”的名義下，傳統不再具有神聖的意義，西方的價值理想作為一種可能拯救民族生存的東西而被推到了第一位。

正由於此，魯迅在五四時期的反傳統理論較之早期有更完整的邏輯一致性。例如當他再次以“進化”觀念解釋民族生存時，認為“民族根性造成之後，無論好壞，改變都不容易的”[2]，中國民族的衰敗早在幾百代的祖先那裏就種下了“昏亂”的種子，如果民族不“掃除了昏亂的心思，和助成昏亂的物事（儒道兩派的文書）”[3]，那麼進化的自然法則“便請他們滅絕，毫不客氣”。[4]魯迅不再用“道德的法則”來緩解歷史與價值的衝突，因為進化的原則對於人類來說正是人道的原則和進步的原則，從人類進化的觀點看，中國的文化“沒一件不與蠻

〔1〕 魯迅：《200504 致宋崇義》，《魯迅全集》第 11 卷，第 382—383 頁。
〔2〕 魯迅：《隨感錄．三十八》，《魯迅全集》第 1 卷，第 329 頁。
〔3〕 同上。
〔4〕 同上書，第 330 頁。

人的文化恰合”：吃人，劫掠，殘殺，人身買賣，生殖器崇拜，靈學，一夫多妻，拖大辮，吸鴉片，纏足……而“自大與好古，也是土人的一個特性”。[1]於是，魯迅徹底擺脫了“中學為體，西學為用”或“西方物質—中國精神”的思維框架，擺脫了由“歷史—價值”衝突構成的邏輯矛盾，建立了反傳統主義的價值體系。由此可見，否定性本身是魯迅試圖解決歷史與價值衝突的一種不得不為的方式。

但是“歷史—價值”的衝突並沒有消逝。對“歷史”的理性否定並不意味著人真正擺脫了“歷史”。魯迅對價值的邏輯一致性的追求幾乎把民族、國家的未來完全付諸“自然法則”，在“必然性”面前一切都變得可以坦然承受，但這恬淡樂觀的語調裏透出的卻是極度的悲觀和無法解除的憂慮：說到底，魯迅那樣急切地抨擊舊物，不遺餘力地否定傳統，卻無非是追求民族的新生——追求民族在人類民族之林中的平等位置。但是，當魯迅把民族的自我否定作為價值的邏輯一致性的前提，他在思考中國問題時也就必然形成否定性的思維方式。他不再費力地去尋找民族內部蘊含著的肯定性素質，不再在民族的遠古傳統與現代價值之間尋找契合點，更不會以今人的所謂“創造性轉化”去重新闡釋民族的傳統，“取今復古，別立新宗”的平和之論不復出現——民族的過去與現在，舊的和新的，都由於與“新思潮”（價值理想）相背離而遭到否定。

把民族作為價值理想的對立物而加以否定，這就是“歷史—價值”衝突的最激烈的體現。對於魯迅來說，這種否定性的思維方式給他帶來了巨大的精神痛楚，試想：如果民族真的無可救藥，魯迅又能在哪兒汲取反抗的勇氣和力量呢？“否定性”的思維方式在這裏同樣引申出

[1] 魯迅：《隨感錄·四十二》，《魯迅全集》第1卷，第343頁。

“罪”與“絕望”兩大精神主題，但這裏的“罪”與“絕望”不再是個體的“罪”與“絕望”，而是“民族”的“罪”與“絕望”。“罪”的感覺來源於自身與“絕對者”的悖逆，無論這個“絕對者”是上帝，還是永恆的價值理想。當魯迅分析中國歷史與現狀的黑暗時，他把科學、人性、民主、進化⋯⋯推至至上權威的位置，他已經不是在說明民族歷史與現實的不合理，而是在分析一種難以擺脫又悠久漫長的“罪惡”。個體的罪惡感不是來自個體自身，而是來自民族的“罪惡”歷史：

> 我們現在雖想好好做“人”，難保血管裏的昏亂分子不來作怪，我們也不由自主，一變而為研究丹田臉譜的人物：這真是大可寒心的事。[1]

這是一個“罪惡的”民族，一個在遠古即已種下了壞根子的無望的民族。魯迅用“吃人”、用“梅毒”這類充滿罪惡感的語詞來形容中國的歷史，雖竭力想救治卻又覺得希望渺茫。魯迅不再關心“平等”問題，倒是希望外國人“能疾首蹙額而憎惡中國”[2]，倘若如此，“我敢誠意地捧獻我的感謝，因為他一定是不願意吃中國人的肉的！”[3]對中國的“憎惡”正出於拯救的願望，雖然“但有一塌胡塗而已”，卻仍要作“絕望的抗戰”——對“價值”的追求仍然是對民族生存的一種深切的關懷。

但是，以民族的自我否定或對民族歷史的深惡痛絕來表達對民族未來的深沉憂患，這怎能不使以民族拯救為己任的魯迅感到深刻的悲涼悽愴？既然魯迅早已決心獻身於民族，那麼當他又不得不承認這個

---

〔1〕 魯迅：《隨感錄．三十八》，《魯迅全集》第 1 卷，第 329 頁。
〔2〕 魯迅：《燈下漫筆》，《魯迅全集》第 1 卷，第 226 頁。
〔3〕 同上。

民族的"罪惡"的時候，他又怎麼來保持心理上的平衡？"歷史"與"價值"的衝突不再以邏輯悖論的形式出現，卻在人的價值理想與人的情感和行為方式的內在矛盾中呈現出來。甚至可以說，越是徹底地、無條件地認同價值，由歷史與價值的衝突所形成的理智與情感、觀念與行為的分裂就越加突出，從而這種衝突在理論邏輯上的緩解反而愈益深化了一種個人性的痛苦。從人的自由解放，從進化論，從人道的立場，魯迅談論應該怎樣做父親，倡導婚姻愛情的自主，真實大膽地看取人生，反對封建節烈觀，他對傳統的理智思考斬釘截鐵，言之成理，但是一旦涉及他自己的行為、生活，又常常陷入無奈的痛苦。

魯迅在《二十四孝圖》一文中追溯了童年時代對這部"孝道"故事的內心反感，但他在家庭生活中始終是"孝子"的角色，這種對母親的"孝"使他違背自己的理性判斷而背負起傳統婚姻的重擔。有人注意到這樣一個事實：魯迅寫《我們現在怎樣做父親》，卻不寫"我們現在怎樣做子女"，他指出"中國現在，正須父範學堂"[1]，但不寫"怎樣做子女"和辦"子範學堂"。除了魯迅所解釋的"省卻許多麻煩"等原因外，這是否還因為後一個問題對他個人來說過於痛苦而敏感呢？1910 年祖母（蔣氏）大殮，魯迅做了舊規矩要求一個"承重孫"必須做的禮儀，"一是穿白，二是跪拜，三是請和尚做法事"。[2]1903 年暑期自日本度假歸家的魯迅竟裝起假辮子，《自題小像》的激情被隱藏到對於家人的照顧之情中。"倘使我那八十歲的母親，問我天國是否真有，我大約是會毫不躊躇，答道真有的罷。"[3]——這篇題為《我要騙人》的文章表明魯迅"不愛看人們失望的樣子"的一貫態度，內中不又潛伏著不得不對舊道德有

[1] 魯迅：《隨感錄．二十五》，《魯迅全集》第 1 卷，第 312 頁。

[2] 周遐壽：《魯迅小說裏的人物》，人民文學出版社，1957 年，第 118 頁。

[3] 魯迅：《我要騙人》，《魯迅全集》第 6 卷，第 487 頁。

所承擔的隱痛麼？1919 年發表於《新青年》第 6 卷第 1 號的《隨感錄·四十》談到對舊式婚姻的態度，自由的要求與殉情的道德觀，令人驚訝卻又合乎情理地糾合在一起："但在女性一方面，本來也沒有罪，現在是做了舊習慣的犧牲。我們既然自覺著人類的道德，良心上不肯犯他們少的老的的罪，又不能責備異性，也只好陪著做一世犧牲，完結了四千年的舊賬。""做一世犧牲，是萬分可怕的事；但血液究竟乾淨，聲音究竟醒而且真。"〔1〕這種道德上的自我完善與魯迅的現代道德觀念（"道德這事，必須普遍，人人應做，人人能行，又於自他兩利，才有存在的價值"〔2〕）相互衝突，卻表明了急劇變遷時代的道德困境。魯迅終於以實際的選擇而衝破了內心的矛盾，但在他與許廣平的愛情之中，尤其是當他感覺到自己確可以有一種更為美好的生活時，他的歡欣、雀躍之情隨即轉化為更加深刻的痛苦、更加激烈的衝突。他對"流言"的敏感絕非心造的幻影，卻也透露了一種沉重的內心壓力。所有這一切，當然都有著生存與戰鬥的考慮，但不能忽視魯迅身不由己地對舊道德的某種心理承擔與妥協。

魯迅自喻為放別人"到寬闊光明的地方去"而肩起"黑暗的閘門"的人，說自己終將是隨光陰偕逝、逐漸消亡的"中間物"，那種不願放棄對價值理想的信念，又無法擺脫過去陰影的感覺，幾乎有幾分"宿命"的味道 —— 這一切倘若是一種"必然"，一種人類生活的"規律"，那麼由此而引起的價值與情感的衝突或可以在心理上有所平衡吧？但是，這種心理平衡不是消極地認命，而是以自我否定、自我犧牲的態度獻身於未來和自己的價值理想。魯迅說自己是抽了鴉片而勸人戒除

〔1〕魯迅：《隨感錄·四十》，《魯迅全集》第 1 卷，第 338 頁。

〔2〕魯迅：《我之節烈觀》，《魯迅全集》第 1 卷，第 124 頁。

的醒悟者，是“思想較新”的“破落戶”[1]，但又說：“中國之可作梯子者，其實除我之外，也無幾了”[2]，“也時常想到別人和將來，因此也比較的不十分自私自利而已”。[3]魯迅竭力地從個人生活中跳出來“俯視”個人，“必然”的自我否定引導著個體對於“必然”的獻身的激情——這是自貶呢，還是自重？個體面臨死亡與孤獨的“絕望的抗戰”，在這裏卻又獲得了一種並非“個體”所能說明的意義。

較之他人，魯迅對現代價值體系的追求如此堅韌執著，以至不惜以自我否定（個人的和民族的）來表達獻身於價值理想的激情，但也正由於此，他才更加痛楚地感到了自己與價值理想的深刻距離，與“歷史”不可分解的聯繫。這種切身的思索與追求，使他的那些小說、雜文、散文詩浸淫著一種掙扎、抗爭的精神意蘊。那些個體所面臨的惶惑、孤獨、死亡、絕望和反抗，就不再是抽象的個體生命體驗，而包含著極其現實的文化內容。肩住“黑暗的閘門”的人、“中間物”——這些對於個體生存及其意義的概括，由此在魯迅的世界裏成為一種具有獨特文化內涵的概念。這些概念本身就標示一種內在的矛盾與悖論的存在，這些矛盾與悖論總是以不同的方式呈現著歷史與價值的衝突。

魯迅以否定性的方式表達他與歷史的關係，從而深深地體驗著一個“現代人”的孤獨。因為每當他要向意識領域作更進一步的邁進時，他就距離那無處不在的、原始的、包含著整個社會心理的“歷史”越來越遠。對現代價值理想的認同使他獲得了現代知覺性，發現了生活於其中的生存方式的無聊和荒謬。“除了它的歷史價值之外，過去的價值和奮鬥故事已經再也不能引起他的興趣，所以他已經是一位道道

---

〔1〕 魯迅：《350824 致蕭軍》，《魯迅全集》第 13 卷，第 528 頁。

〔2〕 魯迅：《300327 致章廷謙》，《魯迅全集》第 13 卷，第 226 頁。

〔3〕 魯迅：《350824 致蕭軍》，《魯迅全集》第 13 卷，第 528 頁。

地地最‘不歷史的人’，而且是一位和完全生活在傳統中的群眾疏遠的人。事實上，只有當他已經漫步到世界邊緣，他才算是一位名符其實的現代人。他必須把前人遺留下來的一切腐朽之物全部拋棄，並承認，他現在仍佇立在一片會長出萬物的空曠原野”。〔1〕然而，正如榮格所說：

> 倘若我們把否認傳統與肯定現在的意識等同起來的話，那完全是自欺欺人的勾當。“今天”處於“昨天”和“明天”之間，是過去和未來的橋樑，除此之外，不能再做別種解釋。“現代”代表著一個過渡的程序，而只有認識到這一點的人才能自稱為現代人。〔2〕

“中間物”“黑暗的閘門”所體現的與歷史和未來（價值理想）雙重的悖論關係表達的正是一種現代人的自覺。魯迅的“非歷史性”同時表明了他的歷史性。因此，他的孤獨既是一種“非歷史性的”孤獨，又是一種歷史性的孤獨。簡言之，一種自覺的現代孤獨。

## 第三節　輪迴的心理經驗為何瓦解了進化的時間觀念？

魯迅對世事確有一種陰鬱卻又無比深刻的把握方式，這種方式來自他那銘心刻骨的童年經驗和對實際生活的感受。然而，“看透造化

---

〔1〕參見［瑞士］C. 榮格著，黃奇銘譯，《探索心靈奧秘的現代人》，社會科學文獻出版社，1987 年，第 188 頁。

〔2〕同上書，第 188—190 頁。

的把戲”付出的是更為劇烈的內心痛楚，從中魯迅體味著“黑暗與虛無”。這種感性經驗驚心動魄地搖撼著魯迅通過理論的學習而形成的一整套關於世界與歷史的理解。感性經驗與理性觀念的持久衝突終將形成理智自身的分裂，因為積久的經驗總要構成人對世界新的理性把握。

……於浩歌狂熱之際中寒；於天上看見深淵。於一切眼中看見無所有；於無所希望中得救……

……有一遊魂，化為長蛇，口有毒牙。不以齧人，自齧其身，終以殞顛……

……離開！……[1]

那種透過一切迷人的夢幻、一切喧鬧的表象把握住冰冷現實的方式，卻往往把自己拋入深淵般的孤獨之中。這就是魯迅為他的“深刻”付出的精神代價。從童年時代對“冷漠”“侮辱”“蔑視”的體驗，到日本時期看幻燈片的震撼，從辛亥革命以後的現實頽敗，到五四之後的分化瓦解，從《二十四孝圖》、野史、筆記中看到的一幅幅毛骨悚然的“吃人”圖景，到萬頭攢動觀看被殺女屍的報道……你根本不必指望在這樣的陰暗而真實的經驗基礎上建立神采飛揚的大廈，卻可以看到對“地獄”的深刻洞悉。魯迅自言對自然美無甚感觸，倒是對陰間的無常和女吊存著隱秘的愛戀，童年的記憶如此長久地纏繞著他靈魂的絲縷，正可見他是以怎樣的創傷體味遠比陰間更為可怖的世界。

歷史、現實、人倫關係給魯迅一種肉體上的壓迫感，現實生活在他心頭喚醒的常常是“氣悶”“被吃”“自齧”，伴隨著的常常是無處

---

〔1〕 魯迅：《墓碣文》，《魯迅全集》第 2 卷，第 207 頁。

不在的吃人的、攫取的眼睛和猙獰的光，還有諸如“小鯽魚似的一層一層積疊著，快要和壇沿齊平”的“一罈鹽漬的眼睛”。[1]《狂人日記》寫道：

> 這歷史沒有年代，歪歪斜斜的每頁上都寫著“仁義道德”幾個字。我橫豎睡不著，仔細看了半夜，才從字縫裏看出字來，滿本都寫著兩個字是“吃人”！
>
> 書上寫著這許多字，佃戶說了這許多話，卻都笑吟吟的睜著怪眼睛看我。[2]

這固然是小說主人公的狂想，卻又真切體現了魯迅把握世界的一種方式：不是依據理論邏輯的推論，而是依據人的活生生的感悟，不是按照時空的正常狀態把握世界，而是進行跨越時空的飛行與疊合，形成一種切身的、不脫離感性經驗的判斷。

魯迅的這種不脫離感性經驗的判斷體現了一種懷疑的思維方法和“多疑”的個人氣質。[3]他說：

> 我懷疑過我自己，懷疑過中國和外國人，懷疑過人類為之而奮鬥的一切事物和價值。[4]

---

〔1〕 魯迅：《論照相之類》，《魯迅全集》第 1 卷，第 190 頁。

〔2〕 魯迅：《狂人日記》，《魯迅全集》第 1 卷，第 447 頁。

〔3〕 參見錢理群：《魯迅思維方式與中外文化關係的隨想》，1986 年“魯迅與中外文化”國際學術討論會（北京）大會論文，《複印報刊資料．魯迅研究》1988 年第 2 期，第 24 頁。

〔4〕 [美] 斯諾著，佩雲譯，《魯迅 —— 白話大師》，《魯迅研究年刊 1979》，西北大學魯迅研究室編，陝西人民出版社，1982 年，第 540 頁。

“懷疑”的方法與“多疑”的氣質來自事實的教訓，所謂“我向來是不憚以最壞的惡意來推測中國人的，然而我還不料，也不信竟會下劣兇殘到這地步”[1]，所謂“見過辛亥革命，見過二次革命，見過袁世凱稱帝，張勳復辟，看來看去，就看得懷疑起來”[2]，所謂“在未有更確的證明之前，我的‘疑’是存在的”。[3]追溯魯迅對笛卡兒的稱讚，對易卜生“偉大疑問號”的欣賞，對現代科學的高度重視，那麼，這種以經驗與事實為基礎的懷疑方法的確與西方啟蒙傳統有著內在的聯繫。

但是，魯迅在運思過程中並不是嚴格按照歸納或演繹的邏輯程序，而是在經驗的基礎上做自由、感性的聯想；唯其是自由、感性的聯想，個人的心理定式和對過去的暗淡記憶才會在整個思維與判斷的過程中呈現重要的意義。魯迅這樣描述自己思想的形成過程：

> ……動起筆來，總是離題有千里之遠。即如現在，何嘗不想寫得切題一些呢，然而還是胡思亂想，像樣點的好意思總像斷線風箏似的收不回來。忽然想到昨天在黃埔……忽而想到十六年前……忽而又想到香港《循環日報》上所載……[4]

在另一處又說：

> 我一面剪，一面卻忽而記起長安，記起我的青年時代，發出

〔1〕 魯迅：《記念劉和珍君》，《魯迅全集》第3卷，第291頁。

〔2〕 魯迅：《〈自選集〉自序》，《魯迅全集》第4卷，第468頁。

〔3〕 魯迅：《關於〈三藏取經記〉等》，《魯迅全集》第3卷，第407頁。

〔4〕 魯迅：《慶祝滬寧克復的那一邊》，《魯迅全集》第8卷，第196頁。

連綿不斷的感慨來……[1]

正如論者所言，這樣“連綿不斷”的聯想既是時間的開拓（“昨天”——“十六年前”；現在——“青年時代”），又是“空間”的延伸（“黃埔”——“香港”；北京——“長安”），這是對處於不同時間與空間下極不相同的事物的內在聯繫的一種發現，是作家觀照範圍的空前拓展。[2]

但是，我所關注的還不是這種“聯想”體現的“對互相聯繫的世界整體性的把握”，而是運思過程所呈現出的魯迅頑強的心理定式和由此展現的心理結構方面的特徵：無論時間與空間如何重疊、滲透、交融與轉化，對問題的判斷總是與對歷史和過去的經驗的追憶相交織，這種歷史與經驗在魯迅的心理感覺上常常是陰鬱的，以至於引起深入骨髓的痛楚。“在精神分析理論中，我們曾十分肯定地認為，心理事件經歷的過程是受唯樂原則自動調節的。也就是說，我們相信，這些心理事件經歷的過程所以會發生必定是由某種不愉快的緊張狀態引起的。這種過程的發展方向是要達到最先使這種緊張狀態消除的結果，即達到避免不愉快或產生愉快的結果。”[3]對此，弗洛伊德爭辯說：

我們至多只能說，在人心中存在著一種趨向於實現唯樂原則的強烈傾向，但是它受到其他一些力或因素的抵抗，以致最終產

---

〔1〕魯迅：《說鬍鬚》，《魯迅全集》第1卷，第183頁。

〔2〕參見錢理群：《魯迅思維方式與中外文化關係的隨想》，《複印報刊資料．魯迅研究》1988年第2期，第21頁。

〔3〕［奧］弗洛伊德著，林塵、張喚民、陳偉奇譯，《弗洛伊德後期著作選》，上海譯文出版社，1986年，第3頁。

生的結果不可能總是與想求得愉快的傾向協調一致。[1]

因此，他認為“要求重複以前的狀態，要求回復過去”的重複原則是一種更符合人的本能的原則。

魯迅抑制不住地將“被壓抑在記憶裏的東西當作眼下的體驗來重複”，而不是像人們通常期望的那樣，“把這些被壓抑的東西作為過去的經歷來回憶”—— 支配著隱在心理的不是“唯樂”原則，不是一般的重複原則，而是一種無法抹去的創傷感。魯迅的這種聯想常常使他感到“現實中出現的東西，事實上不過是一段早已忘懷或永遠不能忘懷的過去生活的反映”[2]，而這些往事即便在很久以前也從未給他帶來過真正的快樂。魯迅把自己的兩本雜文集命名為《華蓋集》《華蓋集續編》，除了現實的批判意義外，在心理上他確有一種彷彿被某種厄運追隨著，或者被某種“魔力”控制著的感覺。

無論是在魯迅的個人生活中，還是在他的思維過程中，那種一次又一次的重複與循環的感覺對於形成他的思維方式無疑起了重要作用。在幼年失怙所遭受的冷眼與國人的看客心理之間，在做大清國的“奴隸”與做中華民國的“奴隸”之間，在兄弟失和與高長虹們的叛賣之間，在歷史書上的字與民眾笑吟吟的眼光之間，在耶穌受難與自己的孤獨之間，魯迅有一種總是被欺騙的感覺，一種無法掙脫循環的感覺，一種對世界的失望與憤激的感覺，正是這種創傷感使他在思維過程中經常超越時空的變遷所形成的實際區別，而去把握世事之間的內在循環與重複。魯迅由此獲得了一種“看透造化把戲”的深刻與自信，

---

〔1〕［奧］弗洛伊德著，林塵、張喚民、陳偉奇譯，《弗洛伊德後期著作選》，上海譯文出版社，1986 年，第 6 頁。

〔2〕同上書，第 17、18 頁。

而在這背後，又凝聚著多少撕人心肺的陰暗記憶和痛苦經驗。

當然，並不僅僅是陰暗與痛苦，還有“發現”的快樂和智慧的愉悅。1918 年 8 月，魯迅致書許壽裳，談到偶閱《通鑒》，乃悟中國人尚是食人民族，從而把現實的民族倫理狀態與對歷史的體悟聯繫起來，“此種發見，關係亦甚大，而知者尚寥寥也”[1]。魯迅不信任事物表面的、外在的形態，總要去追究隱藏在表象下的真實，他那著名的正面文章反面看的“推背法”、“證偽法”、歸謬法，常常使他對現實事物的認識達到常人難以企及的深度，也使他在這種超人的深刻把握中產生理性上的優越感和自信心，在他洞若觀火的雜感中蕩漾著的幽默、機智、諷刺的笑聲撕開了現實的表象。

但是，對於一個思想家或精神戰士來說，那種由精神的創傷和陰暗記憶所形成的深刻的不信任感，那種總是把現實作為逝去經驗的悲劇性循環的心理圖式，也常常會導致思想者自身的分裂：對感性經驗的信任不僅動搖了現實的表層結構，而且也會動搖自身所信奉的價值理想；對於一個新文化倡導者來說，後一方面常常使自己陷入矛盾境地，也更加重了內心的悲觀、失望和與“黑暗”對立的情緒。“挖祖墳”“翻老賬”的歷史比較的思考方式賦予魯迅無比深沉的歷史感，但歷史與個人經驗的刻骨銘心的創傷，又常常使他忽視歷史演進的方面。魯迅內心對陰暗經驗的獨特、異常的敏感，導致他不像同時代人那樣深、那樣無保留地沉浸於某一價值理想之中，而總是以自己獨立的思考不無憂鬱、不無懷疑地獻身於時代的運動。

這種由對現實的“經驗循環”導致的理智分裂最突出地表現於他對歷史進程的理解。魯迅在調整自己的文化認知的過程中，“進化”學

---

〔1〕 魯迅：《180820 致許壽裳》，《魯迅全集》第 11 卷，第 365 頁。

說曾是導致他的理性自覺的一個重要因素。從 1898 年懷著別有洞天的感覺捧讀《天演論》開始，魯迅從未停止對這一理論的思索和實踐性闡釋。進化論使他獲得了一種人類歷史有規律、有方向、有目的的發展的樂觀信念，而在五四思想革命的過程中，進化論由於與倫理批判、人的生存放在一起討論，因而在深刻的倫理化過程中成為人的解放的重要理論依據。魯迅對傳統全面的價值重估，對舊文明的深刻批判，都是基於他對歷史進化“規律”的理論思考。新的與舊的，青年與老人之間那種樂觀的交替關係表達的是一種關於歷史“進化”的理性觀念。魯迅對“進化論”的價值認同及由此產生的文化批判代表了五四時代的價值理想，但在他的文化批判體系中，“進化”觀念卻又是較為膚淺，並不能體現其深度的思想。

真正驚心動魄、令人難以平靜的，也許恰恰是那種對於歷史與經驗的悲劇性的循環與重複，歷史的演進彷彿不過是一次次重複、一次次循環構成的，而現實——包括自身所從事的運動似乎並沒有標示歷史的“進化”或進步，倒是陷入了荒謬的“輪迴”。對時代的理性認識與對事實的感性經驗無可挽回地分裂了。在《我之節烈觀》裏，他覺得時代變遷雖然也使人們慨歎“世道澆離，人心日下”的實際內容發生了變化，內在的準則卻在無盡地重複。由此想到《新青年》對康有為“虛君共和”和靈學派的批判恰恰是“最可寒心的文章”，因為

> 時候已是二十世紀了；人類眼前，早已閃出曙光。假如《新青年》裏，有一篇和別人辯地球方圓的文字，讀者見了，怕一定要發怔。然而現今所辯，正和說地體不方相差無幾。將時代和事

實，對照起來，怎能不教人寒心而且害怕？[1]

著名的《燈下漫筆》提出了"想做奴隸而不得的時代"與"暫時做穩了奴隸的時代"的歷史"循環"論，這種"循環"的感覺並不只是針對過去，倒是把"現實"當作一種歷史上曾經有過的經驗來體悟。於是，"現在入了那一時代，我也不了然"，"總而言之，復古的，避難的，無智愚賢不肖，似乎都已神往於三百年前的太平盛世，就是'暫時做穩了奴隸的時代'了"[2]。魯迅對黑暗經驗的特殊敏感總是使他在變遷的歷史中發現內在的延續與重複，更重要的是，這種延續與重複不只是對過去、對歷史的認識，而且是對現實——被稱為"現代""民國""新思潮"的一種心理上和認識上的"經驗循環"，這對於他的進化觀念不能不構成嚴峻挑戰：

我想，我的神經也許有些瞀亂了。否則，那就可怕。

我覺得彷彿久沒有所謂中華民國。

我覺得革命以前，我是奴隸；革命以後不多久，就受了奴隸的騙，變成他們的奴隸了。

我覺得……[3]

魯迅對歷史與現實的這種"似是而非，似非而是"的重複感，確實觸及了中國歷史文化的深層結構。比之於他對價值理想的追求，他的認識傾向更趨向於對"歷史"和"經驗"的信賴。"歷史上都寫著中國的

[1] 魯迅：《我之節烈觀》，《魯迅全集》第 1 卷，第 121 頁。
[2] 魯迅：《燈下漫筆》，《魯迅全集》第 1 卷，第 225 頁。
[3] 魯迅：《忽然想到（三）》，《魯迅全集》第 3 卷，第 16、17 頁。

靈魂，指示著將來的命運”[1]，正史固然塗飾太厚，

> 正如通過密葉投射在莓苔上面的月光，只看見點點的碎影。但如看野史和雜記，可更容易了然了，因為他們究竟不必太擺史官的架子。
>
> 秦漢遠了，和現在的情形相差已多，且不道。元人著作寥寥。至於唐宋明的雜史之類，則現在多有。試將記五代，南宋，明末的事情的，和現今的狀況一比較，就當驚心動魄於何其相似之甚，彷彿時間的流駛，獨與我們中國無關。現在的中華民國也還是五代，是宋末，是明季。[2]
>
> “地大物博，人口眾多”，用了這許多好材料，難道竟不過老是演一出輪迴把戲而已麼？[3]

對現實生活的這種無法擺脫的“古已有之”[4]的心理經驗，確實強化了魯迅對“黑暗”的洞察力和異樣的敏感。即使在晚年，他也自稱是“愛夜的人”——“愛夜的人要有聽夜的耳朵和看夜的眼睛，自在暗中，看一切暗”[5]，這種心理經驗使魯迅總能在白天的光耀中找到黑暗的影子，甚至“現在的光天化日，熙來攘往，就是這黑暗的裝飾，是人肉醬缸上的金蓋，是鬼臉上的雪花膏”[6]。他那王道與霸道相續的觀點不

---

〔1〕 魯迅：《忽然想到（四）》，《魯迅全集》第 3 卷，第 17 頁。
〔2〕 同上。
〔3〕 同上書，第 18—19 頁。
〔4〕 同上書，第 18 頁。
〔5〕 魯迅：《夜頌》，《魯迅全集》第 5 卷，第 203 頁。
〔6〕 同上書，第 204 頁。

僅承接了兩種奴隸時代的說法[1]，而且並無王道、霸道永存的論點就類似他內心裏體驗著的白天與黑夜的關係。但是，如果“造化的把戲”就是這表層變遷下的永恆的重複，那麼改革者又從哪兒汲取改造世界的力量呢？我們所可以自慰的，想來想去，也還是所謂對於將來的希望……世界上的事物可還沒有因為黑暗而長存的先例。黑暗只能附麗於漸就滅亡的事物……只要不做黑暗的附著物，為光明而滅亡，則我們一定有悠久的將來，而且一定是光明的將來。[2]

但就在同一篇文章裏，他仍在重複中國的文明無非是“破壞了又修補”的循環論，而把希望當作“存在”的必然屬性多少有些自勉之意吧。魯迅在《吶喊・自序》裏曾用個人經驗的局限性來說明希望的存在；另一次則說，在“不可知”中既存在“破例”的“滅亡的恐怖”，也可以“有破例的復生的希望，這或者可作改革者的一點慰藉罷”。[3]但這種未嘗“經驗”的“希望”的“慰藉”，“也會勾消在許多自詡古文明者流的筆上，淹死在許多誣告新文明者流的嘴上，撲滅在許多假冒新文明者流的言動上，因為相似的老例，也是‘古已有之’的”。[4]

這種對世事循環的經驗把握直接導致了兩種結果：

其一，對於中國“永遠免不掉反覆著先前的運命”[5]的感覺，加強了魯迅對於黑暗存在的破壞反抗的慾望，支撐他戰鬥的，恰恰主要是那種對歷史的深刻的“絕望”，而不是那種樂觀的理性觀念。魯迅多次把自己的反抗說成是“與黑暗搗亂”“絕望的抗戰”，內蘊的正是對於

---

〔1〕 魯迅：《關於中國的兩三件事》，《魯迅全集》第 6 卷，第 10 頁。
〔2〕 魯迅：《記談話》，《魯迅全集》第 3 卷，第 378 頁。
〔3〕 魯迅：《忽然想到（四）》，《魯迅全集》第 3 卷，第 18 頁。
〔4〕 同上。
〔5〕 同上。

黑暗現實的決絕的精神力量。因此，魯迅自己實際上是把“唯‘黑暗與虛無’乃是實有”的個人經驗作為自身反抗的前提，而這個前提恰恰與他的進化觀念相悖謬。

其二，把現實作為一種過去經驗的重複來把握，實際上也就在思維過程中避開世界外部的物質性變遷，尋找一種內在的、不可觸摸的、非物質性的文化精神實質。因此，改變中國的“輪迴”與“循環”的命運，就必須改變這種內在的民族劣根性——“改造國民性”、改變民族精神的要求緊密地跟隨著魯迅對於中國歷史經驗的獨特把握方式。

> 最要緊的是改革國民性，否則，無論是專制，是共和，是什麼什麼，招牌雖換，貨色照舊，全不行的。[1]

專制、共和……的政治變遷在“國民性”不變的前提下仍然是一種重複與循環。因此，儘管魯迅深知“改革最快的還是火與劍”[2]，1925年五卅慘案發生後，魯迅反對“空手鼓舞民氣”的“民氣論者”，而同意“民力論”，“倘有敵人，我們就早該抽刃而起，要求‘以血償血’了”[3]，並不反對物質變遷的力量；但是，對於中國歷史與個人經驗的“輪迴”與“循環”的感覺，總會引導他把內在的、難以改變的精神實質看得更重。魯迅多次把中國喻為“黑色的染缸”，“每一新制度，新學術，新名詞傳入中國，立刻烏黑一團，化為濟私助焰之具”[4]，結果

---

〔1〕 魯迅：《兩地書・八》，《魯迅全集》第11卷，第32頁。
〔2〕 魯迅：《兩地書・一〇》，《魯迅全集》第11卷，第40頁。
〔3〕 魯迅：《忽然想到（十）》，《魯迅全集》第3卷，第95頁。
〔4〕 魯迅：《偶感》，《魯迅全集》第5卷，第506頁。

總是“皮毛改新，心思仍舊”[1]，所以“中國歷史的整數裏面，實在沒有什麼思想主義在內。這整數只是兩種物質，——是刀與火，‘來了’便是他的總名”。[2]“刀與火”的循環恰恰隱藏著深刻的不變——對於這種“不變”來說，外在的物質變遷確乎是一種枝葉之求。

對“國民性”的思考必然觸及魯迅對民眾的認識。正是在這個問題上，魯迅的感性經驗與理性觀念的分裂顯得尤為突出。這種分裂並不像人們想象的那樣，是一個逐漸消解於魯迅思想發展過程中的問題，即不是由對民眾懷疑否定到對民眾的肯定的合乎“邏輯”的過程，而是自始至終貫注於魯迅的意識和心理中的。對於魯迅來說，人的普遍解放不僅是他的批判思想的核心內容，而且也是自身社會實踐的根本目的，如果從根本上否定了民眾覺醒的可能性，那麼也就失去了自身全部理論與實踐的歷史依據。魯迅誠然是重視個人與天才的，但在一次演講中他分明地說到天才的生長需要民眾的扶持，就如同花木與土地的關係一樣。[3]從早年的“人各有己”“朕歸於我”“群之大覺”[4]到五四以後的“發展各各的個性”[5]，都隱含了對民眾普遍覺醒的期待。以後則明確地說：

> 古人說，不讀書便成愚人，那自然也不錯的。然而世界卻正由愚人造成，聰明人決不能支持世界，尤其是中國的聰明人。[6]

---

〔1〕 魯迅：《隨感錄・四十三》，《魯迅全集》第1卷，第346頁。

〔2〕 魯迅：《隨感錄・五十九・聖武》，《魯迅全集》第1卷，第372頁。

〔3〕 魯迅：《未有天才之前》，《魯迅全集》第1卷，第174頁。

〔4〕 魯迅：《破惡聲論》，《魯迅全集》第1卷，第26頁。

〔5〕 魯迅：《兩地書・四》，《魯迅全集》第11卷，第20頁。

〔6〕 魯迅：《寫在〈墳〉後面》，《魯迅全集》第1卷，第302頁。

晚年更是將明末蘇州人民擊敗魏忠賢派來拘捕周順昌的緹騎的史實，與北平百姓慰勞示威學生的現實兩相比較，他說：

> 老百姓雖然不讀詩書，不明史法，不解在瑜中求瑕，屎裏覓道，但能從大概上看，明黑白，辨是非……誰說中國的老百姓是庸愚的呢，被愚弄誆騙壓迫到現在，還明白如此。[1]

但是，這種對於歷史的理性認識，卻又並不能阻止他以一種切身的心理感受來表達他對中國民眾的"絕望"以至"復仇"的情緒。"暴君的臣民""愚民的專制"，以至於"這樣的風氣的民眾是灰塵，不是泥土"[2]——這些憤激之詞表達的恰恰是全部歷史所加於改革者心頭的沉重經驗：

> 群眾——尤其是中國的——永遠是戲劇的看客。犧牲上場，如果顯得慷慨，他們就看了悲壯劇；如果顯得觳觫，他們就看了滑稽劇……對於這樣的群眾沒有法，只好使他們無戲可看倒是療救。[3]

直至晚年，他在《略論中國人的臉》、《我談墮民》、《觀鬥》和《談金聖歎》等大量的文章裏，仍然把現實中的病態人心當作一種久已存在的歷史經驗來體驗品味，"中國百姓一向自稱'蟻民'……如果肯放任他們自齧野草，苟延殘喘，擠出乳來將這些'坐寇'餵得飽飽的，後

---

〔1〕 魯迅：《題未定草·九》，《魯迅全集》第 6 卷，第 449 頁。

〔2〕 魯迅：《未有天才之前》，《魯迅全集》第 1 卷，第 176 頁。

〔3〕 魯迅：《娜拉走後怎樣》，《魯迅全集》第 1 卷，第 170—171 頁。

來能夠比較的不復狼吞虎嚥，則他們就以為如天之福"[1]，這也就是紹興"墮民"的"出錢去買做奴才的權利"。[2]

重要的是，魯迅對民眾的奴隸心理和麻木怯弱的敏感，不僅僅是對一種現實的現象的理解，而且是一種對漫長久遠的歷史狀態和無法抹去的個人經驗的當下現在的重複體驗，這種深刻的文化批判包容著魯迅本人獨特而又沉痛的心理傾向。在隱意識裏，魯迅對民眾精神病態的認識始終糾纏著他在日本時看幻燈片的強烈印象，從未離開過張獻忠、義和團給他留下的陰影。反過來，這種歷史經驗又促使他更加敏感地發現現實民眾的令人失望的狀態。雖然魯迅在理智上越來越重視奴化教育與政治高壓對人民心理的戕害，但那種重複以至"永遠"的感覺，卻幾乎使他陷入綏惠略夫式的復仇。1926 年，魯迅在談論《阿 Q 正傳》的成因時說：

> 民國元年已經過去，無可追蹤了，但此後倘再有改革，我相信還會有阿 Q 似的革命黨出現。我也很願意如人們所說，我只寫出了現在以前的或一時期，但我還恐怕我所看見的並非現代的前身，而是其後，或者竟是二三十年之後。其實這也不算辱沒了革命黨，阿 Q 究竟已經用竹筷盤上他的辮子了；此後十五年，長虹"走到出版界"，不也就成為一個中國的"綏惠略夫"了麼？[3]

魯迅本以為自己所寫有"太過"之處，但即刻又加以否定，原因就在於他常常在"grotesk"（德語：古怪的，荒誕的）與"相類的事實"之

〔1〕 魯迅：《談金聖歎》，《魯迅全集》第 4 卷，第 543 頁。
〔2〕 魯迅：《我談"墮民"》，《魯迅全集》第 5 卷，第 228 頁。
〔3〕 魯迅：《〈阿 Q 正傳〉的成因》，《魯迅全集》第 3 卷，第 397—398 頁。

間發現內在的疊合。[1]他列舉《世界日報》所載刀鍘強盜的情形及受害人家屬“報了仇”的痛哭，慨歎道：

> 假如有一個天才，真感著時代的心搏，在十一月二十二日發表出記敘這樣情景的小說來，我想，許多讀者一定以為是說著包龍圖爺爺時代的事，在西曆十一世紀，和我們相差將有九百年。[2]

魯迅正是這樣一個“天才”，他對現代生活的描繪與感受包容著一種對於“相類的”過去的重複感，這就更使他悲觀絕望於民眾的愚昧和歷史變遷的外觀中深藏著的“輪迴”。魯迅對民眾的這種反覆而深刻的觀察無疑強化了他對中國歷史的一種既深刻又痛苦的理解，他以一種心理的、感覺的經驗觸到了黑格爾說過的那個命題：中國是一個最古老的卻又沒有歷史的國家，這個國家至今仍像遠古時代一樣存在著。在這個意義上，中國沒有歷史。在《狂人日記》裏，魯迅分明寫道，中國的歷史書上沒有時間的標記（年代），個人的生命經驗（三十多年）與全部歷史的經驗（四千多年）在心理感覺上完全可以趨於同一。這種感覺所包容的深刻的心理內容及由此規定的把握歷史與現實的方式遠未受到重視。魯迅顯然把中國作為世界歷史的例外來看待，因為中國是一個沒有時間的或輪迴的空間國家。在這裏，反進化論的歷史描述恰好是對直線進化的時間觀念的承諾。因為，如果沒有這種觀念，怎麼可能把中國歷史看作沒有時間的呢？

魯迅對民眾的認識的二重性很難被理解為整體與部分、本質與現

〔1〕 魯迅：《〈阿 Q 正傳〉的成因》，《魯迅全集》第 3 卷，第 399 頁。
〔2〕 同上書，第 400 頁。

象的辯證統一。認識的兩個方面分別地聯繫著對待歷史與現實的相互對立的把握方式。把民眾當作一種真正屬於未來的力量而加以肯定必須有一個基本前提：歷史是一個朝向人的解放的合目的的進步過程。這種預設對於歷史與現實的不斷重複以至“輪迴”的歷史感覺來說，在理論上是相悖的。

魯迅既深信歷史進步的必然性，又痛感中國的“無歷史性”，他試圖把中國與人類區分開來尋找內心的平衡。前引 1918 年給許壽裳的信，認為即便中國人不改奴隸性，中國不進步，人類仍是要前進的，中國的滅亡恰恰證明“人道主義終當勝利”。這種“達觀”的態度實際上是同時對自己的理性觀念和感性經驗持信任態度，其方法是在認識上限定自己的經驗範圍。

1930 年代，魯迅接受馬克思主義並努力從事無產階級文學運動，他對民眾的理論肯定伴隨著他對“無階級社會”的信念和對奴隸翻身的蘇聯的認識與期望而愈益增強。但是，這種自覺的理性認識並沒有排除掉對於中國歷史、中國群眾精神病態的經驗。事實上，感性經驗不斷地要上升為一種理性的認識，理性的觀念也並非憑空虛構。魯迅對於民眾的肯定性認識、對於歷史進步的觀念同樣據有經驗事實。例如，魯迅在《黃花節的雜感》中就分析說：“中國經了許多戰士的精神和血肉的培養，卻的確長出了一點先前所沒有的幸福的花果來，也還有逐漸生長的希望。”〔1〕因此，問題的關鍵更在於魯迅在把握同一對象時可能存在兩種態度，一種聯繫著他對歷史進程的發展觀念和對未來的期望，另一種則聯繫著他自幼養成又在後來的歲月中不斷強化的對於世事的悲觀體驗。從這個意義上說，所謂感性經驗與理性觀念的矛

〔1〕 魯迅：《黃花節的雜感》，《魯迅全集》第 3 卷，第 428 頁。

盾實際上既是理性本身的分裂，又涉及經驗事實本身的不統一或非一致性。[1]

但是，無論是對"輪迴"的經驗，還是對進化的信念，在現實變革的態度上卻構成一種實踐上的統一。魯迅希望"急進的猛士"讀些野史雜說：

> 知道我們現在的情形，和那時的何其神似，而現在的昏妄舉動，胡塗思想，那時也早已有過，並且都鬧糟了。
>
> ……
>
> 但我並不是說古來如此，現在遂無可為，勸人們對於"過去"生敬畏心，以為它已經鑄定了我們的運命。Le Bon 先生說，死人之力比生人大，誠然也有一理的，然而人類究竟進化著。
>
> 總之：讀史，就愈可以覺悟中國改革之不可緩了。雖是國民性，要改革也得改革，否則，雜史雜說上所寫的就是前車。一改革，就無須怕孫女兒總要像點祖母那些事。[2]

"似非而是，似是而非"的歷史變遷畢竟"大差其遠了"。顯然，魯迅意識到了自己的兩種思維邏輯之間的矛盾，意識到了這種矛盾的邏輯推衍可能導致的悲觀態度，從而特別強調了"似非而是"的經驗事實的"似是而非"——對"非"的重視是對"是"的補充，只有強調這一點才能給"改革"提供前景與動力。

---

〔1〕 關於魯迅思想中經驗與判斷的關係，王曉明在《現代中國最苦痛的靈魂——論魯迅的內心世界》一文中曾做過分析，該文見《未定稿》1985 年第 19 期第 1—7 頁、第 20 期第 13—20 頁。

〔2〕 魯迅：《這個與那個》，《魯迅全集》第 3 卷，第 149 頁。

承認相類的經驗的外部形式的差異，也就承認了變革外部世界對於“國民性”變革的意義，從而把“人”的問題置於根本位置的魯迅同時表達了對“革命”、對政治、對戰爭的重視。但這是一種實踐態度上的統一，卻並未消除內在的邏輯矛盾，更不能消除由這種矛盾而構成的魯迅深刻的心理緊張。對於民族歷史過程的“似非而是”“似是而非”的理解，一方面使魯迅在現實中對一切舊物的外部變革給以認真關注，從而不斷地與中國近現代革命的政治性發展發生關聯，另一方面又使魯迅不可能捨棄對於“國民性”、民族劣根性的思索，因為它涉及了外部物質性變遷所難以變更的東西，也就是“循環”“輪迴”所以形成的根本原因。這說明魯迅終其一生無法擺脫對“精神”問題的尋找，也說明了魯迅心靈深處揮之不去的夢魘：倘若這種“根性”不變，一切將陷入無限的、如鬼推磨似的重複。

> 惟有民魂是值得寶貴的，惟有他發揚起來，中國才有真進步。但是，當此連學界也倒走舊路的時候，怎能輕易地發揮得出來呢？[1]

魯迅所從事的啟蒙與救亡的事業就其本性而言是一種集體性的事業，從辛亥前後與革命黨人的關係到五四前後與新文化運動的關係，從北伐時期的政治態度和實際的社會聯繫到 1930 年代成為“左聯”的盟主，魯迅與政治生活的聯繫從未使他在實際運動中處於決然的孤立地位。但是，在魯迅的心靈深處卻始終擺脫不掉那種對於孤獨個人的心理體驗，從早年推崇爭天拒俗的撒旦詩人，到晚年慨歎自己“‘獨戰’

---

〔1〕 魯迅：《學界的三魂》，《魯迅全集》第 3 卷，第 222 頁。

的悲哀”[1]，這一面聯繫著魯迅所處的實際處境，另一面又與他的主體論哲學及其與現代文化思潮的關聯相呼應，但在文化心理的深處，這種“獨戰”又和他對世事的上述把握方式有著內在的聯繫。

首先是對於“新人”的失望而感到歷史的流逝未必引起真正的進步，倒有可能走入新的循環。魯迅始終把自己的希望寄託於年輕的、革新的一代。但是，從民國初年對於革命黨人的失望，到五四之後又開始“攻擊青年”，以至 1930 年代他對某些年輕共產黨人的不滿，魯迅感到自己既不屬於舊的陣營，也不屬於新的階級或青年一代，那種隱然存在的不斷“做奴隸”的感覺不能不使他染上深深的“獨戰”的悲哀。

從這個意義上說，魯迅對孤獨個人的心理體驗部分地來自他對“青年”的雙重態度 —— 由理性觀念與感性經驗的衝突而形成的主觀分裂。按照他的理性觀念，青年必勝於老年，“所以新的應該歡天喜地的向前走去，這便是壯，舊的也應該歡天喜地的向前走去，這便是死；各各如此走去，便是進化的路”[2]。然而另一方面，“但看中國進化的情形，卻有兩種很特別的現象：一種是新的來了好久之後而舊的又回復過來，即是反覆；一種是新的來了好久之後而舊的並不廢去，即是羼雜”，“進化”之慢足以使人有“一日三秋之感”。[3]“殺戮青年的，似乎倒大概是青年，而且對於別個的不能再造的生命和青春，更無顧惜”[4]—— 這種慘痛的事實引起的震動其實不過是使魯迅“又經驗了一回”，對血的“恐怖”加重了歷史的陰影。魯迅自言“進化”的思路從

---

〔1〕 魯迅：《341206 致蕭軍、蕭紅》，《魯迅全集》第 13 卷，第 280 頁。

〔2〕 魯迅：《隨感錄．四十九》，《魯迅全集》第 1 卷，第 355 頁。

〔3〕 魯迅：《中國小說的歷史變遷》，《魯迅全集》第 9 卷，第 311 頁。

〔4〕 魯迅：《答有恆先生》，《魯迅全集》第 3 卷，第 473 頁。

此"轟毀"，但實際上無論是早年還是晚年，他對青年的態度都是雙重的，只是感性的經驗使他更難以一種樂觀的態度面對現實，分析性的、辨識性的思維強化了對現實的複雜性的理解。

其次是對真正的革命者的看法。歷史既然是一種"似非而是，似是而非"的變遷過程，因此任何一次政治的變革都並不能真正引導歷史走向"第三樣時代"。革命和革命家們通常都有具體的革命目標，一旦大功告成，革命既已成功，革命者也就不再是革命者。"曾經闊氣的要復古，正在闊氣的要保持現狀！"〔1〕因此，這樣的革命者終將陷入歷史的重複與輪迴。真的革命者應當是永遠的革命者，他不滿足於具體的政治目標和外部的物質變遷，而心裏永遠關注著歷史深處的那種恆久不變的東西。對於革命者來說，這種東西無疑是根本性的、難以變更的東西，從而真正的革命者不僅是永遠的革命者，而且必然是失敗的革命者。

竹內好在分析魯迅與政治的關係時，曾特別注意魯迅關於"革命無止境"〔2〕和孫中山"是一個全體，永遠的革命者"〔3〕的思想，他認為《戰士和蒼蠅》《中山先生逝世後一週年》《黃花節的雜感》等文貫注著的思想，即"真正的革命是'永遠革命'"，"只有自覺到'永遠革命'的人才是真正的革命者。反之，叫喊'我的革命成功了'的人就不是真正的革命者，而是糾纏在戰士屍體上的蒼蠅之類的人"。〔4〕

我要強調的倒是另一面，即只有"永遠革命"才能擺脫歷史的無窮無盡的重複，而始終保持"革命"態度的人必然會成為自己昔日同

---

〔1〕 魯迅：《小雜感》，《魯迅全集》第3卷，第555頁。

〔2〕 魯迅：《黃花節的雜感》，《魯迅全集》第3卷，第428頁。

〔3〕 魯迅：《中山先生逝世後一週年》，《魯迅全集》第7卷，第306頁。

〔4〕［日］竹內好：《魯迅》，第117頁。

伴的批判者，因為當他們滿足於“成功”之時，便陷入了那種歷史的循環——而這種“循環”正是真正的革命者的終極革命對象。1927年4月10日，就在“四·一二”政變前夕，魯迅以大乘佛教的流傳作比，說：

> 革命也如此的，堅苦的進擊者向前進行，遺下廣大的已經革命的地方，使我們可以放心歌呼，也顯出革命者的色彩，其實是和革命毫不相干。這樣的人們一多，革命的精神反而會從浮滑，稀薄，以至於消亡，再下去是復舊。[1]

這使人想起他關於阿Q“革命”的議論，更使人體會到魯迅這裏的獨特思考方式和心理趨向還是：

> ……於浩歌狂熱之際中寒；於天上看見深淵。於一切眼中看見無所有；於無所希望中得救……[2]

魯迅特別重視“不和眾囂，獨具我見”的先覺者的意志力量，號召“個人的自大”“獨異”“對庸眾宣戰”[3]，其英雄主義的外觀背後正隱藏著上述感性經驗帶給他的深沉的悲觀和由此而產生的獨特的思考方式。無論是慨歎“中國一向就少有失敗的英雄，少有韌性的反抗，少有敢單身鏖戰的武人，少有敢撫哭叛徒的吊客”[4]，還是稱頌“有確信，不

---

〔1〕魯迅：《慶祝滬寧克復的那一邊》，《魯迅全集》第8卷，第198頁。
〔2〕魯迅：《墓碣文》，《魯迅全集》第2卷，第207頁。
〔3〕魯迅：《隨感錄．三十八》，《魯迅全集》第1卷，第327頁。
〔4〕魯迅：《這個與那個》，《魯迅全集》第3卷，第152—153頁。

自欺”，“一面總在被摧殘，被抹殺，消滅於黑暗中”，一面“前仆僕後繼的戰鬥”的“中國的脊樑”[1]，魯迅強調的始終是那種不畏失敗、永遠進擊的革命者。對於這些永遠的革命者個人而言，他們無可逃脫地陷於孤獨與絕望的反抗，但正是這種孤獨與絕望的反抗使他們在無盡的痛苦中超越了“革新—保持—復古”的歷史性重複與輪迴。

在“獨戰”的過程和體驗中，魯迅的個體性原則以及由此生發的對於人的獨立性、自由的理解，魯迅對於“庸眾”“群體”“團體”的不信任感起了很大作用。但在實踐上，這種對個體的獨立自主的重視，正埋伏著對代代相沿的“愚民的專制”的深刻認識。無論是1925年對許廣平分析加入國民黨於個人的思想自由的損害，還是1927年在暨南大學演講“文藝與政治的政途”，自由獨立的戰鬥始終是內在的尺度。他所分析的文藝家的永恆的不滿與“政治家”的“維持現狀”的矛盾，其實也是永遠的革命者和那些暫時的革命者或未來的保守者和復古者的衝突。[2]1926年，魯迅南下前夕，又重新校訂《工人綏惠略夫》，深感不僅“民國以前，以後”，而且“便是現在——便是將來，便是幾十年以後，我想，還要有許多改革者的境遇和他相像的”。[3]“改革者的被迫，代表的吃苦”在中國的“受破壞了又修補，受破壞了又修補”[4]的文明中，是一種不斷重複的現象。洞悉了改革者與中國社會的這種關係，魯迅也就洞悉了自己的命運。

“獨戰”既是一種境遇，又是一種態度和心境。在理性認識上，在實際運動中，魯迅不可能真正無視“群體”戰鬥對於社會變革的重大

〔1〕 魯迅：《中國人失掉自信力了嗎》，《魯迅全集》第6卷，第122頁。
〔2〕 魯迅：《文藝與政治的政途》，《魯迅全集》第7卷，第115—124頁。
〔3〕 魯迅：《記談話》，《魯迅全集》第3卷，第376頁。
〔4〕 同上書，第378頁。

的、決定性的意義，但是那種對歷史的“輪迴”或非進化的心理經驗，卻使他在精神上成為一個單獨面對歷史的個人 —— 魯迅無法迴避這種心理上的重壓。魯迅在內心深處激烈地、痛楚地思考著、糾纏著那個外部歷史變遷中隱藏著的內在的不變性，他感到必須改變那個恆久不變的東西才能使外部的變遷不致淪為“又經驗一回”的“重複”。這種“重複”既與實際歷史過程相聯繫，又是對於當下現在的事實的一種主觀感受。“似非而是，似是而非”的“經驗循環”既有現實依據，又是一種由深刻的創傷感、被欺騙感所形成的把握世事變遷的獨特思維模式。

因此，魯迅殫精竭慮地反抗著歷史的“重複”與“循環”，同時也就是在反抗著內心深處積澱著的對於世事“輪迴”的不祥預感。這種預感就是魯迅所說的“鬼氣”吧？

> 即使是梟蛇鬼怪，也是我的朋友，這才真是我的朋友。倘使並這個也沒有，則就是我一個人也行。[1]

魯迅深感自己的靈魂中有一種“酷愛溫暖的人”無法忍受的陰鬱的“冷氣”，以至他對慣於夜行的“梟蛇鬼怪”（魯迅曾以貓頭鷹自比）有著特殊的愛戀 —— 這“鬼氣”不正來自對世事與個人命運的悲觀看法麼？

以這樣的心境面對歷史無疑是極其沉重和痛苦的，尤其是魯迅以改革者自任。他試圖從另外一個角度看待問題：把對世事的這種認識與自己的經驗、年齡相聯繫，從而“跳”出自身來觀察自身及其與歷史的

---

〔1〕 魯迅：《寫在〈墳〉後面》，《魯迅全集》第 1 卷，第 300 頁。

關係，通過對自身經驗的有限性的認識，通過宣佈自己不屬於未來而屬於舊世界，來表達歷史進步的必然性。這種自我犧牲、自我否定的態度實際上是以否定的方式來證明自己心理經驗的有限性和歷史進步的必然性，從而在對"進步"的信念中汲取奮鬥的信心，平衡因感性經驗而顯得過於悲觀的心理。魯迅把自己的作品作為標誌著"死亡"的墳墓，渴念著自己的文字早日"與時弊同時滅亡"〔1〕，又說自己是"轉變中"的"中間物"，雖然對從中而來的舊壘看得分明，卻"仍應該和光陰偕逝，逐漸消亡"〔2〕。其實不過是期望後來者"更有新氣象"〔3〕。這種心理上的需求與魯迅對歷史發展的理性的進化觀念相互吻合，對於"必然"的信念，藉助於把自己摒除於未來（倘若"未來"仍屬於"我"的話，那麼這"未來"也即同於"現在"，豈不又是"重複""循環""輪迴"？），魯迅終於找到了突破那種"重複"感的希望。他自己固然喪失了"未來"而只能執著於"現在"，但在他的文字中，他終於能夠並不違心地、真誠地昭示中國新生的希望——這種希望就存在於一切舊物的必然滅亡的深刻揭示之中。

對於魯迅來說，感性經驗和理性觀念的衝突構成了心理分裂和理性的矛盾，但是，這種分裂和矛盾恰恰也是魯迅不斷地探索、尋找歷史真理的內在動力。魯迅懷疑自己的個人經驗，於是他試圖從更為廣闊的理論視野觀察世界、歷史、個人；他迷惘於自己的理性觀念，於是他不斷地從自身的和歷史的經驗中尋找理性與歷史更為真實的契合點。他迷惘、惶惑，甚至絕望，於是他開始了新的求索。對於一個充滿活力和生命的創造者，內在的矛盾性正是創造性的源泉。從進化論到階級論、從

〔1〕 魯迅：《熱風·題記》，《魯迅全集》第1卷，第292頁。
〔2〕 魯迅：《寫在〈墳〉後面》，《魯迅全集》第1卷，第302頁。
〔3〕 同上。

個性主義到集體主義 —— 這樣的線性描述包含了深刻的洞見，卻沒有展示魯迅精神結構演變的充分複雜性。魯迅是一個獨特的思想家，他的思想不僅表現為他的哲學觀念、政治態度，而且表現為全部人格及其與時代、民族的深刻聯繫。甚至可以說，魯迅就是一種思想性的存在。這個存在充滿了各種複雜的矛盾與悖論，但矛盾與悖論的相互作用又推動著魯迅對真理、對民族、對人類、對人生的不懈尋找。任何一種真理性觀念的達致都不意味著魯迅完全解除了矛盾，徹底告別了過去，恰恰相反，他全部的痛苦和惶惑並沒有簡單地消逝，而是由於新的因素的進入而改變了舊有的文化心理結構。關於這一點瞿秋白說得很好：魯迅是"從痛苦的經驗和深刻的觀察之中，帶著寶貴的革命傳統到新的陣營裏來的"〔1〕。

---

〔1〕 何凝（瞿秋白）:《〈魯迅雜感選集〉序言》,《魯迅研究學術論著資料彙編》(1)，中國社會科學院文學研究所魯迅研究室編，中國文聯出版公司，1985 年，第 828 頁。

第二編

# 魯迅的文學世界：陰暗而又明亮

第三章

# 歷史的“中間物”

## 第一節 “中間物”概念

羅曼·羅蘭把高爾基稱為聯繫著過去和未來、俄國和西方的一座高大的拱門。魯迅也曾把自己看作“在轉變中”或“在進化的鏈子上”的歷史“中間物”。魯迅明確提及“中間物”一語是在《寫在〈墳〉後面》[1]一文中，當時論及的是白話文問題。他認為自己受古文的“耳濡目染，影響到所做的白話上，常不免流露出它的字句，體格來”，因而把自己及新文化運動者看作“不三不四的作者”和“應該和光陰偕逝”的“中間物”。[2]但實際上，這種“中間物”思想是和他對自身與傳統的聯繫的認識相關聯的，其意義遠遠超出文字問題；正如他在論述“中間物”時說的，“就是思想上，也何嘗不中些莊周韓非的毒，時而很隨便，時而很峻急”，這種深刻的自我反省顯然已涉及整個人生態度和對自身的歷史評價。聯繫同文中所說的“我的確時時解剖別人，然而

〔1〕 魯迅：《寫在〈墳〉後面》，《魯迅全集》第 1 卷，第 302 頁。

〔2〕 關於魯迅的自我反省所蘊含的自我否定邏輯，參見［日］山田敬三著，韓貞全、武殿勳譯，《魯迅世界》，山東人民出版社，1983 年，第 181—182 頁。

更多的是更無情面地解剖我自己”等思想，我認為“中間物”一語包含著魯迅對自我與社會的傳統和現實之間的關係的深刻認識。[1]魯迅在《我們現在怎樣做父親》《兩地書・二四》《影的告別》《墓碣文》等許多文章和作品中都曾表述過類似的思想，只是沒有用“中間物”一語而已。由於“中間物”一語比較恰切地概括了魯迅在這些作品中表述的思想，我借用它來作為本章的題目。

相似的表述經常體現著完全不同的文化的、心理的和歷史的內涵。羅曼・羅蘭的比喻象徵著高爾基的生命同舊世界滅亡和新世界在暴風雨中誕生這一偉大時代的歷史聯繫，充滿了豪邁和樂觀的激情。魯迅的自喻卻是一種深刻的自我反觀，歷史的使命感和悲劇性的自我意識、對人類無窮發展的最為透徹的理解與對自身命運的難以遏制的悲觀相互交織。“在有些警覺之後，喊出一種新聲”的先覺者的自覺，“從舊壘中來，情形看得較為分明，反戈一擊，易制強敵的死命”的叛逆者的自信，與“仍應該和光陰偕逝，逐漸消亡，至多不過是橋樑中的一木一石，並非什麼前途的目標，範本”的自我反觀和自我否定，構成“中間物”的豐富歷史內涵。[2]這無疑是一種鮮明對比：羅曼・羅蘭把歷史的發展同對作為歷史人物的高爾基的價值肯定相聯繫，而魯迅卻把新時代的到來與自我的消亡或否定牢固地拴在一起。

不能忽視這一深刻的歷史差別，它一方面反映了處於歷史和文化的動蕩和碰撞中的中國知識分子複雜的內心狀態，同時也是中國現代化進程的內在矛盾的心靈折光。當我們考察包括魯迅在內的中國先覺知識分子的思想狀態時，必須注意中國現代化進程的獨特性：這一進

〔1〕 魯迅：《寫在〈墳〉後面》，《魯迅全集》第 1 卷，第 300 頁。

〔2〕 同上書，第 302 頁。

程不是在傳統社會內部逐步產生，而是在外部世界的刺激下首先在一部分先覺知識分子的意識形態領域中開始的。當魯迅從文化模式上，用人的觀點研究西方社會自路德宗教改革運動到法國大革命、從 18 世紀工業革命到 20 世紀重個人和精神的現代化進程時，整個中國社會在各個方面實際上都還缺乏進入“現代”的準備，自給自足的自然經濟和與此相適應的意識形態和上層建築，仍然是這個西方現代化理論中所說的傳統社會的總的特徵。按照馬克思的說法，農業的經營方式決不能喚醒農民去尋求解放，因為這種經營方式本身不能使積極革命的階級形成起來，因此從整體上說，當時中國人民的精神狀態沒有也不可能提供使現代社會意識得以深入人心的條件；而社會的知識進展（包括經濟能力和科學技術水平）—— 這是社會變革的重要源泉 —— 並沒有把現時代與早先的時代區別開來；與此同時，在儒家傳統支配之下的政治、經濟和社會的體制，實際上限制了人們把本民族的價值傳統和制度傳統調節到適應“現代化”需要的可能性，從而無法自覺地、有選擇地借用其他更發達的社會價值觀、制度以至知識進展。

因此，在魯迅等先覺知識分子的自我意識中，現代意識與傳統社會之間存在著無法調和的整體性對立。中國革命資產階級首先在政治解放中尋求消滅這種對立的途徑，但辛亥革命的失敗立即證明了：政治解放有著自身的局限性，即當人尚未獲得真正的自由解放的時候，當人還不是自由人的時候，國家卻可以成為共和國。因此，深刻的社會變革必須伴隨持久的思想文化變革。[1]當魯迅用“中間物”來自我界定時，這一概念的含義就在於：他們一方面在中西文化衝突過程中獲

〔1〕［德］馬克思：《論猶太人問題》，《馬克思恩格斯全集》第 1 卷，人民出版社，1956 年，第 426 頁。

得“現代的”價值標準，另一方面又處於與這種現代意識相對立的傳統文化結構中；而作為從傳統文化模式中走出又生存於其中的現代意識的體現者，他們自覺或不自覺地對傳統文化存在著某種“留戀”——這種“留戀”使得他們必須同時與社會和自我進行悲劇性抗戰。

在這個意義上，“中間物”意識體現著通過現代意識的覺醒而從傳統中分離出來的一代知識者靈魂的某種“分裂”。正是這種“分裂”，使魯迅能夠跳出古老的生活方式，而又對這種生活方式充滿強烈的印象和痛苦；他念念不忘地要創造一種屬於未來的原則，一種能夠使他從盤根錯節的社會牽絆中解脫出來的激情，而又不得不把這種內在要求首先通過對舊生活的感受表現出來。魯迅在中國現代文學史上不可替代的宗師地位，部分地應歸因於他對凝聚著眾多歷史矛盾的“中間物”意識的自覺而深刻的感受。當我們把魯迅小說放在鄉土中國的現代轉變的背景上時，我們發現，《吶喊》《彷徨》展示的正是“中間物”對傳統社會以及自我與這一社會的聯繫的觀察和鬥爭過程。狹小的社區造成的孤立隔膜狀態，調節“群己”“人我”關係的傳統道德和教化，具有政治、經濟、宗教等複雜功能的家族系統，以及與“法制”相對的“禮治”——魯迅小說深刻而全面地反映了鄉土中國的上述幾大文化特徵及其與現代知識分子的悲劇性矛盾。這種矛盾的整體性又決定了它的悲劇性，因為魯迅明確地意識到覺醒知識分子雖然是中國現代化進程的最初體現者，但他們無法成為這一進程的勝利的體現者——這正是“中間物”意識在小說中的體現。

意識到自己與社會的悲劇性對立以及由此產生的孤立處境，並不足以形成主體的自我否定理論，相反倒會產生自我肯定的浪漫主義精神。羅素精闢地指出：“孤獨本能對社會束縛的反抗，不僅是了解一般所謂的浪漫主義運動的哲學、政治和情操的關鍵，也是了解一直到如今這運動的後裔的哲學、政治和情操的關鍵。”[1]“浪漫主義運動從本質上講目的在於把人的人格從社會習俗和社會道德的束縛中解放出來。”[2] 20世紀初年，早期魯迅在歐洲近代哲學和西方浪漫主義文學的影響下，把自我發展、個性張揚宣佈為社會變革發展的根本途徑和倫理學的基本原理，他對物質、民主、眾治、大群和獨夫的反叛都可以在他關於“自我”“個性”“個人”“主觀”的論述中找到解釋。魯迅激烈抨擊“以眾虐獨”“滅裂個性”“滅人之自我”[3]，認為人必須“朕歸於我”“人各有己”[4]“獨具我見”“不和眾囂”“不隨風波”[5]……他熱情頌揚主觀原則，認為它可以使人的“思慮動作，咸離外物，獨往來於自心之天地，確信在是，滿足亦在是，謂之漸自省其內曜之成果可也”。[6]這種強烈的個人意識正是把自身從愚昧的現實存在中獨立出來的結果；與社會傳統的整體性對立不是削弱而是加強了孤獨戰士作為人類歷史現代化進程的體現者的自信和力量。魯迅對盧梭、尼采、施蒂納、拜倫、易卜生等個人主義大師們的推崇恰好體現出他那孤獨而又自信的浪漫主義精神和英雄主義氣質。

只有意識到自身與社會傳統的悲劇性對立，同時也意識到自身與這個社會傳統難以割斷的聯繫，才有可能產生魯迅的包含著自我否定理論的“中間物”意識。經過十年沉默的思考，《吶喊》《彷徨》時期的魯迅反覆地談到“墳”和“死”、“絕望”與“希望”、“黑暗”與“光明”等主題，這些主題就其潛在內涵而言無不與對自身靈魂中的“毒

〔1〕［英］羅素著，馬元德譯，《西方哲學史》（下卷），商務印書館，1976年，第222頁。
〔2〕同上書，第224頁。
〔3〕魯迅：《破惡聲論》，《魯迅全集》第8卷，第28頁。
〔4〕同上書，第26頁。
〔5〕同上書，第27頁。
〔6〕魯迅：《文化偏至論》，《魯迅全集》第1卷，第55頁。

氣”、“鬼氣”和“莊周韓非的毒”的自我反觀相聯繫。相對於早期的與社會傳統的分離意識和浪漫主義的孤獨精神，20 年代魯迅卻再一次把自己與傳統相聯繫，從而產生第二次覺醒：獨立出來的自我不僅不是振臂一呼聚者雲集的英雄，而且實際上並未斬斷與歷史傳統的聯繫；自我的獨立意識僅僅是一種意識。正是以這第二次覺醒為起點，魯迅的“中間物”意識，尤其是其中的自我反觀、自我解剖、自我否定理論才得以建立。《墓碣文》中所表現的那種“抉心自食，欲知本味”的令人“不敢反顧”的自我解剖，只有在主體認識到傳統的落後而自身又難以擺脱這落後的傳統之後才可能產生。

> 我不過一個影，要別你而沉沒在黑暗裏了。然而黑暗又會吞並我，然而光明又會使我消失。
>
> ……
>
> 我獨自遠行，不但沒有你，並且再沒有別的影在黑暗裏。只有我被黑暗沉沒，那世界全屬於我自己。[1]

“影”不僅把自己看成“黑暗”與“光明”之間的“中間物”，而且以這種自我反省為基礎，他把“光明”的到來與自我連同“黑暗”的毀滅聯繫起來。用魯迅的話說就是：

> 你的反抗，是為了希望光明的到來罷？我想，一定是如此的。但我的反抗，卻不過是與黑暗搗亂。[2]

---

〔1〕 魯迅：《影的告別》，《魯迅全集》第 1 卷，第 169—170 頁。
〔2〕 魯迅：《兩地書 · 二四》，《魯迅全集》第 11 卷，第 81 頁。

自己背著因襲的重擔，肩住了黑暗的閘門，放他們到寬闊光明的地方去，而自己卻只能葬身在"黑暗的閘門"之下。[1]

很明顯，同樣地呈現出歷史的孤獨感和寂寞感，早期思想更接近於拜倫、易卜生等作家筆下的孤立的鬥士，孤獨感和寂寞感來自對自我與社會的分離並高於社會的自我意識，充滿著先覺者的優越感和改造世界的激情；而 1920 年代魯迅的孤獨感和寂寞感卻更多地來自意識到自身與歷史、社會、傳統的割不斷的深刻聯繫，即意識到在理論上與社會傳統對立的自我仍然是這個社會的普通人，從而浸透著一種中國現代知識分子特有的"負罪感"（即如狂人所謂"有了四千年吃人履歷的我"的自省）和由此產生的蘊含豐富的悲劇情緒。

然而，如果僅僅把"中間物"的自我否定理論看成一種悲觀消極情緒（有人正是這麼看的），那將是莫大的誤解。對於魯迅來說，這種"中間物"的自我否定實際上是對整個傳統的否定的最高也是最徹底的形式，因為在魯迅看來，只有當仍然殘留著"黑暗的陰影"的"中間物"消亡了，真正的光明才會到來。因此，"中間物"的自我否定理論是一種以否定性形式出現的創造性理論，其哲學基礎則是魯迅獨特的歷史進化觀。魯迅曾對有島武郎那"覺醒的"而又"免不了帶些眷戀悽愴的氣息"的《與幼小者》大加稱賞，他引用道：

> 時間不住的移過去。你們的父親的我，到那時候，怎樣映在你們（眼）裏，那是不能想象的了。大約像我在現在，嗤笑可憐那過去的時代一般，你們也要嗤笑可憐我的古老的心思，也未可知的。我為你們計，但願這樣了。你們若不是毫不客氣的拿我做

---

〔1〕魯迅：《我們現在怎樣做父親》，《魯迅全集》第 1 卷，第 135 頁。

一個踏腳，超越了我，向著高的遠的地方進去，那便是錯的。[1]

把歷史看成無窮發展的鎖鏈，把自我看作這個鎖鏈上的一個環，這種觀念的著眼點顯然是未來和發展，因而對自我的否定和悲觀之中蘊含著的是對新時代的渴望和對人類發展必然性的樂觀主義認識。無論是對社會的認識還是對自我的認識，“中間物”意識的產生都是魯迅思想的一種深化和前進。

由於魯迅不僅把自我（知識者）看作社會傳統的異己力量，而且同時也注意到這種異己力量與社會傳統的悲劇性聯繫，因此覺醒的知識者的“孤獨本能”並沒有產生浪漫主義文學中超越整個社會倫理和行為規範的“孤獨英雄”及其反社會傾向，相反，倒產生了掙扎在社會倫理和行為規範中的、兼有改革者和普通人雙重身份的寂寞的知識分子，以及他們對社會傳統的細緻觀察和理性審視。正是在這個意義上說，魯迅的“中間物”意識的確定，即第二次覺醒，從總體上改變了早期魯迅浪漫主義的文藝觀，並成為他“清醒的現實主義”文學創作的起點 —— 這當然不是說早期文藝觀中不包含現實主義因素，《吶喊》《彷徨》中沒有浪漫主義成分。“中間物”這個概念本身就意味著眾多現實矛盾的凝聚：覺醒的知識者與統治階級、與不覺醒的群眾、與自我的複雜矛盾都可以從中找到解釋。作為一種基本的人生觀念，魯迅的使命感和責任感、悲劇感和樂觀主義都是“中間物”的歷史地位和基本態度所決定的。因此，如果把魯迅小說看作一座建築在“中間物”意識基礎上的完整的放射性體系，我們將能更深入也更貼合魯迅原意地把握魯迅小說的基本精神特徵：魯迅小說的整體性將不僅體

〔1〕 魯迅：《隨感錄．六十三“與幼者”》，《魯迅全集》第 1 卷，第 380 頁。

現為它對中國社會的各個階層和各個生活領域的整體性反映，即不再依賴於外部的社會聯繫，而且也找到了聯結自身的內在紐帶。

## 第二節　靈魂的分裂與流動

魯迅小說不僅是對近代中國社會生活和精神體系的認識論映象，而且也是魯迅作為歷史“中間物”的心理過程的全部記錄。由於魯迅的“中間物”意識“出現在社會危機尖銳的時代，即是在各種互相矛盾的強大社會潮流影響之下，俗語叫做‘靈魂’的那個東西分裂成為兩半或好幾部分的時代”[1]，因而這種“中間物”意識在一定意義上又是我們民族現代意識覺醒過程中的全部精神史的表現。

這也就意味著，魯迅小說作為一個完整的系統包含著兩個層次體系：比較外部的層次體系乃是對近代中國各個社會生活領域和傳統精神體系的認識論映象，而更深的層次體系則是魯迅（一定程度上也是中國現代化進程的最初體現者）在感受社會生活時表現出的內部精神系統或內部趨向。這種內部趨向首先體現為對被反映的現象的評價，而小說的基調或總的情緒則是這種評價的最高結果；同時，當魯迅從文化模式上，用人的觀點觀照鄉土中國的社會生活和歷史傳統時，他不僅把自我作為反映者，而且把自我同時作為被反映者，因此，他的精神特徵和心理過程已不只是迴蕩在魯迅小說中的一種情緒和音調，而且像血液一樣流淌在某一類人物的血管裏，從而使得這群在不同時空中活動的、具有各自個性特點的人物擁有了某種與作家相一致的精

〔1〕［蘇聯］盧那察爾斯基著，蔣路譯，《論文學》，人民文學出版社，1978 年，第 198 頁。

神特徵；如果我們把這些人物在不同情境中產生的心理狀態加以綜合的考察，那麼，它們又構成了一個貫穿魯迅小說的完整的、動態的心理過程。正是在此意義上，我把魯迅小說中那些兼有改革者與普通知識分子雙重身份的精神戰士（即“中間物”）的孤獨、悲憤，由愛而憎，終至趨於復仇的心理過程，看作《吶喊》《彷徨》的內在精神線索。

狂人、夏瑜、N 先生、呂緯甫、瘋子、魏連殳和《頭髮的故事》《在酒樓上》《孤獨者》《故鄉》《祝福》等小說中的“我”，顯然是個性各異、生活道路也不相同的人物。但從作品正面、側面或隱含的內容看，他們都經歷了從傳統的地面升到理性的天空，而後又從個人的自覺狀態轉向現實的運動。在這個螺旋過程中，他們幾乎無一例外地從自我的覺醒和與傳統的分離開始，經由對外部世界即現實社會結構和傳統倫理體系的觀察、反叛和否定，最終又回歸到自我與現實傳統的聯繫之中，從而達到自我否定的結論。即使個別人物，如夏瑜，未及走完這一心靈歷程，滲透在作品中的作家的精神卻同樣完成了這一精神之圈。這個過程實質上是現代觀念的體現者與傳統觀念支配下的社會結構的鬥爭和失敗的過程，變革社會的改革者的激情與對自身悲劇命運的深切體驗，構成了這一過程的基本調子。這種使命感與悲劇感互為因果、相互並存的精神結構來自他們對歷史必然要求的深刻理解和意識到自身難以成為這種歷史必然要求的勝利的體現者的痛苦感受，或者說，這種特殊的精神結構建立在主體的“中間物”意識的心理基礎上。

作為歷史的“中間物”，他們的第一個共同精神特徵便是這種與強烈的悲劇感相伴隨的自我反觀和自我否定。《狂人日記》包含著狂人對社會的發現和改造與對自我的發現和否定的雙向過程。狂人在“月光”啟示下的精神覺醒以及由此產生的社會審視和歷史發現，必須以意識到自身與現實世界和歷史傳統的對立和分離為前提。但一旦他以獨立於舊精神體系的新觀念去改造或“勸轉”舊體系中的人，他就必然或必須重新與這個舊體系及其體現者發生聯繫；這種聯繫的邏輯結論就是“我是吃人的人的兄弟”！因而“我”也在這個“吃人”世界中“混了多年”。由此，狂人的自我反觀達到了自我否定：

> 有了四千年吃人履歷的我，當初雖然不知道，現在明白，難見真的人！〔1〕

這種自我否定是“中間物”的自我否定，它以“真的人”是“沒有吃過人的人”和“我是吃過人的人”這兩個基本判斷為前提。

《藥》對社會生活尤其是老栓們的精神狀態的客觀描繪和理性審視過程，同時也是先覺者對自身的行動價值、自身的悲劇命運和自身與社會聯繫的深刻的自我反觀過程。但這一自我反觀過程不是通過具體人物夏瑜的心理發展來表現，而是作為魯迅的內心感情滲透在小說獨特的藝術結構和描寫中。小說以人血饅頭為連接點，同時推動“群眾的愚昧”與“革命者的悲哀”兩條線索：這兩條線索從分離狀態到合二為一狀態的發展過程，同時也是改革者（既是夏瑜，也是魯迅）從獨立於現實傳統的自我意識高度審視現實，進而把自我與現實聯繫起來觀照的過程，因此小說前三章的描寫基調是嚴峻和憎惡，其心理前提是自我與描寫對象的對立狀態；而第四章的描寫基調卻是悲哀和蒼涼，其心理前提卻是自我與描寫對象無法割斷的聯繫。那並列的雙墳和兩位母親相似的內心狀態，把革命者的世界與傳統的世界連成一

---

〔1〕 魯迅：《狂人日記》，《魯迅全集》第1卷，第454頁。

片，整個場面滲透著的那種“悲哀”最深刻地體現了作家對改革者命運的反觀。而小說的悲劇感也在這種“悲哀”之中得到了最終的表達。

如果說《吶喊》中狂人、夏瑜是在積極的、正向的歷史行動中體現了某種反向意識，那麼《彷徨》中呂緯甫、魏連殳卻在消極的、反向的行動中呈現了某種自我否定的心理。《在酒樓上》與其說是表現知識者精神的頹唐，倒不如說是表現知識者對這種精神狀態的自我反觀和自我否定。這種自省的基點乃是呂緯甫審視廢園時眼中“忽然閃出”的“在學校時代常常看見的射人的光”。他敘述兩個悲哀的小故事，雖然也流露了對某些傳統倫理的留戀，但在根本上是用自我反觀和自我否定的態度來回顧走過的道路。他把自己說成“繞了一點小圈子”的“蜂子或蠅子”，“深知自己之討厭，連自己也討厭”，其衡量生活的價值標準顯然就是一種與整個歷史進程相一致的現代意識。因此呂緯甫在更深的心理層次上體現了歷史的正向要求，而這一點卻往往為人所忽視。

孤獨者魏連殳在當了“顧問”之後，反覆訴說自己的“失敗”，“自己也覺得不配活下去”，請求友人“忘記我罷”；這種痛苦呻吟與呂緯甫的自我反觀和自我否定完全一致，都體現了知識者對歷史進程和新的價值標準的深刻理解及意識到自身與這一進程和價值標準的背離的心理矛盾。其實，魏連殳以及狂人、瘋子的“孤獨”和“決絕”始終包含兩個層次：其一體現為他們與現實的關係，即孤獨的歷史處境和面對這種處境的決絕的戰鬥態度；其二則體現為他們對“孤獨”和“決絕”的人生態度的強烈而敏感的自我意識——這種孤獨感和決絕感顯示著意識到自身與傳統的聯繫和與未來脫節的悲劇精神。正是從這種悲劇精神中，我們找到了狂人、夏瑜與魏連殳、呂緯甫的不同形態的心理現象中貫穿著的那種內在精神完整性：這些心理現象都是“中間物”緊張的心靈探索的表現。

作為歷史的“中間物”，他們的第二個共同精神特徵是對“死”（代表著過去、絕望和衰亡的世界）和“生”（代表著未來、希望和覺醒的世界）的人生命題的關注；他們把生與死提高到歷史的高度來咀嚼體驗，在精神上同時負載起“生”和“死”的重擔，從而以某種抽象或隱喻的方式表達自己的“中間物”的歷史觀念。正像魯迅在《野草》中把“光明”寄託於自身之淪於“黑暗”（《影的告別》），把“希望”寄託於“無所希望”，把新生理解為“抉心自食”（《墓碣文》），把“鮮花”種植在“墓場”（《過客》），……《吶喊》和《彷徨》也把“生”和“死”看作互相轉化而非絕對對立的兩種人生形式。當狂人把“被吃”的死的恐怖擴展到整個社會生活領域時，他就從“死”的世界中獨立出來獲得了“生”（覺醒）；但當他從“生”者的立場去觀察世界和自我時，他就發現“生”與“死”的世界的聯繫，從而又在“生”中找到“死”（吃人）的陰影。這樣一來，狂人的“救救孩子！”的呼喚實際上意味著對含混著地獄和天堂氣味的“中間物”的否定，這種否定同時包含了對整個傳統的最徹底的摒棄和對光明未來的最徹底的歡迎。日本學者把狂人的死稱為“終末論”的死（即在必死中求生），認為“小說主人公的自覺，也隨著死的恐怖的深化而深化，終於達到了‘我也吃過人’的贖罪的自覺高度”[1]，這確是深刻之論。

《孤獨者》“以送殮始，以送殮終”的結構體現了深刻的哲學意味和象徵意義。“以送殮始”意味著祖母的死並非一個生命的終結，而是以“死”為起點的一個旅程的開始。彷彿原始森林中迴蕩著的、越來

〔1〕［日］伊藤虎丸：《〈狂人日記〉——“狂人”康復的記錄》，載樂黛雲編，《國外魯迅研究論集》（1960—1981），北京大學出版社，1981 年，第 477 頁。

越密集的鼓點糾纏著瓊斯皇，埋葬在連殳靈魂中的祖母以一種無形的力量決定連殳的心理狀態和命運。祖母，作為全部舊生活的陰影，象徵著連殳與傳統割不斷的聯繫。“我雖然沒有分得她的血液，卻也許會繼承她的運命。然而這也沒什麼要緊，我早已豫先一起哭過了……”連殳終於逃不脫“親手造成孤獨，又放在嘴裏去咀嚼的人的一生”的命運之圈。生者無法超越死者，他生活在現在，又生活在過去；死者無法被真正埋葬，他（她）生活在過去，又生活在現在。“一切是死一般靜，死的人和活的人”，小說反覆寫道。中國社會的歷史長河就在這生死並存、生死更替之中吞沒了一代又一代兒女，而未來 —— 至少是“我”這一代，也仍將這樣持續下去。生者與生者的隔膜映襯著生者與死者的聯繫，生者與死者的聯繫決定著生者與生者的隔膜 —— 孤獨者的全部心理內涵都隱藏在這聯繫與隔膜的兩極之中。連殳的大哭是給死者送葬，又是為生者悲悼；而他死後的冷笑既是對過去的生者的嘲諷，又是對現在的生者的抗議。生者與死者在“死一般靜”中變得無法分辨，而“我”卻在無聲之中聽到了過去的生者的狼嗥和現在的死者的冷笑，於是掙扎著、尋找著走出死亡陷阱的路。在這裏，“以送殮終”同樣不是一個結局，而是一個漫長而艱難的旅程的開始。歷史，就這樣一環套一環地無窮演進著。“我的心地就輕鬆起來，坦然地在潮濕的石路上走，月光底下。”魯迅溝通了死與生的界限，把絕望、虛無、悲觀與希望、信念、樂觀糅合在一起，用沉重的音符奏響著歷史發展的樂曲 —— 像《藥》中墳頭（死）的花環（生）一樣，深刻地揭示著“絕望之為虛妄，正與希望相同”的道理。這種生死共存而又互相轉化的觀念正是“中間物”意識的集中表達。

作為歷史的“中間物”，他們的第三個共同精神特徵是建立在人類社會無窮進化的歷史信念基礎上的否定“黃金時代”的思想，或者說是一種以樂觀主義為根本的"悲觀主義"認識。狂人、瘋子、魏連殳等人的孤獨、決絕的精神狀態和交織著絕望與希望的內心苦悶，都以情緒化的方式體現了這種思想或認識，但更為明確的表述卻在《頭髮的故事》中：

> 我要借了阿爾志跋綏夫的話問你們：你們將黃金時代的出現豫約給這些人們的子孫了，但有什麼給這些人們自己呢？[1]

N 先生憤激的反問與魯迅在《娜拉走後怎樣》《影的告別》《兩地書》等作品中表達的關於"黃金時代"的思想完全一致，包含著兩個層次的內容。比較外在的層次是對無抵抗主義的否定，《工人綏惠略夫》《沙寧》等小說對托爾斯泰主義和基督教的批判是其直接的思想淵源。阿爾志跋綏夫認為，"黃金時代"的夢想一方面用"永久幸福的幻影"喚醒人們對自己處境的自覺，如同"使死骸站立起來，給他能看見自己的腐爛"（《工人綏惠略夫》）。另一方面又"反對爭鬥"，"催使人類入於甜蜜的睡眠，宣講著一個對於暴行無抵抗的宗教"（《沙寧》）。N 先生藉助這種思想對當時某些空談"改革"、"工讀"或"愛與美"的理想家進行了深刻的批判，強調的正是一種執著於現實鬥爭的思想。在更深的層次上，這種否定"黃金時代"的思想又擴大為對人類歷史過程的認識，成為歷史進化觀的一種獨特表述。阿爾志跋綏夫認為，"生存競爭"是人類永恆的，並且是不斷給人類帶來痛苦的規律和本能，據此，他得出結論說："假使石器時代的人能在夢中看見我們的世界，他們會以為是地上的天國。而我們現在正活在他們的夢中，即使

〔1〕 魯迅：《頭髮的故事》，《魯迅全集》第 1 卷，第 488 頁。

並沒有比他們更加不幸，卻也不過如此……我不信黃金時代。”（《工人綏惠略夫》）魯迅摒除阿爾志跋綏夫用人的自然本能解釋歷史過程的方法，又把這位俄國作者關於歷史發展相對性的思想抽象出來，認為歷史是一個辯證發展的過程，從而“推翻了一切關於最終的絕對真理和與之相應的人類絕對狀態的想法”[1]。

不錯，狂人也呼喚過“真的人”和“容不得吃人的人”的社會。但這一“理想”並無絕對意義。按照狂人的歷史觀念，從“野蠻的人”到“真的人”乃是一個經歷無數“環”的無窮進化的鎖鏈，“真的人”作為這一鎖鏈上較高級的一環，同樣只具有相對意義。“我知道的，熄了也還在……然而我只能姑且這麼辦”——把撲滅長明燈作為唯一意念和要求的瘋子並不把長明燈的熄滅看作完美的理想。由於N先生等知識者是從“中間物”的角度看待歷史發展，在他們否定“黃金時代”的思想中包含著自我否定的思想（即便有“黃金時代”，我也不配），因而在表述過程中不免浸漬著沉重的音調。

但誠如高爾基論述萊蒙托夫時所說，這種“悲觀主義是一種實際的感情。在這種悲觀主義中清澈地傳出他對當代的蔑視與否定，對鬥爭的渴望與困惱，由於感到孤獨、感到軟弱而發生的絕望”。[2]知識者把自己看作過渡時期的“中間物”，只不過是要求把在他們內心已經誕生的新的社會原則和價值標準，即把未經真正屬於未來的階級或人們實行、只是作為社會的否定結果而體現在他們靈魂深處的東西，提升為整個社會的原則。由於“中間物”的精神特徵反映了作家觀照現實和自我時的基本人生態度，因而它實際上奠定了《吶喊》《彷徨》的基

〔1〕［德］恩格斯：《路德維希·費爾巴哈和德國古典哲學的終結》，《馬克思恩格斯選集》第4卷，人民出版社，1972年，第213頁。

〔2〕［蘇聯］高爾基著，繆靈珠譯，《俄國文學史》，上海譯文出版社，1979年，第285頁。

調：這是一曲迴蕩在蒼茫時分的黎明之歌，從暗夜中走來的憂鬱的歌者用悲愴、悽楚和嘲諷的沉濁嗓音迎接著正在誕生的光明。魯迅以向舊生活訣別的方式走向新時代，這當中不僅有深刻嚴峻的審判，熱烈真誠的歡欣，而且同時還有對自身命運的思索，以及由此產生的既崇高又痛苦的深沉的悲劇感。以至你會覺得，這首黎明之歌浸透黃昏的色調。

"基調是作為一種完整的統一體的文學作品所固有的"，但它"不僅不排斥，而且還必須以文學作品中存在各種不同的調子為前提"。[1]就魯迅小說而言，決定其基調的"中間物"的精神狀態不僅是一種十分複雜的現象，而且伴隨"中間物"與社會生活的關係的發展，這種精神狀態又呈現為一種動態的過程。如果把狂人、夏瑜、N先生、呂緯甫、瘋子、魏連殳等人各自獨立的心理狀態看作體現在時間上間斷與不間斷的辯證統一過程，而不只是孤立的結果或總結，那麼我們就會發現這種動態過程主要是在改革者與群眾的相互關係的發展中形成的：群眾對覺醒知識分子的態度決定了"中間物"在社會改造中的心理狀態和精神生活的強度，而這種心理狀態和精神生活的強度又重新調節或改變著知識者對群眾的態度。鑒於知識分子主題和群眾（主要是農民）主題在《吶喊》《彷徨》中貫穿始終的中心地位，我把改革者與群眾的關係視為魯迅小說的中心線索，把伴隨這一線索的發展而發展的改革者的心理過程看作決定小說基調演變的內在感情線索。

魯迅小說對於中國社會的歷史、現實和未來的思考，正是從先覺者與"庸人世界"，尤其是與群眾關係的獨特發展和感受開始的。狂人

---

〔1〕［蘇聯］米·赫拉普欽科著，滿濤譯，《作家的創作個性和文學的發展》，上海人民出版社，1977年，第142—143頁。

從趙家的狗、趙貴翁的眼睛中感受到一種“吃人”的恐怖，而後他發現這種“吃人”眼光遍及全社會，甚至那些飽受知縣、紳士、衙役、債主凌辱壓榨的群眾和孩子，“也睜著怪眼睛，似乎怕我，似乎想害我”。“書上寫著這許多字，佃戶說了這許多話，卻都笑吟吟的睜著怪眼睛看我。我也是人，他們想要吃我了！”小說通過狂人的怪誕目光，把歷史書上的字、統治者的眼色、群眾的臉色幻化為一種“吃人”的“怪眼睛”，從而用象徵和隱喻的方式揭示了奴隸世界的吃人原則與奴隸主的“仁義道德”的內在聯繫，發現了“真的人”即富於自覺精神的個性與喪失這種“個性”的奴隸亦即尚未變成“人”的“蟲豸”的對立，並萌發了思想革命——“你們立刻改了，從真心改起！”——的要求。魯迅顯然不是一般地表現群眾的奴隸意識及其在中國歷史上扮演的被吃者與吃人者的雙重角色，而是從狂人的角度，從自覺了的個性的心靈痛苦與恐怖中去感受和思考這一殘酷的歷史真實。因此，《狂人日記》的意義不僅在於“暴露家族制度和禮教的弊害”，也不僅在於揭示了中國社會從肉體到精神領域普遍存在的“人吃人”的事實，而且還在於第一次從自覺的“人”與非自覺的“奴隸”的深刻矛盾中提出思想革命的任務。

如果說狂人的主導心理特徵是恐怖和發現，那麼夏瑜的主導心理特徵則是發現之後的抗爭和不被群眾理解的悲哀。《狂人日記》以狂人對外部世界的眼光和感受作為視點，它的全部發現因而也就體現為主體的心理過程。《藥》則以群眾對革命者的眼光作為視點，夏瑜的“因群眾的愚昧而來的改革者的悲哀”不是通過具體人物的心理來表現，而是作為作家的內心感情體現或滲透在具體的場景之中。與小說前三章動態的場景形成對比，第四章的場景是靜態的，彷彿一支哀婉的抒情曲。但演奏這支曲子的顯然不是兩位母親，作品的敘述角度決定於一個不出場的敘述者。那蕭條的墳場，那永遠隔開兩個青年的小路，那絲絲直立的枯草，那愈顫愈細直至死寂的聲音，那鐵鑄著似的烏鴉和牠的"啞——"的大叫……人們追索這些描寫的象徵意義也許常常顯得過於實在，但不可否認，它們的確是一種"靈性"的存在，是改革者的內心"悲哀"的獨特顯現。改革者與群眾的隔膜不再以峻切的方式體現為茶客們的敵視，而體現為深沉的母愛：

> 瑜兒，他們都冤枉了你，你還是忘不了，傷心不過，今天特意顯點靈，要我知道麼？[1]

正由於此，改革者對群眾的愚昧的感受只能表現為"悲哀"，而不是譴責或諷刺。這"悲哀"多麼沉重呵：甚至連深愛兒子的母親也不能理解兒子的事業。

《頭髮的故事》在格調和風格上與《藥》形成很大差別。在《藥》中，作者始終作為一個不出場的敘述者將他的主觀感情滲透到小說的畫面和構思中去，從而賦予小說一種主客觀水乳交融的獨特抒情氣質。《頭髮的故事》則不然，作者與主人公的聯繫不是以滲透方式，而是以代言人的方式出現，這就賦予小說以獨白的性質，主觀色彩異常強烈；同時，作品的視點也由群眾心理或眼光轉移到知識者的心理和眼光。"他們忘卻了紀念，紀念也忘卻了他們！""他們都在社會的冷笑惡罵迫害傾陷裏過了一生；現在他們的墳墓也早在忘卻裏漸漸平塌下去了。""他們"的忘卻與被忘卻的"他們"所構成的對比已不再體現為"悲哀"，而體現為失敗的改革者對於落後群眾憤激的譴責和憎的

---

〔1〕 魯迅：《藥》，《魯迅全集》第 1 卷，第 471 頁。

火焰，沉重的失望和失落的愛流溢在峻急的語氣氛圍之中。

用生命和熱愛換來死寂般的冷漠和忘卻，“中間物”的內心免不了虛無、悲觀、壓抑，不勝傷懷。然而欲哭不能，欲罷又不休，人類歷史進程在先覺者心頭點燃的理性火炬就在這虛無、悲觀的心理氣氛中燃燒。這就有了《長明燈》。這篇作品在很大程度上再現了《狂人日記》的特點。李大釗在當時就指出：“我看這是他要‘滅神燈’‘要放火’的表示，這是他在《狂人日記》中喊了‘救救孩子’之後緊緊接上去的戰鬥號角。”〔1〕不過，《狂人日記》以狂人眼光作視點，而《長明燈》卻以群眾眼光作視點。狂人在驚懼之中流露著對美好生活的嚮往和博大的愛，而瘋子的“閃爍著狂熱的眼光”卻“釘一般”嚴冷，“悲憤疑懼的神情”中閃現著“陰鷙的笑容”。從狂人到瘋子，不僅戰鬥態度趨於沉著，而且經歷了一個從恐懼、悲哀、憤激至幽憤的心理過程。瘋子的“放火”要求的直接目標雖然是祖傳老例，但引起的“緊張”卻是全社會的，“他們自然也隱約知道毀滅的不過是吉光屯，但也覺得吉光屯似乎就是天下”。在這種整體性對立之中，“瘋子”對群眾的愛不能不被包裹在冷峻的態度裏。

這種以嚴冷表現火熱、以憎恨表現摯愛、以復仇和毀滅表現內心極度悲哀的獨特方式，在《孤獨者》中得到更為細緻和深刻的描寫。魏連殳內心的熱愛和悲哀隱藏在“冷冷的”外表中。小說反覆描寫連殳“素性這麼冷”，“兩眼在黑氣裏發光”，神態是“冷冷的”，說話顯出“詞氣的冷峭”，走路彷彿悄悄的“陰影”；他生前的笑是“冷冷的笑”，即使死後口角間也“彷彿含著冰冷的微笑”。但這悲憤到窒人程度的“冷”卻導源於他那改造社會的熱情和對群眾的愛。小說以“我”這一旁觀者

〔1〕 劉弄潮：《李大釗和魯迅的戰鬥友誼》，《百科知識》1979 年第 2 期，第 16 頁。

的眼光作為視點，在“冷冷的”外表中同時透視著主人公內心熾熱的愛：“常喜歡管別人的閒事”，“一領薪水卻一定立即寄給他的祖母”，“很親近失意的人”，一見孩子“卻不再像平時那樣的冷了”——這種深沉的愛更深刻地體現在他自覺地承受著那些不自覺地在受苦的群眾的痛苦，這就使得他精神上的孤獨、苦悶包含著比他個人的不幸命運遠為深廣的歷史內容。小說寫道：

> 大家都怏怏地，似乎想走散，但連殳卻還坐在草薦上沉思。忽然，他流下淚來了，接著就失聲，立刻又變成長嚎，像一匹受傷的狼，當深夜在曠野中嗥叫，慘傷裏夾雜著憤怒和悲哀……[1]

“深夜”、“曠野”、“受傷的狼”、淒厲的“嗥叫”：這陰森、悲涼、傷慘的畫面把置身於歷史荒原的覺醒者的內心矛盾寫得何等深刻呵！

但人們在體味魏連殳的“長嚎”時，往往只強調這“悲哀”“受傷”“精神創傷之痛苦”的一面，卻沒有意識到這種心靈痛苦正導源於覺醒者改造社會、挽救群眾的強烈渴望，而這種渴望又由於群眾的冷漠和敵視轉化為對“中間物”的悲劇命運的傷悼，並從中誕生出“憎”和復仇的情緒：這是一匹受傷的狼，慘傷的嚎叫中燃燒著憤怒和復仇的火焰！正是在這個角度上，我們發現魏連殳的“當顧問”以及他對社會，尤其是大良、二良祖母之流的戲弄態度，與他在祖母大殮時的大哭有著內在一致性：它們都是蔑視和反抗社會黑暗、宣泄內心悲憤的獨特方式，是一種以自我毀滅的方式進行的精神復仇。這在“我”的感受中得到確認：

---

〔1〕 魯迅：《孤獨者》，《魯迅全集》第 2 卷，第 90—91 頁。

我快步走著，彷彿要從一種沉重的東西中衝出，但是不能夠。耳朵中有什麼掙扎著，久之，久之，終於掙扎出來了，隱約像是長嗥，像一匹受傷的狼，當深夜在曠野中嗥叫，慘傷裏夾雜著憤怒和悲哀。[1]

“以送殮始，以送殮終”的結構又是“以長嗥始，以長嗥終”的過程，歷史“中間物”的命運和精神狀態在這之中得到了多麼耐人尋味的表現！

狂人的恐懼和發現、夏瑜的奮鬥和悲哀、N先生的失望和憤激、呂緯甫的頹唐和自責、瘋子的幽憤和決絕、魏連殳的孤獨和復仇，以及《傷逝》在象徵意義上表述的“新的生路自然還很多”，“然而我還沒有知道跨進那裏去的第一步的方法”[2]的絕處逢生的希望和彷徨，這是歷史“中間物”在社會變革過程中間斷與不間斷相統一的完整心理過程，它構成了《吶喊》《彷徨》的一條內在感情線索。

所謂“間斷”的含義，即這些心理狀態都是相對獨立的作品和相對獨立情境中的相對獨立人物的獨特心理狀態，這種心理狀態與具體小說中的其他因素構成的特殊世界和系統方向有著不同於其他作品的獨特內涵，而把上述作品呈現的心理狀態看作延續的過程，這些心理狀態也確實構成了這一過程相對獨立的階段並有著各自不同的特點。

所謂“不間斷”的含義，即這些心理狀態都是魯迅從未停息的精神探索過程的藝術反映，它們在時間順序上呈現的每一次演變，都體現著魯迅在從事“思想革命”的實踐中對客觀世界和主觀世界認識的

〔1〕 魯迅：《孤獨者》，《魯迅全集》第2卷，第110頁。
〔2〕 魯迅：《傷逝》，《魯迅全集》第2卷，第132頁。

日趨深化，以及由此導致的感情特徵上的發展。這不僅是指這些作品經常“用第一人稱的自傳體寫成。許多地方都由作者自己比擬著寫”[1]，也不僅是指這些小說中作者與人物“在情感和性格上完全混為一體，難以分辨”，“人物的遭遇，實際上就是作者的遭遇”，人物的悲憤“混雜著寫此小說當時魯迅自己底悲憤”[2]，而且是說，即使沒有那些具體事件的相關或相似，這些心理狀態也是魯迅完整的精神過程在一定階段上的文學化的產物。如果我們把《野草》中的《秋夜》、《影的告別》、《求乞者》、《復仇》（一、二）、《希望》、《過客》、《墓碣文》、《頹敗線的顫動》等直接反映魯迅內心的作品看作一個特定階段的心理過程，並以之與相應階段的魯迅小說中的知識者的心理過程加以比較，你不難找到其中的吻合和聯繫。當然，這種心理狀態上的相似並不證明魯迅與小說中的人物站在同一水平線上，事實是魯迅在意識上高於他的人物。

“不間斷”的含義還在於，這些心理狀態有著統一的基點：“中間物”的歷史地位和自我意識；而它們的每一次變化又都有著共同的社會原因：“中間物”與“庸人世界”，尤其是群眾的關係發展；因此這一心理過程最深刻、最集中地體現了歷史的前進要求和社會的滯頓狀態的巨大矛盾，揭示了中國現代進程初期現代意識的體現者與傳統社會的悲劇性對立，同時也藝術地表現了中國知識分子在中國現代化進程中歷史地位和精神狀態的演變。如果說《吶喊》《彷徨》是鄉土中國走向現代中國的歷史進程，尤其是人的觀念和思想進程的審美顯現，那麼這一進程的深刻意義、主要力量、主要任務、主要對象和面臨的

〔1〕 欽文（許欽文）:《祝福書》，《新文學史料》1979 年第 2 期，第 214 頁。

〔2〕 歐陽凡海 :《魯迅的書》，華美圖書公司，1947 年，第 312 頁。

矛盾在這一心理過程中得到最富於哲理意義的反映。“中間物”越來越激化的內心矛盾恰好是他們強烈的社會責任感與必然的悲劇命運相結合的產物。在這種使命感、責任感、崇高感與悲劇感、孤獨感、憤世感互為因果的心理結構中，我們甚至可以發現從屈原、司馬遷到嵇康、阮籍，從李白、杜甫到蘇東坡、辛棄疾，從魏源、龔自珍到孫中山、魯迅這無數代中國知識分子所共同擁有的精神特徵。換句話說，“中間物”的心理狀態積澱著漫長而深厚的中國知識分子的精神史。

那麼，“中間物”的精神史是如何體現或滲透到《吶喊》《彷徨》的小說中的呢？

## 第三節 “愛憎不相離”與詩意的潛流

恩格斯說過：“世界體系的每一個思想映象，總是在客觀上被歷史狀況所限制，在主觀上被得出該思想映象的人的肉體狀況和精神狀況所限制。”〔1〕當我們研究魯迅小說對近代中國的社會生活，尤其是農民群眾的生活狀態與精神狀態的描寫時，不能不注意研究這種描寫的主觀視角，以及由此產生的精神特徵。

著眼於改革者（“中間物”）與群眾的關係，透視改革者孤獨、悲憤、由愛而憎終至趨於復仇的心靈歷程 —— 這是魯迅小說觀察現實、表達感情的主觀視角和特殊方式；而把這一心靈歷程的全部複雜感情滲透到對群眾的描寫中去，從而使得作品對群眾的描寫也呈現為一個

〔1〕［德］恩格斯：《反杜林論》，《馬克思恩格斯選集》第 3 卷，人民出版社，1972 年，第 76 頁。

動態的過程，則是這種主觀視角和特殊方式的必然結果。換言之，魯迅小說描寫群眾時的情感演變過程以及由此導致的美學風格的變化過程，是和“中間物”孤獨、悲憤、由愛而憎，終至趨於復仇的心理過程完全一致的；或者說，魯迅是從在當時體現著歷史要求的先覺戰士的心理發展中，提出改造群眾精神的深刻命題的 —— 這種一致性和獨特角度也是“五四”思想革命實際狀況的反映，它提供了表現社會精神狀態以及包蘊在這種狀態中的歷史內容的最佳視角。與此相應，魯迅小說對群眾的描寫呈現出一種“愛憎不相離，不但不離而且相爭”〔1〕的感情特點和悲喜“不相離，不但不離而且相爭”的美學境界。

“在詩的作品中，思想是作品的激情。激情是什麼？激情就是熱烈地沉浸於、熱衷於某種思想。”〔2〕作為“激情的果實”，魯迅小說的深刻思想意義首先體現為自始至終交織在對群眾，尤其是農民的描寫中的截然相反、相互對立又辯證統一、相互轉化的“愛”和“憎”的複雜感情。更有意義的是，伴隨先覺知識分子孤獨、悲憤、由愛而憎，終至趨於復仇的心理發展，這兩個側面的表現方式也產生了相應變化：“愛”的感情逐漸包裹在“憎”的冰水之中；憤怒、憎惡、復仇的情緒漸漸取代了善意的諷刺和憂鬱的抒情；作為不幸者的個體形象慢慢從畫面中心退出，而代之以作為社會保守力量的群體形象或群體形象中的具體人物 —— 自然，這只是就總體趨向而言，並不是直線發展，但如果把《吶喊》《彷徨》加以比較，這種差異還是相當明顯的。《吶喊》《彷徨》雖然擁有各自的特點，但總的說來，仍然是一個不停頓的發展過程。我這裏將它們分開論述是注重它們的總的趨向，並不

〔1〕 魯迅：《〈現代小說譯叢〉〈幸福〉譯者附記》，《魯迅全集》第 10 卷，第 188 頁。

〔2〕《別林斯基全集》第 7 卷，莫斯科：蘇聯科學院出版社，1955 年，第 657 頁，轉引自［蘇聯］米·赫拉普欽科：《作家的創作個性和文學的發展》，第 28 頁。

否定它們的一以貫之的特徵；“分開”本身也只是為了論述的方便。

《吶喊》中有兩類群眾形象，一類如《藥》中的茶客，《孔乙己》中的酒客，《明天》中的藍皮阿五、紅鼻子老拱、王九媽，《故鄉》中的楊二嫂，另一類則如華老栓夫婦、單四嫂子、閏土、阿Q等；而佔據中心位置的無疑是後一類人物。魯迅痛心於他們精神的麻木，又同情他們的命運，嚴肅的批判與含淚的溫情融為一體。以張勳復辟為背景的《風波》，圍繞著七斤辮子的被剪，把七斤的愁悶，七斤嫂的擔憂，九斤老太的“一代不如一代”的慨歎，趙七爺的頑固一一展現，深刻地揭示了辛亥革命後農村社會的沉滯狀態。小說中迴蕩著時代的風波，滲透和表現著作家對農民們愚昧狀態的機智的諷刺和幽默，但這一切被安排在那恬靜、動人的風俗畫中，從而構成小說抒情喜劇的格調。《故鄉》深情地述說著“我”與童年閏土的真誠情誼，描寫了成年閏土的善良、質樸和不幸的命運，同時在抒情的筆調中表現著對閏土精神上的麻木的責備，但這種深沉的責備最終消融在全篇作品若有所失的悵惘氣氛中，沒有形成峻急的“憎”的色調。茅盾說：“我覺得這篇《故鄉》的中心思想是悲哀那人與人之間的不了解，隔膜。造成這不了解的原因是歷史遺傳的階級觀念。”[1]需要補充的是，這種不了解、隔膜主要體現為致力於打破這種隔膜的覺醒者的內心感受，從而包含著對於知識者的命運與農民的命運這兩個相互交織的問題的思考。

與上述兩篇作品相比，《阿Q正傳》更突出地體現著“愛憎不相離，不但不離而且相爭”的複雜感情。魯迅從社會革命和思想革命的角度，對阿Q耽於幻想、自我欺騙、驚人的健忘、向更弱者泄恨的卑

---

〔1〕郎損（沈雁冰）：《評四五六月的創作》，《小說月報》第12卷第8期，1921年8月，第4頁。

怯等由精神勝利法派生出的病態，給予嚴峻的批判。但同時，魯迅又描寫他質樸的品性和飽受欺壓以至連“姓”都不能有的社會地位和不幸命運。更重要的是，這種地位和命運最終使阿Q從精神勝利的永恆境界中走向現實。我這裏指的還不是阿Q的“革命”，因為這一“革命”儘管發自他的自身地位，但在精神上阿Q仍然處於“本能”的階段。阿Q的“覺悟”在於他臨刑前的瞬間。當他把“喝彩的人們”同四年之前要吃他的肉的餓狼的眼睛聯結起來時，阿Q第一次體會到了“人”的恐怖，喊出“救命”，從而打破了“精神勝利法”之圈。有人說這表明阿Q開始由“奴隸”變成了“人”，但可悲的是，阿Q的“覺悟”直到面臨死亡恐怖才真正出現。如果說，《阿Q正傳》是悲劇性的喜劇或喜劇性的悲劇，那麼，從總體上說它又體現著由喜而悲的過程；如果說，《阿Q正傳》是在愛中見憎或憎中見愛，那麼，從總體上說，它的敘述過程又體現著由憎（“怒其不爭”）而愛（遠不止為“哀其不幸”）的過程。羅曼·羅蘭讀了這篇小說之後，先是覺得可笑，繼而又覺可悲，恰好說明了這一點。總之，在《吶喊》中，魯迅對群眾，尤其是農民形象的描繪始終交織著“憎”與“愛”這兩種情愫，而“愛”的一面構成了小說的基本感情背景。

與《吶喊》相比，《彷徨》中的群眾形象除個別篇章外基本上是作為群像之一員的身份出現。他們與《吶喊》中的茶客、酒客、藍皮阿五等有更直接的血緣關係。他們當中有《祝福》中的衛老婆子、柳媽，《在酒樓上》中的長庚，《長明燈》中的居民和他們的代表三角臉、方頭、闊亭、莊七光、灰五嬸，《示眾》中的看客，《孤獨者》中的大良、二良的祖母……這些人物構成了舊中國令人窒息的環境，不自覺地成為扼殺先覺者和不幸者的幫兇。魯迅對他們投以輕蔑、憎惡、復仇的火焰，卻很少或者說沒有流露出溫情。作為《彷徨》開篇的《祝福》

基本承襲了《吶喊》的特點，深刻的同情和悲劇的形象佔據小說的主要地位。但小說對魯鎮冷漠世態的描繪卻透露著作者內心的憤激。《長明燈》《孤獨者》則把覺醒者戰鬥的失敗和悲劇的命運同冷漠、愚昧的群眾聯結起來，從而揭示出落後群眾的精神狀態乃是中國社會革命的巨大障礙。小說中的群眾雖然有名有姓，但真正引人注目的卻是他們對祖傳老例的崇拜和對先覺者的本能仇恨這種共同的精神狀態。“那燈不是梁五弟點起來的麼？不是說，那燈一滅，這裏就要變海，我們就都要變泥鰍麼？你們快去和四爺商量商量罷，要不……”〔1〕當魯迅把目光投向不幸者的命運時，我們看到的是阿 Q、祥林嫂與趙太爺、魯四老爺這兩個本質上對立的世界，而當這種目光投向群眾的精神狀態時，我們卻發現了這兩個世界的“融合”及其與另一世界——覺醒者的世界的對立。

這種“轉換”的關鍵在於“中間物”的介入。前者表現的對立是傳統世界內部的矛盾，作為“中間物”的審視者自身沒有直接進入他們的觀照對象之中；後者表現的對立則是傳統世界與現代文明的精神對峙，作為“中間物”的審視者直接進入矛盾並成為一方的代表，他重視的顯然是傳統世界的總體性特徵，而不是個別人物的命運和品格。後一重矛盾當然並不排斥前一重矛盾，但鑒於中國現代化進程在其初期主要不是在封閉社會內部產生，而是西方文化涉入的結果，因而作為現代意識承擔者的“中間物”與整個社會傳統的整體性對立實際上比其他矛盾更能體現中國社會面臨的迫切問題。

“中間物”介入的直接後果是作品描寫群眾時的基本感情態度由愛向憎的轉變。《示眾》在這方面有典型意義。小說以群眾作為描寫中

---

〔1〕 魯迅：《長明燈》，《魯迅全集》第 2 卷，第 61 頁。

心，但它描寫的群眾不是某一個人物，而是一群人；作者關注的不是他們的命運，而是他們的言行所體現出的社會精神狀態。看客們圍觀示眾者，又面面相覷；工人問了一句話，大家都愕然地看；巡警將腳一提，大家又愕然地趕緊看他的腳；他們並不關心犯人是誰，為何示眾，只是為了“看”。魯迅緊扣首善之區熱浪滾滾的寂寞街頭上的這齣悲喜劇，把看客們渴望刺激的癡呆，對別人痛苦無動於衷的殘酷，缺乏“個性”特徵的單調面孔，以及在這些描寫後面表現出的作者的凜然身影異常強烈地凸顯出來。小說描寫的僅僅是“庸人世界”或“精神的動物世界”，即馬克思所謂“庸人世界”和“精神的動物世界”，“庸人社會所需要的只是奴隸，而這些奴隸的主人並不需要自由”，“庸人所希望的生存和繁殖，也就是動物所需求的……”〔1〕，但在情感上卻呈現著覺醒世界與這個世界的嚴峻對立。非常明顯，《彷徨》對群眾的描寫主要體現為冷峻的批判，“憎”“復仇”“憤激”則構成了作品的基本感情背景。但這“憎，又或根於更廣大的愛”〔2〕，只是潛藏得更深而已。早在 20 年代就有人指出：《示眾》中巡警與白背心之間的一條繩，推廣而至於其餘看客間相互的種種關係，就是他確信的人道主義的根據。〔3〕

伴隨“中間物”心理過程的發展而發展，又與魯迅小說基本感情背景的演變密切相關的，是《吶喊》《彷徨》的美學風格，尤其是悲喜劇風格的變化。

悲劇和喜劇是兩個對立的、截然相反的，有時又相互滲透、辯證

---

〔1〕［德］馬克思：《摘自“德法年鑒”的書信》，《馬克思恩格斯全集》第 1 卷，人民出版社，1956 年，第 409 頁。

〔2〕魯迅：《〈醫生〉譯者附記》，《魯迅全集》第 10 卷，第 192 頁。

〔3〕孫福熙：《我所見於〈示眾〉者》，《京報副刊》1925 年 5 月 11 日。

聯繫的審美範疇。這兩個範疇反映了現實本身中性質不同的矛盾。在魯迅小說對群眾，尤其是農民的描繪中，悲劇與喜劇這兩個對立的範疇恰如愛與憎這兩種對立的感情一樣，達到了“不但不離而且相爭”的境界。同時，伴隨覺醒知識者心理過程的發展和愛憎情感的演變，這種悲喜交織的風格和方式同樣也呈現為動態的過程。我當然無意討論悲劇與喜劇的“主觀性”問題，而只想說，魯迅小說的悲劇和喜劇不僅存在於下層群眾的生活和命運之中，而且存在於觀察這些群眾生活的主體之中，即悲劇和喜劇的產生同時也是由於“發現”悲劇或喜劇的人的主觀機智，因而這裏的悲劇性和喜劇性又是“被意識到了”的悲劇性和喜劇性——這個“發現者”或“意識主體”只能是作為歷史“中間物”的知識者，而他們“意識”或“發現”這些悲劇性喜劇或喜劇性悲劇的方式也將決定後者的不同表現形態。

在《吶喊》中，魯迅筆下的華老栓、閏土、阿Q往往抱著毫無根據的虛假希望，用幻想來自慰，總是尋求一種違反生活進程的解決他們面臨的矛盾的辦法；這種目的與手段的相乘以及目的本身的虛幻顯示出他們的喜劇性格。華老栓把兒子的命運寄託於人血饅頭之上，閏土把香爐當作給他的生活帶來希望的象徵，而阿Q則用“精神勝利法”來對待自己窘迫、淒涼的處境和屢受欺凌的命運。在《風波》當中，這種喜劇性矛盾則表現為七斤、九斤老太、七斤嫂們陳舊的生活觀念與時代總的進程完全隔膜以及由此導致的一系列喜劇動作。由於魯迅把深沉憂鬱的目光投向了這些人物的悲慘命運和無望掙扎，因而他們的喜劇性是被包裹在更廣大的悲劇性中的喜劇性，即便像《阿Q正傳》這樣的作品也呈現了上述那種由喜而悲的過程。刑車上的阿Q看到的“狼的眼睛”與《狂人日記》中狂人發現的“狗的眼睛”的吻合，恰恰說明作家已帶著自己固有的悲劇感來體驗阿Q的悲劇了。“從偉大的人類悲劇出發，創造了自己的喜劇體系”[1]，在愛的基本感情背景上演繹悲劇與喜劇的相互轉化，把被嘲笑的人與被同情的人，甚至準備去愛的人統一起來 ——《吶喊》描寫群眾時的這一基本美學性質決定它在表現人物的喜劇性時，雖然兼用滑稽、幽默、諷刺等喜劇手法，卻往往以幽默以及與之相鄰的善意嘲諷作為主要調節機制 —— 在魯迅看來，幽默是對生活的含笑又含淚的批評和諷刺，他在論及馬克·吐溫時說，“他的成了幽默家，是為了生活，而在幽默中又含著哀怨，含著諷刺，則是不甘於這樣的生活的緣故了”[2]，說的正是這意思。

《吶喊》對群眾的笑聲裏蘊含著深沉的憂患意識，賦予作品以強烈的悲劇性。這種悲劇性首先歸因於華老栓、閏土、阿 Q 們老實、善良、質樸的個人品格和合理的生活要求及其毀滅，但這並不是悲劇性的唯一根源。作為悲劇人物，他們自身並不具備悲劇性的自我意識，並不了解悲劇的真正意義，而他們與環境的虛幻鬥爭不僅沒有導致對他們的力量或自豪意識的肯定，恰恰相反，導致的是對他們解決矛盾的方式和由此表現出的精神狀態的否定。實際上，不了解悲劇的真正意義正是悲劇的真正意義 —— 這種深刻的悲劇性體現為他們的現實處境與精神狀態的嚴重脫節，他們的“被吃者”與“吃人者”雙重身份，也體現為他們在不自覺中成為自身階級利益的反對者。這顯然不僅是悲劇人物本身的悲劇性，而且也已是在歷史的高度上“被意識到了”的悲劇性。具體地說，真正理解並承擔著這種悲劇意義的正是那些歷史的“中間物”—— 狂人、夏瑜、N 先生，當然更是作者魯迅。

這便賦予《吶喊》以崇高感。因為這些作品中的悲劇性和喜劇性

---

〔1〕 此係借用卓別林語。轉引自［蘇聯］庫卡爾金著，芮鶴九譯，《查利與卓別林》，《電影藝術譯叢》1979 年第 3 期，第 81 頁。

〔2〕 魯迅：《〈夏娃日記〉小引》，《魯迅全集》第 4 卷，第 341 頁。

都顯示出處於孤立弱小狀態的知識者在理性上所處的優越地位，無論是從悲劇的痛感還是喜劇的快感中獲得的審美愉悅，都使人感受到某種倫理道德力量即主觀精神力量對現實世界的勝利，在小說裏爆發的笑聲和流出的淚水中誕生著屬於未來的社會本質。黑格爾認為“崇高是觀念與形式的矛盾，有限的感性形式容納不住無限的理性內容，因而引起感性形式的變形和歪曲，顯示了在有限形式中理性的無限的力量”[1]。知識者對群眾的理性審視便具有這種特點。

站在歷史的自覺高度審視現實，這種優越的歷史地位產生著“中間物”精神上的優越感。當這種優越感體現為對自我精神力量的肯定時，便誕生了“中間物”的崇高感；當這種優越感體現為對周圍世界的否定和蔑視時，便誕生了“中間物”審視生活現象的喜劇感。伴隨這種優越感的減弱或消逝，這種崇高感和喜劇感也將減弱或消逝。狂人、夏瑜體現著一種在有限的、弱小的形式中被誇大和深化了的巨大的思想意志和感情的力量；由他們的滅亡或失敗而產生的痛苦，則因為他們的精神力量所帶來的崇高感而減輕。《彷徨》中的瘋子、呂緯甫、魏連殳卻有所不同，他們的毀滅給人帶來持久的從憐憫和恐懼的感情中產生的痛苦。這種差異首先表現為悲劇意識中心的轉移。在《吶喊》中，知識者作為悲劇人物雖然也有一定程度的悲劇體驗，但就整個《吶喊》而言，悲劇的意識中心不在“中間物”而在群眾，尤其是農民的命運。群眾的悲劇性作為一種“被意識到了”的悲劇意義，同時肯定著“中間物”的先覺意義。

《彷徨》則不同，先覺者在審視群眾時，首先把他們作為一種嚴重的敵對力量，或者說一種阻礙社會變革的保守的習慣勢力來對待；他

---

〔1〕 王朝聞主編：《美學概論》，人民出版社，1981 年，第 48—49 頁。

們的命運，他們的個人品格，他們的某些合理的生活要求已經不在“中間物”的意識中心（當然不是沒有例外的篇章，只是就總體而言），因而小說是在“憎”的基本感情背景上表現群眾對先覺者的戕害。這是問題的一方面。另一方面，從整體上說，小說的悲劇意識中心已經從群眾的悲劇命運轉移到“中間物”自身的悲劇命運，理性上的優越感被嚴酷的命運所逼退和減弱，也由於自身弱點的發展而呈現逐漸消失的狀態，這就大大增強了悲劇的痛感；峻急、復仇、毀滅的調子上升為作品主調。從“中間物”的自我悲劇意識出發，創造小說中的悲喜劇體系，在“憎”的感情背景上表現悲劇與喜劇的相互轉化與融合，把被嘲笑的人與被憎惡的人，甚至準備去復仇的人統一起來——《彷徨》描寫群眾時的這一基本美學性質決定它在表現群眾的喜劇性時，雖然也兼用滑稽、幽默、諷刺等喜劇手法，但主要的手段卻是那種無情撕毀無價值東西的毀滅性的諷刺。

按照柏格森的說法，喜劇人物往往具有類型的特徵。在《彷徨》中，魯迅常常把群眾作為一種落後、保守的社會精神狀態的體現者來描寫，而忽視這些人物獨特的性格、品性或命運，因此他們便都成了某種“類型人物”。《長明燈》中的三角臉、方頭、灰五嬸統屬於“闊亭們”的範疇，愚昧的圖騰主義和對新事物的恐懼是這群人的共同特徵；《示眾》中的禿頭、赤膊的紅鼻子胖大漢、胖孩子、工人似的粗人、長子、貓臉的人以及《孤獨者》中的親丁、閒人、近房、村人統屬於“看客”的範疇，把無聊當成有趣的麻木的“看”和對“異類”的驚奇感是這群人的共同特徵。這些人物並不具有閏土、阿 Q、祥林嫂等悲劇人物那樣的鮮明個性和獨特命運。這種轉變不能僅僅歸因於魯迅或小說中知識者的觀察對象的轉變或改變，而應主要地歸因於觀察者自身的觀察眼光的轉變。英國著名作家霍勒斯·沃波爾（Horace

Walpole）在一封信中說："在那些愛思索的人看來，世界是一大喜劇，在那些重感情的人看來，世界是一大悲劇。"[1]當魯迅從歷史的角度去思考群眾的精神狀態及其對歷史進程的阻礙作用時，這些人物便作為反面的喜劇性格產生在小說之中；而在"中間物"的憎恨、復仇的情感中也難以誕生那種溫和、同情和從容的幽默，更毋寧說那種充滿博大的愛的悲劇眼光中的悲劇人物和情節了。

美學的和感情的風格是藝術作品和作家的整個創作的一個組成部分，同時它又是一個複雜的體系。"這種複雜性是作家加以深入研究的主題、問題的多樣性以及他在描繪事件、性格、生活衝突時的情緒投影的繁複性所決定的。然而這種複雜性或差異性是在作家風格中所表現出來的首要因素和傾向的基礎上發生的。"[2]托爾斯泰把這首要因素和傾向稱為"焦點"，赫拉普欽科則稱之為"基調"。托爾斯泰說："藝術品中最重要的東西，是它應有一個焦點才行，就是說，應當有這樣一個點：所有的光集中在這一點上，或者從這一點放射出去。這個焦點萬不可用話語完全表達出來。實在，使得優秀的藝術品顯得重要的，正是因為那藝術品的完整的基本的內容只能由那藝術品本身表現出來。"[3]赫拉普欽科說："主題、思想、形象，只有在一定的語氣氛圍中，在對待創作對象及其各個不同側面的這種或那種情緒態度的範圍內才會得到闡發。敘述、戲劇行動、感情抒發的情緒系數，首先表現在基調中，這種基調是作為一種完整的統一體的文學作品所固有

〔1〕轉引自陳瘦竹：《論悲劇與喜劇》，上海文藝出版社，1983年，第40頁。

〔2〕［蘇聯］米．赫拉普欽科著，滿濤譯，《作家的創作個性和文學的發展》，上海人民出版社，1977年，第146頁。

〔3〕高登維奇：《L. 托爾斯泰論契訶夫》，見契訶夫著，汝龍譯，《恐怖集》，上海譯文出版社，1982年，第1—2頁。

的。……在作品的構造中，在對主人公們的描繪的性質中，基調決定著許多東西。……基調的選擇，在一位作家的創作工作中是一個非常重要的因素。”[1]

正是根據上述原因，我把《吶喊》《彷徨》看作一個整體，又是一個過程。魯迅小說在覺醒知識分子的心理發展中發現了中國社會和歷史的“吃人”本質，批判了落後群眾，尤其是農民的嚴重精神缺陷，提出了改造“國民性”的歷史課題。同時又把否定的鋒芒指向知識者自身。魯迅小說現實主義的這一內在發展過程正是一個否定的過程：它從知識者的自我覺醒開始，經由對外部世界的認識和否定，歸結到對自我的再認識和否定。魯迅的精神探索、魯迅小說的現實主義就在這否定的過程中深化了、發展了；而這種深化和發展同時伴隨著小說的中心線索、內在精神線索、基本感情背景、美學風格、語氣氛圍的內在演化。這就是所謂“過程”的意義。與此相應，所有這些發展和變化都是從“中間物”的精神特徵這一“焦點”放射出來，而深刻的悲劇感自始至終流蕩在《吶喊》《彷徨》之中，成為小說的基調。魯迅小說的悲劇感雖然也可以說是民族悲劇感的體現，但在更恰切的意義上說則是具有歷史“意識”的“中間物”的悲劇感，如同西班牙作家烏納穆諾（Miguel de Unamuno）在《生活的悲劇意識》（*Tragic Sense of Life*）中呈現的那樣，對於個人信念的陳述和探索總是聯繫著人民，在其深厚的個人化的表述中同時表達著民族的靈魂。因此，對民族靈魂和命運的呈現總是聯繫著關於死亡和個人命運的沉思。[2]這種“憂思”

---

〔1〕［蘇聯］米·赫拉普欽科著，滿濤譯，《作家的創作個性和文學的發展》，上海人民出版社，1977 年，第 142 頁。

〔2〕Geoffrey Brereton, *Principles of Tragedy: A Rational Examination of the Tragic Concept in Life and Literature*, Coral Gables, Florida: University of Miami Press, 1970, pp. 56-58.

的深廣內容當然不是“個人”所能解釋的。同時，小說美學風格和感情背景的變化也沒有離開悲喜、愛憎“不相離，不但不離而且相爭”的總體特徵。這就是所謂“整體”的意義。

人們喜歡按照題材的不同（如農民題材、知識分子題材）來分類論述魯迅小說的現實主義，而常常忽視這些不同題材小說間的內在聯繫，忽視魯迅小說內在的整體性。事實上，魯迅小說正是一個完整的發展過程，它的史詩性質正是通過這些作品間不可分割的聯繫來體現的。作為中國現代化進程的審美顯現，魯迅小說主要不是以其題材的廣泛而是以這種不可分割的聯繫、不斷發展的過程來體現它的深度和廣度，來揭示中國社會的巨大矛盾，而這種聯繫，這一過程自始至終都伴隨著致力於改造中國人及其社會的偉大思想家內心的悲劇感、“愛與憎的糾紛”和反抗絕望的意志。高爾基在談到《萬尼亞舅舅》和《海鷗》時說：契訶夫創造了一種嶄新的藝術，他把“現實主義提高到一種精神崇高和含義深刻的象徵境地”〔1〕；我個人理解，這裏所說的“象徵境地”不是作為藝術手法或創作方法的象徵或象徵主義，而是說，契訶夫把他的精神探索，他對生活的哲理性認識，他對美的渴求，不著痕跡地注入他所描繪的平凡、真實而又瑣碎的俄羅斯生活中去，構成了一種詩意的潛流。我認為，魯迅的《吶喊》《彷徨》的現實主義也達到這樣“一種精神崇高和含義深刻的象徵境地”，在那一幅幅真實、客觀、灰暗、冷靜的平凡的生活畫面中，我們感受到一種湍急、深沉、執著的詩意的潛流，那是魯迅作為歷史“中間物”對生活和命運的哲學體驗，對人民群眾社會自覺和隨之而來的社會革命的渴望，對

〔1〕［俄］高爾基：《給安·巴·契訶夫》（1898年12月6日以後），《文學書簡》（上卷），曹葆華、渠建明譯，人民文學出版社，1962年，第19頁。

於“老中國兒女”的含淚的批判，以及並非簡單明確的思想或理性所能達到的境界——滲透著每個角落的悲劇感。這一切匯集為作為“中間物”的魯迅在探索道路過程中交織、發展的愛與憎、悲與喜、悲觀與樂觀的感情河流。魯迅小說紛繁多樣的藝術畫面正是在這詩意潛流的奔湧之中構成了一個不可分割的整體——它是充分現實主義的，但顯然是一種具有嶄新特點的現實主義。

## 第四節　否定性與魯迅小說的三種意象

從人的個體性的角度審視中國社會關係是魯迅的基本認識方式。這種認識方式同時決定了魯迅小說的基本衝突或基本主題：揭示奴性意識與人的形成之間、精神被壓抑狀態與人的自由意識和理性要求之間的歷史性衝突。作為用感覺形式表現的人生觀，這一基本主題通過三組相互關聯的基本意象表現出來，我把它們稱為“緘默”意象、“吃人”意象和“荒原”意象。

“緘默”是傳統社會的一種特殊精神氣氛。人的個體性的喪失是這種精神氣氛的內在本質。馬克思在論述封建社會的基本精神特點時對此做過精闢分析：“無論是奴隸或主人都不可能說出他們想要說的話；前者不可能說他想成為一個人，後者不可能說在他的領地上不需要人。所以緘默就是擺脫這個僵局的唯一辦法。”〔1〕魯迅小說集中地描繪了農民群眾的奴性意識：他們迷失於傳統倫理關係中，無法通過對現

〔1〕［德］馬克思：《摘自“德法年鑒”的書信》，《馬克思恩格斯全集》第1卷，人民出版社，1956年，第414頁。

實生活的認識達到對自身的認識。他們也許天性善良，卻沒有自己的獨立意志；他們是經歷各不相同的個體，卻只能在毫無個體性可言的“群”的氛圍中體現自己的現實本質。閏土的一聲“老爺！”，從人物的精神深處反映了他對現存秩序的承認態度。這種態度是以對等級隸屬觀念的肯定和自我的主體地位的否定為前提的。

童年與成人，自然狀態與奴性狀態，這正是魯迅在《摩羅詩力說》中描繪的從蠻荒時代人的野性狀態向文明時代人的束縛狀態過渡的中國歷史的象徵和縮影。而人的自由精神如何突破歷史沉屙，從奴隸狀態走向自由狀態，從而打破人與人之間的隔膜，則構成敘述者關於“路”的思考的哲學內蘊。阿 Q 以驚人的健忘和精神的勝利應付現實的挑戰，以凌弱畏強作為自己的處世態度；這種奴隸主義的精神狀態決定了他的“革命”只能以奴隸主的“理想”為“理想”。即便《離婚》中那位敢於大罵“老畜生”“小畜生”的愛姑，也真誠地相信“知書識禮的人什麼都知道”，從而把個人命運的裁決權完全交給那個舊秩序的代表七大人。“意志只有作為能思維的理智才是真實的、自由的意志。奴隸不知道他的本質，他的無限性、自由，他不知道自己是作為人的本質。”〔1〕農民階級找不到認識自己的反省視角和價值尺度，無法形成真正的自我意識，因而也喪失了說出自己語言的能力。

所以，當作家的審視目光從個人命運擴展開去，個人的掙扎過程消失，代之而起的是一個難以具體分辨的“群”。群體通過對個人的教化與對異己者的迫害，維護舊秩序、舊倫理的基本規範；也就是說，“群”的形成以否定個體自身特點以適應既定規範為前提，因而必然地構成對人的主體性的否定。這樣一來，自由意識就必然通過對“群”

〔1〕［德］黑格爾著，范揚、張企泰譯，《法哲學原理》，商務印書館，1982 年，第 31 頁。

的否定和批判拓展自己的道路。《吶喊》《彷徨》以紛繁多樣的方式不斷重構魯迅早年在仙台得自那個著名“幻燈事件”的意象：癡呆麻木的“群”在“緘默”中注視著逆境中的個體。路人向狂人射出“吃人”的目光（《狂人日記》），黑暗中看客們伸長了如同鴨子般的頸項品味夏瑜的就義（《藥》），咸亨酒店旁酒客們訕笑著孔乙己的淒涼與迂腐（《孔乙己》），藍皮阿五們享受著單四嫂子的不幸（《明天》），魯鎮的人們賞鑒著祥林嫂的遭遇（《祝福》），吉光屯的人們對瘋子心懷恐懼而施以迫害（《長明燈》），村人、族人以異樣的目光注視著沉默的連殳（《孤獨者》）⋯⋯與這一意象結伴而行的往往是呆滯的目光，冷漠的態度，麻木的表情，遲鈍的動作，而這一切又以殺頭、吃人、大殮、病痛、示眾、墓場為聚合點，構成一種難以捉摸的威脅，一種無影無形的壓力，一種無從拂去的陰影，永恆凝固的氣氛，一種無始無終、淹沒一切人的掙扎和呼號的靜悄悄的波浪。無論對於覺醒的個人，還是對於混沌的“大群”，“自由”作為人的一種最高本質，作為人的主體性的體現，在“緘默”中慘遭否定。

魯迅小說的“吃人”意象最初得自狂人對“緘默”意象的內心體驗：一路上的人“都睜著怪眼睛，似乎怕我，似乎想害我”，“他們會吃人，就未必不會吃我”。[1]然而，魯迅很快便從一般的感覺體驗深入到對中國歷史和倫理秩序的“吃人”本質的理性分析。馬克思稱封建社會為“精神的動物世界”，認為這個世界的關係是“靠獸性來維持”的“獸的關係”[2]，因為“決定他們之間關係的不是平等，而是法律所固定的不平等。世界史上不自由的時期要求表現這一不自由的法，因

〔1〕魯迅：《狂人日記》，《魯迅全集》第1卷，第445—446頁。
〔2〕[德] 馬克思：《摘自“德法年鑒”的書信》，《馬克思恩格斯全集》第1卷，人民出版社，1956年，第414頁。

為這種動物的法（它同體現自由的人類法不同）是不自由的體現”。[1]同樣以自由為尺度衡量封建社會關係，魯迅的特點在於：當他用“吃人”來概括宗法社會關係時，他更側重於傳統倫理關係而不是法律對人的壓抑和戕害。因此，“吃人”的主要意義是指人的自主意識、自由精神的喪失而不單是肉體的“被吃”。

鄉土中國的重大文化特徵之一是用“禮治”，而不是用國家權力所確立的規則和法律來維持社會秩序。當魯迅從人的自由意識角度審視作為“禮治”社會的鄉土中國時，《吶喊》《彷徨》便呈現了兩個思想特點。第一，魯迅小說深刻地揭示了禮治秩序是一種對人的設計方式，其特點是在日常人倫關係的基礎上，將人的主體性、個體性消融在尊卑貴賤的等級名分之中，從而以人倫關係的網絡取代個體的獨立價值。而“主奴根性”的形成亦即人的自由意識喪失則是這種設計方式的必然結果。

這一思想特點又有兩種表現形態。一方面，它從農民階級和下層知識分子的命運著眼，觀察這一倫理體系如何將人的要求統攝於一種固定的人生模式和思維模式，從而“使人不成其為人”（馬克思語）。《狂人日記》“意在暴露家族制度和禮教的弊害”，狂人的命運是和封建家長大哥的強大存在緊密聯繫著的。孔乙己、陳士成的悲劇則在於，他們把個人的全部追求都納入封建倫理秩序為他們規定的人生模式中。“雋了秀才，上省去鄉試，一徑聯捷上去”——這是傳統社會為知識分子規定的基本人生模式。孔乙己“讀過書，但終於沒有進學”，一貧如洗，卻不願脫下他那象徵著“上等階級”的長衫。陳士成的全部

---

〔1〕［德］馬克思：《第六屆萊茵省議會的辯論》，《馬克思恩格斯全集》第 1 卷，人民出版社，1956 年，第 142—143 頁。

希望和失望，他的憤然與幻覺，全都維繫於能否實現上述人生模式。陳士成的唯一“個性”便是對那一時代為之規定的普遍性人生模式的追求。如果說孔乙己、陳士成自覺自願地成為這種人生模式的奴隸，那麼閏土、阿 Q、祥林嫂、愛姑則被強制性地納入到尊卑貴賤的等級格局中，成為等級關係的隸屬品。祥林嫂“逃婚”“撞香爐”“捐門檻”“問地獄之有無”，體現了勞動者的基本生存要求和以此為動力的原始反抗，卻無法通過這種反抗達到對自己所處的奴隸地位的獨立認識。恰恰相反，她的每一次反抗都隱含著對封建倫理秩序的充滿恐懼的承認：對改嫁的反抗中包含了她對夫權和從一而終觀念的承認，對陰司的疑問則建立在她對這種秩序的恐懼之上。連姓都不准有的阿 Q 也正是在隸屬等級關係的壓抑下喪失了任何自主意識。魯迅從自由意識發展的角度審視封建倫理秩序，他對弱小者的深切同情出自對他們的人生價值和自由在等級隸屬關係之中慘遭否定這一基本認識。

另一方面，魯迅又從傳統秩序的維護者和體現者的角度揭示這一秩序的荒謬性、虛偽性。《肥皂》表現四銘潛意識中卑瑣的性興趣與他從封建倫理觀念出發表彰“孝女”的自覺要求的內在矛盾，並通過“肥皂”這一小道具凸現出這一矛盾的喜劇性內容。“一來可以表彰表彰她，二來可以藉此針砭社會”——“道學家”四銘對維護這一套倫理規範有著強烈的“社會責任感”，而不幸的是，他那位需用肥皂洗洗的不潔淨的太太卻看出了這種“責任感”背後壓制不住的卑瑣心理：“‘咯支咯支’，簡直不要臉！”封建倫理秩序的虛偽性和這一秩序的維護者自身的精神變態在這裏昭然若揭。比之四銘，《風波》中的趙七爺，《阿Q 正傳》中的趙太爺，《祝福》中的魯四老爺是更為複雜的人物。他們對倫理關係的維護直接地同對政治秩序的維護緊密地聯繫為一體。趙七爺對七斤的恫嚇聯繫著對皇帝坐龍廷的欣喜，趙太爺對阿 Q 的態度聯繫著對“革命”的恐懼和仇恨，魯四老爺對祥林嫂本能的蔑視與他對“新黨”的本能憎惡有內在的關聯。這恰好說明：中國宗法倫理關係以家族觀實踐國家觀，以倫理方式維護政治統治，以與“法治”相對的“禮治”調節社會秩序，而這一關係的最高體現乃是皇權。《風波》中七斤在人們心目中地位的升降完全取決於他和皇權的關係：沒有辮子就意味著對皇權的背叛。中國家族制度與皇權的同構關係，整個中國社會思想體系與中國政治結構的一體化程度，決定了魯迅對中國倫理關係的批判必然地發展為對皇權的否定，從而使魯迅小說同中國社會的政治革命產生必然聯繫。

中國社會秩序作為“不自由的體現”首先表現為決定人與人關係的“不是平等，而是法律所固定的不平等”；因此，從人的自由意識或主體地位的角度，把“平等”要求與政治革命聯繫起來，是禮教“吃人”這一基本意象必然引申出的第二個思想特點。狂人莊嚴宣告：“將來容不得吃人的人活在世上”，夏瑜自信地宣稱：“這大清的天下是我們大家的！”前者從對“吃”與“被吃”的“獸的關係”的批判引出自由平等的未來理想，後者則直接從平等的尺度上提出了對專制政治的否定。“政治解放當然是一大進步；儘管它不是一般人類解放的最後形式，但在迄今為止的世界制度的範圍內，它是人類解放的最後形式。”〔1〕

《藥》《頭髮的故事》《風波》《阿 Q 正傳》等一系列小說深刻反映了辛亥革命前後的中國現實。魯迅深入地發掘阿 Q、祥林嫂、愛姑等農民身上的反抗性和革命要求，特別是細緻地描繪了阿 Q 從一般生

〔1〕［德］馬克思：《論猶太人問題》，《馬克思恩格斯全集》第 1 卷，人民出版社，1956 年，第 426 頁。

存權利的平等要求發展為“革命”要求的全過程，這是無可否認的事實。但是，魯迅的觀察視角決定了他不可能把目光停留在“平等權利”和“政治解放”的範圍內，因為這還不能構成人的真正解放的最後形式。魯迅小說的特點在於，它在肯定政治革命的必要性和必然性的前提下，從更深的層次上提出了政治解放的局限性：辛亥革命推翻了皇權，卻並未真正解決人的自由或主體性問題。《阿Q正傳》令人信服地表現了阿Q這個遠離政治的農民不由自主地被捲入中國近代革命的政治風潮的必然性：這場政治革命一度動搖了以“法律所固定的不平等”為特徵的社會秩序，從而投合了農民階級自發的平等要求。阿Q對“使百里聞名的舉人老爺有這樣怕”的“革命”如此神往，正出自他對“革命”與農民階級自發的“平等”要求[1]之間的某種必然聯繫的直覺感應。然而，這種對“革命”的“神往”遠未上升到自覺的高度，遠未使阿Q成為一個真正自覺的人：他的未來理想與價值尺度無法越出封建等級關係的樊籬，後者就像那個“使盡了平生的力”也未畫圓的圓圈一樣限制了他的自由精神的發展。

如果說《阿Q正傳》表現了辛亥革命本身的不徹底性和複雜性，那麼《風波》《頭髮的故事》以及所有以辛亥革命之後的中國現實為背景的小說，則表現了人的自覺意識並未伴隨政治變革而建立起來。《吶喊》《彷徨》以形象的畫面證實了馬克思關於封建社會政治變革的論斷：“政治解放的限度首先就表現在：即使人還沒有真正擺脫某種限制，國家也可以擺脫這種限制，即使人還不是自由人，國家也可以成

〔1〕這實際上是一種樸素的“均貧富”“等貴賤”思想，不同於資產階級的自由平等思想，前者要求改變農民階級眼前的政治、經濟地位，不構成對等級制度的根本否定，後者在理論上以人的自由權利為前提，是對封建等級關係的否定。但在中國近代政治革命的過程中，這兩種“平等”要求卻在摧毀清朝專制制度這一點上得到一定程度的吻合。

為共和國”[1]，因此，“必須喚醒這些人的自尊心。即對自由的要求⋯⋯只有這種心理才能使社會重新成為一個人們為了達到崇高目的而團結在一起的同盟，成為一個民主的國家”[2]。正是由於魯迅把“自由人”或人的自覺意識作為考察中國社會“吃人”歷史與現狀的基本尺度，因而他的批判鋒芒必然主要地指向摧殘和壓抑人的主體性的一整套倫理觀念和全部等級關係；政治革命的要求被納入魯迅關於人的自由解放的思考中。這種思考和表達方式以否定性形式體現了魯迅的精神理想：每個人都得以自由發展的聯合體——“人國”。魯迅的歷史文化意識，包括他衡量生活的價值尺度和他的精神理想內在地規定了他從人的自由的高度來考察生活；他和中國傳統關係的對立是整體性的。但由於中國傳統文化，尤其是儒家傳統在中國政治生活和人民心理結構中無處不在的巨大影響力，這種整體性對立必然更為深刻地體現為魯迅的自由意識與中國傳統的思想體系（特別是倫理道德觀念、等級隸屬觀念以及其他封建主義價值觀念）的根本性衝突。

如果說“緘默”意象和“吃人”意象是魯迅從他的價值角度，並通過經驗和感性觀察到的封建社會的精神本質，那麼，“荒原”意象[3]則體現了魯迅和他筆下的先覺者力求把所有外界感覺經驗同時轉化為內在心理事件的趨向。對他們來說，僅僅認識“緘默”和“吃人”這一社會精神特徵是不夠的，這種外界觀察必須同時也是一種心理活

〔1〕［德］馬克思：《論猶太人問題》，《馬克思恩格斯全集》第 1 卷，人民出版社，1956 年，第 426 頁。

〔2〕［德］馬克思：《摘自“德法年鑒”的書信》，同上書，第 409 頁。

〔3〕《吶喊．自序》：“⋯⋯凡有一人的主張，得了贊和，是促其前進的，得了反對，是促其奮鬥的，獨有叫喊於生人中，而生人並無反應，既非贊同，也無反對，如置身毫無邊際的荒原，無可措手的了，這是怎樣的悲哀呵，我於是以我所感到者為寂寞⋯⋯”，《魯迅全集》第 1 卷，第 439 頁。

動，就是說，這一觀察過程應當聯繫著觀察者與對象的聯繫，而且歸根到底這一過程還必須存在於人的靈魂之中。狂人之於他所生存的世界，瘋子之於吉光屯，連殳之於村人、族人 —— 當“現代”的體現者置身於奴隸及其主人之中並體會到“緘默”的可怖與“吃人”的殘酷時，他們內心深處必然瀰漫著一種不可抑制的身處荒原曠野之感。歷史的重負，內心的孤獨，焦灼的苦悶，復仇的願望 —— 面對“緘默”的世界和“吃人”的傳統，先覺者的全部心態在“荒原”感中得到最為深刻的體現。“荒原”意象從根本上說是作家的一種內心體驗，這在《野草》的《復仇》《頹敗線的顫動》等散文詩中曾以象徵的方式直接表現過。

《孤獨者》中兩次出現受傷的狼“當深夜在曠野中嗥叫，慘傷裹夾雜著憤怒和悲哀”的描寫，這兩次描寫伴隨著兩次大殮的場面和兩位不同主人公如同置身荒原的複雜感受。實際上小說把大殮的現實場面轉化為人物的心理事件：“荒原”感恰恰來自主體在人群中極為複雜的內心體驗。因此，“荒原”意象首先體現為“孤獨”和對“孤獨”的深切體驗。“孤獨”來自人物個體意識的覺醒，即從混沌的“群”中分離出來獲得個體性自覺。“孤獨”是“獨醒”的別名，是構成個體對中國社會進行歷史性批判的心理前提，“孤獨者”與社會群體的對立背後隱藏著一種內在精神本質：自由意識通過狂人、夏瑜、瘋子、連殳等人的“孤獨”找到了自己的表達方式。覺醒的人是孤獨的：“荒原”意象同時聯繫著“覺醒”與“孤獨”，既給人以擊浪於荒海波濤似的解放感，又給人以孤燈一盞孑行於無邊曠野似的寂寞與悲涼。

今天晚上，很好的月光。

我不見他，已是三十多年；今天見了，精神分外爽快。才知道以前的三十多年，全是發昏；然而須十分小心。不然，那趙家的狗，何以看我兩眼呢？

我怕得有理。[1]

《狂人日記》第一章引起許多爭議。在我看來，這段描寫的深層含義正是狂人從"發昏"狀態掙脫出來的精神解放感和自覺到自己成為整個世界的異化物而必遭迫害的恐懼。《吶喊》《彷徨》以"荒原"意象為其開端意味深長。因為失去這一"荒原"意象便不能有對中國宗法社會"緘默"與"吃人"的精神本質的認識。"荒原"上站立著"個人"：魯迅把自覺的人與不自覺的人的對立強調到如此尖銳的程度，"這倒不是因為他看不起群眾，而是因為他相信他們是仍然沉睡著的力量。他要求人的個性能有最高的發展，也不是想以此否認人民大眾的活動，而是希望人們的活動能結出更豐碩的果實，希望個人的高度的精神道德價值能提高人們整體的起作用的力量"。[2]

然而，"荒原"意象呈現給我們的還不只是先覺者的"孤獨"，更深層的意蘊在於他們對"孤獨"的體驗和感受。一方面，這種體驗和感受體現為他們對自我與"荒原"及其內在靈魂 —— 歷史傳統的關係的思考，從而發現獨立的自我並未真正獨立，在精神上仍然存在著與歷史傳統難以割斷的聯繫，因此，自由的意識在他們身上不僅體現為反對封建倫理關係的外部鬥爭，而且體現為他們與漫長歷史投射在他們心靈深處的陰影的鬥爭；另一方面，這種體驗和感受表現為對於"荒原"的"復仇"情緒和行動，但這種"復仇"情緒與行動往往並不能

〔1〕 魯迅：《狂人日記》，《魯迅全集》第 1 卷，第 444 頁。

〔2〕 [德] 蔡特金著，傅惟慈譯，《蔡特金文學評論集》，人民文學出版社，1978 年，第 9—10 頁。

擾亂“荒原”的沉寂，倒強化了內心的“孤獨”和“苦悶”。因此，復仇的情緒和行動在一定意義上說仍然是一種心理事件。

上述兩方面往往同時發生。魏連殳在祖母大殮時的大哭便包含多重內容。大殮的儀式集中體現了傳統倫理關係，周圍麻木的看客則使主人公如坐荒原。這場面不僅使連殳“將她的一生縮在眼前了，親手造成孤獨，又放在嘴裏去咀嚼的人的一生”，而且使他意識到自身命運與歷史傳統的聯繫：“我雖然沒有分得她的血液，卻也許會繼承她的運命。然而這也沒有什麼要緊，我早已豫先一起哭過了……”〔1〕這無疑加深了主人公內心的“孤獨”和焦灼。同時，連殳的沉默與大哭都是“老例上”沒有的，因而使看客們感到訝異和無聊；連殳便在內心如同《野草・復仇》中的主人公那樣，“賞鑒這路人們的乾枯，無血的大戮”〔2〕，而體會到一種復仇的快意。這種復仇情緒在小說的結尾表現得更清楚：他違背自己內心的意願當了師長顧問，用玩世不恭的態度戲弄大良、二良的祖母，“借自己的升沉，看看人們的嘴臉的變化”〔3〕，“將無賴手段當作勝利，硬唱凱歌，算是樂趣”。〔4〕過多地糾纏於連殳當顧問的行動是否是“投降軍閥”並無必要，重要的是這種描寫自身仍然是一種心理趨向：置身“荒原”的“孤獨者”對於落後群眾和傳統倫理的精神“復仇”。自由意識的現代體現者與歷史傳統的悲劇性矛盾構成“荒原”意象的精神本質。這種矛盾不僅體現為先覺者與傳統秩序、落後群眾的毀滅性衝突，而且還體現為先覺者靈魂深處的激烈搏鬥。自由意識發展的艱巨性通過一代知識者的命運和心靈在“荒原”意象中

〔1〕 魯迅：《孤獨者》，《魯迅全集》第 2 卷，第 100、98 頁。

〔2〕 魯迅：《復仇》，《魯迅全集》第 2 卷，第 176 頁。

〔3〕 魯迅：《兩地書・七十三》，《魯迅全集》第 11 卷，第 204 頁。

〔4〕 魯迅：《兩地書・二》，《魯迅全集》第 11 卷，第 16 頁。

得到最充分的表現。

“緘默”意象、“吃人”意象、“荒原”意象構成魯迅小說的基本材料。這些材料在一個層次上是客觀的行為經驗，在另一層次上是作家的思想態度。文學的語言服從於審美目的把這兩個層次交織在一起。《吶喊》《彷徨》如此強烈集中地表現和重構這三大基本意象，顯然與作家衡量和攝取素材時的主觀視角與眼光密切相關：中國社會通過“緘默”的精神氣氛、“吃人”的社會關係和“荒原”般廣闊無邊的心理壓力，從各方面阻扼人的主體性的生成。魯迅的進化論、個性主義和人道主義始終沒有脫離開魯迅關於人的個體性自覺的思考，或者說，正是關於後者的思考生發出形態不盡相同的思想因素。這種思考方式更近於現代人本主義思潮，特別是尼采、基爾凱郭爾等人的思考方式，與同代許多其他小說家的那種溫和的人道主義和個性解放思想有著深刻的區別。

個體性本身是一種純粹的理論抽象，因為個體一旦降生於世，他就不是獨自的存在，就不能僅僅與自身發生關係。弗洛伊德指出：相對於他們一直就是的主體來講，個體永遠是抽象的，只要注意一下圍繞著期望“孩子出生”這樁“喜事”的意識形態儀式就不難明白這一點（試想想魯迅的《立論》）。魯迅小說揭示的正是各種宗法的意識形態如何把個體變成一個俯首稱臣的人，他屈從於一個更高的權威——倫理的、宗教的、政治的……——因而除了可以自由地接受自己的從屬地位外，他被剝奪了全部自由；無論是阿Q、閏土、祥林嫂，還是四銘、高老夫子、魯四老爺，他們一切主動的、自覺的舉動都在這種意識形態之內，或者說，封建宗法制的意識形態使這些個體變成了一種“角色”：他將“完全自行”做出俯首帖耳的儀態和行為。細緻地觀察可以發現：魯迅小說中的許多人物只有處於病狂、幻覺、夢境等非自覺的潛意識或非常態的狀態，才具備某種個體的、非意識形態的特徵。狂人、瘋子自不待言，甚至當阿 Q 糊裏糊塗跪下去向吳媽求愛時，他表達的恰恰是一種屬於他自己的尋找歸宿的需要，而一旦他“清醒”過來，這種個體性的需要便成為可恥和可笑的東西。《肥皂》《高老夫子》表現的不是對於“性心理”的蔑視與嘲弄，而是道德體系對於人的嚴重扭曲與壓抑。

## 第五節　魯迅小說的激情類型

把《吶喊》《彷徨》的豐富內容和深刻意義全部歸結為“中間物”的心靈發展既不現實，也不可能。“體現在某個有才華的作家創作中的完整的藝術體系，按照它源於作家特點的內在規律，可以具有它多方面的內容。從而表現這種內容的形式也可以具有它的風格多樣性，這就是表現在某些作品或某幾組作品的風格中的顯著區別。”[1]魯迅內心生活的豐富性和複雜性，魯迅面臨的問題的多樣性和差異性，都不能要求在這兩方面影響下產生的作品呈現出一種單一的特點。魯迅小說藝術體系與“中間物”的那種內在的、不可分割的聯繫，絲毫沒有掩蓋這些小說作為單個作品所具有的獨立意義。《吶喊》《彷徨》包含著不同的層次和方面，而這些不同的層次和方面與“核心”的關係自然也有近有遠，有親有疏，從而在作品的題材、體裁與激情類型方面顯現出多樣性的特點。

---

〔1〕［蘇聯］波斯彼洛夫著，王忠琪等譯，《文學原理》，生活・讀書・新知三聯書店，1985 年，第 405 頁。

然而，一個作家在思想和創作方面越有才能，那麼在他的意識中越能產生和表現出要實現他的構思的內在思想創作規律的必要需求，雖然他自己往往並未意識到這一點；而文藝學家也就越能明確地斷定這些體現在他的作品中的藝術體系的內在規律。作家的真正的創作才能總是表現在他對藝術可能性的認識和實現上，這種藝術可能性是融化在作家所接受的、考慮成熟的、滲透著他們社會信念的、從未脫離其具體感受的世界觀中的。認識和創造性地實現這些可能性的意願乃是一個作家最高度的精神自由，他的個性的最高度的表現。[1]

歷史“中間物”意識作為一種在個人意識中產生、具有自己的本質特性的、從未脫離個人具體感受的世界觀，並不是個人意識造成的，而是民族社會生活中一定的客觀關係和條件的產物。同時，“中間物”意識雖然是魯迅理解自身與世界及其相互關係的獨特的世界觀，但這種世界觀卻不同於那種抽象的概念體系，它依賴於作為獨特個體對世界、歷史、時代，尤其是生存於其中的各不相同的人的生活方式和命運的感受、體悟和具體的思考。因此，歷史“中間物”意識一方面是魯迅小說藝術體系的內在形成基礎或內在規定性，而另一方面，它又給予這個藝術體系在呈現方式上的豐富的可能性，這種豐富的可能性淵源於作家與社會生活不同方面的複雜關係。

《吶喊》《彷徨》所認識和再現的生活特徵本身，體現了過渡時代中國社會城鄉生活的面貌，這些既繁複又統一的民族生活內容賦予魯迅小說藝術體系以某種由外在力量所規定的風格特點。從某種意義上說，這也構成了魯迅小說藝術體系之不同於其他民族、其他時代作家

〔1〕［蘇聯］波斯彼洛夫著，王忠琪等譯，《文學原理》，生活．讀書．新知三聯書店，1985年，第406—407頁。

的藝術體系的獨特性。但是，外在的生活特徵並不足以說明一個藝術體系的內在聯繫。在魯迅小說的藝術體系中，當作家把民族生活的固有特點轉化為自己的藝術描寫風格，以便表達肯定或否定的思想情感時，不同的生活內容恰恰以各自的方式與作家主體的特點發生了無法分解的關係，那些從表面看是嚴格非己的、他者的生活內容的呈現方式恰恰體現了主體的某種激情狀態。這種激情狀態是經由魯迅的“中間物”意識在面對不同的對象時的具體感受而產生的。因此，當我們探討魯迅小說藝術體系的不同方面或層次時，不是根據小說的題材，而是根據該題材與作家主體的關係，該作品所屬的激情類型而展開分析。對於魯迅而言，自覺而強烈的“中間物”意識來源於他對自我與世界的關係的沉思，並以“意識”的方式體現了他在 20 世紀中國所處的客觀歷史位置。魯迅小說藝術體系的不同方面無不標示著主體的這種歷史地位和處於這一歷史地位的作者的生活和藝術的態度。對現實的感情關係不明確，作家對事物的評價就不能深化到激情的高度，而這種對現實的感情關係對魯迅來說取決於他的歷史“中間物”意識；正是有賴這一獨特的感知世界的方式，他才能通過個人和偶然的東西，把自己富有感情的思想深入到人的關係、行為、感受的本質和規律性中去。

悲劇性和崇高的激情、感傷的激情和諷刺幽默的激情 —— 這些不同類型的激情由於體現了“中間物”與社會生活不同方面的關係而獲得內在的同一性，而現實主義的激情作為魯迅小說的構成基礎，使得上述激情類型在呈現過程中始終保持著與具體現實生活的真實聯繫。藝術作品的激情類型不是依據作家的思想“隨意性”，而是根據被他們正確理解和描繪的性格本身客觀存在的特點和矛盾而做出的，因而具有某種深度和明確性。也正由於這種深度和明確性，他們對讀者說來才是有說服力的，才能在他們的意識中喚起相應的反響。魯迅小說藝術體系的激情是一種非常複雜而多方面的現象，雖然各種激情屬於現實中的人和藝術作品中的人物的生活和活動的不同方面，但它們並不是互不相關的。因此，它們組成了單獨的但常常是互相滲透的組合。從“中間物”與群眾的關係的發展，尤其是伴隨這一發展而呈現的情感變化，我們已經看到，即便這一單一關係也已包含了肯定性激情如崇高、悲劇性，和否定性激情如諷刺、譏嘲和幽默。而所有這些激情的多方面內容都來自歷史“中間物”對於自身與同一對象的不同方面關係的明確認識。誕生在“中間物”與群眾關係中的激情方式最深刻地體現了“中間物”在現代歷史進程中的歷史地位與心理特點，“先覺的精神戰士”與悲劇性的歷史人物正是在他們清醒地意識到，並試圖去改變民眾悲慘的物質狀況與愚昧的精神狀態的過程中，獲得了對自身狀況的認識。歷史“中間物”在理解自身與群眾關係過程中表現出的悲劇性激情和喜劇性激情，構成了“中間物”心理與情感方式的基本內容（這一點已如前述），卻不是全部內容。這裏，我將側重分析魯迅小說藝術體系的另三種激情類型：感傷性（對自我分裂的意識）、諷刺與幽默（以及所謂“油滑”與“怪誕”）、現實主義。

魯迅小說中的感傷激情不能與 18 世紀中葉和後半葉西歐文學中出現的感傷主義相提並論，也不同於郁達夫、郭沫若等小說家面對窮愁與乏愛的人生狀況時的感傷主義。那毋寧說是一種善感性，一種由於人的神經感應性和脆弱性而產生的個人心理現象，而感傷性則具有概括性認識的意義。“感受中的感傷性產生於這種時候：人能從他人或自己生活的外部細節中洞察到某種內在意味深長的東西，從這種生活的外部缺陷中洞察到代表最樸實無華的人生真諦的內在美質。這樣的洞察力能喚起觸動心靈的感情，深刻同情的感情。”[1]因此，感傷性主要是由於對人的社會性格中某種矛盾的思想認識所引起的一種更為複雜的狀態。作為對人的性格矛盾性的一種思想感情評價和進而作為從生活的這一方面來認識生活的激情，感傷性要求這種評價的主體本身不只是具有比較高水平的精神修養，而且還要求他具有可稱之為“感情的內省這種思想上和心理上的能力”。[2]

人物本身，特別是它的作者的感情內省是魯迅小說感傷性激情的一個重要方面。在第二節，我們分析了歷史“中間物”的三個基本精神特點，即與強烈的悲劇感相伴隨的自我反觀和自我否定，對於“死”與“生”的人生命題的關注和對於“黃金世界”的否定。這三種精神特徵體現的正是人物和他們的作者的深刻感情內省和充分的自知能力。事實上，不僅狂人、呂緯甫、魏連殳，而且包括魯迅小說中幾乎所有的第一人稱敘述者（《孔乙己》中的“我”是唯一的例外）和其他覺醒知識分子，無不以內省的眼光觀察自己和外在的生活。《祝福》中的“我”以內省的態度對待祥林嫂的悲劇，他克制不住地追尋著自己的道德責任；史涓生對愛情及其破滅的追憶是以那樣一種自責、懺悔、內省的感傷語調敘述出來；《在酒樓上》《孤獨者》中的“我”也是和小說主人公一樣充滿了憂鬱和感傷，他們在歲月的流逝與他人的敗亡中內省著自己的人生道路。感情內省是在專制的封建社會裏出現了進步的資產階級關係以後，在個性的道德與思想自決過程中產生的。無論在西方還是中國，內省的能力總是產生於比較有文化的階層，產生於從頑固的和合法的專制秩序那裏解放個性的時期；這時期，“發生了個

〔1〕［蘇聯］波斯彼洛夫著，王忠琪等譯，《文學原理》，生活·讀書·新知三聯書店，1985年，第266頁。

〔2〕同上。

性的思想解放過程從盲從權威的思想準則和相應的感情與表現方式下解放出來的過程。在中國民族生活的這一階段，在先覺的知識者中逐漸產生了新的特性，即對自己個性的道德狀況及其內在世界發生思想上的興趣，對感情的自我觀察和自我分析發生愛好”[1]。魯迅的“中間物”意識正是這種“自我觀察”和“自我分析”的結果，而這種自我觀察與分析的過程同樣體現在他的小說中，他的人物身上。魯迅和他筆下的人物共同地感受著自己在反傳統過程中與傳統的聯繫，在對人民苦難的關注中潛藏著的道德責任，在與未來生活的深刻聯繫中體現出的與未來的遙遠距離。這一特點在小說中並不是自在地存在著，而是在內省的、自知的主觀感情中獲得呈現，從而使魯迅的小說內藏著深刻而豐富的感傷性激情。

另一方面，魯迅小說的感傷性激情並不僅僅來自魯迅與他筆下的知識者的自我觀察，而且還來自他們對下層人物的內在矛盾的發現，來自他在這些人物“生活的外部缺陷中洞察到代表最樸實無華的人生真諦的內在美質”。如果說魯迅小說中下層民眾與知識分子的悲劇性來自對他們悲慘的生活境遇和命運的理解，來自對他們的麻木愚昧的精神生活與他們現實處境之間的內在矛盾的發現，那麼感傷性則來自對人物在愚昧麻木的生活缺陷中保留著的那種樸素、優美、自然、善良的品性的沉思，來自由於感到現實生活的墮落腐化並在道德上與之對立的知識者為自己尋求思想上和精神上的寄託的努力。閏土、孔乙己、祥林嫂、華夏兩家的母親……—— 這是一些屬於社會底層的人和保留了宗法制殘餘的社會階層，他們在自己的生活、相互關係、掙扎

〔1〕［蘇聯］波斯彼洛夫著，王忠琪等譯，《文學原理》，生活．讀書．新知三聯書店，1985年，第266—267頁。

與感受中，程度不同地表現出道德的純潔和素樸、謙遜與真誠、勤勞和善良。對他們生活的這些方面的認識和思想肯定，是希望從瑣碎的當代生活的缺陷與虛偽而缺乏真誠的道德狀態中逃脫出來的作家的一種藝術發現。在《故鄉》《社戲》等作品中，平凡的普通人的樸素和自然的生活和道德狀態，成為作家及其筆下的覺醒知識分子感情內省的對象，在他們心中喚起了敏感性和悠長的憂傷。

魯迅小說中的感傷激情意味深長，並沒有漫無節制地發展。當魯迅表現知識者的內在矛盾時，他那自覺的使命感、對於知識者與舊秩序的悲劇性衝突的強烈衝動、對於知識者自身的脆弱和其他精神缺陷的嚴峻態度，使得魯迅小說的感傷性總是和崇高、悲劇性、自我批判的強烈激情組合在一起。當他在故鄉的童年時代和純樸的人民身上尋找和發現大自然的真趣和樸實無華的人性美的時候，他絲毫沒有在這樣一種生活狀態中籲求崇高的超人的理想，絲毫沒有西方浪漫派和感傷主義者那種由厭棄城市文明而把田園生活加以美化的憂鬱情調。恰恰相反，當他越是趨近於對故鄉與閏土們的純樸品性的理解時，他越是不能忍受故鄉陳腐、落後、愚昧的道德秩序，越是嚴峻地審判著閏土、阿Q、祥林嫂們自身嚴重的精神病症，越是義無反顧地"告別"故鄉（《祝福》《故鄉》）。而這種否定性激情在強度上遠遠超過了那種肯定的感情內省。但是，感傷性仍然是魯迅小說藝術體系特別重要的激情類型之一。感情的內省不僅反映了創作主體自身的精神特點，而且也是魯迅預期的藝術效果之一，他在《答〈戲〉週刊編者信》中，就把"開出反省的道路"〔1〕作為自己藝術方法的最終目的。

歷史"中間物"作為從舊壘中來又反戈一擊的先覺者，他與"舊壘"

〔1〕魯迅：《答〈戲〉週刊編者信》，《魯迅全集》第6卷，第150頁。

的關係顯然是對抗性的。當先覺者站在理性自覺的高度觀察舊秩序的時候，他發現，那些在歷史上起過程度不同的進步作用的國家機構、社會階級、社會生活方式極為迅速地失去了它們的內在正義性和進步意義，那些反映以往客觀的公民和道德的美德、高尚的氣度、榮譽、氣節等等人的關係和感受，已成了失去本身內容的生活形式，成為人們主觀上的精神寄託，成了人們在道德上高度自我評價和奢望他人同樣給以高度評價的基礎。而在這樣沒有公共意義的生活形式、特權和特徵中，某些個別的人，如四銘、高老夫子、趙七爺、魯四老爺……希望自我肯定得越多，臆造的重要性與他們荒謬無聊的生活現實之間的矛盾也就表現得越突出。正如波斯彼洛夫說的，人在對抗性階級社會裏生存的這種內在矛盾性，乃是它客觀的喜劇性。[1]

但是，這種客觀的喜劇性的發現總來自人對客觀現象的概括性思考，對社會生活缺陷的認識，對社會生活中卑劣關係的憤怒，對某些社會階層、社會機構、團體、運動的代表人物而不是對個別人的個性的敵對感情。"幽默與諷刺是一種激情"[2]，他們體現著發笑的主體與嘲笑的對象之間獨特的現實關係。《孔乙己》《白光》《高老夫子》《肥皂》等小說以幽默與諷刺的形式揭示了舊秩序及其代表人物的荒謬性，但這"揭示"也顯現了先覺者對於舊生活的洞悉與憎惡，以及他在與舊生活的關係中所處的理性優勢。果戈理關於笑能深化對象、具有"穿透力"的思想，恰可說明魯迅小說的喜劇性不僅來自藝術對象本身，而且也來自主體對於喜劇性事物的含有譏笑意味的否定之中。別林斯基認為有"幽默的兩種形式"，一種是"平靜的幽默，在憤怒中保持平

〔1〕［蘇聯］波斯彼洛夫著，王忠琪等譯，《文學原理》，生活．讀書．新知三聯書店，1985年，第282—283頁。

〔2〕同上。

靜，在狡猾中保持仁厚的幽默"，"另一種嚴峻而露骨的幽默，它咬得你出血……用鞭子前後左右地抽打你，一種苦辣的、惡毒的、無慈悲的幽默"[1]，這也可稱之為諷刺。《孔乙己》《白光》描繪的是落第知識分子的潦倒與狂想，小說主人公本人既認識不到由於自己的理想與實際生活不相適應而產生的自己活動的全部喜劇性，更認識不到這種理想本身在當代生活中的荒謬。

魯迅從道德的立場審視著舊的秩序對人的生活狀態的戕害，他在人物生活狀態的內在矛盾中首先看到的是人的正常發展和天性如何在這個秩序中不由自主地扭曲以至毀滅。人物性格的喜劇性內容就這樣與"毀滅"的悲劇性內容相交織。在《孔乙己》中，人們還發現了落魄知識者長衫下隱藏著的善良與真誠，於是人們一邊嘲笑著孔乙己的迂腐，嘲笑著他那永遠放不下的"讀書人"架子中掩不住的寒陋，一邊又歎息著這個"苦人"所遭受的涼薄。當人們看到這個"站著喝酒而穿長衫的唯一的人"的時候，看到這個在科場連遭失敗卻帶著讀書人的優越感頻頻發問的時候，聽到他那"竊書不算偷"的辯解的時候……人們笑了，卻又滿懷著辛酸和同情。這是一種幽默的激情。

高老夫子、四銘、魯四老爺、趙七爺的特點即在於：他們以莊嚴的姿態捍衛著那些反映舊的生活關係的道德、氣節和氣度，並以此作為在道德上高度自我評價和奢望他人同樣給以高度評價的基礎。四銘精神"感奮"地意識到自己挽救社會道德的"使命"，"籲請貴大總統特頒明令專重聖經崇祀孟母以挽頹風而存國粹文"；高老夫子"在《大中日報》上發表了《論中華國民皆有整理國史之義務》這一膾炙人口

〔1〕［俄］別林斯基著，滿濤譯，《別林斯基選集》第 1 卷，上海譯文出版社，1979 年，第 191 頁。

的名文”，並為女學堂的道德狀態而“深感憂慮”；魯四老爺則以“事理通達心氣和平”為自己的座右銘，並長久地供奉著《近思錄》和《四書襯》等理學著作……然而，所有這一切已完全喪失實在意義，只不過是失去了自己內容的形式。在魯迅小說裏，這種“失去自己內容的形式”總是由具體的個人來體現的。“而個人，不論他在社會中的地位如何，永遠是以自己私人的方式生活的，有主觀的自由意志，有自己特殊的精神世界”，“有自己個人的道德命運”。[1]在這些小說裏，魯迅把對舊的道德與社會秩序的內在矛盾的揭示，同對於那些維護舊道德的個人的卑瑣道德狀態與他們徒有其表的莊嚴和高度的自我評價之間的內在矛盾的剝露，交織在一起。這裏沒有溫情，只迴蕩著反戈一擊的歷史“中間物”欲致敵於死命的驚心動魄的笑聲。這是一種諷刺的激情。

魯迅小說描寫先覺者高度的歷史自覺和為社會解放而鬥爭時的崇高激情，沒有導致英雄精神，卻引發了深刻的感性內省的感傷性激情；魯迅小說的感傷性激情沒有引導魯迅的藝術世界進入感傷浪漫主義的王國，沒有使小說的內容停留在充滿對現實的憂怨與對離群索居的田園生活的嚮往的秘而不宣的內心世界裏，卻引發了告別“故鄉”、執著現實，以自我否定的方式更徹底地否定舊生活的激情；魯迅小說對於舊秩序的神聖的諷刺幽默的火焰，沒有引導他以誇誕、變形的方式去嘲弄對手，卻引發他以客觀、真實、冷靜的方式去分析人的性格和關係本身的喜劇性；魯迅小說的悲劇性激情表現了現代生活進程與傳統秩序的深刻對抗和衝突，但這種衝突的戲劇性內容總是隱於幕

---

〔1〕［蘇聯］波斯彼洛夫著，王忠琪等譯，《文學原理》，生活．讀書．新知三聯書店，1985年，第290頁。

後，從而顯示了普通日常生活的內在悲劇性。崇高與英雄精神、感傷性與浪漫主義、諷刺幽默與誇誕變形、悲劇性與戲劇性，這些在西方傳統中幾乎是密不可分的激情組合方式似乎完全不適合於魯迅的小說。魯迅的精神中有一種對於日常的、非戲劇化的生活的巨大關注，對於自身與他人的真實生存狀態的真切凝視，任何超越常態的生活現象都難以進入他的藝術視野。這裏隱藏著魯迅對深刻的歷史真實的理解，潛伏著歷史"中間物"與現實存在的生活的內在聯繫。

現實主義，對於魯迅來說，不僅僅是藝術地反映生活的原則，而且是一種激情，一種對他所描寫的生活特徵的理解而產生的遏制不住的內在力量。

> 中國人向來因為不敢正視人生，只好瞞和騙，由此也生出瞞和騙的文藝來，由這文藝，更令中國人更深地陷入瞞和騙的大澤中，甚而至於已經自己不覺得。世界日日改變，我們的作家取下假面，真誠地，深入地，大膽地看取人生並且寫出他的血和肉來的時候早到了；早就應該有一片嶄新的文場，早就應該有幾個兇猛的闖將！〔1〕

《論睜了眼看》歷來被視為魯迅的現實主義宣言。應當強調的是，"睜了眼看"不僅僅是魯迅對藝術真實性的要求，而且是對"國民性的怯弱，懶惰，而又巧猾"的否定性激情，對於"非禮勿視"的傳統文學價值觀的批判和挑戰，也是正視"人生"和"社會現象"的"勇氣"。

然而，僅僅指出這一點還是不夠的，魯迅現實主義的起點是正視

---

〔1〕 魯迅：《論睜了眼看》，《魯迅全集》第 1 卷，第 254—255 頁。

自己或使自己回到現實，從而在自己與現實的真實聯繫中理解現實，並在對現實的理解中深化對自身的認識。“回到現實”，意味著作家不是以外在於中國社會現實的偉大挽救者的姿態，不是以冥想的、脫俗的精神漫遊者的心態，而是以自己所觀察和批判的現實中的普通人的身份與對這種身份的自覺，來描繪環繞自身，甚至規定了自身的赤裸裸的真實。歷史“中間物”意識的誕生標誌著魯迅從振臂一呼、應者雲集的英雄夢想回到了現實，從而使他獲得了自己與自己的批判對象 —— 漫長的歷史傳統、落後的社會生活、愚昧的民眾、殘酷的道德體系 —— 之間的實際上並未徹底斬斷的聯繫的認識。正是由於這種深刻的“中間物”意識，魯迅不再以早年的那種“英雄”心態面對現實，而是以來自舊壘、反戈一擊的“普通人—中間物”的心態去描繪那些與自己處於同一現實的人民。

魯迅小說所描寫的社會歷史性格始終包含兩個方面內容，一個是意識的方面，即作家內心世界的形成過程；一個是存在的方面，即中國社會各個主要階層的生活、命運和他們的日常生活環境。人們可以從作品的主題、觀念體系、情感趨向等主觀的方面，也可以從作品的題材、人物序列、風俗描寫、民族風尚、社會生活等客觀的方面，還可以從作品的敘事方式的方面，來研究魯迅小說藝術體系的多樣性與統一性。我從魯迅小說的激情及其種類來研究其體系性，則包含了對上述諸方面的理解。按照黑格爾的觀點，激情“不是本身獨立出現的，而是活躍在人心中，使人的心情在最深刻處受到感動的普遍力量”，“激情是藝術的真正中心和適當領域，對於作品和對於觀眾來說，激情的表現都是效果的主要來源”，“激情能感動人，因為它自在自為地是人類生存中的強大的力量”[1]，而在別林斯基看來，激情不僅是人的活動的感情範圍，而且是一種思想，“激情是什麼？激情就是熱烈地沉浸於、熱衷於某種思想”[2]。但是，藝術作品的激情總是根據作家對他所描繪的性格本身客觀存在的特點和矛盾的理解而產生的。例如，魯迅小說的崇高激情發生於作家描繪歷史“中間物”的崇高的歷史自覺和思想行為的時候，在此過程中，作家“在自己的感情認識中肯定主人公的性格，因而使作品的形象具有相應的傾向性”。“在這種情況下，崇高就不僅是作品中人物活動的激情，而且是決定作品的風格特點和表現在作品中的作家本人創作思維的激情。”[3]同樣，魯迅小說的悲劇性、感傷性和幽默諷刺等激情總是產生於魯迅對客觀的社會歷史性格及其關係的充滿肯定或否定的感情的理解，因而它們既反映了社會歷史的存在方面，又反映了作家的主觀精神趨向即意識方面，而魯迅小說藝術形式的多樣性總是和作品的激情種類的多樣性相一致的。當我們從藝術激情的角度分析魯迅小說體系時，我們發現，這個藝術體系的多樣性與完整性不僅體現為它所反映的中國社會生活的多方面性與有機統一性，而且體現為作為歷史“中間物”的作家與他所描繪的社會生活關係的多樣性與有機統一性：多樣的激情類型從各自的方面體現了歷史“中間物”在複雜的社會關係中的客觀地位，以及基於“中間物”的文化心理特點而生發的對於社會生活不同方面的情感評價。

---

〔1〕［德］黑格爾著，朱光潛譯，《美學》第 1 卷，商務印書館，1979 年，第 288 頁。參見波斯彼洛夫：《文學原理》，第 242 頁。

〔2〕轉引自［蘇聯］米·赫拉普欽科著，滿濤譯，《作家的創作個性和文學的發展》，上海人民出版社，1977 年，第 28 頁。

〔3〕［蘇聯］波斯彼洛夫著，王忠琪等譯，《文學原理》，生活·讀書·新知三聯書店，1985 年，第 248 頁。

## 第六節　魯迅小說的語言特徵

韋勒克在《文學理論》中談到："特別是在那幾種語言傳統相互爭據主導地位的時代與國家中，詩人對某種語言的使用、態度以及忠誠不僅對這一語言體系的發展是重要的，而且對理解他的藝術也是重要的。"[1]《吶喊》《彷徨》作為中國現代白話小說的開山之作，反映了中國現代文化變革過程中語言形式的變遷，而這種形式變遷的方式、程度顯然體現了作家的文化選擇。

五四白話文運動從一開始就不是一個單純的文學形式的變革問題。在"文的形式"的變革背後，隱藏著的，是先覺知識分子對改造中國的民族文化心理以至政治制度和道德秩序的內在要求。"這一次中國文學的革命運動，也是先要求語言文字的解放……形式上的束縛，使精神不能自由發展，使良好的內容不能充分表現。若想有一種新內容和新精神，不能不先打破那些束縛精神的枷鎖鐐銬……"[2]"政治界雖經三次革命，而黑暗未嘗稍減……盤踞吾人精神界根深蒂固之倫理道德文學藝術諸端，莫不黑幕層張，垢污深積……今欲革新政治，勢不得不革新盤踞於運用此政治界精神界之文學。"[3]五四語言革命所蘊含的深刻的文化與政治內容正是使這一"文的形式"變革獲得巨大社會影響的原因。

魯迅從中國古典語言與落後的民族文化心理、非科學的民族思維形式、民族的愚昧以及由此產生的社會文化等差的永久性等歷史現象

---

〔1〕［美］韋勒克、沃倫著，劉象愚、邢培明、陳聖生、李哲明譯，《文學理論》，生活·讀書·新知三聯書店，1984年，第187頁。

〔2〕胡適：《談新詩》，《胡適文存》第1集，亞東圖書館，1940年，第233—234頁。

〔3〕陳獨秀：《文學革命論》，《獨秀文存》第1卷，亞東圖書館，1922年，第137—139頁。

的關係著眼，把語言變革的重要性與徹底性視為中國社會文化改造的關鍵問題之一。從五四時代與《甲寅》《學衡》論戰並以其白話創作對文言文施行衝擊，到 1930 年代“支持歐化文法”和提倡拉丁化，魯迅終其一生對民族語言的改造發表了許多極其尖銳的言論，其激烈的程度足以使當代人感到震撼以至困惑。比之劉半農文言“直無一字有存在之價值”（《我之文學改良觀》）的言論，魯迅甚至把漢字也一同給予否定：“漢文終當廢去，蓋人存則文必廢，文存則人當亡，在此時代，已無幸存之道。但我輩以及孺子生當此時，須以若干精力犧牲於此，實為可惜”〔1〕，“倘不首先除去它（指漢字。——筆者註），結果只有自己死”〔2〕，“漢字不滅，中國必亡”〔3〕，它使“全中國大多數人民，永遠和前進的文化隔絕，中國的人民，決不會聰明起來”〔4〕，“方塊漢字真是愚民政策的利器”，“也是中國勞苦大眾身上的一個結核，病菌都潛伏在裏面”。〔5〕為了改變民族的簡單、混沌、模糊、非理性、非邏輯的思維形式，魯迅在翻譯上主張“寧信而不順”〔6〕，在文法上強調複雜、難懂卻更為精確的歐化的語言結構。〔7〕魯迅認為現有的文字已不能代表中國的整個文化，參見《且介亭雜文 · 中國語文的新生》。他從“自身受漢字苦痛很深”〔8〕的經驗中感到艱深的漢字是“我們的祖先留傳給我

---

〔1〕 魯迅：《190116 致許壽裳》，《魯迅全集》第 11 卷，第 369 頁。

〔2〕 魯迅：《關於新文字》，《魯迅全集》第 6 卷，第 165 頁。

〔3〕 芬君（陸詒）著，登太編，《魯迅先生訪問記》，《魯迅訪問記》，上海長江書店，1936 年 11 月，第 133 頁。

〔4〕 同上。

〔5〕 魯迅：《關於新文字》，《魯迅全集》第 6 卷，第 165 頁。

〔6〕 魯迅：《關於翻譯的通信（並 J. K. 來信）》，《魯迅全集》第 4 卷，第 391 頁。

〔7〕 參見《且介亭雜文 · 答曹聚仁先生信》（《魯迅全集》第 6 卷，第 78—81 頁）、《花邊文學 · 頑笑只當它頑笑》（《魯迅全集》第 5 卷，第 547—555 頁）等文。

〔8〕 芬君（陸詒）著，登太編，《魯迅先生訪問記》，《魯迅訪問記》，上海長江書店，1936 年，第 133 頁。

們的可怕的遺產”。[1]

魯迅不只把語言變革簡單地視為“文的形式”的變革，而是從他深刻的文化批判意識和“改造國民性”的一貫主張出發，把他的語言實踐納入對傳統文化和政治制度的批判與決裂的過程中。然而，也正是這樣一種理性上的激烈的批判意識，使魯迅自身陷入了兩難困境：一方面，中國語言體現了中國社會文化的保守性質，因而對傳統文化的否定導致了對中國語言形式的否定；另一方面，甚至這種自覺的否定過程也必須藉助中國的特有語言形式。

語言無論什麼時候都是每個人的事情；它流行於大眾之中，為大眾所運用，所有的人整天都在使用著它。在這一點上，我們沒法把它跟其他制度做任何比較。法典條款，宗教儀式，以及航海信號等等，在一定的時間內，每次只跟一定數目的人打交道。相反，語言卻是每個人每時都在裏面參與其事的。因此它不停地受到大夥兒的影響。這一首要事實已足以說明要對它進行革命是不可能的。在一切社會制度中，語言是最不適宜於創制的。它同社會大眾的生活結成一體，而後者在本質上是惰性的，首先就是一種保守的因素。語言的變化過程中，“總是舊有材料的保持佔優勢；對過去不忠實只是相對的。所以，變化的原則是建立在連續性原則的基礎上的”[2]。

五四白話文運動用新鮮的口頭語變革僵化的書面語，變革本身依賴的正是舊有的語言結構和語彙系統，只是使得這種傳統的語言結構和語彙系統改變了其在總體文化結構中的地位。歐化的語法結構和語彙對這一在新的時代眼光下呈現異彩的“口語”文進行多方面的滲透，

---

〔1〕 魯迅：《無聲的中國》，《魯迅全集》第 4 卷，第 11 頁。

〔2〕［瑞士］索緒爾著，高名凱譯，《普通語言學教程》，商務印書館，1980 年，第 110—112 頁。

但實際的趨勢卻是為原有的語言所吸收和改造，進而被納入自己的系統。魯迅等人對漢語言的革命性變革不僅沒有消滅漢字，相反卻豐富了漢語言。面對積澱著漫長的歷史文化傳統並在千百萬民眾中流傳的語言，知識者的意志固然不起決定作用，相反，立意改革的知識者的意志、思想、情感、觀念……卻不得不受這一語言傳統及其包蘊的民族文化積澱的影響，並通過它來表達自身。對於魯迅這樣深受中國古典文化耳濡目染的人來說，甚至他以自覺的變革態度寫下的白話文學也無法擺脫舊文言的語言方式、語言習慣和語彙系統的浸染。

魯迅正是在自己與傳統的語言對抗中發現了自己的行為模式、思想方法、情感態度與傳統的聯繫，獲得了關於"中間物"的"清醒的文化自我意識"。對歷史的反叛恰恰顯示了反叛者的歷史性，對傳統的理解同時也是對自身的理解。

> 別人我不論，若是自己，則曾經看過許多舊書，是的確的，為了教書，至今也還在看。因此耳濡目染，影響到所做的白話上，常不免流露出它的字句，體格來。但自己卻正苦於背了這些古老的鬼魂，擺脫不開，時常感到一種使人氣悶的沉重。就是思想上，也何嘗不中些莊周韓非的毒，時而很隨便，時而很峻急。[1]

由自己語言的文白交雜看到的，是自己自覺的變革態度和結果無法擺脫自己的變革對象；這種語言變革的自覺性越高，越能顯示出自己從思想感情到語言模式在傳統與現代之間的掙扎。魯迅的"中間物"概念起源於他對自己語言的自我省察，這在一個更為基本的方面展現了

---

〔1〕 魯迅：《寫在〈墳〉後面》，《魯迅全集》第 1 卷，第 301 頁。

魯迅觀察現實與自我的開闊的文化眼光，同時也說明了魯迅藝術語言的深刻的"中國"性質。

語言，是文化傳統中最具穩定性的因素，也是一種社會文化得以延續發展的基本條件。魯迅從語言角度對自己的文化心理結構的自省，深刻地顯示了一個在觀念上認同現代的知識者對自己與傳統關係的思考和憂慮。魯迅在語言問題上的偏激言論在另一個範圍內，即對中國文化傳統的特點及其與自我關係的反省之中，卻顯示了獨特的歷史眼光。正是意識到了這種實際上無法擺脫的聯繫，魯迅對傳統，特別是傳統的語言採取的不是全面的否定，而是從西方、民間吸取精密的、生動的語言成分，對中國傳統語言進行創造性的轉化。

值得注意的是，五四白話運動並不是對中國語言本身的革命，而是對中國上層文化的語言習慣的革命，其批判否定的矛頭是：模仿古人、無病之呻吟、用典、對仗、濫調套語[1]、雕琢阿諛、陳腐鋪張、迂晦艱澀[2]；其倡導的原則是：言之有物、講求文法、俗字俗語[3]、平易抒情、新鮮立誠、明了通俗；其基本的趨向是：準確精密、生動活潑、通俗規範。在這裏，問題的關鍵不是摧毀語言本身，而是建立和形成現代的語言規範。

作為五四白話運動的產物，魯迅小說的歷史任務不僅僅在審美的、思想的方面，而且是在建立新的語言規範：它們講究語法，運用白話，吸取歐化句法卻力求平易通俗，採用民間語彙卻力避狹隘的方言，既能精確地描寫與抒情，又不失中國語言固有的含蓄蘊藉、形象和詩意。魯迅在創作實踐過程中，顯然沒有對中國語言傳統做單一的

---

〔1〕 胡適：《文學改良芻議》，《新青年》第2卷第5號，1917年1月1日，第1頁。

〔2〕 陳獨秀：《文學革命論》，《獨秀文存》第1卷，第136頁。

〔3〕 胡適：《文學改良芻議》，《新青年》第2卷第5號，1917年1月1日，第1頁。

理解，而是把這個傳統理解為集合體：書面的、口頭的、階層的、地方的、僵死的、生動的，從而魯迅的態度是擇取與轉化，而非憑空的創制。但是，把魯迅小說創作視為建立新的語言規範的過程，並不意味著藝術作品形式上的“規範化”，恰恰相反，新的語言規範為魯迅的藝術個性提供了形式的多種可能性。正像托斯卡尼尼或卡拉揚指揮下的輝煌樂曲一樣，藝術的形式中融會了主體的個性氣質和精神風貌。因此，新的語言形式規範恰恰是藝術風格多樣化的必要條件。

魯迅小說文白交雜兼容歐化語法的語言特徵顯示的，正是從傳統向現代轉變，並與西方社會文化相交會的過渡的時代特點。魯迅小說語言的這種“中間性”與魯迅小說所描繪的時代生活的“過渡性”之間的對應關係，使得魯迅能夠進退自如、靈活多變地根據描寫對象的不同而調整自己的語言方式，從而作品的“素材”完全“同化”到“形式”之中。

成功的藝術作品總是把語言，人類的行為經驗、思想態度按照審美目的組成為複調式的聯繫。因此離開小說的文體，離開這種文體與小說內容的聯繫，孤立地研究語言成分是語言學家的事，卻不能說明小說語言的特別關係，並從這種關係之中發現魯迅小說語言的獨特性 —— 這是研究魯迅小說文體與語言的適當途徑。這裏我將從詞彙與對其要表達的事物的關係、詞彙之間的關係、詞彙與整個語言系統的關係、詞彙對作者的關係四個方面，對魯迅小說的文體進行抽樣分析。

根據詞彙與對其要表達的事物間的關係，魯迅小說文體體現了簡潔與冗長、明確與模糊、低級與高級、純樸與修飾、簡練與誇大、沉靜與激昂的對立統一。中國傳統語言由於定語、狀語和被動語式、虛擬語氣的不發達，語言風格往往短促而簡潔。魯迅小說的文體繼承了中國語言的這種簡潔特點，同時又吸收歐化語法的句型結構，特別是在表現知識分子的複雜心態時，呈現了簡潔與冗長的結合。試看下面幾句：

A. 如果我能夠，我要寫下我的悔恨和悲哀。

會館裏的被遺忘在偏僻裏的破屋是這樣地寂靜和空虛……[1]

B. 就如蜻蜓落在惡作劇的壞孩子的手裏一般，被繫著細線，盡情玩弄，虐待……[2]

C. 我要遺忘；我為自己，並且要不再想到這用了遺忘給子君送葬。[3]

A、C 兩句先是短促、突兀、激昂的句子，卻繼以冗長的、緩慢的句子，長長的定語和狀語顯示了主人公複雜的、起伏的心態；A 句與 B 句以虛擬的、被動的句式表達主人公情不能已的願望與聯想，展現了涓生深刻的內心悸動：追悔、失落、無奈、悲哀…… 再看這樣兩個句子：

屋子和讀者漸漸消失了，我看見怒濤中的漁夫，戰壕中的士兵，摩托車中的貴人，洋場上的投機家，深山密林中的豪傑，講台上的教授，昏夜的運動者和深夜的偷兒…… 子君 —— 不在近旁。[4]

四圍是廣大的空虛，還有死的寂靜。死於無愛的人們的眼

〔1〕 魯迅：《傷逝》，《魯迅全集》第 2 卷，第 113 頁。
〔2〕 同上書，第 128 頁。
〔3〕 同上書，第 133 頁。
〔4〕 同上書，第 124 頁。

前的黑暗，我彷彿一一看見，還聽得一切苦悶和絕望的掙扎的聲音。[1]

第一個句子是一系列經過修飾的名詞疊加，外現的形式是明確、簡潔的，然而這些似乎不相干的名詞不加中介地連接在一起，卻近於中國古典詩歌與詞賦的特點（如“枯藤老樹昏鴉”），名詞的鋪陳構成了一種模糊的、內蘊的意境：一種對動蕩卻富有生氣的生活的想往，而後續一句，“子君 —— 不在近旁”，表達的則是對子君的失望。第二句採用倒置的語序，把有著三個定語的賓語置於主謂語之前，後續一句則又採用順序結構，完全吻合人物騷動不寧的心態，而在語法構成上明顯吸取了歐洲句法的結構形式。同時在“空虛”“寂靜”“黑暗”“聲音”這四個或虛或實的名詞之間，由於語法結構的變化又似乎成為四種不相關聯的狀態的組合，其效果與中國古典詩文的上述特點又頗有相通之處。

上述兩例在一個方面顯示了魯迅小說文體的詞彙與詞彙之間的關係：緊湊與鬆散、造型與音樂性、平滑與粗糙、素淡與色彩斑斕的結合。在上述兩例中修飾語與名詞的結合緊湊而明確，名詞與名詞間的關係卻顯得鬆散，短長相繼使語句富有音樂性，短句與鋪陳排比使語句十分流暢平滑，而語詞表達的意境的大跨度跳躍則顯現了立體感，中間語的省略使語句變得粗糙。一般而言，魯迅小說的語言以白描著稱，但細心的人不難發現經過縝密修飾的描寫和斑斕的色彩：

倒塌的亭子邊還有一株山茶樹，從暗綠的密葉裏顯出十幾朵

〔1〕 魯迅：《傷逝》，《魯迅全集》第 2 卷，第 131 頁。

> 紅花來，赫赫的在雪中明得如火，憤怒而且傲慢，如蔑視遊人的甘心於遠行……[1]

暗綠、雪白與火紅交相輝映，“憤怒”“傲慢”“蔑視”等主觀感覺性的詞彙增強了藝術氣氛，而三個起定語作用的裝飾語遠遠而鬆散地拖在“紅花”的後面，句法結構是歐化的。

> 五年前的花白的頭髮，即今已經全白，全不像四十上下的人；臉上瘦削不堪，黃中帶黑，而且消盡了先前悲哀的神色，彷彿是木刻似的；只有那眼珠間或一輪，還可以表示她是一個活物。[2]

這裏也存在著暗淡的色彩，卻完全是白描式的，形容詞與名詞緊密相聯，語句平易流暢。

從詞彙與整個語言系統的關係看來，魯迅小說把口語與書面語、白話文與文言文相結合，深刻顯示了魯迅小說的語言系統在中國語言變革中的歷史性，也生動地表現了魯迅文體富有生命力的藝術個性。魯迅這樣談論自己的文體：“沒有法子，現在只好採說書而去其油滑，聽閒談而去其散漫，博取民眾的口語而存其比較的大家能懂的字句，成為四不像的白話。這白話得是活的，活的緣故，就因為有些是從活的民眾的口頭取來，有些是要從此注入活的民眾裏面去。”[3]魯迅把語言的“活”作為根本目標，以民眾口語為基準，融會中外古今雅俗，

〔1〕 魯迅：《在酒樓上》，《魯迅全集》第 2 卷，第 25 頁。
〔2〕 魯迅：《祝福》，《魯迅全集》第 2 卷，第 6 頁。
〔3〕 魯迅：《關於翻譯的通信（並 J. K. 來信）》，《魯迅全集》第 4 卷，第 393 頁。

形成了富於變化、內蘊豐富的文學語言體系。

沉默像一聲清磬，搖曳著尾聲，周圍的活物都在其中凝結了。[1]

我在這繁響的擁抱中，也懶散而且舒適，從白天以至初夜的疑慮，全給祝福的空氣一掃而空了，只覺得天地聖眾歆享了牲醴和香煙，都醉醺醺的在空中蹣跚，豫備給魯鎮的人們以無限的幸福。[2]

——這是白話語言，卻雅而不俗，並不口語化。

"阿Q，你的媽媽的！你連趙家的用人都調戲起來，簡直是造反。害得我晚上沒有覺睡，你的媽媽的！……"[3]

"我實在喜歡得了不得，知道老爺回來……"

"阿，你怎的這樣客氣起來，你們先前不是哥弟稱呼麼？……"

"這一點乾青豆倒是自家曬在那裏的，請老爺……"[4]

——這是純粹的白話口語，"喜歡得了不得""怎的""自家"等語則帶有地方色彩。

---

〔1〕 魯迅：《長明燈》，《魯迅全集》第2卷，第63頁。
〔2〕 魯迅：《祝福》，《魯迅全集》第2卷，第21頁。
〔3〕 魯迅：《阿Q正傳》，《魯迅全集》第1卷，第528頁。
〔4〕 魯迅：《故鄉》，《魯迅全集》第1卷，第508頁。

這百無聊賴的祥林嫂，被人們棄在塵芥堆中的，看得厭倦了的陳舊的玩物，先前還將形骸露在塵芥裏，從活得有趣的人們看來，恐怕要怪訝他何以還要存在，現在總算被無常打掃得乾乾淨淨了。魂靈的有無，我不知道；然而在現世，則無聊生者不生，即使厭見者不見，為人不己，也還都不錯。[1]

——文言書面語詞，複雜的裝飾關係，歐化的句法結構，和白話語言相互滲透交織、難以分解。至於魯迅小說語言中如“辛苦恣睢”[2]等難解的語詞和《狂人日記》的文言小序等，更明白地呈現了魯迅小說與舊的語言系統的關係。

從詞彙與作者的關係來看，魯迅小說常把客觀的摹寫、敘述與主觀的象徵、隱喻、意象和意境相配合。關於魯迅小說的意境及其與中國古典散文、唐宋傳奇的關係已有人做了專門的探討，這種意境中形、神、情、理的統一和中國古典語言及其語句構成顯然有著內在關聯。象徵、隱喻、意象等修辭方法無論古今中外均很發達，但中國語言中象徵、隱喻、意象一般較為具體並主要通過視覺來表現，如《長明燈》中的“燈”象徵著傳統老例等等，而魯迅小說中的象徵、意象往往對應著某種心理感覺，並且在小說構思中這些修辭方法獲得了系統性，成為小說的構成基礎。即如《長明燈》，“燈”的象徵的對應關係極為明確，但整個小說構思是“瘋子撲滅長明燈而遭迫害”這一系統的隱喻性象徵。

《狂人日記》採用的是一種系統的象徵性隱喻。一般說來，象徵具

〔1〕 魯迅：《祝福》，《魯迅全集》第2卷，第10頁。
〔2〕 魯迅：《故鄉》，《魯迅全集》第1卷，第510頁。

有重複與持續的意義，在這個意義上說，狂人及其一系列心理幻覺都不構成持續的意義，而只是在這篇小說中才顯示了獨特的意義。魯迅小說中許多感覺性意象如孤獨寂寞的意象、掙扎前行的意象、吃人的意象、重壓的意象……把有關過去的感受上、知覺上的經驗在心中重現或回憶，並通過語言表達出來。中國語言特有的含蓄與模棱兩可使得中國小說和詩文特別富於隱喻、轉喻的特點，而西方文學系統的心理分析和象徵主義，對於魯迅創造性地利用中國語言的這一特色顯然起了重要的作用。其最為突出的表現就是魯迅創造了一種背離正常用法的語言來表現背離正常的精神生活引起的精神激動。例如《狂人日記》《白光》《高老夫子》《弟兄》等，那種斷續的、不連貫的、跳躍的、鬆散的、變形的、扭曲的語言，表現了主人公不受理性控制的變態的心理邏輯，這種人物的心理流動造成的不合規範的文體顯然深受西方現代文學的影響。

細緻全面地分析魯迅小說的語言藝術不是我的主要目的。我想說明的是，魯迅作為歷史文化的"中間物"，他的語言，他的思維形式和內容，既是對中國傳統語言與思維形式和內容的挑戰、反叛，又是以本國語言傳統的整個發展 —— 文人傳統與民間傳統兩方面為基礎的，以社會文化關係的語言形式以及思維方式和內容為基礎的；同時，魯迅對本國語言傳統的革新本身深刻地體現了東西兩大文明的滲透和衝撞。歐化的語法結構和歐化的語詞的出現，不僅是中國現代語言規範形成過程的必然現象和革新因素，而且意味著伴隨語言方式的變化而必然發生的思維方式的變化。魯迅小說語言確實體現了半文半白、亦文亦白、半中半西、亦中亦西的特點。但其基本內容卻是現代普通口語。魯迅小說語言"混合的"、"過渡的"和"中間的"特點，既是作家"混合的"、"過渡的"和"中間的"文化心理結構的體現，又是近現代中國“混合的”、“過渡的”和“中間的”社會文化特點的產物，更是人類文化相互影響滲透而趨於一體化的歷史趨勢使然。對於本文更有意義的是，魯迅正是通過對自己在語言上與自己的叛逆對象之間無可奈何的聯繫的認識，獲得了“中間物”的自我意識，而這種自我意識又奠定了他對世界、人生、自我及其相互關係的理解方式和情感態度。魯迅小說作為作家對世界、人生、自我及其相互關係的讀解，是以這種深刻而複雜的“中間物”意識作為起點的，而其豐富多樣的藝術形態也從各個方面體現了“中間物”的精神特徵。

第四章

# “反抗絕望”的人生哲學

魯迅小說的重要特點，就在於它對社會悲劇狀態的理解和認識不僅不超越於個體之外，而且正是以個體的命運、個體的思慮、個體的全部心理悲歡來承擔和體驗。因此，在小說客觀的、獨立自足的故事和人物背後，還存在一種形而上的意味：一種深刻的人生體驗和“反抗絕望”的人生哲學——一種不同於人道主義、個性主義、進化論或民主主義等普遍性的意識趨向的東西。那是一種對生命的非理性的把握，一種屬於人生“態度”範疇的精神現象。從這個意義上說，《野草》所表達的那種與人的憂慮感相結合的形而上學經驗論同樣存在於《吶喊》《彷徨》的活生生的、具體可感的真實畫面中。

## 第一節 《野草》的人生哲學

面臨自己孤獨人生旅程的不可挽回的歸宿——墳，“過客”說出了震動人類心靈的古老格言：“我只得走。我還是走好罷……”（《過客》）把“死亡”與“走”聯結起來的，是一種相當複雜的人生哲學，那種關於個體及其與世界關係的憂慮與探索，不論就其給予現實人面對現實人生的啟示，還是就其關於生存的哲學體驗的深度和思維的豐富複雜性，都達到了較高的思維水平。因此，我對《野草》的研究不是就具體篇章做現實性的還原，以說明這些文字在魯迅生活中、在當時的現實狀況中體現怎樣的意義（這當然是絕對必要的），而是把《野草》當作一種思想性著作、一種完整的人生哲學體系去闡釋。解釋學代表人物、德國哲學家 F. 施萊爾馬赫說過："一個作者的詞彙和所屬時代歷史作為一個整體相互關聯，他的當代寫作必須被理解為這一整體的局部，而整體反過來又需要從局部加以理解"；"完整的知識總是處於這一明顯的循環之中，每一個獨特的局部都必須通過整體加以理解，反之亦然。只有經由這一方式形成的每一條知識才是科學的"。[1]《野草》的整體性正體現在它的眾多局部保持著一種循環聯繫，而我也就把它作為一個完整的人生哲學體系去追索該書關於生存的思考的推衍過程，只是在這之後才對這個思維整體的文化哲學背景和社會心理根源進行分析。換言之，我不把《野草》作為一般的、如魯迅謙稱的"隨時的小感想"，而作為凝聚了魯迅深刻體驗與哲思的思想著述來研究——卓越的和成熟的思想家的小感想也可以構建出莊嚴的思維大廈。人類文化史上不是已有許多閃耀著天才之光的例證嗎？從中國的孔孟到西方的蘇格拉底、柏拉圖，還有對《野草》產生深刻影響的《查拉圖斯特拉如是說》。

竹內好曾說，《野草》的 24 篇短文與《吶喊》《彷徨》中的小說的每個系統多少有點聯繫。不論這種聯繫是否可以確證，《野草》都構成

[1] Friedrich Schleiermacher, *Hermeneutics and Criticism, And Other Writings*, Translated and edited by Andrew Bowie, Cambridge University Press, 1998, p. 24.

了對小說的解釋或縮圖。[1]竹內實際上是把《野草》的具體篇章作為小說原型來看待的，而我則試圖從總體上把握兩者的精神聯繫，即《野草》的“反抗絕望”的形上經驗論如何與小說的生活畫面獲得一種“隱秘的融合”。

## 一　無家可歸的惶惑

《野草》關於生存的思考起源於一種根本性的情緒：深刻的焦慮與不安 —— 一種找不到立足點而飄浮於空中的惶惑心態。這種焦慮與不安不是對於某種確定的東西 —— 例如其中提到的“牢籠”“地主”“眶外的眼淚”的恐懼，恰恰相反，這種情緒似乎沒有具體的對象，也不來自某一方面的原因，卻如深山迷霧，如遠海伏波，無處不在。這是一種置身於“無地”“無物之陣”以及《過客》中的“空間上表現的時間上的兩難困境”時，“我”對自身的根本性憂慮：

> 我不過一個影，要別你而沉沒在黑暗裏了。然而黑暗又會吞並我，然而光明又會使我消失。
>
> 然而我不願彷徨於明暗之間，我不如在黑暗裏沉沒。
>
> 嗚呼嗚呼，我不願意，我不如彷徨於無地。[2]

時間的自然流逝在這裏變得模糊不清（“不知道時候的時候”），而空間也成為虛無（“影”並無實體意義）。選擇不是在生死之間，而是面對惶惑的生命存在本身。“影”摒棄天堂、地獄、黃金世界，並深信自

〔1〕［日］竹內好：《魯迅》，第 96 頁。
〔2〕魯迅：《影的告別》，《魯迅全集》第 2 卷，第 169 頁。

已將既不容於黑暗，也不容於光明，終於彷徨於“無地”——自此，“我”與世界的關係可歸結為絕對的無依託性，因為在這裏受到威脅的不是人的一個方面或對世界的一定關係，“而是人的整個存在連同他對世界的全部關係都從根本上成為可疑的了，人失去了一切支撐點”[1]，一切樂觀主義的信仰都土崩瓦解。甚至連那些熟悉的、從未分離的事物（“人”）也將消逝於縹緲的遠方，留下的只是絕對孤獨和絕望的自我。於是，《野草》誕生了一種類似於“被拋入世界”（海德格爾）、被投入毫無意義或荒誕的存在之中的感覺（基爾凱廓爾、卡夫卡、薩特、加繆）的東西——我稱之為“無歸宿感”：

> 翁——客官，你請坐。你是怎麼稱呼的。
>
> 客——稱呼？——我不知道。從我還能記得的時候起，我就只一個人，我不知道我本來叫什麼。我一路走，有時人們也隨便稱呼我，各式各樣地，我也記不清楚了，況且相同的稱呼也沒有聽到過第二回。
>
> 翁——阿阿。那麼，你是從那裏來的呢？
>
> 客——（略略遲疑）我不知道。從我還能記得的時候起，我就在這麼走。
>
> 翁——對了。那麼，我可以問你到那裏去麼？
>
> 客——自然可以。——但是，我不知道。從我還能記得的時候起，我就在這麼走，要走到一個地方去，這地方就在前面。[2]

---

〔1〕［德］施太格繆勒著，王炳文等譯，《當代哲學主流》（上卷），商務印書館，1986年，第182頁。

〔2〕魯迅：《過客》，《魯迅全集》第2卷，第194—195頁。

“我”既不知道自己是誰，從何處來，到何處去，只是處於一種先天決定了的機械運動即“走”之中，從而深刻地體驗到自身“被拋入世界”的特點：當“我”被置入這個身體、這個性格、這個歷史場面、宇宙中的這個位置、這個屬於“我”的機械運動中時，“我”既未經徵詢，亦未經自己同意[1]，因此“我”的存在本身便具有荒誕的意味。

## 二　走向死亡的生命

從個體觀點看，這種對“自我”的認識不僅加強了人的偶然性感覺，而且還強化了人的必死性感覺：“走”向死亡，走向鮮花覆蓋的墳墓——這種“必死性”恰恰構成了“我”的生存狀態的根本性因素。在《野草》中，死亡主題不僅佔有中心地位，而且對死亡的闡釋和態度構成了《野草》哲學的重要內容和基本邏輯。

死亡是人類藉以反省自身及其與世界關係的重要窗口。“如果沒有死亡問題，恐怕哲學也就不成為哲學了。”[2]古代的蘇格拉底把哲學定義為“死亡的準備”，當代的加繆則宣稱：“只有一個真正嚴肅的哲學問題，那就是自殺。”[3]死亡問題或者判斷人值得生存與否，正是一切關於個體生存的哲學的基本問題，因為恰恰是在這種終極關切中，人對自身與世界的懷疑達到了空前深刻的高度，而人面對自身命運和世界的態度又以這種懷疑的深刻性為前提。中國傳統人生思想在死亡問題上大致區分為兩種。莊子及其後繼者用“其生若浮，其死若休”的觀念溝通生與死，從而掩蓋了人生的悲涼與短暫，在棄絕一切個體生存的感情和考慮的冷靜外觀之中，隱藏著追求人的無限性和永恆的激

---

〔1〕 參見［德］施太格繆勒著，王炳文等譯，《當代哲學主流》（上卷），商務印書館，第182頁。

〔2〕［德］叔本華著，陳曉南譯，《愛與生的苦惱》，中國和平出版社，1986年，第149頁。

〔3〕［法］加繆：《西西弗的神話》，《文藝理論譯叢》（3），第311頁。

情。孔子則把“聞道”與“死”聯結起來，從而引申出中國文人把“死亡”當作道德態度的思路。所謂“志士仁人，無求生以害仁，有殺身以成仁”（《論語·衛靈公》）。所謂“不知生，安知死”，都是由生觀死，把死作為一種生的延續，一種面對絕對道德、命令的態度。屈原《離騷》“首尾二千四百九十言，大要以好修為根柢，以從彭咸為歸宿。蓋寧死而不改其脩，寧忍其脩之無所用而不愛其死”[1]；然而正是意識到自己的道德理想必須在死亡之中獲得最深刻、最輝煌的體現，他才把個體的生命表現得那樣高潔、美麗，才那樣充滿愛戀與焦灼地往觀四荒，上下求索，奄忽神遊，延佇逍遙。對於屈原來說，死亡與其說是個體生命的永恆消逝，毋寧說是一種個體生命的情感化了的道德態度，是對一種永恆與絕對的價值理想的充滿感性生命的肯定。

魯迅的死亡觀不僅擺脫了道家文化中的那種對無限性的激情，而且也不再把死亡視為對超越個體生存之外的絕對物的肯定。在《野草》中，死亡不是作為把人引向生命頂峰，並使之第一次獲得充分意義的東西出現的（如屈原）；相反，死亡進入並存在於現實人的生命活動中，從而深化了認知死亡、想到死亡的人對生命過程的自覺意識。恩格斯這樣談論現代的死亡觀：“今天，不把死亡看作生命的重要因素，不了解生命的否定實質上包含在生命自身之中的生理學，已經不被認為是科學的了。因此，生命總是和它的必然結果，即始終作為種子存在於生命中的死亡聯繫起來考慮的”，“生就意味著死”。[2]而人則以這種意識為基礎緊張地思考生命的意義和生命的抉擇問題。

加繆在談到生命意義問題時說：“現代處世態度與傳統處世態度的

---

〔1〕 蔣驥語，轉引自《先秦文學史參考資料》，中華書局，1962年，第535頁。

〔2〕［德］恩格斯：《自然辯證法》，載《馬克思恩格斯全集》第20卷，人民出版社，1971年，第639頁。

區別就在於，傳統處世態度蘊含著道德問題，而現代處世態度充滿玄學問題。”[1]《野草》關於死亡的描繪如此集中，如此尖鋭，如此緊緊地附託於生命過程，實質上體現了魯迅就死亡在生命本身中的功能闡釋和認識死亡的態度，以及從生命終點（未來）反顧生命意義（現在）的追問：

> 過去的生命已經死亡。我對於這死亡有大歡喜，因為我藉此知道它曾經存活。死亡的生命已經朽腐。我對於這朽腐有大歡喜，因為我藉此知道它還非空虛。
>
> 野草，根本不深，花葉不美，然而吸取露，吸取水，吸取陳死人的血和肉，各各奪取它的生存。當生存時，還是將遭踐踏，將遭刪刈，直至於死亡而朽腐。
>
> 但我坦然，欣然。我將大笑，我將歌唱。[2]

生命的流逝意味著死亡與腐朽，因而人與死亡有著一種持續不斷的聯繫，生命無非是“趨向死亡的存在”（海德格爾語）。然而，死亡與朽腐同時也證明了生命的存在，這樣就超越了對死亡本身的恐懼：死亡並不等於空虛，而是意識到死亡的人的生命歷程本身。由於死不再僅僅被理解為生命的終結，而且也是自始至終貫注於生命流程的，因而“死亡”意象實際上也就是凝結了的生命意象——《野草》把死亡轉化為對生命形態和生命意義的思考，這絕不是一般的藝術方法（如象徵）的需要，而是以這種深刻的哲思為基礎的：

---

〔1〕王忠琪等譯：《法國作家論文學》，生活．讀書．新知三聯書店，1984 年，第 305 頁。
〔2〕魯迅：《野草．題辭》，《魯迅全集》第 2 卷，第 163 頁。

> 這是死火。有炎炎的形，但毫不搖動，全體冰結，像珊瑚枝；尖端還有凝固的黑煙……這樣，映在冰的四壁，而且互相反映，化為無量數影，使這冰谷，成紅珊瑚色。[1]

這是如何的精彩絕豔，如何的神聖莊嚴！"快艦激起的浪花，洪爐噴出的烈焰"[2]——這些生命形態息息變幻，永無定形，而"死去的火"才呈現了生命的本然意義。

在《死火》中，死亡並不是真正的、通常理解的生命終點，並不是一條生命道路的盡頭，相反，它進入並存在於生命之中，使人在生命的有限性的認識中，確立一種投入的、創造的態度：當復活的火面臨或者燒完、或者凍滅的必死性局面，他選擇了前者：

> "那我就不如燒完！"
>
> 他忽而躍起，如紅慧星，並我都出冰谷口外。有大石車突然馳來，我終於碾死在車輪底下，但我還來得及看見那車就墜入冰谷中。
>
> "哈哈！你們是再也遇不著死火了！"我得意地笑著說，彷彿就願意這樣似的。[3]

死亡在這裏越過了終結性的東西，而賦予生命以另一種性質——死亡在生命過程中成為一種創造性的力量，成為促使生命實現的內在動因。換言之，由於死亡和生命活動存在著無可分割的持續聯繫，因而

---

〔1〕 魯迅：《死火》，《魯迅全集》第 2 卷，第 200 頁。

〔2〕 同上。

〔3〕 同上書，第 201 頁。

《野草》對死亡的探討毋寧說是對個體生命趨向死亡與超越死亡的過程的探討，其獨特性正在於從未來的死亡中把握現在的生命形式和意義。

魯迅對死的思考以及由死的思考而生發出的創造精神在思路上與尼采有相似處。尼采說，人人期待著未來，“死和死的寂靜是屬於這未來的唯一之物，確定無疑的、大家共有之物！但是，這唯一的確定性和共同性對人幾乎不起任何作用，人們居然遠離那種感覺，即感覺不到他們是死神的弟兄，這是多麼奇怪呀！看到人們坦然赴死，根本無所顧慮，真叫我樂不可支！我願意有所作為，以便使他們懂得對於生的思索有著百倍的價值”〔1〕。這樣，他似乎由對死的思考而引向由死看生，擺脫了悲觀主義的夢魘：“從自身要求健康、渴求生命的願望出發，我創立了我的哲學……因此，我提請諸位注意：我生命力最低下之日，也就是我不再當悲觀主義者之時。”〔2〕“最富有精神的人，前提為，他們是最勇敢的人，也絕對是經歷了最痛苦之悲劇的人；不過，他們之所以尊敬生命，正是因為生命以最大的敵意同他們對抗。”〔3〕

在無邊的曠野上，在凜冽的天宇下，閃閃地旋轉升騰著的是雨的精魂……

是的，那是孤獨的雪，是死掉的雨，是雨的精魂。〔4〕

《雪》自有其獨立意義，這裏只就兩個意象本身進行分析。雨的意象是流動的、難以捕捉的，而雪則是雨的可觸摸的凝結形態。《雪》把“死

---

〔1〕［德］尼采著，黃明嘉譯，《快樂的科學》，華東師範大學出版社，2007 年，第 267—268 頁。

〔2〕［德］尼采著，張念東、林素心譯，《看哪，這人》，中央編譯出版社，2000 年，第 8 頁。

〔3〕［德］尼采著，衛茂平譯，《偶像的黃昏》，華東師範大學出版社，2007 年，第 132 頁。

〔4〕魯迅：《雪》，《魯迅全集》第 2 卷，第 186 頁。

掉的雨”描繪得如此輝煌蓬勃，宛若包藏火焰的大霧——這裏流露的不正是對生命的流動婉轉的愛戀麼？然而，死亡畢竟是人的生存的根本性的、無法逆轉的威脅，是人永遠希圖超越而又無可超越的界限，是無法取代、隨時降臨、真正屬於個體的東西，因此，死亡不僅僅是生命過程的無法分割的形態，而且也意味著個體生存與全部世界的關係完全失落，從而使生命陷入無邊的孤獨之中：“過客”是孤獨的，“影”是孤獨的，“雪”也是孤獨的……在這裏，“孤獨”並不僅僅來自人與現實世界的關係，而且也來自這種關係的完全斷裂。

## 三　荒誕與反諷

生命的全部意義只能在與世界的關係中才能體現，個體只有通過他者才能實現自己。棗樹只有在秋夜中表現自己堅韌的個性，求乞者只有通過佈施者才能獲得體現，復仇者倘若失去了對象便不復存在……然而，在《野草》中，個體與世界的這種關係面臨著嚴峻的斷裂甚至完全的脫落，從而構成了一系列荒謬的主題。

“荒誕本質上是一種分裂。它不存在於對立的兩種因素的任何一方。它產生於它們之間的對立。”[1]“荒謬在作為一種事實，作為一種主要的境況時有什麼含義呢？它不過意味著人與世界的關係。荒謬的基本之點表現為一種割裂，即人們對統一的渴望與心智同自然之間不可克服的二元性兩者的分裂，人們對永恆的追求同他們生存的有限性之間的分裂，以及構成人本質的‘關切心’同人們徒勞無益的努力之間的分裂，等等。機遇、死亡、生活和真理的不可歸並的多元性，現

〔1〕［法］加繆：《西西弗的神話》，《文藝理論譯叢》（3），第 333 頁。

實的不可知性 —— 這些都是荒謬之極端。”[1]

《求乞者》中佈滿了沉重的“灰土”，把外在事物、他人和自我莫名其妙地攪在一種普遍的冷漠之中，這種冷漠徹底斬斷了求乞者與佈施者之間的聯繫 —— 真正的悲戚與真誠的同情，從而構成對“求乞者”與“佈施者”存在的懷疑。不僅“不見得悲戚”，卻“追著哀呼”的乞兒和“也不見得悲戚，但是啞的”孩子在“近於兒戲”地求乞，而且“我”自己也設想著“將用什麼方法求乞：發聲，用怎樣聲調？裝啞，用怎樣手勢？”；不僅“我不佈施，我無佈施心，我但居佈施者之上，給與煩膩、疑心、憎惡”，而且“我將得不到佈施，得不到佈施心；我將得到自居於佈施之上者的煩膩，疑心，憎惡”。其實何止於“我至少將得到虛無”呢？任何求乞都將得到虛無。這便構成反諷與荒謬的主題：求乞者與佈施者的存在都令人懷疑，由此則帶來了“煩膩、疑心、憎惡”的心理狀態。[2]

《這樣的戰士》在對戰士的韌性和冷峻的描繪中，同時隱藏了對自我及其與世界的關係的深切憂慮。“戰士”只有通過對“敵人”的關係才能實現自己，如果“敵人”的存在消失了，那麼“戰士—敵人”的關係也隨之消失，從而“戰士”自身便不復存在。不幸的是，“這樣的戰士”正陷於“無物之陣，所遇見的都對他一式點頭”，“他終於在無物之陣中老衰，壽終。他終於不是戰士，但無物之物則是勝者”。[3]“無

〔1〕[法] 薩特著，施康強等譯，《〈局外人〉的詮釋》，《薩特文學論文集》，安徽文藝出版社，1998 年，第 32 頁。

〔2〕魯迅：《求乞者》，《魯迅全集》第 2 卷，第 171—172 頁。

〔3〕魯迅：《這樣的戰士》，《魯迅全集》第 2 卷，第 219—220 頁。

物之陣”正是魯迅所說的那種“無主名無意識的殺人團”[1]，但也包蘊著深刻的反諷意味。正是在這種反諷之中，我們重又體會到文章開頭談到的焦慮、不安以至恐懼：對自我構成威脅的什麼也不是，只是“無物之陣”，但“無物”又不意味著無，因為其中已存有了整個中國社會文化的獨特形態——然而，焦慮與不安的核心還在於對自我與世界的關係感到惶惑：既然如此，“我”（戰士）的存在究竟有何意義呢？

《過客》在“走”與“死”之間構成荒誕的主題：結局（墳）否定了過程（走）的意義。命運迫使“過客”以“走”的方式與終局奮鬥，但奮鬥無非意味著靠近終局，而不存在超越（墳場）的可能。悲劇與荒誕都意味著人在面臨無可抗拒的失敗時的選擇，但悲劇的失敗僅僅說明選擇的時機、方式限制了選擇，而荒誕則意味著無論在什麼條件下，以何種方式進行選擇，都無法改變失敗的命運，“荒謬和任何事物一樣是隨著死亡而告結束”[2]。“過客”的選擇有悲劇意味，但更有荒誕的性質：休息，自殺，或是走，無論選擇哪一種，都無法扭轉整個局勢。正是在這個意義上，荒誕比悲劇更殘酷。

《死後》呈現的荒誕性局面甚至更為慘烈：不僅“生”是被“拋入世界”，而且“死”也無可選擇，虛無的死亡構成了對人的否定，但如果死亡既不是終結性的東西，又不能避免“生”的痛楚，而是更深刻的悲劇的延續，那麼痛苦也就真正成了人永恆的、無可逃遁的宿命：

---

〔1〕“社會上多數古人模模糊糊傳下來的道理，實在無理可講；能用歷史和數目的力量，擠死不合意的人。這一類無主名無意識的殺人團裏，古來不曉得死了多少人物。”魯迅：《我之節烈觀》，《魯迅全集》第 1 卷，第 129 頁。

〔2〕［法］加繆著，杜小真譯，《西西弗的神話》，生活．讀書．新知三聯書店，1987 年，第 38 頁。

我夢見自己死在道路上。

這是那裏，我怎麼到這裏來，怎麼死的，這些事我全不明白。總之，待到我自己知道已經死掉的時候，就已經死在那裏了。

…………[1]

“過客”的無家可歸的生的惶惑在這裏轉化為對於偶然的、無可選擇的死的困擾。“我先前以為人在地上雖沒有任意生存的權利，卻總有任意死掉的權利的。現在才知道並不然，也很難適合人們的公意。”[2]魯迅把死理解為“只是運動神經的廢滅，而知覺還在”[3]，從而死成為人在無可奈何的狀態下體驗生的痛苦 —— 死既不是生命形態的虛無化（如存在主義所言），也不是轉世輪迴或羽化登仙（如佛教和道教），而是個體生存的更為荒誕、更為痛苦、更為可怕的延續。魯迅對死後無法把握的悲劇狀態的體驗，顯示了他對中國社會加於死者的種種歪曲的憎惡，更表達了一種“唯‘黑暗與虛無乃是實有’”的人生感受。對死後的荒誕推衍斬斷了解脫人生痛苦的最後一條通道，這是真正的、無路可退的“絕望”：“戰士”面對著“無物之陣”，“過客”走向暮色蒼茫的墳場，“影”徘徊於不明不暗之間，卻拒絕了一切關於“天堂”“地獄”“黃金世界”的未來構想，或許只有“死”才是唯一的逃路？但《死後》卻證明了“死”像“生”一樣淪於無可選擇、更為殘酷的荒誕局面。因此，“自殺”在魯迅的人生哲學中也不可能構成重要主題。

---

〔1〕 魯迅：《死後》，《魯迅全集》第 2 卷，第 214 頁。

〔2〕 同上書，第 216 頁。

〔3〕 同上書，第 214 頁。

## 四　自我選擇和反抗絕望

意識到荒誕，意識到生命過程與死亡的持續聯繫，意識到不明不暗、充滿灰土、敵意、冷漠的世界對自己的限制，意識到死甚至比生更為偶然與殘酷，終於把個體置於徹底而深刻的"絕望"境地。但"絕望"僅僅是《野草》哲學的出發點，由此魯迅將引申出面對作為難以理解的和限制自己的力量而被體驗到的世界的行動準則，引申出對自我的生存態度的種種調整。

"過客"和"影"拒絕一切有關永恆的假說（"天堂"）或虛幻的未來（"黃金世界"），拒絕以消極的方式結束生命的歷程（拒絕"地獄"或回轉、休息），從而將生命同唯一的永恆性即"現在"相聯繫——對死亡的意識沒有導致對任何絕對價值或神等超越實體的肯定，相反，生命的"現在性"無往而不使人處於一種自我選擇之中：這種選擇首先通過"拒絕"來表達。只有"拒絕"和"選擇"才能使"我"成為"我"——"過客"拒絕佈施，拒絕休息，拒絕回轉去，時時感到"有聲音常在前面催促我，叫喚我，使我息不下"：這聲音並不是某種外在於個體的"理想"或超越實體，而是一種發自內心的呼喚——呼喚自己成為真正經過自己理性選擇的、拒絕並試圖超越舊世界的、負有社會責任與義務的自我。這呼喚聽起來如此神秘、遙遠而陌生，這並不奇怪，因為對於淹沒在"各式各樣"的"稱呼"（令人想起"學者""戰士""青年導師""權威"……）等"紙糊的假冠"中的"我"來說，又有什麼能比真正的、擺脫了各種假面的自我更陌生呢？呼喚與"過客"的獨特的心靈感應，"過客"在徘徊沉思中對"呼喚"的驚懼，小女孩和老翁對呼喚的茫然和無知，正說明了呼喚與被呼喚者之間的獨有的精神聯繫。

對於"過客"來說，那"呼喚"不是空洞的精神許諾和自我安慰，不是對於一種未來生活的美妙設想，而是自願地面對自我與世界的無可挽回的對立和分離的執著態度，是確認了自我的有限性和世界的荒誕性之後的抗戰——絕望的抗戰。魯迅曾說："《過客》的意思不過如來信所說那樣，即是雖然明知前路是墳而偏要走，就是反抗絕望，因為我以為絕望而反抗者難，也因希望而戰鬥者更勇猛，更悲壯。但這種反抗，每容易蹉跌在'愛'——感激也在內——裏，所以那過客得了小女孩的一片破布的佈施也幾乎不能前進了。"[1]

於是，我們看到了種種按一般邏輯難以理解的選擇：

> 我願意這樣，朋友——
>
> 我獨自遠行，不但沒有你，並且再沒有別的影在黑暗裏。只有我被黑暗沉沒，那世界全屬於我自己。[2]
>
> 然而我不能！我只得走。我還是走好罷……（即刻昂了頭，奮然向西走去……夜色跟在他後面。）[3]
>
> 在這樣的境地裏，誰也不聞戰叫：太平。
>
> 太平……
>
> 但他舉起了投槍！[4]

對"絕望"的反抗並不意味著肯定希望，而是意識到了無可挽回的結局後的現實選擇。"我"把"我"的過去、"我"的現實命運、"我"的未來結局全部當作一種一直滲透到"我"的"現在"裏來的勢力而

---

〔1〕 魯迅：《250411 致趙其文》，《魯迅全集》第 11 卷，第 477—478 頁。

〔2〕 魯迅：《影的告別》，《魯迅全集》第 2 卷，第 170 頁。

〔3〕 魯迅：《過客》，《魯迅全集》第 2 卷，第 199 頁。

〔4〕 魯迅：《這樣的戰士》，《魯迅全集》第 2 卷，第 220 頁。

坦然承受下來，“我”不會因為過去的重負而消沉，不會因為世界的冷漠而屈服，不會因為想到死亡而恐懼，更不會因為這些而喪失我的“現在”，相反，我“反抗絕望”，永不停息地從事實踐和抗戰，從而賦予“我”的“現在”以一種更為鮮明的意義。

何為“現在”？魯迅追問道：“我看一切理想家，不是懷念‘過去’，就是希望‘將來’。而對於‘現在’這一個題目都繳了白卷……‘將來’這回事，雖然不能知道情形怎樣，但有是一定會有的，就是一定會到來的，所慮者到了那時，就成了那時的‘現在’……”〔1〕現在在這裏是一種“過渡”，一種在“過渡”中展開自己的歷程。這一歷程的每一瞬間“是指這樣的一種實踐了的瞬間，它一去不復返，不能替代，它即是現實自身在消逝中的當下現在，它對於在其中生存著的人來說是有決定意義的……”〔2〕。“過客”拒絕“過去”，“影”拒絕“將來”，實質上不過是將對過去的追憶（如《風箏》）和對未來的展望（如《好的故事》）納入人的變動不居的現實選擇之中 —— 絕望的反抗中流溢著對生命的珍惜和緊迫感，這要求著人對自己的每一行動負責 —— 歷史正是人在時間中的抉擇過程。把歷史理解為抉擇過程，理解為流動的與主體息息相關的“現在”，已蘊含了“反抗絕望”的哲學的內在邏輯，即在人的生命流動中消解絕望或希望的絕對性。

這一點在魯迅翻譯的廚川白村的《出了象牙之塔 5・詩人勃朗寧》中有更明確的表述：

因為有黑暗，故有光明，有夜，故有晝。……現在的缺陷和

〔1〕 魯迅：《兩地書・四》，《魯迅全集》第 11 卷，第 20 頁。

〔2〕 ［德］雅斯貝爾斯：《生存哲學》，引自《存在主義哲學》（內部讀物），中國科學院哲學研究所西方哲學史組編，商務印書館，1963 年，第 183 頁。

> 不完全，在這樣的意義上，確是人生的光榮。勃朗寧這樣地想。對於人生的事實，始終總不是靜底地看，而要動底地看的人，不失信於流動無礙的生命現象的勇猛精進的人，所當達到的結論，豈非正是這個嗎？……正因為在"現在"有缺陷，大家嚷著"怎麼辦"這一點上，有著生活意義的。[1]

## 五　罪感、尋求、創造

《野草》呈現了一個昏暗、冷漠、敵意、憎惡的世界，甚至時間和空間都是曖昧不明的。自我來到這個世界裏，並非出於自己的意願，而是身不由己地被拋進這個世界，從而自始至終與這個世界保持著緊張的關係："我"或者以"無所為和沉默"抗拒世界的冷漠[2]，或者"默默地鐵似的直刺著奇怪而高的天空，一意要制他的死命"[3]，或者"以死人似的眼光，賞鑒這路人們的乾枯"[4]，在"復仇"的快意中"較永久地悲憫他們的前途，然而仇恨他們的現在"……[5]

但是，儘管自我與世界處於如此緊張的對立之中，卻不得不面對這個無可奈何的事實："我"正是這個令人噁心的世界裏的存在，並且在最深的根底裏充滿了與這個自己厭惡的世界的聯繫。在《狗的駁詰》中，當"我"指斥"狗"的"勢利"之時，"狗"的回答是："我慚愧：我終於還不知道分別銅和銀；還不知道分別布和綢；還不知道

---

〔1〕［日］廚川白村：《出了象牙之塔》，《魯迅譯文全集》第3卷，人民文學出版社，1958年，第122—124頁。

〔2〕魯迅：《求乞者》，《魯迅全集》第2卷，第172頁。

〔3〕魯迅：《秋夜》，《魯迅全集》第2卷，第167頁。

〔4〕魯迅：《復仇》，《魯迅全集》第2卷，第177頁。

〔5〕魯迅：《復仇》（其二），《魯迅全集》第2卷，第178頁。

分別官和民；還不知道分別主和奴；還不知道……”[1]由此，對世界的憎惡與這種意識到的與世界的聯繫便構成了“我”的內在分裂：“我”不得不把對世界的否定態度同時指向自身。

這種分裂在心理上的體現便是有罪感。魯迅不是把這種有罪理解為一種歷史上的實際罪責，而是理解為人的自我選擇的局限性或存在的二律背反性質：“過客”或“影”一方面必須自己選擇自己的存在方式，從而在自我與世界的關係中獲得自身的獨立性，但另一方面，他們發現自己的存在（作為“過客”或“影”）已先天注定，不得不徘徊於生與死、光明與黑暗的兩極之間，無法擺脫世界對自己的限制。

當意識進入這一層次，“過客”在傾聽呼喚時的緊張心態和由此產生的“走”的行為，便不僅意味著對充滿了“名目”“地主”“驅逐和牢籠”“皮面的笑容”“眶外的眼淚”的世界的憎惡和拒絕，而且也意味著對自己的詛咒和否定：

> 倘使我得到了誰的佈施，我就要像兀鷹看見死屍一樣，在四近徘徊，祝願她的滅亡，給我親自看見；或者咒詛她以外的一切全都滅亡，連我自己，因為我就應該得到咒詛。……[2]

在另一篇作品中，“影”無可奈何地“終於彷徨於明暗之間”：

> 嗚乎嗚乎，倘若黃昏，黑夜自然會來沉沒我，否則我要被白天消失，如果現是黎明。[3]

---

〔1〕 魯迅：《狗的駁詰》，《魯迅全集》第 2 卷，第 203 頁。
〔2〕 魯迅：《過客》，《魯迅全集》第 2 卷，第 197 頁。
〔3〕 魯迅：《影的告別》，《魯迅全集》第 2 卷，第 169—170 頁。

世界是黑暗和空虛的，而我呢，“則仍是黑暗和虛空而已”[1]，因而並不屬於真正的光明。無論是“過客”的“走”，還是“影”的“獨自遠行”，都不僅是對世界的態度，而且也是對自我的態度；不僅是被世界“放逐”，而且也是“自我放逐”：在此意義上，這些行為也是對自己的“有罪感”的救贖。

正是由於魯迅帶著“負罪”的態度尋找生命的意義，我們才能見到諸如《墓碣文》那樣對生命本原的充滿痛苦的追索：

> ……抉心自食，欲知本味。創痛酷烈，本味何能知？……
>
> ……痛定之後，徐徐食之。然其心已陳舊，本味又何由知？……
>
> ……答我。否則，離開！……[2]

墓中人對內心的虛無與黑暗的創痛酷烈的體驗，正是催促“我疾走，不敢反顧，生怕看見他的追隨”[3]的內在動因。

自我是分裂的，自我是有限的。正由於此，人必須對現實負責，必須對絕望的世界和絕望的自我進行抗戰，否則你便“有罪”——“罪”的意識使“我”的一切反抗成為一種絕對不可推卸的內心需要，由此，內心的虛無與黑暗恰恰成為“我”的自我選擇、自由創造的根據。這個自我選擇、自由創造的過程經過“尋找”與“創造”兩個階段，終於豁然開朗。從尋找到創造的轉移構成了《希望》的基本思維邏輯：“我”鮮明地感覺到青春、生命的消逝，又憂傷地發現他滿心愛戀的青

---

〔1〕 魯迅：《影的告別》，《魯迅全集》第 2 卷，第 166 頁。

〔2〕 魯迅：《墓碣文》，《魯迅全集》第 2 卷，第 207 頁。

〔3〕 同上書，第 208 頁。

年的衰老，於是對（我的和世界的）未來產生了深重的虛無和絕望：

希望，希望，用這希望的盾，抗拒那空虛中的暗夜的襲來，雖然盾後面也依然是空虛中的暗夜。[1]

然而，他仍然眷戀著那種不斷消逝的東西，以至不能相信“絕望”的真實性。他試圖說服自己：“絕望”與“虛無”僅僅是“我”的內心體驗，真正的青春和希望正存活於“我”的“身外”—— 由此，他把希望、青春作為一種外在於自我的東西，從而以“尋找”的姿態來表達自己的信念和追求：

倘使我還得偷生在不明不暗的這“虛妄”中，我就還要尋求那逝去的悲涼漂渺的青春，但不妨在我的身外。因為身外的青春倘一消滅，我身中的遲暮也即凋零了。[2]

但是，既然個體經驗的局限性限制著個體對身外的認識，因而“尋求”的結果仍然可能是虛妄的。“我”不得不問：倘果真如此，“我”該怎麼辦呢？答案只能是：“我”不再把青春、希望視為身外的“自在之物”去發現、尋找，而要通過自己的行動去“創造”一種可以抵禦“絕望”的東西（“於無所希望中得救”[3]）：

我只得由我來肉薄這空虛中的暗夜了，縱使尋不到身外的青

〔1〕 魯迅：《希望》，《魯迅全集》第 2 卷，第 181 頁。
〔2〕 同上書，第 182 頁。
〔3〕 魯迅：《墓碣文》，《魯迅全集》第 2 卷，第 207 頁。

> 春，也總得自己來一擲我身中的遲暮。但暗夜又在那裏呢？現在沒有星，沒有月光以至笑的渺茫和愛的翔舞；青年們很平安，而我的面前又竟至於並且沒有真的暗夜。[1]

“創造”過程表現為對自我的揚棄，其結果內在於“創造”的行動之中而不在此之外。這樣，“希望”這類屬於未來的、屬於身外的東西就被摒除於“創造”活動之外，而一旦“希望”本身的意義遭到懷疑，“絕望”也便隨之消失，因為它也屬於未來，屬於“尋找”與其“結果”的悖逆。由此，《野草》達到了其哲學的頂峰：

> 絕望之為虛妄，正與希望相同！[2]

魯迅以“虛妄”的真實性同時否定了“絕望”與“希望”，把生命的全部意義歸結為人的現實抉擇：“肉薄這空虛中的暗夜”，從而構建了一套即便面對雙重的“絕望”和“虛無”也能據以生存和抗戰的哲學——“反抗絕望”的人生哲學。是的，既然連“絕望”都不可依託，那還有什麼是可依託的呢？現在，一切都要由“我”自己決定，“我”別無選擇。

## 六　超越自我與面對世界

“反抗絕望”的人生哲學來自對自我的沉思與反省。但這種反省並不意味著孤立於外部世界，尤其是社會。當“我”終於意識到自我，

---

〔1〕 魯迅：《希望》，《魯迅全集》第 2 卷，第 182 頁。
〔2〕 同上。

意識到“我存在”的實際狀況的時候，恰恰說明“我”意識到了自己也是存在的一部分，自然界的一部分，生命的一部分，社會文化的一部分。[1]對“自我”狀況的洞悉，實際上使得“過客”和“影”通過自身最深的核心牢牢地扎根於存在的最深層次，連接著整個世界。自我通過內在本身而引向世界和生命的其餘部分，從而使它緊密地聯繫著客觀現實。越是對自身的存在狀況體驗得深刻，那麼也就越加趨近於對自我存在與世界存在的無法分割的聯繫的理解。

“反抗絕望”的人生哲學作為對自身存在狀態的挑戰，因而也趨向於走出自身，超越自身，表現自身，傳播自身，而不可能停留於自身。正是在這裏萌動著社會性和群體性的萌芽，所以說群體性、社會性深深地植根於自我的存在方式本身。[2]這樣，“反抗絕望”作為一種自我存在方式必然表現為兩種相互關聯的趨向：一方面，它傾向於走出自身，超越自身，傳播自身於社會中間；而另一方面，在“走出”的過程中，它也可能汲取從外部積累的經驗，進行自我反省和自我反映。因此，自我反省並不是為了孤立於世界，不是使自己超越於世界之外而對之進行批判，而是在自我深化的同時使自己與世界的內在聯繫徹底呈現。通過深深的過濾，與世界真正連接在一起。[3]

“反抗絕望”的人生哲學使我們理解了魯迅藝術世界的雙重品性：它由於對自我本質的深刻理解而必然走出自身，熱烈地關注社會和群體的問題。因為藝術的社會問題主要不是存在於社會將自己加諸藝術家這樣一個事實，而是存在於在加諸藝術家之前，它被藝術家所要

---

〔1〕參看［羅］利·盧蘇：《論藝術創作》，載《世界藝術與美學》第 4 輯，中國藝術研究院外國文藝研究所編，文化藝術出版社，1985 年，第 77 頁。

〔2〕同上書，第 78 頁。

〔3〕同上。

求，被自我的內在性本身所要求這樣一個事實。而在自我走出自身，傳播自身，希望得到理解，尋求與公眾會合[1]的過程中，社會性的經驗同時深化了對自我的認識。魯迅的藝術世界包含了外傾與內傾兩種傾向，而外傾是自我的固有本質，它起源於存在的普遍聯繫，又由於對這種普遍聯繫的認識而成為“我”的自覺追求。理解這一點對於理解魯迅的文學生涯至關重要：當魯迅在沉默中拿起筆來吶喊的時候，並不僅僅由於社會及時代對他提出了要求，而且還由於魯迅自身的存在方式以及他對自身存在的愈趨深刻的理解，必然使他走出自身，面向包含著自身存在的更廣闊的存在。“反抗絕望”的人生哲學必然會體現為他對社會存在的改造與批判。在這裏，“反抗絕望”作為魯迅對自我生存方式的理解構成了他的文學生涯的更為內在的動力。

魯迅深深地沉浸於自我存在的最深層次，卻不由自主地發現了自我正通向外在的生命之流。當他在對自身生命的沉思中體悟到“反抗絕望”的人生哲學時，他同時也意識到這種“反抗”必然會外傾於外部世界：社會、歷史與文化。而在他“走出”自身的過程中，他更清晰地洞見了自身。於是，我們在《野草》對自身存在的理解中，還看到了他對社會生活的理解。在他確認和建立“反抗絕望”的人生哲學的時候，同時確認並建立了一套社會批判的準則。於是，我們在讀到了《影的告別》《過客》《希望》《死火》等對自身存在的探究的同時，還讀到了《復仇》《狗的駁詰》《失掉的好地獄》《立論》《聰明人和傻子和奴才》等社會批判作品——內傾與外傾之間存在著必然的聯繫。

“反抗絕望”的人生哲學把個體生存的悲劇性理解與賦予生命和世

---

〔1〕 參看［羅］利·盧蘇《論藝術創作》，載《世界藝術與美學》第 4 輯，中國藝術研究院外國文藝研究所編，文化藝術出版社，1985 年，第 78—79 頁。

界以意義的思考相聯繫，從而把價值與意義的創造交給個體承擔。因此，面對“絕望”與“虛無”的世界，個體生存的根本性的道德準則就是堅強的意志，直面人生的勇氣，反抗與創造的精神，獨立自強的自我，承擔痛苦的能力和拯救世界的大愛……

> 叛逆的猛士出於人間；他屹立著，洞見一切已改和現有的廢墟和荒墳，記得一切深廣和久遠的苦痛，正視一切重疊淤積的凝血，深知一切已死，方生，將生和未生。他看透了造化的把戲；他將要起來使人類甦生，或者使人類滅盡，這些造物主的良民們。
>
> 造物主，怯弱者，羞慚了，於是伏藏。天地在猛士的眼中於是變色。[1]

當“叛逆的猛士”以“自己的”洞見並作為價值的自我立法者面對天地的時候，那個暗暗地使天地變異、以時間的流逝來洗滌舊跡的“造物主”成了真正的怯懦者——猛士以自己的眼光賦予世界以新的意義（“天地在猛士的眼中於是變色”），他成了價值的創造者，成了真正的造物主，而舊的造物主卻隱遁伏藏了。

舊的造物主體現了人類的怯弱，他“用廢墟荒墳來襯托華屋，用時光來沖淡苦痛和血痕”[2]。藉助於這個身外的造物主，人們“也如醒，也如醉，若有知，若無知，也欲死，也欲生”[3]，既不敢以獨自的眼光打量世界，又把生存的責任推給了虛構的造物主——這就是“奴隸道德”：怯弱，虛偽，虛假的同情，未來的許諾，勢利與自私，麻木而安

〔1〕 魯迅：《淡淡的血痕中》，《魯迅全集》第 2 卷，第 226—227 頁。
〔2〕 同上書，第 226 頁。
〔3〕 同上。

於現狀。“反抗絕望”的人生哲學作為個體的生存態度和準則，恰恰構成了對這種“奴隸道德”的深刻否定。它包含了這樣幾層含義：

第一，“反抗絕望”的人生哲學把價值與意義的創造歸結為個體的選擇與創造，面對“黑暗與虛無”，人必須以自己的生命力量承擔起存在的責任，而“奴隸”則怯懦，隨遇而安，沒有個性，逃避責任，承認現狀，不把自己當作獨立的個體，因而也無力在反抗與選擇中賦予生活以意義。《立論》表現了三種人生態度：“說要死的必然，說富貴的說謊”，而“既不謊人，也不遭打”的則說，“啊呀！這孩子呵！你瞧！多麼……阿唷！哈哈！ Hehe！ he，hehe hehe！”[1]寧願遭打而道出死的必然顯示的是對責任的主動承擔，而說謊與含糊其詞既是對責任的逃避，又深深地陷於虛偽。《聰明人和傻子和奴才》呈現了另三種道德原則：奴才用哀訴乞得同情，卻嚴格地恪守奴隸地位，並把奴隸主的道德變成自己的道德；聰明人以虛假的同情表達對奴才的關切，卻默認了不合理的現實；傻子則以自己的自覺行動力圖改變現實，從而把自己的命運與自己的反抗相聯繫，由自己承擔人生和改造現實的責任。

第二，“反抗絕望”的人生哲學強調孤獨個體的“絕望的抗戰”，從而個人面對無可挽回、極端痛苦的失敗反而產生了“更勇猛、更悲壯”的人生尊嚴，而“奴隸道德”卻用“同情”來消解個人人生旅程的無法迴避的艱難處境，從而泯滅了獨立自強的人格。魯迅從心理和效果兩方面分析了“同情”的含義。這與尼采對奴隸道德的分析甚為相近。從心理上看，同情是一種弱者心理。“過客”作為一個承受痛苦的絕望的反抗者，他以自己堅強的意志“走”向墳墓，而老翁與小女孩卻缺乏承受絕望痛苦的能力，他們或者頹喪，或者幻想，對“現

〔1〕 魯迅：《立論》，《魯迅全集》第 2 卷，第 212 頁。

實”的殘酷懷有異常而又力圖趨避的敏感。因而他們或者勸止，或者佈施，以“同情”摧折反抗者的意志。其次，“同情”顛倒了強者與弱者的位置，使弱者以憐憫者的姿態自居於強者之上，完全不能理解強者的痛苦之中隱含的價值。因此，“同情”又意味著對他人的不尊重。

這種不尊重背後隱藏著虛偽與不真誠。《求乞者》表現著人與人之間無法相通的隔膜和痛苦，“求乞”與“佈施”之間的關係本應以真誠、以痛苦的相通為橋樑，然而不論是“求乞者”還是“佈施者”，都“並不悲哀，近於兒戲”。在這“四面都是灰土”的冷漠中，“求乞”與“佈施”之間的“同情”關係實質上不過是“煩膩，疑心，憎惡”。從效果上說，“同情”泯滅強者的意志，增加強者的負擔，使之無法前行。“過客”得到小女孩的佈施，即刻“頹唐地退後”：

> 客 —— 但這背在身上，怎麼走呢？……
>
> 翁 —— 你息不下，也就背不動。—— 休息一會，就沒有什麼了。
>
> 客 —— 對咧，休息……（默想，但忽然驚醒，傾聽。）不！我不能！我還是走好。[1]

魯迅說：“過客”的“絕望的反抗”，“每容易蹉跌在‘愛’—— 感激也在內 —— 裏，所以過客得了小女孩的一片破布的佈施也幾乎不能前進了”[2]，“凡富於感激的人，即容易受別人的牽連，不能超然獨往”[3]。正因為“同情”戕害強者的自強意志，因而“過客”拒絕佈施。在《狗

〔1〕 魯迅：《過客》，《魯迅全集》第 2 卷，第 198 頁。
〔2〕 魯迅：《250411 致趙其文》，《魯迅全集》第 11 卷，第 477—478 頁。
〔3〕 同上書，第 477 頁。

的駁詰》中，那個“衣履破碎”的“我”正是一個依靠“同情”的“乞食者”，但他的勢利的奴隸道德卻把“同情”建立於人類的等級制度之上，狗因此對人說：

我慚愧：我終於還不知道分別銅和銀；還不知道分別布和綢；還不知道分別官和民；還不知道分別主和奴；還不知道……

我逃走了。[1]

“求乞者”與“乞食者”對待人生的態度的最重要特點就是以“同情”掩蓋虛偽，如同尼采所說，他們是“高雅的鑄造假幣者和表演者”，“他們在自己面前也虛偽起來，乜斜著眼，粉飾蟲咬的傷口，以強硬的言辭、道德告示、閃光的虛偽工作掩飾自己”。這是一個群氓的世界：他們無從分辨“什麼是偉大、渺小、正直和誠實；他們無辜歪曲，他們總是說謊”[2]。怯弱、謙卑、馴良的表現下隱藏著的是冷漠、自私，缺乏誠和愛。

因此，第三，奴隸道德的另一種表現就是“愚民的專制”，“同情”的背面就是冷漠與憎恨的“看客心理”——《野草》的復仇主題就是對於這種“愚民的專制”和“看客心理”的嚴峻否定：

然而他們倆對立著，在廣漠的曠野之上，裸著全身，捏著利刃，然而也不擁抱，也不殺戮，而且也不見有擁抱或殺戮之意。

…………

---

〔1〕 魯迅：《狗的駁詰》，《魯迅全集》第 2 卷，第 203 頁。

〔2〕 ［德］尼采著，黃明嘉、婁林譯，《扎拉圖斯特拉如是說》，華東師範大學出版社，2009 年，第 467—468 頁。

路人們於是乎無聊；覺得有無聊鑽進他們的毛孔……終至於面面相覷，慢慢走散；甚而至於居然覺得乾枯到失了生趣。

於是只剩下廣漠的曠野，而他們倆在其間裸著全身，捏著利刃，乾枯地立著，以死人似的眼光，賞鑒這路人們的乾枯，無血的大戮，而永遠沉浸於生命的飛揚的極致的大歡喜中。[1]

在《野草》哲學裏，可以隱約地感受到一種尼采式的偉大的愛和偉大的蔑視，那不是"同情"，不是自我宣稱的人道主義，而是復仇的精神激情。在死亡與釘殺的痛楚的感覺中，在孤獨的、被背棄和憎惡的情境中，"人之子"以精神的復仇而沉酣於大歡喜和大悲憫中〔《復仇》（其二）〕。

對人類的神聖的大愛不是表現為平庸的、小市民式的甜言蜜語，而是表現為大憎和復仇；在個體面對死亡，面對孤獨，面對敵視，面對傾陷……總之，面對無可挽回的絕望之境時，他以一種獨特、寧靜而又狂暴的復仇與反抗的激情表達了對人類的較永久的悲憫；在無邊的曠野、無盡的高天、無窮的深夜之中，他（她）從飢餓、苦痛、驚異、羞辱、歡欣、發抖、害苦、委屈、帶累、痙攣、殲除、決絕……的境遇中體驗到了生命的悲劇性存在，於是：

當她說出無詞的言語時，她那偉大如石像，然而已經荒廢的，頹敗的身軀的全面都顫動了。這顫動點點如魚鱗，每一鱗都起伏如沸水在烈火上；空中也即刻一同振顫，彷佛暴風雨中的荒海的波濤。

---

〔1〕 魯迅：《復仇》，《魯迅全集》第 2 卷，第 176 頁。

> 她於是抬起眼睛向著天空，並無詞的言語也沉默盡絕，惟有顫動，輻射若太陽光，使空中的波濤立刻迴旋，如遭颶風，洶湧奔騰於無邊的荒野。[1]

連無詞的言語也沉默盡絕，這是怎樣複雜的情感體驗：這是偉大的憎？神聖的復仇？無邊的愛？粗暴的靈魂？這種複雜的人生體驗使人達到對於生命最為深刻的理解：面對著個體的荒廢、頹敗，面對世界的黑暗與虛無，"她"以沉默的絕望的反抗，賦予自己的生命以如此悲壯、激烈又如此精彩絕豔、氣沖寰宇的形態！"反抗絕望"的人生哲學在極其現實的人生體驗中，在對奴隸道德的嚴峻的否定中，使個體生命達到了"生命的飛揚的極致的大歡喜"！絕望與希望都是虛妄的，唯有反抗才創造了人生的意義，才體現了生命的莊嚴和壯麗！

## 七 《野草》與現代文化思潮

熟悉西方當代哲學的人不難發現《野草》與存在哲學先驅的許多重要的共同點：其一，它們把個人面臨複雜的世界時的感情、情緒、體驗置於思維的出發點和中心，試圖從主觀的方面找到人的自由的、創造性的活動和人的真正存在的基礎和原則，並通過它們去尋找環繞自身的世界的意義和作用；其二，在它們對生命的非理性的思考過程中，孤獨、寂寞、惶惑、苦悶、死亡、焦慮、不安、絕望、反抗……不僅作為生命過程的伴隨物呈現，而且構成了生命過程本身。在深刻的危機意識中，人感到自身與世界的關係處於一種緊張的對立之中，感到自己正處於一種無家可歸的狀態，面臨死亡、罪過以及各種情緒

---

〔1〕 魯迅：《頹敗線的顫動》，《魯迅全集》第 2 卷，第 211 頁。

的威脅。存在主義不是一個統一的體系；恰恰相反，從基爾凱廓爾、尼采到海德格爾、雅斯貝爾斯，再到薩特、加繆，他們在許多方面不僅相異而且對立。因此，我也只能從一些具有普遍意義的共同方面對之進行比較，同時在對《野草》哲學的闡釋過程中，借鑒了上述哲學家的思維成果。

那麼，這裏的闡釋和比較是否意味著《野草》是一部存在主義作品呢？我們不妨先簡要地討論存在主義的一般特徵。不管西方存在主義內部有多大分歧，他們在這樣兩個方面不僅完全一致，而且使之成為存在主義哲學的根本特徵：其一，存在主義哲學家認為，傳統理性主義哲學體系忽視人的生活需要，忽視個人生活的最重要尺度，從而無法幫助個人面對複雜的世界，因此，他們把個人及其情感體驗上升到本體論的高度來研究，這樣也就把個人置於歷史條件之外而成為"純粹的"個人，個人的命運和情緒也就成為普遍的世界命運。當海德格爾描述人的無家可歸狀態時，他感到的是"連人的本質都惶然迷惘"，"無家可歸狀態變成了世界的命運"。[1]其二，存在主義哲學研究孤獨的個體，研究個人的存在和個人存在的基本狀態，並認為孤獨個體是世界的唯一實在，是一種孤獨的非理性的心理體驗，這種對孤獨個體的強調一方面深化了人對自身命運的責任感，另一方面則把個體的經驗絕對化，過分地強調個體的不可替代性，從而否定了"類"通過個體的消亡而延伸發展的必然趨勢。

《野草》確如雅斯貝爾斯所說的"生存哲學"一樣，是"從本原上去觀察現實，並且通過我在思維中對待我自己的辦法，亦即通過內心

〔1〕［德］海德格爾：《論人道主義》，引自《存在主義哲學》（內部讀物），第 111 頁。

行為去把握現實”[1]，但是，《野草》中的“我”及其內心體驗具有深刻的文學特點，而不甚關心抽象的哲學命題。魯迅說，“我自愛我的野草”，“我希望這野草的死亡與朽腐，火速到來”[2]，絲毫沒有將個人的生命體驗誇大為世界命運的企圖。魯迅顯然沒有把“不能證實”的內心體驗和現實感受描繪為世界的普遍狀態[3]；他在《〈野草〉英文譯本序》中又把《野草》稱為“隨時的小感想”，並舉例說：“因為憎惡社會上旁觀者之多，作《復仇》第一篇，又因為驚異於青年之消沉，作《希望》。《這樣的戰士》，是有感於文人學士們幫助軍閥而作……”[4]

我們不應當把《野草》的內容歸結為創作的契機，卻應由此引發出《野草》內容的歷史具體性。《野草》是以個體的內心體驗為中心和出發點的，但這個個體卻保留著對未經證實的“身外的青春”的尋求，從而確認了個人經驗的有限性和世界的無限性。作為一個相信歷史進化觀點的人，魯迅認為“進化的途中總須新陳代謝。所以新的應該歡天喜地的向前走去，這便是壯，舊的也應該歡天喜地的向前走去，這便是死；各各如此走去，便是進化的路”。[5]又說：“人類的滅亡是一件大寂寞大悲哀的事；然而若干人們的滅亡，卻並非寂寞悲哀的事”，“生命不怕死，在死的面前笑著跳著，跨過了滅亡的人們向前進”。[6]當魯迅把“類”的內容引入個體面對死亡和空虛時的人生抉擇之後，這種抉擇本身便具有了“為他人”或“自我犧牲”的含義。正由於此，我們才會在《影的告別》中讀到這樣的詩句：“我獨自遠行，不但沒有

---

〔1〕［德］海德格爾：《論人道主義》，引自《存在主義哲學》（內部讀物），第 152 頁。
〔2〕魯迅：《野草・題辭》，《魯迅全集》第 2 卷，第 164 頁。
〔3〕魯迅：《兩地書・四》，《魯迅全集》第 11 卷，第 21 頁。
〔4〕魯迅：《〈野草〉英文譯本序》，《魯迅全集》第 4 卷，第 365 頁。
〔5〕魯迅：《隨感錄・四十九》，《魯迅全集》第 1 卷，第 355 頁。
〔6〕魯迅：《隨感錄・六十六・生命的路》，《魯迅全集》第 1 卷，第 386 頁。

你，並且再沒有別的影在黑暗裏。只有我被黑暗沉沒，那世界全屬於我自己。”[1]對自我的悲觀和否定引出了“獨自遠行”的選擇，而這一選擇的目的卻是“沒有別的影在黑暗裏”，從而個體的無可替代的悲劇命運恰恰暗示了“類”的樂觀前景。

1970年代中期，日本學者山田敬三在《魯迅世界》一書中，以《魯迅世界——〈野草〉的存在主義》為題，從“無為與沉默”“深淵的描寫”“夢和彷徨”“他所失去的東西”等四個方面分析《野草》；他沒有具體論述《野草》與存在主義的關係，而是把《野草》的內容和情緒當作一種不言而喻的存在主義的藝術表現加以分析。[2]美國研究者薇娜·舒衡哲在《自願面對歷史的必然——魯迅、布萊希特和沙特》[3]一文中，從另外一個角度涉及了魯迅與薩特的關係，把他們視為背叛了本階級的馬克思主義者。威斯康星大學教授林毓生在他提交給“魯迅與中外文化”學術討論會的論文《魯迅思想的特徵——兼論其與中國宇宙論的關係》中，強調“我們必須面對著一個關於魯迅的虛無主義與存在主義之性質的問題”，同時又認為在中國文化的經驗範圍內，“一個真正歐洲格調的存在的認同危機是不能出現的”。顯而易見的分歧隱藏了一個顯著的事實，我們不能不考慮：魯迅與存在主義之間是否存在著某些共同的思想淵源和文化背景？

這是一個眾所周知的事實：魯迅對尼采、基爾凱廓爾曾投以極大的熱情；但人們很少這樣考慮，這兩位公認的存在主義理論先驅恰恰可能成為《野草》與存在主義之間的橋樑。德國存在主義代表人物雅

---

〔1〕魯迅：《影的告別》，《魯迅全集》第2卷，第170頁。

〔2〕參見［日］山田敬三：《魯迅世界》，山東人民出版社，1983年。

〔3〕［美］薇娜·舒衡哲：《自願面對歷史的必然——魯迅、布萊希特和沙特》，《國外魯迅研究論集》，第80—99頁。

斯貝爾斯聲稱“基爾凱廓爾和尼采使我們睜開了眼睛”[1]，他們“看清了時代的改變”，“給西方哲學帶來了顫慄”[2]；美國哲學家 W. 考夫曼寫道：“在存在主義的演進過程中，尼采佔著中心的席位：沒有尼采的話，雅斯培、海德格爾和薩特是不可思議的……”[3]海德格爾認為，“尼采的思想行進在‘什麼是存在者’這個古老的哲學主導問題的漫長軌道上”[4]，薩特的《存在與虛無》提到的第一個名字便是尼采，加繆的《西西弗的神話》聽起來像是尼采遙遠的回聲。[5]另一方面，已有論者指出，沒有一個存在主義哲學家直接繼承了尼采的權力意志、超人等論點。因此，當我們尋找尼采與存在主義的共同點時，不能執著於某些特殊命題，而必須透過表層的相似去探尋尼采所關心的主要問題和解決問題的基本方式對存在哲學的深刻啟示：他們都把人生的意義置於哲學思考的中心，用非理性主義對抗近代的理性主義哲學，從而建立他們以人為中心的“本體論”；他們從人的立場重估和背叛傳統文明，要求個人承擔起存在的責任，並試圖通過某種情緒狀態來解決存在的意義問題。基爾凱廓爾把“人新置於生活的中心，把主觀性、內在性、時刻都要做出決定等放在第一位，並在肯定個人主觀性的獨立性和真理性時，把人類經驗中諸如恐懼、戰慄、絕望、危機、理性的崩潰、信仰的飛躍這樣一些方面再次呈現在人們面前，據此而去分析人的困境”[6]。

我在分析魯迅的早期思想時已經指出，魯迅對尼采、基爾凱廓爾

〔1〕徐崇溫主編：《存在主義哲學》，中國社會科學出版社，1986 年，第 41 頁。
〔2〕同上書，第 80 頁。
〔3〕［美］W. 考夫曼著，陳鼓應譯，《存在主義哲學》，台灣商務印書館，1987 年，第 16 頁。
〔4〕［德］海德格爾著，孫周興譯，《尼采》（上卷），商務印書館，2015 年，第 4—5 頁。
〔5〕徐崇溫主編：《存在主義哲學》，中國社會科學出版社，1986 年，第 81 頁。
〔6〕同上書，第 72 頁。

等人的接受與認識，恰恰以 19 世紀末 20 世紀初歐洲思維由“外”向“內”的轉換為背景，個人、個人的主觀性和自由，以及由此出發對一切傳統觀念和物質的反叛構成了魯迅對當代文化思潮的認識的核心內容。施蒂納、叔本華、尼采、基爾凱廓爾關於個體生命的一系列內在原則不僅引導了 20 世紀生命哲學和存在哲學，而且也深刻地影響了魯迅的主體論哲學。安德列耶夫、廚川白村、陀思妥耶夫斯基恰恰又在人生哲學、個人的非理性生命體驗等方面引導魯迅把他的主體論哲學引入到人生哲學複雜的運思過程中去。因此，《野草》的人生哲學作為 20 世紀的產物，它與現代人本主義思潮，尤其是以存在哲學的名字出現的現代非理性主義確實有著共同的文化背景和思維淵源。

但是，這種深刻聯繫只有被置於魯迅獨特的精神結構和中國社會文化的複雜狀態中才是真正有效的。魯迅那深刻的“絕望”來自他對中國傳統文化的深刻認識，來自他對民族歷史狀況的冷峻觀察，來自他對自我與自身的否定對象的無法割斷的聯繫的驚人洞見，他感到了傳統、民族與自我負荷著的難以寬恕的罪惡，因而他以一種絕望的、近乎贖罪的態度進行反抗與掙扎。因此，“反抗絕望”的人生哲學所表達的種種情緒，如絕望、希望、恐懼、不安、惶恐、復仇、反抗、憎惡、噁心……都不是純然抽象的個體的心理現象，而是“在”而“不屬於”兩個社會的“歷史中間物”的深刻而具體的人生體驗。無論是“絕望”，還是“絕望的反抗”，都是在中國文化激烈衝突的氛圍中誕生的。但魯迅的特點恰恰就在於，他以深刻的“中間物”意識把對個體“和光陰偕逝，逐漸消亡”的命運的思考，同普遍存在的人生狀況和絕望的世界圖景的批判火焰緊密地交織起來，從而通過個體的命運、個體的生存、個體面臨的衝突來體驗和承擔現實世界的悲劇現狀。魯迅通過其獨到的思考方式和深刻的現實體驗，創造性地構建了一套面對

“雙重絕望”的人生哲學。

魯迅說過，中國聰明的知識分子面對黑暗有兩種選擇：

> 一、是對於世事要“浮光掠影”，隨時忘卻，不甚了然，彷佛有些關心，卻又並不懇切；二、是對於現實要“蔽聰塞明”，麻木冷靜，不受感觸，先由努力，後成自然……還有一種輕捷的小道，是：彼此說謊，自欺欺人，從而“依然會從血泊裏尋出閒適來”。〔1〕

《野草》哲學恰好相反，它把“無路可走”的境遇中的“絕望抗戰”作為每一個人無可逃脫的歷史責任，把義無反顧地執著於現實鬥爭作為人的生存的內在需要，從而使人通過反抗而體驗並賦予人生與世界以創造性的意義。這對彷徨苦悶於漫漫長夜中的知識者來說，又是多麼寶貴的精神財富。

> 絕望之為虛妄，正與希望相同！〔2〕

那麼，這種“反抗絕望”的人生哲學又是怎樣體現在《吶喊》《彷徨》的現實描繪中的呢？

---

〔1〕 魯迅：《病後雜談》，《魯迅全集》第 6 卷，第 175 頁。
〔2〕 魯迅：《希望》，《魯迅全集》第 2 卷，第 180 頁。

## 第二節　明暗之間的“絕望的抗戰”

在另一個不同於《過客》的、並非象徵的世界裏，“我”在魏連殳死後的冷笑中又一次體會到覺醒者命定的孤獨和寂寞的死亡，但終於經歷內心的掙扎而“輕鬆起來，坦然地在潮濕的石路上走，月光底下”[1]——“輕鬆”與“走”都不是來自對“希望”的信念和追求：在《孤獨者》的世界裏從未顯露任何真正屬於“未來”的有力因素。

耐人尋味的是，“我”是通過內心難以平息的痛苦“掙扎”，通過對孤獨者命運的深切體悟與反省，才獲得這種“輕鬆”與“走”的生命形態；因此，這“輕鬆”與“走”恰恰是經過心靈的緊張思辨而產生的對於世界與自我的“雙重絕望”的挑戰態度，是意識到了無可挽回的悲劇結局後的反抗與抉擇，是深刻領會了“過去”、“未來”與“現在”的有機性而採取的現實性的人生哲學——正如“過客”一樣，“走”的生命形式是對自我的肯定，是對“絕望”的抗戰；世界的乖謬，死亡的威脅，內心的無所依託，虛妄的真實存在，自我與周圍環境的悲劇性對立，由此而產生的焦慮、恐懼、失望、不安……不僅沒有使“我”陷入無邊無涯的頹唐的泥沼，恰恰相反，卻使“我”在緊張的心靈掙扎和思辨中擺脫隨遇而安的態度，坦然地“得到苦的滌除，而上了蘇生的路”[2]——儘管從客觀情勢看，這月下小路的盡頭依然是孤獨的墳墓。

弗吉尼亞·伍爾夫說得好：“一部作品的意義，往往不在於發生了什麼事情或說了什麼話，而是在於本身各不相同的事物與作者之間的某種聯繫，因此，這意義就必然難以掌握。”[3]魯迅的藝術力量似乎有

---

〔1〕 魯迅：《孤獨者》，《魯迅全集》第 2 卷，第 110 頁。

〔2〕 魯迅：《〈窮人〉小引》，《魯迅全集》第 7 卷，第 107 頁。

〔3〕［英］伍爾夫著，瞿世鏡譯，《論小說與小說家》，上海譯文出版社，1986 年，第 33 頁。

一種罕見的品性，他能夠把一股強烈的生命氣息灌注到作品描繪的那些獨特而真實的性格和情境中，使他們超越了自身的現實狀況而達到一種形而上的境界；他可以使作品表現的人生擺脫它所依賴的事實，寥寥數筆，或是一條小路（《孤獨者》），或是幾縷寒風或雪片（《在酒樓上》），或是一聲呼喚（《狂人日記》），或是默默的沉思（《傷逝》）⋯⋯他把一種現實的描繪轉化為一種深邃的人生思考，只要他提起這些並不令人驚異的情境，我們便聽到了久久迴蕩在“過客”心靈深處的神秘的呼喚，便看到了一個孤獨的、拒絕了一切過去與未來的誘惑的“影”將“獨自遠行”，他們的靈魂深處並非沒有蔚藍的湖泊，並非沒有“再沒有別的影在黑暗裏”的境地，然而這一切只是在他們的不可思議的“走”或“遠行”之中才獲得現實的意義。

正是在這個意義上，也只能在這個意義上，現實主義的《吶喊》《彷徨》中自始至終徘徊著一個無名無姓的幽靈。他既沒有鮮明的輪廓，又難以形容、無從捉摸，卻充實了作品的內在精神。[1]由於失去了獨立存在的地位，他或者附託於小說的第一人稱敘述者，或者附託於主人公某種獨特的心靈感受，或者只是一些幻象、情境、模態⋯⋯正是由於這個幽靈的存在，魯迅紛繁多樣、迴然相異、各具個性和獨立意義的小說，恰恰又以不同的敘述方式共同體現了一個“掙扎”的主題：全部敘述步步深入地揭示著“希望”的消逝與幻滅，顯示出“絕望”與“虛無”的真實存在和絕對權威地位。但一種獨特的心靈辯證法恰恰以這種“絕望與虛無”的感受為起點，掙扎著去尋找和創造生命的意義，並充滿痛苦地堅守著改造中國人及其社會的歷史責任。

〔1〕恰如薩洛特在《懷疑的時代》中所說：“這個人物既重要又不重要，他是一切，但又什麼也不是。”轉引自羅強烈：《小說敘述觀念與藝術形象構成的實證分析》，《文學評論》1987 年第 2 期，第 54 頁。

由此，《吶喊》《彷徨》在精神境界上徹底超越了“希望—絕望”的二分法，這種二分法在中國現代作家的藝術世界中幾乎是一個永恆不變的模式：或者為希望而欣喜、奮鬥，或者因絕望而頹喪、消沉，或者在無可奈何的情境中添加光明的尾巴——極度的悲觀與輕率的樂觀在 20 年代的文學中尤為明顯，很少有人像魯迅那樣對歷史的沉重感體驗得那樣深切。魯迅雖然多次說過他“終於不能證實：惟黑暗與虛無乃是實有”[1]，但“終於不能證實”僅僅意味著魯迅對自身經驗局限性的認識，卻無法引申出對“希望”的一般肯定，而在個體經驗的範圍內，魯迅則是摒棄了“希望”的。

《吶喊·自序》承認自己的“曲筆”是“不願將自以為苦的寂寞，再來傳染給也如我那年青時候似的正做著好夢的青年”[2]，而《吶喊》的內在動因卻正在於作者“還未能忘懷於當日自己的寂寞的悲哀”[3]，正在於作者精神的絲縷還牽著已逝的寂寞時光，從而滿懷情意地去追尋那些未能全忘的青年時代的夢。魯迅不願“抹殺”身外的“希望”，卻同時不能把這個人經驗之外的“希望”移入身內，他自然也竭力地尋覓，但在個體經驗的範圍內這“尋覓”也只能體現為對“黑暗與虛無”的反抗。事實上，從“黑暗與虛無”的“實有”狀態到“絕望的抗戰”再到“終於不能證實”，這一過程蘊含著的正是“反抗絕望”的人生哲學內容，表達的正是個體面對現實人生的態度。而《吶喊》《彷徨》的誕生過程恰恰是這種人生態度的客觀化過程，其間必然流注著那種緊張的心靈思辨。

“小說從來都是形象的哲學”，但是，“只要哲學漫出了人物和動作，只要哲學成了作品的一個標籤，情節便喪失了真實性，小說的生

〔1〕 魯迅：《兩地書·四》，《魯迅全集》第 11 卷，第 21 頁。
〔2〕 魯迅：《吶喊·自序》，《魯迅全集》第 1 卷，第 441—442 頁。
〔3〕 同上書，第 441 頁。

命也就終結了”。[1]儘管我們可以不無根據地從魯迅小說中抽繹出類似《孤獨者》結尾那樣的例子進行闡釋，但《吶喊》《彷徨》的現實畫面顯然不同於《野草》象徵性的哲學啟示，經驗與思想、生活與對生活意義的思考在魯迅小說中達到了“隱秘的融合”。因此，研究魯迅小說的人生哲學問題不應變成對其中個別描繪的抽繹與闡釋，相反，這種研究應緊密地聯繫著小說的全部敘述過程。

希望與絕望、光明與黑暗、生命與死亡並不僅僅是以相互對立的方式存在於魯迅小說中，而且也是以相互嘲弄的方式使原來鮮明的主題和明確的臧否指向呈現出某種複雜、含混的狀態——《吶喊》《彷徨》的作者把“反諷”作為小說的一種結構原則。他不是把自己放在明確的權威地位去判斷“希望—絕望”的真實性；相反，他清晰地自覺著自己的“中間物”地位，從一個更高的觀點上發現由“希望—絕望”構成的兩極秩序中呈現著無可迴避的悖論，“在期望與實現之間，偽裝與真相之間，意圖與行動之間，發出的信息與收到的信息之間，人們所想象的或應有的事物與事物的實際情況之間，存在著諷刺性的差距”[2]。這種“差距”不是由某種稍縱即逝的認識上的混亂或偏差造成的，而是由作品的內在結構所呈現的無法消解的壓力造成的：兩種對立因素的相互嘲弄不是起源於作者充滿睿智的笑聲，而是無法克服這種“對立”的痛苦。

然而，“希望—絕望”兩種因素間的悖論關係並未成為小說敘事結構中的自身解構和瓦解的因素。恰恰相反，在深一層的意義上，“絕望”與“希望”的相互嘲弄所構成的壓力形成了作品內在結構的穩定性，“內

〔1〕［法］加繆：《評讓 - 保爾．薩特的〈噁心〉》，《文藝理論譯叢》（3），第 302—303 頁。

〔2〕［美］E. M. 哈里代：《海明威的雙重性：象徵主義和諷刺》，見《海明威研究》，中國社會科學出版社，1980 年，第 253 頁。

部的壓力得到平衡並且互相支持。這種穩定性就像弓形結構的穩定性：那些用來把石塊拉向地面的力量，實際上卻提供了支持的原則——在這種原則下，推力和反推力成為獲得穩定性的手段"[1]，由"絕望"（"鐵屋子"的"萬難破毀"）與"希望"（"希望是在於將來，決不能以我之必無的證明，來折服了他之所謂可有"）[2]這兩個對立主題所形成的張力，使得小說的基本精神沿著自我懷疑、自我省察、自我嘲諷、自我選擇的道路，坦然、欣然又晦暗不明地伸向新的尋求和創造的遠方。

通過對"希望"與"絕望"的相互否定而引申出類似"過客"的反抗與"走"的人生原則，實際上成為《吶喊》《彷徨》的內在精神結構的重要原則之一，這正標示著"絕望之為虛妄，正與希望相同"的人生哲學與《吶喊》《彷徨》的現實描寫之間"隱秘的融合"。因此，這裏所說的"反諷"絕不僅僅是一般的文學語言形式[3]，而且有深刻的哲學意義，正如基爾凱廓爾所說："根本意義上的反諷的矛頭不是指向這個或那個單個的存在物，而是指向某個時代或某種狀況下的整個現實。因此，它蘊藏著一種先天性，它不是通過陸續摧毀一小塊一小塊的現實而達到總體直觀的，而是憑藉總體直觀而來摧毀局部現實的。它不是對這個那個現象，而是對存在的總體從反諷的角度予以觀察。由此可見，黑格爾把反諷刻畫為無限絕對的否定性是正確的。"[4]《吶喊》《彷徨》作為一個處於中間狀態的知識者的創造，使人感到

---

〔1〕［美］克利安斯·布魯克斯：《嘲弄——一種結構原則》，《現代美英資產階級文藝理論文選》（上），作家出版社，1962 年，第 220 頁。

〔2〕魯迅：《吶喊·自序》，《魯迅全集》第 1 卷，第 441 頁。

〔3〕［美］克利安斯·布魯克斯：《嘲弄——一種結構原則》，《現代美英資產階級文藝理論文選》（上），作家出版社，1962 年，第 220 頁。"反諷"即"承受語境壓力"。

〔4〕［丹］索倫·奧碧·克爾凱郭爾著，湯晨溪譯，《論反諷概念》，中國社會科學出版社，2005 年，第 218 頁。

了一種難以明言的事實：環繞在歷史“中間物”周圍的世界在本質上是悖論式的，只有超越了“希望—絕望”“未來—過去”“虛無—實有”“樂觀—悲觀”的二分法的模棱態度，才能抓住世界的整體性及其矛盾運動。這一整體性以矛盾的狀態示人，給人一種魯迅“一方面認為世界是虛無的，但另一方面卻使自己介入意義的追尋並獻身於啟蒙”的印象。[1]但“中間物”概念已經預設了未來的維度，他時時流露的“虛無感”幾乎不能用“虛無”這一概念給以解釋。

《吶喊》《彷徨》中的“回鄉”主題最直接地表述了關於“希望與絕望”的思考，卻常常不是被曲解為對“希望”的抽象肯定，便是被認為“與小說的主題不相干”[2]，其原因正在於沒有將作品中的兩種對立因素作為一種悖論式的整體來理解。對故鄉的懷戀是人類永恆的精神現象，這條感情的溪流可溯源於無限遙遠的年代。然而在魯迅小說“回鄉”主題的底層，我們卻看見了一種希冀、恐懼和情緒的潛流，一種默默地流淌而永遠令人親近又疏遠的情懷，一種奇異的、未經分析的震撼力——作為一個 20 世紀接受了現代文化的知識者，第一人稱敘述者在價值上早已告別了“故鄉”以及與之相聯的一整套童年生活經驗；然而令人絕望的現實人生卻又激起“我”對童年故鄉的追憶，這追憶從一開始便織進了“我”最神奇的夢幻之境，成為對抗“絕望”的“希望”源泉。

很顯然，曾經被他摒棄的故鄉的現實絕不會是夢幻之境，那兒也並沒有“像一天雲錦”，如“萬顆奔星”交織、伸展、飛動的“許多美的

〔1〕［美］林毓生：《魯迅思想的特徵——兼論其與中國宇宙論的關係》，《魯迅研究動態》1987 年第 1 期，第 9 頁。
〔2〕司馬長風：《魯迅小說——一枝獨秀》，《中國新文學史》（上），香港昭明出版社，1978 年，第 107 頁。

人和美的事”。[1]因此，“回鄉”主題自始至終便是在心理上的“回鄉”與現實的“回鄉”所構成的張力中展開，其中奔流著兩股對待“故鄉”的逆向的情感態度。這種低回又激蕩的旋律在《野草・風箏》中是這樣表述的：“現在，故鄉的春天又在這異地的空中了，既給我久經逝去的兒時的回憶，而一並也帶著無可把握的悲哀。我倒不如躲到肅殺的嚴冬中去罷——但是，四面又明明是嚴冬，正給我非常的寒威和冷氣。”[2]

人們可以把它們解釋為情感與理性、幻想與現實的強烈對立。但理解作品的關鍵恰恰就在於，活生生的現實絕不是完全由這兩種對立態度中的一種構成的，而只是由一種特殊的生命活動和心靈沉思在它們之間的鴻溝上架起橋樑，把兩者聯結成獨特的、活的統一體，於是“希望”與“絕望”的真實性在相互的對立關係中同時遭到懷疑，而一種超越於這種“希望—絕望”的生命力量卻在兩者的張力之中油然而生。

《故鄉》從一開始便展開了蕭索的故鄉與敘述者內心深處美麗的故鄉的對立，於是在持續不斷的悲涼之感中，這兩個對立的方面不斷地處於“論爭”狀態。伴隨著對少年閏土生動的追憶，敘述者“兒時的記憶，忽而全都閃電似的蘇生過來，似乎看到了我的美麗的故鄉了”。然而接著而來的與閏土的重逢卻使力圖“興奮”起來的敘述者感到極大的震撼：他極力地想喚起少年閏土的生動印象和童年的經驗以抵禦從外形到心靈都失去了“生動”的閏土，然而閏土“歡喜→淒涼→恭敬→‘老爺！……’”的情感變化過程，終於使敘述者“似乎打了個寒噤”，體悟到他們之間可悲的厚障壁。而另一方面，宏兒和水生似乎在重複著敘述者與閏土的過去，這恰恰加深了敘述者的悲哀。於是，

〔1〕 魯迅：《好的故事》，《魯迅全集》第 2 卷，第 191 頁。
〔2〕 魯迅：《風箏》，《魯迅全集》第 2 卷，第 189 頁。

"我想到希望，忽然害怕起來了"，因為在"我"與閏土的隔膜之中，在水生和宏兒與"我"和閏土的對比之中，在"我"對故鄉的追憶和對現實故鄉的感受的對立之中，我開始自省：閏土和"我"其實都在祈禱著偶像，那便是或者"切近"或者"茫遠"的希望。這是一種沉重的"重複"與"循環"的感覺。一旦敘述者意識到"希望"的虛幻，"絕望"的感覺也即一同消逝，因為這一切不過都是籠罩現實的幻影，由此，思維便在"希望—絕望"的兩極對立和互相"否定"之中躍出了這種恆定的二分法，直達現實的本然狀態：

希望本是無所謂有，無所謂無的。這正如地上的路；其實地上本沒有路，走的人多了，也便成了路。[1]

這裏表達的恰恰不是如許多評論所說的對"希望"的肯定，相反，正是對"希望"的否定，對"絕望"的反抗，而超然於這兩種主觀感覺之上的則是一種真實的生命形式——"走"。作為一種現實的行為，"走"表達的只能是實踐人生的方式，同時也是面對現實的執著態度。倘若不這樣理解，而把這段描寫理解為對"希望"的抽象肯定，不啻是把魯迅一再證實了的現實的嚴酷轉換為毫無客觀依據的輕率的樂觀。

《吶喊》《彷徨》中的"回鄉"小說還有《社戲》、《祝福》和《在酒樓上》。《社戲》以心理上的"回鄉"對抗現實的感受，沒有構成心理"回鄉"與現實"回鄉"的相互對立，後兩篇的敘述過程卻始終貫穿著兩種"故鄉"的衝突在敘述者心理上造成的壓力，而對自己與"故鄉"的複雜關係的揭示與自省，使得小說在幾重關係中形成張力。《祝

---

〔1〕魯迅：《故鄉》，《魯迅全集》第1卷，第510頁。

福》表面看來只是由第一人稱敘述者講述的一個不幸的下層婦女的故事。過往的研究也主要集中於封建的倫理關係是如何置這個兩次守寡的善良女人於死地的，評論者顯然是從一般的社會政治、社會思想的意義上認識小說的反封建主題；以魯四老爺及其所代表的封建禮法關係為一方，以祥林嫂這樣的受害者為另一方：貶褒臧否，憎惡同情，了了分明。然而，當我們把祥林嫂的故事放在小說的敘事結構中時，小說主題卻複雜化了：第一人稱敘述者是小說中唯一對故鄉懷有些許念舊之情而又真正格格不入的“新黨”，是唯一能在價值上對故鄉的倫理體系給予批判性理解的人物，因而實質上也是“故鄉”秩序之外的唯一具備現代思想的因素；很自然的，讀者會把他作為小說中的某種“未來”或“希望”的因素。但敘述過程卻層層深入地揭示出敘述者與“故鄉”的倫理秩序的“同謀”關係（即對祥林嫂之死負有共同責任，此係沿用 T. 赫斯特語），從而在祥林嫂故事之外引申出以自省作為心理基礎的道德主題和敘述者對自身所處的兩難困境的逃避 —— 這種逃避是對徹底摧毀了自己幻想的“故鄉”的逃避，也是自己對故鄉發生的悲劇應負的道德責任的逃避。

這樣，故事的內容和明確的批判指向與故事的敘事形式之間構成了一種悖論關係：敘述者的態度自身遭到懷疑，而故事的反封建內容恰恰又是由敘述者來敘述的。小說一開始明顯地使讀者感到“我”和“故鄉”的愚昧、迷信和倫理氣氛已完全隔膜。“無論如何，我明天決計要走了。”但讀者很快便知道，“我”逃避故鄉還另有深因：“況且，一想到昨天遇見祥林嫂的事，也就使我不能安住。”祥林嫂似乎也把希望寄託在這個“識字的，又是出門人”的“新黨”身上，但靈魂有無的問題卻陷敘述者於窘迫的兩難困境，“惶急”“躊躇”“吃驚”“支吾”，最終以“吞吞吐吐”的“說不清”作結。如果僅此而已，讀者仍然會相信敘述者至少是個無能卻好心的人，他的內心深處仍然有著深沉的道德感與責任心，因為他畢竟在心底裏感到自己對祥林嫂的死負有道德責任。但是，接下來的描寫，卻使他與“故鄉”的倫理秩序、與魯四老爺及祥林嫂悲劇的製造者們的涇渭分明、格格不入的界限變得模糊不清：

> 然而我的驚惶卻不過暫時的事，隨著就覺得要來的事，已經過去，並不必仰仗我自己的“說不清”和他之所謂“窮死的”的寬慰，心地已經漸漸輕鬆；不過偶然之間，還似乎有些負疚。〔1〕

然而，敘述者在潛意識中仍然不能忘懷，仍然感到內心的沉寂，於是他開始了對祥林嫂故事的回憶。小說末尾敘述者“在這繁響的擁抱中，也懶散而且舒適，從白天以至初夜的疑慮，全給祝福的空氣一掃而空了”〔2〕——故事的敘述過程成了敘述者道德責任的解脫過程，敘述者自身的“輕鬆”感終於匯入了造成祥林嫂悲劇的“故鄉”的冷漠之中，因此，對“故鄉”的逃避恰恰又表明了敘述者並沒有真正告別他的“故鄉”，新的文化認同並未解開靈魂深處的盤根錯節的舊傳統，他本身無法成為改變“故鄉”結構的有力因素或導致現實變革的“希望”所在。

敘述者與魯迅本人都是歷史的“中間物”，但敘述者僅僅意識到自己與“故鄉”的隔膜與疏遠，卻對自己的內心行為與這個自以為告別了的“故鄉”之間的割不斷的聯繫毫無知覺，而魯迅卻以他高超的反諷的語言技巧，揭示了走出故鄉的現代知識者無法逃避也不應逃避的兩難困境，這不僅顯示了作家的道德良知和對自身處境的冷峻沉思，

---

〔1〕 魯迅：《祝福》，《魯迅全集》第2卷，第9頁。
〔2〕 同上書，第21頁。

而且在小說畫面之外推出了這樣的精神底蘊：面對絕望的現實與無望的命運，知識者除了挺身而出反抗絕望之外別無他途，否則你便是舊秩序的“共謀”者。正由於此，敘述者越是把自己的道德責任解脫乾淨，越是感到舒適與輕鬆，我們卻越加感到內心的沉重：在“反抗絕望”與“有罪”之間別無選擇。敘述者的曖昧態度與祥林嫂面臨的荒誕處境有直接對應關係，對後者來說，既需要“有靈魂”，又需要“無靈魂”，選擇其中任何一種都將導致悲劇。因此，敘述人與祥林嫂共同陷於無可選擇的荒誕境地。《祝福》包含了雙重的悖論關係。

《在酒樓上》包含了兩個第一人稱敘述者即“我”與呂緯甫。呂緯甫的故事本身表現的現代知識者的頹唐與自責已由許多評論加以闡發。然而，這個獨白性的故事被置入第一人稱“我”的敘述過程，卻表達了對故鄉與往事的失落感，並由此生發出較故事本身的意義更為複雜的精神主題。第一人稱敘述者顯然是在落寞的心境中想從“過去”尋得幾許安慰與希望，因此他對故鄉“毫不以深冬為意”的鬥雪老梅與“在雪中明得如火，憤怒而且傲慢”的山茶懷著異樣的敏感。然而，呂緯甫和他的故事卻一步步地從他心頭抹去從“過去”覓得“希望”的想頭；他“懷舊”的心意很自然地使得敘述過程不斷地呈現“期望”與“現實”的悖逆造成的“驚異”，顯露出敘述者追尋希望的隱秘心理所形成的獨有的敏感：他從一開始便從外形到精神狀態感受到呂緯甫的巨大變化，但仍然從他顧盼廢園的眼光中尋找“過去”的神采。從呂緯甫的敘述過程中，我們發現了敘述者在聽了遷葬故事後對呂緯甫責怪的目光。而這目光恰恰又激起主人公對“過去”的追憶：“我也還記得我們同到城隍廟裏去拔掉神像的鬍子的時候，連日議論些改革中國的方法的時候”，這種追憶甚至引起了他的自責。於是“看你的目光，你似乎還有些期望我”——敘述者從呂緯甫對“過去”的追憶與自責中終於覺得了一絲希望，而他對阿順的美好感情似乎鼓勵敘述者的這種心意；當呂緯甫敘述到他四處搜尋剪絨花時，小說插入“我”對從雪中伸直的山茶樹的生機勃勃與血紅的花的觀察，顯然回應了小說開頭對“故鄉”景色的主觀情感。

然而，呂緯甫終究逃不脫他所說的蠅子或蜂子式圓圈，在“模模糊糊”的境地中“仍舊教我的‘子曰詩云’”；“我”仍不甘心：“那麼，你以後豫備怎麼辦呢？”呂緯甫答道：

> 以後？——我不知道。你看我們那時豫想的事可有一件如意？我現在什麼也不知道，連明天怎樣也不知道，連後一分……[1]

至此，敘述者對“故鄉”與“過去”的追尋（實際上也是對生命意義或希望的追尋）徹底地陷於“絕望”與“虛無”之中。如果小說在敘事方式上是獨白性的，小說的結論必然也就是呂緯甫的“圈”本身的悲觀意義，然而《在酒樓上》卻在獨白之外保持了一個從特定距離思考這段獨白故事的外部敘述者。小說的結論便轉向對絕望之“圈”的思考性態度，這便提供了作者表述自己的人生哲學的可能：

> 我們一同走出店門，他所住的旅館和我的方向正相反，就在門口分別了。我獨自向著自己的旅館走，寒風和雪片撲在臉上，倒覺得很爽快。見天色已是黃昏，和屋宇和街道都織在密雪的純

---

〔1〕 魯迅：《在酒樓上》，《魯迅全集》第2卷，第34頁。

白而不定的羅網裏。[1]

那種帶有夢尋意味的山茶老梅已不復存在，"我"面臨的是凜冽暗冥的羅網。恰在這種絕望的境地裏重又迴蕩起《過客》"走"的主題：正像"過客"告別"老翁"一樣，"我"獨自遠行，向著黃昏與積雪的羅網。對"過去"的追憶與對"未來"的思考轉化為"反抗絕望"的生命形式："走！"

伴隨著"反抗絕望"的精神過程，"回鄉"小說自始至終流蕩著一種無家可歸的惶惑和對生命流逝的意識。《故鄉》《祝福》《在酒樓上》（還包括《孤獨者》）的敘述者都是思鄉或尋訪故鄉的遊子，但他們時時刻刻都感到那種身在故鄉的"客子"之感：

覺得北方固不是我的舊鄉，但南來又只能算一個客子，無論那邊的乾雪怎樣紛飛，這裏的柔雪又怎樣的依戀，於我都沒有什麼關係了。[2]

在這種尋找"故鄉"與逃避"故鄉"的"遊子或客子"的精神過程中，潛在地迴蕩著一種久久不息的發自靈魂深處的追問：我是誰？從哪裏來？到哪兒去？這種無家可歸的惶惑體現的正是現代知識者在中國現實中找不到自己位置的感覺，他們疏離了自己的"故鄉"，卻又對自身的歸宿感到憂慮。他們與鄉土中國的關係可歸結為"在"而不"屬於"。

惶惑構成了魯迅人生哲學的基本前提，逼使作家沉思生命的意義，於是那種生命流逝的意識愈益強烈，從而在"回鄉"小說中形成

---

〔1〕 魯迅：《在酒樓上》，《魯迅全集》第 2 卷，第 34 頁。
〔2〕 同上書，第 25 頁。

了一個主宰人物命運的精神人物——時間。時間在敘述者意識的兩個方向展開，即對“故鄉”、對過去的追憶，對現在及將來的沉思：從過去轉到現在，從父輩一代到孩子一代，從青春到成年。又從現在到過去，從孩子轉到父輩，從成年轉到青春……在敘述過程中，時間與空間都可以逆轉，而且伴隨敘述者回憶與插話又可從任意一個方向回到原來的地方——心理時空與現實時空回環交織。在心理與現實的兩相映照之下，作家筆下的時間一點點地吞噬人的生命，使蓬勃的青春變得枯萎，而敘述者則在敘述對象的生命流逝中感到自己的生命也慢慢失去了魅力。然而恰恰是在生命流逝的悲哀中，敘述者不再去追索逝去的生命，再現過去的存在，而深深地體會到生命的“現在性”，從而在虛無的過去與虛無的將來之間，用現實的生命活動（“走”）築成了“現在”的長堤，從而使自己成為生命和時間的主宰，誕生出“反抗絕望”的哲學主題。

魯迅的“絕望”遠非停留在生活的表層，它既是一種理論，又是一種深刻的感覺；它不僅存在於尋找生命意義的失敗，而且存在於生命本身。因此，《吶喊》《彷徨》中的“死亡”主題儘管不像“回鄉”主題那樣直接涉及“希望—絕望”的關係，卻以更為悽愴激烈的方式體現了“反抗絕望”的人生哲學的生成過程及其“掙扎”意味。對於狂人、魏連殳、史涓生來說，死亡的威脅、感覺正如同“絕望與虛無”的感覺一樣，是他們日常生活的現實。然而，正是死亡的手舞足蹈使他們日益體悟到自我與現實的真實狀況，從而不斷掙扎著調整自我的人生態度。這類小說大量採用內心獨白的敘事方式（《狂人日記》是日記體，《傷逝》是手記，《孤獨者》的敘事過程夾雜大段的書信和內心獨白，介於“回鄉”主題和“死亡”主題兩類作品之間），宛如一段悲愴的精神史詩，獨白本身便具有深刻的象徵意味和哲理意義。因此，尋找和闡釋這些錯綜複雜、紛紜變幻的心理過程的演進邏輯（“反抗絕望”的哲學的推衍過程就存在於心理獨白之中），比之解析小說的外部敘事方式更為重要。

在“回鄉”小說中，敘述者尋求精神寄託的過程轉化為無家可歸的惶惑。這種惶惑在《狂人日記》等小說中則通過對“死亡”的體驗而轉化為對世界感到無名恐懼的陌生和迷惘的情緒，轉化為被拋入一種不可理解的荒謬現實之中，聽憑死亡、罪過以及深刻的焦慮、不安、懺悔擺佈的情緒。在這種無限的孤獨和由於疏離了世界秩序而產生的“放逐感”中，留給人的只有絕望和對自身存在的實際狀況的深切體驗。這種絕望和對自我的體驗並不意味著人的消極、被動的態度；相反，它意味著一切試圖存在於絕對和終極之中的秩序、價值、知識或感情都是可疑的、表面的、相對的，不僅舊傳統、舊秩序是可疑的，而且自我與自我的否定對象的關係，自我據以批判舊世界、創造新生活的價值理想也值得推敲。覺醒、幸福、“新黨”，從終極的誠實來看，這一切會不會只是幻象？主人公為此勞命傷神、憂心忡忡，在焦灼、緊張的思慮中體驗到“絕望”的真實性，並由此體驗而洞悉自我的無可依託的狀況，從而確認：自我的生命意義僅僅存在於自我的選擇和反抗之中——“無家可歸的惶惑”由此成為“反抗絕望”的內在依據。

顯然，這是一種獨特的思維邏輯：絕望的真實性不是把人引向頹喪、畏縮、消沉，而是把人引向選擇、反抗、創造。魯迅小說在表現“絕望”的真實性的同時，對頹喪的精神狀態予以根本性的否定，正是這種思維邏輯的必然體現。對“希望”的否定體現了對什麼都不信賴的意識，而對“絕望”的反抗則表明“絕望”與“希望”同樣是“虛妄”的。“由於對什麼都不信賴，什麼也不能作為自己的支柱，就必須把一切都作為我自己的東西。”[1]

《狂人日記》的敘述過程包含了深刻的悖論：“吃人”世界的反抗者自身也是有了“四千年吃人履歷”的“吃人者”，由獨自覺醒而產生的“希望”被證明是虛妄的，而“絕望”的證實緊密地聯繫著主人公“有罪”的自覺，這種“有罪”的自覺又為“反抗絕望”提供了內在的心理基礎——贖罪的願望。“救救孩子！”的呼喚似乎是對希望的呼喚，是對“真的人”的世界的憧憬，但狂人的心理獨白恰恰又證明“孩子”也已懷有了“吃人”的心思，就像卡夫卡《判決》中的格奧克遭到的“判決”一樣：“你本來是一個天真無邪的孩子，但你本來的本來則是一個惡魔一般的家夥”——對於狂人和“吃人”世界的每一個生存者來說，“本來的本來”使他們無可挽回地成為“罪人”。

這種“罪人”的自覺在兩個方向上展示其意義：一方面，“罪”的自覺使狂人洞悉了自己的實際處境，“並通過反覆地佔有既往的東西而把握住自己的歷史性”[2]；狂人由此意識到自己不過是一個無法決定自身的歷史性的微不足道的創造物，孤獨、焦慮、恐懼的情緒不僅意味著自我意志與世界、與自己的有限性或命運的對立，而且也意味著另一更深層的不安：在這種對立的背後是否隱藏著內在的同一性？這種同一性對狂人的存在理由而言無疑如同釜底抽薪，因為“狂人”之為“狂”人，正在於他與世界的關係的對立和不協調，如果這種對立和不協調（用另一詞表達則是“覺醒”）不過是幻影，那麼狂人便不再是狂人，而是吃人世界的普通一員——“罪”的歷史性引導狂人走出狂人的世界，重新進入“健康人”的世界，如小序所言，“然已早瘉，赴某地

---

〔1〕［日］竹內好著，李心峰譯，《魯迅》，浙江文藝出版社，1986年，第110頁。
〔2〕參見［德］施太格繆勒著，王炳文等譯，《當代哲學主流》（上卷），商務印書館，1986年，第208頁。

候補矣”，從而導出了真正的“絕望”主題：“覺醒者”的幻滅。

另一方面，“罪”的自覺形成了一種無法擺脫的內心需求：“贖罪”的願望。這種願望伴隨著激烈的自我否定，不僅使狂人在自我與吃人傳統的關聯中感到“不能想了”的恐懼、不安和噁心，而且也使狂人在自己憧憬的“真的人”面前無地自容（“現在明白，難見真的人！”）。這是“置之死地而後生”的絕境。不管實際的處境如何，不管自我有無得救的希望，如果不去反抗“絕望”的現實，“我”便更加罪孽深重。在小說第十二章的自省與第十三章的“救救孩子！”之間，正橫亙著一種“罪”的自覺和“贖罪”的內心衝動。這種自覺與衝動是狂人之為“狂”人的原因，一旦失去他們，狂人便不再“狂”了——除了向自己憎惡的傳統認同而外，似乎別無選擇。而小說的內在邏輯正顯示著：這種“認同”本身意味著同流合污，因而在任何狀況下都必須拒絕。由此可見，反抗與拒絕的行為作為“罪”的意識的現實延伸，不是源發於任何一種外在的權威和意志，而是源發於一種自覺自願的主觀需求，不是源發於對作品中一再提及的“真的人”的憧憬，而是源發於面對現實的自覺態度。正是在這個意義上，狂人的反抗體現了一種真正自由的精神，而這種反抗和自由選擇恰恰是由對絕望的體認轉化而來，或者說是以“絕望”作為其認識的和心理的基礎的。

上述複雜的心理過程，如同伊藤虎丸所說的那樣，是以“被吃”的恐怖，即死的恐怖為基點而展開的。對死的自覺是狂人獲得區別於吃人世界的個性的契機，也是狂人意識到自己的時間性和歷史性的基本條件，而生命過程的種種不安、憂慮也以此為起點。當狂人在月光的啟示下意識到三十多年的生命無非是“發昏”的狀態時，他實際上用一種如同毫無變化的深淵一樣的空間感替代了三十餘年的時間變幻，後文又說歷史書上“沒有年代”，只有“滿本都寫著兩個字是‘吃人’”，這顯然也說明當人對“吃人”缺乏自覺或體悟不到個體的恐懼時，歷史便不具備“時間性”，因為後者只能是自覺的生命的特點。在狂人的“發昏”狀態與“沒有年代”的“歷史”之間有一種獨特的相似關係：無時間性，因而也無生命的自覺，兩者都給人一種暗晦幽冥的深淵的感覺。正是因為在狂人的感覺世界中，過去的“發昏”與“吃人”的“歷史”都是無時間性的，他才能從對自身的“吃人”歷史的反省中推導出“有了四千年吃人履歷的我”來。既然兩者都無時間性（這裏的時間性只能是指自覺的生命過程），三十年與四千年便不具備“歷時”（在生命過程中，歷時的感覺包含人對死亡的意識）的意義，因而也可以由於他們共同的特點（無生命自覺與吃人）而重合為一。在隱喻的意義上，這種重合暗示著覺醒者背負的歷史重荷。從被吃的恐怖到“我是吃人的人的兄弟”，從勸轉“吃人者”的行動到“我也吃過人”的自覺，從“我”的“無意”的“罪過”到“四千年吃人履歷”的發現，死亡主題從生理性的恐怖轉化為歷史性的沉思，從由死亡喚起的獨醒的意識轉化為“罪人”的意識，真正的生命歷程恰恰存在於對死亡、對被吃和吃人的歷史真相愈益深刻的意識之中，存在於對自己背負的無可挽回的四千年死亡陰影的體認之中，存在於由於確認了現實和自我的雙重絕望之後所做的和想做的反抗之中。

不妨說：生在於死，而面臨死亡威脅的生必然又是孤獨的、不安的、焦慮的、無所依託的。當狂人由於某種偶然的、超越性的契機（月光）不由自主地成為狂人之後，他便面臨死亡的威脅，從而對周圍的世界產生了一種迷惘的、陌生的恐懼感。而由於感到自己是被拋入這個世界上來的、掙扎於黑暗的生死兩極之間的自我之後，他便開始把世界對象化，試圖改變現實的狀況，並探討自我與世界的關係。結果是絕望的。但絕望與罪的聯繫不僅意味著對“吃人”事實否定性的價值評判，而且意味著擺脫罪惡的意願，這種意願的現實化便必然構成對“絕望”的反抗。因此，也不妨說：生在於“反抗絕望”。

死亡把涓生從“希望”與“期待”中重新拋入“寂靜與空虛”，於無盡的“悔恨和悲哀”之中體會人生的意義。如果把《傷逝》與《野草》聯繫起來，我們便會發現，涓生、子君的愛情故事的敘述過程與《野草》人生哲學的表達方式存在著某種內在聯繫，而隱喻和象徵使得小說呈現出顯在內容（愛情故事及其意義）與潛在內容（人生哲學）的二重結構：在對愛情的追憶、失望和哀悼的表層敘述背後，始終糾纏著對希望、絕望與虛妄三者關係的心靈搏鬥。“負著虛空的重擔，在嚴威和冷眼中走著所謂人生的路，這是怎麼可怕的事啊！而況這路的盡頭，又不過是 —— 連墓碑也沒有的墳墓。”生命、愛情、希望、歡欣、覺醒⋯⋯一切一切在終極的意義上都歸於虛空，在“真實”面前都呈現出不真實：“虛空”的真實存在構成了小說內心獨白的精神底蘊，而由這種“虛空”喚起的自責、懺悔恰恰成為主人公探索新的生路或做絕望抗戰的心理動力。

值得注意的是，小說中的“虛空”主題自始至終伴隨著“真實”對於一切與“希望”相聯繫的精神現象的否定，換言之，“虛空”是對一切樂觀主義人生期待的深刻懷疑，是對現實無可希望或絕望狀況的證實。“那時使我希望，歡欣，愛，生活的，卻全都逝去了，只有一個虛空，我用真實去換來的虛空存在。”在“希望”與“虛空”之間橫亙著“真實”，這就使主人公處於兩難困境：選擇前者意味著虛偽，選擇後者將淪於絕望；更殘酷的是，虛假的希望仍然逃避不了“虛空”，而道出真實卻又使“我”付出道德和良心的代價：

> 然而我的笑貌一上臉，我的話一出口，卻即刻變為空虛，這

空虛又即刻發生反響，回向我的耳目裏，給我一個難堪的惡毒的冷嘲。[1]

那些喚起了生命愛情的自覺與希望的東西（《諾拉》《海的女人》……）"現在已經變成空虛，從我的嘴傳入自己的耳中，時時疑心有一個隱形的壞孩子，在背後惡意地刻毒地學舌"。[2]

我沒有負著虛偽的重擔的勇氣，卻將真實的重擔卸給她了。她愛我之後，就要負了這重擔，在嚴威和冷眼中走著所謂人生的路。

我想到她的死……[3]

道出"真實"恰恰使"我看見我是一個卑怯者，應該被擯於強有力的人們，無論是真實者，虛偽者"。[4]

具有諷刺意味的是，愛情、覺醒這類"希望"因素乃是先覺者得以自立並據以批判社會生活的基點，恰恰在"希望"自身的現實延伸中遭到懷疑。這種懷疑很可能不是指向新的價值理想本身，而是指向這一價值理想的現實承擔者自身："我"真的是一個無所畏懼的覺醒者抑或只是一個在幻想中存在的覺醒者？因此，覺醒自身或許只是一種"虛空"？在這裏，"絕望"的證實也決不僅僅是"希望"的失落，不僅僅是愛情的幻滅，而且包含了對"覺醒"本身的憂慮，因而這種"絕望"具有更為根本性的特點：

---

〔1〕 魯迅：《傷逝》，《魯迅全集》第 2 卷，第 125 頁。
〔2〕 同上書，第 126 頁。
〔3〕 同上書，第 130 頁。
〔4〕 同上。

她所磨練的思想和豁達無畏的言論，到底也還是一個空虛，而對於這空虛卻並未自覺。[1]

涓生對子君的評論顯然包括了對自身的評價，唯一不同的是他對“虛空”的自覺。正是這種“虛空”的自覺使得涓生陷入荒誕的局面並逼使他對荒誕的局面做出自身的選擇，而這種選擇只能是對“絕望”的反抗。對涓生來說，選擇“說謊”或選擇“真實”都不可能避免“虛空”的終局，並且任何一種選擇都將陷涓生於“有罪”的境地：“說謊”與“欺騙”將使涓生在道德原則上與自己信奉的理想和愛情的對象產生深刻的裂痕，而承認“真實”不僅直接導致子君的死亡，並同樣使自己在道德上成為逃避重擔的“卑怯者”。

從這個意義上說，子君的命運是悲劇性的，而涓生的處境卻具有荒誕的意味。虛空或絕望不僅是一種外部的情境，而且就是主人公自身；他的任何選擇因而都是“虛空”與“絕望”的。這種“虛空”與“絕望”是內在於人的無可逃脫的道德責任或犯罪感。“我活著，我總得向著新的生路跨出去，那第一步，——卻不過是寫下我的悔恨和悲哀，為子君，為自己。”[2]生存的意志和贖罪的自覺，促使涓生仍“要向著新的生路跨進第一步去”。正如竹內好所說：“絕望正是在自己本身中產生希望的唯一途徑。死中有生；生也不過是走向死亡。”[3]新的努力無非將“更虛空於新的生路”[4]，即便不再選擇導致子君死亡的“真

〔1〕魯迅：《傷逝》，《魯迅全集》第2卷，第125—126頁。
〔2〕同上書，第133頁。
〔3〕［日］竹內好著，李心峰譯，《魯迅》，浙江文藝出版社，1986年，第7頁。
〔4〕魯迅：《傷逝》，《魯迅全集》第2卷，第133頁。

實”，也只能用“遺忘和說謊做我的前導……”[1]。對於涓生來說，恰恰是失落與遺忘創造了對過去的記憶，感情的失敗保存了感情自身，由於意識到自己缺乏忠誠才使自己重新獲得了忠誠，一句話，新生的可能性只是通過對絕望的過去的體認才顯露出來。這樣，涓生的“新生”實際上仍然是“明知前路是墳而偏要走”的“過客”精神，是勞而無功卻持續不懈的西西弗的人間體現，而《傷逝》則在涓生“新生”的願望中完成了“反抗絕望”的人生哲學的全部推衍過程。

米列娜（Milena Doleželová Velingerová）在談論《狂人日記》《孔乙己》《藥》《明天》時說：四篇小說中都有分明的界線，一邊是作惡的舊勢力，另一邊是尚未出生的新秩序的微弱萌動。兩者之間在小說中的鬥爭，新的一邊總是注定失敗，但是敘述者的聲音卻明確表示舊勢力是惡，這至少是表明了未來將有變化，存在著希望。[2]在我看來，米列娜的上述觀點表明了魯迅小說的一般敘述原則，並不僅僅局限於最初的幾篇小說。但我認為她在斷言魯迅小說“存在著希望”時缺乏更細緻的分析：這些“希望”因素和對“絕望”的證實同時出現，其意義首先是對“絕望”的反抗。

這裏呈現的是一種“絕望—希望”並存的心理結構；它懷疑絕望，卻不等於懷抱希望，那些“亮色”可以稱為絕望中的希望，卻不能簡單地從任意一個側面去把握它。對“絕望”的否定與反抗表現在價值層面和人的自我選擇的意義上，卻不是對客觀存在的事實的否定；恰恰相反，在後一個層面，魯迅小說不斷地證明著“絕望”的存在。與此相應，在許多小說中，那條“分明的界線”常常變得含混不清，這

---

〔1〕 魯迅：《傷逝》，《魯迅全集》第 2 卷，第 133 頁。

〔2〕 轉引自 T. 赫特斯著，尹慧珸譯，《雪中盛開的花 —— 魯迅及中國現代文學的兩重處境》，《文學研究參考》1986 年第 3 期，第 27 頁。

在《狂人日記》《祝福》中表現得最為明顯也最為複雜；正是在由分明到不分明的演進過程中，魯迅小說達到了極其深刻的境地。

然而，魯迅小說畢竟涉獵了鄉土中國廣泛的生活領域，題材自身的獨立性和畫面的具體性使得作家不可能如同《野草》一般直接地呈現主觀的心理過程，因此，在更多的小說中作家的人生哲學恰如米列娜所說是"隱藏在錯綜複雜的暗示之中，這種暗示只有弄清楚小說結構的組織原則才能被理解"〔1〕。例如《孔乙己》和《明天》。《孔乙己》的"主要用意，是在描寫一般社會對於苦人的涼薄"〔2〕，卻以第一人稱敘述者來敘述故事，這就使得上述主題的表達複雜化了。正如 T. 赫特斯說的，"《孔乙己》中最重要的，是這個敘述者並沒有意識到自己也參加了對孔乙己的折磨"〔3〕，而誠實的讀者在讀完小說之後卻不得不想到自己在閱讀之初也是與第一人稱敘述者（小夥計）持同一態度，從而產生一種類似狂人"我也吃過人"的罪的自省。儘管《孔乙己》沒有展開產生這一自省的心理過程和由此產生的結果，但第一人稱敘述者的巧妙設置卻使讀者具備了"反抗絕望"的內在的心理機制。

魯迅在《吶喊·自序》中，把《明天》"不敘單四嫂子竟沒有做到看見兒子的夢"視為與夏瑜墳頭的花環具有等值意義的"曲筆"，賦予了這一事實以超出單四嫂子感覺範圍的意義。當我們把單四嫂子失子後反覆纏繞於心的"太大""太空""太靜"的"空虛"與《狂人日記》中的類似描寫對照起來讀，就會感到，在單四嫂子的感受中其實已寄託了作家自身的人生感受：深刻的絕望與虛空。

---

〔1〕［捷克］米列娜·D. 維林吉諾娃：《魯迅的〈藥〉》，《國外魯迅研究論集》，第 497 頁。

〔2〕孫伏園：《孔乙己》，《魯迅先生二三事》，湖南人民出版社，1980 年，第 17 頁。

〔3〕T. 赫特斯著，尹慧珉譯，《雪中盛開的花——魯迅及中國現代文學的兩重處境》，《文學研究參考》1986 年第 3 期，第 28 頁。

他定一定神，四面一看，更覺得坐立不得，屋子不但太靜，而且也太大了，東西也太空了。太大的屋子四面包圍著他，太空的東西四面壓著他，叫他喘氣不得。……苦苦的呼吸通過了靜和大和空虛，自己聽得明白。[1]

屋裏面全是黑沉沉的。橫樑和椽子都在頭上發抖；抖了一會，就大起來，堆在我身上。

萬分沉重，動彈不得；他的意思是要我死。[2]

會館裏的被遺忘在偏僻裏的破屋是這樣地寂靜和空虛……只有寂靜和空虛依舊，子君卻決不再來了。[3]

希望，希望，用這希望的盾，抗拒那空虛中的暗夜的襲來，雖然盾後面也依然是空虛中的暗夜……

然而現在何以如此寂寞？……[4]

不惜篇幅的徵引說明：在單四嫂子對"明天"的期待中浸透了魯迅對"絕望"的體驗。循此思路，《明天》的結尾不敘單四嫂子的夢（希望是虛妄的），卻寫"只有那暗夜為想變成明天"，"仍在這寂靜裏奔波"，便意味深長："明天"不再是一種期待，而是"奔波"（類似於"走"——行動與實踐）的結果，作為"現在"的延伸，它無所謂希望，也無所謂絕望，卻在幽昧的氣氛中包含著某種變化的可能性。這種可能性僅僅在於"奔波"的過程之中。

與《明天》相比，《藥》《長明燈》的暗示要明顯些，《藥》結尾處

〔1〕 魯迅：《明天》，《魯迅全集》第 1 卷，第 478—479 頁。
〔2〕 魯迅：《狂人日記》，《魯迅全集》第 1 卷，第 453 頁。
〔3〕 魯迅：《傷逝》，《魯迅全集》第 2 卷，第 113 頁。
〔4〕 魯迅：《希望》，《魯迅全集》第 2 卷，第 181 頁。

“安特萊夫式的陰冷”、由華夏悲劇構成的令人窒息的絕望與“花環”並存，後者的含義當然可以任讀者聯想，但它首先表現的卻是對陰冷與絕望的挑戰態度，而不是故事本身的內在延續。《長明燈》中的瘋子從一開始便知道長明燈“熄了也還在”，貫穿全篇的“我放火！”的呼喊自始至終都是一種“絕望的抗戰”：這“絕望”，伴隨主人公境遇的變化愈益深重，這呼喊，伴隨“絕望”的日益深重而越趨悲壯、頑強和勇猛。

“反抗絕望”的人生哲學並不僅是對個體生命的探討，而且同時體現為對普遍存在的人生狀態的觀察與思索。“絕望”不只是對個體而言，而且包含著深刻的民族與文化的生活內容。因此，“反抗絕望”的人生哲學在小說裏常常不是體現為個人的精神歷程，而是體現為對客觀世界的描繪與評價，但在這種客觀生活的背後，我們又總能體會到作家確實並未超脫於畫面之外。例如《阿 Q 正傳》《風波》等小說，它們的主人公缺乏自知的能力，只是按照自己的本能生活，“精神勝利法”不可能把阿 Q 從終將毀滅的結局中救出來，更不能激起他對施加在身上的各項壓迫作“絕望的抗戰”。但是，從另一個角度說，通過描繪這個面臨死亡與絕望的民族子民，魯迅又以自己的獨特方式極其複雜地體現了自己的人生感受——描述和鞭撻這種“絕望”不正是對“絕望”的反抗麼？

《阿 Q 正傳》呈現了獨特的、魯迅式的世界模式，它對中國民族精神與現實的歷史命運的闡釋建立在荒誕、誇張、變形又不失真實的敘事體現上：一個狹小鎖閉的未莊，一個遊蕩於城鄉的油滑又質樸的農民，一個在精神體系上完全一致、在現實表現上尖銳對立的族類譜系。幾千年不可變更的文化體系與近代中國劇烈的社會動蕩，西方文化、城市文明對古老子民的一次又一次衝擊，舊的秩序在搖蕩，現代革命在興起，但這一切不免是新舊雜陳，莊嚴的歷史變遷與阿 Q 式的革命竟結下不解之緣，這場“革命”或許不免又是一次絕望的輪迴？

阿 Q 幾乎是憑藉著他那生存的本能不由自主地加入改變“歷史”的偉大運動，於是這個“革命”又不免染上阿 Q 的精神特點。歷史的發展與極度的混亂相纏結，個體的混沌與社會的混沌互相映襯，偉大的預言家以悲憫又幽默的語調訴說著民族精神的悲劇。

“我”，作為敘事層面中一個超然冷峻的全知視角，是小說的敘述與象徵、隱喻構成的體系中的命運預言家、先知、智者，他對阿 Q、未莊、革命，及其象喻的民族歷史的過去、現在與未來了然於胸；他靜觀默察，無所不知，又可潛入人物心靈，體驗荒誕的表象下沉重的脈動；他沉默地注視著阿 Q 與阿 Q 式革命的必然的悲劇終局；他力圖給阿 Q 所代表的族類提供一個省悟的契機，但他似乎已感到自身的精神力量雖然超乎敘事對象的廣大譜系，卻終難挽回它的命運。智者與醫生的笑聲和超然的語調中越來越多地凝聚深沉的摯愛與悲觀。他終於不再超然，而作為一個獨特個體進入他創造的世界。在阿 Q 無家可歸的惶惑中，在阿 Q 尋找歸宿的努力中，在阿 Q 的生的困惱中，在阿 Q 面臨死亡的恐懼中，在阿 Q 臨刑的幻覺中，我們發現那種惶惑、不安、恐懼、絕望並不僅僅屬於阿 Q，而且屬於那顆終於並不能超然的心靈。從這個意義上說，對於阿 Q 們生存的世界的無情否定，不又是作家對靈魂中的“阿 Q 們生存的世界”的反抗？

並非所有小說都直接呈示著魯迅“反抗絕望”的人生哲學，但從作品形成的前提來說，《吶喊》《彷徨》又確乎是魯迅自己“反抗絕望”的一種象徵。魯迅在《〈自選集〉自序》中談到他的創造動因：

> 然而我那時對於“文學革命”，其實並沒有怎樣的熱情。見過辛亥革命，見過二次革命，見過袁世凱稱帝，張勳復辟，看來看去，就看得懷疑起來，於是失望，頹唐得很了。……不過我卻

又懷疑於自己的失望，因為我所見過的人們，事件，是有限得很的，這想頭，就給了我提筆的力量。

“絕望之為虛妄，正與希望相同。”[1]

既不是直接對於“文學革命”的熱情，又為什麼提筆的呢？

想起來，大半倒是為了對於熱情者們的同感。這些戰士，我想，雖在寂寞中，想頭是不錯的，也來喊幾聲助助威罷。首先，就是為此。自然，在這中間，也不免夾雜些將舊社會的病根暴露出來，催人留心，設法加以療治的希望。[2]

這裏包含了三層含義：第一，魯迅的小說起源於對自己的絕望的懷疑，即感到自己對於歷史過程的個人經驗是有限的，因而在個人經驗範圍內的“絕望”並不能證明整個世界的“絕望”。對“絕望”的反抗並不意味著肯定“希望”，相反，“絕望”在個人經驗的範圍內是一種真實存在。從個人經驗有限性的角度否定“絕望”同時也就無法確證“希望”，因為後者也在個人經驗範圍之外。在這個意義上，“絕望”與“希望”都是“虛妄”，只有對“絕望”的反抗才具有創造性的意義。“我的反抗，卻不過是與黑暗搗亂”[3]——“黑暗”作為一種反抗對象，既存在於客觀歷史之中，又內在於人的心中，“萬難破毀的鐵屋子”既是中國社會的象徵，又是自身靈魂裏的存在。因此，“反抗絕望”既表現為對客觀存在的社會生活的批判，又是作家試圖掙脫內

〔1〕魯迅：《〈自選集〉自序》，《魯迅全集》第 2 卷，第 468 頁。

〔2〕同上。

〔3〕魯迅：《兩地書 · 二四》，《魯迅全集》第 11 卷，第 80—91 頁。

心的“大毒蛇”的纏繞而做出的努力。

從這個意義上說，“反抗絕望”是對社會與自我的雙重態度，它首先是一種人生哲學，即個人如何面對人生的思考。竹內好說：“‘絕望之為虛妄，正與希望相同’。這是一句語言，但在說明魯迅的文學這一點上，超出了語言。與其說這是象徵性的語言，不如說是一種態度和行為。……人們可以說明‘絕望’和‘虛妄’，但對於自覺地意識到它的人卻無法說明。因為，那是一種態度。表現了那種態度的是《狂人日記》。”〔1〕其實，全部的魯迅小說都是這種態度的客觀化，它們既是這種態度的表述，又是這種態度的結果；在這個意義上，小說家魯迅的形成正依賴於這種態度。

第二，“絕望”和“反抗絕望”的雙重態度由於和中國近代政治革命的失敗相聯繫，因此，小說對中國近代政治革命失敗原因的考察，並不是離開作家主觀態度而做的純粹客觀化的社會形象解剖。例如《頭髮的故事》中，N 先生的長篇獨白表達的是對中國近代革命的失望，對希望與理想的懷疑 —— 一種來源於歷史與現實的悲觀和絕望；而“我”對 N 的淡漠以至嘲弄卻又表達了對這種悲觀與絕望的否定 —— 不是對 N 表述的真實歷史現象的否定，而是對 N 態度的批判性態度。這樣，對辛亥革命的經驗總結恰恰是在“絕望”與對“絕望”的絕望的相互論爭中展開。

另一方面，魯迅說自己的創作的直接契機又是對文學革命先驅的“同感”—— 一種對於舊文明、舊道德、舊文學……的價值的否定，卻並不是懷抱著勝利的希望。“吶喊”是對“寂寞”的抵抗，卻並不意味著能夠驅除“寂寞”。這種“寂寞”和對“寂寞”的驅除其實不能

〔1〕［日］竹內好著，李心峰譯，《魯迅》，浙江文藝出版社，1986 年，第 81 頁。

僅僅歸結為“他人的”東西，而是一種極其內在、幾乎難以分離的東西——“同感”在這個意義上又指對“寂寞”的體驗，因此，對魯迅來說，吶喊完全是一種內在的需要。這在《吶喊·自序》中說得很清楚：

> 我感到未嘗經驗的無聊，是自此以後的事。我當初是不知其所以然的；後來想，凡有一人的主張，得了贊和，是促其前進的，得了反對，是促其奮鬥的，獨有叫喊於生人中，而生人並無反應，既非贊同，也無反對，如置身毫無邊際的荒原，無可措手的了，這是怎樣的悲哀呵，我於是以我所感到者為寂寞。
>
> 這寂寞又一天一天的長大起來，如大毒蛇，纏住了我的靈魂了。
>
> ……
>
> 只是我自己的寂寞是不可不驅除的，因為這於我太痛苦。我於是用了種種法，來麻醉自己的靈魂，使我沉入於國民中，使我回到古代去，後來也親歷或旁觀過幾樣更寂寞、更悲哀的事，都為我所不願追懷……
>
> 在我自己，本以為現在是已經並非一個迫切而不能已於言的人了，但或者也還未能忘懷於當日自己的寂寞的悲哀罷，所以有時候仍不免吶喊幾聲，聊以慰藉那在寂寞裏奔馳的猛士，使他不憚於前驅。至於我的喊聲是勇猛或是悲哀，是可憎或是可笑，那倒是不暇顧及的；但既然是吶喊，則當然需聽將令的了……那時的主將是不主張消極的，至於自己，卻也並不願將自以為苦的寂寞，再來傳染給也如我那年青時候似的正做著好夢的青年。[1]

〔1〕魯迅：《吶喊·自序》，《魯迅全集》第1卷，第439—442頁。

“寂寞”（包括絕望）是內在於自身又同感於他人的，“沉入於國民中”“回到古代去”是對身內“寂寞”的驅除，而“吶喊”則把反抗“寂寞”作為自身與社會生活的共同需要。時代的感召、主將的命令只有與這種內在需要相聯繫，才能成為“吶喊”的動因。既然“吶喊”之聲源於“未能忘懷於當日自己的寂寞的悲哀”，那麼也可以說“寂寞”與“絕望”又正是“反抗”（“吶喊”）的起點。

第三，“寂寞”是“自以為苦的寂寞”，“絕望”也就在個人經驗範圍之內。既然個人的經驗是有限的，那麼身外未必就仍是“絕望”吧？因此，在“反抗絕望”“驅除寂寞”的過程中，“也不免夾雜些將舊社會的病根暴露出來，催人留心，設法加以療治的希望”——“希望”在這裏是一種個人經驗範圍之外的東西，一旦把它引入魯迅的經驗範圍之內，“希望”就只能是一種反抗“絕望”的態度。但是，對“寂寞”與“絕望”的反抗由於並不局限於個人內心的活動，而且也是對時代和社會的感應和觀察，這樣，“反抗絕望”就必然衍生出廣闊的社會性主題：農民問題，知識分子問題，政治革命與思想革命問題……從這個意義上說，整個魯迅小說，包括那些這裏沒有直接分析的小說，都是“反抗絕望”的人生哲學的體現和結果。《吶喊》《彷徨》的存在本身就是一種精神象徵。揭示病根，加以療救，是在個人對“寂寞”的驅除過程中展示出來。因此，魯迅小說對社會生活的描繪中似乎始終存在一個“掙扎”的主體，小說銳利深刻的社會批判中同時包容和潛藏著一種個體的掙扎感。

竹內好在他那本極富啟發性的《魯迅》中，曾隱約地感到魯迅小說的各種傾向中至少有一種本質上的對立，可以認為是不同質的東西的混合，“這並不是說它沒有中心，而是有兩個中心。它們既像橢圓的焦點，又像平行線，是那種有既相約又相斥的作用力的東西”[1]。竹內好感到這種對立用語言是不容易斷然地說清楚的。“城市和農村、追憶和現實，這大概是種小小的表現，或許還有死和生、絕望和希望。佐藤春夫用‘月光和少年’這樣的詞來表示，也許與這種對立較為接近。不管怎樣，應該認為有某種由兩個東西奇妙地糾纏在一起的中心。”[2]這個中心是什麼呢？他沒說明白，實際上他認為小說中的兩個中心並未真正連接起來，而這種連接在《野草》中卻實現了：

> 《野草》雖然含有種種傾向，但是，作為一個整體卻一個勁地朝某種統一運動著。小說中表現的兩個中心在這裏有接近的可能。在這裏，我們已經感到了浮現出作為一個整體的統一體的構造。換句話說，這裏的運動，一切都是向著中心運動的。不用說，《野草》中的各篇分別與《吶喊》《彷徨》中的各篇相對應……在它們各自對應的同時，它們各個系統間的相互關係也好像在這裏顯示了出來。就是說，我覺得它們各篇都具有極端的獨立性，這種獨立性卻以非存在的形式暗示著一個空間的存在，像磁石似的被集中地指向某一點。[3]

儘管竹內認為這一點對魯迅現象而言是“某種根源性的東西”，但“那是什麼呢？用語言無法表達”，以至“勉強地說，也只好說是‘無’”。[4]

竹內將語言無法抵達的東西歸結為“無”不免令人失望。但是他

---

〔1〕［日］竹內好著，李心峰譯，《魯迅》，浙江文藝出版社，1986 年，第 91—92 頁。
〔2〕同上。
〔3〕［日］竹內好著，李心峰譯，《魯迅》，浙江文藝出版社，1986 年，第 102 頁。
〔4〕同上。

所感到的存在於魯迅作品中的對立及其統一卻是真實的存在。正如第一節所顯示的，《野草》中充滿了生與死、希望與絕望、沉默與開口、天上與深淵、夢與現實、戰士與無物之陣、一切與無所有、愛者與不愛者……的本質性對立，但這種對立卻依據了一種獨特的心靈邏輯"一個勁地朝某種統一運動著"——那就是"明知前路是墳而偏要走"的"反抗絕望"的人生態度。《吶喊》《彷徨》作為一種現實生活的縮圖，難以像《野草》那樣清晰地表達作家主觀的人生哲學，但其敘述過程卻以更為複雜隱秘的方式呈現了如同《野草》所呈現的那種對立與統一：響往故鄉的遊子與回到故鄉的"客子"，新黨與舊鄉，回憶與空虛，生與死，希望與絕望，吃人與被吃，譴責與自責……這種種本質上的對立，由於主體的贖罪的自覺，對舊生活的價值上的無情否定，對個人經驗局限性的確認，生存的堅強意志，而終於在"絕望之為虛妄，正與希望相同"的思維邏輯之中，轉化為"絕望的反抗"的內在心理趨向。如果說各篇作品的獨立性"以非存在的形式暗示著一個空間的存在，像磁石似的被集中地指向某一點"，那麼，這一點就是一個做"絕望的抗戰"的孤獨者的身影，一個或者消失於沉沉黑夜，或者為光明吞沒的獨自遠行的戰士，一個拒絕了一切天堂、地獄、黃金世界，義無反顧地在黃昏裏"走"向墳場的"過客"，一個背負四千年重負，帶著贖罪的自覺，肩起黑暗的閘門的歷史"中間物"……正是在"反抗絕望"的不懈努力中，魯迅完成了自身的人格塑造。"這一點"確實既在作品之內，又在作品之外。

第三编

# 魯迅小說的敘事原則與敘事方法

第五章

# 主體精神歷史的客觀呈現

“敘述方法的主要問題在於作者和他的作品之間的關係。”[1]《吶喊》《彷徨》中的第一人稱敘述者既是敘述者又是小說中的人物，作者深入到“我”的意識、直覺、心理內部，外部事物通過主觀的心理現實和感知能力呈現出來。但同為第一人稱，魯迅小說的敘事形式卻並不單純，第一人稱並不能簡單地、一以貫之地將主體的精神歷程獨白式傾瀉在小說裏。總括地看，《吶喊》《彷徨》中的第一人稱小說可分為三大類：

第一類作品包含雙重或內外兩層第一人稱敘述者，小說的語調包含了兩種不同的、具有各自特點的聲音，兩種聲音的獨白性自述構成相互的對話、論爭關係；由於這類小說的雙重第一人稱敘述者實際上體現著主體心理現實的不同側面，從而主觀精神史是通過客觀呈現的論爭關係來體現的。這類作品包括《狂人日記》《頭髮的故事》《在酒樓上》《孤獨者》《傷逝》。《傷逝》表面上只存在一個第一人稱敘述者，

〔1〕［美］韋勒克、沃倫著，劉象愚、刑培明、陳聖生、李哲明譯，《文學理論》，生活・讀書・新知三聯書店，1984 年，第 251 頁。

但副標題點明是主人公“手記”，因此，作品的第一人稱敘述在整體上可以看成旁知觀點中的自知觀點敘述。

第二類作品通過第一人稱在敘述非己的故事時，對自我與敘事對象的關係進行反省，從而將主體的精神歷程在故事的客觀敘述中呈現出來 —— 實際上，這種敘事模式本身便是魯迅獨特的思維方法和人生哲學的體現：客觀的現實對於“我”而言不是外在的、與己無關的東西；不是可以漠然對待、不以為意的東西，因為，只要“我”失去自身與現實的相關性的認識，“我”也就失去了自身力圖獨立於現實並力圖改造現實的可能性，從而成為造成悲劇的現實秩序中的一個角色，成為舊世界的“同謀”。這類小說包括《孔乙己》《故鄉》《祝福》，在一定意義上還包括《一件小事》。

第三類作品是非虛構的追憶性小說，敘述者的心態直接呈現出作者的心態，因此，這類小說敘事方式上的特點是明顯的散文化傾向，其中包括《兔和貓》《鴨的喜劇》《社戲》。

## 第一節　雙重第一人稱獨白的論爭性呈現

正如巴赫金所說，藝術形式並不是外在地裝飾已經找到的現成的內容，而是第一次地讓人們找到和看見內容。雙重第一人稱論爭性獨白這一敘事形式使我們看到的恰恰是小說內容自身的論爭性。作為一位思想家，魯迅的特點就在於，他最深刻、最充分地體現了五四運動的理想，但同時又對這一運動及其體現者的命運抱有深刻的懷疑。魯迅對自身的這種內在矛盾性有著清晰的理解：對人的解放的追求，對歷史進化的信念，對傳統秩序的反叛作為時代的理性選擇構成了魯迅小說的基本價值取向；對自我及其代表的運動與理想的憂慮，對“唯黑暗與虛無乃是實有”的體驗，對自身及新文化代表面臨的無法克服的靈魂分裂的自覺，又同上述價值取向並行不悖，在小說中構成了一種論爭性的、悖論式的反諷關係。魯迅自己曾以“人道主義”與“個人主義”、“為他人”與“為自己”、“愛人”與“憎人”以及希望與絕望、生與死等對立的思想情感範疇來描述內心的分裂。這種對立與矛盾常常被理解為魯迅精神發展的辯證形成過程，而其廣泛性和長期並存性卻遠未受到重視：對於魯迅來說，這相互對立的思想因素在很長時間裏，尤其是在《吶喊》《彷徨》時期，不是處於一個克服另一個的線性發展過程，而是處於相互並存、相互否定、相互消長的狀態。可以說，創作主體的多結構性和矛盾性正是魯迅小說“悖論式反諷”的主觀根源。儘管小說的各種矛盾對立的因素統一於作家的藝術追求，但這種藝術追求不是消解而是呈現著主觀性自身的矛盾和分裂，小說無論在形式上還是內容上都不可能簡單地體現為一種獨白式的內容呈現，而表現為獨特又內在的論爭性。

但是，如果魯迅僅僅把論爭性理解為個人生活的事實，理解為同一精神主體的複雜狀態，那麼他仍然可能創作出浪漫主義的、單調獨白式的小說，主體的精神矛盾可能被描寫成錯綜又有序的精神過程，即在時間中不斷消解對立與矛盾的精神形成過程。如前所述，這種內在靈魂的獨白性只是在對魯迅小說做整體性觀察時才能發現，而在具體的小說中，論爭性是作為在同一時空關係中的客觀社會力量和人物間的論爭性來理解的，獨白性僅僅屬於小說的主人公，而不屬於作者　　屬於作者的是雙重獨白的論爭性。湯因比說：“在一個正在解體的社會中，它的成員的靈魂分裂是以各種不同的形狀來表現的，因為這種分裂發生在行為、情感和生活的每一種方式裏”，這些方式的每一種“都傾向於分裂為一對互相對立、互不相容的類型”——一極是被動而另一極則是主動。[1]

解體時代的客觀的矛盾存在為魯迅提供了這樣一種可能：把自身的矛盾的精神結構及其衍變過程同時表現為對客觀共存的社會力量的觀察——一種因個人感受而深化了的觀察。精神矛盾的消長起伏過程由於轉化為獨立的客觀的力量或人物的論爭狀態，主體抒發的獨白性就轉化為對白性，精神演變的歷時性在作品中就只能表現為並列的、共時的、空間的關係——這就決定了這些作品的特殊結構：對偶式主人公的論爭性獨白。雙重的第一人稱無疑強化了各自的獨立性和相互關係的並列性，並使得小說的獨白不致成為郭沫若、郁達夫所常有的那種抒情的狂歌式的爆發，而是藉以展開沉思默想的一問一答——當然，這裏所說的對話關係或論爭關係並不僅僅指人物的相互談話和論辯，而且還包含兩種對立的態度與意識的潛在衝突與交流。正是基於這一理解，雙重第一人稱論爭性獨白在魯迅小說中表現為兩種不盡相同的形式。

第一種形式以《狂人日記》及《頭髮的故事》《傷逝》為代表，小說主體內容並不存在純粹形式意義上的對話，完全是主人公一個人的獨白。但作品或隱或顯地存在著另一個外部第一人稱敘述者，從而使得小說的獨白性內容成為“旁知觀點”中的獨白性內容，純粹主觀的獨白由此具有客觀的、被觀察的可能性。這個人物的或隱或顯將內部第一人稱獨白推到了一個可以與之論爭的地位，而不再是唯一的權威地位，在他對內部敘述者的存疑態度與內部敘述者權威性獨白之間的諷刺性差距，則由於魯迅高超的反語技巧得以呈現得更為鮮明。正

〔1〕［英］湯因比著，曹未風譯，《歷史研究》（中），上海人民出版社，1986 年，第 236 頁。

是藉助於外部敘述者無言的存在，獨白的絕對權威性消失了，讀者不再是被動的接受者，而是與主人公處於同一時空的對話人。

小說主體部分的獨白性意味著眾多敘述因素服從於相對統一的哲學構思和意識觀念，並具有相當的真理性，但獨立的外部敘述者卻使得與作家的主觀性緊緊相聯的獨白成為一種並非支配全局的眾多現實力量中的一種力量，從而獲得客觀的意義。獨白賴以建立的那個描述原則，那個描述主旨，甚至那個描述結論，同時成為描述的對象。作為觀察、理解、感受、體驗、表達、呈現世界和生命的思想、情感、觀點、感悟，只是對主人公而言才具備絕對意義 —— 即使這個主人公幾乎可以視為作者的化身，也仍然作為這個世界中的任意一點而受到檢驗。例如《狂人日記》對中國歷史與社會、對中國封建倫理體系的“吃人”本質的認識與控訴，無疑寄託和體現了作者本人的觀念與感受。但是即便在這篇心理獨白式的小說裏，作者也始終把狂人的眼光與感受作為“眾多眼光”中的一種來把握，從而使小說充分的主觀結構同時成為一種客觀性。

這種客觀性的獲得並不排斥獨白性主人公的絕對主觀性，在他的意識或感覺的範圍內現實的一切都服從於他的眼光，成為一種心理現實，這就使得主觀結構的客觀化過程變得更加複雜。《狂人日記》把獨白自身呈現的反諷性內容與敘述者對獨白的“旁知觀點”相結合，才獲得了客觀化的效果。小說對現實、歷史、精神的認識與體驗完全由狂人的眼光與感受來支撐，但小說第二章卻分明寫道：

但是小孩子呢？那時候，他們還沒有出世，何以今天也睜著

怪眼睛，似乎怕我，似乎想害我……[1]

小孩子對狂人的恐懼與狂人對小孩子的恐懼具有等值意義，狂人的目光因此也就不再是唯一權威的目光，而是眾多目光中的一種目光，小說的獨白形式背後由此也包含了內在的對白性或論爭性，獨白自身便構成了對自身權威性的譏諷或挑戰。這種譏諷與挑戰又和小說的敘事模式相配合：小說通過外部第一人稱敘述者把獨白處理為病狂者的囈語，並在一開始就點明病狂者終於"候補"去了的結局，從而使得獨白者失去了絕對權威性，同時則通過用反語方式處理的系統象徵和隱喻表達關於中國社會與歷史的真理性觀點。

《頭髮的故事》中 N 先生的感想、追憶、觀點乃至思維方法（由小及大，由辮子問題到歷史過程）、情感特點（冷中見熱）、語言風格（冷話反語中見熱情焦灼、苦悶憤激）都直接呈現著作者的思想與心態。但小說的敘事模式卻提醒著：這不是獨白小說，而是論爭性小說，外部第一人稱敘述者不斷地提醒內部獨白者脾氣"乖張"，"不通世故"，"愈說愈離奇"，從而將獨白內容置於可以與之論爭的位置而非權威地位。外部第一人稱敘述者冷眼旁觀、超然客觀的目光與語調，與內部第一人稱敘述者由憤激到沉痛、由沉痛到得意、由得意到詰責的情感充沛激越的語調構成強烈的對比和論爭性，獨白者和獨白在兩種語調的交織、滲透中獲得了自身的客觀品性，也即：獨白成了觀察的對象。

《傷逝》標明是第三人稱涓生的手記，從而把內部獨白置於非"我"的位置，而小說系統的諷喻技巧使讀者在洞見真相的同時，對敘述者自身產生懷疑。獨白在明確的意識層和不明確的意識層之間存

〔1〕 魯迅：《狂人日記》，《魯迅全集》第 1 卷，第 445 頁。

在雙重、矛盾的心理渴求，獨白者自己對此並無自覺。在明確的意識層，獨白者反覆強調自己的悔恨與罪過，而在不明確的意識層，他卻竭力地證明子君之死的社會的和自身的原因，從而不自覺地試圖擺脫意識到的應負的道德責任。這樣，儘管獨白本身的語調是一致的，悽楚、哀婉、低回、纏綿、亢奮，構成統一的內心世界，但讀者卻隱約聽到了另一個與之論爭的冷峻、犀利、嚴肅的聲音。

如果小說不保持一個外部的視點，作品將成為完全的主觀心理表現，但隱身的冷靜的外部敘述人與小說敘述的反語技巧卻使得內心獨白具備了客觀的品性，讀者的閱讀經驗被嚴格地控制在審視者的位置。因此，儘管全部敘述來自“我”的視覺觀點內，但“我”的客觀的、不自覺的二重品性卻清晰地呈現在讀者面前。《傷逝》敘述過程的深刻的象徵意義，呈現著作者自己複雜的心態，但同樣由於敘述背後的那個與內部敘述者產生感情與思想交流卻又保持著冷靜獨立態度的旁觀者（敘述者），而獲得了非我的、客觀的特點。小說表面統一的敘述語調實際也由於這個外部敘述人的存在而改變了單純的抒情性，形成音樂中聲音對位的效果：兩種調子各自獨立又相互交織。

這一特點在第二種形式的雙重論爭性獨白中體現得更為明顯。《在酒樓上》《孤獨者》中的外部第一人稱敘述者不僅有獨立的敘述語調，而且直接參與情節和對話，整個故事似乎是包裹在他的旁知眼光，並沉浸於他那沉思而抒情的語調裏。從表面看，這兩篇作品就是由這個敘述者敘述的兩個失敗的知識者的寂寞、頹喪、孤獨、報復的故事，但實際上小說並非單調獨白式的，而是對白式的，主人公的故事大量應用自知視角，有著獨立的敘述語調，整個小說由兩種各自獨立、相互滲透、交織纏繞的曲調配合著小說對偶式主人公的存在，超越了單純的沉思抒情的外部敘述者的單一語調。小說的精神歸趨不是統一於、服從於其中任何一人的意識，而是存在於兩者的對話關係中，存在於他們對待自己與世界的關係的不同認識與態度構成的悖論關係中。“在社會歷史領域內進行活動的，全是具有意識的、經過思慮或憑激情行動的、追求某種目的的人”〔1〕，魯迅小說裏的對偶式主人公也正是這樣一種有著獨立的目的、激情、思慮的自我意識主體，他們各自擁有不同的但又具有等值意義的世界圖像；兩者的關係不是主體與客體、認識與被認識、主動與被動的關係，而是兩個獨立主體的對話關係。

由於對話關係建立在雙方的主體性存在或等值意識主體的交流過程中，雙重第一人稱敘述使作品環繞統一事件而展開兩條並列、共存又產生對話或論爭關係的獨白，雙重的獨白性不僅強化了各自的獨立性和相互關係的並列性，而且以此為前提各自呈現了對方的特點，也呈現了自己的特點。確認別一個“我”不是客體，而是另一個主體——“自在的你”〔2〕，這才能使雙方不能不關心和敏感對方對自己的評價和判斷並做出積極的反應。呂緯甫異常敏感地感受到“我”的眼光對自己的期望，魏連殳甚至在自認失敗後也不能忘懷“我”的存在，從而寄出一封獨白式的長信，而“我”則不斷地從對方身上竭力尋找自己想找而終究找不到的東西。雙方各以對方的主體性存在而獲得了自知——呂緯甫、魏連殳在思想、觀念上是自成一體的人物，他們的精神弱點主要不是經由他人來發現，而是充分自知的，這在“我”也是一樣。環繞某一統一事件，兩種獨立的聲音與意識相互滲透交織，

〔1〕［德］恩格斯：《路德維希．費爾巴哈和德國古典哲學的終結》，載《馬克思恩格斯選集》第 4 卷，第 243 頁。

〔2〕參見［蘇聯］米．巴赫金著，夏仲翼譯，《陀思妥耶夫斯基的複調小說和評論界對它的闡述》，《世界文學》1982 年第 4 期，第 246 頁。

構成內在的悖逆關係，但作為各有其完整價值的主體，任何一方不會成為對方否定性的權威力量，相反，這種否定力量主要來自主體自身，來自他深刻的自知。當然，對話關係中存在著評價性內容，但這種評價以尊重對方人生經驗的獨立性為前提，評價者自身不是絕對真理的代表者，而是獨立的、與評價對象處於對話關係中的意識主體，因此他的聲音並不是最後的結論。

正是在這個意義上，只要這種對話關係存在，小說在內容上就不可能完結或只可能是未完結的完結，而這種對話關係在小說裏並不由於對偶式人物的生離死別而消失，因為即便是死者如魏連殳也仍然對生者形成無法推卸的壓力和追問，"我"的任何新的選擇實際上都是對死者的一種回答和反應。出於某種先定的觀念，有些論著實際上把外部第一人稱敘述者視為代表作家態度的權威力量，把內部第一人稱敘述者當作客體人物、當作"我"的評判裁決對象，從而將魏連殳、呂緯甫完全作為一種否定性人物來對待，看不到這兩個人物的人生經驗和某些思想的相對真理性，看不到這兩個人物與"我"並不存在價值上的不平等關係。

例如，《孤獨者》從表面看是由"我"講述的魏連殳的故事，但魏連殳顯然不是一個被動的敘述對象，他的獨白、他與"我"的談話、他那傾瀉而下的內心抒發及他的言行態度，不斷構成對"我"的怯弱膽小、隨遇而安的人生態度的挑戰。小說第一章連殳大殮時對"我"的冷漠顯然揭示了"我"與"村人"們所共有的某種好奇心和看客心理；第二章兩人在對待"孩子"看法上的分歧恰恰使雙方修正自己的觀點；第四章連殳獨白式的來信使"我"逐漸忘卻他，但在心靈深處"又似乎和我日加密切起來，往往無端感到一種連自己也莫名其妙的不安和極輕微的震顫"，甚至連殳之死雖已中斷了實際對話交流的可能性，但“我”仍然感到他的實際存在，從而“掙扎著掙扎著”，“要從一種沉重的東西中衝出”——他們似乎是一對有著獨特心靈感應的孿生人，雖各各不同，又密切相關，骨頭連筋。“我”對連殳的觀察、評價和論辯過程，同時也是連殳對“我”的觀察、評價和論辯過程。儘管在某些心理活動和場景描寫的象徵意義上，“我”也暗示了作家對連殳的態度，但外部敘述人自身不是權威的評判人，相反，他的觀點和心理狀態不斷受到魏連殳的影響，兩者相互滲透，互為鏡子，既照見別人，也照見自己。

對偶式主人公是和作者內在精神結構的矛盾性相聯繫的，小說人物的論辯性及小說內容的未完結性，恰恰說明作者內心矛盾的尖銳性和未完結性。對於魯迅來說，對偶式主人公的存在體現著兩種可能的人生選擇，意味著自我面臨的兩種不同的生命存在方式；論辯的存在說明兩種存在方式各有利弊，並且一種存在方式牽動著另一種存在方式，一種存在方式以另一種存在方式為自己未來的某種可能形式，這樣，“我”才會對呂緯甫、魏連殳的人生選擇感到那樣一種不是來自外部，而是來自內心深處的恐懼、不安和掙扎。在這個意義上，對偶式主人公的對話過程是作者自己觀察自己，同時又竭力表現並超越自己的過程，客觀的、獨立存在的、具有社會學和性格學的典型性的人物之間的論爭關係，實際上又是創造主體在揭示自我、確立自我、超越自我的矛盾過程中的一種雙重思維，一種內在意識衝突，這種衝突是作家正在經歷並且未完結的思想狀態。

正是這種衝突的未完結性及其與社會生活中兩種知識者的生存方式的深刻聯繫，使得作家有可能以對白式的，非“我”的形式來處理小說的結構原則。在這個層面上，魯迅小說的對偶式主人公的論爭關係其實正呈現著魯迅內在精神結構的論爭關係。因此，這些小說的結構原則同時表現了作者內心世界的結構特點，從而不僅僅是作品中的抒情段落，不僅僅是第一人稱敘述者的內心獨白，而且是整個小說的藝術構思，都具有強烈的自我表現性，只不過這種自我表現性是通過客觀的、非“我”的、典型的方式呈現出來。請看這段描寫：

> “孩子總是好的。他們全是天真……”他似乎也覺得我有些不耐煩了，有一天特地乘機對我說。
>
> “那也不盡然。”我只是隨便回答他。
>
> “不。大人的壞脾氣，在孩子們是沒有的。後來的壞，如你平日所攻擊的壞，那是環境教壞的。原來卻並不壞，天真……我以為中國的可以希望，只在這一點。”
>
> “不。如果孩子中沒有壞根苗，大起來怎麼會有壞花果？……”
>
> ……
>
> 然而連殳氣忿了，只看了我一眼，不再開口……[1]

客觀的、出自各自獨立人生經驗的對話背後，不正隱藏著1920年代中期魯迅內心深處的衝突？對青年的期望與懷疑，對進化論的篤信與憂慮，不已呈現其間？

根據周作人、許欽文等人的回憶，《在酒樓上》《孤獨者》的許多素材如遷葬、大殮均取自作者自己的經歷，而魏連殳“當兵”的情節則來自魯迅確曾動過的真實念頭。當你設身處地地去體驗魯迅曾感受過的那些人生經驗時，你會發現呂緯甫的那種對於母親、對於傳統

〔1〕魯迅：《孤獨者》，《魯迅全集》第2卷，第93頁。

道德的內心妥協，那種面對中國現實的頹唐又自責、自省又彷徨的心態；魏連殳對於傳統桀驁又馴順、對於世界冷漠又熱愛、對於人生玩世不恭又終於認真地以生命復仇的精神特點，正形象地、真切地呈現著魯迅靈魂的某一側面，而“我”對這種種心態的否定性態度和與己息息相關的感覺，也正表明著魯迅內心難以擺脫的掙扎。但是，魯迅的內心生活經驗轉化為藝術作品時，主觀經驗不是以獨白的、純主觀的方式呈現，而是以客觀的、非“我”的形式呈現，主觀表現性與現實主義的典型化方法獲得了一種獨特的融合。

總之，儘管魯迅把自己的心靈激情傾注於他的人物，使他們對自己靈魂裏發生的一切有一種超越常人經驗的自知與洞見，儘管自知觀點提供了這樣的機會：作者深深地沉浸於人物的心靈，外部動作顯得微不足道，而人物心靈的默默無言的活動卻以獨白方式呈現無遺。但是內外兩層第一人稱論爭性獨白的形式使得小說的主觀獨白成為客觀的、典型的對白關係中的描述和觀察對象，主觀抒發因此而客觀化了。這種藝術形式本身也深刻地體現著作家的主觀態度與哲學見解：客觀化本身是一種與作品意識主體構成某種論爭關係的主觀性，不是獨白主體而是雙重獨白的複雜關係才最深刻全面地呈現了作家的心理結構；同時主觀世界的客觀化體現了作家超越個人經驗觀察主觀生活的獨特思維方式，魯迅小說的自知和內省的精神特點正是經由這樣的藝術途徑和哲學思維而呈現出來。對話形式隱去了作者的痕跡，但雙重並列交織的表層語調背後，卻迴蕩著作者的內在語調。

## 第二節　第一人稱非獨白性敘述

雙重論爭性獨白的形式關注的主要是人物主觀世界的呈現，對偶式主人公各自沉浸於自己的思想中，小說表現的與其說是他們的性格，不如說是他們的思想或精神狀態，以及由這種狀態導致的不同的命運形式。從創作主體的角度說，這種形式實際上是作家把自身的每一對矛盾及其內在發展階段變為兩個並列共存的人，使它們在相互關係中分散展現。內省與自知的主題是在內心獨白的過程中、對自身靈魂的審視中完成的。

第一人稱非獨白性敘述則引入了完全非己的，甚至非同類人的故事，敘述人無法直接進入故事主人公的內心世界，因而故事完全以旁知觀點呈現，敘述語調不是獨白性的，而是描述性的，故事本身有充分的獨立性、客觀性，故事主人公與第一人稱敘述者之間不存在內在的或事實上的精神聯繫，不存在對話或論爭關係。從表面上看，第一人稱敘述人僅僅是故事的轉述人，在《祝福》《孔乙己》中甚至故事的敘述語調也是相當冷靜、克制、與己無關的，儘管採用"定點透視"，打破了"全知全能"的傳統敘事模式，敘事人與作者雖相契合卻不等同，主觀評價性內容主要也是從敘述中"呈現"的。

這種表層敘事形式曾使不少研究者把全部注意力集中於故事內容呈現的客觀意義，各種不同見解不是來自對敘事過程的理解，而是來自對故事的客觀意義的認識。例如在許多論著對《祝福》的討論中，都不是以作品的全部敘事過程所呈現的各個敘事因素間的關係來考慮作品，而是從題材的客觀意義上來解析小說的思想意義。（這在電影《祝福》的改編中尤為明顯，敘事人的心理過程完全被省略了。）同樣的情形也發生在對《故鄉》《孔乙己》等小說的評論中。儘管這些論述對於理解魯迅小說的思想意義做出了重大貢獻，但對於小說的具體理解而言，這些論述由於沒有深入到小說的深層敘事原則和敘事結構中，從而構成了對理解作品內容的某種程度的誤導和簡化。

那麼，這一深層敘事原則是什麼呢？這就是一種普遍聯繫的原則，一種把客觀存在的世界納入自我精神歷程並思考其意義的原則，一種把非“我”的、他者的悲劇命運視為與自身命運休戚相關、不可分離的人生課題的原則，一種用自我反省、自我否定的態度發掘自身對於人民苦難應負的道德責任的原則 —— 這一原則使得小說對具有獨立意義的故事的敘述獲得了某種心理學意義：當故事被植入主體的心靈演變及自省中時，客觀現實也就同時成為主觀現實，悲劇故事由於和心理過程相聯繫，其單純的客觀意義就被複雜化和主觀化了。

由一個具有複雜的心靈、內省的能力的第一人稱敘述者來敘述一個表面看來與“己”無關的悲劇故事 —— 這一敘事結構無疑最適合於體現上述敘事原則。如同西瓦爾（Richard W. Sewall）所說，在古典悲劇中，苦難源於“人的悖論，‘世界之謎’。唯有行動中的人，‘路途之中’的人，始能展示其本性的多種可能性：善的，惡的，善惡兼具的”。戲劇行動產生於人的選擇，而選擇確認了人的自由。但“選擇並非在清晰的善惡之間，而是同時涉及兩者”。因此，就希臘悲劇而言，“只有最強的性格才能承受這樣的磨難 —— 無懼懷疑、恐懼、友人的勸告或罪惡感而堅持自己的目標……”[1] 善惡兼具之感由此成為悲劇英雄必須承受的命運 —— 有“罪”之感使小說的敘事過程緊密地聯繫著內在心理衝突，無“罪”之感使小說得以客觀地呈現悲劇的實際狀態及社會根源。“自我的紓解”與“人間的關懷”在這一敘事結構中獲

---

〔1〕 Richard W. Sewall, *The Vision of Tragedy*, New Haven: Yale University Press, 1959, p. 44.

得了獨特的融合：自我的紓解並不是以第一人稱獨白、狂想、幻覺等主觀方式呈現，而是以第一人稱敘述者敘述非己的、他者的、客觀存在的人與事的方式呈現，而敘述者本身對敘述過程的心理根源或心理學意義並不自覺或僅僅是半自覺 —— 他是一個獨立的、不等於作者的虛構人物，他可能是作者自身的對象化，卻具有某種非“我”的客觀的特點，因此不是這個人物的心理活動，而是全部敘事過程呈現出的這個人物的內心世界與客觀故事的內在聯繫，才完整地體現了作者的心理結構和敘述原則。

由於小說的敘述原則和敘事結構與作家以及第一人稱敘述人內心深處同時存在的“有罪”與“無罪”之感相聯繫，因此敘事過程必然包含由這兩種心理趨向所構成的論爭關係或悖論式反諷。但是，這種論爭關係不存在於對偶式主人公的雙重獨白中，而存在於敘述人的心理活動中，存在於敘述人的主觀意識與所敘之事構成的悖論關係中。用旁知觀點敘述下層群眾和知識分子的悲慘故事，敘述人不是潛入人物內部，而是用旁觀者的目光、克制得近乎冷靜的語調敘述人物的性格、外貌、情狀，人物與故事獲得了客觀的、真實的藝術效果；用自知觀點包裹起整個故事，從而把非“我”的故事納入心靈歷程使之成為敘述人獲得某種程度自知與內省的心理事件 —— 故事的客觀意義並未遭到懷疑，卻在一定程度、一定範圍內被主觀化了。

但是，在具體作品的敘事過程中，第一人稱非獨白性敘述對敘述人與故事的關係的藝術處理並不完全相同，這首先表現在敘述人身份的設計及由此形成的敘述語調上。第一種形式以《孔乙己》為代表，用回憶童年經歷的形式敘述故事，敘述者與作者的心理經驗截然分開，對自身與敘述對象關係的理解完全停留在事實層面，並不能由這一關係所潛藏的內在矛盾而獲得深刻的自我認識。敘述者以與己無關的、近乎冷漠的態度敘述故事，敘述過程有意識地對讀者進行“誤導”：利用第一人稱敘述者在敘述過程中的權威性，讓讀者伴隨敘述人以一種調侃的、冷漠的、與己無關的態度對待敘述對象，這樣敘述人與讀者都在毫不自覺的狀態中參與“一般社會對於苦人的涼薄”。但敘述過程最終顯示出的恰恰是由主人公的悲劇而激發起的對於這種冷漠態度的強烈譴責與批判，於是，在敘述人的態度、語調與故事的發展、敘事過程的整體效果之間存在著無法消解的矛盾，雖然敘述人對此仍無自覺，讀者卻從敘事的“誤導”中走出，不得不以內省的態度思考自身與“與己無關”的悲劇故事的關係，思考自身對於悲劇應負的道德責任，從而作家把自身的心理經驗經由完全獨立的敘述人的引導而轉移到作品之外的讀者的靈魂波動之中。

調動讀者的心理經驗不僅僅是《孔乙己》一篇小說的特點，而是魯迅小說創作目的的帶有普遍意義的方法論的延伸。魯迅在《且介亭雜文·答〈戲〉週刊編者信》中談論《阿Q正傳》時說：“我的方法是在使讀者摸不著在寫自己以外的誰，一下子就推諉掉，變成旁觀者，而疑心到像是寫自己，又像是寫一切人，由此開出反省的路。但我看歷來的批評家，是沒有一個注意到這一點的。”〔1〕從表面看，《孔乙己》的敘事模式在魯迅早期文言小說《懷舊》中就已出現，那篇作品也是以回憶童年經歷的形式敘述故事，故事與人物都在不具備反省與認識能力的稚童眼中呈現，並且這兩篇作品都系統地運用了反語技巧：《孔乙己》以冷取熱，以輕凝重，“我”記起的多是因孔乙己而起的笑聲，並在段落與段落之間用複沓手段反覆渲染：“引得眾人都哄笑起來：店內外充滿了快活的空氣”，而獲得的效果恰好相反，連續不斷的笑聲恰

〔1〕 魯迅：《答〈戲〉週刊編者信》，《魯迅全集》第6卷，第150頁。

恰使得孔乙己的悲劇產生了近乎令人窒息的沉重感；《懷舊》則莊語諧用、正語反用，從而獲得諷刺性的喜劇效果。

但實際上，《孔乙己》的敘事過程較之《懷舊》遠為複雜：第一，《孔乙己》運用了敘述人對讀者的有意識誤導，敘述語調的克制、冷漠、與己無關調動了讀者的態度，而敘事過程對語調構成的反諷實際上也深入到讀者的靈魂深處。因此，藉助於純屬虛構的敘述人，讀者與小說所敘之事之間形成了對話與交流關係，讀者實際上化入了作品描繪的那種獨特的社會氛圍。這顯然是一種相當高超的敘述技巧，敘事的外在單純性與內在複雜性不著痕跡地融為一體，外在於文本的心理經驗參與了敘事過程。《懷舊》顯然單純得多，定點透視與反語技巧的傳達效果是明晰的、固定的，敘事結構是自足完整的，不像《孔乙己》的開放的敘事結構，後者需要讀者的參與才能最終達到敘事結構的預定效果。第二，《孔乙己》的敘事結構實際上已包蘊了那種在自我與世界或描述對象的普遍聯繫中進行自我認知的哲學性原則，這在《懷舊》時代遠未形成。正是由於《孔乙己》敘事過程的這種複雜性才使小說的意義遠遠超越了故事本身。在這一點上，常常為論者拿來與《孔乙己》並列論述的《白光》的思想內容和心理內容就遠不如《孔乙己》複雜，小說的意義與故事情節基本上一致，當然後者的敘述方法引入了象徵、幻覺等心理描寫，自有其獨特意義。

第二種形式與第一種形式的區別在於，第一種形式的敘事與故事的關係是明確的，敘述人專注於敘述對象本身，語調明確地顯示出敘述人對故事的評價性態度，而對於這個態度的內涵敘述人毫無自覺；第二種形式的敘述人與故事的關係不那麼明晰，敘述人以一種曖昧的、不加解釋的、多少有些含混的態度陳述故事，敘述過程顯示出敘述者對故事在自己心理上的反應的關心程度至少不亞於對故事本身的關心程度，敘述語調對敘述對象的評價性不是消失而是弱化，代之以相對緘默冥想的感受性語調，對敘述對象的客觀敘述背後始終隱藏著敘述者對自己與對象或故事之間關係的自覺或半自覺的自知與內省。

更重要的是，第二種形式中的“我”，無論在《祝福》《故鄉》還是《一件小事》中，都不是他所觀察的社會對象和群體中的一員（如《孔乙己》中的“我”），他扮演了一個久別故鄉的或具有新文化特點的陌生人的角色，完全以一種新的、不同於故鄉文化的觀點來觀察故鄉的人與事，於是那些消融於日積月累的毫不新鮮的經驗中的東西，在新的眼光的凝視中產生了全新的意義，這也即維克多·什克洛夫斯基（Viktor Shklovskij）稱為“陌生化”的敘事技巧，其作用在於“使一件事情從它的通常理解轉化為一種新的理解，從而導致一種特殊的語義轉移”。[1]

《孔乙己》依靠系統的反語技巧獲得了與冷漠、調侃的語調截然相反的藝術效果，而祥林嫂、閏土、車夫的平常故事卻在一種“陌生的”（相對人物所處的背景而言）眼光下展示了深刻的意義：傳統倫理關係、社會精神狀態、動蕩的社會生活對中國下層群眾從身體到精神的嚴重戕害，中國下層群眾的現實處境與他們的精神狀態的悲劇性分離，卑賤的生活狀態中綻現出的高尚的品性……但是，如果僅此而已，那就大大低估了魯迅小說敘事模式的複雜性，也大大低估了魯迅小說思想內容的深刻性。對於敘事對象而言，第一人稱敘述人不僅提

---

〔1〕 Viktor Shklovskij, *Iskusstvo kak Priem' Poetik*（1919）112, See *The Chinese Novels at the Turn of the Century*, Edited by Milena Doleželová Velingerová, University of Toronto Press, 1980, p. 69. 1991 年版的中譯本將這句話譯為：“一件事情被從其通常的感受領域轉移到一個新的感受領域，因而造成一種特殊的語義轉換。”見［捷克］米列娜編，伍曉明譯，《從傳統到現代：世紀轉折時期的中國小說》，北京大學出版社，1991 年，第 68 頁。

供了一種新的、使普通習見之事變為不同尋常之事的眼光，而且把這些客觀事件納入了自身的心理歷程，使得兩種異質的、不相干的人物產生了內在的、不可分割的聯繫，敘事過程同時成為敘述人充分自覺或半自覺的心理過程。

比較而言，《故鄉》及《一件小事》的敘述人與作者相對同一，對故事、對象與自身的關係處於自覺狀態，而《祝福》的敘述者與作者雖有聯繫卻存在著距離，對敘事對象與自身的關係處於半自覺狀態，敘述者的聲音背後還潛伏著作家內在的語調。因此，就內在敘事結構而言，《祝福》比《故鄉》《一件小事》多一層反諷關係：作者與讀者不是與敘述者處於同一平面，而是站在反諷的高度對之進行照察與審視，這種照察和審視與敘述者的自我省察之間存在著諷刺性差距。

《祝福》的特點恰恰就在：它把祥林嫂的悲劇納入敘述人同時並存的"有罪"與"無罪"的心理結構，非"我"的、客觀的、他者的故事和悲劇成為敘述者極力擺脫又無力擺脫的精神負擔，故事的敘述過程成為敘述者力圖擺脫內心壓力與道德責任的潛意識的活動過程，實際上，正是這種強烈的"擺脫"意識證明了敘述人與悲劇的必然的精神聯繫。小說以第一人稱試圖擺脫內心壓力的方式敘述故事，這一敘事模式本身便意味著對自我的追問與內省的要求：不是西方文學中常見的"我是誰？"，而是中國現代文學中的"我是這一社會結構中的誰？"，當"我"以一種"陌生的"眼光打量曾經熟悉的鄉村的時候，當我告別了"故鄉"，並在內心對之產生了疏離感的時候，"我"果真與"故鄉"所代表的文化秩序毫無關係了麼？我對"故鄉"的悲劇應負怎樣的道德和歷史的責任？這種對於自我的深刻憂慮與懷疑並不完全自覺，但敘事結構卻呈現了作者的思考：這一切正來自徘徊於過去與現在之間的"歷史中間物"對自身的深刻惶惑。不是祥林嫂的悲劇，而是這一悲劇與敘述者的獨特眼光和複雜心態的結合，才構成了《祝福》的基本思考，才使得它在眾多相似題材的現代小說中卓然不群。

許多論者完全拋開第一人稱敘事形式而直接進入對《故鄉》的分析，認為小說描繪了近代中國農村破產的圖景，寫出了中國農民在“多子、饑荒、兵、匪、官、紳”層層逼迫下的悲劇處境，或則更進一層，把閏土的精神麻木與“我”所體會到的“隔膜”視為小說的主題。在同時代作家熱衷於寫婚姻戀愛、身邊瑣事的時刻，注意到魯迅藝術視野的廣闊性，注意到魯迅對中國農民的關注，這當然是正確的。但如果因此而忽視了《故鄉》“自我紓解”的一面，便不能算真正讀懂了小說，而這一點恰恰是和小說的第一人稱敘事模式緊密聯繫的：回鄉與別鄉不僅是一個現實的過程，而且是一個主觀心理的過程；故鄉昔日的美麗和今日的破敗，少年閏土的生動與成年閏土的麻木也都是經由“我”的主觀感受而大大強化了的。第一人稱敘述者是一個脫離了舊的東西又感到無所依託的人物，在感到懷疑並不安地尋求新的道路的同時，他懷念童年時的那些明確、肯定的事物，滿懷希望重溫某種難以忘懷的東西，於是 20 年前的故鄉與閏土以一種純粹主觀美化或純化的理想形態出現了；但“故鄉”其實是一個永遠不能歸去的“家”，現實的苦難使這種“尋找歸宿”的願望徹底破滅 —— 由此，故鄉的現實、閏土的故事⋯⋯被納入了“我”尋找“家”的精神過程，敘述對象的客觀社會意義與“我”體驗到的“隔膜”雖然保持著獨立的、不可忽視的意義，卻是在“我”的迷惘與追尋的精神歷程中獲得呈現，而這一精神歷程正構成了小說的精神底蘊。忽視了小說的這種獨特的呈現方式，也就不能理解小說內容深刻的自知與內省的特點：在“我”對“變化了”的故鄉與閏土的觀察中，“我”也體現了“我”的變化，“我”與“故鄉”的真實關係。

《一件小事》敘事過程的這種內省特點則更為外露：小說不是著力描寫人力車夫的性格、命運，而是通過對“我”與敘述對象的關係的自省，生發自己的社會人生思考。五四前後，胡適的《人力車夫》、沈尹默的《人力車夫》和舍我的《車夫》等作品都曾描寫人力車夫，前兩篇是敘事抒情詩，後一篇則是第一人稱的小品。這些作品側重於寫車夫的命運和對他們的同情，在敘事方式上並不是將敘述對象納入自己的內心歷程，而這恰恰是《一件小事》的特點 —— 由此可見，第一人稱的內省的敘事方式是和魯迅自己的人生思考的巨大歷史深度緊相聯繫的。

魯迅那種把一切與己無關的、客觀的世界看作是和自己有著內在聯繫的事物的獨特的藝術才能和敘事方式，是他的最有力和深沉之處。這種敘事方式植根於他對自我與世界關係的深刻洞悉，藉助這種敘事方式，魯迅對世界與人的理解達到了異常敏銳的程度：一切原本顯得簡單明了的東西在他的世界裏卻成為複雜的、多成分的。在別人只看見一種意義的地方，他看到了雙重的意義；在別人只看見一種態度和思想的地方，他看見了兩重態度和思想；在別人發現了一種品格的地方，他發現了雙重的人格，發現了相反的品格的存在。他在同情的聲音中聽出了對責任的逃避，他在深沉的懺悔中發現了為自己辯護的聲音，他在頹喪自欺中看到了真誠與堅韌，他在“無罪”之中發現了“有罪”，又在“有罪”之中發現了“無罪”…… 無論是第一人稱雙重論爭性獨白還是第一人稱非獨白性敘述，任何一種敘述形式都使他領悟了每一種現象的雙重含義和多重理解，也正是這種雙重含義與多重理解呈現了魯迅極其複雜、錯綜交織又變化發展的心理結構。

但是，這種主觀心理結構不是以純主觀的形式、依靠對現實的主觀變形而表現，相反，它絲毫不抹殺敘述對象的客觀品性與意義，甚至當它自身進入藝術世界之後也成為一種具有客觀意義的力量。在這些現實橫剖面上，各種各樣的人物、事件、心理、氣氛各得其所，各具本形。但，作家的主觀精神過程已隱現其間。

## 第三節　第一人稱非虛構小說

普實克、李歐梵等人曾注意到這樣一個事實：五四作家多以短篇小說為其藝術形式，雖然可以說五四短篇小說主要是模仿西方，但中國文學的某些固有素質還是起了作用，例如，五四小說家多以簡練的筆法去記錄和再現所體驗的情感，而簡潔正是古典散文和詩歌與長篇章回小說對立的一種特性。因此可以把早期短篇小說創作看成是把散文作品轉變為小說的一種嘗試，有些還借鑒古詩的抒情風格。〔1〕

五四短篇小說適應著知識者從傳統桎梏中解放出來的個性需求，往往對編排曲折的情節不感興趣，更多地展現和抒發作家的主觀因素，而描寫情感的自然流動或從主觀角度生動地呈現生活的某個片段與五四小說家對小說形式的自由、隨意、簡潔、抒情的追求相配合，形成了五四小說中大量作品散文化和抒情化的特點。在這些被稱為"抒情小說"的作品中，那些以第一人稱記述或抒寫真情實事的非虛構小說在敘事方式上與小品散文並沒有嚴格分野，其主要特點便是自由地表達個人的主觀情志。正如郁達夫所言：

---

〔1〕 Jaroslav Průšek, *The Lyric and the Epic: Studies of Modern Chinese Literature*, Bloomington: Indiana University Press, 1980.

> 現代的散文之最大特徵，是每一個作家的每一篇散文裏所表現的個性，比從前的任何散文都來得強……帶有自敘傳的色彩了，我們只消把現代作家的散文集一翻，則這作家的世系，性格，嗜好，思想，信仰，以及生活習慣等等，無不活潑潑地顯在我們的眼前。[1]

個人的眼光與個人的興趣在小品散文中具有根本性的意義，但是，這種個人性與自我表現性在中國現代散文中並非獨立的存在。郁達夫說得好：

> 現代散文的第三個特徵，是人性，社會性，與大自然的調和。從前的散文，寫自然就專寫自然，寫個人便專寫個人，一議論到天下國家，就只說古今治亂，國計民生，散文裏很少人生，及社會性與自然融合在一處的，最多也不過加上一句痛哭流涕長太息，以示作者的感憤而已；現代的散文就不同了，作者處處不忘自我，也處處不忘自然與社會。就是最純粹的詩人的抒情散文裏，寫到了風花雪月，也總要點出人與人的關係，或人與社會的關係來，以抒懷抱；一粒沙裏見世界，半瓣花上說人情，就是現代的散文的特徵之一。[2]

這也是魯迅的非虛構小說的特徵之一。

魯迅小說中的非虛構小說與小品散文的這種內在聯繫使之區別於

〔1〕郁達夫著，趙家璧主編，《中國新文學大系．散文二集．導言》，《中國新文學大系．散文二集》，上海良友圖書印刷公司，1935年，第5頁。

〔2〕同上書，第9頁。

當代歐美和中國的非虛構小說。20 世紀六七十年代，伴隨社會生活的劇烈動蕩，一種以重大社會事件為主要描寫對象的紀實文學“非虛構小說”在美國風行一時。《新編大英百科全書》（1973）給“非虛構小說”下了一個簡潔的定義：“以小說的戲劇性技巧講述的關於真人真事的故事。”第一，它並不強調自身的新聞性，不追求重大、繁複的社會事件，而是擇取身邊尋常的人與事；第二，這些作品或追憶曾經熟悉的生活，或寄託對友人的懷念，或以物喻人，發抒感慨，表達作者心靈的沉思與波動，形式自由，有相當的主觀隨意性和抒情性，並不像當代紀實小說有意識地在敘述中發展各種多變的小說敘事技巧（這恰恰反映了五四小說家對小說“自由形式”的追求，魯迅的“stylist”的稱號是和他對小說文體的自由與多樣的理解相一致的），只是力圖通過敘事呈現作家的心靈律動。但也恰恰是後一特點中作者的自我介入這一點與寫真人實事一同構成了整個非虛構小說的本質性特點。理查德·鮑瑞爾在評論美國著名非虛構小說家諾曼·梅勒時指出，作家在非虛構小說中“同時作為參加者、旁觀者和作者出現”[1]，這正道出了非虛構小說將生活實錄與作家的觀察、剖析、想象、思考、感受、直覺、體悟等主觀因素相糅合，從而在挖掘與表現事件自身的意義的同時，完成作家精神過程的自我表露。

魯迅的非虛構小說在自我呈現的方式上有不同的敘事形態。第一種形式是客觀地敘述富於生活情趣的故事，而後第一人稱敘述者直接面對讀者發抒內心的喟歎，這便是《兔和貓》。小說以愛兔而仇貓作為貫穿線索，表現扶弱而抑強的精神趨向，而敘述者本人的感慨卻比故事的寓意來得深刻。小說敘寫白兔的“天真爛漫”，幼小生命誕生的可

---

〔1〕 鄒惠玲：《淺談非虛構小說》，《文學研究參考》1987 年第 5 期，第 26 頁。

愛與艱難，從而反襯出黑貓的兇殘。小說的敘事以三太太的買兔、養兔、愛兔、悲兔、憎貓的行動與心理過程為視角，愛憎的態度與作品的寓意因而也是在這一非“我”的眼光中呈現出來。但筆鋒一轉，故事引發的卻是建基於客觀故事的主觀意緒：

> 但自此之後，我總覺得淒涼。夜半在燈下坐著想，那兩條小性命，竟是人不知鬼不覺的早在不知什麼時候喪失了，生物史上不著一些痕跡，並 S 也不叫一聲。我於是記起舊事來……〔1〕

敘述視點從三太太轉移到敘述者自身，敘述也從客觀故事伸向主觀的心理堂奧。“造物太胡鬧，我不能不反抗他了”〔2〕—— 主觀介入使小說題旨從小生物的故事擴展為更具普遍性的主題。第二種形式是藉助作品中人物的聲音以及與之相聯繫的事件寄託或傳達作者的聲音或情緒。《鴨的喜劇》敘寫俄國盲詩人愛羅先珂“寂寞呀，寂寞呀，在沙漠上似的寂寞呀！”的感覺，以及他為破除寂寞而購買蝌蚪、鴨子以“養成池沼的音樂家”的故事，但小說真正傳達的卻是集敘述人、旁觀者和參與者為一身的“我”在“嚷嚷”中體味到的“寂寞”：

> 現在又從夏末交了冬初，而愛羅先珂君還是絕無消息，不知道究竟在那裏了。
>
> 只有四個鴨，卻還在沙漠上“鴨鴨”的叫。〔3〕

---

〔1〕 魯迅：《兔和貓》，《魯迅全集》第 1 卷，第 580 頁。

〔2〕 同上。

〔3〕 魯迅：《鴨的喜劇》，《魯迅全集》第 1 卷，第 586 頁。

全然是客觀的敘寫，敘述者並不直抒胸臆，但那種交織著思戀與寂寞的情懷卻漾然其間。第三種形式是第一人稱由於厭惡現實而產生的對過去的追憶。在《社戲》中使敘事過程的客觀、細緻的描述獲得流動婉轉的生命的，不是描寫自身，而是描寫背後的那種主觀力量。小說結尾一句："真的，一直到現在，我實在再沒有吃到那夜似的好豆，——也不再看到那夜似的好戲了"[1]，正說明了作品的描述與故事其實是一種以故事、畫面、人物的描述形式展開的內心獨白。

但是，魯迅小說的這種強烈的主觀性與抒情性並未改變小說的客觀性，正如唐弢所說，它們只是魯迅小說現實主義的一個獨特內容。[2]即便在第一人稱敘事類型的小說中，我們看到的也不只是唯一的一個靈魂——作家本人的靈魂，而且看到了許多非我的、他者的靈魂。魯迅確實有一種越過外在屏障，直接觀察發生在人的內心最為隱微曲折的心理過程，並把它們形諸筆墨的才能，但是這種才能並不依據主觀的臆斷，而是依靠深刻的內省體驗和對他人的細緻觀察，也即依據內在與外在的經驗，從而也就具有客觀的價值。即便直抒胸臆，也不是從純粹主觀的角度而是從社會的角度，心理過程自身不是一種孤立的存在。魯迅小說中主觀精神史的客觀呈現有賴於他觀察自身存在的哲學原則，也有賴於他那獨特的敘事方式：這個原則就是自我存在與世界存在的從屬關係，在這個從屬關係中存在的絕對主觀性是不存在的；這個敘事方式就是把客觀的、他者的人物、命運、心理轉變為與己息息相關以至內在於自身靈魂的主體精神事件，同時又把主體的精神過程視為客觀世界的一種客觀的、與自身的觀察、審視對象處

---

〔1〕 魯迅：《社戲》，《魯迅全集》第 1 卷，第 597 頁。

〔2〕 唐弢：《論魯迅小說的現實主義》，《魯迅的美學思想》，人民文學出版社，1984 年，第 126 頁。

於同一平面的力量。在上述三類第一人稱的小說中，除非虛構小說可以把敘述人與作者相提並論，把小說看作作品以外的“我”的表達（即獨白式小說），其他兩類均不能作如是觀：敘述者自身便是一種在更高的視點上被觀照的對象，這個更高的視點是一種完整的意識，它既體現在敘述者之內（既然敘述過程經由敘述者的眼光而呈現），又在敘述者之外（既然他從不與任何一個敘述人認同）。

第一人稱敘事小說的客觀性還來自魯迅小說獨特的“敘事體態”。按照托多羅夫的說法，“體態反映了故事中的‘他’和話語中的‘我’之間的關係，也就是人物與敘述者的關係”[1]。敘事體態作為敘述者的感受方式一般分為三類，即敘述者＞人物，敘述者＝人物，敘述者＜人物。魯迅在使用第一人稱時一般不使用敘述者＞人物的古典模式，當涉及人物的內心活動時，他轉換視角，使心理活動在人物的自知範圍呈現，外部敘述人只是作為小於或等於人物的觀察者，而不是直接進入人物的心靈、意識內部。為了堅持小說自身一貫的客觀性，“如果不是要把作者‘溶入’敘述之中而是要把他呈現出來，就必須把他或代表他的人物的規模和地位壓縮到與其他人物一樣大小才行”[2]。

例如在《孤獨者》中，外部第一人稱敘述人的許多心理活動是以內心獨白的方式直接呈現：

> 下了一天雪，到夜還沒有止，屋外一切靜極，靜到要聽出靜的聲音來。我在小小的燈火光中，閉目枯坐，如見雪花片片飄

〔1〕［法］茲韋坦·托多羅夫著，《馬克思主義文藝理論研究》編輯部編選，《敘事作為話語》，《美學文藝學方法論》（下冊），文化藝術出版社，1985 年，第 566 頁。

〔2〕［美］韋勒克、沃倫著，劉象愚、邢培明、陳聖生、李哲明譯，《文學理論》，生活·讀書·新知三聯書店，1984 年，第 253 頁。

墜，來增補這一望無際的雪堆；故鄉也準備過年了，人們忙得很；我自己還是一個兒童，在後園的平坦處和一夥小朋友塑雪羅漢。雪羅漢的眼睛是用兩塊小炭嵌出來的，顏色很黑，這一閃動，便變了連殳的眼睛。

"我還得活幾天！"仍是這樣的聲音。

"為什麼呢？"我無端地這樣問，立刻連自己也覺得可笑了。

這可笑的問題使我清醒，坐直了身子……〔1〕

這段描寫由雪花聯想到故鄉的新年，由故鄉的新年聯想到童年時代塑雪羅漢，又由雪羅漢的眼睛聯想到連殳的眼睛以至連殳的聲音，其間摒除了客觀內在的聯繫，時空交錯，兔起鶻落，直至不由自主地發問，意志的作用消逝於無端之際。描寫自身是主觀性的。但是這一主觀描寫用於第一人稱敘述人卻使得敘述自身獲得了客觀性：心理獨白呈現了敘述人自身的狀態，卻消解了他的絕對權威性，使他成為與敘述對象處於同一平面的人物。

杜亞丹給"內心獨白"下定義時認為，這是一種技巧，這種技巧"直接把讀者引導入人物的內心生活中去，沒有作者方面的解釋和評論加以干擾……"。又認為，"內心獨白"，"是最內心深處的、離無意識最近的思想的表現"，盧伯克說，在《使節》中，詹姆斯不是在"講述史特萊斯的心理；他是使史特萊斯的心理自己講述自己，並使之戲劇化"。〔2〕魯迅小說當然不同於"意識流"作品，但《狂人日記》和《傷逝》以內心獨白的方式將"我"的內心生活直接呈現出來，《孤獨者》

---

〔1〕魯迅：《孤獨者》，《魯迅全集》第 2 卷，第 102 頁。

〔2〕轉引自［美］韋勒克、沃倫著，劉象愚、邢培明、陳聖生、李哲明譯，《文學理論》，生活·讀書·新知三聯書店，1984 年，第 254 頁。

等小說的敘述人也以內心獨白的方式呈現自己的心理過程，恰恰是以主觀形式使得自身成為客觀審視對象，而不是以自己的態度一味地支配讀者。多列澤爾說：“古典散文，特別是古典現實主義的散文中，直接敘述是為著創造敘述者的形象，但這敘述者顯然不能與作家本人等同，這只是進一步加強了客觀性的感覺。”〔1〕

魯迅的第一人稱小說大量運用了“獨白”的形式，這種形式由於直接呈現了敘述人的內心面貌，從而獲得了被作為客觀審視對象的可能性。但值得注意的是，魯迅小說中的第一人稱（內或外）絕大部分都不是行動者而是思想者，他不僅思考周圍世界，也思考自己。他思考自己的時候所說的話常被認為是在描寫他主觀的心靈：他的怨艾，孤獨，自我譴責，罪惡感，自我懷疑……魯迅的敘述有一種傾向，即把敘述過程與敘述人在敘述故事時的自我表白（以獨白方式出現的自我表白）結合起來，而正是這種獨白在敘事過程中的“表白化”，深刻地顯示了魯迅的主觀傾向，客觀呈現的獨白形式因此而並未妨礙讀者對獨白內容的信賴。這一點在《狂人日記》中體現得最為明顯，“病狂者獨白式囈語”的形式不僅沒有削弱獨白內容的真理性，相反卻強化了它的真理性。如前所述，我們不能把作為第一人稱的敘述人與作者混為一談，第一人稱敘述法的目的、效果、呈現方式是富於變化的：有時，這一方法的結果是使得敘述者比其他人物更少鮮明性和“真實性”，如《頭髮的故事》《在酒樓上》《孤獨者》（這裏指的是外部第一人稱敘述者）；相反，這些小說的內部第一人稱敘述者卻是他們所在故

---

〔1〕 Jaroslav Průšek, *The Lyric and the Epic: Studies of Modern Chinese Literature*, pp. 121-177. 2010年版中譯本的譯述是：“在古典散文，尤其是古典現實主義散文中，直接敘述的首要目的是創造一個與作者本人顯然不同的敘述者形象，從而加強作品給人的客觀感覺。”〔捷克〕亞羅斯拉夫·普實克著，郭建玲譯，季進、王堯主編，《抒情與史詩——中國現代文學論集》，上海三聯書店，2010年，第128頁。

事中的中心人物；在《孔乙己》中，第一人稱敘述法使讀者在敘事過程中與第一人稱保持一致，直至悲劇性結局才斷然地對第一人稱的態度產生懷疑；《狂人日記》和《傷逝》中作為中心人物的講述者或者是精神病患者或者是處於特殊心態中的人物，這樣的敘述者我們無法與之認同，他們通過坦白的自白，通過他們所敘述的故事以及敘述故事的態度來塑造他們自己。對《祝福》的敘述者而言，我們是不是認為，小說故事的敘述者是在講故事給自己聽，從而以故事的詳細講述來疏解內心的犯罪感呢？

如前所述，魯迅的第一人稱敘事小說多樣的呈現方法中隱含著一種內在的敘事原則：或者以內外雙重第一人稱，或者以他者的日記、手記形式……使小說內容與作者或讀者之間產生不同程度的距離，使小說的故事與人物獲得客觀性。但是，對於《吶喊》《彷徨》而言，徹底斬斷魯迅與第一人稱敘述人的內在聯繫是一種危險的企圖。根據普實克的研究，中國小說敘事模式由古典到現代的轉變首先體現為敘述者功能的變化：從單純、無個性的說話人到具有獨特眼光與情感的敘述者，與敘述者的變化相伴隨的則是作家對故事的主觀滲透。[1]中國小說敘事模式的主觀化趨向是和中國現代歷史進程中人的個性解放要求相適應的，五四小說中大量第一人稱自傳小說的出現，所體現的正是中國現代小說在形式與內容兩方面追求自由與解放的趨勢。魯迅小說中的第一人稱敘述雖然與郭沫若、郁達夫的浪漫獨白式小說不同，敘事過程與第一人稱獨白往往獲得客觀的品性（這當然與魯迅對中國社會問題的廣泛關注有關），但在總體趨向上仍然與五四小說在形式與內容兩方面的主觀抒情風格有著內在的聯繫。

〔1〕 Jaroslav Průšek, *The Lyric and the Epic: Studies of Modern Chinese Literature*, pp. 111-120.

第六章

# 客觀描述的主觀滲透

魯迅的第三人稱小說的取材範圍更為開闊，敘述對象與作者的精神差異非常明顯。因此，無論是敘事形式，還是敘事內容，這些非第一人稱敘事都遠較第一人稱敘事小說客觀。

魯迅小說結構的根本特點是把種種極不相容或極為偶然遭遇的故事敘述因素服從於統一的思想性構思，把思想家對他的觀念的鍥而不捨、全神貫注的精神同赤裸裸地、無所諱飾又泰然自若地呈現生活的藝術衝動結合起來，把真誠、複雜、深沉的感情同講故事人的輕鬆幽默、嬉笑怒罵、客觀陳述融為一體。哲學與道德的懺悔，嚴肅的民族精神悲劇，病狂者的亂語與怪行，下層婦女的不幸故事，道學家的虛偽，新青年的虛幻，離婚，再醮，回鄉，逸事傳聞，街頭小景，怪誕人物，政論小品，魯迅小說藝術素材的廣泛性、多樣性、非一致性與魯迅藝術目的、價值尺度的統一性、明確性構成了魯迅小說創作的重要特點：用不同種類的、不同價值的和有深刻差異的素材創作出統一完整的藝術作品，在眾多的、紛繁的、對立的調子中保持基調的和諧一致。魯迅把各種各樣孤立地看並無深意的東西，放在他那激情的火焰中冶煉，日常生活現實的零星素材、街談巷議的強烈印象、社會變革的興衰沉落、內心生活的豐富深刻的沉思與內省都將熔於一爐，匯成新的成分並帶上他個人風格和格調的深刻印記，客觀的敘述與認知過程中悄悄呈現出主體的心理結構。

在這裏，“悄悄呈現”一語有著不容忽視的意義。因為魯迅小說的上述敘事特點並不意味著種種不同素材僅僅服從於一種意識，一種眼光，一種語調。相反，尤其在非第一人稱小說中，這些素材並不從同一眼光裏呈現，而是在好幾種完整的和等值的眼光或調子裏顯示，但是這些世界、這些意識和它們的眼光結合在一種高度的統一中，可以說是更上一層樓的統一，這種統一是一種自然的組合過程，卻不是生拉硬扭，它絲毫不破壞和損害各種眼光的客觀現實性。正如喬納森·卡勒在《結構主義與文學的特質》中說的：

> 小說能夠把各種語言，各個層面上的中心點，各種敘述視點融合在一單一的空間裏，這些語言、中心點和視點在為著特殊的經驗性目的而組織起來的其他類型的話語中是相互矛盾的。[1]

魯迅的非第一人稱小說在視點轉換方面往往比第一人稱小說更為複雜。但是，我們所要追蹤的當然不僅是這些一眼便能把握的外在“眼光”，而且是要透過這些“眼光”尋求小說所呈現的世界的內部一致或真理性，這種內部一致與真理性來自作家的創作過程。因此，只有當我們在小說的客觀描述背後找到了作者的自我呈現時，我們才真正理解了作品，而這一尋找過程不是索引考證，不是在小說中發現在別處

〔1〕［美］喬納森·卡勒：《結構主義與文學的特質》，《文學研究參考》1987 年第 6 期，第 10 頁。

也可找到的作家的傳記或心理材料，而是尋找作家的真理——“作家只有在隱蔽自我時才能展示自我”[1]，作品“代表它的作者”[2]。這當然不是說作品的終極意義就是作家的真理，不是的。杜夫海納說得好：“作家的真理在作品之中，但作品的真理卻不在作家身上。……就在作品的意義中。在這裏，現象還告訴我們：任何現象本身都帶有一種意義，這一方面是因為主體總是呈現於‘被給定之物’中以便組織它、評論它；另一方面是因為‘被給定之物’從來不會以經驗主義所想象的感覺—材料的方式作為原始的和無意義的東西被給定。”[3]因此，實際上，小說的意義可以從作品再現的內容中獲得，但這種意義是內在於感性的，是由一種獨特的意識所體驗的。

但是，主體的自我呈現在小說中是以非“我”的敘事結構表現出來，因此非第一人稱小說的自我呈現方式又內在於小說“客觀的”敘事模式。由於非第一人稱小說的敘述對象對於魯迅而言有著實際內容的非“我”性，作家的心理內容不可能直接通過人物自身的心理與行動來表達。因此，“自我呈現”在敘事過程中不能不藉助大量的隱喻、滲透、象徵、插入性評語等修辭與敘事的手段；伴隨敘述對象的變化，魯迅面對的主要不是自身的精神歷史，而是不僅在敘事形式上而且在內容上屬於非己的、他者的社會生活，作品呈現的作家的自我形象較之第一人稱小說顯然發生了很大變化，代之而起的是一個更具理性和分析性的人物，他往往能以較為超脫的目光審視敘述對象，雖然也不時地流露出內心的孤獨與焦灼。正是由於敘述對象的廣泛性和多

〔1〕［法］米蓋爾·杜夫海納著，孫非譯，《美學與哲學》，中國社會科學出版社，1985 年，第 160 頁。

〔2〕同上。

〔3〕同上書，第 162—163 頁。

樣性，敘述者必然也相應地以不同的感受方式來進行敘述，因此第三人稱小說的敘事體態及其反映的人物與敘述者的關係也更富於變化。

第三人稱敘事在外觀上雖然比第一人稱顯得客觀，因為第三者的目光往往較當事人更為冷靜，但是，當敘事涉及對象的心理活動以及一切隱秘的、非現在性的活動時，第三人稱敘事卻面臨著“真實”的挑戰。魯迅對第三人稱敘事面臨的這一挑戰有著獨特的看法。1927年，郁達夫在《日記文學》一文中認為：

> 文學家的作品，多少總帶有自傳的色彩的，而這一種自敘傳，若以第三人稱來寫出，則時常有不自覺的誤成第一人稱的地位……並且縷縷直敘這第三人稱的主人公的心理狀態的時候，讀者若仔細一想，何以這一個人的心理狀態，會被作者曉得這樣精細？那麼一種幻滅之感，使文學的真實性消失的感覺，就要暴露出來，卻是文學上的一個絕大的危險。足以救這一種危險，並且可以使真實性確立，使讀者於不知不覺的中間受催眠暗示的，是日記的體裁。[1]

魯迅讀了郁文後對敘事形式與藝術真實的關係發表了不同的見解，他認為真實的關鍵並不在“體裁”：

> 只要知道作品大抵是作者借別人以敘自己，或以自己推測別人的東西，便不至於感到幻滅，即使有時不合事實，然而還是真實。其真實，正與用第三人稱時或誤用第一人稱時毫無不同。倘

〔1〕 郁達夫：《日記文學》，《洪水》第3卷第32期，1927年5月1日，第323頁。

有讀者只執滯於體裁，只求沒有破綻，那就以看新聞記事為宜，對於文藝，活該幻滅。[1]

至於以第三人稱寫人物心理或隱秘活動，他舉了紀曉嵐攻擊《聊齋志異》的例子。紀曉嵐在《閱微草堂筆記 · 槐西雜志》中，記了旁人所談的一個讀書人受鬼奚落的故事，末段是："余曰：'此先生玩世之寓言耳。此語既未親聞，又旁無聞者，豈此士人為鬼揶揄，尚肯自述耶？' 先生掀髯曰：'槐下之辭，渾良夫夢中之噪，誰聞之！' " 魯迅不無諷刺地說：

他的《閱微草堂筆記》，竭力只寫事狀，而避去心思和密語。但有時又落了自設的陷井，於是只得以《春秋左氏傳》的"渾良夫夢中之噪"來解嘲。他的支絀的原因，是在要使讀者信一切所寫為事實，靠事實來取得真實性，所以一與事實相左，那真實性也隨即滅亡。如果他先意識到這一切是創作，即是他個人的造作，便自然沒有一切掛礙了。[2]

作為語言的藝術作品，敘事作品的虛擬性是讀者閱讀作品的基本前提，因此敘事人稱的混用是敘事作品的一種特殊技巧，而無礙於小說的真實性，魯迅說："幻滅之來，多不在假中見真，而在真中見假。"[3]

敘事形式內部的統一並不能保證藝術的真實性 —— 後者取決於作

---

〔1〕 魯迅：《怎麼寫（夜記之一）》，《魯迅全集》第 4 卷，第 23 頁。
〔2〕 同上。
〔3〕 同上書，第 24 頁。

品表現生活的藝術深度。結構主義敘事學的代表人物羅蘭·巴特在其著名論文《敘事作品結構分析導論》中談到：“混合使用人稱體系顯然是一種熟巧。”在有些小說中唯有反覆使用兩種人稱體系才會造成特殊的藝術效果，因此，“嚴格遵守所選擇的人稱體系，雖然為某些當代作家刻意追求，但從美學角度說，並不一定非如此不可。所謂的心理小說，一般都是兩種體系混在一起，先後交替使用無人稱符號和人稱符號。實際上（奇怪得很），‘心理狀態’也不可能只有一個人稱體系來表達。原因是，如果整個敘事作品只用一個話語主體，或者如果大家願意，都是言語行為，那麼人稱的內容本身就會受到威脅”[1]。

“借別人以敘自己，或以自己推測別人”——多樣的敘事形態、複雜的生活內容總是離不開作家的主體結構：第一人稱敘事小說中那種把客觀存在的世界納入自我精神歷程並思考其意義的敘述原則同樣體現在第三人稱小說中，但在敘述形式上卻無法以“我”的獨白或思考的方式呈現。從敘事體態與敘事語式[2]兩方面看，《吶喊》《彷徨》中的第三人稱敘事小說大致可分為兩類主要文體：“全景”文體和“場景”文體。按照亨利·詹姆斯和其後的珀西·盧伯克的觀點：“這兩個術語各自包括兩個概念：‘場景’，既是描寫又是‘同時’觀察（敘述者等於人物）；‘全景’則既是敘述又是‘從後面’觀察（敘述者＞人物）。”[3]

魯迅小說中的“場景”文體可以稱為“戲劇式”陳述，敘述人隱於畫面背後，不表示主觀態度和價值判斷，文本的意識傾向由場景、

[1] [法] 羅蘭·巴特：《敘事作品結構分析導論》，載《美學文藝學方法論》（下冊），第554頁。

[2] 敘事體態涉及的是敘述者觀察故事的方式，敘述語式則涉及敘述者向我們陳述、描寫的方式。存在兩種主要語式：描寫和敘述。參見 [法] 茲韋坦·托多羅夫：《敘事作為話語》，載《美學文藝學方法論》（下冊），第565—572頁。

[3] [法] 茲韋坦·托多羅夫：《敘事作為話語》，載《美學文藝學方法論》（下冊），第572頁。

情節、人物的行動和對話在較短的時間內呈現，小說的風格手段如象徵、比喻、對比、諷刺⋯⋯一般都有較強的外在表現性，而人物的心理動作是外顯的，即在視覺範圍內呈現，因此這些作品的對話包蘊著豐富的潛台詞，表情、動作往往是和人物的心理動作相聯繫的。這類小說包括《藥》《長明燈》《示眾》《風波》《肥皂》《離婚》等。

魯迅小說中的"全景"文體可稱為"心理分析"式小說，正如羅蘭·巴特說的，這些小說"一般都是兩種（人稱）體系混在一起，先後交替使用無人稱符號"，敘述者既外在於人物作描述與分析，同時又潛入人物內部，使人物的意識活動和潛意識活動不經過敘述中介而直接呈現在讀者面前，但這兩種體系都集焦點於人物的心理。這類小說包括《幸福的家庭》《白光》《弟兄》《高老夫子》和《端午節》。

此外，我把《阿Q正傳》《明天》另歸一類。這兩篇小說雖然也屬"全景"文體，與"心理分析"式小說在敘述形式上有一致之處，同時若干描寫又近於戲劇化的"場景"。但從人稱形式看，它們卻由於直接出現了第一人稱敘述者——一個與魯迅本人的態度和精神狀態甚為相近的虛擬的敘述人——而區別於前面兩種類型。與純粹第一人稱敘事不同，這兩篇小說的第一人稱始終是局外的敘述者，敘述者的評論不涉及自身的主觀精神歷史，但敘事過程卻將主體的精神內容滲透到嚴格非己的人物的心理過程中，使得客觀的敘述對象包含雙重的心理內容：既是特定環境中的客觀真實人物的真實心理狀態，又體現著作家自身的、與人物所處的具體情境不相一致的精神感悟。

## 第一節　“場景”文體——“戲劇式”敘述

“戲劇把已經完成的事件當作好像目前正在發生的事件表演在讀者或觀眾面前。戲劇把史詩和抒情詩調和起來，既不單獨是前者，也不單獨是後者，而是一個特別的有機的整體。一方面，戲劇的動作範圍不是與主體毫不相干的，相反的是從它那裏起始，又返回到它那裏的。另一方面，主體在戲劇中的存在具有著完全不同於抒情詩中的意義：他已經不是那集中於自身的感覺著和直觀著的內心世界，已經不是詩人（作者）自己，他走了出來，在自己的活動所造成的客觀世界中自己就成了直觀的對象：他分化了，成了許許多多人物的生動的總和，戲劇就是由這許許多多人物的動作和反應所構成的。正由於這樣，戲劇不允許史詩式地描述地點、事件、情況、人物——這些全都應當擺在我們的直觀面前。”〔1〕

這是別林斯基對於戲劇的藝術形式與主體關係的分析，也恰可移用於魯迅的“戲劇化”小說：“一切敘述的體裁使眼前的事情成為往事，一切戲劇的體裁又使往事成為現在的事情”〔2〕，而“戲劇化”小說由於把敘述者的作用降低到幕前說明或舞台提示的位置，小說的連貫性依賴於場景與場景之間的那種可以意識到的聯繫。魯迅小說中的“場景”文體追求一個目的、一個意圖，把若干互為因果的事件，按照目的，構成一個整體，從而形成“動作的單純、簡要和一致”（即基本思想一致），並把興趣集中在人物身上的戲劇化的風格特點。

《藥》《長明燈》和《示眾》屬於悲劇性小說，其敘事結構上的特

---

〔1〕［俄］別林斯基：《詩的分類》，載伍蠡甫主編，《西方文論選》（下），上海譯文出版社，1979 年，第 381 頁。

〔2〕［德］席勒：《論悲劇藝術》，載《古典文藝理論譯叢》第 6 冊，人民文學出版社，1963 年。

點是將傳統悲劇中的悲劇英雄隱於幕後或置於次要的不顯眼的位置，但實際上這個人物卻支配了前台人物的言行舉止。小說採用敘述人＝人物（“同時”觀察）的敘事體態，敘述者和人物知道得同樣多，對事件的解釋，在人物未找到之前，敘述者不能向讀者提供；同時，敘述人可以從一個人物轉到另一個人物，從而構成托多羅夫稱為“立體觀察”的特殊效果：“感受的多樣性使我們對描寫的現象有一種更為複雜的看法。另一方面，對同一事件的各種描寫使我們把注意力集中到感受這一事件的人物身上”[1]，而不是那個居於中心又隱於幕後的悲劇人物身上。因此，這些小說是以社會群體為中心的。

夏瑜、瘋子、“犯人”及其故事是在眾多的眼光與話語中呈現的。夏瑜之死始終沒有正面敘述，但在四個場景中通過不同人物的眼光和語言被敘述了四次；仔細研究這些敘述，我們發現它們不僅使我們對事件有一種立體的看法，而且它們在質量上也各不相同，當隱在與顯在的故事通過“饅頭”產生了喻義聯繫的時候，四個以不同人物作為主角的場景之間的接續顯然使這種喻示意義變得更加複雜和深刻。

第一場景從華老栓的眼光和感覺描寫殺人場的情景，伴以鮮紅的人血饅頭、黑色人刀樣的目光和突兀的鋒利語言，形成緊張恐怖的氣氛。第二場景接續第一場景結尾老栓得了人血饅頭的“幸福感”，轉入小栓吃“藥”的場景，從小栓的感覺與目光中呈現的是父母的溫情和對“饅頭”與“自己的性命”之間的聯繫的奇異感，刑場的恐怖轉變為家庭的溫情。第三場景人物眾多，中心話語是康大叔的陳述，從而把第一場景與第二場景以饅頭作為道具接續起來。康大叔的語言保持了那種鮮明、簡勁、鋒利如刀的特點，他與茶客的對話中隱含了夏

---

〔1〕［法］茲韋坦·托多羅夫：《敘事作為話語》，《美學文藝學方法論》（下冊），第 567 頁。

三爺告密與夏瑜勸牢頭造反兩個故事，由於這兩個故事是通過康大叔及茶客們的冷酷和漠然的語調呈現，夏瑜的犧牲實際上成了顯示登場人物心理與性格特點的試紙，“犧牲”作為傳統英雄悲劇的主題，從“藥”這一道具以及環繞道具而出現的種種戲劇性言行，獲得了新的意義：“犧牲”的正面意義被隱入背景，作者將環繞“犧牲”的社會群體態度做了正面的描寫。

第四場景相當於戲劇的尾聲，“時間”已是第二年清明（前三個場景保持了時間前後的持續），場景設計具有深刻的象徵性：華夏兩家的生者與死者第一次在同一時空出現，卻分明隔著一條由人踏出的小路。夏母對兒子的不理解與精神隔膜以“愛”的方式表達，從而強化了前三個場景的主題。場景設計的象徵性顯示敘述者已由人物視角轉入“外視角”，場景自身具有深刻的自我表現性，“消融了內面世界與外面表現之差，而現出靈肉一致的境地”[1]。沉思與抒情的語調已不再是人物的語調，而是以“旁知觀點”觀照這幕悲劇場景的、未出場的敘述者的語調。革命者與群眾的雙重死亡，生者與死者、死者與死者的雙重隔膜，同墳場的淒清一道構成了“安特萊夫式的陰冷”—— 這“陰冷”其實是一種畫面化的心理現實。

《長明燈》也包含四個場景，人們阻止瘋子撲滅長明燈這一行動過程構成貫穿四個場景的基本動作，動作從秋天的下午延續到黃昏，道具長明燈與《藥》中的饅頭一樣具有簡單和象徵的特點。這兩篇作品結構形態的區別在於悲劇英雄在《藥》中隱於幕後，而在《長明燈》中卻是幕前的現實形象，並對其他登場人物的存在方式與生活理想直接構成挑戰。顯然，情節的戲劇性衝突及其呈現過程在時間上的緊湊

〔1〕 魯迅：《〈黯澹的煙靄裏〉譯者附記》，《魯迅全集》第 10 卷，第 201 頁。

性大大加強了。在一般敘事文學中，“人物行為可能是外現的，也可能是內在的。人物內心激起的願望，產生的意向，做出的決斷，對往事的追憶——所有這一切對別人訴說或者自白，都已構成人物的一種‘行為’”。在“戲劇化”小說裏，作者或敘述人不直接敘述人物的內心世界，因此，人物自己必須用他們的語言、表情、手勢和動作來表現這一切，也因此，《長明燈》《示眾》描寫的那些人物的極其外顯的行為與言論其實隱含著他們的內在行為、願望和心理狀態。這些內在行為就構成了人物生活的“潛台詞”或“潛流”〔1〕，在這個意義上，魯迅的戲劇化悲劇小說是以表現普遍而內在的精神狀態為藝術宗旨的。在《長明燈》中，茶館議論、社廟辯論、客廳籌劃和社廟尾聲四個場景環繞“滅燈”問題展開，除第二個場景出現了瘋子與村人的正面爭執，小說實際上並未表現雙方衝突的具體過程，這個過程是在場景與場景的接續和人物的對話中隱而不露地呈現的。《示眾》展現的街頭小景甚至連衝突本身都不存在，而是通過“示眾”的場景表現看客們的心態。

亞里士多德說：“悲劇是對於一個嚴肅、完整、有一定長度的行動的摹仿；它的媒介是語言，具有各種悅耳之音，分別在劇的各部分使用，摹仿方式是借人們的動作來表達，而不是採用敘述。”〔2〕戲劇化小說敘述方法的特點——眾多人物的動作與不同的語調體現為“姿態表演的直觀性”，而不是在敘述者的敘述語調中出現——使得小說呈現了“客觀”的面貌。但正如別林斯基所說，直觀的戲劇動作範圍“不是與主體毫不相干的，相反地是從它那裏起始，又返回到它那裏的”。

〔1〕以上參見［蘇聯］波斯彼洛夫著，王忠琪等譯，《文學原理》，生活·讀書·新知三聯書店，1985 年，第 149 頁。

〔2〕［古希臘］亞里士多德著，羅念生譯，《詩學》，人民文學出版社，1962 年，第 19 頁。

在《藥》《長明燈》《示眾》中，我們在客觀的場景中，在外現的與內在的衝突中，恰恰深刻地感受到一種複雜的主觀抒情性，這種抒情性是在作品中表現出來的、作家對於他所再現的社會性格的積極的思想感情評價，這種評價源於這些社會性格的客觀特徵，同時也呈現了創作主體心理的與情緒的結構。

由於戲劇化小說不能通過作家和敘述人的敘述直接地表現主觀性內容，因此這些小說必須使讀者通過場景描寫語言的表現力、人物對話和語言的表現力感受作品的激情。上述幾篇小說的主觀抒情性首先體現為小說結構設計與場景描寫的象徵性。“藥”“長明燈”作為一種比喻象徵，小說豐富、眾多的生活實象與衝突凝聚於這個象徵點；“示眾”的場景由於描寫的高度集中和強化，顯然已不是普通的街頭小景，而成為具有深刻含義與象徵性的場景。這種象徵性是主觀擁抱客觀的產物，作家的主觀激情雖然不消解敘述對象的客觀意義，卻由於主觀性的浸透而使客觀結構呈現出內在的“詩意”。主觀的沉思、傷感、落寞、悲愴與焦慮，通過高度比喻意義的象徵而在客觀的描繪中滲透出來。

《藥》《長明燈》的結尾部分，在情節展開過程中伴隨著作者的“情景說明”，作家在這裏抒情地描繪了初春和秋天的黃昏景色：淒清的墳場，紅白的花環，寂靜中支支直立、有如銅絲的枯草，死一般沉默中鐵鑄似的烏鴉和牠那令人悚然的大叫與箭一般地飛去……這些描寫伴隨著兩位母親憂傷、溫情而又隔膜的憑弔，構成了一種象徵的抒情的畫面；在另一個場景中，秋天的黃昏與暮色中，綠瑩瑩的長明燈更其分明地照出神殿、佛龕，而且照到院子，照到木柵，由近至遠地響徹著天真孩童的歌聲，在永世長存的寧靜中我們又聽到了那個細微沉實的聲息：“我放火！”卻終於匯入孩子們隨口編派的歌：“白篷船，對岸歇一歇。/ 此刻歇，自己熄。/ 戲文唱一齣。/ 我放火！哈哈哈！ / 火火火，點心吃一些。/ 戲文唱一齣。” 主人公的呼喚和他的行動一樣，充滿了浪漫主義的象徵性：驚慌不安和某種預感。在這樣的場景中，社會存在的某種明確的特徵只是不顯著地暗示到，而作家本人的主觀情緒卻得到了更為鮮明的表現。很顯然，《長明燈》中的瘋子既是作品中的人物，又是一個抒情主體 —— 他那“略帶些異樣的光閃”，“悲憤疑懼的神情”，他那“低聲，溫和”的勸說，“嘲笑似的微笑”，“陰鷙的笑容”和沉實堅定的呼喚，正複雜多面地、象徵性地體現了作家面對現實世界的態度與感受。

相比之下，《示眾》的敘事過程最為客觀，未出場的敘述者以一種平靜的語調細緻地展開街頭看客莫名其妙的觀看，而讀者在閱讀過程中似乎也加入了觀看者行列，冷靜地觀看著淡漠而又津津有味的觀看者 —— 在這裏，直觀的敘事方法恰恰取得了《孔乙己》裏那種通過主觀的敘述人的有意誤導而最終導致的讀者內省的效果。

《示眾》中那位緘默的示眾者遠不具備夏瑜、瘋子那樣的理想色彩，因而在相當大的程度上是一個工具性人物。這個人物道德面貌的模糊性使讀者得以越過對受害人命運的關注而側重於看客的表現，這也便使得“示眾”的悲劇性場面獲得了某種喜劇性的表現。在這個意義上，《示眾》與《風波》《肥皂》《離婚》等小說有某種相似的地方：以簡潔的戲劇性技巧勾勒登場人物的內在矛盾性，而不必藉助於隱在的悲劇英雄反襯他們的精神面貌。

《風波》《肥皂》《離婚》在敘事方式上保存著戲劇化的特點：敘述者以不動感情的冷靜筆調讓人物的言行直觀呈現，小說主要不是以故事的敘述，而是以場景的內在聯繫構成完整的結構。“頭髮”“肥皂”“屁塞”等簡單的道具獲得了喜劇性的比喻效果，人物的語言不僅包含了情勢的語言，而且包括了性格的語言，如九斤老太的“一代不如一代”，四銘的“咯支咯支”，愛姑的“老畜生小畜生”，等等。小說的事件單純，人物生動，時間緊湊，場景分明，對話簡潔而富於個性，完全合於“姿態表現的直觀性”。魯迅在 1930 年代總結自己的藝術經驗時把白描、簡潔的風格特點同中國舊戲相聯繫，由此，我們是否也可以認為在這裏白描與簡潔的風格特點恰恰是戲劇化敘述方法的結果呢？魯迅說：

> 我的取材，多採自病態社會的不幸的人們中，意思是在揭出病苦，引起療救的注意。所以我力避行文的嘮叨，只要覺得能將意思傳給別人了，就寧可什麼陪襯拖帶也沒有。中國的舊戲上，沒有背景，新年賣給孩子看的花紙上，只有主要的幾個人（但現在的花紙卻多有背景了），我深信對於我的目的，這方法是適宜的，所以我不去描寫風月，對話也決不說到一大篇。[1]

但平心而論，魯迅小說並不缺乏較長的對話，內心獨白、心理分析、風月描寫雖然不多卻也並非沒有（《故鄉》中的月亮，《在酒樓上》中的老梅與山茶，《社戲》中的風景……），白描方法在他的戲劇化小說中才真正構成根本性的敘述手法。從這個意義上說，戲劇化的敘事結構與白描的方法確乎存在有機的聯繫。

戲劇的特點是純粹的直觀，從敘事體態上說，敘述人的敘述完全為人物的活動所替代，因此，戲劇的敘述方式是完全客觀化的。魯迅的戲劇化小說畢竟是近於戲劇的小說，它的敘事體態並不嚴格地遵循

〔1〕 魯迅：《我怎麼做起小說來》，《魯迅全集》第 4 卷，第 526 頁。

"直觀"的原則，在《風波》等小說裏，實際上存在著人物與敘述者的雙重關係：敘述人＝人物（同時"觀察"），敘述人＞人物（"從後面"觀察）；與此相應，小說雖然以場景描寫為主要敘述語式，但也有敘述者的敘述夾雜其間。作家的敘述總是和特定的情境相配合，它們沒有把話語以外的現實告訴我們，而是起到了同人物的對白一樣的作用。例如《風波》的第一場景中，河裏駛過文人的酒船，文豪見了，大發詩興，說："無思無慮，這真是田家樂呵！"緊接著的敘述與描寫是：

> 但文豪的話有些不合事實，就因為他們沒有聽到九斤老太的話。這時候，九斤老太正在大怒，拿破芭蕉扇敲著凳腳說："……"〔1〕

場面的直觀描寫被納入了敘述者的判斷與陳述，在這時候，它使我們了解敘述者的形象，而不單是人物的形象。事實上，即便是戲劇化的小說裏，也同樣包含敘述者的話、描寫與人物描寫三種不同的話語。"眾所周知，任何話語，既是陳述的產物，又是陳述的行為。它作為陳述物時，與陳述物的主體有關，因此是客觀的。它作為陳述的行為時，同這一行為的主體有關，因此保持著主觀的體態，因為它在每種情況下都表示一個由這個主體完成的行為。任何句子都呈現這兩種體態，但程度不同"〔2〕，一般而言，場景描述中往往包含直敘體、比喻和一般的感想三種不同的話語，後兩種屬於敘述人的話，而不是敘述，它們在場景的客觀描寫中恰恰呈現了主體的特點，例如《肥皂》結尾

---

〔1〕 魯迅：《風波》，《魯迅全集》第 1 卷，第 491 頁。

〔2〕［法］茲韋坦．托多羅夫：《敘事作為話語》，載《美學文藝學方法論》（下冊），第 571 頁。

的場景：

> 她已經伏在洗臉台上擦脖子，/ 肥皂的泡沫就如大螃蟹嘴上的水泡一般，高高的堆在兩個耳朵後，/ 比起先前用皂莢時候的只有一層極薄的白沫來，那高低真有霄壤之別了……[1]

第一句是直敘，第二句是比喻，第三句則是感想與議論，在對客觀事實的陳述中呈現著那個面帶幽默與譏諷表情的敘述者的形象。

但是，這樣的例子並不多見，魯迅的白描手法使得他極少出面議論，甚至連比喻也極少運用。對話與場景採用白描手法，創作主體往往是通過敘述人透視人物的語言、表情、行動背後的心理過程並給予不脫離場景與情勢的扼要分析來呈現自己。在這種情況下，小說的敘事體態由旁知進入全知，敘述人由於對場景及人物的內隱部分的洞悉而增加了自身的權威性。例如《風波》第二場景，趙七爺從獨木橋上走來，接下來一節先是敘述者對趙七爺的學問、身份與辮子做一番敘述，緊接著又以七斤嫂的眼光觀看趙七爺頭髮的變化，並直接展開七斤嫂內心的恐懼，同一場景描寫趙七爺揚長而去後村人們幸災樂禍的心理，也都是以不出場的敘述人的語調與目光呈現的。

全知的敘述人在戲劇性場景中容易破壞“姿態表現的直觀性”和外現的敘事風格的統一性，因此魯迅在對人物進行心理分析時往往緊密地配合著情勢的發展和人物的外部動作。例如《肥皂》中四銘向妻子講完孝女的故事後，並未意識到自己的講述過程中潛藏著的變態性意識，卻感到自己“崇高”起來，“彷彿就要大有所為，與周圍的壞學

---

〔1〕 魯迅：《肥皂》，《魯迅全集》第 2 卷，第 55—56 頁。

生以及惡社會宣戰”，這一段心理描寫伴以他在昏暗的空院子中“來回的踱方步”，“意氣漸漸勇猛，腳步愈跨愈大，布鞋底聲也愈走愈響”[1]的外部動作，內面的描寫與外面的表現在整個情勢的發展中自然地交融在一起，心理分析的部分並未破壞閱讀者身臨其境的感覺。

一般而言，直敘體與言語的主觀體態相聯繫，“場景”文體的直觀呈現難以容納敘述主體的過多參與，在這種情況下，魯迅往往從不同人物的眼光與感受表現人物的心理並伴以外顯的語言和動作，從而獲得與直敘體同樣的效果而不破壞場景的直觀性，敘述主體也完全隱而不露。托多羅夫說：“屬於‘真實’的敘事體態與‘從後面’觀察相近（‘敘述者>人物’的情況）。敘述讓一些人物來做總是徒然的：他們中間的某些人完全可能像作者一樣，向我們揭示他人所想的或感受的東西。”[2]在“場景”文體中，敘述主體如同戲劇導演對劇情無所不知，卻從不出場，一切都由登場人物的自行存在展現給讀者。由於喜劇性小說無法出現抒情主體或主觀抒情性的畫面，因此，這種敘事體態便成為上述幾篇小說的基本敘事方式。《肥皂》以四銘作為戲劇中心，在一個晚上的短暫的家庭生活場景中展開訓兒子、表孝女、立文社、擬詩題等場面，主要動作由四銘的言行自行呈現，但同時伴隨四銘太太的感受與觀察——人物的感受與觀察，卻道出了敘事主體的觀點，敘事主體隱於幕後卻巧妙地表達了自身：

“他那裏懂得你心裏的事呢。”她可是更氣忿了。“他如果能懂事，早就點了燈籠火把，尋了那孝女來了。好在你已經給她買

〔1〕魯迅：《肥皂》，《魯迅全集》第 2 卷，第 50—51 頁。
〔2〕[法] 茲韋坦·托多羅夫：《敘事作為話語》，《美學文藝學方法論》（下冊），第 568 頁。

好了一塊肥皂在這裏，只要再去買一塊……”

“……給她咯支咯支的遍身洗一洗，供起來，天下也就太平了。”

……

“我們女人怎麼樣？我們女人，比你們男人好得多。你們男人不是罵十八九歲的女學生，就是稱讚十八九歲的女討飯：都不是什麼好心思。‘咯支咯支’，簡直是不要臉！”[1]

四銘太太的犀利觀察與她作為妻子的敏感心理高度契合，作家選擇這個人物作為觀察與評論四銘言行的視角顯然恰到好處。《離婚》與《肥皂》一樣被魯迅稱為“技巧稍為圓熟，刻畫也稍加深切”[2]—— 白描式的手法，場景式的畫面，性格化的對話，戲劇表演似的人物心理的自然呈現，構成了《離婚》與《肥皂》共同的敘事風格。

《離婚》在表現上更為含蓄，幾乎沒有任何直接的愛憎褒貶和道德評判。小說在不到一天的時間裏描寫了兩種場景 —— 航船和慰老爺的客廳，由愛姑和莊木三作為貫穿兩個場景的人物；小說並沒有寫離婚的具體過程，而是通過場景展現了不同階層的人物 —— 八三、蟹殼臉、汪得貴、唸佛的兩個老女人等下層村民，七大人、慰老爺、少爺跟班等上層人物。小說描寫了這些人物對離婚的態度以及愛姑伴隨情勢發展而變化的心理過程。小說中並行存在著旁知的敘述者、莊木三與愛姑三個視角，基本場面是旁知眼光中人物的自行存在，但一旦涉及人物的心理變化，敘事角度便轉入人物的感受與目光，尤其是愛姑

〔1〕 魯迅：《肥皂》，《魯迅全集》第 2 卷，第 52 頁。

〔2〕 魯迅：《〈中國新文學大系〉小說二集序》，《魯迅全集》第 6 卷，第 247 頁。

的感受與目光。很顯然，作家力圖使人物的外部動作與內部動作都在一種“自在的”狀態下呈現，竭力隱去自己的身影。選擇愛姑這個人物作為主要視角不僅可以豐富人物的心理內容，而且由於這個人物自身的複雜性 —— 既愛憎分明、敢於抗爭，又缺乏明確的鬥爭目的和有力的鬥爭手段，既目光犀利、言辭激烈，又對自己缺乏深刻的自知，因而一遇七大人的威勢便敗下陣來 —— 作品的內容不致以人物的態度及其變化為價值評判標準，這種客觀化的敘事原則提供了讀者更廣闊的自由聯想的空間，使作品的意蘊更為複雜多義。

但是，戲劇化敘述原則要求“姿態表演的直觀性”，不允許靜態的心理描寫，因此，《離婚》中愛姑的心理過程總是在外顯的緊張情勢與對話中呈現，心理的描寫與外部的情境交相契合。例如，愛姑在七大人面前層次分明的心理變化，與場景的外部描寫緊相配合，一氣呵成：作者先寫莊木三在七大人面前異於平時的恭順，使愛姑在感到“危急”的狀態中自己出面申辯，起初她顯得理直氣壯，但“七大人對她看了一眼”後，她便不由自主地在申訴中補充“這也逃不出七大人的明鑒；知書識禮的人什麼都知道”兩句，悄悄地露出內心的虛怯，繼而七大人緩慢的語調與尖下巴少爺畢恭畢敬的低聲應和，使愛姑在心理上完全居於孤立與被動，她仍然做最後的掙扎，卻不免氣短起來：“怎麼連七大人……我知道，我們粗人，什麼也不知道”，直至七大人忽然兩眼向上一翻，圓臉一仰，細長鬍子圍著的嘴裏同時發出一種高大搖曳的聲音 ——“來 —— 兮！”愛姑終於全線崩潰：“她覺得心臟一停，接著便突突地亂跳，似乎大勢已去，局面都變了；彷彿失足掉在水裏一般，但又知道這實在是自己錯。”這段內隱的心理描寫伴以全客廳“鴉雀無聲”的氣氛與藍袍子黑背心男人對七大人的唯命是聽、戰戰兢兢的動作，繼以愛姑“非常後悔，不由的自己”的答話："我本來是專聽七大人吩咐……"[1]從而在外在的情勢發展中把愛姑由理直氣壯到孤立怯弱，由驚疑絕望到低聲下氣，由最後掙扎到被迫屈從的全部心理過程直觀地、順理成章地呈現出來。在這裏，尤其應提到戲劇性對話的應用。阿契爾說："每一句對話，如果真正是戲劇性的，就必須對個別人物的命運的過去、現在和前景表示某種態度"[2]，必須在性格化的語言中包含情勢的語言，愛姑與七大人及其他登場人的對話可以說是這種戲劇性對話的典範。

戲劇化的敘事方式似乎力圖使創作主體在寫作過程中、在小說（尤其是喜劇性小說）的藝術天地中趨於泯滅，但恰恰是這種主體的"泯滅"顯示了主體觀察與表現生活時的內在原則——客觀化的原則或真實性的原則，"泯滅"的狀態正是主體在小說中的存在方式，這種存在方式中隱含著深刻的主觀性。別林斯基說得何等好呵："真正藝術的喜劇的基礎是最深刻的幽默。詩人的個性在喜劇中僅僅從表面上是看不出來的；但是他對生活的主觀的直觀，作為 L'arrière-pensée（法文，內心的想法或背後的想法），直接出現在喜劇中，您彷彿從喜劇中描繪的動物般的畸形的人物身上看見了另一些美好的和富有人性的人物，於是您的笑不是帶有快樂的味道，而是帶有痛苦和難受的味道……在喜劇中生活所以要表現成它本來的樣子，目的就是要我們清楚地認識到生活應該有的樣子。"[3]對生活的主觀的直觀——這就是戲劇化小說的根本特點。

---

〔1〕魯迅：《離婚》，《魯迅全集》第 2 卷，第 153—156 頁。

〔2〕［英］阿契爾著，吳鈞燮等譯，《劇作法》，中國戲劇出版社，1980 年，第 307—308 頁。

〔3〕［俄］別林斯基著，《詩的分類》，載伍蠡甫主編，《西方文論選》（下），上海譯文出版社，1979 年，第 384 頁。

## 第二節　“全景”文體——“心理分析”小說

戲劇化小說以直觀的形態出現在讀者面前，每一登場人物因而都具有“主體”的特點，即他是自行活動的人物，而不是另一主體敘述的對象，這樣，戲劇化小說是由各具主觀色彩的敘述部分組合起來的，從敘事的角度看，有點類似“複調”的方式，“每個部分由故事中的不同人物各按自己的觀點和參與故事的情況來敘述”。[1]敘述過程的多聲部現象是現代小說的一般特點，戲劇化小說則把這種多聲部現象以戲劇化直觀的方式，即以外顯的動作、神態或對話表現出來。因此，儘管戲劇化小說也表現人物的內在精神世界，但一般不是以直接的內心獨白或心理分析的方式呈現，而是在“姿態表現的直觀性”中出現的，在敘事體態上則是以等於人物的旁知眼光作為基本視角。

魯迅的“心理分析”小說則把旁知與全知兩種眼光結合起來，在場景敘述中同樣藉助於人物的眼光和語言，但這些場景、語言、眼光始終將焦點聚集於某一人物的內心狀態，尤其是人物的潛意識、幻覺，而不再是以群體為中心。戲劇化小說如《肥皂》雖然也以人物的內面意識為中心，但呈現方式卻是外顯的，即從對他的語言、動作的從旁觀察中呈現，而心理小說卻把人物的幻覺、玄想、夢境、潛意識這些內隱的、不為旁人所知的精神現象直接地呈現在讀者面前。與戲劇化小說相似的那些外現的場景、對話、動作、表情在功能上往往是

---

〔1〕L. Doležel, Ostylu moderni Cindké frozy, P. raha, 1960, p. 151. See Jaroslav Průšek, *The Lyric and the Epic: Studies of Modern Chinese Literature*, ed. Lee Ou-fan Lee, Indiana University Press, 1980, p. 125. 2010 年出版的中譯本譯文為：“每一部分都有不同的主觀色彩，由裏面不同的人物形象的活動和觀點來敘述情節。”見亞羅斯拉夫・普實克著，季進、王堯主編，《抒情與史詩》，第 124 頁。

為了映襯或反襯那些不為人知的心理現象：在明確的意識層與不明確的意識層，外在的現象與內在的本質，旁知的敘述眼光與全知的敘述眼光，外在的史詩的現實與內在的人物精神世界，聽得見的聲音和語調與內心不由自主的、聽不見的聲音和語調等多層次的複合結構中，構成多重的喜劇性的矛盾對比或反語結構，而作品所要表達的內在的真實不是一般地呈露於外部動作或場景中，而是深藏在人物的隱在意識流動裏，小說的題旨則體現在由內外之別而形成的反語結構裏。

以第三人稱敘述人物的內在世界必然導致實際敘事過程中人稱體系的不一致，在非人稱的敘事體系中勢必隱藏著人稱體系。羅蘭·巴特在《敘事作品結構分析導論》中指出："嚴格意義上的敘述（或敘述者的代碼）同語言一樣，只有兩個符號體系：人稱體系和非人稱體系。這兩個體系不一定利用與人稱（我）和非人稱（他）有關的語言記號。譬如，可能有些敘事作品，或者至少有些插曲，是以第三人稱寫的，而作品或插曲的真正主體卻是第一人稱"，"實際上，（奇怪得很，）'心理狀態' 也不可能只用一個人稱體系來表達。原因是，如果整個敘事作品只用一個話語主體，或者如果大家願意，都是言語行為，那麼人稱的內容就會受到威脅。（所指對象的）心理上的人稱與語言上的人稱沒有任何關係，語言上的人稱一向不用性情、意向或外貌特徵來說明，而只用它在話語中（規定的）地位來說明"。[1] 魯迅的心理小說始終堅持非人稱體系，但敘述部分的第三人稱是穩定的，而人物心理呈現部分的第三人稱卻可以替換為第一人稱。例如《弟兄》中張沛君的夢境只有自我辯解的一句話出現"我"，其他一律用"他"；《幸福的家

〔1〕［法］羅蘭·巴特：《敘事作品結構分析導論》，《美學文藝學方法論》（下冊），第 553—554 頁。

庭》裏，“作家”的玄想部分也以第一人稱出現，但在第一人稱言語後面總要加上“他想”，從而保持了外部非人稱體系的統一。

值得注意的是，這些“他想”“他說”一面表明作家讓敘事對象得以自行呈現的努力，另一面又提醒人們作者的存在——小說中的內心獨白或對話儘管顯出獨立的樣子，卻不能像戲劇的對話那樣脫離開作者，不能自己懸在空中；這些巧妙地插在對話或心理活動中的附加物是一種輕而結實的連接線，把人物的風格和口吻連在作者的風格和口吻上，並使前者服從後者。[1]比較這類心理小說人稱體系的設計與《頭髮的故事》《在酒樓上》《孤獨者》的人稱變化很有意思，後者內含著雙重第一人稱體系，內部第一人稱在自身的敘述範圍內始終是明晰的，而前者卻竭力在人物的獨白中隱去明確的人稱，其原因在於：後者涉及的是人物意識範圍的、在人物意志支配下的內容，而前者卻深入到人物的潛意識或幻覺之中，主體（“我”）的意志幾乎不起作用；同時，第一人稱小說中的內部敘述者包含著作家自我紓解的內容，第一人稱必然強化小說的自我表現性，而心理小說的主角自始至終都處於敘述人冷峻的審視之下，他不僅在形式上而且在內容上都是他者的、非“我”的。

心理小說人稱體系的潛在的替換意味著小說中包含了不同話語主體的語言，從人稱角度看可分為兩類四種。第一類是作者的敘述，其中包括現實環境、人物外部動作的客觀敘述和對人物心理的間接描寫兩種；第二類是人物的語言，其中包括人物的對話、出聲的獨白和潛意識、心理活動亦即無聲語言兩種。除作家的客觀介紹外，其他三種

〔1〕參見［法］N. 薩洛特著，郭宏安譯，《對話與潛對話》，《文藝理論譯叢》(1)，第336—337頁。

語言形式分別聯繫著心理小說的三種主要的藝術技巧或呈現方式：心理分析、內心獨白、感官印象。

魯迅的第三人稱心理小說大多是喜劇性的，諷刺與幽默凸顯出作家理性上的優越感。“喜劇的實質是生活的現象同生活的實質和使命之間的矛盾。在這個意義上，生活在喜劇中便表現為自我否定”[1]，當魯迅表現那些喪失了自己精神天性的喜劇主人公時，他把自己的興趣集中於人物的心理方面 —— 主觀幻想的世界或者似乎存在而實際上不存在的現實的方面，而作家的理性優勢總在追尋人物的內在不一致：“這一思想與那一思想的脫節，這一感情和那一感情的相互排擠。”[2]人物自覺與不自覺的追求與狂想總是被置於與之完全悖逆，並使之陷於荒唐可笑境地的現實背景。因此，儘管小說深入到人物的意識和潛意識或無意識的變化多端、異常活躍的心理領域，但在整體上始終受制於作家高度的理性範圍，而不是讓人物的“意識流”漫無節制地流淌。

小說結構謀篇體現出的高度理性精神突出了敘事主體作為一個冷峻深刻的審視者與剖析者的形象，與此相聯繫，小說在表現人物的心理時，更多地採用心理分析的技巧，內心獨白和感官印象在許多場合被納入心理分析的範疇內加以表現。按照 M. 弗里德曼的說法，“內心分析是要把人物的印象匯總在作者的敘述內，因此它永遠也不會脫離直接的思想和理性控制的範圍”[3]，這個方法雖然直到亨利·詹姆斯的後期作品和普魯斯特的《追憶逝水年華》才完全實現，但早在司湯

〔1〕［俄］別林斯基：《詩的分類》，載伍蠡甫主編，《西方文論選》（下），上海譯文出版社，1979 年，第 383 頁。

〔2〕［英］赫列斯特：《英國的喜劇作家》，載伍蠡甫主編，《西方文論選》（下），上海譯文出版社，1979 年，第 40 頁。

〔3〕［美］梅爾文·弗里德曼著，朱授荃譯，《“意識流”概述》，《文藝理論譯叢》（1），第 365 頁。

達和陀思妥耶夫斯基的作品中就已在一定程度上存在了，因此，魯迅的心理小說技巧獲益於他的現代醫學知識和對弗洛伊德心理學說的了解，但並未過分地違背現實主義傳統的文學實踐。

“心理分析幾乎是賦予創作才能以力量的最本質的要素。”[1]在魯迅小說中，這種心理分析包含兩種趨向：一類熱衷於通過心理分析刻畫性格的輪廓，說明感情與行動的聯繫，這類小說呈現的主要是心理活動過程的起點與終點，作家總是把內心生活的表現而不是內心生活隱秘的過程置於描寫的中心，《端午節》《高老夫子》《弟兄》就是如此；另一類卻像車爾尼雪夫斯基描述托爾斯泰作品時說的那樣，“注重一些感情和思想如何從另一些感情和思想演變而來，他津津有味地觀察：一種從特定境遇或印象中直接產生的感情，憑著回憶作用和出於想象的聯想力，如何轉化為另一些感情，又如何回到原先的起點，而且隨著回憶線索的反覆更迭，遊移不定。同時他又饒有趣味地審視：一種由原始感覺產生的思想，如何引起另一些思想，而聯想翩翩，把幻想與真實感覺、未來憧憬與現實反應都融為一體”[2]，居於描寫中心的不是心理過程的結果，不是性格，而是如同雲霞明滅般千變萬化、波捲浪湧、閃耀不定的隱秘的心理過程本身，小說的敘事方法無論是間接文體還是直接文體都體現了一種“精神的速記法”[3]，《白光》《幸福的家庭》便是這方面的例子。

這兩類小說在文體上的顯著區別在於，前一類小說的敘述追蹤

---

〔1〕［俄］車爾尼雪夫斯基：《列・尼・托爾斯泰伯爵的〈童年〉、〈少年〉和戰爭小說》，載伍蠡甫主編，《西方文論選》（下），上海譯文出版社，1979年，第426頁。

〔2〕同上。

〔3〕梅瑞狄斯語。［英］阿契爾著，吳鈞燮等譯，《劇作法》，中國戲劇出版社，1980年，第305頁。

著人物及其故事，敘述語言服從於陳述的目的而呈現出順理成章、合乎邏輯的散文語式。而第二類小說由於直接表現人物轉瞬即逝的微妙心理，因而敘述語言也就必須從那種單線性的語法邏輯的支配下解放出來，語句與語句、詞與詞之間的邏輯關係被打碎，卻依靠人物活躍的非理性聯想在靈活跳躍的連接中構成多層交織的立體空間；敘述者不直接以理性的語言進行陳述，卻把自己降低到舞台說明的位置，這樣，小說力求在傳達心理活動時能夠充分地達到一種“身臨其境”和“同心共感”的幻覺——這種按照人物意識的實際變化，即按形成的順序，而非邏輯來說明它們的轉變，把不斷的幻想表達出來的手法在語言上更接近於詩歌而不接近散文。

在第一類小說裏，作家以旁知觀點進行的敘述和以人物的心理眼光進行的敘述中有時也包含了那種非邏輯的語言特徵，最顯著的例子是《高老夫子》中高爾礎上課時及課後的心理幻覺與《弟兄》中張沛君的夢境。高爾礎在緊張不安的授課中忽然聽得“吃吃地竊笑”，“他不禁向講台下一看，情形和原先已經很不同：半屋子都是眼睛，還有許多小巧的等邊三角形，三角中都生著兩個鼻孔，這些連成一氣，宛然是流動而深邃的海，閃爍地汪洋地正衝著他的眼光。但當他瞥見時，卻又驟然一閃，變了半屋子蓬蓬鬆鬆的頭髮了”。[1] 這裏的敘述者顯然伸縮自如：他始終控制著人物活動的外部形態，但一旦進入人物的意識他立刻在語言中隱去自己的存在，因此儘管使用了間接文體，人物的感官印象仍然保持了獨立的形態：從吃吃的笑聲到半屋子眼睛，從小巧的等邊三角形到鼻孔，從流動深邃的海到蓬蓬鬆鬆的頭髮——敘述為了接近感覺，把陳述語言的內在邏輯轉換成一個接另一

〔1〕 魯迅：《高老夫子》，《魯迅全集》第 2 卷，第 82 頁。

個的直接印象，最終呈現出消極被動、只受瞬間即逝的印象約束的心理過程。《高老夫子》的敘事特點就是把人物自覺狀態下偽裝出來的面貌加以理智與諷刺的陳述，而後將人物處於無法控制自我的狀態中的心理流動以純粹記錄的直接印象呈現出來，但整個敘述被置於"陳述"之中，人物的心理印象是小說的眾多視點之一：敘述者的、黃三的、萬瑤圃的和人物自己的。

《弟兄》的敘事結構也與此相似：張沛君的外現部分由秦益堂、汪月生的眼光呈現，人物在理智狀態下的心理則由敘述者的語調敘述（如等汽車一節的心理描寫並不隱去敘述者的語氣），只是在表現人物無意識狀態的夢境時，間接敘述才開始完全依照人物的心理程序將一個個畫面連接起來。但是，人物的心理程序並不構成這幾篇小說基本的結構要素，無論是《端午節》還是《高老夫子》《弟兄》，描寫始終是環繞和追蹤人物的外部動作進行，心理描寫總是作為某一外部動作的伴隨物出現，小說的基本結構仍然建基於人物性格和故事的敘述之上。

《白光》與《幸福的家庭》則把上述幾篇作品中心理描寫的敘述法發展成小說的基本結構要素。小說雖然也有外在的時空環境，但其延展卻完全依隨人物心理的種種不合邏輯與事實的玄想與變化，小說展示的主要是一種心理時空，而人物也主要生活於這種心理時空之中，因此小說的基本結構不是建基於人物性格與現實故事的敘述之上，而是建基於人物的心理過程之上或者說就是心理過程本身，現實時空中的事物無非是觸發人物心理轉換或構成幻覺的契機。對於魯迅來說，這一結構特點早在《狂人日記》中就已使用過，但這兩篇作品擺脫了新文學初創時慣用的第一人稱和日記形式，使得中國現代心埋小說從"自傳"形態向虛構的、客觀化的敘述形態邁進了一步。

《白光》《幸福的家庭》利用中心人物的意識對於場景和事件的感

受描寫場景，作者不以評論員的身份插足其間，也不把心理活動的胡思亂想整理成合乎語法的句子，或者理出邏輯程序。在人物心理過程中，感覺同有意識的和半意識的思維、記憶、期望、感情和胡亂聯想渾然雜陳。但是，魯迅並不是不加控制地表現人物易變的感情，這首先表現為他總是為人物的心理流動選擇一個具有象徵性的中心，人物的心理變化始終如旋轉的水波圍繞著這個中心意識——象徵著舊式知識分子升官發財夢想的"白光"與象徵著新式知識分子生活理想的"幸福的家庭"。其次則是使對人物幻覺的追蹤與對現實狀況的點撥構成諷喻性對比。但所有這些又需要通過獨特的文體來表現。

這兩篇小說都用間接文體，但形態各異。在《幸福的家庭》中，心理獨白與敘述者的敘述，心理幻覺與真實狀態常常截然分開（雖然也有例外的情況），其手段是在人物內心的直接語言的兩端括以引號；而《白光》則用第三人稱的獨白來記錄思想、情緒和印象。這樣，人物的"音調"與敘述者的"音調"由於這種間接文體而惑人耳目地表現為某種似乎"語調"一致的"整體感"（小說末尾以空行隔開的敘述是個例外），但細心的讀者不難從隱藏的不諧和音和語調變化中分辨出人物與敘述者的不同態度。這兩篇小說顯示了魯迅對人物心理變化的規律與節奏的把握。《白光》表現陳士成落榜後絕望與妄想交相起伏的心理過程，小說在描寫人物的妄想之後反覆地接以"受潮的糖塔"，複沓式地出現人物"這回又完了"的不由自主的悲歎，從"左彎右彎"的記憶，到"終於在這裏"的欣喜，從笑吟吟的下巴骨，到"這裏沒有到山裏去！"的"恍然大悟"——心理過程如浪濤一般高低起伏。《幸福的家庭》中"作家"的創作心理始終受制於他自己所處的不幸家庭的狀況，心理的每一變化、"靈感"的每一次獲得總是受到自己家庭的種種"不幸"的啟發，這樣，他的思維和心理變化便形成了某種規律性的定式：幻想與情緒的爆發點總是對現狀的某種不自覺的反撥。

現代小說的一般傾向是回向戲劇的特徵，強調直接表現勝於由一個特殊的講解員作為媒介，同時，也強調要依靠讀者自身的推斷能力。如詹姆斯所說："從看得見的推斷看不見的，探索事物的本質含義，透過佈局評定全篇。"[1]在這個意義上，戲劇化小說與心理小說都力圖促成小說的"無我"狀態，只不過後者是把內心感情或意念戲劇化、形象化，用心理語言而非外現的動作表達自身。盧伯克（Percy Lubbock）在《小說的技巧》中區分了全景（故事行動的全過程）與場景（情景的細節描寫），並且認為小說的故事是透過全景與場景的描繪，以及全景之間的適當處理呈現出來，這完全符合魯迅上述兩類小說的敘事特點。但我將這兩類小說歸為"場景"與"全景"兩種文體，則同時考慮到托多羅夫從人物與敘述者關係的角度對盧伯克觀點的補充，即場景既是描寫又是"同時"觀察（敘述者等於人物），"全景"則既是敘述又是"從後面"觀察（敘述者大於人物）。魯迅的心理小說當然不是用"從頭說起，接下去說"的傳統敘事法交代人物活動的全過程，而是採用"從中間開始，往兩頭伸展"的類似戲劇的結構，但敘述始終保持間接文體，即把人物心理與活動變成陳述對象控制在敘述人的語調之中，同時，敘述人深入於不為人知甚至不為人物自知的心理領域，並將它在敘述中呈現出來，敘述者顯然是大於人物的全知者——在這個意義上，小說的敘事體態便不同於"從旁觀察"的戲劇化小說而是"全景"式的，儘管其中場景描寫大量存在。

但是，心理小說中敘述人的權威是極其有限的，一旦深入心理

〔1〕 轉引自［美］威姆薩特、布魯克斯著，哲明譯，《小說與戲劇：宏大的結構》，見《文學自由談》1987 年第 4 期，第 156 頁。

領域本身，夢境、幻覺、內心獨白、感覺印象總是自行呈現。在這種狀態下，小說呈現“無我”狀態，間接文體依據的不是敘述者的敘事邏輯，而是人物的實際心理過程。但是，心理過程在小說中呈現的這種“無我性”不是否定了創作過程中創作主體的存在，恰恰相反，對於“時時解剖別人，然而更多的是更無情面地解剖我自己”[1]的魯迅來說，這種“無我”的心理分析正顯示著作家的自我深省和不倦地觀察自己的努力。

車爾尼雪夫斯基在論述托爾斯泰的“心靈辯證法”時談到：“只要我們注意地觀察旁人，就可以研究人的活動規律、激情的變化、事件的聯繫、種種環境與關係的影響。但是如果我們不去研究只有在我們自身的意識中才能觀察到的內心生活活動最隱秘的規律，僅僅通過上述途徑獲得的全部知識是既不深刻，也不準確的。誰不以自身為對象來研究人，誰就永遠不會獲得關於人的深邃的知識。”[2]“更無情面地解剖我自己”是魯迅藝術才華的根本特點之一，這不僅表明他十分重視在自己身上研究人類精神生活的奧秘，而且顯示了本文已多次提及的那個深刻的人生—哲學—創作的原則：一切都與“我”有關。借用車爾尼雪夫斯基的話說，“這種關於人的知識之所以珍貴，不僅由於它使魯迅能夠描繪出那些人的思想內在活動的畫面”，而且更重要的是因為它給了魯迅“一個牢固的基礎，能據以全面地研究人的生活，透視人物性格和行為動機、激情和印象的衝突”[3]。看來正是自我觀察使魯迅的觀察力變得無比敏銳，“使他學會了以洞察一切的目光來看

〔1〕魯迅：《寫在〈墳〉後面》，《魯迅全集》第1卷，第284頁。

〔2〕[俄] 車爾尼雪夫斯基：《列·尼·托爾斯泰伯爵的〈童年〉、〈少年〉和戰爭小說》，載伍蠡甫主編，《西方文論選》(下)，上海譯文出版社，1979年，第427頁。

〔3〕同上書，第427—428頁。

人，這一點是不會有錯的。他那種對人類心靈的深刻研究使他的全部作品 —— 不論他寫什麼和怎麼寫 —— 都必然地具有高度的價值”。魯迅小說中的確還包含著許多令人驚歎不已的動人素質 —— 思想深度，藝術構思，性格的有力刻畫，生活習俗的鮮明畫面，這一切日益為人們重視，但是，“真正的行家將始終很清楚：認識人的心靈”，同樣是魯迅“藝術才華的最基本的力量”〔1〕，而這種力量的一個重要來源，如上文所說，來自他對自我的觀察、解剖和體驗。

如果我們僅僅把狂人、N 先生、魏連殳、呂緯甫與魯迅自身的心理體驗相聯繫，也許讀者尚不難接受，但如果說方玄綽、陳士成、“作家”、張沛君等否定性人物的心理描寫也包含了魯迅自身的心理觀察與體驗，也許許多人將難以接受。為此，我們不妨從這些小說的原型到作品的過程來探測魯迅創作過程的奧秘。

根據周作人的回憶，《端午節》“頗多有自敘的成分，即是情節可能都是小說化，但有許多意思是他自己的”，方玄綽的名字就是由魯迅一個綽號（方老五）引申而來，而“官兼教員”的身份，“欠薪”與“索薪”亦皆有本事〔2〕;《幸福的家庭》中的家庭佈置取材於魯迅自己的家〔3〕;《弟兄》“主要的事情是實有的”〔4〕—— 這並不是說魯迅的這些小說是“自敘性”的，相反，這些小說具有充分客觀的、典型的意義，但是，本事與小說的聯繫卻暗示了創作過程中的魯迅確實是把自我觀察作為洞察他人的基本途徑，不獨這些小說如此，那些取材於他人的小

---

〔1〕［俄］車爾尼雪夫斯基：《列．尼．托爾斯泰伯爵的〈童年〉、〈少年〉和戰爭小說》，載伍蠡甫主編，《西方文論選》（下），上海譯文出版社，1979 年，第 428 頁。

〔2〕周遐壽：《魯迅小說裏的人物》，人民文學出版社，1957 年，第 74—78 頁。

〔3〕同上書，第 112 頁。

〔4〕同上書，第 124 頁。

說也是如此，這就是魯迅小說的“心靈辯證法”的最為有力的支柱和永不枯竭的源泉。

## 第三節　人稱與非人稱敘事的交織

較之前兩類小說，《明天》和《阿 Q 正傳》在敘事形式上呈現了人稱體系的明顯變化和語調上的不一致：《明天》的非人稱敘事中插入了第一人稱的評論，《阿 Q 正傳》則由第一人稱的全知敘事人轉向非人稱敘事，而這種人稱變化伴隨著語調由冷靜、客觀到熱情、主觀的變化，敘述人與人物之間的顯在差距逐漸縮小，在某些場景描寫中，敘述人與人物在細微的內心感覺上甚至趨於同一。儘管小說的第一人稱敘述人由幕後而至幕前或由幕前而至幕後，但他不同於第一人稱敘事小說中的敘述人，對於故事而言他始終是局外的傳達媒介，即便抹去他的人稱特點也不會影響小說的基本內容，因此，這類小說的基本人稱體系仍然是第三人稱，小說中“我”的出現對整個敘事過程而言只具有偶然意義。

然而，從另一個角度說，“我”的出現又是和小說的敘述人在敘述過程中的介入程度相聯繫的。一般說來，敘事模式的劃分依據三條標準：故事是以第一人稱還是以第三人稱敘述；敘述者是或不是故事中活動的人物；敘述者表達還是壓抑他的主觀態度、評價等等。根據這三條標準可分出兩類六種敘事模式，即第一人稱客觀（objective）模式，第一人稱修辭（rhetorical）模式，第一人稱主觀（subjective）模式；第三人稱客觀模式，第三人稱修辭模式，第三人稱主觀模式。客觀模式意味著敘述者不是行動的人物，不表示主觀態度和價值判斷，小說的意識傾向必須由敘事結構的其他部分如情節、人物對比來表達，也可能通過風格手段如比喻、象徵、諷刺來表達，魯迅的戲劇化小說和心理小說基本屬於此類。主觀模式則意味著敘述者是參與故事的人物，他具有介紹、解釋和行動三重功能，而不囿限於他的主觀評價、反應和評論，魯迅的第一人稱敘事小說多屬此類。修辭模式則介於前兩種模式之間，敘述者不是活動的人物，但與客觀敘述者不同，他可以自由表達他的主觀評價和觀察，在這裏，敘述者的介紹的基本功能是和解釋、評論的功能相伴隨的。[1]《明天》與《阿 Q 正傳》就屬於修辭模式，敘事過程無論以第一人稱還是以第三人稱出現都不掩蓋局外的敘述人的態度。—— 當然，他的態度是變化的，其特點是由客觀的或如同傳統說書人的那種社會上普遍公認觀點的一般評價，轉變為主觀的或體現作家個人的體驗與感受的描寫和評論。按照普實克的觀點，這兩種態度正標誌著中國小說中傳統敘事模式與現代敘事模式的重大差別，而魯迅將兩者匯於一體，顯然體現著小說敘事形式正處於變化和過渡的階段。

《明天》描寫單四嫂子在兒子寶兒死亡前後的一天的經歷與感覺，夜病、晨診、回家、死亡、死後等五個場景前後接續，場景描寫主要藉助於單四嫂子的眼光和心理感覺，因此，初讀時並不感到敘述者的深刻存在，他偶爾的評論恰恰使人覺得敘述者與人物之間存在無法逾越的鴻溝。在前兩個以空行隔開的章節中一連三次出現了“單四嫂子是一個粗笨女人”的語句，顯然強化了這種感覺。然而，當同一語句以第一人稱形式出現在最後一個場景時，敘述者與人物在內心感覺上

〔1〕 關於敘事模式的論述參見米列娜：《晚清小說中的敘述模式》，載林明德編，《晚清小說研究》，聯經出版事業公司，1988 年，第 544—546 頁。

幾乎趨於同一，以致馮雪峰感到單四嫂子對於空虛與寂寞的感受“也表現了魯迅自己的一種痛苦的經驗”[1]。甚至可以說，對單四嫂子心理感覺的描繪和關於“暗夜為想變成明天，卻仍在這寂靜裏奔波”的象徵性描寫，隱喻著魯迅“反抗絕望”的人生哲學。與作家相契合的敘述人與人物之間的鴻溝儼然變得混沌不清以至難以截然分開。小說這樣描寫單四嫂子在寶兒葬後的寂寞與空虛：

> ……他定一定神，四面一看，更覺得坐立不得，屋子不但太靜，而且也太大了，東西也太空了。太大的屋子四面包圍著他，太空的東西四面壓著他，叫他喘氣不得。
>
> 他現在知道他的寶兒確乎死了；不願意見這屋子，吹熄了燈，躺著。他一面哭，一面想：想那時候，自己紡著棉紗，寶兒坐在身邊吃茴香豆，瞪著一雙小黑眼睛想了一刻，便說，“媽！爹賣餛飩，我大了也賣餛飩，賣許多許多錢，——我都給你”。那時候，真是連紡出的棉紗，也彷彿寸寸都有意思，寸寸都活著。但現在怎麼了？現在的事，單四嫂子卻實在沒有想到什麼。——我早經說過：他是粗笨女人。他能想出什麼呢？他單覺得這屋子太靜，太大，太空罷了。[2]

從形式上看，“我”的插入性評語仍然是想表明敘述人與人物的距離，但“太靜，太大，太空”的感覺卻像瀰漫飄逸的霧把敘述者、人物與景物奇異地攪在一起。威廉·萊爾在《魯迅的現實觀》（*Lu Hsun's*

---

〔1〕 馮雪峰：《魯迅的文學道路》，湖南人民出版社，1980 年，第 168 頁。

〔2〕 魯迅：《明天》，《魯迅全集》第 1 卷，第 478—479 頁。

*Vision of Reality*）中認為，這段描寫顯示了“魯迅為其主觀性所引導，毫無必要地插入第一人稱，造成了他作品中罕見的藝術的和語調上的不連貫”[1]。我以為，“我”的插入雖屬情不能已，但和整個描寫由外部動作轉入心理動作，由客觀敘述轉入主觀滲透的趨勢相契合，這裏第四次提起“粗笨女人”，反語的意味更加濃厚，“我”的出現正強調了語句的反語特徵。

《阿Q正傳》的顯著特點是它的“雙重性”：受害者與害人者——人物的二重性，喜劇性與悲劇性——藝術風格的二重性，傳統說書人的技巧與現代小說技巧——敘事方式的二重性，而前兩個二重性正是在兩種截然不同的敘事方式的獨特融合與變化的過程中呈現出來。小說原是為《晨報副刊》的“開心話”欄目的連載而寫，中途卻被孫伏園編入“新文藝”欄目，這一變化顯然是和魯迅“漸漸認真起來”的創作態度和由此而引起的敘述方式的變化相契合的。[2]從敘事觀點看，《阿Q正傳》是在全知觀點的基本設定下自由地轉換視角：敘述人直接出面的議論和講述，特殊場景與對話的客觀的、戲劇化的呈現，人物眼光中的客觀世界，群體（未莊人）眼光中的人物行狀，角色內心的意識、潛意識、夢境和幻覺……在這種自由轉換中隱藏著某種有規律的趨向：敘述人的主觀色彩逐漸消解於客觀描寫之中，由全知敘述人的高高在上、近於幽默和嘲諷的語調造成的敘述人與人物之間的距離逐漸接近，伴隨著敘述由講述到描寫的基本發展過程，敘述人的權威性逐漸縮小，而恰恰是在小說敘事的客觀化或“無我化”的過程中，創作主體的心理結構反而在小說中愈趨鮮明，以至第九章描寫刑車上

〔1〕 William A. Lyell Jr., *Lu Hsun's Vision of Reality*, University of California Press, 1976, p. 301.
〔2〕 魯迅：《〈阿Q正傳〉的成因》，《魯迅全集》第3卷，第397頁。

的阿 Q 的心理幻覺時，你已經感到這不是人物，而是作家自身在承擔和體驗死亡的恐怖：

> 阿 Q 於是再看那些喝采的人們。
>
> 這剎那中，他的思想又彷彿旋風似的在腦裏一迴旋了。四年之前，他曾在山腳下遇見一隻餓狼，永是不近不遠的跟定他，要吃他的肉。……（他）可是永遠記得那狼眼睛，又兇又怯，閃閃的像兩顆鬼火，似乎遠遠的來穿透了他的皮肉。而這回他又看見從來沒有見過的更可怕的眼睛了，又鈍又鋒利，不但已經咀嚼了他的話，並且還咀嚼他皮肉以外的東西，永是不遠不近的跟他走。
>
> 這些眼睛們似乎連成一氣，已經在那裏咬他的靈魂。
>
> "救命……"[1]

與吃人、死亡相聯繫的"又兇又怯"的眼睛，"連成一氣"、咬齧靈魂的無法躲避的痛楚感覺：這幾乎是魯迅世界中最使人驚心動魄的獨有意象。《狂人日記》中的一系列"眼睛"構成的吃人意象可無論矣，魯迅對往事的追憶似乎更為恐怖："我幼小的時候……常常旁聽大大小小男男女女談論洋鬼子挖眼睛。曾有一個女人……據說她……親見一罐鹽漬的眼睛，小鯽魚似的一層一層積疊著，快要和罐沿齊平了。"而據魯迅考證，"小鯽魚"的意象最初來自 S 城廟宇中的眼光娘娘，有眼病者前去求禱，癒，則用布或綢做眼睛一對，掛神龕上或左右，狀如小鯽魚。[2]"小鯽魚"的陰暗意象其實是中國文化的"結晶"。魯迅在

〔1〕 魯迅：《阿 Q 正傳》，《魯迅全集》第 1 卷，第 552 頁。
〔2〕 魯迅：《論照相之類》，《魯迅全集》第 1 卷，第 190 頁。

漫長的人生經驗中淤積起的“眼睛”意象，竟在不通文墨、毫無自知能力的阿 Q 心中喚起超越肉體感覺之外的齧人靈魂的痛楚與恐怖，這說明了什麼呢？這不正說明魯迅的感覺與阿 Q 的感覺在敘事中竟趨於同一？不正說明此時的魯迅已沉潛於阿 Q 的靈魂之中並以自己的敏感來承擔阿 Q 的痛苦？不正說明小說的敘事過程中已如此鮮明地呈現著創作者靈魂的悸動？

普實克在《〈中國現代文學研究〉導論》中曾論證：中國的文學傳統中有著兩個分支，一支是文人文學，另一支是以說書人為代表的民間文學。五四新文學是在極力反對文人文學傳統中興起的，但其作品卻和文人文學傳統有著密切的關係，比和民間說書人文學的關係密切得多。五四文學中重視思想認識功能，執著於實事，不願脫離真實的個人經歷的傾向和拒絕幻想的傾向，就是新文學和舊文人文學相關聯的最值得注意的傾向。[1]在普實克看來，中國現代文學應當在文人文學與民間文學之間來一個適當的平衡，因為後者以其生活領域的廣闊，敘事語言的創新、生動、變異、誇張而容許想象力的自由馳騁；同時民間說書人藝術可以無所顧忌地進行形式方面的實驗，吸收一切流行的方法，創造出把史詩、戲劇化場景、抒情篇章都連接在一起的綜合性的、同時又是單一整體的作品。然而，說書人文學過於通俗的特點使他不能對世界做深刻的哲學評價，說書人的評論不同於文人作家那樣有自己的觀點感情，他們只是用當時社會公認的道德標準來判斷和評價所敘述的事實。這樣，這種文學就缺少了現代文學中最重要的一種東西：作家感情的直接表現，作家個人的現實觀和感情的激動。實

〔1〕 Jaroslav Průšek, *The Lyric and the Epic: Studies of Modern Chinese Literature*, pp. 29-73. 譯文見普實克：《中國文學中的現實和藝術》，《國外中國文學研究論叢》，中國社會科學院文學研究所國外中國學研究組編，中國文聯出版公司，1985 年，第 51—52 頁。

際上，現代小說的一個重要特點便是強調“我”看這一現實的方法，這是異於任何在我之前看這一現實的他人之見的。現代文學對作品的評價，只重視個人的經驗，個人的視象，個人的自由和判斷，這些被認為是唯一通向現實的途徑，唯一的價值標準。[1]這一特點與中國文人文學傳統相通，而遠離說書人文學。

《阿Q正傳》正是在文人文學與說書人文學之間獲得了某種平衡的典範性小說。小說的敘事形式既保留了說書人文學的特點，又顯示了作家個人的那種主觀的、抒情的、對現實所持的思想認識和情感態度。它一方面超越了個人的經驗範圍，虛構地創造出完全非己的人物形象，涉獵中國近代歷史事實的廣闊生活領域，用通俗活潑的“引車賣漿者流”的文體論列中外古今之事，甚至“陳獨秀辦了《新青年》提倡洋學，所以國粹淪亡”和有“歷史癖與考據癖”的胡適之及其門人等“當代”生活中的人與事也被信手拈來地寫進小說。另一方面，這篇小說又深刻地體現了作家個人的獨特人生感覺和他對客觀世界所做的思想感情評價。

這樣一種個人性的內容對小說的滲透必然形成對傳統說書人敘事形式的挑戰和改造，這在小說敘事過程的敘述人的功能變異中表現得尤為明顯。小說第一章“序”基本上是敘述人關於“傳”的散漫的獨白，類似於說書人在等待陸續到來的聽眾時的滑稽幽默又未進入正文的敘述，其中的旁徵博引和介紹雖然已托出了阿Q的生活狀貌，但幽默調侃的語調顯然突出了敘述人的權威地位。第二、三章“優勝紀略”“續優勝紀略”，雖然其中的故事也有隱約可見的時間順序，但總

〔1〕參見［捷克］普實克：《中國文學中的現實和藝術》，《國外中國文學研究論叢》，第58—60頁。

體效果是靜態的、共時的，即敘述人組織起一系列並無因果聯繫的事件說明阿 Q 的“精神勝利法”，這種“舉例式”的寫法顯示出敘述人作為組織要素的基本功能，卻沒有推動故事情節自身的發展。從第四章起，“戀愛的悲劇”“生計問題”“從中興到末路”“革命”“不准革命”直至第九章“大團圓”，各章的故事情節呈現出內在的邏輯發展。但即便在第四章，傳統說書人的敘事技巧仍然是基本的方法，敘述者關於“勝利者”和關於男人對於女人在歷史上的作用的跳出故事之外的散漫議論，顯然是徵引著普遍性的社會道德觀念，而內中所含的論爭性的反語意味對故事而言畢竟又屬插入性的。敘事的語氣顯示了敘述人高高在上的地位，“我們的阿 Q 卻沒有這樣乏”，“我們不能知道這晚上阿 Q 在什麼時候才打鼾”，“我們雖然不知道他曾蒙什麼明師指授過”——“我們”引導的句子使敘述顯得像是說書人在與聽眾對話，或者對聽者講述。

然而，從第五章“生計問題”起，小說中就不再出現這樣的句式和敘述人隨意插入的議論，場面描寫（而非講述）的成分大大增強，敘述者的功能發生了很大變化，故事基本上是從人物的觀點（如第五章基本上是從阿 Q 的觀點看，第六章“從中興到末路”基本上以未莊人的眼睛作視角）或客觀的戲劇化場景呈現出來，敘述者隱於幕後，而那種超越的、高高在上的地位卻動搖了，人們可以感到敘述者的個人情感正在被激動起來，並滲入畫面；直到第九章“大團圓”，作家通過阿 Q 的心理感覺與目光觀察打量自己面臨的困境和周圍的人物，先是表現對話中的語義誤解，繼而就出現了上文引述的阿 Q 的心理幻覺——咬他靈魂的餓狼的眼睛。顯然，伴隨著小說表現方式的客觀化趨勢，伴隨權威的直接出面的敘述人的消失，那種真正富於個性的悲劇情感反而越加鮮明地凸顯出來。

經過這樣一個變異過程，當敘述人再次出面講述故事的尾聲時，敘述語調已與前幾章的議論發生了深刻的變化：更加客觀而不帶主觀偏見，卻完全失去了高高在上的輕鬆與幽默：

> 至於輿論，在未莊是無異議，自然都說阿 Q 壞，被槍斃便是他的壞的證據；不壞又何至於被槍斃呢？而城裏的輿論卻不佳，他們多半不滿足，以為槍斃並無殺頭這般好看；而且那是怎樣的一個可笑的死囚呵，遊了那麼久的街，竟沒有唱一句戲：他們白跟一趟了。[1]

那種魯迅久久體驗的深入骨髓的寂寞、孤獨與悲憤，那種對於民眾的不覺悟、麻木的精神狀態的痛切感受，以至那種由此而生發出的對於先覺者命運的隱憂，竟那樣不著痕跡地浸透了這幾句似乎是客觀陳述的話語。從這個意義上說，《阿 Q 正傳》的敘事過程，又是把敘述者從高高在上的優勢位置拖入作品的內在世界的過程。

一個值得玩味的現象是，《明天》與《阿 Q 正傳》的第一人稱並不以自身的心理狀態展現作家的精神歷史，而在前述的幾類小說中，第一人稱自身總是體現著某種自我表現性。尤其是在《阿 Q 正傳》中，主觀精神最深刻的體現恰恰是在嚴格非我的人物身上，這個人物與"我"的距離由於"我"的權威性而深深地烙在讀者心裏。在這兩篇小說中，主觀精神形成了對客觀敘述對象強有力的滲透，卻並沒有破壞敘述對象真實客觀的品性。從這個角度說，魯迅小說不僅是認識的現實主義，而且是滲透了主觀精神的現實主義。

---

〔1〕 魯迅：《阿 Q 正傳》，《魯迅全集》第 1 卷，第 552 頁。

從總的趨勢看，中國現代小說由五四小說的形成到 30 年代現實主義社會剖析小說的發展，呈現了藝術創作逐漸的“無我化”過程。五四小說從郁達夫、郭沫若的浪漫的感傷到冰心、王統照的幽玄的理想，無不環繞著作家的“自我”，故事、人物為“我”而存在，為“我”而動作，為“我”而感慨。1930 年代現實主義社會剖析小說，即如其最成功的小說《子夜》，基本上擺脫了個人生活的痕跡，力圖以某種“科學的”社會理論眼光構築廣闊的、非個人性的社會生活框架，對社會發展“規律”的追求壓倒一切，人物及其喜怒哀樂似乎是“規律”操縱下的玩偶。而作家在觀察與體驗生活過程中的靈魂的躁動完全消失在對對象世界理性的、非個人的剖析之中。

魯迅小說的卓然不群之處，恰恰在於：它把現代藝術的兩種對立的趨向融為一體，並體現為“無我化”或“客觀化”的創作原則與“一切與我有關”的創作原則的獨特結合，從而使我們在這個藝術世界所真實呈現的社會歷史的廣闊畫面中，感覺到了一個痛苦的、掙扎的、活生生的靈魂的深情傾訴，又在這個藝術世界所表達的深切的個人性的情感海洋中，聽出了中國社會生活的蛻變的呻吟。這是一個有血有肉有骨有靈魂的生命體，它的複雜、它的深邃、它經久的魅力，隱藏在他那客觀結構與主觀結構的獨特融合之中。

# 初版後記

書寫完了，我的心沉靜而寂寞，一如深到無窮的秋夜的高天。但隱隱之中，我又依稀聽見永久縈回於“過客”耳際的神秘的呼喚，聽見孤獨者在歷史荒原上發出的受傷的狼般的悽愴的嗥叫。

讀魯迅的書，我震驚於他對中國歷史、社會、文化，尤其是人的心態的深刻觀察和批判，更為這個久已逝去的老人心靈深處洶湧著的荒海般的波濤所懾服。我幾乎要逃避，卻終於發現這是枉然。魯迅似乎有一種無法拒斥的精神力量。有一點我至今似乎沒有弄清楚：究竟是生活幫助我理解了魯迅，還是魯迅幫助我理解了生活；但有一點是肯定的：魯迅是我有生以來對我的思想情感方式產生巨大的、決定性影響的人，雖然在我出生之前二十多年他就離開了這個世界。

常常有人把我和我的同輩視為幸運兒，彷彿人生的磨難只有一種。但是，那種站立在思想廢墟之上的深刻懷疑，那種無家可歸又竭力尋找的無言的惶惑，那種獻身於現代觀念又擺脫不掉傳統壓力所形成的焦慮和內心分裂，那種由於生活的急劇變化和對現代哲學的關心而產生的“20 世紀情緒”，那種對社會政治變遷的強烈關心，那種對病態人心，尤其是知識分子陰暗心理的異樣的敏感 —— 這一切一切持久地糾纏著我的靈魂，使我不得安寧。和上一輩坎坷的知識者不一樣，我更多的是通過對自身和他人生活的內省體驗獲得對生活的理解，我們這一代是精神解放時代的產兒，同時也承受了精神解放的代價：思想的多元化帶來了選擇的艱難，對傳統的懷疑加強了無所適從的痛苦，深刻的不信任感使得這批生活道路相對單純的知識者成為精神上最不單純、最為複雜、最為矛盾以至混亂的一代。

這種惶然迷惘的心態使我比我的前輩學者更關心內心問題。上一代人主要是把魯迅作為認識社會的精神導師，而我卻更關心魯迅在劇烈的文化變遷中內心的分裂和靈魂的痛苦；我注意的經常不是他對社會生活採取了什麼樣的情感態度，而是他為什麼或在什麼樣的文化心理背景上採取了這樣或那樣的情感態度。事實上，研究魯迅，對於我來說，也是一種內心的需要：我渴望在對魯迅複雜的精神世界的認識與體悟中，理解自己，理解自己與世界的關係。知識者的心靈與當代文化的變遷始終是我關注的問題。我試圖通過對知識分子的心態、命運的思考來理解和透視中國的社會現實問題。

我在文中曾經寫到魯迅的"重複感"或"循環感"。想想逝去的一切，有時竟又會覺得這逝去的東西並未逝去，我們在當前的變化中、在當代人的許多行為以至幻想中，發現了過去的磷火。魯迅為此而感到了最沉重的負擔，我則在同一感覺中體會了兩代知識分子在精神上的"循環"，並由此發現歲月的流逝並未真正改變我們的命運。我的心不免沉重起來，一些朋友也覺得我的許多想法"深刻（？）而不可愛"。然而正像昆德拉在他的《生命中不能承受之輕》卷首說的，也許最沉重的負擔同時也是一種生活最為充實的象徵，負擔越重，我們的生活也就越貼近大地，越趨近真切和實在。相反，在良好的感覺中輕鬆地飛起，也即意味著離開真實的生活，變得似真非真，運動自由而毫無意義。

當然，生活絕不像巴門尼德的問題：選擇輕鬆，還是沉重；但對於意識到這種沉重的人來說，沉重就成了難以推卸的宿命。

魯迅確實使我感到沉重，但也使我接近了殘酷的真實，當我感覺到這一點時，我便忍不住地要去破壞一切假象。人們常常需要假象來維持感覺良好的輕鬆，因此真實就成了殘酷和刻薄。追求這種真實的人不僅葬送了自己的輕鬆，也會毀壞別人的良好感覺。

但對於意識到這種真實的沉重的人來說，這就是無可逃脫的宿命。

我感到寂寞。或許這本書將更加寂寞。我曾經許多年如一日地在故鄉的一條荒僻的小道上徘徊，用孤獨的目光打量隔岸的公園裏輕鬆或是疲倦的遊客，卻並不因此而有神往之意。有時我甚至想，寂寞於我或許更合適。

但我仍然渴望用我這笨拙的筆寫出我所理解的魯迅，並通過對魯迅的理解與我的長輩、同輩或更年輕的一代交流。因此，當一位前輩讀完我的書稿並談起他的心境、他的孤獨的時候，我心裏湧出一陣激動。我的筆實在太笨拙了，有位編輯說，讀我的文章總得正襟危坐，一位朋友希望我能寫得更加輕鬆活潑些，這常常使我感到慚愧。或許換一個研究對象，寫作的風格會有些變化？我當盡力去做，因為我渴望更多的理解，但不會為此連同自己的思想、個性一塊兒拋棄。

夜深到無底了，我的心也一道沉下去，沉下去。多少次，我幾乎要忘懷一切，連同自己的所謂事業。但我終於不能忘懷：老師和朋友的目光久久地凝視著我。那是怎樣的一種目光呵！不，我沒有勇氣使他們失望，更何況他們的身後有著那樣一個無比遼闊的世界。面對我的導師唐弢先生和我所深愛著的朋友們，我無法用言辭表達我的感激——或許有一天，我能用自己的生命歷程寫出對他們的愛。

這本書是我學生時代的句號，一個畫得不圓的圈圈。我心裏忽而空虛起來：一切又重新開始了。

我只得走，我還是走好吧。

"過客"心頭的聲音在前面迴蕩，那是一種誘惑？一種召喚？我只能踉踉蹌蹌地走去了。

1988 年 3 月於北京

# 第三版跋

## 魯迅與“向下超越”

整整二十年前，我以此書通過博士論文答辯。我至今記得由唐弢先生、楊占升先生、嚴家炎先生、樊駿先生、劉再復先生、何西來先生等組成的答辯委員會向我提問時的情形。答辯之後，錢理群先生代表“文化：中國與世界”編委會向我約稿，他們那時正準備在上海人民出版社編輯出版一套學術叢書。錢先生年長我二十歲，從 1983 年經王得後先生介紹相識之後，他一直支持我在魯迅研究中的探索。我將書稿交給了錢先生 —— 說來真是一份榮幸，這位新時期魯迅研究的代表性人物也是這部書稿的第一個編輯，我還清晰地記得他在書稿上留下的那些編輯痕跡。二十年翻天覆地，以次數論，我們見面的機會並不多，但交流卻以不同的方式持續著。在這本小書出版之際，我終於有機會為二十年前的舊事表示一點感激。

因 1989 年原先的出版計劃被打斷，1990 年，台灣久大股份有限公司出版了這部著作的繁體字版。收到五本從台灣寄來的青藍色封皮的書時，我有些喜出望外。一年之後，在先後兩任編輯倪為國、高忠的努力之下，該書終於在上海人民出版社出版，但“文化：中國與世界”編委會此時已風流雲散，這套叢書上沒有叢書編委會的蹤跡。在人們的記憶中，“文化：中國與世界”編委會幾乎就是一個編譯委員會，很少人知道編委會在 1988 年啟動的這個中國學術叢書的計劃。在這本小書再版之際，提起這點舊事，也算是對那個時代的文化活動的一個小小見證吧。

1999 年，孫郁、王吉勝兩位先生為河北教育出版社編輯一套“回望魯迅”叢書，收錄國內外魯迅研究的一些代表性著作。他們建議將《反抗絕望》一書收入叢書中。在編輯劉輝女士的努力之下，此書第三版終於由河北教育出版社於 2000 年出版。在我的記憶中，這是“回望魯迅”叢書中最早面世的一種。這個時期有關魯迅的辯論此起彼伏，如何理解和看待魯迅已經成為當代思想中的一個話題，他們的策劃大約也起源於此。在對《反抗絕望》一書重新編定的時候，我決定將《“死火”重溫》一文作為這一版的代導論收入書中，又將《魯迅研究的歷史批判》作為全書的附錄。《“死火”重溫》原是為《恩怨錄——魯迅和他的論敵文選》所寫的序，但由於該書出版時比較倉促，發表在書中的序文並非最終的定稿，適逢魯迅逝世六十週年，我將此文交給《天涯》雜誌發表；而《魯迅研究的歷史批判》發表於 1988 年《文學評論》第 6 期，發表之後一度在相關領域引發軒然大波。

這次重印即以河北教育版為據，文字上未再更動，但另收入了發表在《南風窗》（2006 年 10 月 16 日）上為紀念魯迅逝世七十週年而做的訪談《一個真正反現代性的現代性人物》作為附錄二，其中有關魯迅與政治的簡要討論也許可以對原書未能展開的問題有所補充。感謝舒煒和金紅，沒有他們的建議和督促，我也許沒有勇氣出版這部“少作”的第四個版本。

在魯迅逝世七十週年之際，我還曾在為紀念普實克教授百年誕辰而舉行的學術會議“現代性的道路”（*Path Toward Modernity*，布拉格，2006）上宣讀過另一篇論文，即《魯迅文學世界中的“鬼”與“向下超越”》，這次沒有收入。2005 年至 2006 年間，我先後在華東師範大學和北京大學做過以魯迅的“鬼”或“幽靈”為題的演講，除了探索魯迅的思想和文學世界之外，我也將這個問題延伸到如何理解中國的 20 世紀、如何從這一獨特的角度貼近這個時代的精神和知識分子文化。2004 年夏天在華東師範大學演講後，倪文尖先生、羅崗先生寄來了演講記錄稿，我先後多次對記錄稿加以整理，但並未完成；2006 年在北京大學講演後，組織者也寄來了新的記錄稿，兩者之間雖有重疊，但顯然有了新的發展。我試圖綜合兩次演講，重新寫出我對魯迅的理解，計算了一下文字，整理稿已經有七萬字之多，但始終不能完成。2007 年夏天在清華大學和中國文化論壇聯合舉辦的通識教育暑期課程中，我詳細地講解了魯迅的《破惡聲論》和《〈吶喊〉自序》，也曾根據演講記錄試著重新整理，但竟然與前兩個演講整理稿的命運一樣，迄今未成。一些熱心的聽眾將我的這些演講的片段整理出來，在網絡上流傳，像是一種催逼。我心裏明白：除了時間的限制之外，我還需要對其中的若干問題做重新的研究和細讀。

關於魯迅文學世界中的“鬼”的問題，我在 1996 年發表的文章《“死火”重溫》中有過扼要的討論。首先對魯迅世界中的“鬼”進行集中論述的是夏濟安。在《魯迅作品的黑暗面》這篇著名的論文中，屹立於論述中心的是源自魯迅寫於 1919 年的文章《我們現在怎樣做父親》中的“黑暗的閘門”的意象。夏濟安說：“黑暗的閘門有一種逼人的威力，預示著光明無可挽回地全然消失，那就是死。”正如魯迅面對他自己竭力反叛的中國文學的語言、修辭和意象時的情況一樣，“死和舊中國一樣都有其魅惑的一面，所以魯迅從不曾對這兩種可憎惡的對象採取決絕的態度”[1]；為了對抗魯迅本人在光明與黑暗、吃人者與被吃者之間構成的強烈對比和修辭力量，夏濟安致力於研究魯迅世界中的各種各樣有趣的灰色的影子。[2]在夏濟安之後，丸尾常喜“通過對乃是死靈的鬼的特性而產生的對死者、對由無數死者堆積起來的歷史感覺”（木山英雄語）的挖掘，將“鬼”的世界視為詮釋魯迅作品的一個獨特的視角。他將“鬼”放置在“人”的對立面，即“形形色色缺乏‘人’性的眾生相——‘鬼’的影像”，試圖闡明“孔乙己、阿Q、祥林嫂都是這樣的‘鬼’，即從‘鬼’的影像這一視點出發來考察被魯迅自身稱為‘病態社會的不幸的人們’”。[3]在這個意義上，丸尾常喜與夏濟安一樣，將“鬼”闡釋為一種源自病態社會的“黑暗力量”。

我的論述力圖將“鬼”的問題從“黑暗主題”中解放出來，這倒並不是說“鬼”與“病態社會”“病態天才”沒有關係。在我看來，“鬼”是一個能動的、積極的、包含著巨大潛能的存在，沒有它的存在，黑暗世界之黑暗就無以呈現。正是在這個意義上，“鬼”黑暗而又明亮。這是《“死火”重溫》一文有關“鬼”的討論的主要論點。鬼的存在形態千差萬別，如果要對鬼的特徵進行抽象化概括的話，下述特徵是不可或缺的：一、鬼超越人與物的界限；二、鬼超越內與外的界限；三、鬼超越生與死的界限；四、鬼超越過去與現在的界限。

四處遊蕩的鬼魂，有時我們也把它叫作幽靈，如同馬克思在《共產黨宣言》的開篇對於在歐洲徘徊的共產主義的描述：

---

〔1〕［美］夏濟安著，樂黛雲編，《魯迅作品的黑暗面》，載《國外魯迅研究論集》，北京大學出版社，1981年，第374、377頁。

〔2〕同上書，第380頁。

〔3〕［日］丸尾常喜著，秦弓譯，《“人”與“鬼”的糾葛》，人民文學出版社，1995年，第213頁。

> 人們根本看不見這個東西的血肉之軀，它不是一個物。在它兩次顯形的期間，這個東西是人所瞧不見的；當它再次出現的時候，也同樣瞧不見。然而，這個東西卻在注視著我們，即便是它出現在那裏的時候，它能看見我們，而我們看不見它。在此，一種幽靈的不對稱性干擾了所有的鏡像。它消解共時化，它令我們想起時間的錯位。[1]

德里達用《哈姆雷特》中的亡魂與這個幽靈做對比："那個墮落國家的王子，所有的一切都是從一個幽靈顯形開始的，更確切地說，是從等待這一顯形開始的。那期待既急切、焦慮又極度迷人：而這或者說那件事（'這件事'）將在那個東西到來的時候即告結束。亡魂即將出現，不必等太久，但那是多麼難熬的一刻。更確切地說，一切都是在重現的臨近中開始的。但是那幽靈的重現在那場戲中卻是第一次顯現。他父親的靈魂即將回來，並會即刻對他說，'我是你父親的靈魂'。……在那場戲的開始，可以說，他還是第一次回來。"[2]

魯迅文學世界中的"鬼"與那個在 19 世紀歐洲徘徊的幽靈在基調上相差遙遠，它對未來"黃金世界"的拒絕也許是一個例證，但也有一個相似性，即它們都包含了對於一個時代即將終結的預感。在他的早年，魯迅因為不能忍受家鄉的壓抑而決心"走異路，逃異地，去尋求別樣的人們"，但這些"別樣的人們"是誰呢？1926 年，魯迅這樣敘述當時的心境：

---

〔1〕［法］雅克·德里達著，何一譯，《馬克思的幽靈》，中國人民大學出版社，1999 年，第 12 頁。

〔2〕同上書，第 8—9 頁。

S 市人的臉早經看熟，如此而已，連心肝也似乎有些了然。總得尋別一類人們去，去尋為 S 城人所詬病的人們，無論其為畜生或魔鬼。[1]

對於出逃者而言，“別樣的人們”只是別樣而已。這是以“無”為前提的尋求，而這個“無”的唯一特點就是“異”——“異路”、“異地”和“別樣的人們”。“別樣的人們”就是“異路”上的或“異地”的、與 S 城的人分屬兩個世界的“異物”，如同“畜生”或“魔鬼”之於 S 城的世界一樣。“異路”、“異地”和“別樣的人們”是通往未來的“通道”，而不是命定的生活。

魯迅的文學——我在這裏指的不僅是他的小說、詩歌、散文或散文詩，而且包括他的雜文甚至書信等在內的所有寫作——產生於一種自覺，即自覺到時代末日的來臨。這個末日不僅表現為肉體的衰朽，也不僅是一種精神的病症，而是一種根本分不出內外的、徹頭徹尾的衰朽。正是在這種自覺中產生了以一種“綜合的”文學方式批判時代的願望。就這是對時代“綜合的”批判而言，魯迅的文學方式有一種宣佈末日降臨的“革命”意味——這個“革命者”以“鬼”的方式現身，乃是因為他從不願意通過許諾未來表達自己的理念，也從不通過未來確立自己的認同，恰恰相反，他始終在大地上遊蕩，“糾纏如毒蛇，執著如怨鬼”[2]，他的哲學——或者說，“鬼”的哲學——是：

將來實行什麼主義好，我也沒有去想過；但我以為實行什麼

---

〔1〕 魯迅：《瑣記》，《魯迅全集》第 2 卷，第 303 頁。
〔2〕 魯迅：《雜感》，《魯迅全集》第 3 卷，第 52 頁。

主義，是應該說現在應該實行什麼主義的。[1]

在魯迅的文學世界裏，沒有什麼終將在未來被完成的事物；在這個世界裏，如果有什麼是永恆的、無時不在的東西的話，那就是"鬼"，就是注定無法完成的支離破碎的歷史本身。就"鬼"因為其支離破碎而無法完成而言，"革命"成為了他（或她）永久的命運。

魯迅的"鬼"絕非與"革命"無關，但含義獨特。這裏僅舉一例。1926 年，劉半農在廠甸廟市中無意得到《何典》，決定校點付印。《語絲》第七十至七十五期刊登了《何典》廣告，前三期刊登了《何典》開頭"放屁放屁，真正豈有此理"數語，未提《何典》書名，至第七十三期起，廣告開頭引吳稚暉的話說："我止讀他開頭兩句……從此便打破了要做陽湖派古文家的迷夢，說話自由自在得多。"廣告刊發後，"文士之徒"指責劉半農"怎樣不高尚，不料大學教授而竟墮落至於斯"。魯迅在《語絲》週刊第八十二期發表《為半農題記〈何典〉後，作》對此做出回應。魯迅說："我雖然'深惡而痛絕之'於那些戴著面具的紳士，卻究竟不是'學匪世家'；見了所謂'正人君子'固然決定搖頭，但和歪人奴子相處恐怕也未必融洽。用了無差別的眼光看，大學教授做一個滑稽的，或者甚而至於誇張的廣告何足為奇？就是做一個滿嘴'他媽的'的廣告也何足為奇？"[2]文章開頭引用光緒五年（1879）印的《申報館書目續集》上的《何典》提要，其中出現"鬼"字九次，其他所指雖不直接出現"鬼"字，但均與"鬼"有關：

---

〔1〕馮雪峰著，魯迅博物館魯迅研究室選編，《回憶魯迅》，《魯迅回憶錄．專著》中冊，北京出版社，1999 年，第 564 頁。

〔2〕魯迅：《為半農題記〈何典〉後，作》，《魯迅全集》第 3 卷，第 321 頁。

書中引用諸人，有曰活鬼者，有曰窮鬼者，有曰活死人者，有曰臭花纛者，有曰畔房小姐者；閱之已噴飯。況閱其所記，無一非三家村俗語；無中生有，忙裏偷閒。其言，則鬼話也；其人，則鬼名也；其事，則開鬼心，扮鬼臉，釣鬼火，做鬼戲，搭鬼棚也。語曰，"出於何典"？而今而後，有人以俗語為文者，曰"出於《何典》"而已矣。〔1〕

令人驚訝的是：在接下來的段落中，魯迅把做《何典》廣告而至被人譏評的劉半農與當年為報紙出賣的革命者陶成章做比較。陶成章因窮困潦倒而不得不以教人催眠術以糊口，但"兩三月後，報章上就有投書（也許是廣告）出現，說會稽先生不懂催眠術，以此欺人。清政府卻比這干鳥人靈敏得多，所以通緝他的時候，有一聯對句道：'著《中國權力史》，學日本催眠術'"〔2〕。魯迅說：

我並非將半農比附"亂黨"，—— 現在的中華民國雖由革命造成，但許多中華民國國民，都仍以那時的革命者為亂黨，是明明白白的，—— 不過說，在此時，使我回憶從前，念及幾個朋友，並感到自己的依然無力而已。〔3〕

如果《何典》"談鬼物正像人間"，那麼，魯迅在這裏"談人間正像鬼物"——從"鬼"的視野出發，那個逼使"革命"以"幽靈"的方式呈現的無形力量終於開始顯形了。這是一種通過拒絕革命已經成功的說

〔1〕 魯迅：《為半農題記〈何典〉後，作》，《魯迅全集》第 3 卷，第 320 頁。
〔2〕 同上書，第 322 頁。
〔3〕 同上書，第 322—323 頁。

法而表達的繼續革命的思想。

“鬼”是一種自相矛盾的結合體，是現在與過去在我們的行為和思想中的匯聚。“鬼”不是我們的靈魂，而是已死的歷史的在場，即我們自身。這是一種獨特的無法區分過去與現在的感知方式。因此，“鬼”的第一次出現是以“亡魂”的名義：先輩已死，但以亡魂的方式在場。先輩屬於歷史，但先輩的亡魂與我們同在。也許根本沒有什麼死者的靈魂，而只有內在於我們自身的“鬼”——過去因此就是現在，兩者之間毫無界限。

夏濟安、丸尾常喜所探索的魯迅的“黑暗主題”就是從這種過去與現在無法區分並最終凝聚於反抗者的內心這一點上生發出來的。但是，他們對於“鬼”的第二次出現沒有深究：如果革命者是一個在過去與現在之間、人與物之間、死者與生者之間、對象與自身之間徘徊反抗的幽靈，他不就是“鬼”嗎？這種對於沒有未來的自覺、對於絕望的自覺、對於末日的自覺，不正是一種能動的力量，一種在黑暗中照見黑暗的黑暗的光芒嗎？

末世論（eschatology，亦譯終末論）式的洞見只是通過“鬼眼”呈現的，但“鬼”也許並不在這個末世之中。從根本上說，“鬼”並不只是自我的影子，它超出自我的世界之外，有著比自我的世界更為遼闊和久遠的時空——無論是對紹興戲中的鬼的追溯，還是與這些鬼戲相關的民間生活，都在現代自我之外，因而也在魯迅所描述的黑暗與絕望的世界之外，它們賦予了魯迅以悲觀為底色的文學世界以某種怪異的光芒。正是這種光芒讓我在魯迅的世界中聽到了某種源自大地的（即與天啟方向相反的）啟示，讓我在他的虛無主義的情緒之外看到了一個豐富多彩的人類學世界。正是意識到了這一點，在《“死火”重溫》中，“鬼”的世界突破了“黑暗主題”，呈現為一種奇異的能量，一種絕不屬於“病態生活”的倔強的活力，甚至歡樂的情懷。

我記得當初在寫了有關黑暗主題之後轉向“鬼”的問題時，筆端竟透著莫名的喜悅。

1999 年夏天，身體越來越衰弱的伊藤虎丸先生抱病最後一次訪問中國。我們見面時，他已經讀了《“死火”重溫 —— 以此紀念魯迅逝世六十週年》一文。他笑著對我說：魯迅產生於一個與基督教世界完全不同的世界裏，不可能從一種超越的視野看待他所生存的世界，但為什麼魯迅的批判具有如此深刻的性質？這個問題一直令身為基督徒的伊藤先生困惑，但現在他終於可以確認魯迅的世界裏的確存在著一種超越性的視角。但是，與基督教的向上超越不同，魯迅向下超越，即向“鬼”的方向超越。2000 年初，《文學評論》第一期發表伊藤虎丸的論文《魯迅的“生命”與“鬼”—— 魯迅之生命論與終末論》。這篇論文旨在總結戰後日本魯迅研究，其中最為引人注意的是作者將產生於基督教思想的終末論與中國文化中的一個獨特意象 ——“鬼”—— 聯繫起來。在文章中，伊藤虎丸提到了我在《“死火”重溫》一文中有關“鬼”的分析，並從日本魯迅研究的傳統內部對此做出了回應。他將魯迅早年提出的“偽士當去，迷信可存”的觀念與魯迅文學世界中的“鬼”聯繫起來，從而也將“鬼”與“偽士”的對立提到了一個理論性的高度。

在我的文章裏，“鬼”的對立面是“正人君子、寧靜的學者、文化名人、民族主義文學者、義形於色的道德家，當然也有昔日的朋友、一時的同志”，按照伊藤虎丸的解釋，也全部可以歸納到“偽士”的範疇之中。在他的視野中，“鬼”的視野不僅是對阿 Q 們背負的“國民性”之批判，而且也是對那些高高在上的“現代人”“革命派”“知識分子”—— 亦即“偽士”—— 的反諷；就像祥林嫂的追問讓“我”怯於回答一樣，這是一種從“迷信”的視角展開的對於“偽士”之“現代”的揭露、“人”與“鬼”之位置的一百八十度的互換。“也可以說，論爭之時，他的批判無比犀利，不放過論敵的些微虛偽，就是因為他的立足點是在同樣的最低處（‘鬼’‘迷信’）。”[1]在這個意義上，“鬼”就具有了一種從“最低處”展開的超越性視角，一種與魯迅的“生命主義”密切相關的“終末論”的表現。

其實，2005 年和 2006 年我在華東師範大學和北京大學做演講時，伊藤虎丸先生的問題仍然在我的心裏回響，我所做的是要將這種“鬼”的視野當作重新理解 20 世紀的歷史遺產的契機。這個視野不是從未來展開的，而是從“鬼”、從“迷信”、從“黑暗”中展開的。可惜伊藤虎丸先生已經不能聽到我的敘述了。2006 年的春節那天，我和尾崎文昭先生、西川優子女士、高筒光義先生陪同伊藤虎丸先生的夫人一起前往伊藤先生的墓上弔唁。在冬日的陽光下，我向伊藤先生鞠躬致敬。從 1985 年在杭州西湖第一次見面，到 1990 年代創辦《學人》時期與他更多的交往，直到最後一次來中國時的晤談，他的思想和面影在我的心裏逐漸地清晰起來。在理解魯迅的某一點上，我感到與這位前輩的心靈有了相通的感覺。

《反抗絕望》幾乎沒有具體涉及魯迅 1930 年代的文化政治。在寫作這本書的過程中，我已經意識到這個問題，也曾試著補寫一篇關於魯迅晚年的幾篇政論的文章，幾易其稿，最終放棄了。在 2005 年和 2006 年的演講中，我對此有所涉及，主要集中在魯迅與左翼的關係問題，尤其是魯迅與左聯、與左派政黨（包括托派）的關係問題，但我

---

〔1〕［日］伊藤虎丸：《魯迅的“生命”與“鬼”—— 魯迅之生命論與終末論》，《文學評論》2000 年第 1 期，第 140 頁。

至今沒有寫出深入細緻的文章。魯迅是一個從未加入政黨但並非與政黨政治完全無關的人物，例如他在“左聯”的活動；魯迅是“左聯”的靈魂人物，但他對“左聯”內部的權力關係給予持續的抵制和批判。在我看來，恰恰是他對“左翼”的批判激活了左翼的文化政治，但要想對這些問題做出系統說明尚需新的系統研究，這在我一時不能做到。

20 世紀日漸遠去，魯迅的幽靈也許能夠幫助我們重新接近那個時代——不是從“現代”、“啟蒙”、“進步”、“左翼”和“革命”等角度去接近，而是從“鬼”“迷信”的角度去接近，即從“鬼”“迷信”的角度去重新闡釋“現代”、“啟蒙”、“進步”、“左翼”和“革命”。這也就是我在《一個真正的反現代性的現代性人物》中點出的問題。

關於魯迅與左翼的關係問題，丸山升先生的有關論文提供了許多重要的洞見。伴隨他的文集的翻譯出版，許多年輕學者也正在重新生發對這個問題的興趣。2007 年秋季，尾崎文昭先生來清華講學，他以“魯迅與日本”為主題，帶領同學們系統閱讀了日本魯迅研究的代表性著作。在學期結束的時候，他和我共同閱讀了討論班同學的作業。許多同學對丸山升先生的研究很感興趣，但他們選擇談論的是竹內好、伊藤虎丸、木山英雄等先生的研究。在如何分析魯迅與左翼的關係問題上，丸山升先生與我們不止隔著一個世代，而且也隔著一個由世界觀的轉換而產生的視界差異。當丸山升先生探索著魯迅的獨立思考的心靈之時，他是在思考中國革命及其文化政治的困境和內在能量，而在 1990 年代的巨變之後，我們對於魯迅的獨立性、魯迅與其他左翼知識分子的差異的闡釋，已經被放置在一種“去政治化”的邏輯之中，似乎他的獨立性已經與左翼政治或左翼文化政治無關，而只是一種純粹的獨立性，一種脫離了歷史性、政治性和社會性文脈的獨立性。這樣的解釋與那種探索中國革命和社會主義道路的內在視野相距遙遠。

1991年，我第一次訪問東京，終於有機會與丸山升先生重逢。我們第一次見面是在1986年紀念魯迅逝世五十週年的國際學術討論會上。有一天，我們一起坐在一個花園的長椅上聊天，他簽名送給我一本他的新著《中國社會主義的檢證》。這是在1989—1991年的世界性巨變之後，一個社會主義者對社會主義歷史的檢討和對社會主義信念的重申。是否同意丸山升先生對社會主義歷史的看法是一回事，重要的問題在於：在今天，我們還會接續這個20世紀的內在視野重新展開政治思考嗎？

2005年秋天至2006年春天，整整六個月，我在東京大學的駒場校區客座。丸山升先生常常拄著拐杖、乘坐地鐵到我的課堂上來。他穿過那些年輕的面龐，走到最前面，坐在第一排。剛開始時，我感受到很大的壓力，但他目光中的鼓勵，讓我漸漸地鬆弛下來。丸山升先生已經年邁，卻那樣專注，他的聽力未必都能夠跟上，但總是注視著我。每次課後，我會扶著他走幾步，目送他緩緩遠去，而後往另一個方向走去。在我離開東京半年之後，丸山升先生走完了他的人生道路，對於日本的魯迅研究以至整個中國研究而言，這肯定是一個時代的終結。去年的春天，我意外地收到丸山夫人託人轉來的信件，她在信中提到1986年我們一起在北京人藝觀看《狗兒爺涅槃》時的情形，提到1990年我在陝西與丸山先生的通信，提到2005年秋天丸山先生特意買了新的錄音機來旁聽我的討論課。在信的末尾，她說："現在，在他的書桌上有一個很厚的講義夾，上面寫著'汪暉講義'。我相信您的演講很鼓勵丸山，他也希望繼續開展自己的研究題目。"我心裏清楚，我的研究微不足道，丸山升先生對我的關心中流淌著的是一代深受中國革命影響的知識分子對於中國知識分子的觀察和期待。

在提筆寫這篇跋時，我沒有想到會寫下這麼多有關丸山升先生和伊藤虎丸先生的段落。在戰後的日本魯迅研究中，他們代表著相互聯繫又相互區別的有關亞洲之近代命運的政治性思考。他們對竹內好的超越正在於從各自的角度對魯迅文本中所滲透的政治性、社會性和歷史性文脈加以實質性的呈現，並揭示魯迅的思想和文學對這一政治性、社會性和歷史性文脈的創造性介入。魯迅的寫作有一種拒絕抽離歷史文脈的品質，一種絕不迴避在具體情境中表達尖銳判斷的品質，一種洞悉複雜性卻始終堅守價值立場的品質，因此，如果沒有對於歷史文脈的實質性說明，魯迅就有可能被純化為抽象的心理類型或方法。大約也正由於此，許多年來，每當我體驗到"'絕對零度寫作'的不可能"之時[1]，重新閱讀魯迅就會再一次成為我展開思考和試圖突破的契機。

在寫作《反抗絕望》的過程中，我讀到過伊藤虎丸先生關於《狂人日記》的分析；在完成第一稿後，我又讀到了竹內好的《魯迅》。從這部書的一些段落中可以看到這些閱讀的痕跡，但從整體上說，我的書稿是在另一個思考的脈絡和學術傳統中完成的。只是在我的魯迅研究階段結束之後，我對伊藤虎丸先生和丸山升先生的理解才漸漸展開，那是在經歷了1989—1991年的大轉變之後的去政治化時期。

"風波一浩蕩，花樹已蕭森。"但記憶仍在思考中甦生，彷彿要藐視時間的無情。對我而言，也許又到了重新回到魯迅文本的時刻。

2008年3月22日於清華園荷清苑

---

〔1〕［日］大江健三郎著，王新新譯，《北京演講2000》，《渤海大學學報》2008年第2期，第7頁。

# 附錄一

## "死火"重溫[1]

坐在燈下，想著要為這本輯錄了魯迅和他的論敵的論戰文字的書寫序，卻久久不能著筆。魯迅生前是希望有人編出這樣的書的，因為只是在這樣的論戰中，他才覺得活在人間。

為什麼一個人願意將自己的畢生心力傾注在這樣的鬥爭中？

我枯坐著，回憶魯迅的文字所構造的世界，而眼前首先浮現的竟是"女吊"。就在死前的一個月，魯迅寫下了生前最後的文字之一《女吊》，說的是"報仇雪恥之鄉"的孤魂厲鬼的復仇故事：

> ……自然先有悲涼的喇叭：少頃，門幕一掀，她出場了。大紅衫子，黑色長背心，長髮蓬鬆，頸掛兩條紙錠，垂頭、垂手，彎彎曲曲的走一個全台，內行人說：這是走了一個"心"字。為什麼要走"心"字呢？我不明白。我只知道她何以要穿紅衫。……因為她投繯之際，準備作厲鬼以復仇，紅色較有陽氣，易於和生

〔1〕《"死火"重溫》一文寫於 1996 年，是為《魯迅與他的論敵》撰寫的序言。2008 年北京三聯書店出版本書第三版時，移用作為導論。

人接近……[1]

在靜靜的沉默中，魯迅的白描活現在我眼前。我似乎也看見她將披著的頭髮向後一抖：石灰一樣白的圓臉，漆黑的濃眉，烏黑的眼眶，猩紅的嘴唇，而後是兩肩微聳，四顧，傾聽，似驚，似喜，似怒，終於發出悲哀的聲音。執著如怨鬼，死終於還是和報復聯繫在一起，縱使到了陰間也仍穿著大紅的衫子，不肯放過生著的敵人。

我知道這些描寫多少是有些自況的，因為那時的魯迅已經病入膏肓。在寫下《女吊》之前，他已經寫有一篇題為《死》的文字，其中引了史沫特萊為珂勒惠支的版畫選集所作的序文，並錄有他的遺囑，那末尾的一條是：

損著別人的牙眼，卻反對報復，主張寬容的人，萬勿和他接近。[2]

魯迅相信"犯而勿校"或"勿念舊惡"的格言不過是兇手及其幫閒的策略，所以他也說過"一個都不寬恕！"的話。我們於是知道，魯迅把寬恕當作權力者及其幫閒的工具，因此他絕不寬恕。然而，這仍然不足以解釋他的那些在今人看來近於病態的復仇願望和決絕咒語。

對於魯迅的不肯費厄潑賴，對於魯迅的刻薄多疑，對於魯迅的不合常情，這十年來談得真是不少了。比如說吧，對於友人和師長，即

〔1〕 魯迅：《女吊》，《魯迅全集》第 6 卷，人民文學出版社，2005 年，第 640 頁。（本書原版採用的是 1981 年 16 卷版《魯迅全集》，考慮到讀者查閱方便，現全部改用 2005 年 20 卷版《魯迅全集》。）

〔2〕 魯迅：《死》，《魯迅全集》第 6 卷，第 635 頁。

使已經故世的，魯迅竟也用這樣的標準衡量。就在他逝世前幾天，魯迅連著寫了兩篇文章紀念他昔日的老師章太炎，其中一篇未完，他即告別人世。他批評太炎先生“雖先前也以革命家現身，後來卻退居於寧靜的學者，用自己所手造的和別人所幫造的牆，和時代隔絕了”。對於章氏手定的《章氏叢書》刊落“駁難攻訐，至於忿詈”的文字深為不滿，他認為那是太炎先生“一生中最大，最久的業績”，那樣的文字能“使先生與後生相印，活在戰鬥者的心中的”。〔1〕

時代是過於久遠了。這是平和中正的時代，用各種各樣的牆各各相隔絕的時代，即使像我這樣曾經是研究魯迅的人也已退居為寧靜的學者。在這寧靜的幻象背後，延伸著據說是永世長存的、告別了歷史的世界，倘若將魯迅置於這樣的平安的時代，他怕是一定要像“這樣的戰士”一樣無可措手足的吧，雖然他仍然會舉起投槍！“在這樣的境地裏，誰也不聞戰叫：太平。”〔2〕

我想象著魯迅復生於當世的形象：

> 那偉大如石像，然而已經荒廢的，頹敗的身軀的全面都顫動了，這顫動點點如魚鱗，每一鱗都起伏如沸水在烈火上；空中也即刻一同顫動，彷彿暴風雨中的荒海的波濤。〔3〕

在這個“市場時代”裏，在我所熟悉的寧靜的生活中，魯迅竟然還時時被人記起，魯迅的那些戰鬥的文字還會有人願意輯出，這真是出乎預料。這就如同在喧騰著繁華的煙塵的都市的夜中，我卻記起了女吊

〔1〕 魯迅：《關於太炎先生二三事》，《魯迅全集》第 6 卷，第 567 頁。
〔2〕 魯迅：《這樣的戰士》，《魯迅全集》第 2 卷，第 219—220 頁。
〔3〕 魯迅：《頹敗線的顫動》，《魯迅全集》第 2 卷，第 211 頁。

和她的唱腔一樣，都有些怪異。對於希望這些文字早日“與時弊同時滅亡”[1]的魯迅而言，這也許竟是不幸？

我相信，讀者讀了這本文選之後，會有不同的感想。正人君子、寧靜的學者、文化名人、民族主義文學者、義形於色的道德家，當然也有昔日的朋友、一時的同志，也一一展現他們的論點和態度，從而使我們這些後來者知道魯迅的偏執、刻薄、多疑的別一面。對於魯迅，對於他的論敵，對於他們置身的社會，這都是公允的吧。

這裏面藏著時代的辯證法。

在為一位年輕的作者所寫的序文中，魯迅曾感歎說：“釋迦牟尼出世以後，割肉餵鷹，投身飼虎的是小乘，渺渺茫茫地說教的倒算是大乘，總是發達起來，我想，那機微就在此。”魯迅因此而不想渺渺茫茫地說教，終至退居寧靜，他寧願“為現在作一面明鏡，為將來留一種記錄”[2]。這是魯迅的人生觀，是一種相信現在而不相信未來的人生觀——雖然他自己也曾是進化論熱烈的推崇者，而中國的進化論者倒是大多相信未來的。

我一直忘不掉的文章，是魯迅寫於 1930 年初，題為《流氓的變遷》的雜文。專家們大概會告訴我們，那是諷刺新月派或是別的幫閒的文字。不過，我記得這篇文章卻不僅為此。魯迅的這篇不足千字的短文概述的是中國的流氓變遷的歷史。在這篇文章中，魯迅將中國的文人歸結為“儒”與“俠”，用司馬遷的話說，“儒以文亂法，而俠以武犯禁”，在魯迅看來，這兩者都不過是“亂”與“犯”，決不是“叛”，

---

〔1〕 魯迅：《熱風題記》，《魯迅全集》第 1 卷，第 308 頁。
〔2〕 魯迅：《葉永蓁作〈小小十年〉小引》，《魯迅全集》第 4 卷，第 150—151 頁。

不過是鬧點小亂子而已。更可怕的是，真正的俠者已死，留下的不過是些取巧的"俠"，例如漢代的大俠陳遵就已經與列侯貴戚相往來，"以備危急時來作護符之用了"。總之，"後面是傳統的靠山，對手又都非浩蕩的強敵，他就在其間橫行過去"，這就是後世的"俠"的素描了。魯迅評論《水滸傳》《施公案》《彭公案》《七俠五義》的要害，也都在這些"俠"悄悄地靠近權勢，卻"對別方面還是大可逞雄，安全之度增多了，奴性也跟著加足"。[1] 他們維持風化，教育無知，寶愛秩序，因此而成為正人君子、聖哲賢人，一派寧靜而慈祥。說透了，卻不過是得了便宜賣乖罷了。

這就是魯迅所說的幫忙與幫閒。

魯迅一生罵過的人難以計數，其中許多不僅曾是他的同伴、友人，而且至今仍是值得研究的文化人物。我們不必把魯迅的話當作判定歷史人物的唯一標準，因為他本人也是歷史中有待評判的人物，雖然我覺得他的"罵"總有道理。魯迅一向不喜恕道，偏愛直道，他也早就說過，他的罵人看似私怨，實為公仇。可歎的是，半個世紀前發生的那些論爭不幸已被許多人看作紙面上的紛爭，淪為姑嫂勃谿般的故事。勇於私鬥，怯於公仇，這是魯迅對中國人的病態的沉痛概括。在我的眼裏，他罵的是具體的人，但也是老中國的歷史，從古代的孔、老、墨、佛，直至當代的聖哲賢人。倘要論魯迅的偏執，先就要說他對中國歷史的偏執。那奧妙早已點穿："孔墨都不滿於現狀，要加以改革，但那第一步，是在說動人主，而那用以壓服人主的家伙，則都是'天'。"[2]

---

〔1〕 魯迅：《流氓的變遷》，《魯迅全集》第 4 卷，第 160 頁。

〔2〕 同上書，第 159 頁。

這樣的表述是經常要被老派的人指責為激進反傳統，被新派的人看作有違“政治正確”的。晚清以降，中國思想的固有定式之一便是中西對比式的文化表述，革新者與守舊者都力圖在這種對比關係中為“中國文化”和“西方文化”描畫出抽象的特徵，而後制定他們各自的文化戰略。然而，魯迅的特點恰恰是他並沒有簡單地去虛構那種對比式描述，他在具體語境中表述的文化觀點不應也不能簡單地歸結為關於“中國文化”的普遍結論。他的文學史著作，他對民間文化的熱情，他對漢唐氣象的稱讚，都顯示了他對傳統的複雜看法。不僅如此，魯迅在批判傳統的同時，也激烈地批評過那些唯新是從的“新黨”，批評過沒有脊梁的西崽。他的文化批評的核心，在於揭示隱藏在人們習以為常的普遍信念和道德背後的歷史關係。這是一種從未跟支配與被支配、統治與被統治的社會模式相脫離的歷史關係。對於魯迅來說，無論文化或者傳統如何高妙，有史以來還沒有出現過擺脫上述支配關係的文化或傳統；相反，文化和傳統是將統治關係合法化的依據。如果熟知他早年的文化觀點，我們也會發現他的這種獨特視野同樣貫注於他對歐洲現代歷史的觀察之中：科學的發展、民主制度的實踐同樣可能導致“物”對人、人（眾人）對人的專制。[1]他所關注的是統治方式的形成和再生過程。

因此，支配魯迅的文化態度的，是歷史中的人物、思想、學派與（政治的、經濟的、文化的、傳統的、外來的）權勢的關係如何，他們對待權勢的態度怎樣，他們在特定的支配關係中的位置如何，而不是如他的同時代人習慣的那樣做簡單的中西對比式的取捨。中西對比式

---

〔1〕“掊物質而張靈明，任個人而排眾數”，魯迅：《文化偏至論》，《魯迅全集》第 1 卷，第 47 頁。

的描述為中國的社會變革提供了文化依據，並為自己的文化構築了歷史同一性，但這種歷史同一性不僅掩蓋了具體的歷史關係，而且也重構了（如果不是虛構）文化關係。魯迅從來沒有把“權勢”抽象化，他也從來沒有把傳統或文化抽象化。在由傳統和文化這樣的範疇構築起來的歷史圖景中，魯迅不斷追問的是：傳統或文化的帷幕後面遮蓋著什麼？在魯迅看來，現代社會不斷地產生新的形式的壓迫和不平等，從而幫忙與幫閒的形式也更加多樣 —— 政治領域、經濟領域、文化領域無不如此，而現代文人們也一如他們的先輩，不斷地創造出遮蓋這種歷史關係的“文化圖景”或知識體系。

魯迅對這種關係的揭露本身不僅擺脫了那種中西對比式的簡單表述，而且也包含了對那個時代的普遍信念 —— 進化或進步 —— 的質疑：現代社會並未隨時間而進化，許多事情不僅古已有之，而且於今更甚。魯迅對傳統的批判誠然是激烈的，但他並不就是一位“現代主義者”。他對現代的懷疑並不亞於他對古代的批判。

魯迅是一個悖論式的人物，也具有悖論式的思想。

魯迅的世界裏瀰漫著黑暗的影子，他對現實世界的決絕態度便是明證。

然而，對於魯迅世界裏的黑暗主題的理解，經常滲透了我們這些文明人的孤獨陰暗的記憶。是的，他如女吊一般以紅色接近陽間，不過是為了復仇，光明於他是隔膜的。但是，你越是接近這個世界，就越能體會到這個影子的世界對於魯迅的意義：它陰暗而又明亮。魯迅何止是迷戀它，他簡直就是用這個世界的眼光來看待他身處的世界。

這是一個沒有用公眾和君子們的眼光過濾過的世界：人面的獸、九頭的蛇、一腳的牛、袋子似的帝江、“執干戚而舞”的無頭的刑天、既如怨鬼又絢美異常的女吊，還有那雪白的莽漢——蹙眉的無常，他粉面朱唇，眉黑如漆，亦哭亦笑；愛、恨、生、死、復仇；紅色、黑色、白色；拚命吹響的目連嗐頭、鏗鏘有力的唸白："那怕你，銅牆鐵壁！那怕你，皇親國戚！"[1]這是一個感情鮮明的世界，一個瘋狂、怪誕、顛覆了等級秩序的世界，一個把個體孤獨感的陰暗的悲劇色彩烘托成節日狂歡的世界，一個民間想象的、原始的、具有再生能力的世界。

魯迅的世界具有深刻的幽默怪誕的性質，它的淵源之一，就是那個在鄉村的節日舞台上、在民間的傳說和故事裏的明豔的"鬼"世界。一位理論家說過，"最偉大的幽默家大概就是'鬼'"，而"鬼"世界的幽默是毀滅性的。"鬼"所報復、諷刺、調侃的不是現實的個別現象和個別人物，而是整個的世界整體。現實世界在"鬼"的視野中失去了它的穩定性、合理性，失去了它的自律性、它的道德基礎。在"鬼"世界的強烈、絢麗、分明、詼諧的氛圍中，我們生存的世界呈現了它的曖昧、恐怖、異己、無所依傍的狀態。"鬼"世界的激進性表現為它所固有的民間性和非正統性：生活、思想和世界觀裏的一切成規定論，一切莊嚴與永恆，一切被規劃了的秩序都與之格格不入。魯迅和他論敵的關係，不過就是他所創造的那個"鬼"世界與現實世界的關係，這種關係是整體性的，而決不具有私人性質。

我們最易忘記的，莫過於魯迅的"鬼"世界所具有的那種民間節日和民間戲劇的氣氛：他很少用現實世界的慣用邏輯去敘述問題，卻用推背法、歸謬法、證偽法、淋漓的諷刺和詛咒撕碎這個世界的固有邏輯，並在笑聲中將之展示給人們。在 1920 至 1930 年代的都市報刊

〔1〕 魯迅：《無常》，《魯迅全集》第 2 卷，第 281 頁。

上，魯迅創造了如同目連戲那樣的特殊的世界：那個由幽默、諷刺、詼諧、詛咒構成的怪誕的世界，缺少的僅僅是目連戲的神秘性。但是，正如一切民間狂歡一樣，魯迅的諷刺的笑聲把我們臨時地帶入到超越正常的生活制度的世界裏，帶入到另一種觀察世界的戲劇性的舞台上。巴赫金曾在中世紀和文藝復興時代的狂歡節中發現："這種（狂歡節）語言所遵循和使用的是獨特的'逆向'、'反向'和'顛倒'的邏輯，是上下不斷換位的邏輯，是各種形式的戲仿和滑稽改編、戲弄、貶低、褻瀆、打諢式的加冕和廢黜。"他還發現，民間表演中強烈的感情表現並不是簡單的否定，那裏包含了再生和更新，包含了通過詛咒置敵於死地而再生的願望，包含了對世界和自我的共同的否定。[1]

> 我至今還確鑿地記得，在故鄉時候，和"下等人"一同，常常這樣高興地正視過這鬼而人，理而情，可怖而可愛的無常；而且欣賞他臉上的哭或笑，口間的硬語與諧談……[2]

當我們把魯迅的咒語看作他的偏激和病態的時候，我們就屬於他所詛咒的世界，遵循這個世界的規則；當我們為他的決絕而深感駭異的時候，我們早已忘記在他身後隱藏著的那個女吊、無常的世界，那個世界的人情和歡樂；當我們為他內心深處的絕望所壓倒的時候，我們也喪失了對那個包含了再生和更新意味的節日氣氛的親近感。我們丟不開我們的身份，進入那個狂歡的世界：我們是學者、公民、道德

---

〔1〕［俄］M. 巴赫金：《〈弗朗索瓦·拉伯雷的創作與中世紀和文藝復興時代的民間文化〉導言》，載《巴赫金文論選》，佟景韓譯，中國社會科學出版社，1996 年，第 106—107 頁。

〔2〕魯迅：《無常》，《魯迅全集》第 2 卷，第 281 頁。

家、正人君子；我們不能理解那個民間世界的語言，因而我們最終失去了理解仇恨與愛戀、歡樂與詼諧的能力。

魯迅的世界中也隱含著女吊、無常的民間世界所沒有的東西，那就是對於人的內在性、複雜性和深度性的理解。這種理解產生了反思的文化。他所體驗到的痛苦和罪惡感，形成一種深刻的憂鬱和絕望的氣質，注入了他所創造的民間性的世界。

魯迅抑制不住地將被壓抑在記憶裏的東西當作眼下的事情來體驗，以至現實與歷史不再有明確的界限，面前的人與事似乎不過是一段早該逝去而偏偏不能逝去的過去而已。他不信任事物表面的、外在的形態，總要去追究隱藏在表象下的真實，那些洞若觀火的雜感中蕩漾著的幽默、機智、諷刺的笑聲撕開了生活中的假面。魯迅拒絕任何形式、任何範圍內存在的權力關係和壓迫：民族的壓迫、階級的壓迫、男性對女性的壓迫、老人對少年的壓迫、知識的壓迫、強者對弱者的壓迫、社會對個人的壓迫，等等。也許這本書告訴讀者的更是：魯迅憎惡一切將這些不平等關係合法化的知識、說教和謊言，他畢生從事的就是撕破這些"折中公允"的言辭織成的帷幕。但是，魯迅不是空想主義者，不是如葉遂寧、梭波里那樣對變革抱有不切實際的幻想的詩人。在他對論敵及其言論的批判中，包含了對這些論敵及其言論的產生條件的追問和分析。魯迅對隱藏在"自然秩序"中的不平等關係及其社會條件的不懈揭示，不僅讓一切自居於統治地位的人感到不安，也為那些致力於批判事業的人昭示了未來社會的並不美妙的圖景。

但是，那種由精神的創傷和陰暗記憶所形成的不信任感，那種總是把現實作為逝去經驗的悲劇性循環的心理圖式，也常常會導致魯迅內心的分裂。"挖祖墳""翻老賬"的歷史方法賦予他深沉的歷史感，但他對陰暗經驗的獨特、異常的敏感，也使他不像同時代人那樣無保留地沉浸於某一價值理想之中，而總是以自己獨立的思考不無懷疑地獻身於時代的運動。“那時使我希望，歡欣，愛，生活的，卻全都逝去了，只有一個虛空，我用真實去換來的虛空存在。”[1]魯迅曾經是進化論歷史觀的熱情宣傳者，但正如我在別的地方已經提出的，真正驚心動魄、令人難以平靜的，恰恰是他那種對於歷史經驗的悲劇性的重複感與循環感：歷史的演進彷彿不過是一次次重複、一次次循環構成的，而現實——包括自身所從事的運動——似乎並沒有標示歷史的進步，倒是陷入了荒謬的輪迴。

> 總而言之，復古的，避難的，無智愚賢不肖，似乎都已神往於三百年前的太平盛世，就是“暫時做穩了奴隸的時代”了。[2]
>
> 我怕我會這樣：倘使我得到了誰的佈施，我就要像兀鷹看見死屍一樣，在四近徘徊，祝願她的滅亡，給我親自看見；或者詛咒她以外的一切全都滅亡，連我自己，因為我就應該得到詛咒。[3]

這也部分地解釋了他在論戰中的偏執：他從中看到的不僅是他所面對的人，而且是他所面對，也是他所背負的歷史——那個著名的黑暗的閘門。

日本的竹內好曾經對“近代的超克”命題做過複雜的解釋，他把魯迅看作代表了亞洲超越近代性的努力的偉大先驅。在分析魯迅與政治的關係時，他認為魯迅的一系列雜文中貫注著關於“真正的革命是

---

〔1〕 魯迅：《傷逝》，《魯迅全集》第2卷，第132頁。
〔2〕 魯迅：《燈下漫筆》，《魯迅全集》第1卷，第225頁。
〔3〕 魯迅：《過客》，《魯迅全集》第2卷，第197頁。

'永遠革命'"的思想。竹內好發揮魯迅的看法說:"只有自覺到'永遠革命'的人才是真正的革命者。反之,叫喊'我的革命成功了'的人就不是真正的革命者,而是糾纏在戰士屍體上的蒼蠅之類的人。"[1]對於魯迅來說,只有"永遠革命"才能擺脫歷史的無窮無盡的重複與循環,而始終保持"革命"態度的人勢必成為自己昔日同伴的批判者,因為當他們滿足於"成功"之時,便陷入那種歷史的循環——這種循環正是真正的革命者的終極革命對象。

這是魯迅的慨歎,我每次記起都感到深入骨髓的震撼和沉痛:

> 中國一向就少有失敗的英雄,少有韌性的反抗,少有敢單身鏖戰的武人,少有敢撫哭叛徒的弔客。[2]

這慨歎其實與他對"中國的脊樑"的稱頌異曲同工:他們"有確信,不自欺","一面總在被摧殘,被抹殺,消滅於黑暗中","一面前仆後繼的戰鬥"。[3]魯迅倡導的始終是那種不畏失敗、不怕孤獨、永遠進擊的革命者。對於這些革命者而言,他們只有通過不懈的,也許是絕望的反抗才能擺脫"革新—保持—復古"的怪圈。

然而,"永遠革命"的動力並不是超人的英雄夢想,毋寧是對自己的悲觀絕望。在魯迅的內心裏始終糾纏著那種近乎宿命的罪惡感,他從未把自己看作這個世界裏無辜的、清白的一員,他相信自己早已鑲嵌於歷史的秩序之中,並且就是這個他所憎惡的世界的同謀。"有了

---

〔1〕[日]竹內好:《魯迅》,李心峰譯,浙江文藝出版社,1986年,第117頁。

〔2〕魯迅:《這個與那個》,《魯迅全集》第3卷,第152—153頁。

〔3〕魯迅:《中國人失掉自信力了嗎》,《魯迅全集》第6卷,第122頁。

四千年吃人履歷的我，當初雖然不知道，現在明白，難見真的人！”[1] 他不能克制地“舉起投槍”，不是為了創造英雄業績，而是因為倘不如此，他就會淪為“無物之陣”的主人。“那些頭上有各種旗幟，繡出各樣好名稱：慈善家，學者，文士，長者，青年，雅人，君子……頭下有各樣外套，繡出各式好花樣：學問，道德，國粹，民意，邏輯，公義，東方文明……”[2]

嗚呼嗚呼，我不願意，我不如彷徨於無地。[3]

魯迅的文化實踐創造了真正的革命者形象，那形象中滲透了歷史的重量和內心無望的期待。這個革命者形象的最根本特徵是：他從不把自己置於嘲諷、批判、攻擊的對象之外，以自身與之相對立，而是把自己歸結為對象的一個部分。也因此，否定的東西不是這個世界的局部現象，而是整體性的，是包容了他的反叛者的。這是一個變動的世界，革命者也是這個變動世界的有機部分，從而革命者對世界的攻擊、嘲諷和批判包含了一種反思的性質。

這形象也構成了魯迅評判世事的準則，在一篇文章裏，魯迅談到許多眼光遠大的先生對後來者的勸告：生下來的倘不是聖賢、豪傑、天才，就不要生；寫出來的倘不是不朽之作，就不要寫……“那麼，他是保守派麼？據說，並不然的。他正是革命家。惟獨他有公平，正當，穩健，圓滿，平和，毫無流弊的改革法；現在正在研究室裏研究

〔1〕 魯迅：《狂人日記》，《魯迅全集》第 1 卷，第 454 頁。
〔2〕 魯迅：《這樣的戰士》，《魯迅全集》第 2 卷，第 219 頁。
〔3〕 魯迅：《影的告別》，《魯迅全集》第 2 卷，第 169 頁。

著哩 —— 只是還沒有研究好。”[1]魯迅尖銳地發現，知識者的這種態度和方式不過是這個世界“合理”運作的一部分，在這個不斷升沉的世界裏，這種態度和方式表達了對這個世界的永恆的理解。

魯迅對於中國知識者的批評，多半緣於此。

魯迅不是以革命為職業的革命家，他向來對於那些把革命當作飯碗的人保持警惕。他也不是某個集團的代言人，他似乎對集體性的運動一直抱有極深的懷疑。但，真正的革命，他是嚮往的。從“五四”時期，到 30 年代，他對俄國革命及其文化曾經有過很大的期待，那不是因為狂熱，而是因為他期待中的革命顛覆了不平等的卻是永久的秩序。另一方面，經歷過辛亥革命、二次革命、張勳復辟、袁世凱稱帝，以至“五四”的潮起潮落，魯迅不僅對大規模的革命運動的成效深表懷疑，而且也相信革命伴隨著污穢和血。

寂寞新文苑，平安舊戰場。兩間餘一卒，荷戟獨彷徨。[2]

這是他的自況，也是時代的真實寫照。他不是懷疑革命能否成功，而是懷疑革命創造的新世界不過是花樣翻新的老中國，變了的，是台上的角兒；不變的，是舊日的秩序。這就是“總把新桃換舊符”的阿 Q 式的革命。

魯迅的革命經驗對他的社會戰略具有重大的影響。他不再致力於大規模的革命，也不再致力於組織嚴密的政治活動，而是在現代都市

---

〔1〕 魯迅：《這個與那個》，《魯迅全集》第 3 卷，第 154 頁。
〔2〕 魯迅：《題〈彷徨〉》，《魯迅全集》第 7 卷，第 156 頁。

叢林中展開"遊擊戰"：創辦刊物，組織社團，開闢專欄，變換筆名，從社會生活的各個方面實施小規模突擊。他把這叫作"社會批評"與"文化批評"，這本書中所錄的便是他的"遊擊戰"戰例。借用葛蘭西的話說，"在政治方面，實行各個擊破的'陣地戰'具有最後的決定意義，因為這些陣地雖然不是決定性的，卻足以使國家無法充分調動其全部領導權手段，只有到那時'運動戰'才能奏效"。[1]魯迅的那些雜感，包括收錄在這本書裏的眾多文章，也正是一種"陣地戰"，他所涉及的方面和人物並不都是直接政治性的，但這些鬥爭無一例外地具有政治性 —— 對於一切新舊不平等關係及其再生產機制的反抗。

魯迅也並沒有放棄通過文化批判創造出非主流的社會力量，甚至非主流的社會集體，他一生致力於培育新生的文化勢力，"以為戰線應該擴大"，"急於要造出大群的新戰士"。[2]《語絲》《莽原》《奔流》，以至版畫運動，"左聯"，等等 —— 所有這些與魯迅的名字聯繫在一起的刊物、運動和社會集團，都標誌著這樣一種努力：在由政客、資本代理人、軍閥、幫忙與幫閒的文人所構成的統治秩序中，不斷地尋找突破的契機，最終在統治者的世界裏促成非主流的文化成為支配性或主導性的文化。

魯迅不是用他的說教，而是用他的實踐創造了關於知識分子的理解。

魯迅把自己看作知識階級一員，但卻是叛逆的一員。他不認為自

---

〔1〕［意］安東尼奧·葛蘭西著，中共中央馬克思恩格斯列寧斯大林著作編譯局國際共運史研究所編譯，《從運動戰（正面進攻）變為陣地戰 —— 在政治領域裏亦然》，《葛蘭西文選（1916—1935）》，人民出版社，1992 年，第 421 頁。

〔2〕魯迅：《對於左翼作家聯盟的意見》，《魯迅全集》第 4 卷，第 241 頁。

己屬於未來或者代表未來的階級，不是因為他相信知識分子是“凝固了的社會集團”，是“歷史上的不間斷的繼續”，“因而獨立於集團鬥爭”（如葛蘭西所批評的），而是因為他深懷愧疚地認為自己積習太深，不能成為代表和體現未來的“新”知識分子。但是，讀一讀他的《對於左翼作家聯盟的意見》吧，他顯然相信他從事的運動代表著新的社會集體，是新的歷史形勢的產物，而絕不是已被淘汰的社會集團的抱殘守缺的餘孽，或者是歷史中早已存在的超越一切新社會關係的“純粹的知識分子”。魯迅關於階級性，特別是文學的階級性的討論的要害，並不在於是否存在人性，或者，人性與階級性的關係怎樣。魯迅始終關心的是統治關係及其再生產機制，因此，他急於指出的毋寧是：在不平等的社會關係中，人性概念遮蓋了什麼？

也許不應忘記的是：即使在那樣的團體中，他也仍然不懈地與不平等的權力關係做鬥爭。在那些“新”的集團內部，在那些“沙龍裏的社會主義者”中，也同樣再生產著舊時代的氣息。“左”與“右”相隔不足一層紙的。

魯迅是傑出的學者、卓越的小說家。但他的寫作生涯既不能用學者也不能用小說家或作家來概括。說及魯迅的學術成就，學問家們不免手舞足蹈，我也時有此態。試讀《中國小說史略》《漢文學史綱要》，以及更為人稱道的《魏晉風度及文章與藥及酒之關係》，魯迅在中國文學史研究方面的貢獻毋庸置疑。曹操以不孝為名殺孔融，魯迅從中看出了文人與政治的關係；許多人以為晉人的輕裘緩帶是高逸的表現，魯迅偏偏提出何晏的吃藥為之作註解；嵇康、阮籍毀壞禮教，魯迅又說他們是因為太信禮教的緣故；陶潛是千古文人的隱逸楷模，但魯迅說他其實不能超於塵世，“而且，於朝政還是留心，也不能忘掉‘死’……”——魯迅如此地洞燭幽隱，奧秘就在他深知中國之君子，

“明乎禮義而陋乎知人心”[1]，而且“大凡明於禮義，就一定要陋於知人心的，所以古代有許多人受了很大的冤枉”。[2]魯迅以這樣的歷史洞察力做過講師、教授，但終於還是離去了。他不願把自己及其研究編織進現代社會日益嚴密的牢籠，不願意自己的社會批評和文化批評被學院的體制所吸納而至於束縛，不願意他那不僅明於學術而且更知人心的研究落入規範的圈套。

他寧願成為一個葛蘭西稱之為“有機知識分子”的戰士。

戰士，這是魯迅喜歡的詞，一個更簡捷的概念。

在魯迅生前，就已經有過告別阿 Q 時代的討論。今天的社會與魯迅所處的時代相比，變化是深刻的。那麼，這種變化是怎樣的呢？

魯迅所處的時代是一個革命與變革的時代，也是一個急劇動蕩的時代，而今現代化進程已經瓦解了那時的革命階級，從而也不存在激進革命的可能性。現代化運動的特徵是通過漸進的、合法化的途徑，把社會生活的各個方面組織進韋伯所說的那個“合理化”的秩序之中。這個“合理化”的秩序如今已超越國界，成為全球化進程的一部分。

魯迅時代的知識和文化活動與大學體制密切相關，但那一時代的知識分子的思想活動與社會生活保持著密切的、有機的聯繫，而當代文化生活的重要標誌之一，卻是魯迅式的“有機知識分子”逐漸分化和退場，並最終把知識分子的文化活動改造成為一種職業活動。職業化的進程實際上消滅或改造了作為一個階層的知識分子。

與此相關的是，媒體，特別是報刊，在魯迅時代的知識和文化

〔1〕《莊子．田子方》，《莊子今註今譯》，陳鼓應註譯，中華書局，1983 年，第 532 頁。

〔2〕魯迅：《魏晉風度及文章與藥及酒之關係》，《魯迅全集》第 3 卷，第 535 頁。

活動中具有特殊的地位，但在當代社會這一現象卻發生了深刻變化。除了媒體特有的政治功能之外，它也日益成為消費主義文化的主要場所。魯迅時代的批判的知識分子通過媒體活動直接與社會、政治和公眾建立有機的聯繫，他們的文化實踐，特別是他們對所處時代的各種社會不公的批判和反思，成為有效的社會文化變革的重要動力。當代媒體中也不斷地出現“學者”或“知識分子”形象，但這種“形象”的“知識分子”特性經常是一種文化虛構和幻覺，因為推動“知識分子”的媒體活動的主要動力，是支配性的市場規則，而不是反思性的批判功能。因此，當我們談論“有機知識分子”的傳統時，不是簡單要求知識分子重返媒體，而是指出這一變化本身不過是社會結構性變化的一部分。

上述變化如此明顯地改變了當代知識分子的文化活動的方式。曾經有人把這種變化看作知識分子的某種態度和價值的變化（例如“人文精神的失落”），卻沒有充分意識到“有機知識分子”的退場是現代化運動的歷史結果。伴隨著現代化的進程，中國社會進入了日益細密化、專業化、科層化的社會過程，知識的生產也越來越具有與之相應的特徵。作為專業化知識生產的最重要體制的大學，其根本要務即在培養與上述社會過程相配合的專業人員。對於這個社會過程的反思，特別是對於日益分化的知識的反思，沒有也不可能成為大學體制的主導方面，因為大學體制恰恰是以知識分化的日益細密化為前提的。體制化的知識生產不僅是整個社會現代化進程的有機部分，而且它的任務本身即是為這一進程提供專家的培養、知識的準備和合法性論證。知識分子的文化活動既然是體制化活動的一部分，從而也必須遵循體制化的規範。無論是教育體制，還是科學研究制度，都意味著現代社會中的知識分子對社會和文化的思考日益帶有學院的特徵。我們也許可以爭辯說，“反思性”一直是敏感的學者和知識分子的學術活動的重要特徵，然而，我們卻不得不承認：它並不是體制化的知識生產的主要特徵。

學院方式本身也意味著作為職業活動的學術與一般社會文化活動的分離。這種分離的後果明顯地具有兩重性。一方面，由於學術活動的學院化特徵，學者的研究與社會過程之間沒有直接的聯繫，教育與科研體制為專門的知識活動提供了再生產的條件：在這個意義上，學院為反思性的活動提供了獨特的空間和可能性，並使得知識活動的自主性大大增強。但是，另一方面，由於學院方式同時意味著體制化的知識生產活動，這種活動本身不僅沒有反思性可言，而且它還以脫離社會的方式再生產社會的支配關係。因此，只有那些具有特殊敏感性的知識分子才會把學院的空間當作反思場所，並致力於反思性的知識活動。

更為重要的是，日益細密的分科通過知識的專門化把知識分子分割為不同領域、難以相互交流的專家，而公眾對於專家所生產的知識既無理解，也無批評的能力，從而知識分子與公眾的有機性聯繫消失了。職業化的知識生產不僅壓抑了知識分子的批判能力，而且也使得民間文化徹底地邊緣化了。因此，一方面，知識分子的反思性文化對當代生活的影響日漸減弱，另一方面，公眾與知識分子之間的互動關係也無以建立。有人批評先前的知識分子的啟蒙姿態含有過度的精英主義傾向，這也許是對的；但是，真正導致知識分子精英化的動力不是心態，而是體制化的過程，是知識分子身份向職業身份的轉化過程。專家文化加速了知識分子的精英化過程，使之成為遠離公眾並居於某種控制地位的階層。當他們成為各種法律、制度、規章以至價值的制定者的時候，他們也不再是知識分子。他們的知識隨之轉化成為社會控制的權力。當社會的重大變化來臨之際，那些僅存的知識分子只能成為這種變化的被動承受者，而無力發出自己批判的聲音——即使發出這種聲音，也無法讓人理解。

這就是我們重溫魯迅遺產的當代情境。

我們身處的時代是一個"理性化"程度越來越高的時代，從而也是反思性文化和民間文化邊緣化的時代。魯迅的思想遺產在今天之所以具有重要的意義，是因為他揭示了歷史和社會中不斷出現的合法化知識與不平等關係的隱秘聯繫，他的思想遺產應該成為當代知識分子的批判思想的重要源泉。

魯迅的文化實踐為置身於職業化的知識生產過程的知識分子提供了參照系，促使我們思考當代知識生產方式的限度及其社會含義。我不是一般地反對體制化和職業化的知識生產，在現代化的邏輯中，沒有人也沒有單一的社會能夠簡單地反對這一過程，那等於自取滅亡。然而，魯迅揭示了一切有關世界的唯一性、永恆性和無可爭議性的陳說不過是虛假的幻象，從而也暗示了現代世界的各種可能性。詳盡地討論作為文化再生產場所的學院體制不是本文的任務，我在此著重考察的是這種知識生產與批判思想的關係，並以這種關係為軸心反思我們身處其間的知識活動。我的問題僅僅是：當代教育和科研體制中的分科類型及其知識生產明顯地與職業教育和職業知識相關，批判的知識分子難以在這樣的知識活動中反思他們的知識前提，以及他們的知識活動與當代社會進程的複雜關係。正是在這樣的知識狀況下，在"有機知識分子"成為一種日益邊緣化的文化現象的時代，魯迅所創造的輝煌業績值得我們思考：在一個日益專家化的知識狀態中，在一個媒體日益受控於市場規則和消費主義的文化狀況中，魯迅對社會不公的極度敏感、對知識與社會關係的深刻批判、對文化與公眾關係的持久關注，以及他的靈活的文化實踐，都為在新的歷史條件下再創知識分子的“有機性”提供了可能。

這是中國知識分子的偉大傳統。

讀魯迅及其論敵的論戰文字，我經常像是一位戰史研究者，推敲攻守雙方的戰略戰術。讀完之後，我則更像一位心理分析學者，想象著魯迅的內心世界。這篇文字也許本該寫成更像序文那樣的東西，至少不該離題千里。這實在是應該抱歉的。相信明智的讀者不會為我的文字所蠱惑，因為魯迅和他論敵的文字俱在，那是昨日的林中響箭。對於置身太平的聖哲們，那不過是文人相輕的夢囈，沒有是非的胡鬧，不值得關心的。“在這樣的境地裏，誰也不聞戰叫：太平。”[1]

至於我自己，是有些困倦了，在這深的夜中。看著窗外的高樓，我心裏卻有些想念魯迅後院的兩棵棗樹：它們如鐵似地直刺著奇怪而高的天空。

不知何故，我竟有些懷念那夜遊的惡鳥了，或者還是女吊有些暖意？

1996 年 9 月 11 日夜於北京寓所

---

〔1〕 魯迅：《這樣的戰士》，《魯迅全集》第 2 卷，第 220 頁。

# 附錄二

## 一個真正反現代性的現代性人物——汪暉專訪 *

**南風窗**：今年是魯迅逝世 70 週年，可否請您談一談如何評價魯迅和他的當代意義？

汪暉：讓我從毛澤東對魯迅的評價談起。毛澤東說魯迅沒有絲毫的奴顏和媚骨，這是半封建半殖民地社會的最可寶貴的品質。他認定魯迅是偉大的革命家、思想家和文學家，現代中國的孔夫子。“文化大革命”期間，魯迅的著作和《紅樓夢》是兩個特殊的領域，不但可以閱讀，而且為了配合文化革命的需要，做了大量的研究工作，比如為了《魯迅全集》的註釋，全國各大高校的現代文學領域最主要的老師都捲入了這個工作，一度很多工人積極分子也參與了註釋工作。在 20 世紀你找不到任何一個文學家、思想家的文本受到過如此大規模的研究和考訂。魯迅在他的環境中對於各種人物的批評成為“文革”時期文化政治的重要內容。

也因為如此，自 70 年代末 80 年代初的思想解放運動以來，如何

* 原刊於《南風窗》2006 年 10 月 16 日，採訪人為時任《南風窗》記者陽敏。——編者

評價魯迅及其思想一直是一個具有政治爭議性的問題。比如，魯迅對於周揚等人解散“左聯”十分不滿，在著名的“兩個口號”之爭中站在胡風等人一邊。魯迅逝世之前，正值全世界面臨法西斯主義威脅的時代。在這個背景下，共產國際調整了方針，要求各國共產黨形成反法西斯的統一戰線，“國防文學”的口號就是在這個背景下產生的。魯迅贊成“統一戰線”的主張，但強調即使在民族危機和統一戰線的背景之下，“左翼”也應堅持自身的領導權，所以支持“民族革命戰爭的大眾文學”的主張。這些問題涉及 1930 年代左翼文化和政治的複雜問題。在“文革”中，為了清算所謂“左翼文藝黑線”，魯迅對周揚等人的批評被當作批判周揚代表的“30 年代文藝黑線”的根據。這其實與魯迅本人的思想已經毫無關係。“文革”結束後，要“撥亂反正”，圍繞著魯迅的歷史位置和他對許多人和事的批評就產生了許多爭議。

因此，魯迅在 80 年代的“思想解放運動”中的位置是雙重的：一方面，魯迅的思想和作品，尤其是有關改造國民性、“立人”思想和對禮教的批判，一再地啟迪人們思考中國面臨的問題和經歷的苦難。王富仁先生在 1985 年將魯迅的文學概括為“思想革命”的一面鏡子，就是適應了這樣的一種歷史需要。在這個判斷背後有一個預設，就是“思想革命”比“政治革命”更為重要和根本。另一方面，在“撥亂反正”過程中，如何解釋魯迅對於許多人的批評也成了一個問題。例如，原先用魯迅批判周揚或“文藝黑線”，等到“四人幫”倒台，就又有人提出魯迅的雜文《三月的租界》所批評的“狄克”就是張春橋。所謂“神話魯迅”的問題就是在這個過程中提出的，從一開始，它就是一個政治問題，而不是對於魯迅的思想和文學的理解問題。

魯迅與 20 世紀中國政治有著密切的關係，如何理解魯迅，總是聯繫著如何評價他所生活的時代。魯迅不是政黨領袖，他甚至從未參加過任何黨派，為什麼毛澤東把魯迅看成是一個“革命家”？若從現象上說，毛澤東的這個說法不容易理解。但是，魯迅的思想和文學中有一種深刻的顛覆性和激進性，他一再地諷刺過中國的“革命，革革命，革革革命”，批評過辛亥革命、二次革命和北伐時代的革命氣氛，但這個諷刺和批判卻包含了一種“真正的革命”“永遠的革命”的精神內蘊。80 年代以降有一個傾向，就是談魯迅的黑暗面、矛盾、彷徨和感情世界等等，這自然是很必要的，但從我的理解看，魯迅的黑暗面、矛盾、彷徨是和他的激進性非常緊密地關聯在一起的。

**南風窗：**這大概也是魯迅在當代總是處於爭議之中的原因吧。過去二十年對於魯迅有很多的批評。像華東師範大學中文系羅崗教授講的，這些批評大體上可以分為兩類，一類是就事論事的批評，比如說他罵了什麼人罵錯了，說了什麼話說錯了；另外一類批評卻是將魯迅同“中國走向”的問題聯繫在一起，在這個思路下面，才引申出了“究竟是讀魯迅，還是讀胡適”這些說法。

您如何理解前一類對魯迅的批評？

**汪暉：**從“五四”時代起，魯迅開創了所謂的“文明批評”和“社會批評”。他批評過復古派，批評過章士釗、學衡派，批評過現代評論派、古史辨派，批評過梁實秋、胡適，批評過中醫、京劇和梅蘭芳，批評過那個時代的“自由人”“第三種人”“民族主義文學”，也批評過左翼的許多人物。

關於魯迅的偏執、刻薄、多疑的爭議，在他的生前死後，從未終止。魯迅不相信中醫，這不是偏執嗎？魯迅批評梅蘭芳，我們能夠說京劇都不好嗎？魯迅奉勸青年最好不讀中國書，現在國學大興，魯迅的這些話有問題吧？我在這裏沒有時間也沒有興趣一個個地去辨別。但有必要強調這麼兩點：第一，魯迅的罵人並非出於私怨，實在是出於"公仇"。從不離開具體的情境討論問題，這是他的社會批評和文明批評的一個突出特點，也因此，他所談論的具體的人與事往往是社會眾生相的一個縮影。比如，以他對梅蘭芳的批評為例，他批評的是梅蘭芳現象，而不是梅蘭芳本人，尤其是那種"女人看見男人扮，男人看見扮女人"的陋習。這是他的所謂"國民性批判"的一個部分。要是我們把他的批評延伸到對整個京劇藝術的否定上去，那就是另外一件事情了。第二，魯迅的文化批評是在"五四"時代的氛圍中產生的，也是"五四"的偶像破壞論的一個具體實踐。如何看待魯迅對待傳統的態度涉及如何評價"五四"和近代啟蒙的問題。

**南風窗：**無論魯迅，或者胡適，他們都是中國現代思想史上的大人物，您能否談談對他們的一個基本比較和看法？

**汪暉：**胡適是在現代文化史上有重大貢獻的人物，同時也是開創性的人物。他是白話文運動的先鋒，他的"易卜生主義"影響很大。在"五四"時期，魯迅與胡適是同一營壘中的人。大革命失敗後，魯迅對國民黨的專制與屠殺給予激烈的批判，而胡適也對國民黨鉗制輿論、扼殺思想自由提出公開聲討，在這方面他們都是"五四"的傳人。晚年的魯迅傾向左翼，加入左聯的活動，胡適與國民黨的關係則是千絲萬縷，但他們都沒有加入政黨。從思想氣質上說，兩人十分不同。在學術上，胡適引入規範，告訴大家現代學術要按照什麼方式和方法做，影響深遠。魯迅的學術研究充滿洞見，但他更強調的是不斷打破規範，總是懷疑這些極易體制化的知識具有壓迫性。胡適是典型的現代化派，相信歷史的進步，文章平易流暢，氣質上是樂觀的。

魯迅與胡適一樣對傳統展開批評，但沒有胡適的那種樂觀氣息和十分的自信。原因大致有兩點，一個是他在反對傳統的時候，總是覺得自己的靈魂裏也中了傳統的毒，想要擺脫而不能，所以他的文化批評和文明批評的矛頭所向也對著自己，只是別人不大察覺而已。魯迅對傳統的批評中有一種胡適所沒有的切膚之痛。另一個是他雖然以進化論的觀念批判傳統，但並不認為現代的國家比過去的國家更開明。大約是在 1907 年，魯迅以西方為例說，君主專制打破了宗教專制，法國大革命打破了君主專制，倡導民主自由，實行多數統治，一人專制尚有反抗的餘地，多數專制很可能比獨夫專制還要恐怖。他贊成革命，贊成立憲制，但是他對這些所謂的"現代"從來不迷信。1929 年，他對馮雪峰說，我也不要去你們未來的黃金世界，因為那裏還會有將叛徒處刑的吧。他是在左翼對他的圍剿中，也是在他對左翼的反抗中成為一個真正的左翼的。

1908 年，魯迅寫了篇文章叫《破惡聲論》。在這篇文章中，他說現在有兩種"惡聲"，一種說你現在要成為"世界人"，用現在的話說，都全球化了，還談什麼文化、民族或者其他的東西幹嗎？另一種說你現在要成為"國民"，因為現在這個時代正是民族主義的時代。魯迅說這兩者都是"惡聲"，因為這些說法中沒有人的自覺、沒有人自身的獨特性，無非是鸚鵡學舌而已。他說這是"萬喙同鳴"，用他晚年一篇文章的題目就是"無聲的中國"。"無聲"不是沒有聲音，而是吵吵嚷嚷，都說差不多的、自以為絕對正確的話。這篇文章中有一個特別好的命題，叫作"偽士當去，迷信可存"，他說這是當務之急。"偽士"就是那些每天抱著自以為進步或先進的觀念的人，辦洋務、搞改良、談民主、論立憲、搞共和，左的流行他就左，右的流行他便右，全球化來了他就成了“世界人”，在民族主義潮流中他成了“國民”。這些人是發不出自己的聲音的“偽士”。他為什麼又說“迷信可存”呢？迷信首先你要信，你不信不會迷，這裏有一種對“真實感”的追求。沒有這種真實感，一切都是虛無的。魯迅批評名教，反對傳統，但他竟然對“迷信”有這樣的理解，他對“鬼”的世界有著隱秘的迷戀。這些在胡適這樣的典型的啟蒙人物、現代化的倡導者身上大概是不會發生的。

我對“胡適還是魯迅”的問題沒有多少興趣，因為這種二元對比本身多是將歷史簡化為一種單一立場和態度的產物。其實，他們還不如直截了當地問：到底是改良好，還是革命好？到底是站在左邊，還是站在右邊？胡適是一個自由主義知識分子，一個現代化派，比較傾向於從國家的立場或智識階級的立場來看這個社會，一點一滴地進步就好了。魯迅有一種很深的“從下面”看問題的視角，他對階級問題的興趣大概與這種視角有很大的關係。大家都知道胡適是一個相信一點一滴改變的改良主義者。魯迅也贊成改良，但絕不排斥革命，也不排斥暴力革命。北伐的時候，魯迅給許廣平寫信說，改革最快的還是“火與劍”，還說孫文所以不能成功，是因為他沒有“黨軍”。但魯迅所說的革命是一種真正的社會改造，而不是假借革命的名義的屠殺，先是老人殺青年，而後是青年也開始殺青年。他期待通過這樣一種革命消滅各種壓迫形式，但對此從來沒有奢望。他說的革命不是一場革命，而是“永遠革命”。一個革命者必須是“永遠失敗的革命者”，因為那些叫嚷著革命成功的人很快就會蛻化為新的統治秩序的守護人。

從 1980 年代後期開始，尤其是 1990 年代，整個社會思潮發生了很大的變化。“告別革命”這個命題有道理，今天不再存在產生 20 世紀革命的那種社會條件了。但“告別革命”的命題在許多人那裏其實是一個“否定革命”的口號，除了否定全部的左翼傳統之外，他們沒有對革命得以產生的歷史條件和思想前提給予認真的分析。以這樣的方式肯定胡適，貶低魯迅，其歷史觀上的膚淺是不可避免的。

**南風窗：**我記得您2005年夏天在華東師範大學有一個演講，題目是《重新思考20世紀中國：從魯迅談起》，這個演講的影響很大，但是訪談篇幅有限，無法具體展開。我記得您提到過魯迅與左翼的關係問題。您剛才說到魯迅是在和左翼的對抗中成為左翼的。正因為魯迅與30年代左翼運動之間有很深的政治糾纏，他才會成為"文化大革命"中批判所謂的"左翼黑線"很重要的線索吧。他同左翼的關係有些複雜。

**汪暉：**魯迅同左翼的關係非常複雜。魯迅一生與中國革命的歷史密切相關，他的政治選擇是清晰的：從日本時期傾向革命、主張共和，到"五四"時代參與新文化運動；從北伐時代南下廣州（儘管原因比較複雜），到1930年代被奉為左聯盟主，這個線索是清晰的。但魯迅的每一次抉擇都經歷過反覆的懷疑、鬥爭，即使做出了選擇，也仍然繼續這種懷疑和鬥爭。1928年，他與那些"革命文學"論者也就是左翼進行激烈的論戰，最終卻成為左翼的一員；他在1930年代成為左聯的盟主，但同時對這個組織內部的宗派主義給予激烈的批評；在"兩個口號"和解散左聯問題上，魯迅比那些黨內的左翼更堅持左翼的立場。

魯迅這個左翼非常特殊，他打破了左翼的總體性，激活了左翼內部的政治，使得左翼文化不是一個服從於官僚權力的僵化存在，而是內部包含著各式各樣的爭論分歧和複雜關係的開放空間。我覺得魯迅的許多看法值得我們記取，比如他經常告誡說：左翼是很容易變成右翼的；又比如，他在革命流行的時候諷刺說，無產階級在受苦，無產階級文學卻很流行。這真的是無產階級文學嗎？血管裏流的是血，若自己不是一個革命人，就不可能創造出真正的革命文學。這個看法至今也還有警醒的作用吧。其實，這個“革命人”的想法與他對“偽士”的批評是一致的，原先是改良的、啟蒙的“偽士”，現在是革命的“偽士”；左邊有馬克思主義的“偽士”，右邊有自由主義的“偽士”。總之一句話，就是《狂人日記》裏說的：“難見真的人！”

**南風窗：**您多次強調了魯迅與政治的關係，那麼魯迅究竟是以什麼樣的方式來介入政治的呢？

**汪暉：**在新文化運動中，魯迅開始他的文學創造和雜文寫作，其結果是創造了一個相對獨立的文學和文化的空間。中國的文學，要麼是茶餘酒後的玩物，要麼是文以載道，魯迅開創的現代文學創造了一個獨特的文學空間，魯迅通過這個空間介入政治。

讓我先解釋一下這是什麼樣的空間。1922 年，“五四”運動退潮，新文化運動也解體了。魯迅寫了一首詩，是《彷徨．題辭》：“寂寞新文苑，平安舊戰場。兩間餘一卒，荷戟獨彷徨。”魯迅的心情好像很落寞，他所說的“舊戰場”就是指在“五四”文化運動中產生的“文苑”。其實，那時候胡適、陳獨秀、李大釗這些新文化運動的主將都很活躍，為什麼魯迅突然感覺寂寞了呢？我想這與文化和政治的形勢有關。這個時候，由於政治環境的變化，陳獨秀、李大釗等都捲入了政黨政治，年輕一代也受此影響，而胡適等人的興趣也在轉移，整理國故的運動差不多要開場了。魯迅的這首詩表明他要堅守這個“文苑”。比較一下就清楚了，康有為、梁啟超通過上層變革介入政治；孫文建立組織、聯絡軍隊、發動起義，以政治的方式介入政治；陳獨秀、李大釗組織政黨，從事革命活動，進行政治辯論。但魯迅是完全通過文壇這一新的空間發出他的獨特的聲音的。這個自主的文壇的創造和存在就是政治性的。他一邊慨歎"新文苑"的寂寞，一邊顯示"荷戟彷徨"的意志，表明他高度重視這個獨特空間的重要性。

**南風窗：**但是，今天無論是文學也好，學術也好，都越來越往純粹化、專業化的方向發展，使得文學和學術本身的生命也越來越狹小，越來越狹窄，要發展出來獨立的、有政治性意義的空間是相當不容易的。

**汪暉：**如何理解文學與政治，是一個複雜的問題。茅盾說，魯迅幾乎每寫一篇小說就創造了一種新的形式，他是一個文體家。魯迅是真正的文學家，比如他的小說成為公認的現代小說的開山；他的散文詩，成為現代散文詩的開山；他的《故事新編》，成為現代歷史小說的開山；他的雜文成為一個現代雜文的頂峰。換句話說，魯迅是中國現代文學史上真正創造了文學樣式的人，他是真正實驗性的，真正前衛的，真正新穎的。如果沒有這種文學樣式的創新，魯迅就不成其為魯迅了。但這種形式的創新本身並沒有使他遠離政治，恰恰相反，他的每一次文學創新本身都是政治性的。形式創新意味著要創造觀察歷史和生活的獨特視角，形成一種不同以往的世界觀，這不就是政治嗎？可惜的是，我們現在把形式創新與政治性對立起來，既不理解形式，也不懂得政治。

**南風窗：**您剛才談到了魯迅在文學形式上的創新，也提到了魯迅的雜文。魯迅的雜文寫作的確開闢了真正具有批判性的公共空間，直到今天也有很多人模仿魯迅的雜文樣式，包括模仿魯迅那種嬉笑怒罵的嘲諷語氣來寫作雜文。但是在今天這個媒體時代裏，如何在媒體裏創造出真正意義上的公共空間反而成為問題，換句話講，我們也許要問：為什麼今天的媒體世界不能造就第二個魯迅？

**汪暉：**魯迅從 20 年代開始撰寫大量的雜文。他初期的雜文登在《新青年》等刊物上，但到上海時期，就主要依託報刊，也就是大眾傳媒了，《申報 · 自由談》就是一個出名的例子。現在很多知識分子瞧不起媒體，覺得媒體亂七八糟，其實魯迅時代的媒體也是亂七八糟，但他能利用媒體創造出真正的公共空間，這個經驗很值得我們總結。媒體總是被政治的、經濟的和文化的強勢力量所控制，其公共性也因此喪失於無形。但如果我們只是拒絕媒體或退出媒體，就表示我們獨立嗎？不行的，因為那樣你就徹底被銷聲了；那麼，我們進入媒體又怎樣呢？也很難，因為媒體有其支配的邏輯。

魯迅是怎麼做的呢？魯迅打遊擊戰，在一個由都市印刷文化構成的叢林中打遊擊戰。遊擊戰有什麼特點呢？遊擊戰一定要根據當時的地形、地勢、社會關係來打。這個地方是山區，還是蘆葦蕩？還要有阿慶嫂，沙家浜，沒有這個環境，就沒有遊擊戰。所以，在這個意義上，魯迅所有的論點、所有的論述永遠是植根在他的語境裏。我們前面談到魯迅對許多人的批評和批判時就說過這一點，你把他的話抽離出具體語境當成教條，那不是魯迅的責任。在遊擊戰的具體戰法上，還值得一提的是他不斷地變換筆名，靈活地調動主題，繞過檢查官的檢查，實施突然襲擊。魯迅也有陣地，比如左聯，比如他辦過的刊物，但在戰法上，他還是更偏向遊擊戰的。我的老師唐弢先生很年輕的時候就出名了，因為他寫雜文，而名字與魯迅用過的一個筆名唐俟相似，就被誤認為是魯迅的雜文而遭到圍剿。變換筆名也體現了魯迅的一個特點：他的文章不是博取名聲的工具，而是真正的匕首和投槍。他是一個不是文人的文人，也是一個不是戰士的戰士，或者說，是文學家與戰士的合體。魯迅希望自己的文章速朽，而不是名山大業，卻因此奠定了一個真正的批判知識分子的傳統。

現代政治的一個特點是有高度的組織性，政黨就是這一組織性最重要的體現。魯迅並不排斥集團性的政治鬥爭，但即使在集團性的政治鬥爭中，他也保持高度的靈活性和自主性。這就是遊擊戰的意義。魯迅的雜文創造出了一個真正具有獨立性的批判空間，它需要高超的文學技巧和敏鋭的政治介入方式，才能做到。

**南風窗：**就這一點說，魯迅也具有真正的知識分子對於社會的關懷，恐怕這也是他對於今天的意義。

**汪暉：**魯迅是一個卓越的學者，也是一個很好的老師。但在一個現代大學和學術制度已經建立起來的時代裏，他最終選擇了自由撰稿人的角色，我把他看作媒體叢林戰的戰士。他跟胡適很不一樣，胡適在學術界有很大的學術勢力；魯迅好像沒有什麼勢力，他靠的是精神傳承的力量。我並不是反對專業研究，而是說現代大學制度很接近於毛澤東說的那種培養馴服工具的機器 —— 過去是政治的馴服工具，現在是市場的馴服工具。魯迅在精神上是最反對馴服工具的。

**南風窗：**後來大家都說“告別魯迅”“魯迅死了”……

**汪暉**：在1920年代"革命文學"論戰興起之際，錢杏邨（阿英）就寫了一篇《死去了的阿Q時代》，說阿Q時代早就死掉了……在20年代，左翼宣佈魯迅的死亡，但是魯迅沒有死亡，反而影響越來越大。1990年代是右翼宣佈魯迅的死亡，魯迅也沒死亡。對於希望速朽的魯迅而言，他一定有點失望。1940年代，毛澤東在《新民主主義論》中說，1927—1937年這段時期，中國革命有兩個深入，一個是土地革命的深入，還有一個是文化革命的深入。他說後者是一個奇跡，因為以魯迅為代表的左翼文化界在政治上、經濟上、軍事上，都處在很弱小的地位，可是他們卻牢牢地掌握了文化的領導權。魯迅在這個時代獲得了越來越大的影響卻是事實。總之，從1928年"革命文學"論者宣佈魯迅死亡至今已經七八十年了，人們還在繼續宣佈的過程中。

**南風窗**：不管魯迅到底死得了，還是死不了，今天還是有很多人在讀魯迅、談論魯迅，可見他還是中國現代史上不可逾越的一個人物。但是，今天的時代畢竟不一樣了，在這個現代化、全球化席捲一切的時代，在您看來，究竟要怎樣讀魯迅才能讀出他的真意義？

**汪暉**：他始終在時代的氛圍裏，追蹤這個時代最重要的問題，但他永遠有一個"悖論式"的態度。比如，他提出民主自由的同時，對民主自由提出最深的懷疑；他在倡導科學進步的同時，對科學進步也提出最深刻的懷疑；他是對傳統的黑暗給予最深刻揭露的人，同時他又對迷信、對很多傳統的東西有很深的迷戀……魯迅是一個對啟蒙抱有深刻懷疑的啟蒙者，對革命抱有深刻疑慮的"革命者"，他總是置身於時代的運動，卻又對運動本身抱有懷疑。魯迅說，在沒有確鑿之前，我的"疑"永遠存在，可是這個"疑"背後有一個東西，他一生講的東西，就是“真”，即對價值的真正的忠誠。魯迅最徹底地貫徹了平等的價值，他拒絕任何範圍內存在的壓迫關係，民族的壓迫、階級的壓迫、男性對女性的壓迫、老人對少年的壓迫、知識的壓迫、強者對弱者的壓迫、社會對個人的壓迫等等都被他展示出來了，同時，他也憎惡一切將這些不平等關係合法化的知識、說教和謊言……但在魯迅這裏，現代平等的價值是通過徹底地根除虛偽和奴隸道德為前提的。從這一點來說，魯迅是一個真正的現代性人物，或者說，一個反現代性的現代性人物。

# 參考文獻

## 第三版主要參考文獻[1]

《魯迅全集》，16卷本，人民文學出版社，1981。

《魯迅譯文集》，10卷本，人民文學出版社，1958。

《魯迅研究學術論著資料彙編》（1913—1983），全5卷及索引分冊，中國社會科學院魯迅研究室編，中國文聯出版公司，1985。

《魯迅回憶錄》，散篇，上、中、下冊，魯迅博物館魯迅研究室選編，北京出版社，1999。

《魯迅回憶錄》，專著，上、中、下冊，魯迅博物館魯迅研究室選編，北京出版社，1999。

《魯迅年譜》，4卷本，魯迅博物館魯迅研究室編，人民文學出版社，1981。

《魯迅的美學思想》，唐弢，人民文學出版社，1984。

《魯迅作品論集》，王瑤，人民文學出版社，1984。

《魯迅論》，陳湧，人民文學出版社，1984。

《魯迅美學思想論稿》，劉再復，中國社會科學出版社，1981。

《"兩地書"研究》，王得後，天津人民出版社，1983。

〔1〕本書初版時，應出版社要求，刪去了全部參考書目。現在這份書目是重新編定的。原書目中大量的資料已經編入兩套系統的大型資料叢書之中，即《魯迅研究學術論著資料彙編》（1913—1983）和《魯迅回憶錄》（散篇、專著）。這裏僅列出資料集的標題，具體的文章及著作不再標出題目。此外，全書涉及的其他資料均見各章註釋，不再一一列出。——2008年第三版作者說明

《心靈的探尋》，錢理群，上海文藝出版社，1988。

《中國反封建思想革命的一面鏡子》，王富仁，北京師範大學出版社，1986。

《現代中國最苦痛的靈魂》，王曉明，《未定稿》，1985 年第 19—20 期。

《魯迅早期五篇論文註譯》，王士菁，天津人民出版社，1978。

《魯迅》，竹內好，浙江文藝出版社，1986。

《摩羅詩力說材源考》，北岡正子，北京師範大學出版社，1983。

《國外魯迅研究論集》，樂黛雲編，北京大學出版社，1981。

《國外中國文學研究論叢》，中國社會科學院文學研究所國外中國學研究組編，中國文聯出版公司，1985。

《日本學者研究中國現代文學論文選粹》，劉柏青、金訓敏合編，吉林大學出版社，1987。

*Lu Xun and His Legacy*, edited by Leo Ou-fan Lee, Berkeley, University of California Press, 1985.

*The Gate of Darkness: Studies on the Leftist Literary Movement in China*, by Hsia Tsi-an, Seattle, University of Washington Press, 1968.

*The Lyric and the Epic: Studies of Modern Chinese Literature*, by Jaroslav Průšek; edited by Leo Ou-fan Lee, Bloomington, Indiana University Press, 1980.

*The Chinese Novels at the Turn of the Century*, Edited by Milena Doleželová Velingerová, University of Toronto Press, 1980.

## 1988 年原稿參考文獻[1]

### 期刊與報紙

《民報》

《新民叢報》

---

〔1〕根據原版博士論文參考書目（現藏國家圖書館）重排，增補了少數幾條原參考文獻中未出現而論文中引用的文獻，同時刪去了幾條論文中未引用且相關性不大而原參考文獻中列入的文獻。

《清議報》
《天義報》
《新世紀》
《河南》
《浙江潮》
《新青年》
《新潮》
《東方雜誌》
《小說月報》
《文學周報》
《語絲》
《洪水》

## 中文書目

魯迅：《魯迅全集》，人民文學出版社，1981。
魯迅：《魯迅譯文集》，人民文學出版社，1958。

［奧］弗洛伊德：《精神分析引論》，商務印書館，1986。
［奧］弗洛伊德：《弗洛伊德後期著作選》，上海譯文出版社，1986。
北京大學、北京師範大學、北京師範學院中文系中國現代文學教研室主編：《文學運動史料選》（五卷本），高等教育出版社，1979。
陳銓：《從叔本華到尼采》，大東書局，1946。
陳瘦竹：《論悲劇與喜劇》，上海文藝出版社，1983。
陳崧編：《五四前後東西文化問題論戰文選》，中國社會科學出版社，1985。
陳湧：《魯迅論》，人民文學出版社，1984。
丁守和主編：《辛亥革命時期期刊介紹》（第一—三集），人民出版社，1982。
董衡巽編：《海明威研究》，中國社會科學出版社，1980。
［德］蔡特金：《蔡特金文學評論集》，人民文學出版社，1978。
［德］黑格爾：《精神現象學》，商務印書館，1979。
［德］黑格爾：《法哲學原理》，商務印書館，1982。

[德] 黑格爾：《歷史哲學》，商務印書館，1963。

[德] 黑格爾：《美學》（第 1—3 卷），商務印書館，1979。

[德] 伽達默爾：《真理與方法》，遼寧人民出版社，1987。

[德] 康德：《純粹理性批判》，商務印書館，1982。

[德] 康德：《實踐理性批判》，商務印書館，1960。

[德] 卡西爾：《人論》，上海譯文出版社，1985。

[德] 尼采：《悲劇的誕生》，生活．讀書．新知三聯書店，1986。

[德] 尼采：《蘇魯支語錄》，生活書店，1936。

[德] 尼采：《札拉圖斯特拉如是說》，文通書局，1949。

[德] 尼采：《瞧！這個人》，中國和平出版社，1986。

[德] 叔本華：《作為意志和表象的世界》，商務印書館，1982。

[德] 叔本華：《愛與生的苦惱》，中國和平出版社，1986。

[德] 施太格繆勒：《當代哲學主流 》（上），商務印書館，1986。

[俄] 安德列耶夫：《安德列耶夫小說戲劇選》，外國文學出版社，1984。

[俄] 安德列耶夫：《七個被絞死的人》，漓江出版社，1981。

[俄] 別林斯基：《別林斯基選集》第 1 卷，上海譯文出版社，1979。

[俄] M. 巴赫金：《巴赫金文論選》，中國社會科學出版社，1996。

[俄] 普列漢諾夫：《無政府主義和社會主義》，生活．讀書．新知三聯書店，1980。

[俄] 契訶夫：《恐怖集》，上海譯文出版社，1982。

[法] 杜夫海納：《美學與哲學》，中國社會科學出版社，1985。

[法] 加繆：《西西弗的神話》，生活．讀書．新知三聯書店，1987。

[法] 讓．華爾：《存在哲學》，生活．讀書．新知三聯書店，1987。

[法] 薩特：《存在與虛無》，生活．讀書．新知三聯書店，1987。

費孝通：《鄉土中國》，生活．讀書．新知三聯書店，1985。

馮雪峰：《回憶魯迅》，人民文學出版社，1957。

馮雪峰：《魯迅的文學道路》，湖南人民出版社，1980。

馮友蘭：《中國哲學簡史》，北京大學出版社，1985。

馮友蘭：《中國哲學史新編》，人民出版社，1986。

龔鵬程、張火慶：《中國小說史論叢》，學生書局，1984。

《國外中國文學研究論叢》，中國文聯出版社，1985。

李長之：《魯迅批判》，北新書局，1936。

李澤厚：《批判哲學的批判》，人民出版社，1984。

李澤厚：《中國近代思想史論》，人民出版社，1979。

李澤厚：《中國古代思想史論》，人民出版社，1985。

李澤厚：《中國現代思想史論》，東方出版社，1987。

李宗英、張夢陽：《六十年來魯迅研究論文選》，中國社會科學出版社，1981。

林明德編：《晚清小說研究》，聯經出版事業公司，1988。

柳鳴九編選：《新小說派研究》，中國社會科學出版社，1986。

柳鳴九編選：《薩特研究》，中國社會科學出版社，1981。

魯迅誕生一百週年紀念委員會學術活動組編：《紀念魯迅誕生一百週年學術討論會論文選》，湖南人民出版社，1983。

[羅] 泰納謝：《文化與宗教》，中國社會科學出版社，1984。

茅盾：《茅盾論中國現代作家作品》，北京大學出版社，1980。

[美] 愛德華．薩丕爾：《語言論》，商務印書館，1985。

[美] 保羅．亨利．朗格：《十九世紀西方音樂文化史》，人民音樂出版社，1982。

[美] 賓克萊：《理想的衝突 —— 西方社會中變化著的價值觀念》，商務印書館，1988。

[美] 弗雷德里克．傑姆遜：《後現代主義與文化理論》，陝西師範大學出版社，1987。

[美] 霍埃：《批評的循環》，遼寧人民出版社，1987。

[美] 考夫曼：《存在主義哲學》，商務印書館，1971。

[美] 林毓生：《中國意識的危機："五四"時期激烈的反傳統主義》，貴陽人民出版社，1986。

[美] 馬斯洛：《存在心理學探索》，雲南人民出版社，1987。

[美] 帕深思、莫頓等：《現代社會學結構功能論選讀》，巨流圖書公司，1981。

[美] R. Kessing：《當代文化人類學》，巨流圖書公司，1976。

[美] 梯利：《西方哲學史》，商務印書館，1979。

[美] 韋勒克、沃倫：《文學理論》，生活．讀書．新知三聯書店，1984。

[美] 約瑟夫．R. 勒文森：《梁啟超與中國近代思想》，四川人民出版社，1986。

歐陽凡海：《魯迅的書》，美華圖書公司，1947。

歐陽謙：《人的主體性和人的解放》，山東文藝出版社，1986。

錢理群：《心靈的探尋》，上海文藝出版社，1988。

[日] 北崗正子：《摩羅詩力說材源考》，北京師範大學出版社，1983。
[日] 山田敬三：《魯迅世界》，山東人民出版社，1983。
[日] 福澤諭吉：《文明論概略》，商務印書館，1959。
[日] 福澤諭吉：《勸學篇》，商務印書館，1984。
[日] 今道友信：《存在主義美學》，遼寧人民出版社，1987。
[日] 桑原武夫：《文學序說》，黃河文藝出版社，1985。
[日] 竹內好：《魯迅》，浙江文藝出版社，1986。
[瑞士] 榮格：《探索心靈奧秘的現代人》，社會科學文獻出版社，1987。
[瑞士] 費爾迪南・德・索緒爾：《普通語言學教程》，商務印書館，1980。
汝信、侯鴻勳、鄭湧等主編：《西方著名哲學家評傳》（第七、八卷），山東人民出版社，1984。
司馬長風：《中國新文學史》（上），香港昭明出版社，1978。
[蘇聯] 斯・費・奧杜也夫：《尼采學說的反動本質》，上海人民出版社，1961。
[蘇聯] 波斯彼洛夫：《文學原理》，生活・讀書・新知三聯書店，1985。
[蘇聯] 高爾基：《俄國文學史》，上海譯文出版社，1979。
[蘇聯] 庫爾欽斯基：《施蒂納及其無政府主義哲學》，馬恩列斯著作研究會編輯出版部，1982。
[蘇聯] 米・赫拉普欽科：《作家的創作個性和文學的發展》，上海人民出版社，1977。
《蘇聯現實主義問題討論集》，外國文學出版社，1981。
唐弢：《魯迅的美學思想》，人民文學出版社，1984。
田汝康、金重遠選編：《現代西方史學流派文選》，上海人民出版社，1982。
王得後：《〈兩地書〉研究》，天津人民出版社，1982。
王富仁：《中國反封建思想革命的一面鏡子——〈吶喊〉〈彷徨〉綜論》，北京師範大學出版社，1986。
王士菁：《魯迅早期五篇論文註譯》，天津人民出版社，1978。
王樹人：《思辨哲學新探》，人民出版社，1985。
王瑤：《魯迅作品論集》，人民文學出版社，1984。
王忠琪等譯：《法國作家論文學》，生活・讀書・新知三聯書店，1984。
伍蠡甫主編：《西方文論選》，上海譯文出版社，1979。
徐崇溫主編：《存在主義哲學》，中國社會科學出版社，1986。

許廣平：《欣慰的紀念》，人民文學出版社，1981。

許壽裳：《亡友魯迅印象記》，人民文學出版社，1956。

許壽裳：《我所認識的魯迅》，人民文學出版社，1959。

薛華：《自由意識的發展》，社會科學文獻出版社，1983。

薛華：《黑格爾對歷史終點的理解》，社會科學文獻出版社，1983。

辛冠潔：《中國近代著名哲學家評傳》，齊魯書社，1982。

嚴復：《天演論》，商務印書館，1981。

葉啟政：《社會、文化和知識分子》，東大圖書公司，1984。

［意］葛蘭西：《葛蘭西文選（1916—1935）》，人民出版社，1992。

［英］阿契爾：《劇作法》，中國戲劇出版社，1980。

［英］艾耶爾：《二十世紀哲學》，上海譯文出版社，1987。

［英］福斯特：《小說面面觀》，花城出版社，1984。

［英］卡爾：《歷史是什麼？》，商務印書館，1981。

［英］柯林武德：《歷史的觀念》，中國社會科學出版社，1986。

［英］馬林諾夫斯基：《文化論》，中國民間文藝出版社，1987。

［英］羅素：《西方哲學史》，商務印書館，1976。

［英］湯因比：《歷史研究》，上海人民出版社，1962。

［英］維特根斯坦：《文化和價值》，清華大學出版社，1987。

［英］伍爾夫：《論小說與小說家》，上海譯文出版社，1986。

樂黛雲編：《國外魯迅研究論集 1960—1980》，北京大學出版社，1981。

袁可嘉、董衡巽、鄭克魯選編：《外國現代派作品選》，上海文藝出版社，1980。

袁良駿：《魯迅研究史》（上卷），陝西人民出版社，1986。

周國平：《尼采：在世紀的轉折點上》，上海人民出版社，1986。

周遐壽（周作人）：《魯迅小說裏的人物》，人民文學出版社，1957。

周遐壽（周作人）：《魯迅的故家》，人民文學出版社，1957。

周作人：《周作人回憶錄》，湖南人民出版社，1982。

張枬、王忍之主編：《辛亥革命前十年間時論選集》，生活·讀書·新知三聯書店，1978。

張汝倫：《意義的探究——當代西方釋義學》，遼寧人民出版社，1986。

張錫勤編：《中國近現代倫理思想史》，黑龍江人民出版社，1984。

趙毅衡：《新批評——一種獨特的形式主義文論》，中國社會科學出版社，1986。

趙家璧主編：《中國新文學大系》，良友圖書印刷公司，1936。

鍾叔河：《走向世界：近代中國知識分子考察西方的歷史》，中華書局，1985。

中共中央馬克思、恩格斯、列寧、斯大林著作編譯局編：《列寧選集》（第一—四卷），人民出版社，1974。

中共中央馬克思、恩格斯、列寧、斯大林著作編譯局編：《馬克思恩格斯選集》（第1—4卷），人民出版社，1972。

中共中央馬克思、恩格斯、列寧、斯大林著作編譯局編：《馬克思恩格斯全集》（第1、3卷），人民出版社，1956。

中共中央馬克思、恩格斯、列寧、斯大林著作編譯局編：《五四時期期刊介紹》，生活·讀書·新知三聯書店，1978。

中國社會科學院外國文學研究所、《文藝理論譯叢》編輯委員會編：《文藝理論譯叢》（1）—（3），中國文聯出版公司，1985。

中國社會科學院文學研究所西方文學組編：《現代美英資產階級文藝理論文選》，作家出版社，1962。

中國社會科學院文學研究所魯迅研究室編：《魯迅研究學術論著資料彙編》（1）（2），中國文聯出版公司，1985。

中國藝術研究院外國文藝研究所編：《世界藝術與美學》第4輯，文化藝術出版社，1985。

## 論文（按發表時間排序）

劉弄潮：《李大釗和魯迅的戰鬥友誼》，《百科知識》，1979年第2期。

［蘇聯］庫卡爾金著，芮鶴九譯：《查利與卓別林》，《電影藝術譯叢》，1979年第3期。

［蘇聯］米·巴赫金著，夏仲翼譯：《陀思妥耶夫斯基的複調小說和評論界對它的闡述》，《世界文學》，1982年第4期。

王曉明：《現代中國最痛苦的靈魂》，《未定稿》，1985年第19—20期。

T.赫特斯著，尹慧珺譯：《雪中盛開的花——魯迅及中國現代文學的兩重處境》，《文學研究參考》，1986年第3期。

［美］林毓生：《魯迅思想的特徵——兼論其與中國宇宙論的關係》，《魯迅研究動態》，1987年第1期。

羅強烈：《小說敘述觀念與藝術形象構成的實證分析》，《文學評論》，1987 年第 2 期。

［法］阿爾都塞著，李迅譯：《意識形態和意識形態國家機器》，《當代電影》，1987 年第 3—4 期。

鄒惠玲：《淺談非虛構小說》，《文學研究參考》，1987 年第 5 期。

黎紅雷：《中法啟蒙哲學之比較》，《哲學研究》，1987 年第 5 期。

［英］F. C. 科普勒斯東著，李小兵譯：《漫議儒、釋、道 —— 中國哲學的特點》，《國外社會科學》，1987 年第 7 期。

邱存平：《關於魯迅對中庸思想的批判》，《魯迅研究動態》，1987 年第 10 期。

錢理群：《魯迅思維方式與中外文化關係的隨想》，《複印報刊資料 · 魯迅研究》，1988 年第 2 期。

## 英文書目

Brereton, Geoffrey, *Principles of Tragedy*, University of Miami Press, Coral Gables, Florida, 1970.

Goldman, Merle, *Modern Chinese Literature in the May-Fourth Era*, Harvard University Press, 1977.

Joseph R. Levenson, *Liang Ch'i ch'ao and the Mind of Modern China*, Cambridge, MA.: Harvard University Press, 1959.

Lyell, William A., *Lu Hsun's Vision of Reality*, University of California Press, 1976.

Průšek, Jaroslav, *The Lyric and the Epic: Studies of Modern Chinese Literature*, Bloomington: Indiana University Press, 1980.

Friedrich Schleiermacher, *Hermeneutics and Criticism, And Other Writings*, Translated and edited by Andrew Bowie, Cambridge University Press, 1998.

Schwartz, Benjamin, *In Search of Wealth and Power, Yen Fu and the West*, Cambridge, Mass.: Harvard University Press, 1964.

Velingerová, Milena Doleželová ed. *The Chinese Novels at the Turn of the Century*, University of Toronto Press, 1980.